eystein hanssen

TOTEN-MALER

D1924216

1,-

atb aufbau taschenbuch

Eystein Hanssen, geb. 1965, verbringt seine Zeit mit Schreiben und Filmarbeiten. Er war bereits zweimal für den norwegischen Buchhandelspreis nominiert. Mit seinem erfolgreichen Krimidebüt »Totenmaler« erscheint erstmals eines seiner Bücher auf Deutsch. Er lebt mit seiner Familie in Oslo.
Im Verlag Rütten & Loening erscheint ein zweiter Roman mit der Ermittlerin Elli Sunee Rathke: »Knochen«.
Mehr zum Autor unter: www.eysteinhanssen.com

Elli Sunee Rathke lebt in Oslo, ihre Mutter kommt aus Thailand, ihr verstorbener Vater war Norweger. Ihre Schwester wurde vergewaltigt und ermordet, der Täter konnte allerdings nie gefasst werden, und das ist auch einer der Gründe, warum Elli Polizistin geworden ist.
Ein junges Mädchen wird ermordet aufgefunden. Die Spuren, die darauf hinweisen, dass sie über ausgiebige sexuelle Erfahrungen verfügt und dass niemand sie zu vermissen scheint, sprechen dafür, dass es sich um eine Prostituierte handelt. Seitdem Prostitution in Norwegen verboten ist, hat die Szene sich in versteckte Clubs verlagert, was die Arbeit der Polizei ungeheuer erschwert. Kurze Zeit später wird ein weiteres junges Mädchen tot aufgefunden, und Elli fällt auf, dass die Tote offenbar auf eine ganz besondere Art abgelegt wurde: Der Mörder ahmt offenbar bekannte Gemälde nach, die allesamt von expressionistischen Malern stammen. Als eine junge Prostituierte Kontakt zu ihr aufnimmt, hat Elli endlich eine Spur. Das Mädchen wird irgendwo gefangen gehalten, doch wo?

eystein hanssen

TOTEN-MALER

kriminalroman

Aus dem Norwegischen
von Gabriele Haefs
und Andreas Brunstermann

aufbau taschenbuch

Die Originalausgabe mit dem Titel
De ingen savner
erschien 2010 bei Vigmostad & Bjørke, Bergen.
Die Übersetzung wurde gefördert von NORLA

FSC
www.fsc.org
MIX
Papier aus verantwortungsvollen Quellen
FSC® C083411

ISBN 978-3-7466-3099-1

Aufbau Taschenbuch ist eine Marke der Aufbau Verlag GmbH & Co. KG

1. Auflage 2015

Umschlaggestaltung und Illustration www.buerosued.de
Gesetzt aus der Adobe Caslon Pro und der Unitus T durch Greiner & Reichel, Köln
Druck und Binden CPI - Clausen & Bosse, Leck
Printed in Germany

www.aufbau-verlag.de

Kapitel 1

Diesmal war es der Geruch. Ein süßlicher undefinierbarer, chemischer Geruch. Jeder Todesfall – ob Mord oder Unglück – hatte seine spezielle Signatur, die sich innerhalb der ersten Sekunden an einem Unfall- oder einem Tatort ins Gehirn einprägte. Später lagen diese ersten Eindrücke abrufbereit im Unterbewusstsein. So, wie die Erinnerung an die Leiche eines vier Jahre alten Jungen im Lofthusvei in Grefsen, wenn sie eines der kleinen Fahrräder mit Motiven aus dem Disneyfilm »Cars« sah. Nach sieben Jahren bei der Polizei lagen in Elisabeth Rathkes vierunddreißig Jahre altem Gehirn eine Menge solcher Bilder auf der Lauer.

Systematisch ließ sie ihren Blick über die Umgebung der Leiche schweifen und dachte über die Ironie der Tatsache nach, dass sie eine Tote auf einem Friedhof gefunden hatte. Die tiefstehende Morgensonne warf harte lange Schatten, die Elisabeth an alte schwarzweiße Horrorfilme erinnerten. Drei Streifenwagen, zwei davon mit eingeschaltetem Blaulicht, ein Einsatzwagen der Osloer Polizei, der nagelneue protzige Ford Excursion der Einsatzgruppe und ein Krankenwagen pressten sich zwischen die Grabsteine. Mit aufgerissener Heckklappe wartete der Krankenwagen darauf, die Leiche zu verschlingen. Die polizeiliche Maschinerie nahm diesen Fund äußerst ernst.

Obwohl es erst zehn nach sieben am Donnerstagmorgen war, hatte eine Gruppe von Schaulustigen bereits von dem Ereignis erfahren, wurde aber vom Absperrband auf Distanz gehalten.

»Dann wären ja alle da«, sagte Elisabeth trocken, als in einem etwas nähergelegenen, für die Presse reservierten Bereich die ersten Blitze aufleuchteten.

»Warst du nicht mal mit einem Pressefotografen zusammen, Elli?«, fragte Bent Harr mit schlecht verhohlenem Sarkasmus.

Bent war durchtrainiert, eins neunzig auf Socken, ehemaliger Marinejäger. Er und Elisabeth – Elli unter Freunden und Kollegen – bildeten seit drei Jahren ein Team. Sie wussten, was sie voneinander zu halten hatten. Der Kommentar wurde mit einer Grimasse beantwortet, die Bent so deutete, dass Elli ihm keine andere Antwort geben würde.

Hinter ihnen räusperte sich jemand. Elli fuhr herum und sah einen Mann von Ende dreißig. Er trug eine rot-gelbe Jacke mit der Aufschrift »Arzt« und streckte die rechte Hand aus. »Hankø«, sagte er.

»Rathke«, sagte Elli und ergriff die ausgestreckte Hand des Gesundheitswesens.

»Harr«, sagte Bent und nickte kurz.

Hankø ging vor ihnen her zur Leiche hinüber. Der süßliche, chemische Geruch wurde stärker, bis er die Umgebung der Leiche vollständig dominierte.

»Ja …«, schnaufte Hankø, als Elli und Bent neben ihm stehen blieben. Er suchte offenbar nach einer weiteren Bemerkung, fand aber keine.

Elli und Bent starrten die Tote an. Es war eine junge Frau, die halbwegs an einem Grabstein lehnte.

»Die ist ja nicht gerade dick angezogen«, sagte Elli. Die nackte Tote hatte eine Art Seitenlage eingenommen und kehrte ihnen den Rücken zu. Sie war bleich, schlank, hatte kleine Brüste.

Bent betrachtete aus zusammengekniffenen Augen die Haare der jungen Frau, die ihr über den Rücken fielen. »Ist das eine Perücke?«

Hankø musterte mit seinem Arztblick zuerst Bent und dann Elli, ehe er wieder zu der Toten hinüberschaute. »Ja. Das ist das erste Mal.«

Bent verkniff sich ein Räuspern und wechselte einen raschen Blick mit Elli.

»Deine erste Leiche?«, fragte sie und sah Hankø an.

Hankø starrte noch immer auf die Leiche. »Nein, die erste Perücke.«

Bent lächelte. Elli musterte noch immer die Fundstätte. »Das sieht doch unbestreitbar nach einer Überdosis aus.«

»Ja«, antwortete Hankø. »Die Spritze steckt noch. Und sie ist noch nicht mal ganz leer.«

»Hat hier irgendwer Chemikalien benutzt?«, fragte Elli und schaute sich um.

Hankø drehte sich zu ihr um. »Du meinst den Geruch? Nein, aber ich habe das auch schon gedacht – es riecht nach Lackbenzin. Ich hab zuerst an Sniffen mit Lynol oder Leim gedacht, aber dann habe ich die Spritze gesehen ...«

Elli schnüffelte in der Luft herum. Der Geruch kam offenbar von dem schmächtigen leblosen Körper. »Ja, aller Wahrscheinlichkeit nach Lackbenzin«, sagte sie.

»Alt ist sie nicht«, sagte Bent.

Hankø sah ihn an, als ob er diese Aussage zuerst verarbeiten müsste. »Nein ... ich tippe auf zwölf, dreizehn Jahre. Nach der Obduktion werden wir das genauer wissen.«

»Es ist einfach schrecklich. Im Sommer strömen sie in die Stadt, nur um zu sterben«, sagte Bent und ließ den Blick über den Friedhof gleiten.

Hankø runzelte nachdenklich die Stirn und schloss für einige Sekunden die Augen. »Die Stadt wirkt verdammt noch mal wie eine Leimrute«, sagte er dann. »Das ist schon meine dritte Überdosis und ich lege fast dauernd Sonderschichten ein.«

Bent schüttelte stumm und zustimmend den Kopf. Elli streifte Plastikhandschuhe über und bückte sich. Vorsichtig berührte sie den fest angespannten Latexschlauch am Arm der Toten. Kleine Blutmengen waren aus der Nadel und daneben getropft und als dünner Strich über die blasse Haut des linken Unterarms verlaufen.

»Seltsam, wie sie da liegt«, sagte Elli und stupste die Leiche vorsichtig an. Die rührte sich nicht. »Sieht fast arrangiert aus. Wie eine Illustration zum Thema Überdosis.« Sie schaute sich rasch um. »Es muss doch hier noch mehr geben. Kleider? Handtasche? Hast du etwas weggenommen?« Elli musterte

Hankø mit strengem Blick; seine Wangen liefen rot an und er zuckte mit den Schultern. »Nein, also bitte.«

Elli machte eine abwehrende Handbewegung. »Okay, okay, war doch nur eine Frage …«

»Wer hat sie gefunden?«, fragte Bent.

»Der da«, sagte Hankø und zeigte auf einen reihenhaustypischen Mann von Mitte vierzig, der neben einem uniformierten Polizisten stand. Der Zeuge hielt einen Rauhaardackel an der Leine. Bent ging zu ihm hinüber.

»Harr«, stellte er sich vor und sah den Zeugen streng an.

»Kjetil Olsen«, antwortete der Mann in einem Tonfall, der sicher geschäftsmäßig wirken sollte, aber eher nach einer starken Erkältung klang.

»Sie haben sie gefunden?«

»Sie lag einfach da. Hab sie gesehen, als ich von der Arbeit nach Hause kam.« Er holte Atem. »Ich gehe immer hier entlang.« Olsen zeigte auf den Weg, der sich als gerade Linie quer durch den Friedhof zog.

»Wann war das?«

»Gegen halb sieben. Ich habe um sechs Dienstschluss.«

»Sie haben nichts angefasst oder weggenommen?«

»Nein! Nein – ich hatte nur Angst.«

»Und der Hund – hat der in der Nähe der Leiche herumgeschnüffelt?«

»Nein, wir waren gar nicht so nahe dran«, sagte Olsen. »Es war so ein Schock für mich. Ich habe den Hund weggehalten, mein Handy aus der Tasche genommen, angerufen und mich dann zum Warten dahinten hingesetzt. Nach etwa zehn Minuten kamen Kranken- und Streifenwagen. Das waren sehr lange zehn Minuten.«

»Haben Sie hier noch andere Menschen gesehen – davor oder danach?«

Kjetil Olsen überlegte. »Nein.«

»Wo arbeiten Sie?«

»Beim Norwegischen Automobil-Club, in der Telefonzentrale. Wir sind rund um die Uhr erreichbar.«

Bent ließ seinen Blick rasch zu den übrigen Zuschauern wandern. »Okay. Haben unsere Kollegen Ihre Personalien aufgenommen?«

»Ja.« Olsen zeigte auf den Uniformierten neben sich, und der nickte zustimmend.

»Na gut, wir melden uns, wenn wir noch weitere Auskünfte brauchen«, sagte Bent und ging zur Leiche zurück.

Zwei Angehörige der Tatortgruppe, ein Mann und eine Frau, luden gerade Werkzeug aus. Elli begrüßte sie kurz.

»Ich habe nichts Konkretes gefunden außer der Spritze«, sagte sie. »Aber vielleicht schafft ihr das.«

Der Kollege zuckte mit den Schultern. »Wir werden sehen.«

»Kleider fehlen ja ganz offenbar«, sagte Elli. »Und die Handtasche.« Sie signalisierte, dass sie helfen könnte, das Werkzeug zur Leiche zu tragen, und ihr wurde eine Tasche in die Hände gedrückt.

Wenn sie zu Fuß hergekommen ist, kann sie wohl kaum splitternackt Ekebergskrenten hochgewandert sein, dachte Elli, als sie die Tasche neben die Metallkästen der Tatortgruppe stellte. Jemand musste etwas gesehen haben. Selbst mitten in der Nacht. Es war Donnerstagmorgen, also war die Leiche am Mittwochabend oder in der Nacht auf Donnerstag hier gelandet. Die urbane Jugend ging am Mittwoch gern aus. Und abends und nachts war auf den Straßen viel los.

Sie ließ ihren Blick über die Reihen der Grabsteine wandern. Sie befanden sich im östlichen Teil des Friedhofs, auf einer kleineren, von Bäumen umstandenen Abteilung. Der Morgenverkehr im Dyvekes vei, etwa fünfzig Meter tiefer, war stärker geworden. Zwischen den Bäumen konnte sie die Autos sehen. Theoretisch bedeutete das, dass jemand das Mädchen von unten her im Vorüberfahren beobachtet haben könnte, aber ihr war klar, dass das nicht sehr wahrscheinlich war. Zwischen den Bäumen in Richtung Ekebergskrenten sah sie zwei ältere Hinterhöfe und einen neuen in der Alnagate, im Osten die Wohnblocks von Arctanders hage. Niemand hatte besonders guten Einblick in diesen Teil des Friedhofs, aber einzelne

Bewohner konnten doch etwas gesehen haben – falls überhaupt irgendwer so früh wach gewesen war.

Die Tatortgruppe hatte rasch die wichtigsten Ausrüstungsteile ausgepackt und lief los, um die nächste Ladung zu holen, ehe sie sich an ihre routinemäßigen Untersuchungen machte. Elli beschloss, sich ein wenig umzusehen, und ging auf den Dyvekes vei zu. An die dreißig Meter unterhalb der Fundstätte lag vor einem anderen Grabstein eine Plastiktüte. Elli bückte sich, öffnete die Tüte vorsichtig mit einem Zweig und schaute hinein.

Ein rosa Kleidungsstück und ein dunkelbraunes oder schwarzes, das Elli für einen minimalen Tanga hielt, waren unten in der Tüte zu sehen.

»He«, rief Elli.

Bent und der Kollege von der Tatortgruppe kamen angelaufen.

»Das dürften wohl ihre Klamotten sein«, sagte Elli und zeigte auf die Tüte.

Der Kollege von der Tatortgruppe markierte den Fund und machte mit seiner Arbeit weiter.

Elli und Bent gingen zum Fundort zurück.

»Warum hat sie sich ausgezogen?«, fragte Elli.

Bent zuckte mit den Schultern. »Wenn sie zugedröhnt war, kann sie sich doch alles Mögliche eingebildet haben.«

Elli musste zugeben, dass sie bei Personen unter Drogen schon so allerlei beobachtet hatten, ohne dass die in ausgenüchtertem Zustand ihr bizarres Treiben hätten erklären können.

»Was stellst du dir vor?«, fragte Bent.

»Überdosis, vielleicht haben mehrere Jugendliche hier zusammen experimentiert, mit Drogen und … New-Age-Ritualen. Sexspielzeug … das wäre ja nicht das erste Mal. Oder Mord.«

»Ja, in die Richtung hab ich auch schon gedacht. Vermutlich sind sie auf den Friedhof gegangen, um ihre Ruhe zu haben, und dann hatten sie Pech bei der Dosierung.« Das Geräusch von Kinderstimmen riss sie aus diesen düsteren Überlegungen. »Jetzt kommt Leben in die Gegend«, sagte Bent und zeigte durch die Bäume hindurch auf die Alnagate.

Elli blickte auf und sah eine Mutter, die mit zwei kleinen Kindern unterwegs war. »Ja, wir müssen uns auf die Suche nach möglichen Zeugen machen«, sagte sie, drehte sich dann aber rasch wieder zu der Leiche um. »Organisierst du das?«

Bent nickte. Er sah, dass Elli noch immer tief in Gedanken war. »Ist dir sonst noch etwas eingefallen?«

»Na ja«, sagte Elli und sah Bent an. »Bilde ich mir das ein, oder sieht sie ein wenig russisch aus?«

Bent starrte die Tote an. »Finnisch? Lettisch? Ukrainisch? Weißrussisch? Kasachisch und wie diese Länder alle heißen … kann schon sein und wäre ja auch nicht das erste Mal.«

»Das stimmt. Aber so jung«, sagte Elli.

Kapitel 2

Ein Mädchen von zwölf, dreizehn Jahren tanzte mechanisch und mit übertriebenen Bewegungen zu einem albernen Discostück des russischen Duos t.A.T.u. Sie war nach der letzten Mode gekleidet, aber die Teile waren mindestens eine Nummer zu klein. Das weiche Licht von der Seite warf an der schmutzig weißen Wand hinter ihr fast keine Schatten. Die Augen des Mädchens suchten Kontakt zu zwei Männern hinter einem Schaltpult. Die Männer, Jon Aass und sein Assistent, waren in den Dreißigern und gut angezogen. Zwischen ihnen stand eine digitale Nikon-Kamera und zeigte auf das Mädchen. Mit der Kamera konnten Szenenfotos und HD-Videos aufgenommen werden. Jon Aass richtete sich auf.

»Danke, alles klar.«

»War das gut?«, fragte das Mädchen erwartungsvoll.

»Magisch«, sagte Jon. Er schaute rasch zu seinem Assistenten hinüber, der sich schon auf ein anderes Mädchen am anderen Ende des Raumes konzentrierte. Auch sie war herausfordernd angezogen und kaum älter als dreizehn.

Ihre Pupillen waren groß und ihre Bewegungen träge, als sie vor die Kamera trat.

»Es gibt noch mehr, die ihr Glück versuchen wollen«, sagte die Neue zu der, die eben noch im Raum herumgetanzt war. Die Musik wechselte auf einen Hit von Lady Gaga über. Die Neue setzte sofort zu einer Runde mit vulgären Tanzbewegungen an und schaute mit bewusst verschleiertem Blick zu Jon hinüber. Nach anderthalb Minuten drehte er die Musik aus.

»Das Stück ist doch noch nicht zu Ende«, sagte das Mädchen.

Jon Aass lächelte routiniert. »Wir haben genug gesehen. Wir melden uns. Tausend Dank, Mädels!«, sagte er und nickte zur Tür hinüber. Die beiden Mädchen verließen den Raum zusammen.

Jon drehte sich zu seinem Assistenten um. »Scheißjunkies … was ist wohl die Nächste? – Nina!«, rief er.

Noch ein junges Mädchen kam herein. Ihre Gesichtszüge wirkten südamerikanisch. Sie war mager und das ließ sie größer wirken als ihre eins dreiundsechzig. Ihre Augen waren blank und ihre Umwelt schien ihr egal zu sein.

Jon musterte sie mit schlecht verhohlenem Interesse. Mexikanerin? Nein, weiter südlich, dachte er. Vielleicht Peru? Kolumbien?

»Hallo«, sagte Jon mit aufgesetztem Optimismus.

»Hallo«, antwortete Nina und signalisierte durch ihre Körpersprache, dass sie längst durchschaut hatte, was Jon Aass für ein elendes kleines Dreckschwein war.

»Wie alt bist du?«, fragte Jon.

»Neunzehn«, log Nina.

Nina konnte nicht viel älter sein als die beiden anderen Mädchen. Jon Aass sah sofort, welches Juwel er da vor sich hatte, und lächelte mit eingeübter Freundlichkeit zurück.

»Du bist sehr schön«, sagte er einschmeichelnd. »Ich glaube, du kannst es weit bringen.«

»M-hmmm …«, sagte Nina mit sinnlicher Stimme.

Der Assistent überprüfte die Kameraeinstellungen, ging zu einem der weichgeschalteten Scheinwerfer und drehte vorsichtig am Dimmer. Vielleicht sind die ja doch ein bisschen profihaft, dachte Nina. Rasch verdrängte sie diesen Gedanken. Aller Wahrscheinlichkeit nach waren sie geil. Sie waren ja Kerle.

»Was machen deine Eltern?«, fragte Jon.

»Auf die kannst du scheißen. Ich komm allein zurecht.« Nina ließ ihre Jacke fallen. Ihr Körper sah sehr jung und zierlich aus. »Ich lerne schnell«, fügte sie hinzu.

Jon machte ein erwartungsvolles Gesicht und zeigte auf die linke Zimmerseite. »Kannst du dahin gehen?«

Nina lief zu der Betonwand, die im Raum den Hintergrund bildete.

»Wir haben unterschiedliche Arten von Modelaufträgen«, erklärte Jon mit wichtiger Miene. Er konnte den Blick nicht von dieser jungen südamerikanischen Schönheit losreißen. Zu jung für die norwegischen Gesetze, na gut, aber die Männer, mit denen er jetzt zusammenarbeitete, waren verschwiegen. Ihre Loyalität war absolut. Außerdem hatten sie gelernt, wie sie außerhalb der moralistischen norwegischen Gesellschaft operieren konnten.

»Ich gehe davon aus, dass du gern eine Runde schnelles Geld verdienst?«, sagte er dann.

»Ja«, antwortete Nina sofort.

Jon schaute kurz zu seinem Assistenten hinüber, und der sprang auf und schaltete die Kamera ein. Er holte aus einem mit einem Bose-Lautsprecherset verbundenen iPod einige ruhige Clubstücke. Jon drehte sich zu Nina um. Seine Körpersprache erinnerte an die eines Hausarztes.

»Kannst du dich langsam bis auf die Unterwäsche ausziehen?«

Nina bewegte sich wie eine professionelle Stripperin. Langsam und verführerisch befolgte sie Jons Befehl. Jon sah sich alles genau an. Am Ende stand Nina nur mit Schlüpfer und BH bekleidet vor der kalten Wand. Sie sah Jon Aass gleichgültig an. Seine Pupillen wurden größer. Er wusste genau, dass das nicht richtig war, aber die Zeit und die Gruppe, der er angehörte, hatten ihn gelehrt, mit dem zu leben, der er war.

Was für ein Kotzbrocken, dachte Nina.

Kapitel 3

Elli richtete die Fernbedienung auf das Garagentor, das mit einem Summen reagierte und sich scheppernd öffnete. Das Geländefahrrad Marke Cannondale rollte fast lautlos in die Tiefgarage unter dem zwischen Voldsløkka und Storo gelegenen Mietshaus. Im vergangenen Herbst hatte sie dort eine Dreizimmerwohnung bezogen, deren sieben Quadratmeter großer Balkon Ausblick auf den Akerselv bot. Dreieinhalb Millionen hatte der Spaß gekostet. Eigentlich vollkommen undenkbar für eine Polizistin, aber zum Glück hatte sich Elli mit ihren Eltern als Bürgen schon seit Beginn der neunziger Jahre auf dem Wohnungsmarkt betätigt. Während ihre Kommilitonen zur Miete wohnten, hatte sie sich einen kleinen Unterschlupf gekauft. Dann war vor sechs Jahren ihr Vater gestorben und hatte bei seinem viel zu frühen Tod durch einen Verkehrsunfall ein solides Erbe hinterlassen.

Der Fahrstuhl aus der Garage hielt mit sanftem Schaukeln im Erdgeschoss, Elli stellte ihren Rucksack so, dass er die Fotozelle in der Fahrstuhltür blockierte, und leerte den Briefkasten, in dem sich die Post von zwei Tagen angesammelt hatte. Die Post aus einer Doppelschicht. Auf der Fahrt in den dritten Stock durchblätterte sie die Ausbeute. Werbung von Elkjøp, Siba und Expert … wie viele Flachbildschirme werden in Norwegen wohl benötigt? Stromrechnung – die war sicher so gering wie immer –, adressiert an Elisabeth S. Rathke, S. für Sunee.

In der Diele sprang ihr Zenith entgegen, ihr vier Jahre alter Rhodesian Ridgeback. Er war munter und guter Dinge. Die

Nachbarin und feste Hundesitterin Johanne war an diesem Tag offenbar ausgiebig mit ihm unterwegs gewesen. Während des überschwänglichen Begrüßungsrituals stieß Zenith den Tisch in der Diele an, und Ellis Buddhafigur aus Messing, die ein halbes Kilo wog, stürzte zu Boden. Na gut, ein neuer Kratzer im Parkett. Das war der Preis, der für bedingungslose Liebe zu bezahlen war.

Elli ging mit Zenith auf einen kurzen Spaziergang am Akerselv. Als sie wieder in der Wohnung angekommen waren, lief sie sofort ins Badezimmer, um zu duschen. Das Wasser prasselte auf ihre goldbraune Haut und betäubte sie. Erinnerungsbilder von der Leiche auf dem Friedhof zeichneten sich vor ihren geschlossenen Augen ab. Jung, milchweiße Haut, unschuldig. Der Geruch. Trotz des strömenden Wassers hing Elli noch immer der Lackbenzin-Geruch vom Friedhof in der Nase. Was hatte dieses Mädchen nur damit gemacht?

Bent hatte sehr schnell die Jagd nach möglichen Zeugen in den umliegenden Häusern organisiert, und sie hatten zwischen achtzig und neunzig Befragungen geschafft, aber niemand hatte die Frau gesehen, weder allein noch zusammen mit anderen. Aller Wahrscheinlichkeit nach würde eine Vermisstenmeldung einlaufen, die ein erklärendes Licht auf die Sache werfen könnte. Und die die Tragödie in ihren vielen traurigen Details erhellte. Irgendwelche Eltern würden morgen oder übermorgen erleben, wie ihr Dasein vollständig auf den Kopf gestellt wurde. Die Nachricht vom Tod ihrer Tochter würde zuerst auf Unglauben und Verleugnen stoßen, dann würde die Wahrheit nach und nach in ihr Bewusstsein gleiten und an ihren Gefühlen reißen und zerren, bis sie in ihrem Kummer nur noch schreien könnten. Im Laufe der Jahre hatte Elli das oft gesehen. Aber jedes einzelne Mal erschien ihr als ein Mal zu viel.

Sie selbst war auch dort gewesen. In der bodenlosen, alles verzehrenden Trauer. Es hatte ihr die Möglichkeit verschafft, sich der ersten der vier Edlen Wahrheiten des Buddhismus zu stellen: *der Lehre von den Ursachen des Leidens – Dukkha.*

Sie konzentrierte sich und verbannte diese Gedanken aus ihrem Kopf. Ihre Aufmerksamkeit wandte sich wieder den warmen, seligmachenden Strahlen zu.

Elli ließ sich aufs Bett fallen. Nackt, nicht ganz trocken, der Luftzug vom Balkon her half ihr beim Trocknen. Für einen Moment fühlte sie sich an Griechenland erinnert. Im vergangenen Sommer hatte sie mit ihrer Freundin Jenny auf Mykonos die Kleider fallen lassen, zusammen mit anderen Freisinnigen an den FKK-Stränden. Abends gab es dann Essen, Wein und Tanz.

Viele Jahre mit Karate und Geländefahrrad hatten ihr eine athletische Figur gegeben, und auch wenn ihre Größe von eins siebenundachtzig auf manche Männer bedrohlich wirken konnte, hatte sie nie Probleme gehabt, was Zugang zum anderen Geschlecht betraf. Die Körpergröße verdankte sie wohl ihrem norwegischen Vater, ihren Teint und die asiatischen Züge ihrer Mutter Dee, die aus Thailand stammte. Ihr Vater hatte die Mutter bei einem Landurlaub kennengelernt, als er zu Beginn der siebziger Jahre mit einem norwegischen Schiff Bangkok angelaufen hatte. Norwegens erste Versandhausbraut, hatte Dee oft gescherzt.

Zenith sprang auf das Bett und schmiegte sich liebevoll an sie.

Kapitel 4

Die Radtour zum Büro führte am Akerselv entlang. Elli konnte gleich vor dem Wohnblock in Bjølsen auf ihr Rad springen und nach dreißig Minuten befand sie sich auf dem Geh- und Radweg am Fluss, der Oslo in Osten und Westen teilte. Die Trennung war inzwischen höchstens noch von akademischer Bedeutung – seit das alte Arbeiterviertel Grünerløkka in den neunziger Jahren eine Renaissance erlebt hatte, hatte sich ein Großteil der hippen urbanen und kulturellen Szene der Stadt auf das Ostufer verlagert. Elli war das recht, sie hatte kaum Sehnsucht nach Bekannten aus ihrer Kindheit in Nordstrand. Die meisten ihrer Freundinnen von damals waren Juristinnen im Finanzsektor oder Vorzeigegattinnen reicher Männer geworden. Die meisten konnten nicht begreifen, wieso Elli sich für die Polizei entschieden hatte. Aber sie hatten auch nicht ihr Leben gelebt, hatten nicht erlebt, was Elli erlebt hatte. Sie lebten in ihren Glaskugeln – mit ihren perfekten Familienfassaden, hinter denen sich unterschiedliche Grade an Fäulnis verbargen. Elli sauste durch den Park, der sich unterhalb von Sagene am Fluss entlangzog, und fuhr dann über die Brücke in das Viertel, in dem sich nun die vielen Filmproduktionsgesellschaften niedergelassen hatten. Diese Morgentouren auf dem Rad fanden bei jedem Wetter statt, und sie waren eine gute Gelegenheit, den Gedanken ihren Lauf zu lassen. Ihre Gedanken kreisten zumeist um die Arbeit, wenn sie an den Kuba genannten ehemaligen Getreidesilos vorbeikam. An diesem Tag war das obligatorische Schießtraining angesagt. Nicht einmal die Ermittlungen in einem verdächtigen Todesfall konnten diesen Stundenplan ins Wanken bringen. Die Polizei von Oslo sah sich mit einer stetig wachsenden Waffenmenge in der kriminellen Szene konfrontiert, mit der eine ebenso stetig wachsende Menge von bewaffneten Einsätzen einherging.

Das gelbe Glas der Schießbrille entfernte die blauen Lichtreflektionen der vielen Feuchtigkeit in der Luft. Die Umrisse der Umgebung zeichneten sich klar und stark ab. Elli hob ihre 9-mm-Heckler-&-Koch-P30-Pistole mit ruhigen, routinierten Bewegungen. Die kugelsichere Weste schnitt ein wenig in ihre Hüfte, als sie sich überaus vorsichtig um die Ecke der alten Lagerhalle bewegte. Der Handgriff um den Schaft dieser ersten Version der neuen deutschen Pistole war irritierend, aber die sonstigen Eigenschaften der Waffe waren perfekt, inklusive des Magazins mit fünfzehn Schuss. Die Kriminalabteilung der Osloer Polizei, bei der Elli als Ermittlungsleiterin im Bereich Gewalt und Sitte tätig war, hatte zusammen mit mehreren anderen Abteilungen der Polizei erst vor wenigen Monaten die neuen Handfeuerwaffen von Heckler & Koch erhalten. Es war höchste Zeit für die Polizei, die alten Revolver auszutauschen.

Sie ging weiter geradeaus, die Waffe mit beiden Händen erhoben, die Augen gleich oberhalb des Zielkorns. Die Mauer führte rechts sieben oder acht Meter abwärts, dann bog sie in einem Winkel von neunzig Grad ab zu einer anscheinend ebenso langen Querwand. Es gab zwei Fenster in der Mauer gleich vor ihr und drei in der Mauer, an der sie sich entlangbewegte.

Sechs, sieben …, zählte sie in Gedanken, und der Puls hämmerte in ihren Schläfen, während alle Gerüche um sie herum stärker zu werden schienen.

Im rechten Fenster in der Mauer vor ihr tauchte ein Mann mit einem AK-47-Automatikgewehr auf. Elisabeth gab zwei rasche Schüsse ab, und beide trafen den Mann im Kopfbereich.

Acht, neun.

Eine Sekunde später tauchte eine neue Person im Fenster links auf. Sofort richtete Elisabeth die Pistole auf dieses Fenster, krümmte den Finger um den Abzug und nahm den Druckpunkt zum Abziehen wahr. Aber die Person war nicht bewaffnet. Elisabeth atmete langsam aus, richtete die Waffe neben die Person und dann nach unten.

Puh …

Der kleine Junge im Fenster war gleich wieder verschwunden.

Hinter ihr huschte ein Schatten vorüber. Sie ließ sich fallen, wie das in solchen Situationen vorgeschrieben war, und vollführte zwei Umdrehungen nach links, wo eine halbhohe Mauer Deckung bot. Sie drehte sich halb zu dem Schatten um, sah aber aus dem Augenwinkel, dass ein neuer Marker fünf Meter vor ihr um die Ecke aufgetaucht war. Sie gab zwei rasche Schüsse ab. Die beiden Schüsse trafen Kopf und Brust des Markers.

Zehn, elf …

Sie atmete schnell und heftig. In Gedanken ging sie die monotonen Erklärungen des Polizeipsychologen durch, nach denen sie sich beruhigen und Atem und Reaktionen unter Kontrolle bringen sollte. Es half nur wenig, ihr Pulsschlag war jetzt wohl fast bei hundertzwanzig angekommen. Plötzlich sprang im mittleren Fenster in der Mauer vor ihr ein Marker auf. Sie wusste sofort, dass sie um den Bruchteil einer Sekunde zu langsam war.

Verdammter Psychologe!

Sie konnte gerade noch den Abzugspunkt berühren, ehe zwei Kugeln sich in der Markierung trafen.

Bent senkte hinter ihr seine Waffe. Er machte kein Gewese darum, dass er seiner Partnerin das Leben gerettet hatte. Er nickte nach rechts. Elli ging zusammen mit ihm in dieser Richtung weiter. Beide noch immer die Waffe mit beiden Händen gehoben.

Mitten in der großen Lagerhalle, links von ihnen, befand sich eine Tür. Elli schlich darauf zu, drehte sich zu Bent um, der auf die andere Seite der Tür zukroch. Er nickte und gab ihr ein Zeichen, dass sie jetzt hineingehen könnten. Elli zählte an den Fingern ab – eins, zwei, drei! Sie stürmte durch die Tür, bewegte sich dann rasch nach links, fiel auf die Knie und überprüfte den Raum, während sie die Waffe noch immer erhoben hatte, mit raschen, mechanischen Blicken. Bents Waffe kam hinter dem Türrahmen zum Vorschein, dann folgte auch er mit schattenhaften, kontrollierten Bewegungen.

Der Raum bestand aus einer typischen Einrichtung mit Sofa, Sesseln, Tisch, Bücherregal und Fernseher. Auf jeder Seite des Raumes gab es eine Tür, ein Fenster schaute auf den Wald hinter dem Gebäude, und das Fenster auf der rechten Seite schien auf einen Hinterhof zu blicken.

Die Tür nach links ging auf, ein Marker mit einer Maschinenpistole sprang heraus. Elli gab zwei Schüsse auf seine Brust ab.

Dreizehn, vierzehn.

Hinter dem Bücherregal tauchte noch ein Marker mit erhobener Pistole auf. Elisabeth gab einen Schuss auf den Marker ab.

Fünfzehn.

Hinter dem Sofa sprang ein weiterer Marker auf. Dieser Pappkamerad hielt ein Kind als Schild vor sich. Elli erstarrte und zielte auf ihn. Der Marker bewegte sich unruhig, sie zielte weiter auf seinen Kopf, fand den ersten Druckpunkt auf dem Abzug, während sie den Bewegungen des Markers mit vom Adrenalin angeheizten, überkontrollierten Bewegungen folgte. Der Marker blieb stehen, aber Elli kam den Bruchteil einer Sekunde zu spät. Unter der Weste war ihr der Schweiß ausgebrochen, und der unergonomische Griff der H & K ging ihr langsam auf die Nerven. Sie atmete schwer.

Verdammt, warum schießt Bent nicht?

Dieses Konzentrationsniveau konnte niemand lange aufrechterhalten. Der Marker bewegte sich wieder für einen Moment. Das Lächeln des kleinen Jungen war nur ein Strich in ihrem Tunnelblick. Sie war bereit zum Abdrücken, sicher, dass die Kugel den Stirnbereich des Mannes treffen würde.

»Stopp!«

Tom Malmrosens klangvolle Stimme erfüllte den Raum. Elisabeth senkte die Waffe.

»Hast du dich leer geschossen?« Malmros machte ein frustriertes Gesicht. »Schon wieder, Elli?«

Elisabeth gab keine Antwort. Abteilungsleiter Malmros hatte das schlechteste – oder beste – Timing der Welt. Er war bekannt als gerechter und verständnisvoller Chef, aber er stellte an seine Mitarbeiter hohe Ansprüche. Elli lief vor Frust rot an, sie wusste, dass sie ihren Chef enttäuscht hatte.

»Also, in dieser Situation musst du die Waffe ja senken, um nicht das Leben des Kindes aufs Spiel zu setzen, oder?«, sagte Malmros. Der unterschwellige Sarkasmus war für Elli eine Demütigung.

»Du hast abgebrochen, ehe ich mich zu erkennen geben konnte«, erwiderte sie.

Malmros blickte ihr ins Gesicht. »Wie viele Schuss hast du noch?«

Elli sah ihn resigniert an.

»Ich hab alles leer geschossen.«

»Ach was?«, fragte Malmros.

Elli schaute instinktiv zur linken Gehirnhälfte des Markers hoch.

»Ja.«

»Dann schieß jetzt auf das Bücherregal«, befahl Malmros.

»Was?«, fragte Elli verdutzt.

Malmros wurde lauter. »Schieß auf das Bücherregal!« Elli verzog genervt das Gesicht. Sie zielte ziemlich achtlos und schoss.

Der Knall des Schusses war in dem Betonraum ohrenbetäubend. Elli war sichtlich überrascht. Malmros verzog keine Miene.

Elli spürte, dass ihr Gesicht sich noch tiefer rötete.

Kapitel 5

Die Bürolandschaft der Abteilung für Gewaltverbrechen in der Wache auf Grønland war eine nichtssagende und anonyme Variante der Bilder, die man oft in Kriminalserien im Fernsehen sieht. Die Tische waren skandinavisch, neu und hell, aus Buchenfurnier, die Stühle ergonomisch korrekt, an den Wänden hing moderne norwegische Kunst, zusammen mit einzelnen gerahmten Polizeidevotionalien. Wenn man die Einrichtung zu einer Telefongesellschaft oder Bank verlegt hätte, hätte man – abgesehen von den Devotionalien – wohl kaum einen Unterschied gesehen.

Elli warf die Jacke über den Garderobenständer neben ihrem Tisch. Sie merkte, wie sie sich anstrengte, um nach dem Patzer morgens auf der Schießbahn die Schultern nicht hängen zu lassen. Bent war schon bei der Arbeit. Zwei uniformierte Kollegen kamen an Elli vorbei, alle drei führten das Begrüßungsritual durch.

»Ganz ruhig«, sagte Bent.

Elli versuchte, sein Lächeln zu erwidern. »Du hast gut reden«, sagte sie resigniert.

Bent erhob sich und ging auf die Glastür des benachbarten Besprechungszimmers zu. Er nickte Elli auffordernd zu.

»Bin gleich bei dir«, sagte sie, ohne den Blick von den Mails auf ihrem Bildschirm zu heben. Nichts Wichtiges.

Bent schloss die Jalousien vor der Glaswand des Besprechungszimmers halbwegs. An der einen Querwand gab es eine milchweiße Plexiglastafel mit einer dahinter angebrachten Lichtquelle. Die Tafel war in vier Abschnitte eingeteilt, jeder mit Informationen über aktuelle Fälle. Morde, Drogen, die vergangenen vierundzwanzig Stunden und Vermisste. Morde hatten die höchste Priorität, und wenn es mehrere Mordfälle oder verdächtige Todesfälle gab, rückten die Drogen auf der Liste nach unten. Für den Moment hatten sie keinen Mord, jedoch war zwei Wochen zuvor eine nicht identifizierte Person in Grünerløkka an einer Überdosis gestorben, und wenn es keine Identifizierung gab, blieben die Details eine Weile hängen. Jetzt hatten sie außerdem den Leichenfund des Vortages vom Friedhof Gamlebyen. Bis auf weiteres galt der als verdächtiger Todesfall, aber oft ging es bei drogenbezogenen Todesfällen im Sommer um jüngere und unerfahrene Menschen, die erst kürzlich mit Rauschgift in Berührung gekommen waren oder ihren Konsum gesteigert hatten, woraufhin alles schiefgegangen war.

Die Tafel wies des weiteren eine Auswahl schwerwiegender Gewaltverbrechen auf, oft in Verbindung zu bekannten kriminellen Szenen, und eine Auswahl aus der mehr oder weniger stetig zirkulierenden Galerie von Personen, die die Polizei zu jedem Zeitpunkt im Auge hatte.

Bent blieb vor der Tafel stehen.

Elli trat hinter ihn. »Erbauliche Lektüre.«

Bent gab keine Antwort. Elli ahnte bei ihm ein kurzes Zucken des Augenlides, gefolgt von einem »Mm-mm …«.

Elli konnte dieses »Mm-mm« nicht mehr interpretieren, denn plötzlich wurde hinter ihnen die Tür aufgerissen. Malmros betrat den Raum mit zielgerichteten Schritten, gefolgt von Harald Takle, einem der Veteranen der Abteilung. Elli hatte den Verdacht, dass der Bergenser Takle, der Einzige hier, der über fünfzig war, bereits ausgiebig sein Rentnerdasein plante und einen Großteil seiner Arbeitszeit mit dieser Planung verbrachte. In den letzten Jahren hatte er eine immer korpulentere Gestalt entwickelt, und fast vier Jahrzehnte mit reichlicher Zufuhr an Kaffee, Selbstgedrehten und Rotwein hatten sein Gebiss in Richtung Hörgerätbraun verfärbt. Der Kontrast zu den vier oberen Vorderzähnen, die aussahen wie von Villeroy & Boch geliefert, war deshalb sehr groß.

»Schönen Vormittag«, rief Malmros ironisch in einem für diese frühe Morgenstunde unverschämt fröhlichen Tonfall. Elli und Bent sagten beide nur »Hallo«. Malmros setzte sich ans Tischende, die anderen drei gruppierten sich im Halbkreis um ihn herum. Malmros legte seine Unterlagen rechts vor sich ab, wie er das immer machte. Die Papiere waren zu einem ordentlichen Stapel sortiert. Aus dem Stapel ragten rote, grüne und blaue Reiter hervor. Elli kannte sonst niemanden mit einer solchen Ordnung.

Bents Blicke irrten umher, begegneten Ellis', die keine Antwort für ihn hatten.

»Das ist also der Ermittlerstab der Abteilung für Gewaltverbrechen in der größten Stadt Norwegens. Vier Personen, davon eine der oberste Chef und dann noch jemand, der bald in den Vorruhestand eintreten wird«, sagte er mit aufgesetzter Ironie. Malmros musterte ihn gelassen, sah dann Elli und schließlich Takle an. »Ja. Heute ist das die Ermittlungsgruppe. Und wie immer erwartet die Polizei, dass alle in jeder Gruppe alles tun werden, was mit den jeweils zur Verfügung stehenden Mitteln überhaupt machbar ist.« Malmros legte eine Kunstpause ein. »Das Justizministerium hat uns auch in dieser Woche mit keinem größeren Etat beglückt.« Bent holte tief Luft und wollte weiter herumkritisieren, aber Elli versetzte ihm unter dem Tisch einen leichten Tritt gegen das Schienbein.

Malmros sah zu Takle hinüber. »Du arbeitest diese Woche im Büro, nicht wahr?«

»You bet. Ich habe alle Hände voll zu tun«, sagte Takle mit der arroganten Miene, die sein Markenzeichen war. Der selbstgerechte Bergenser Takle beherrschte die Kunst, selbst den kleinsten Fetzen alltäglicher Information ungeheuer wichtig wirken zu lassen.

Malmros erhob sich und ging zur Tafel hinüber. »Wir haben also einen neuen Todesfall, vermutlich eine Überdosis, vom Friedhof Gamlebyen gestern Morgen. Rathke und Harr sind damit befasst«, sagte er und zeigte auf die beiden. »Bis auf weiteres haben wir rein gar nichts – keine Zeugen, keine Identität, und keine, auf die die Beschreibung passt, ist in den letzten sechs, sieben Wochen als vermisst gemeldet worden.« Er schaute sich rasch in der Runde um. »Wann können wir mit dem Obduktionsbericht rechnen?«

»Hoffentlich morgen«, sagte Elli.

»Hat die Tatortgruppe etwas gefunden?«, fragte Malmros.

»Eigentlich nicht. Sie haben Reifenspuren auf dem Friedhof, aber das ist an sich ja nichts Besonderes.«

Malmros zeigte mit dem Daumen auf die Tafel hinter ihm. »Wir wissen auch noch immer nichts über die Frau, die vorige Woche in Grünerløkka tot aufgefunden worden ist. Takle hat die Liste der Vermisstenmeldungen, in den beiden vergangenen Tagen sind vier oder fünf dazugekommen, und dann kümmert er sich um den üblichen Kram, Überfälle, Ladendiebstahl und grobe Prügeleien. Die Frau aus Grünerløkka wird wohl auch auf Takles Schreibtisch landen, da wir keinerlei Anhaltspunkte haben. Fragen?«

Elli schaute zu Takle hinüber. »Hast du überprüft, ob heute Morgen frische Vermisstenmeldungen gekommen sind?«

Er lächelte verlegen. »Leider ja. Aber das waren nur Männer.«

»Wir haben ja auch die internationale Umweltkonferenz,

die in einigen Tagen beginnt«, verkündete jetzt Malmros. »Die wird weitere Kräfte mit Beschlag belegen.«

Als ob wir nicht ohnehin schon mehr als genug zu tun hätten, dachte Elli.

Als sie die Besprechung verließen, tippte Elli Takle auf die Schulter. Er fuhr mit einem Blick herum, der fragte: »Was soll das denn?«

»Gibt es gar keine Hinweise auf die Frau, die vorige Woche in Grünerløkka gestorben ist?«, fragte sie. »Oder vielleicht ist Mädchen ja die passendere Bezeichung.«

Takle schüttelte den Kopf. »Wie gesagt – keine Identität, keine besonderen Kennzeichen, keine Zahnarztunterlagen, keine passenden Vermisstenmeldungen, kein Mobiltelefon. Alter unbekannt. Sie ist wie ein schwarzes Loch.«

»Und es war ebenfalls eine Überdosis?«

»Sie ist gestorben, als wir gerade dort eintrafen«, sagte Takle.

Elli blickte ihn fragend an.

Takle zuckte mit den Schultern, in einer entwaffnenden Geste, die im Laufe der Jahre bei ihm zu einem weiteren Kennzeichen geworden war. »Der Krankenwagen war zuerst da, die Sanitäter haben sie mit ihrem Besteck vorgefunden, sie haben es mit Gegengift versucht, aber es war zu spät.«

»Du warst am Tatort?«

»Ja.«

»Das Besteck, das waren eine Spritze und ein Schlauch?«

Takle nickte.

»War sie angezogen?«, fragte Elli.

»Angezogen? Ja, ich glaube schon … sie lag unter einer Decke auf der Trage. Wieso fragst du?«

Elli lehnte sich an die Wand. »War nur so eine Idee. Ist sie obduziert worden?«

»Ja, wie immer.«

»Und es war zweifellos eine Überdosis?«

»Ja, sie strotzte nur so vor Heroin.« Takle machte eine resignierte Handbewegung. »Elli, das ist doch nicht der erste Sommer, in dem bei uns mehrere Jugendliche an einer Überdosis sterben. Zwei junge Mädchen in unterschiedlichen Wochen sind außerdem im Sommer oft die Realität. Siehst du hier Zusammenhänge, die wir anderen nicht sehen?«

»Nein, eigentlich nicht. Ich wollte das nur noch mal klarstellen«, sagte sie und lächelte ihn so freundlich an, dass sie das Gefühl hatte, in seinem Antwortlächeln eine Spur von Unsicherheit zu finden.

Das Gewimmel auf der Karl Johans gate war typisch für einen geschäftigen Junitag. Touristen aus Europa, Japan und China kamen jetzt in die Stadt, Jugendliche beim Shopping schwirrten umher, und die Menschen eilten zu Terminen und Verabredungen, die zu erledigen waren, ehe der Urlaub losging.

Alfred Krefting, der für die Sozialliberale Volkspartei im Parlament saß, ging mit festen Schritten auf das Parlamentsgebäude zu. Er spürte, wie in seiner Jackentasche sein Mobiltelefon vibrierte. Das Display zeigte die Nummer des Pressesprechers seiner Partei.

»Ja«, sagte Krefting.

»Hast du ein paar Minuten Zeit? Hier will ein Journalist einen Kommentar dazu, dass die Sozialdemokraten sich jetzt auch für die von den Konservativen vorgeschlagene Liberalisierung der Drogenpolitik einsetzen.«

Na, bei Politik ging es ja um PR.

»Na gut, stell ihn durch.«

Drei Sekunden später hatte er den Journalisten an der Strippe. Es war der Sender P4, der per Telefon einen *Soundbite* wollte, als Gegenstück zur Aussage der gesundheitspolitischen Sprecherin der Sozialdemokraten. Krefting zögerte keinen Moment mit seiner Antwort.

»Der konservative Vorschlag zur Liberalisierung wird wie üblich durch keinerlei Kenntnisse über den Alltag der Drogensüchtigen getrübt«, verkündete er für die Hörer von P4. »Es überrascht mich gar nicht, dass die Konservativen zuerst an die Kosten denken. Jetzt springen leider auch die Sozialdemokraten auf diesen Karren auf.« Krefting legte eine Kunstpause ein. »Ich – und die Regierungskoalition – stellen die Menschen in den Mittelpunkt. Denn es geht hier um Menschen, nicht um Statistik.«

»Aber Herr Krefting«, fiel der Studiosprecher ihm ins Wort.

»Danke«, sagte Krefting, beendete das Gespräch und verschwand im Parlamentsgebäude.

Kapitel 6

Der Gang in der Lagerhalle in Alnabru wurde an beiden Enden von abgenutzten Leuchtröhren erhellt. Die Türen auf der linken Seite waren vor den abblätternden Betonwänden nur als dunkle Konturen zu sehen. Jon Aass ging gelassen auf die vorletzte Tür zu. Die war angelehnt, und grünliches Licht strömte heraus. Er öffnete sie vorsichtig und schaute in den dahintergelegenen Raum.

»Hallo«, sagte er mit aufgesetztem Selbstvertrauen. Er registrierte an der hinteren Wand einen alten Goodyear-Kalender mit einer barbusigen Frau. Das Licht der Neonröhren verpasste ihr Teufelsaugen.

»Herein!«

Die Stimme war autoritär. Zwei Männer saßen wie vage Silhouetten mit dem Rücken zu Jon. Auf einem Tisch vor ihm lag eine Slalombrille.

»Setz die Brille auf.«

Jon setzte sie auf. Sie war innen schwarz gestrichen, nicht ein Lichtstreifen drang hindurch.

»Na gut«, sagte Jon. Eine Hand packte seine Rechte mit festem Händedruck. »Nett, dich kennenzulernen. Schön, dass du wie abgemacht kommen konntest«, sagte die Stimme, die ihm unbekannt war. Wer der andere Mann war, wusste er, aber hier wurden keine Namen genannt und jegliche unnötige Gegenüberstellung wurde vermieden.

»Guten Abend«, antwortete Jon verlegen.

»Hast du eine DVD?«, fragte nun die Stimme.

Jon Aass hielt eine DVD hoch. »Casting!«

Der Mann dort draußen in der Dunkelheit führte Jon Aass zu einem Stuhl. »Warte hier.«

Jon hörte das Summen eines Laptops, der hochgefahren wurde, und ein weiteres Summen, das von einem Projektor stammte, wie er annahm. Die DVD wurde eingelegt, ihr Geräusch sagte ihm, dass die Vorstellung begonnen hatte.

Das Bild, das die beiden Männer betrachteten, war bläulich und arm an Farben. Die erste Szene zeigte eine junge Europäerin. Sie tanzte vor der grellen Wand in Jons Castingstudio. Hinter seiner Brille stellte er sich die beiden Männer vor, in deren Augen seine Aufnahmen reflektiert wurden.

»Interessant«, hörte Jon. »Sehr interessant.«

Jon ergriff diese Möglichkeit, um ins Gespräch einzusteigen. »Die Erste ist aus Ungarn. Sie steht zum Verkauf.« Diese Aussage stieß auf Schweigen. Er fasste sich ein Herz und fügte hinzu: »Fünftausend Euro ist der neue Preis. Die Albaner sind gierig geworden.«

Noch immer war aus der Dunkelheit dort draußen keine Reaktion zu hören. Jon griff nervös an die Brille.

»Bitte nicht die Brille abnehmen. Das ist besser für alle …«

Jon ließ die Hand sofort wieder sinken. Das Summen des DVD-Gerätes sagte ihm, dass jetzt zur nächsten Sequenz weitergeklickt wurde. An der Wand tauchten jetzt Bilder von Nina auf.

»Die Nächste ist klassisch«, teilte er enthusiastisch mit, als er das digitale Piepen hörte, das den Wechsel zur nächsten Aufnahme signalisierte. Ninas Szene lief lautlos an der Wand vor den beiden Männern ab, die sich niemals äußerten, während sie Kandidatinnen bewerteten.

»Ist sie … zugänglich?«, fragte die unbekannte Stimme.

»Ja. Junkie im Anfangsstadium, zu Hause durchgebrannt. Bezeichnet ihre Eltern als Ärsche. Hat einige wenige Privatjobs gemacht. Typisch *lost girl in the making.* Kommt übrigens aus Nesodden«, erzählte Jon begeistert.

»Und ursprünglich?«, hörte er aus der Dunkelheit.

»Weiß nicht. Kolumbien? Peru?«, sagte Jon. Das war nur geraten. Er konnte natürlich sehen, dass eine aus Lateinamerika kam, aber wie er den Unterschied zwischen Chile, Mexiko und Kolumbien erkennen sollte – das ahnte er wirklich nicht. Wer tat das schon? Na, vielleicht Leute aus Venezuela, wo sie ja offenbar alle schön waren.

»Preis?« Jon wurde aus seinen Überlegungen gerissen. Die Stimme in der Dunkelheit war noch ruhig, aber mit einem Hauch von Erwartung. Jon brach unter der modifizierten Slalombrille der Schweiß aus.

»Das wäre eher ein Vermittlungshonorar. Fünfzehntausend?«

Im Zimmer wurde es still. Sicher haben sie das Bild angehalten, dachte Jon.

»Wann ist sie zugänglich?«, fragte die Stimme.

Elli fand Bent vor dem Rechner an einem Schreibtisch in der Bürolandschaft. Er starrte mit zusammengekniffenen Augen den Bildschirm im Gegenlicht der Sonne an, die von einem Kupferdach auf der anderen Straßenseite reflektiert wurde.

»Noch immer keine Jalousien«, kommentierte Elli.

»Architektonische Pisse«, sagte Bent mit aufgestauter Aggression.

Elli klopfte ihm auf die Schulter. »Reg dich ab … findest du etwas?«

Bent schüttelte energisch den Kopf. »Nix. Bin jetzt ein halbes Jahr zurückgegangen, aber es gibt absolut keine Vermisste, die zu der Beschreibung der Toten vom Friedhof passt. Und auch das Jugendamt kann nicht weiterhelfen.«

»Schwarzes Meer, mit anderen Worten«, sagte Elli.

»Eher wie Öl, wenn du mich fragst. Total undurchsichtig. Wo zum Teufel soll man da anfangen?«

Elli ließ ihre Tasche auf ihren Schreibtisch fallen, setzte sich und drehte sich mit ihrem Sessel zu Bent um.

»Ich stimme dir ja zu, dass wir bisher noch nicht viel haben, aber da dieses Mädchen vom Friedhof offenbar nirgendwo zu existieren scheint, meine ich, dass auch das eine Spur sein kann. Es ist doch möglich, dass wir später noch eine Vermisstenmeldung bekommen, aber wir wissen ja, dass das bei jungen Menschen nur sehr selten vorkommt. Die Angehörigen greifen in der Regel schon nach wenigen Stunden zum Telefon. Und jetzt ist schon von anderthalb Tagen die Rede.«

Bent ließ sich im Sessel zurücksinken und verschränkte die Hände hinter dem Kopf. »Was glaubst du?«

»Wenn junge Mädchen schon an der Nadel hängen, dann ist oft auch Prostitution mit im Spiel. Und meistens mit einem Dealer oder Zuhälter im Hintergrund.«

»Sie kann doch aus üblen Familienverhältnissen durchgebrannt sein«, sagte Bent.

»Ja, vielleicht, aber da weder das Jugendamt noch die Unruhepatrouille etwas über sie wissen, ist das weniger wahrscheinlich. Sie war nackt, als sie gefunden wurde, hat russische Züge, ist sehr jung. Und sie hat nirgendwo Spuren hinterlassen – wir finden jedenfalls keine. Wenn sie illegal ins Land gekommen ist, ist sie vielleicht nirgendwo registriert.«

»Ja, das ist möglich. Vor allem, wenn sie nicht auf dem Straßenstrich aktiv war.«

»Was mir zusetzt, ist, dass wir keine Vermisstenmeldung für ein so junges Mädchen haben. Das verstärkt die Theorie, dass sie illegal ins Land gekommen ist. Vermutlich gibt es irgendwo jemanden, dem sie wichtig ist ... wichtig war, aber diese Menschen wissen vielleicht nicht einmal, dass sie verschwunden ist.«

Bent zeigte durch ein kurzes Nicken, dass er ihr zustimmte.

»Dann wollen wir uns mal die üblichen Orte ansehen«, sagte Elli. »Vielleicht bekommen wir ja einen Eindruck davon, wie der Prostitutionsmarkt gerade aussieht – und wer im Augenblick dort operiert. Aber für den Anfang wird nur beobachtet.«

Bent hob die Hände. »Ja, warum nicht.«

Kapitel **7**

Am Abend, ehe sie auf dem Friedhof Gamlebyen tot aufgefunden wurde, lag das junge Mädchen in einem Himmelbett und kehrte dem Raum den Rücken zu. Die Bettwäsche war weiß, der Stoff, der das Bett umhüllte, war ebenfalls weiß, aber an der Seite gerefft, auf die die Videokamera gerichtet war. Der Körper des jungen Mädchens ruhte auf der rechten Seite, sie hatte ihr linkes Bein auf das rechte gelegt, ihre Knie waren leicht angezogen. Ihr Kopf ruhte auf ihrem rechten Arm, der Linke lag über ihren kleinen, unentwickelten Brüsten. Sie trug eine dunkle Perücke mit einem langen Zopf, der auf der weichen nackten Haut ihres Rückens arrangiert war.

Das Mädchen, sie hieß Polina, dachte, das hier sei ja nicht so schlimm, wie sie zuerst erwartet hatte. Die Kamera kann mein Gesicht nicht sehen. Wenn ich erst genug Geld verdient habe, um meine Schulden für die Fahrkarte zu bezahlen, kann ich mir hier im Land Arbeit suchen. So viel hatte sie schon begriffen; Norwegen war wohlhabend, ganz anders als Weißrussland. Die Leute hatten Geld, das hatten ihr die vielen teuren Autos verraten, die Kleider, die Schaufenster. Wenn sie als Model, das den Rücken zeigte, Geld verdienen könnte, wäre es doch so, wie als Aktmodell für einen Künstler zu sitzen.

»Okay«, sagte Jon Aass. Er löschte die Lichter. Polina merkte, dass es sofort kälter wurde, sowie die Energie der Scheinwerfer nicht mehr ihren Körper traf. Sie setzte sich vorsichtig auf.

»Wait!« Jon Aass legte einen anderen Schalter um und das Bett wurde in rotes Licht gebadet.

»Not yet.« Das rote Licht war kräftiger. Polina legte sich sofort wieder so hin wie vorher.

»Fertig?«

Polina fuhr zusammen. War hier noch ein Mann? Die Stimme kam von einer anderen Seite des Raumes, aber es war schwer, sie zu lokalisieren. Der Raum war offenbar groß, wie ein Studio, aber nur das Bett wurde angeleuchtet. Der Rest war undurchdringliche Finsternis.

Ohne von Polina gesehen werden zu können, nickte Jon. Aus der Dunkelheit auf der rechten Seite des Raumes kam ein Mann in Malerhose, einer schwarzen Lederschürze, Flanellhemd, schwarzen Gummischuhen und einer schwarzen Kapuze über dem Kopf. Seinem Körper nach zu urteilen war der Mann zwischen vierzig und fünfzig und absolut durchtrainiert. Die Oberarme waren kräftig und sprachen von einer aktiven Sportlervergangenheit.

Jon ließ die Kamera laufen, drehte die Schrauben am Stativ ganz fest, überzeugte sich ein letztes Mal davon, dass der Bildausschnitt mit den ihm erteilten Anweisungen übereinstimmte. Alles war in Ordnung. Er konnte sich zurückziehen. Jon Aass blieb bei diesen Veranstaltungen nie länger als unbedingt nötig.

Der Kapuzenmann näherte sich dem Bett, auf dem Polina lag, mit langsamen, geschmeidigen Schritten.

Polina starrte krampfhaft die Wand an. Das hier war nicht das, was ihr erzählt worden war. Sie spürte, wie Angst in ihr aufstieg, merkte, dass jemand sich auf das Bett setzte, drehte sich vorsichtig um und schaute auf.

Der Mann mit der Kapuze beugte sich mit der Selbstsicherheit eines Raubtiers über sie. Polina wollte schreien, aber der Kapuzenmann legte ihr eine Hand auf den Mund.

»Pssst«, flüsterte er.

In einem Nebenzimmer, das Polina nie gesehen hatte und von dem sie auch nie erfahren würde, konnten der Kapuzenmann und Polina auf einem LCD-Bildschirm beobachtet werden. Polinas verzweifeltes Schreien wurde von der feuchten Hand des Kapuzenmannes gedämpft. Mit routinierten Bewegungen konnte der Kapuzenmann ihre krampfhaften Bewegungen kontrollieren und genießen. Diese Bewegungen nahmen nach und nach ab, je mehr die fehlende Sauerstoffzufuhr dem jungen Körper den Atem raubte. Polina war jetzt schlaff, der Mann ließ so weit los, dass sie kurz nach Luft schnappen konnte. Seine Beute war fertig und widerstandslos. So, wie er selbst es gewesen war.

Er zog das hervor, was er zur Vollendung seiner Tat brauchte. Er verspürte das erregende Prickeln in der Leistengegend. Das Prickeln, das ihm nur auf diese perfekte Weise kam.

Die Leere stellte sich dann später ein.

Kapitel 8

Der Morgendunst verwischte die Umrisse in der Stadt. Elli und Bent saßen schweigend in ihrem Dienstwagen und kämpften sich durch die Staus zum Rechtsmedizinischen Institut weiter. In alle Richtungen waren eilige Menschen unterwegs. Die Arbeit rief.

»Todesursache?«, fragte Elli.

»Überdosis«, antwortete Bent.

»Selbst zugefügt?«

»Ja. Und wenn nicht, werden wir wohl kaum beweisen können, dass jemand anders ihr den Schuss gesetzt hat.«

Elli sah das nicht so, schwieg aber. Sie würden die Antwort ja ohnehin bald erfahren.

Die Pathologin Lise Bergmann, eine energische Frau von Mitte fünfzig, musterte das weiße Laken, das über die schmächtige Gestalt drapiert war. Obwohl sie seit fast dreißig Jahren Obduktionen durchführte, staunte sie manchmal noch immer über das, was ihr unters Messer kam. Und sie war auch gefühlsmäßig nicht immun dagegen – jedenfalls nicht ganz. Kinder und Jugendliche waren natürlich das Schlimmste, und das zierliche Wesen unter dem Laken hatte Erinnerungen an ihre eigene Tochter wachgerufen, so, wie diese fünfundzwanzig Jahre zuvor in der Pubertät gewesen war.

Bergmann brachte ihren Mandanten Fürsorge entgegen. Für sie waren sie Mandanten, die nicht mehr sprechen oder sich gegen Behauptungen oder üble Nachrede wehren konnten, und sie sah es als ihre Aufgabe an, diese Mandanten bei der Vermittlung von Tatsachen aus ihrem Dasein als Lebende zu vertreten. Alle Informationen wurden mit Würde und Verständnis weitergereicht, so dass die Empfänger einen nuancierten und korrekten Eindruck des Mandanten erhielten.

Tote erzählten durch ihre bloße Anwesenheit immer viel über sich und die Todesursache, soweit man von Anwesenheit sprechen konnte, wenn jemand tot war. Bei dieser jungen Frau war es jedenfalls nicht so. Sie strahlte einfach nur etwas Rätselhaftes aus, fand Bergmann.

Zuerst wog und maß sie die Leiche routinemäßig. Keine Abnormitäten. Darauf folgte die Prozedur des bekannten Y-Schnittes, bei dem Muskulatur und Wand des Unterleibs durchtrennt wurden. Der Einschnitt war zudem lang, vom Venushügel um den Nabel bis zu den Rippen hoch, die durchsägt wurden, um Zugang zu den inneren Organen zu erhalten. Diese wurden eins nach dem anderen herausgenommen, gewogen und jedes für sich untersucht. Bei Fällen wie dieser jungen Frau konnte sie den Drang nicht unterdrücken, freundlich mit der Leiche darüber zu sprechen, welche Eingriffe sie vornehmen musste. Es war zwar unsinnig, aber sie fühlte sich besser dabei. Es war einfach zu schrecklich, dass ein Mensch sein Leben schon beenden musste, ehe es wirklich angefangen hatte. Deshalb schuldete sie einem solchen Menschen eine respektvolle Behandlung.

Nachdem sie die nötigen Proben von den Organen genommen hatte, folgte sie abermals der Obduktionsroutine und öffnete die Hauptadern mit einem Längsschnitt, um das Blut zu untersuchen. Der typische stählerne Untersuchungstisch war am Rand mit Blutrinnen versehen, ähnlich denen, die die üblichen Schneidebretter für Fleisch in einer Küche aufweisen. Die Rinnen hatten sich langsam mit dem zähflüssigen Blut des jungen Mädchens gefüllt.

Elli brachte Lise Bergmann großen Respekt entgegen. Bergmann war eine Institution und arbeitete schon so lange, wie Elli bei der Polizei war, im Rechtsmedizinischen Institut. Wie jemand diese Art von Arbeit über einen so langen Zeitraum ertragen konnte, war für Elli unbegreiflich, und sie bewunderte Bergmann desto mehr für ihre Professionalität und ihr Engagement.

»Dreizehn Jahre«, sagte Bergmann.

Elli und Bent starrten die Leiche an. Dreizehn Jahre. Ihr Leben hatte kaum angefangen. Ellis Schwester war siebzehn gewesen, als sie ermordet worden war. Der Obduktionssaal mit dem vielen Stahl, den Instrumenten, dem Neonlicht und den Menschen in ihren weißen Kitteln und Haarnetzen würde Elli für immer an die grauenhaften Sekunden an jenem Abend erinnern, als vor ihren Augen und denen ihres Vaters das Laken angehoben wurde und darunter das schöne Gesicht ihrer Schwester auftauchte. Sie schläft nur, hatte Elli gedacht. Der Vater hatte ihre Schultern so fest zusammengedrückt, dass sie blaue Flecken davongetragen hatte. Nun wusste sie aus der Erfahrung, die sie bei ihrer Arbeit gemacht hatte, dass man niemals wissen kann, wie Menschen auf eine Todesnachricht oder bei einer Identifizierung reagieren. Schweigen, Leugnen, Weinen oder Ohnmacht – möglich war alles.

Bergmann schielte zu Elli hinüber, und die nickte ihr auffordernd zu. »Und trotz ihres jungen Alters hat sie in mancher Hinsicht schon mehr erlebt als eine Gattin aus dem Westend – oder von mir aus auch zehn von der Sorte – in einem ganzen Leben schafft«, sagte nun Bergmann.

Elli gab ihr ein Zeichen, weiterzureden.

»Sie weist Spuren von bedeutenden Mengen von Sechs-Monoacetyl-Morphin auf. Beim Heroinkonsum wird der Stoff in der Leber in Morphium umgewandelt. Als Todesursache können wir also eine Überdosis Heroin nennen. Und sie hat beträchtliche Mengen konsumiert. Abhängig von der Erfahrung der Betreffenden und dem Zeitraum, in dem bereits konsumiert worden ist, ist eine normale Dosis für eine erfahrene Benutzerin etwas zwischen zehn und dreißig Milligramm reines Heroin, bei dem auf der Straße, das gestreckt wird, zwischen hundert und dreihundert Milligramm. Ich tippe in diesem Fall, dass sie ungefähr ein Gramm oder tausend Milligramm gespritzt hatte, also fünf bis sieben Mal mehr als eine übliche Dosis. Es ist so viel Heroin, dass selbst hartgesottene Junkies von Mitte vierzig wohl daran sterben würden. Außerdem zeigt ihr Körper keine Hinweise auf regelmäßige Injektionen, ich konnte bisher nur diesen einen Einstich finden.«

»Selbstmord?«, fragte Bent.

»Mord. Die Injektion wurde früher gesetzt, und sie wurde zur Fundstelle geschafft. Danach hat jemand die Nadel wieder eingestochen.«

Elli überwand die Versuchung, Bent einen Hab-ich's-nicht-gleich-gesagt-Blick zuzuwerfen, und schielte stattdessen wieder zu der Leiche hinüber.

»Andere Funde?«, fragte Elli.

»Ja, wo du schon fragst, im Blut gibt es auch Spuren von Gamma-Hydroxy-Buttersäure.«

»GHB?«, kommentierte Bent.

»Richtig. GHB ist als Rauschmittel nicht sonderlich verbreitet, aber wir hatten schon mehrere Fälle, in denen es benutzt wurde, um Menschen zu betäuben, auch im Zusammenhang mit sexuellen Übergriffen.«

Ellis Blicke wanderten instinktiv über das Laken zum Unterleibsbereich des jungen Mädchens. »Ist das hier ein wahrscheinliches Szenario?«

»Unbedingt. Sie scheint ein sexuell sehr aktives Leben geführt zu haben. Angesichts ihres Alters muss sie also sehr früh angefangen haben.«

»Verdammt, ich hasse solche Fälle«, rutschte es Bent heraus.

Elli gab Bergmann ein Zeichen, weiterzureden.

»In Scheide und Enddarm finden sich Spuren von regelmäßiger Penetration. Teilweise war die sehr unsanft, und wir sehen neue und alte Schürfwunden.« Bergmann legte eine Kunstpause ein, die weder Elli noch Bent zu unterbrechen wagten. »Alle sexuell aktiven Frauen können kleine Kratzer im Unterleib aufweisen, aber die sind dann natürlich und ungefährlich. In diesem Fall sind auch einige der Kratzer von natürlichem Charakter, aber andere sind heftiger, fast schon wie Schnitte.«

Elli ging zu der Toten hinüber und nahm das Laken von ihrem Gesicht. Die Leiche war tadellos zurechtgemacht. Die hohen Wangenknochen des Mädchens, die blauen Augen, die hellblonden Haare und die fast glasige Haut ließen an eine Porzellanpuppe denken. Elli glaubte noch immer, einen letzten Rest des Geruchs von der Fundstätte auf dem Friedhof Gamlebyen wahrnehmen zu können. Was war ihre Geschichte? Woher kam sie? Wie hieß sie? Sie lag mit einer Art vager Würde da, zusätzlich zu der, die Bergmann ihren Mandanten immer gab.

»Heftiger?«, fragte Elli. Am liebsten hätte sie nicht mehr gewusst, aber ihr blieb nichts anderes übrig.

»Ja … für mich sieht es aus, als ob ein oder mehrere Gegenstände benutzt worden sind. Aus Stahl, scharf.«

»Was für eine Sorte Stahl?«

»Wir haben einige Metallpartikel gefunden, die uns erzählen, dass es sich vermutlich um Messerstahl handelt, von einer Qualität, die gerade für Messer und andere Geräte viel benutzt wird. Nicht die rostfreie Variante und deshalb vermutlich ein Gegenstand, der für den Gebrauch im Haus gedacht war.«

»Und er war scharf?«

»Relativ scharf, aber es war kein Messer. Das hätte feinere Schnitte erzeugt. Auf Anhieb wüsste ich nicht, dass ich so etwas schon einmal gesehen hätte – etwas zwischen einem Messer und einem Schraubenzieher.«

Bent schüttelte den Kopf. »Ist das alles?«

»Na ja«, sagte Bergmann. »Diese Penetration mit dem Gegenstand wurde post mortem vorgenommen.«

Elli schaute wieder zu der Leiche hinüber. Was für ein kurzes und tragisches Leben war diesem armen Mädchen beschieden gewesen!

Bergmann räusperte sich vorsichtig. »Und ihr habt sicher die Tätowierung schon gesehen.«

Elli nickte. »Den kleinen Schmetterling auf dem linken Hüftkamm?«

»Ja«, sagte Bergmann. »Tätowierungen sind im Moment ja nichts Ungewöhnliches, aber … es gibt hier noch etwas Eigentümliches. Ihr ganzer Körper ist mit Terpentin gepinselt oder eingerieben worden.«

»Mit Lackbenzin also?«, fragte Elli.

»Nein, nicht ganz. Terpentin wird aus dem Splitterholz von Fichten gewonnen und wohl vor allem benutzt, um Ölfarben zu verdünnen.«

»Das war also der Geruch …«, sagte Elli. Sie presste die Fingerspitzen gegeneinander. »Was hast du hier für ein Gefühl … was sagt dir das alles?«

Bergmann überlegte einige Sekunden. »Ich würde sagen, dass es durchaus seltsame Umstände sind. Und die Tatsache, dass sie so jung ist und offenbar schon so aktiv war, weist wohl mit großer Wahrscheinlichkeit auf eine Tätigkeit als Prostituierte hin, vielleicht wurde sie auch zu Hause missbraucht.« Sie legte abermals eine Pause ein. »Und dann haben wir ja ein breites Spektrum möglicher Täter.«

»Woher kommt sie?«, fragte Bent.

»Genetisch einwandfrei aus dem Osten. Wenn ich raten soll, dann tippe ich auf die Ukraine, Weißrussland, vielleicht das Baltikum.«

Bergmann reichte Elli eine Kopie des Obduktionsberichtes. »Finde dieses Schwein, Elisabeth.«

Elli zog das Mobiltelefon hervor, als sie und Bent das Rechtsmedizinische Institut verließen. Sie wählte die Durchwahl von Kurt Fjeld, dem operativen Leiter der Gewaltsektion.

»Ja«, sagte der kurz nach zweimaligem Klingeln.

»Es war Mord«, sagte Elli. »Sie wurde mit einer kräftigen Überdosis Heroin umgebracht, die früher gesetzt worden war, danach wurde sie auf den Friedhof geschafft.«

»Verdammt«, sagte Fjeld. »Na gut – dann müssen wir hier den Apparat erweitern.«

»Harr und ich fahren jetzt sofort hin und machen da weiter, wo wir vor zwei Tagen aufgehört haben«, sagte Elli. »Wir arbeiten jetzt etwas weiter vom Fundort entfernt. Kannst du zwei Teams schicken?« Sie überlegte kurz. »Zum Ekebergvei und dann weiter hoch in Richtung Brannfjell.«

»In Ordnung, Olavsen und Takle sind bereit, und wir können eine Streife umdirigieren. Okay?«

»Ja, schön, und dann brauchen wir eine taktische Ermittlungsbesprechung – kannst du die für sechzehn Uhr einberufen?«

»Sechzehn Uhr geht nicht, da findet die Koordinierungssitzung für die internationale Umweltkonferenz statt.«

Verdammt.

»Später?«

»Morgen früh könnten wir mehr Beteiligung erwarten.«

»Kannst du nicht befehlen?«

»Doch, aber wir sollten uns vielleicht erst ansehen, was wir haben, ehe wir den Einsatz steigern.«

Da hatte er nicht unrecht. Sie würden bei einer Besprechung am nächsten Morgen wohl etwas mehr Fleisch auf den Knochen haben. Aber Elli hasste Warten.

»Na gut, morgen früh, aber dann kommen alle, die heute noch Zeit haben, nachher zu einer Einführungsbesprechung, wenn wir uns durch den Tag hindurchgearbeitet haben«, sagte sie und beendete das Gespräch. Dabei dachte sie, dass es nicht ihre Aufgabe sei, Fjeld Anweisungen zu erteilen, aber sie hatten Zeit verloren und mussten rasch vorgehen.

Elli ging ins Treppenhaus des hinteren Wohnblocks im Wohnkomplex Arctanders hage. Die beiden Blocks in der ersten Reihe vor dem Friedhof hatten sie am Tag des Leichenfundes schon abgehakt. Nur einige wenige Wohnungen im hinteren Block blickten auf den Friedhof, aber alles musste überprüft werden. Bent kümmerte sich um die Häuser auf der anderen Seite des Friedhofs und der Eisenbahnlinie, in der Oslo gate.

Ellis Unterbewusstsein hatte ihr gesagt, dass es sich um Mord handeln könnte. Obwohl jetzt feststand, dass sie es mit einem Mord zu tun hatten, war sie frustriert. Sie wusste aus bitterer Erfahrung, wie wichtig es ist, die Menschen sofort nach einem Geschehnis zum Reden zu bringen. Die Erinnerung verflog rasch, vor allem bei älteren Menschen. Was um acht Uhr morgens noch ganz vorn in der Stirn gelegen hatte, konnte gegen Mittag bereits in Vergessenheit geraten sein. Nach fast zwei Tagen war sicher noch viel mehr in die geschlossenen Schubladen des Gehirns verlagert worden. Wichtige Ermittlungszeit war vergeudet worden.

Es gab aber auch Menschen, die sich an mehr erinnerten, wenn sie über alles hatten nachdenken können. Die dann nach einer Woche anriefen, vielleicht sogar noch später. Zeugen konnten über entscheidende und urteilsrelevante Informationen verfügen, ohne deren Wert zu begreifen. Außerdem waren die Menschen dauernd in Bewegung: Familie, Freunde, Arbeit, Ferien, Auto in die Werkstatt, Rendezvous – es gab Hunderte von Gründen, aus denen Zeugen gleich nach einer kriminellen Handlung, die dicht vor ihrem Küchenfenster stattgefunden hatte, verschwinden konnten. Und bei diesem Zeithandicap war es umso wichtiger, dass sie schnell vorgingen.

Im Erdgeschoss im Treppenhaus A im rechten Block öffnete eine pakistanische Frau von vielleicht fünfzig. Sie hielt ein kleines Kind auf dem Arm. Sie schüttelte den Kopf, sowie sie Ellis Dienstmarke sah.

»Nein«, sagte sie, schüttelte immer weiter den Kopf und nickte in Richtung des Kindes, das wohl ihr Enkelkind war.

»Mein Mann ist bei der Arbeit«, sagte sie dann.

»Es geht um etwas, das vor drei Tagen hier auf dem Friedhof passiert ist«, sagte Elli.

Die Frau schüttelte nur noch energischer den Kopf. Das Baby schluchzte los. Elli schätzte die Wahrscheinlichkeit, von dieser Frau etwas zu erfahren, auf etwa eins zu tausend und entzog sich dieser Situation mit einem Lächeln.

Sie klopfte an die nächsten beiden Türen in dieser Etage, aber die Bewohner waren offenbar schon zur Arbeit gegangen. Im ersten Stock dagegen waren in einer Wohnung Geräusche zu vernehmen. Der Mann, der öffnete, war Mitte vierzig und hatte halblange Haare. Ein grau werdender Rand an dem dünnen Scheitel ganz oben verriet, dass die dunkle Farbe nicht echt war. Er trug ein viel zu weites T-Shirt mit einer aufgedruckten Hommage an Jerry Garcia und Grateful Dead. Die enge Trainingshose betonte die Beule zwischen den Beinen. Elli lehnte das Angebot von Date und Konzertkarten ab. Die Fahne des Typen begleitete sie bis fast hinauf in den zweiten Stock, der ebenfalls ganz menschenleer war.

Auf dem Weg in den dritten Stock stieß sie auf einen vielleicht acht oder zehn Jahre alten Jungen, der gerade zur Schule gehen wollte. Er fuhr zusammen, wie kleine Jungen das angesichts von Ellis Dienstmarke immer taten.

»Hallo«, sagte Elli. »Ich würde dir gern ein paar Fragen stellen.«

Der Junge lächelte höflich zurück.

»Es geht um etwas, das vor drei Tagen passiert ist«, fing sie an. Der Junge lächelte weiterhin bereitwillig. »Kannst du mir zeigen, wo du wohnst?« Der Junge lächelte noch breiter, und sie hatte den Eindruck, dass er außerdem vorsichtig nickte. Elli lächelte aufmunternd zurück. Aber er blieb stehen und schien sich weder aufwärts- noch abwärtsbewegen zu wollen.

»Findest du es unheimlich, dass ich bei der Polizei bin? Du brauchst wirklich keine Angst zu haben – ich bin ein ganz normaler Mensch«, sagte sie dann mit ihrer freundlichsten Stimme. Der Junge lächelte noch immer, aber das Lächeln erstarrte jetzt in seinen Mundwinkeln.

»Sind deine Eltern zu Hause?«, fragte Elli.

Der Junge gab sich solche Mühe mit seinem stummen Lächeln, dass er Elli richtig leidtat. Was war denn nur los mit ihm?

Der Junge zeigte auf sein Ohr. »Bin tauuuuub«, sagte er.

Elli lächelte erleichtert. Das erklärte sein Verhalten. Na, dann würde sie jetzt nichts aus ihm herausholen können, sie müssten eben zurückkommen, wenn sie mit den Eltern sprechen könnten. Sie notierte seinen Namen und die Nummer seiner Wohnung und ließ ihn laufen. Sicherheitshalber sah sie bei der Wohnung nach, die er genannt hatte, der Name auf dem Türschild stimmte, und wie er erklärt hatte, war auch niemand zu Hause.

Elli hatte dreißig unfruchtbare Minuten im Aufgang D verbracht und klingelte jetzt an der ersten Klingel von Treppenhaus C. Die Tür wurde per Summer geöffnet, und Elli ging ins Haus. Eine alte Dame öffnete die erste Tür auf der linken Seite. »Ellingsen« stand auf dem Schild. Elli zeigte ihre Dienstmarke, die sie an einer Kette um den Hals trug, zum mindestens zwanzigsten Mal an diesem Vormittag.

»Guten Tag. Rathke, von der Polizei.«

Frau Ellingsen schaute sie misstrauisch an, maß Elli von Kopf bis Fuß, dann taute ihre strenge Miene ein wenig auf.

»Man kann heutzutage nicht vorsichtig genug sein, wissen Sie. Es passiert so viel …«

Elli lächelte zurück und nickte beifällig zu Frau Ellingsens Lebensweisheit.

»Ist etwas passiert?« Frau Ellingsen blickte Elli ängstlich an.

»Leider ja. Wir haben unten auf dem Friedhof eine Tote gefunden.«

»Nein, wie schrecklich. Ich sag es ja, man kann heutzutage nicht vorsichtig genug sein. War sie jung?«

»Ja, leider. Ein Teenager.«

»Nein, wie schrecklich, nein, wie schrecklich …« Elli wurde durch Frau Ellingsens Entsetzen ein wenig abgelenkt und dachte noch einmal, dass sie hier ihre Zeit vergeudete, aber sie riss sich zusammen. »Wir wollten fragen, ob Ihnen hier in der Gegend vor drei Tagen jemand oder etwas aufgefallen ist. Da ist sie gefunden worden.«

Frau Ellingsen riss die Augen auf, als ob sie von einer Zuschauerin jetzt zu einer Art stellvertretenden Miss Marple geworden sei. »Ach, ach. Nein ... ich habe aber auch nach nichts Ausschau gehalten. Das mit diesem Mädchen ist aber auch zu schrecklich! ... Was soll mir denn eigentlich aufgefallen sein?«

»Menschen. Autos. Geräusche. Alles ist interessant.«

Frau Ellingsen überlegte. Elli hatte den Eindruck, dass sie in einer Art Alzheimer-Nebel verschwand, aber dann war sie plötzlich wieder da. »Neeeein ... vor drei Tagen? Ich habe da wohl gerade aufgeräumt. Ich schaffe nicht mehr viel, und in einigen Tagen kommt mein Enkelkind zu Besuch. Da muss ich doch aufräumen, wissen Sie.« Sie legte eine lange Pause ein, als ob sie in eine Unendlichkeit von Lebenserfahrung tief in ihrem Altersnebel blickte. Elli war sichtlich ungeduldig, ihre Körpersprache zeigte, dass sie das Gespräch beenden wollte. Sie wollte sich gerade umdrehen, als Frau Ellingsen wieder auf Sendung war.

»Aber ich habe eine Freundin, die hier in der Gegend jeden Morgen einen Spaziergang macht. Vielleicht lohnt sich ein Gespräch mit ihr.«

Bent stand mitten in der Konows gate, dort, wo der Ryenbergvei den steilen Hang Ekebergskrenten hochführt. Seine Umfrage hatte bisher nichts erbracht, abgesehen davon, dass es immer einer soziologischen Untersuchung gleichkam, in irgendeiner Osloer Gegend an eine Reihe von Türen zu klopfen. So früh am Morgen waren nur wenige zu Hause. Es gab mehrere Eingänge zum Friedhof. Wenn man von der Fahrtrichtung absah, hatte ein Wagen mit einer Leiche durch Ekebergsvei, Konows gate und Ryenbergsvei kommen können. Theoretisch war der Friedhof wohl auch von der Baglerstrede aus zu erreichen, aber ein Auto hätte dann durch die Konows gate fahren müssen. Die Tote konnte natürlich auch selbst auf den Friedhof gegangen sein. Und vielleicht würde Elli nie erfahren, wie sie dorthin gelangt war.

»Bent!«

Elli kam von der anderen Seite her auf ihn zu. »Warst du schon überall?«

»Bis zur Kreuzung. Hat aber nicht viel gebracht … ein verschlafener Säufer und ein geschockter Schwuler, ansonsten nada. Menschenleer.«

»Ruth Strand?«

»Ja, ich glaube, den Namen hab ich in einem der alten Häuser an der Ecke Ribbungegate gesehen. War niemand zu Hause.«

»Sie macht morgens oft einen Spaziergang, kann sich lohnen, mit ihr zu reden. Wir müssen sie auf die Liste setzen.«

»Und du?«, fragte Bent.

»Frau Strand und ein kleiner Junge sind die einzigen vagen Spuren. Der Junge ist taub, aus ihm konnte ich nichts herausholen. Wir müssen mit den Eltern sprechen.«

Sie gingen zum Friedhof weiter, wo die Techniker die Umgebung des Fundortes durchkämmten.

»Viele Fußspuren?«, fragte sie in die Runde.

»Nicht viele«, antwortete Gulbrandsen. »Aber es hat in der Nacht zu gestern heftig geregnet.«

Alle wussten, dass das die Möglichkeit, Haare oder Flüssigkeiten mit DNA-Spuren zu finden, sehr verringerte. Wenn sie überhaupt etwas fänden.

Kurt Fjeld stand schon im Besprechungszimmer. Er war bekannt als einer, der niemals aufgab, und für kurze Zeit war er einige Jahre zuvor weit über Oslo hinaus für seinen heldenhaften Einsatz bei einem komplizierten bewaffneten Überfall in Vestfold berühmt gewesen. Damals hatte er dem Einsatzkommando Delta angehört und war in der ersten Reihe beim Sturm auf die Bankfiliale dabei gewesen, wo die beiden verzweifelten schwedischen Bankräuber, die von Amphetamin total zugedröhnt gewesen waren, einen Bankangestellten und eine Putzfrau als Geiseln genommen hatten und die Beute von über zwanzig Millionen Kronen an sich pressten. Die folgende Ermittlung hatte ergeben, dass Fjeld korrekt gehandelt hatte, als er die beiden mit seiner Hecker & Koch MP 5 erschossen hatte. Die Bankräuber waren bewaffnet gewesen und hatten angekündigt, eine Geisel zu erschießen. Fjeld hatte vier Schüsse abgegeben, die einzigen, die er bis heute im Dienst jemals verschossen hatte. Er sprach nur ungern über diese Episode.

Sein Laserpointer zeigte auf eine detaillierte Hybridkarte am Smartboard im Besprechungsraum. »Ihr habt also die nächststehenden Wohnblocks in Arctanders gate, Alnagate und Alnafetagate an dem Morgen schon abgeklappert, an dem sie gefunden worden ist«, fing er an und schmatzte ein paarmal mit dem Priem unter seiner Oberlippe. »Und jetzt habt ihr Konows gate, Inges gate und Oslo gate untersucht?«

Bent nickte, während Elli aufstand und an die Tafel ging. »Wir haben an allen Türen geklingelt, vielleicht in einem Drittel der Wohnungen war jemand zu Hause«, berichtete sie. »Olavsen und Takle haben zusammen mit …«, Elli sah in ihren Notizen nach, »Sigurdssøn und Kvale Ekebergvei bis Valhallavei, Ryenbergvei und Dyvekes vei geschafft.« Sie zeigte auf diese Straßen und schaute dann Kvale an.

»Das stimmt«, sagte er. »Im Dyvekes vei wohnt aber kaum jemand.«

Elli schaute auf die Uhr, die zehn vor sieben zeigte. »Die Leute kommen jetzt wohl nach Hause – wir sollten noch mal los, um die zu befragen, die vorher nicht zu Hause waren. Bis auf weiteres haben wir nur ganz wenig in der Hand. Was Mobiltelefonaktivitäten und Überwachungskameras angeht, kriegen wir morgen wohl Leute, um das zu überprüfen.«

Fjeld erhob sich. »Ich kümmere mich sofort darum«, sagte er.

»Und wir dürfen Taxi, Bus und Straßenbahn nicht vergessen«, fügte Fjeld energisch hinzu. »Dann wissen alle, was sie heute Abend zu tun haben, und wir reden morgen früh weiter.«

Er schnalzte mit der Zunge, fischte den Priem mit einem geübten Zeigefinger heraus und warf ihn mit einem leisen Klatschen in den Papierkorb.

Kapitel 9

Die Abendrunde mit der Türklinkenaktion hatte keine Ergebnisse gebracht, keine neuen Zeugen waren aufgetaucht. Schon jetzt, zu Beginn der Ermittlungen, hatte sie das Gefühl, ins Hintertreffen geraten zu sein. Aber Elli wollte nicht aufgeben. Sie mussten das Tempo beibehalten.

Es war inzwischen halb eins. Elli musterte eine junge Südamerikanerin, die den Männern am Tresen der Global Bar vielsagende Blicke zuwarf. Die Global Bar war eins der Etablissements in der Stadt, die einen Aufschwung genommen hatten, nachdem zum Jahreswechsel 2008/09 der Kauf von sexuellen Dienstleistungen verboten worden war. Gegen eine geringe Provision gestattete es die Bar ehemaligen Straßenprostituierten, an den Tresen und dunklen Tischen ihrem Gewerbe weiterhin nachzugehen. Der Polizei war das natürlich bekannt, und sie hatten auch Gegenmaßnahmen ergriffen, allerdings in geringerem Maße, als das Prostitutionsmilieu befürchtet hatte. Es sah aus, als hätten die Politiker für die Medien eine Erfolgsgeschichte zu berichten und als sei die öffentliche Meinung mit den Folgen des neuen Gesetzes zufrieden: Prostitution war jetzt nicht mehr so deutlich zu sehen. Elli wusste, dass im Grunde alles wie früher war, nur hatte der Schauplatz gewechselt. Die Männer taxierten noch immer die Frauen, die jederzeit ihre Dienste anboten. Welche passte am besten zu den Gelüsten des Abends? Afrikanerin? Asiatin vielleicht? Gern große Brüste, am liebsten einen straffen Hintern. Die Auswahl war groß, und die Frauen wetteiferten energisch um die Freier.

Sie könnte alles zwischen vierzehn und zweiundzwanzig sein, dachte Elli über die Südamerikanerin. Nach einem raschen Streifblick konnten Elli und Bent acht bis zehn andere Frauen identifizieren, im selben diffusen Alter, die an diesem Abend mit ähnlichem Vorhaben die Global Bar aufgesucht hatten.

»Den Laden könnten wir sofort schließen lassen«, sagte Bent.

»Wir sind zum Beobachten hier«, sagte Elli. »Jetzt, für den Anfang …«

Bent zuckte ungeduldig mit den Schultern. »Es braucht nur ein Wort … Polizei«, flüsterte er. »Und dann jagen die Kerle zur Tür, wie Kakerlaken in den Abfluss, wenn man in Südeuropa die Badezimmerlampe einschaltet.«

»Nur beobachten, Bent. Konzentrieren!«

»Spielverderberin!«

Elli lächelte, dann schaute sie wieder zu der Frau hinüber, die ihr als Erstes aufgefallen war.

»Wo die wohl herkommt?«, fragte er.

»Peru, tippe ich mal«, sagte Elli, ohne den Blick von ihr zu lösen. »Oder Ecuador.«

»Ich begreife nicht, wie du da einen Unterschied sehen kannst. Warum nicht Mexiko?«

Elli zuckte mit den Schultern. »Schmale Augen. Da ist der Einschlag von Gebirgsvölkern in der Bevölkerung größer als in den meisten anderen südamerikanischen Ländern. Und die haben eben oft schmalere Augen.«

Bent schüttelte den Kopf. »Und das weißt du, weil …?«

»Rucksacktour in den Neunzigern.«

»Na gut – für mich sind das alles böhmische Dörfer. Die sehen doch alle gleich aus.«

Elli drehte sich zu ihm um.

»Aber einen Norweger und einen Griechen kannst du voneinander unterscheiden?«

Bent zuckte abermals mit den Schultern. »Das schon …«

»Das ist das norwegische Problem Nummer eins: Norweger sehen die Welt durch eine norwegische Brille.«

Bent zeigte auf Elli. Er hatte diese Angewohnheit, wenn er glaubte, einen wichtigen Punkt anzuschneiden. »Aber vergiss nicht, dass wir ja schließlich in Norwegen sind.«

Elli verspürte im Bauchbereich ein Aufflackern von Aggression, dachte dann aber an die ewigen Reden ihrer Mutter über die buddhistische Erkenntnis, Aggression sei nur selten konstruktiv, und konnte ihr Temperament zügeln.

»Das schon, wir sind in Norwegen«, sagte sie und nickte in Richtung der Frau, die sie beobachteten. Die war jetzt nicht mehr allein.

Nina schleppte so einiges mit sich herum, das wusste sie selbst. Sie hatte sicher nicht immer besonders kluge Entscheidungen getroffen, hatte schon in der sechsten Klasse die Schule geschwänzt und jede Menge Bier getrunken, Hasch geraucht und mit viel älteren Jungen Sex gehabt, als sie noch keine dreizehn gewesen war. Jetzt war sie bald vierzehn. Wenn ihre feige superfromme Mutter oder deren Freunde aus der Pfingstgemeinde auch nur die Hälfte dessen gewusst hätten, was Nina in den vergangenen zwei Jahren so getrieben hatte, wäre ihnen das Herz stehengeblieben.

Die Mutter hatte aber offenbar etwas mitbekommen. Sie konnte ja auch nicht so blöd sein, dass sie gar nichts von dem raffte, was hier vor sich ging, dachte Nina. Aber egal. Sie würde ja doch nicht wieder nach Hause gehen.

Anfangs war sie von Wut getrieben worden und von Scham. Jetzt wollte sie nur vergessen. Jeden Tag. Wie viele wie sie gab es eigentlich? Bestimmt viele. Einigen war sie auf der Piste ja begegnet.

Ein gutangezogener Mann von Mitte zwanzig war jetzt auf sie zugekommen. Nina lächelte ihn professionell und aufreizend an. Sie wechselten einige Worte, leerten ihre Gläser, und dann verließ der Mann die Bar.

»Warten wir, bis die Kleine weg ist«, sagte Elli. Schon nach vier Minuten konnten sie sehen, wie die Südamerikanerin den Ausgang ansteuerte. Elli und Bent gingen gleich nach ihr. Zum Glück wollten gerade mehrere neue Gäste die Bar betreten, so dass sie einfach mit dem Menschenstrom verschmelzen konnten. Draußen konnten sie gerade noch registrieren, dass sich die Frau ungefähr fünfzig Meter die Straße hinunter in einen weißen Porsche Cayenne setzte. Der Fahrer fuhr sofort los und bog Sekunden später um die nächste Ecke.

»Peinlicher als ein weißer Cayenne geht ja wohl kaum«, sagte Bent.

»In der Bar hat er ja auch nicht gerade mit Urteilskraft brilliert«, erwiderte Elli.

Das Wageninnere war cremefarben, in weichem Leder. Der Mann neben ihr lenkte sein luxuriöses Gefährt mit selbstsicherer Miene. Nina sah, dass sein Anzug von Hugo Boss war, seine Uhr eine Rolex, die Schuhe handgenäht und auf Glanz poliert. Ein Freier hatte ihr einmal erklärt, was einen eleganten Mann von einem unterschied, der einer zu sein versuchte.

Es war ihr erstes Mal mit diesem Mann. Sie fragte sich, ob er sich an die Abmachungen halten oder mehr verlangen würde.

Elli und Bent beobachteten weiter den Verkehr in der Global Bar. Nach einer Stunde hatten sie sieben weitere Prostituierte identifiziert, deren Alter sie bei vieren auf fünfzehn bis zwanzig schätzten, zwei waren älter und ihnen schon bekannt, eine war afrikanischer Herkunft.

»Da weiß man irgendwie nicht, ob die vierzehn oder vierunddreißig sind«, sagte Bent mit einem Blick zu der Afrikanerin.

»Denen geht es mit uns genauso«, sagte Elli.

Die langbeinige Frau ging dicht an ihnen vorbei. Bent warf ihr einen langen Blick hinterher. »Ist jedenfalls kein Wunder, dass die alten norwegischen Mädels Probleme haben.«

Sie standen auf, gingen hinaus und steuerten ihren zivilen Volvo XC70 an. Für Kriminelle, Presseleute und andere mit Interesse an den Aktivitäten der Polizei war der Wagen mit seinen zusätzlichen Antennen und den Blaulichtern auf dem Dach viel auffälliger als ein Streifenwagen. Um kein Aufsehen zu erregen, hatten sie deshalb einige Straßen weiter geparkt.

Der Dienstwagen glitt langsam durch die Straßen. Nachdem sie den Schlosspark passiert hatten, bog Elli in die Stortingsgate ab. Es war ein warmer Abend, auf den Bürgersteigen wimmelte es von jüngeren Menschen auf dem Weg zu den nahe gelegenen Kinokomplexen. Elli rechnete rasch aus, dass sie schon seit über einem Jahr nicht mehr im Kino gewesen war.

»Sie muss ja keine Prostituierte gewesen sein«, sagte Bent.

»Nein … aber das Fehlen von Ausweispapieren oder passenden Vermisstenanzeigen lässt es doch sehr wahrscheinlich wirken.«

»Es sind doch erst zwei, drei Tage vergangen. Vermisstenmeldungen kommen doch oft etwas später.«

Elli hielt vor einer roten Ampel. Sie drehte sich zu Bent um. »Mal ganz ehrlich – glaubst du wirklich, dass wir für sie noch eine Vermisstenmeldung kriegen?«

Er zuckte mit den Schultern. »Das wissen wir doch immer erst, wenn eine vorliegt.« Er zeigte nach vorn, wo die Ampel auf Grün umsprang.

Sie hatten ihr Ziel erreicht, die alte Quadratur zwischen der Karl Johans gate und der Festung Akershus. Ehe Sexkauf kriminalisiert worden war, hatten in den Straßen um die Norges Bank hektische Aktivitäten stattgefunden. Als das Verbot erlassen worden war, hatten die Kunden sich zurückgezogen und die Aktivitäten waren auf ein Minimum zurückgegangen. Die Polizei hatte eine Zeitlang Spitzel eingesetzt, es war zu Verhaftungen und zur Verhängung von Bußgeldern gekommen. Elli und Bent hatten selbst mehrere Freier festgenommen. Wie üblich hatte das neue Gesetz der Polizei jedoch keine zusätzlichen Mittel beschert, und Überwachungen und Verhaftungen hatten so rasch abgenommen, wie sie begonnen hatten.

Elli hielt das Ganze für einen gediegenen Witz. Um das Gesetz durchzusetzen, hätten sie sehr viel mehr Geld und Leute gebraucht, doch obwohl die Polizei diese Mittel nicht erhielt und folglich die Einhaltung des Gesetzes nicht permanent überprüfen konnte, lobten sich die Politiker und behaupteten, das Gesetz habe die erwünschten Folgen gezeitigt.

Elli hielt in der Skippergate in Richtung Karl Johans gate. Sie schaute sich im Rückspiegel auf der Straße um. Die Prostituierten und die Kunden tauchten jetzt in regelmäßigen Abständen wieder im Straßenbild auf, und an diesem Abend war ziemlich viel los. »Während die meisten Leute vor dem Fernseher sitzen …«

»Das ist wirklich eine endlose Männermenge«, antwortete Bent.

»Und Frauenmenge. Der Unterschied ist nur, dass die Frauen ausgewechselt werden. Die Männer kommen immer wieder.«

»Na, auch hier greifen wir lieber nicht ein, sonst muss der Justizminister ja wieder dementieren, dass die Aktivitäten weitergehen.«

Bent musterte einen Mann von Mitte vierzig, der gerade über den Bürgersteig ging. »Man stellt sich ja vor, wie die Männer sabbernd auf dem Bürgersteig herumlungern. Aber eigentlich kann es doch jeder sein?«

Elli lächelte und schaute rasch zu ihm hinüber. »Theoretisch könntest du es sein.«

»Ich? Scheiße, ich bin doch Familienvater mit Haus in Rælingen und bald hab ich Taufe.«

»Ja, genau.«

Drei junge osteuropäisch aussehende Frauen gingen vor dem Auto vorüber. Ihre spärliche Kleidung betonte gewisse Partien ihrer schmächtigen Körper eher, als dass sie diese versteckt hätte.

Bent holte tief Luft. »Du bist heute Abend aber verdammt giftig.«

Elli verdrehte die Augen. »Es war nur eine illustrierende Hypothese mit der Aussage, dass der Umfang breit und tief in der Gesellschaft verankert ist, quer durch sozialen Status, Religion und ethnische Herkunft. Es sollte kein Vorwurf sein.«

»Es hatte aber einen Unterton …«

»Nein.«

»Doch«, er breitete demonstrativ die Arme aus. »Du hast dich ins Land der Emanzen verirrt.«

Sie schaute mit halbgeschlossenen Augen zu ihm herüber. »Bent, ich bin halb Thai. Das Konzept Emanze existiert in der Kultur meiner Mutter nicht und hat deshalb in meiner Jugend auch nicht mein Bewusstsein geprägt. Aber ich bin Realistin. Und Pragmatikerin.«

Er schüttelte den Kopf. »Wenn du nicht bald mal ein bisschen locker wirst, endest du noch als unverheiratete alte Tante.«

Elli drehte sich zu ihm. »Wie du meinst, Bent. Vergiss die ganze Sache, ja?«

Bent legte sein Gesicht in Falten. »Ich meine, bei deinem Aussehen müssten Männer doch das geringste Problem sein.«

Eine winzige Andeutung eines Lächelns zeichnete sich in ihrem Mundwinkel ab, als sie sich wieder umdrehte. Bent trommelte auf dem Armaturenbrett herum, während er offensichtlich angestrengt nachdachte. Zwei weitere Frauen standen jetzt am Straßenrand. Das Trommeln verstummte plötzlich. »Nein, du hast es erlebt«, sagte er selbstsicher.

»Was denn?«

»Du hattest einen Typen, der sich hier unten Waren gekauft hat, nicht wahr?«

Elli schüttelte resigniert den Kopf. Sie ließ den Motor an und fuhr eine Weile durch die weiter westlich gelegenen Straßen. Sie wusste, dass Bents Verärgerung, weil seine Frage nicht beantwortet wurde, zu einer besonderen Gehirnaktivität führte, die nicht immer besonders konstruktive Ergebnisse hervorbrachte.

Elli bog in die Myntgate ab, dann rechts in die Skippergate und weiter zum Anleger der Kopenhagenfähre. Einige Regentropfen trafen die Windschutzscheibe.

»Glaubst du nicht, dass sie auch auf der Straße gearbeitet haben kann, die vom Friedhof?«, fragte Bent.

Elli bugsierte den Wagen auf den LKW-Parkplatz vor dem Fährterminal, hielt und drehte den Motor aus, ließ aber den

Zündschlüssel stecken, damit die Scheibenwischer den stärker werdenden Regen entfernen konnten. »Na ja, es ist ja nicht unwahrscheinlich, dass sie sich auch in dieser Szene aufgehalten hat, oder? Jung und ohne Papiere, mit osteuropäischen Zügen. Die Hintermänner wollen ja ihr Geld sehen – sie kann Schulden gehabt haben, die schnell zurückgezahlt werden mussten.«

»Schon gut, schon gut … wonach suchen wir also?«, fragte Bent. »Sollen wir mit irgendwem reden?«

»Na ja … ich weiß nicht so recht … ich wollte mir zuerst einen Eindruck verschaffen, der Szene den Puls fühlen. Wir hatten ja seit dem Verbot kaum noch hier unten zu tun.«

»Wir wollen doch eine Identifizierung – können wir nicht einfach mit einem Bild hier eine Runde drehen?«

Die Tür auf der rechten Seite eines Lastwagens ging auf, eine Osteuropäerin sprang heraus und lief zurück in Richtung Skippergate.

»Bei der aus der vorigen Woche – war Takle allein da?«

»Die aus Grünerløkka?

»Ja«, sagte Elli.

»Ich weiß nicht so genau, ich nehm es aber an. Ich glaube, die Meldung kam mitten im Schichtwechsel. Ich glaube, es war dieselbe Geschichte wie zuletzt, dass die Streife dem Krankenwagen begegnet ist, als die Frau noch lebte, aber dass sie dann noch vor Ort gestorben ist. Das war, als du in Urlaub warst.«

»Mhm«, sagte Elli. Sie hatte das vage Gefühl, dass das nicht alles war, wollte bis auf weiteres aber nicht darauf eingehen.

Kapitel 10

Nachdem sie und Bent ihren Einsatz beendet hatten, verbrachte Elli die restliche Nacht im Polizeigebäude. Weder die Nachbarschaftsbefragung noch die abendliche Beobachtungsrunde hatte etwas ergeben. Sie hatten jedoch noch nicht die Zeit gefunden, in den polizeilichen Registern nachzusehen, und jetzt war ein ebenso guter Zeitpunkt dafür wie irgendwann sonst. Und sie wurde jetzt nicht gestört.

Als die Regierung drei Jahre zuvor ihren Vorgehensplan in Bezug auf Trafficking vorgelegt hatte, war die Koordinationseinheit für Opfer von Menschenhandel, KOM, eingerichtet worden. Diese Maßnahme hatte das Bewusstsein für Trafficking erhöht, aber die Ergebnisse waren alles andere als beeindruckend. Elli kam es vor, als ob die Polizei nur an der Spitze des Eisberges herumkratzte. Aber immerhin wurden die Informationen jetzt besser koordiniert, und das machte die Suche übersichtlicher.

Weil das Mädchen auf dem Friedhof so jung gewesen war, suchte Elli zuerst im polizeilichen Spezialarchiv, das Übergriffe auf Kinder im sexuellen Schutzalter registrierte. Bei den meisten Fällen waren Pädophile involviert, aber es handelte sich vor allem um Übergriffe auf eigene Kinder, Stiefkinder, Pflegekinder oder Kinder aus dem engsten Umgangskreis der Täter. Neben den mehreren Hundert Männern aus den letzten sieben Jahren gab es auch zwei Frauen. Einige dieser Fälle umfassten Gruppen von Menschen, die sogenannten Pädophilenringe. Diese Fälle erforderten den Einsatz großer polizeilicher Mittel und oft jahrelange Ermittlungsarbeit. Oft gab es Verzweigungen ins ganze Land oder sogar in die ganze Welt. Das ist der Preis der globalisierten Gesellschaft, dachte Elli. Fast alle Mitglieder solcher Netzwerke wollten die Opfer teilen. Es war ganz einfach zum Kotzen: Wenn ein Pädophiler Zugang zu einem Kind hatte, wurde dieses Kind aller Wahrscheinlichkeit nach für Geld oder für den Zugang zu einem weiteren Kind an Gleichgesinnte weitergereicht. Das Internet machte alles nur noch einfacher.

Nachdem sie fast zwei Stunden lang die Informationen durchgegangen war, hatte Elli den Eindruck, dass es keine unmittelbaren Zusammenhänge mit ihrem Fall gab. Sie hatte es mit mehreren Herangehensweisen versucht. Suche in Traffickingfällen, bei denen es um Mädchen aus der Ukraine, Weißrussland oder den baltischen Staaten gegangen war, typische Prostitutionsfälle, bei denen die Frauen gegen die Hintermänner ausgesagt hatten, wegen Überschreitung ihrer Besuchserlaubnis aus dem Land verwiesen worden waren, oder einige Fälle, in denen sie von Freiern oder Zuhältern misshandelt worden und deshalb durch die Krankenhäuser in den Fokus der Polizei gelangt waren. Weder in Norwegen noch in den anderen nordischen Ländern fand sie vergleichbare Mordfälle. Nicht einmal die Suche nach minderjährigen Prostituierten lieferte Anhaltspunkte. Es gab mehrere Dutzend solcher Fälle, bei denen die Prostituierten sich als älter ausgegeben hatten, und sie hatten keine Verbindungen zur Pädophilenszene gehabt. Bei allen diesen Fällen von Gewalt, bei denen minderjährige Prostituierte auftauchten, war den Tätern eine Verurteilung wegen sexuellen Verkehrs mit Minderjährigen erspart geblieben, weil das Gericht es niemals als bewiesen betrachtet hatte, dass der Täter hatte wissen können, dass das Mädchen noch so jung war.

Es war jetzt halb vier Uhr morgens. Elli fielen die Augen zu, sie wollte ihren Kopf auslüften, loggte sich aus und fuhr mit dem Rad nach Hause zu ihrer Wohnung in Bjølsen. Nachdem sie eine Viertelstunde lang mit Zenith am Akerselv unterwegs gewesen war, setzte sie sich mit einer Tasse Tee vor den Mac. Sie wusste, sie hätte schlafen müssen, aber sie glaubte, vorher doch noch eine Stunde schaffen zu können. Das Internet war eine unterschätzte Quelle für Ermittlungen. Vor allem half es, sich einen Überblick über bestimmte Szenen zu verschaffen, über Zusammenhänge und Verbindungen. Der Umstand, dass es ihr nicht schwerfiel, das digitale Universum mit seinem kompromisslosen logischen Aufbau zu verstehen, hatte ihr deshalb in mehreren Fällen geholfen.

Sie ging zuerst ins Diskussionsforum auf www.unix.com, wo sie ab und zu wertvolle Hilfe und Informationen gefunden hatte. Nichts von Interesse.

Dann zur Aufgabe. Wenn das Mädchen Prostituierte gewesen war, wie war sie an Kundschaft gekommen? Vermutlich über das Internet. Wonach suchten die Kunden?

Elli fing zuerst bei Google mit »junge Mädchen« an. Archaische Ausdrucksweise, aber aus Erfahrung wusste sie, dass Männer sich oft so ausdrückten, wenn sie in der digitalen Sphäre nach fleischlichen Impulsen suchten. Die Suche ergab 480 000 Treffer, die meisten harmlos, aber zwei Verweise auf Fälle mit älteren Männern und jungen Mädchen in Diskussionsforen waren leicht als polizeibekannte Fälle zu durchschauen.

Einige gesponserte Reklamelinks tauchten oben rechts bei Google auf. Sie klickte weiter auf zwei Anzeigen, www.sexmeet.no und www.love21oveu.net. Beide präsentierten Menüfenster, in denen sich eine Reihe Menschen aus beiden Geschlechtern und in allen Altersgruppen auf der Suche nach Sexpartnern oder -partnerinnen präsentierte. Die Wahl des Altersprofils begann an beiden Orten bei achtzehn, möglicherweise konnten einige Mädchen etwas jünger sein, aber Elli fand keinen klaren Hinweis auf sehr junge Mädchen. Eine ähnliche Suche auf Englisch ergab mehr als fünfundzwanzig Millionen Treffer, und bei dem Versuch, die Suche auf »escort services«, »escort services norway«, »young escorts«, »teenage escorts« oder Kombinationen von allem einzugrenzen, gewann sie Einblick in eine Welt der Prostitution, die sich Neigungen und Wünschen in allen denkbaren Kategorien und noch anderen sowie den seltsamsten Kombinationen dieser Kategorien anpasste. Die Suche mit klareren Formulierungen wie »young explicit love«, »kiddy love« und gröberen Varianten brachte eine Menge Treffer, bei denen sie nur widerstrebend weiterklickte. Sie hatte diese Suche bereits bei der Abteilung für Computerkriminalität für ihre IP-Adresse bewilligen lassen, aber sie hielt es nun doch für besser, jetzt die eigenen Leute dieser Abteilung oder die Sondergruppe für Kinderpornographie weitermachen zu lassen. Es war zudem klar, dass die Ermittlung im Cyberspace keinen Erfolg haben könnte, wenn sie keinen Zugang zu geschlossenen Onlineszenen erhielten.

Um halb fünf Uhr morgens schaltete sie den Mac aus, trank ein Glas Wasser und ging zu Bett. Sie war sofort eingeschlafen und merkte nicht, dass Zenith aus dem Wohnzimmer kam und sich ans Fußende des Bettes legte.

Jon Aass schaltete seinen Rechner erst gegen halb sechs aus. Sein Alias HARDY BOY hatte auch in dieser Nacht zwei oder drei Treffer gelandet. Viele junge Mädchen waren nachts im Netz unterwegs. Seine Aufgabe war es, Mädchen zu besorgen. Obwohl die weitaus meisten über Kontakte in Deutschland kamen, hatte er in den letzten Jahren vier oder fünf über die Website Sexmeet.no aufgetan. Es war einfach. Er gab sich als zwanzig aus, die meisten Mädchen logen sich ebenfalls ihr Alter zurecht. Beim Aussieben stellte er viele Kontrollfragen, bis er sich mit einer verabredete. Und dann beobachtete er immer eine ganze Weile aus einer sicheren Position heraus. Wenn er ein Mädchen für zu alt hielt, brach er die Sache einfach ab, ohne sich zu erkennen zu geben.

Bei diesem Spiel war Sicherheit das A und O.

Kapitel 11

Wo zum Teufel war nur der Notizblock abgeblieben? Der Morgenverkehr war mehr als lebhaft gewesen. Bent konnte Verkehrsstress überhaupt nicht leiden, und jetzt kam er zu spät zur Morgenbesprechung und suchte genervt den Boden vorn im Auto ab. Er verlor oder verlegte nur selten etwas, außerdem war die Vorstellung, die Notizen rekonstruieren zu müssen, überhaupt nicht angenehm. Durch die gekrümmte Haltung tat ihm der Rücken weh. Er streckte sich zur anderen Seite hinüber, öffnete das Handschuhfach und fischte die Taschenlampe heraus. Auch im Lichtkegel sah er keine Spur des Notizblocks, weder unten beim Gashebel noch unter dem Fahrersitz.

Die Garage füllte sich plötzlich mit einem tickenden Geräusch.

Bent suchte weiter, jetzt auf der Beifahrerseite. Gleichzeitig hatte er das Gefühl, dass etwas anders war als sonst. Dann hörte er ein kreischendes Geräusch.

Fahrradbremsen.

Er schaute auf. Dreißig Meter weiter, durch die Fenster mehrerer Autos, sah er einen Fahrradboten. Was wollte der hier? Bent stieg aus, richtete sich auf, unterdrückte aber einen Ausruf. Der Fahrradbote wurde vor der Etagentür von jemandem in Empfang genommen. Die Stahltür öffnete sich zu Bent hin, deshalb konnte er nicht sehen, wer sich dort hinter dem Türblatt verbarg. Aber er sah, dass der Fahrradbote ein kleineres Päckchen aus dem Rucksack nahm und es überreichte.

»Kirch ... irgendwas«, sagte er zu seinem Gegenüber, wie Bent hören konnte.

Kirch?

Kärcher?

Hochdruckspüler?

Bent trat zwei Schritte zur Seite und reckte vorsichtig den Hals, um zu sehen, ob er die Person kannte, mit der der Fahrradbote redete, aber die Tür war schon wieder geschlossen, und der Bote fuhr durch das Garagentor davon.

Vielleicht wusste die Wachmannschaft etwas über diese Lieferung. Bent beschloss, das später zu überprüfen. Dann kehrte er zu seiner Suche zurück und fand fast sofort den Notizblock zwischen Fahrersitz und Mittelfach.

Jon Aass fuhr langsam durch den Dyvekes vei. Aus seinem dunkelgrünen 1998er Range Rover 4.6 HSE Autobiography lugte er zum Friedhof Gamlebyen hinüber. Er fand es wunderbar, in seinem klassischen Gelände-Rolls-Royce fast lautlos durch die Stadt zu gleiten, wohlgemerkt an den Tagen, an denen der Motor sich zum Anspringen herabließ. Er hatte längst aufgehört, in der Nähe des Terminals beim Flughafen Gardermoen zu parken. Nach seiner Kambodschareise im Jahre 2006 hatte alle Elektronik im Wagen aufgrund des Funkverkehrs im Flughafentower aufgehört zu funktionieren. Wie die meisten Besitzer eines solchen Range Rover war er zu eitel, um zuzugeben, dass sein Wagen völlig unzuverlässig war.

Aber an diesem Tag wurde das Wohlgefühl auf den englischen Ledersitzen überschattet von einer unangenehmen Unruhe. Durch das Laub der Bäume um den Friedhof Gamlebyen konnte er eine Frau erkennen. Sie hatte dunkle Haut, trug Jeans und ein T-Shirt – und hing ihr nicht eine Dienstmarke um den Hals?

Zivilpolizei.

Sie betrachtete die Stelle, wo die Leiche gefunden worden war. Gingen sie bereits von einem Mord aus? Das hätte doch nicht der Fall sein dürfen. Er ließ den Wagen so langsam fahren, wie er sich nur traute, ohne die Aufmerksamkeit der Polizistin auf dem Friedhof zu erregen.

Er war hier, dachte sie. Der Mörder. Warum gerade hier? Es war ja praktisch, hier eine Leiche abzulegen, das schon, aber war das alles? War der Friedhof wichtig für das Verständnis des Falls? So früh in einer Ermittlung gab es immer etwas, das sie übersahen. Was könnte es diesmal sein? Das Mädchen war nicht bekleidet gewesen – hatte der Mörder sich nicht die Mühe gemacht, sie zu bedecken, oder wollte er damit etwas sagen? War der Mörder auch berauscht gewesen? Dann bestand die Möglichkeit, dass hinter der Tat kein rational begreifliches Motiv steckte.

Elli schloss die Augen. Das Gefühl, hier zu sein, war einfach typisch für einen Friedhof. Still, andächtig. Man wurde erfüllt von Respekt für die Namen auf den Grabsteinen. Was hatten sie für ein Leben gelebt? Die Geräusche waren geprägt vom Rascheln der Blätter, dem Zwitschern der Vögel und den Stimmen der Menschen, die jetzt in ihren Wohnblocks vor dem Friedhof zum Leben erwachten. Und vom frühen Morgenverkehr im Dyvekes vei. Sie erkannte das leise, kräftige

Brummen eines V8-Motors, als ein vorüberfahrendes Auto schneller wurde. Das Geräusch riss sie unvermittelt aus ihrer Stimmung.

Jon Aass ließ seine Gedanken zu Polina wandern, die ihre Tage auf dem soeben passierten Friedhof beendet hatte. Bei ihr hatte er zum ersten Mal die ganze Sitzung gefilmt. Die Gruppe, der er angehörte, war überaus vorsichtig. Nur wenige oder keiner kannten alle, aber er hatte immerhin begriffen: Mehrere bekleideten wichtige Positionen in der Gesellschaft. Weit oben. Seine eigene Rolle war vor allem die des Logistikers. Durch seine wenigen, aber sehr guten Kontakte in Deutschland konnte er dafür sorgen, dass der Großteil des Warenzuflusses problemlos verlief, über den Knotenpunkt Chemnitz und dann weiter nach Norwegen. Chemnitz lag nicht weit von der tschechischen Grenze entfernt. Im Osten Tschechiens lag die Slowakei, wo die ethischen Standards vieler Beamter noch der kommunistischen Zeit verhaftet waren. Ein paar Dollars wechselten den Besitzer, und schon lief der Warenstrom weiter von der Ukraine in die Schengenländer. Seine Kontaktleute gingen effektiv vor und rekrutierten in Kiew Ukrainerinnen und Weißrussinnen.

Und dann gab es noch die, die er selbst im Netz aufgetan hatte. Sie hatten alle möglichen Hintergründe, die meisten waren Norwegerinnen. Aber bei diesen Mädchen mussten sie noch vorsichtiger sein. Er suchte sich in der Regel solche aus, die auf der schiefen Bahn schon weit gekommen waren, oder solche, deren Familiensituation besagte, dass niemand sie vermissen würde.

Jon Aass gefiel es nicht, dass manche Mädchen sterben mussten, das wäre doch nicht nötig. Aber bei den Vorurteilen in der Gesellschaft und deren mangelndem Verständnis gab es nur wenige andere Auswege. Jon fühlte sich bei diesem Gedanken dennoch unwohl. Aber er war sich sicher, dass die Polizei auch diesmal nichts erreichen würde, auch wenn sie jetzt weiter gingen, als gut gewesen wäre.

Er gab Gas und fuhr weiter zum Fitnessstudio in Majorstua, wo er dreimal pro Woche zusammen mit seinen Trainingskameraden im Gewichteraum des Elixia lag und schwitzte.

Elli betrat gefolgt von Bent das Besprechungszimmer.

»Guten Morgen«, sagte sie und setzte sich neben Kurt Fjeld ans Tischende. Er erwiderte diesen Gruß nicht, sondern konzentrierte sich auf eine Hummel, die auf seinen Unterlagen herumkrabbelte. Zugleich ballte sich seine linke Faust um ein Blatt Papier, das er offenbar als Schlagwaffe benutzen wollte.

Elli hielt ihn sanft zurück, indem sie ihre Hand auf seinen Unterarm legte. »Ich mach das schon«, sagte sie lächelnd. Mit ruhigen Bewegungen fing sie die Hummel ein, indem sie die Handflächen um sie schloss. Dann schüttelte sie die Hände immer wieder, erhob sich, ging ans Fenster und ließ das surrende Wesen fliegen.

»Besseres Karma für dich und mich«, sagte sie fröhlich zu Fjeld.

»Nur die Allerhärtesten waren bei Delta«, sagte Bent. Gelächter erfüllte den Raum. Fjeld hob die Hände, um zu signalisieren, dass er sich geschlagen gab. Seine Insektenphobie war im ganzen Haus bekannt.

»Na gut, dann können wir wohl anfangen«, sagte Elli und schielte hinüber zu Fjeld, der bestätigend nickte. Bent signalisierte ebenfalls, dass er so weit war, als er sich in den ersten Sessel auf der linken Seite fallen ließ. Elli wollte gerade mit ihrem Vortrag beginnen, als die Tür geöffnet wurde und Malmros hereinkam. Er lief rasch und lautlos durch das Zimmer und winkte Elli zugleich zu, sie solle weiterreden. Am Tisch saßen noch die Ermittler Harald Takle und Arne Olavsen, die Polizeijuristin Gunhild Andersen und die Streifenpolizisten Sigurdssøn und Kvale, die an der gestrigen Nachbarschaftsbefragung teilgenommen hatten.

Elli hielt den Vortrag, auf den sie sich vorbereitet hatte. Es ging dabei auch um den Obduktionsbericht. Sie kam sofort zur Sache. »Ich gehe davon aus, dass ihr ihn alle schon kennt.«

Alle nickten.

»Es wurde also eine Minderjährige ermordet. Bergmann – die Pathologin – schätzt das Alter des Opfers auf dreizehn. Sie beschreibt ein Mädchen, das trotz dieses Alters sexuell überaus aktiv war. Genetisch stammt sie aus Osteuropa – Ukraine, Weißrussland, vielleicht Polen oder Baltikum. Wir wissen nicht, wer sie ist, und es gibt keine Vermisstenmeldung.«

Elli schaute auf.

»Ich war heute Morgen noch mal am Fundort … um die Atmosphäre in mich aufzunehmen. Die Tatortgruppe hat auf dem Friedhof etliche Fahrzeugspuren gefunden, auch in der Nähe des Fundortes. Diese Funde und das Obduktionsergebnis lassen annehmen, dass sie zur Fundstätte gefahren worden ist.«

»Wissen wir etwas über den Fahrzeugtyp?«, fragte Fjeld.

»Es gibt allerlei Spuren, von Karren, die sicher zum Sargtransport benutzt worden sind, über einen Minitraktor bis zu fünf oder sechs anderen Fahrzeugen mit unterschiedlichem Achsendruck. Einige gehören natürlich zum Friedhof. Es wäre eine Hilfe, wenn wir eine Beobachtung oder irgendeine Information hätten, um einige dieser Wagenspuren dann als interessant einkreisen zu können.«

»Die Tote …«, sagte jetzt Fjeld, »war sie Prostituierte?«

»Bergmann meint ja«, antwortete Elli. »Es kann auch systematischer sexueller Missbrauch vorliegen. Oder beides.«

Fjeld beugte sich über den Tisch vor. »Und kurz gesagt ergibt der Obduktionsbericht, dass sie post mortem mit einem nicht identifizierten Gegenstand vaginal und anal vergewaltigt worden ist, dass die Leiche mit Terpentin gereinigt wurde und dass sie nach dem Zeitpunkt des Todes an den Fundort gefahren worden ist. Korrekt?«

Elli und Bent nickten.

»Und …«, Fjeld schaute kurz in seinen Bericht, »… und die Heroinspritze wurde am Fundort wieder in die Ader gesteckt.«

Elli und Bent nickten ein weiteres Mal.

»Hat das Labor mit den gefundenen Kleidern etwas anfangen können?«, fragte Fjeld.

»Sie haben dem Opfer gehört, ihre DNA ist an mehreren Stellen zu finden, am Hemd und an der Unterhose. Es gibt auch Spermaspuren in der Unterhose, aber leider nicht genug für ein vollständiges DNA-Profil«, erklärte Elli.

Fjeld nahm die Lesebrille ab und ließ seinen Blick durch die Runde schweifen. »Und – was sagt uns das alles?«

Takle räusperte sich. »Der Mörder wollte es wohl nach Überdosis aussehen lassen?«

Bent setzte sich gerade. »Das war auch unser erster Gedanke – oder genauer gesagt: Wir haben das mit der Überdosis geglaubt. Aber das Interessante ist jetzt wohl eher, warum der Täter es genau so gemacht hat.«

Malmros hob am Ende des Tisches die Hand wie in einem Klassenzimmer. Elli nickte ihm zu.

»Wäre es möglich, dass es dem Täter um mehr geht, als nur darum, die Polizei zu verwirren oder aufzuhalten?«, fragte er.

Elli antwortete mit einer Gegenfrage: »Hast du ein Beispiel dafür, was dieses Mehr sein könnte?«

»Ich rate ja nur, aber habt ihr euch schon gefragt, ob das Heroin an sich etwas bedeuten kann? Oder dass sie ohne Kleider gefunden wurde, in Kombination mit eben einer großen Dosis Heroin – kann das irgendeine symbolische Bedeutung haben?«

»Wir haben natürlich auch daran gedacht, aber wir ermitteln ja gerade mal einen Tag lang, und wir müssen uns zuerst einen Überblick verschaffen, Spuren sichern und mögliche Zeugen vernehmen. Die Bedeutung der Funde können wir dann immer noch diskutieren.«

Malmros nickte zufrieden. »Natürlich. Haben wir denn Zeugen?«

»Noch nicht, mit zwei möglichen Ausnahmen, ein tauber Junge und eine ältere Dame, die morgens immer spazieren geht. Wir haben mit ihr noch nicht sprechen können, sie scheint verreist zu sein, und das war sie am fraglichen Tag ja vielleicht auch«, sagte Elli.

»Ist es wahrscheinlich, dass der Junge etwas liefern kann?«, fragte Fjeld.

»Weiß nicht, zuerst müssen wir mit ihm kommunizieren können. Hatte hier schon mal jemand mit Tauben zu tun?«

»Ja, ich«, sagte Takle.

»Also – man sucht sich einen Dolmetscher und stellt ganz normal Fragen?«, fragte Elli.

»Ja, so mehr oder weniger.«

»Die Eltern müssen wohl auch dabei sein, aber ich hätte lieber einen neutralen Dolmetscher«, sagte Elli.

»Takle, du sagst, du hast so was schon mal erlebt, kannst du einen Dolmetscher besorgen?«, fragte jetzt Malmros.

Takle setzte sich gerade. »Ich mach das nach der Besprechung. Ich glaube, der Dolmetscherdienst ist ziemlich überarbeitet, aber wir können ja auf Dringlichkeit pochen.«

»Was ist mit der alten Dame, die spazieren geht – wissen wir ihren Namen?«, fragte Fjeld.

»Ruth Strand«, antwortete Bent.

»Was habt ihr schon unternommen?«

»Na ja, es gibt keine Familie, an die wir uns wenden könnten, und die Nachbarn wissen nichts. Sie ist nur an dieser Adresse amtlich gemeldet.«

»Na gut«, sagte Fjeld. »Wir müssen noch ein paar Tage warten, sie wird schon wieder auftauchen.« Er zeigte auf die Uhr an der Wand. Es war halb zehn. »Wir müssen weiter. Ermittlungstaktisch, was denkst du?«, fragte er nun Elli.

»Abgesehen von den beiden Zeugenvernehmungen und den Aktivitäten, die wir in Bezug auf Überwachungskameras, öffentlichen Nahverkehr und Mobilfunk in Bewegung gesetzt haben, schlage ich vor, dass wir uns auf die Prostitutionsszene konzentrieren. Wenn die Tote Prostituierte war, muss es irgendwo jemanden geben, der sie gekannt hat, oder eine Verbindung in ein Milieu, wo junge Mädchen angeboten werden.«

»Gut – sind die Aufgaben dann verteilt?«, fragte Fjeld.

»Wir könnten Hilfe brauchen, um uns bei den Taxi- und Busgesellschaften zu erkundigen und mit möglichen Zeugen zu sprechen«, sagte Elli.

Fjeld schaute zu Olavsen hinüber, und der nickte. »Ich kann die Taxigesellschaften übernehmen«, bot er an.

»Gut – und die Busse?«, fragte Fjeld.

»Die sehen wir uns an«, antwortete Sigurdssøn eifrig.

»So soll es sein«, rief Fjeld hinter ihnen her. »Und dann«, sagte er zu den im Raum Verbliebenen, »das hier ist trotz der unklaren Identität der Toten ein sehr schwerwiegender Fall. Was ist mit den Medien, zum Beispiel – was tun wir da?«

Elli und Bent wechselten einen Blick, dann ergriff Bent das Wort: »Die Medien schreiben bisher nur über einen Fall von Überdosis. Wir glauben, es könnte von Vorteil sein, wenn wir an diesem Bild nichts ändern. Jedenfalls nicht so früh in der Ermittlung.«

Fjeld überlegte.

»Ich halte das für eine gute Idee«, sagte Gunhild Andersen. »Nicht, dass es meine Sache wäre, solange wir keine Verdächtigen haben und keine Festnahmen in Frage kommen, aber es gibt uns juristisch und ermittlungstechnisch einen strategischen Vorteil.«

Elli schaute zu Fjeld hinüber. »Haben wir was bei Überwachungskameras oder Mobilfunk?«

»Wir haben offenbar nur zufällige Buskameras und eine Torkamera unten in der Konows gate«, sagte Fjeld.

»Meine Güte, woher wissen wir denn davon?«

»Pures Schwein. Kvale ist vor dem Haus einem IT-Typen begegnet und der hat ihm von seiner Kamera erzählt.«

Jemand klopfte an die Tür. Alle schauten auf. Ein Mann von Ende zwanzig kam herein. Er hatte einen iPod im Ohr. Die Anwesenden musterten ihn abwartend. Er zog die Ohrstöpsel heraus und lächelte vorsichtig.

»Hallo«, sagte er. »Jan Nereng«, teilte er dann mit und streckte die Hand aus. Er sah durchtrainiert und gut in Form aus. Malmros lächelte und grüßte als Erster.

»Malmros. Und das ist Fjeld«, sagte Malmros und nickte zu seinem Kollegen hinüber.

»Wir haben dich morgen erwartet«, sagte Fjeld irritiert.

Nereng sah ein wenig verlegen aus. »Äh, ja, richtig, eigentlich hab ich nur hereingeschaut, um mir meinen neuen Arbeitsplatz anzusehen.«

Malmros lächelte. »Haha, gut. Und was hörst du gerade?«, fragte er und zeigte auf den iPod.

»Äh ... Run-D.M.C., das ist eine alte Hip-Hop-Band ...«

»*Walk this way*«, fiel Malmros ihm ins Wort und lächelte. Er zeigte auf Elli. »Wir sind fast fertig mit unserer Besprechung. Die offizielle Runde muss bis morgen warten – aber du kannst dir gern den Rest mit anhören.«

»Gern«, sagte Nereng und sah sich die Tafel mit den laufenden Fällen an. Mord, Drogen, Vermisstenfälle, Raubüberfall, Kindesentführung. »Das sind schon andere Themen als in Dokka ...«

Fjeld und Malmros wechselten einen Blick. »Das kann ich mir vorstellen«, sagte Fjeld.

Nereng nahm brav Platz.

Elli hatte für den Moment nichts mehr zu sagen. Fjeld verteilte Aufgaben und beendete die Besprechung.

Kapitel 12

Zwei Stunden später, als Elli gerade durch die Bürolandschaft ging, klingelte ihr Telefon. Es war Sigurdssøn.

»Wir haben hier in anderthalb Stunden zwei Busfahrer und drei Fahrgäste. Ich dachte, wir könnten die auch gleich reinquetschen, um möglichst wenig Zeit zu verlieren.«

»Himmel«, sagte Elli. »Ganz schön effektiv, ich muss schon sagen.«

»Die haben einen guten Überblick über ihre Fahrer, und bei den Fahrgästen hatten wir Glück – die fahren jeden Tag mit diesem Bus. Das sind Pendlerbusse, und jetzt in der Urlaubszeit sind sie nicht gerade vollbesetzt, deshalb konnten die Fahrer sich an sie erinnern. Es begrenzt die Suche nach Personen und Adressen, wenn wir wissen, an welchen Haltestellen sie zugestiegen sind.«

»Wie viele Vernehmungsräume haben wir?«

»Zwei«, antwortete Sigurdssøn.

»Okay, kannst du dann mit Kvale und den Busfahrern in den einen gehen, und Harr und ich nehmen uns im anderen die Fahrgäste vor?«

»Sicher«, sagte Sigurdssøn und legte auf.

Sie hatten sich auf den Zeitraum zwischen drei und halb sieben konzentriert, denn um halb sieben hatte der Zeuge Kjetil Olsen bei 112 gemeldet, dass er und sein Hund eine Leiche gefunden hätten. Da der Mord offenbar gut geplant gewesen war, hatte der Mörder die Leiche sicher erst gebracht, als gegen halb drei das geschäftige Nachtleben in der Stadt zur Ruhe gekommen war. Zwischen halb drei und halb sieben waren nur drei Busse durch den Dyvekes vei gefahren. Die beiden Pendlerbusse waren unterwegs in die Innenstadt gewesen, einer gegen zwanzig nach fünf und einer um fünf nach sechs. Ein dritter Bus hätte um zwanzig nach sechs eintreffen sollen, hatte aber eine Verspätung von dreizehn Minuten gehabt und kam deshalb erst vorbei, als Kjetil Olsen den Leichenfund bereits gemeldet hatte. Auch in der Gegenrichtung war ein Bus vorbeigekommen, unterwegs zur Endhaltestelle in Alnabru um kurz vor sechs. Es war eine Leerfahrt, und die Überwachungskamera im Bus war ausgeschaltet gewesen. Dem Fahrer war nichts Besonderes aufgefallen.

Der erste mögliche Zeuge war ein Mann von Mitte fünfzig. Er war der einzige Fahrgast im Bus um zwanzig nach fünf gewesen. Elli nahm erwartungsvoll seine Personalien auf, merkte aber bald, wie ihre Hoffnung verrann, als der Mann erzählte, dass er geschlafen hatte und erst beim Bahnhof Oslo S aufgewacht war.

Der nächste Zeuge war ein junger Mann von Anfang zwanzig, ein Jurastudent.

»Ich war noch gar nicht richtig wach und hab nur stumpf aus dem Fenster geglotzt«, erzählte er. »Am Vorabend war es spät geworden«, fügte er hinzu und zwinkerte Elli zu.

Sie ignorierte diesen albernen Flirtversuch und redete unangefochten weiter. »Können Sie sich an etwas Besonderes erinnern?«

»Vielleicht zwei Typen, die unten in Kværnerdalen zwischen den Zügen rumgelaufen sind, aber ich konnte nicht sehen, was sie da gemacht haben.«

»Sie saßen also im Bus auf der rechten Seite?«, fragte Bent.

»Genau.«

»Haben Sie zwischendurch auch mal nach links geschaut?«

»Nö.«

Das läuft ja bestens, dachte Elli. »Danke für Ihre Hilfe«, sagte sie und brachte ihn zum Ausgang.

Zwei Minuten später kam sie mit der letzten Zeugin herein, einer Frau von Mitte vierzig, die weiter vorn im Bus gesessen hatte, auf der linken Seite.

Elli kam sofort zur Sache. »Haben Sie aus dem Fenster geschaut?«

»Ich habe zum Friedhof hinübergestarrt«, sagte die Frau. »Friedhöfe haben so was an sich, da muss man einfach hinstarren.«

Elli und Bent nickten interessiert.

»Ich habe keinen Menschen gesehen«, sagte die Zeugin jetzt. »Aber ich meine, dass dort ein Lieferwagen stand. Der war teilweise von Büschen und Bäumen verdeckt, aber ich bin ziemlich sicher, dass es ein Auto war. Ich weiß noch, dass ich mich gefragt habe, wie früh die Totengräber wohl zur Arbeit kommen. Gesehen habe ich keine, es war ja gerade erst so gegen sechs.«

Elli beugte sich über den Tisch vor. »Konnten Sie die Farbe des Wagens sehen?«

Die Zeugin überlegte, ehe sie antwortete. »Nein, nur dass er dunkel war. Es war ja nur ein kurzer Moment.«

Elli und Bent nickten.

»Ist Ihnen sonst noch etwas aufgefallen?«

»Nein, wissen Sie … es war ja wirklich nur im Vorbeifahren … ich hatte ja keine Ahnung, dass die Polizei sich dafür interessiert.«

Elli sagte, das sei klar, und sie bereitete die Abschrift der Vernehmung vor. Die Zeugin unterschrieb, Elli bedankte sich für die Hilfe und brachte sie hinaus.

Sigurdssøn und Kvale räumten gerade im anderen Vernehmungsraum ihre Unterlagen zusammen, als Elli hereinschaute.

»Irgendwas Interessantes?«, fragte sie.

»Nix«, sagte Sigurdssøn. »Diese Typen fahren Bus und sonst gar nichts. Der eine, der kommt eigentlich aus Gambia, wusste nicht mal, dass dort ein Friedhof ist. Und ihr?«

»Na ja, die eine Zeugin glaubt, dort einen Wagen gesehen zu haben. Das ist ja hochinteressant, da der Mann, der den Leichenfund gemeldet hat, kein Auto erwähnt hat. Als wir dort ankamen, standen da auch keine Fahrzeuge außer unseren eigenen.«

Bent rieb sich das Kinn. »Was ist mit den Überwachungskameras im Bus?«

»Wir haben die Aufnahmen inzwischen zugesandt bekommen. Aber macht euch nicht zu große Hoffnungen, die zeigten einfach das Businnere und die Fahrgäste und sind von eher schlichter Bildqualität. Wenn wir Glück haben, gibt es ab und zu mal eine kurze Außenaufnahme, aber darauf werden wir dann wohl vor allem Autos sehen. Der Friedhof ist zu weit weg, und da werden wir wohl keine Details bekommen.«

Sie hatten einen dunklen Wagen, möglicherweise ein Lieferwagen, und das war sehr interessant. Wenn sie Glück hätten und dieses Auto fänden, könnten sie die Reifen mit den Abdrücken auf dem Friedhof vergleichen. Auch wenn sich jetzt langsam das Bild eines möglichen Handlungsverlaufs abzeichnete, wusste Elli, dass es schwierig werden würde. Der

Täter hatte sich den Ort sorgfältig ausgesucht. Der Friedhof lag mitten in Oslo und doch abseits.

Sie ging zu Olavsen, der auf einer anderen Büroinsel in der Landschaft untergebracht war.

»Hast du schon die Taxis überprüfen können?«

Olavsen schaute auf. »Ja, leider. Ich war bei Oslo Taxi, Norgestaxi und City Taxi, die insgesamt in der aktuellen Gegend nur wenig unterwegs waren. Zwischen drei und sieben gab es vier Touren in Richtung Ekeberg, zwei davon über den Mossevei. Wir haben mit den Fahrern und den Fahrgästen der beiden Wagen gesprochen – die Fahrgäste hatten mit Karte bezahlt und waren leicht ausfindig zu machen. Die beiden anderen Taxis kamen durch die Oslo gate, aber beide Fahrer haben ausgesagt, dass die Fahrgäste reichlich angetrunken waren. Der eine hatte sogar auf die Rückbank gekotzt. Mit anderen Worten, als Zeugen total unbrauchbar. Aber auch die Fahrer hatten nichts gesehen.«

»Und die Taxikameras, habt ihr die überprüft?«, fragte Elli.

»Ich hab die Aufnahmen an die Kollegen von der Datenkriminalität weitergereicht, die sehen sich alle Bild- und Videoaufnahmen an. Ich geh mal davon aus, dass die den Zeitraum schon eingekreist haben.«

»Hast du auch einen fliegenden Teppich?«

Elli öffnete die Augen und sah Fjeld, der sie verwundert anschaute. »Tja, ich war in meinem ganzen Leben wohl noch nie so gelenkig«, sagte er dann.

Wenn die Situation es erforderte, machte Elli auf einer Matte in einer Ecke der Bürolandschaft zehnminütige Pausen im Lotossitz. Zehn Minuten Erkenntnismeditation – *vipassana* – halfen, die Gedanken zu klären.

»Den Kopf ausruhen. Das solltest du auch mal probieren«, sagte sie und lächelte Fjeld an.

Er lächelte freundlich zurück. »Ich glaube, das würde mit Sehnenriss und Krankschreibung enden.«

Elli erhob sich mit langsamen Bewegungen. »Ich vermute,

mein kleines Zeitfenster für alternativen Lebensstil ist geschlossen.« Sie zeigte auf einen Ordner, den Fjeld in der Hand hielt. »Sollte mich das da interessieren?«

»Da geh ich mal von aus. Mobilfunkverkehr aus der Umgebung in der Mordnacht und die Ergebnisse der Suche nach Kameraquellen.«

Wie ein Bluthund witterte Bent, dass sich etwas zusammenbraute, und deshalb trat er jetzt neben sie.

Fjeld reichte Elli den Ordner. Die Übersicht zeigte eine Reihe von Gesprächen zwischen 22 Uhr am Vorabend und 9 Uhr an dem Morgen, an dem die Leiche gefunden worden war, sowie eine Zeitlinie mit Bildern aus verschiedenen Kameras, die für die interessantesten Beobachtungen gehalten wurden.

Elli ließ ihren Blick rasch über Zeitlinie und Bilder gleiten. Die Zeitlinie deckte den Zeitraum zwischen 21 Uhr am Vorabend und dem Augenblick ab, an dem um kurz nach halb sieben am nächsten Morgen der erste Streifenwagen eingetroffen war. Die Kameraquellen waren Busse, Taxis, eine Kamera an einem Garagentor und eine unten in der Konows gate.

»Sieht aus, als hätten wir hier in dieser Nacht einige Autobewegungen«, sagte Elli und zeigte auf zwei Markierungen in der Zeitlinie um sechs Uhr morgens. Die Neugier jagte sie weiter zur Liste über den Mobilfunk.

»Triangulierung«, las Bent über ihre Schulter hinweg.

Im Ausgangspunkt war die Positionierung der GSM-Telefone eine Übung mit einer Genauigkeit von einigen hundert Metern in dichtbebauten Gegenden, aber sowie man das Signal von zwei oder drei Masten gleichzeitig messen konnte, stieg die Genauigkeit. Die registrierten Gespräche auf der Liste waren zunächst mit Personen verglichen worden, die in der Gegend wohnten und sich also normalerweise dort aufhalten könnten. Das reduzierte die Anzahl der interessanten Gespräche auf elf. Die nun wiederum waren mit denen von vorüberfahrenden Taxifahrern und Busfahrern abgeglichen worden, so dass nur noch drei übrigblieben.

»Wann war der Zeitungsbote da?«, fragte Bent.

»Gegen halb fünf«, teilte Fjeld mit. »Er ist einer von den dreien, Olavsen hat schon mit ihm gesprochen. Der Zeitungsbote kann sehr wohl gleichzeitig mit dem Mörder in der Gegend gewesen sein, aber er dreht seine Runde durch die Hinterhöfe und hat kein einziges Mal zum Friedhof hinübergeschaut.«

»Natürlich nicht«, sagte Elli. »Aber ausgehend von der Fundstätte haben wir jetzt zwei Mobilanrufe, die wir als interessant betrachten können.«

»Ja«, bestätigte Fjeld.

»Das ist doch schon mal etwas«, sagte Elli.

Als sie sich die Nummern noch einmal ansah, fiel ihr auf, dass es keine norwegischen waren.

Als Polizist in Oslo wird man schnell abgehärtet, dachte Jan Nereng, während er durch den Stadtteil Grønland ging. Sein kurzer Eindruck von den neuen Kollegen war positiv ausgefallen. Er hatte sich gegraust und sich auch gefreut, weil er jetzt als Ermittler arbeiten würde. Einerseits viele tüchtige und erfahrene Kollegen, andererseits ein ganz anderes Kriminalitätsbild, als er es aus Dokka gewohnt war.

Die Wohnung, die er gemietet hatte, lag in der Enerhauggate. Die meisten anderen Hausbewohner waren Zuwanderer. Die Leute hier waren ganz allgemein reservierter, als Jan es aus Dokka kannte, aber er war ja nicht so lange zu Hause in Dokka tätig gewesen, dass er sich von seinen Jahren an der Polizeihochschule her nicht mehr an Oslos Puls erinnert hätte. Ethnische Norweger bildeten in Grønland eine auffällige Minderheit.

Er ging ruhig weiter und betrachtete das Gewimmel am Grønlandsleiret. Unten am Tøyenbekken sah er die neuen Hochhäuser, die in Bjørvika gerade gebaut wurden. Er erinnerte sich an eine erhitzte Fernsehdiskussion, bei der Dichter, Architekten und Soziologen heftig gegen dieses Barcode genannte Projekt argumentiert hatten. Jan gefiel es dagegen gut. Es gab Bjørvika und der Umgebung eine exklusive moderne Prägung. Oslo musste sich ein wenig präsentieren. Norwegen war zu einer größeren Nation geworden, bald würde es mehr Einwohner haben als Dänemark, hatte er gelesen. Wenn die angrenzenden Gemeinden Asker og Bærum, Lørenskog, Skedsmo, Oppegård und Nesodden hinzugenommen wurden, lag die Einwohnerzahl Oslos bei rund achthundertfünfzigtausend. Nereng ging weiter in Richtung Zentrum und betrat dann ein Café, das dem Park beim Oslo Plaza gegenüberlag.

»Kaffee, schwarz«, sagte er zu dem einen der beiden Männer hinter dem Tresen. Beide hatten weiße Schürzen, löchrige Jeans, wuschelige Haare und kreative Bartstile, der eine hatte einen Spitzbart, der andere hatte seinen Bartflaum zu drei diagonalen Streifen auf jeder Wange zurechtgeschnitten.

»Java Mocca, äthiopisch, Kenia, décaf, long oder short americano?«, fragte der mit dem diagonalen Bartwuchs zurück.

»Äthiopisch.«

»Straight oder als americano?«

»Americano«, gab Nereng zurück.

»Einfach, doppelt?«

»Doppelt«, sagte er fast gleichzeitig mit Mister Diagonal.

»Décaf?«

Nereng legte eine kurze Pause ein. Er hätte schwören können, dass der Typ hinter dem Tresen ein wenig feixte, weil er nicht mehr weiterwusste. Also schüttelte er den Kopf. »Gibt es wirklich äthiopischen décaf espresso?«

»Äh – nein«, war die Antwort, kombiniert mit trainiertem Augenbrauenheben.

»Aber wie machen Sie dann äthiopischen décaf americano?«, wollte Nereng wissen.

Der Diogonalmann zuckte mit den Schultern. »Der ist pulverbasiert«, antwortete er mit der größten Selbstverständlichkeit. »Advanced Instant.«

»Dann lieber straight äthiopisch«, entschied Nereng. »Es sei denn, der ist auch pulverbasiert.«

Der Kaffee wurde aus einer Kanne hinter dem Tresen eingeschenkt, er nahm die Tasse und setzte sich auf einen Barhocker vor dem Fenster.

Der Kaffee schmeckte gut, und er freute sich darauf, seine neue Stelle anzutreten.

»Das stimmt, keine der Nummern ist norwegisch«, bestätigte die Kontaktfrau bei NetCom.

»Können Sie sehen, welche Nation das ist?«, fragte Elli.

»Ja. Das ist …«

Elli hörte im Hintergrund bei NetCom intensives Tastenklappern.

»… Tschechien.«

Okay, das würde wohl nicht leicht werden, aber sie glaubte doch, dort ein Telefon ausfindig machen zu können. Es gebe dafür in der EU ein System und dazu eingeführte Verfahren für den Austausch von Informationen.

»Na gut, dann kann ich über unsere eigenen Kanäle weitermachen.«

Am anderen Ende der Leitung blieb es ein wenig zu lange still. »Äh … Sie haben gesagt, es sei eine Mordermittlung und deshalb dürften Sie den Besitzer des Anschlusses ausfindig machen?«

»Ja?«

»Es geht mich ja nichts an, aber das wird schwierig«, sagte die Frau von NetCom.

»Ach?«

»Diese Nummern gehören zu einer Serie, die hier als prepaid aufgeführt ist.«

»Aber die werden doch wohl mit Namen registriert?«

»Hier, ja. Aber nicht in Tschechien. Dort können Sie sich im Laden GSM-Karten kaufen, ohne sich ausweisen zu müssen, so, wie das früher auch in Norwegen möglich war.«

»Ich verstehe …«, sagte Elli.

Nachdem sie das Gespräch beendet hatte, überprüfte sie die Auskünfte und erfuhr, dass sie korrekt waren. Es war frustrierend, aber gleichzeitig sagte es ihr, dass es sich um Personen handelte, die sehr genau wussten, was sie taten. Sie mussten also auch in Tschechien nach der Toten suchen.

»Hallo, Papa«, rief Jacob, der nächsten Monat fünf Jahre alt werden würde, als Bent Harr zu Hause in Rælingen den Flur des Reihenhauses betrat. Er und seine Frau Jorid hatten dieses Haus vor zwei Jahren gekauft. Sie hatten ihre Einkünfte als Polizist und Lehrerin so weit gestreckt, wie das überhaupt nur möglich gewesen war.

Jacob sah seinen Vater erwartungsvoll an. »Hast du heute einen Dieb gefangen?«

Ehe Bent antworten konnte, hatte Jacob sich schon auf dem Absatz umgedreht und jagte mit einem Kapitän-Säbelzahn-Schwert die Katze der Familie durch das Wohnzimmer.

»Jacob!«, rief Jorid, die den drei Monate alten neuesten Familienzuwachs auf dem Arm hatte. Jacob verschwand unten im Keller. Bent dachte oft, Jacob sei ein viel offenerer Mensch als er selbst.

Jorid drehte sich zu Bent um. »Wie war dein Tag?«

»Ach, okay«, antwortete er.

Selbst nach zehn gemeinsamen Jahren wusste sie nur wenig über Bents Arbeit. Aber sie kannte ihn gut genug, und statt eine Frage zu stellen, auf die sie niemals eine Antwort erhalten würde, reichte sie ihm die Kleine, die bis auf weiteres Tulla genannt wurde.

»Du bist dran.«

»Mit Vergnügen«, sagte Bent. Er ging mit seiner Tochter ins Wohnzimmer und setzte sich mit Aussicht auf den See Øyeren in die Sofaecke. Jorid verschwand in der Küche. Tulla merkte sofort, dass Mama nicht mehr im Zimmer war, und die Kleine fing verärgert an zu zappeln. Aber Bent redete ihr gut zu und wiegte sie liebevoll, bis sie wieder still war. Nach einigen Minuten war sie eingeschlafen. Bent betrachtete das kleine Wesen und dachte, dass er ein glücklicher Mann sei. Er hatte immer Ermittler werden wollen, und er hatte sich immer eine Familie gewünscht. Jetzt hatte er alles, sogar ein Kind von jeder Sorte. Seine Partnerin im Dienst konnte zwar anspruchsvoll sein, aber sie war tüchtig, daran bestand kein Zweifel. Sie hatten gemeinsam mehrere komplizierte Fälle gelöst und ergänzten einander gut. Ehe die Kinder gekommen waren, hatte seine Arbeit ihm alles bedeutet. Das Dasein als Polizist hatte ihm eine Identität gegeben. Jetzt musste er zugeben, dass diese Identität sich geändert hatte. Von jetzt an war er in erster Linie Vater.

Er streichelte behutsam den Kopf seiner Tochter. May Eline sollte sie heißen. Er und Jorid waren sich da nicht ganz einig, aber er würde sie schon überreden können.

Seine Gedanken wanderten zurück zu der Episode mit dem Fahrradboten, den er früh an diesem Tag in der Tiefgarage gesehen hatte. Es kam ihm sehr seltsam vor, dass sich irgendwer einen Hochdruckspüler oder Teile eines solchen von einem Fahrradboten in die Garage unter dem Polizeigebäude bringen lassen sollte.

Kapitel 13

Neben der Klingel an der Wohnungstür stand ganz einfach Olsen. Die Eingangspartie des prachtvollen Wohnhauses im Gimlevei im Osloer Westend wies einen Standard auf, den ein Immobilienmakler als »exklusiv und überaus repräsentativ« bezeichnet hätte. Diskreter Marmorboden, gedämpfte Beleuchtung, ein Rezeptionstresen mit Portier und tiefe Ledersessel zum Entspannen. Wenn man bei Olsen klingelte und dem Portier das Passwort »Witwe Olsen« nannte, wurde man mit der Mitteilung »Ganz oben« in den Fahrstuhl gebracht.

Der Portier musterte Elli und Bent mit arroganter Miene. Bent zeigte ihm seinen Dienstausweis und instinktiv stand der Portier stramm.

»Polizei – wie können wir Ihnen behilflich sein?«, fragte er.

»Gar nicht«, sagte Bent. »Wir finden den Weg schon allein.«

Elli und Bent betraten den Fahrstuhl und drückten auf den Knopf für die sechste Etage, die oberste.

»Ja?«, fragte eine Stimme hinter der Tür, an der der Name »Olsen« in den Türklopfer eingraviert war.

Elli beugte sich zur Tür vor. »Elisabeth Rathke, Polizei.«

Für einige Sekunden wurde es still, dann wurde die Tür einen Spaltbreit geöffnet. Eine elegant gekleidete Frau von Mitte fünfzig war dahinter zu sehen.

»Jetzt kommen Sie?«, fragte sie verwirrt und mit leiser Stimme. Dieser Besuch hätte doch angekündigt werden müssen.

»Es eilt«, sagte Elli. »Wir brauchen einige Auskünfte – jetzt gleich.«

»Sofort?«, fragte die Frau widerwillig.

»Ja, sofort«, sagte Elli energisch.

Die Frau überlegte kurz. »Könnten Sie wohl eine Viertelstunde oder zwanzig Minuten warten? Dann müssten die meisten fertig sein.«

Elli nickte verständnisvoll. Sie und Bent gingen zu einer Sitzgruppe am Ende des mit Teppichen ausgelegten Ganges.

Nach sieben oder acht Minuten kam der Erste heraus, ein Mann von Mitte vierzig, der einen Anzug trug. Ihm folgten nacheinander fünf Männer, einer war ein prominenter Jurist, ein anderer ein bekannter Geschäftsmann. Es war den Männern, mit gutem Grund, unangenehm, dass Elli und Bent am Ende des Ganges saßen und alles im Auge behielten. Fünf Minuten später tauchte die Frau wieder auf und winkte sie herein. Mit ihrem gepflegten Äußeren hätte sie problemlos auch als Geschäftsfrau oder Juristin durchgehen können.

»Viel zu tun heute?«, fragte Elli.

Die Frau gab keine Antwort, sondern zeigte auf ein tiefes und breites italienisches Designersofa im Foyer der Wohnung, die sich mit ihren vielen Räumen und Badezimmern durch den gesamten sechsten Stock dieses Hauses zog. Hier war eines von Oslos ältesten Bordellen untergebracht. Die Frauen, die hier ihre Dienste anboten, waren von der luxuriösen Sorte, mit Stundenpreisen von fünftausend aufwärts. Die Frau, die jetzt Elli und Bent auf das Sofa lotste, war wirklich Witwe Olsen, genauer gesagt, Eldrid Olsen, die Witwe des ordengeschmückten Arnold Olsen, der ein Menschenalter lang im Exportrat und später bei Innovation Norge tätig gewesen war und der etliche Aufsichtsratsposten hatte vorweisen können. Eldrid hatte sich diesen Nebenverdienst zugelegt, als sie in etlichen anderen Ländern stationiert gewesen waren, aus purer Langeweile, wie sie selbst das ausdrückte. Ein weiterer Faktor war die Tatsache gewesen, dass ihr Mann, sowie er Norwegens Grenzen hinter sich gelassen hatte, um seinen ersten Auslandsposten in Amman anzutreten, sein Coming-out gehabt hatte. Er hatte in Ammans gut verborgenen, aber berühmten Schwulenclubs ein ausschweifendes Leben geführt. Eldrid ihrerseits hatte sich darauf verlegt, Männer aus dem diplomatischen Corps zu bedienen. Die Nachfrage war groß und konstant.

Sie war jetzt seit fast fünfzehn Jahren Informantin der Polizei und entging dadurch einer Anklage. Ihren Gästen wäre sicher der Champagner im Hals steckengeblieben, wenn sie von dieser Doppelrolle gewusst hätten. Für die Sektion für Gewaltverbrechen war diese Abmachung jetzt ein ziemliches Problem, da der Kauf von sexuellen Dienstleistungen verboten worden war, aber bis auf weiteres galt der Deal mit Witwe Olsen aus ermittlungstechnischen Gründen noch immer.

»Worum geht es denn?«, fragte Eldrid Olsen.

»Wir suchen nach jüngeren Mädchen«, antwortete Bent.

Frau Olsen musterte ihre Gäste verwundert. »Ach? Aber Sie wissen doch genau, dass Sie hier keine finden werden.«

»Das schon, aber wohin geht man denn, wenn man welche will?«, fragte nun Bent.

Eldrid wirkte verwirrt, sah Elli wieder an, und die nickte ruhig.

»Na ja ... was verstehen Sie ... unter ... jüngeren Mädchen?«

»Zwölf, dreizehn, vierzehn«, antwortete Elli.

Eldrid zog eine Grimasse. »Das ist doch weit unter der Grenze, um es mal so zu sagen«, sagte sie trocken und überlegte. »Einige fangen natürlich früh an, vielleicht mit sechzehn oder siebzehn, aber zwölf oder dreizehn – das ist so früh, dass das Jugendamt informiert wird.«

»Haben Sie das schon mal gemacht?«, fragte Elli.

»Ja, natürlich, ich kann mich an drei oder vier Fälle erinnern, wo wir tätig geworden sind.«

»Können Sie diese Fälle ein wenig genauer beschreiben?«, fragte Bent.

»Also allgemein«, fügte Elli hinzu und warf Bent einen raschen Blick zu.

»Na ja, es waren Mädchen, die sich nach der Möglichkeit erkundigt haben, hier zu arbeiten. Meine Damen arbeiten ja unabhängig und auf eigene Kappe, aber sie bezahlen natürlich Miete, Sanitär- und Arztkosten«, erklärte Eldrid. »Wenn wir den Verdacht hatten, sie seien zu jung, haben wir deutlich gemacht, dass das hier nicht geht. Und wenn sie eben sehr jung waren, zwölf, dreizehn, dann haben wir das Jugendamt verständigt. Bei uns hat noch keine unter achtzehn gearbeitet, und nur die allerwenigsten waren unter zwanzig.«

»Wissen Sie von anderen Orten, wo jüngere Mädchen zu finden sind?«

»Heutzutage? Versuchen Sie es im Internet. Ansonsten gibt es in den Bars ja eine emsige Vermittlertätigkeit – Sie waren doch im Global, nehme ich an?«

Elli nickte. »Und wir waren auch im Internet«, sagte sie trocken.

Eldrid machte ein fragendes Gesicht. »Da gibt es etwas, das sich Chatforum nennt.« Sie sprach es »Schattforum« aus. »Im Internet, meine ich.«

Elli lächelte ungeduldig und Eldrid redete weiter. »Und dann gibt es sicher Kunden, die über private Netzwerke und Bekannte direkt vermittelt werden. Es handelt sich ja um eine lichtscheue Kundengruppe.«

Elli runzelte die Stirn. »Kundengruppe … so kann man das ja auch nennen.«

Sie ging zu einem Aussichtsfenster mit hervorragendem Blick über die vielen teuren Dächer des Westends.

»Irgendeine Vorstellung, wie weit verbreitet die Sache mit minderjährigen Mädchen ist?«

»Da sind die Schätzungen der Polizei sicher so gut wie meine. Aber es gibt einen Markt dafür, das steht fest. Da gibt es ja die Leute, die sich so junge Mädchen wünschen wie überhaupt nur möglich, und solche, die sich vor allem für jüngere Teenager interessieren, und dann noch die Mädchen, die sich als älter ausgeben, als sie sind. Und natürlich die Junkies, die mit vierzehn, fünfzehn Jahren auf die Piste geraten und ihren Konsum finanzieren müssen.«

»Wissen Sie von … äh … Etablissements, in denen so etwas angeboten wird?«, fragte Bent.

»Nein, nicht mehr, jetzt, wo der Verkehr vor allem über das Internet abgewickelt wird. Das ist doch sicherer und anonymer.«

»Haben Sie denn manchmal Kunden hier, die nach jüngeren Mädchen fragen?«, erkundigte sich Elli.

Eldrid überlegte. »Gute Frage«, sagte sie trocken. »Ich hab mich schon gefragt, ob Sie die überhaupt stellen würden.«

Dann wurde es still.

»Ja?«, fragte Elli.

»Doch, wir haben zwei Kunden, die ab und zu vorbeischauen und die solche Wünsche geäußert haben. Die Mädchen haben mir das erzählt.«

Noch eine Pause. Elli hob die Augenbrauen zu einer Miene, die klarstellte, dass sie nicht gehen würden, ohne Namen gehört zu haben.

Eldrid hob die Hände. »Ja, einmal Informantin und so weiter … der eine kommt hier aus der Nachbarschaft, Bernt Mossberg. Der andere kann interessanter sein. Es ist Alfred Krefting.«

»Der Politiker?«, fragte Elli.

»Just der. Wir haben doch alle unser kleines Geheimnis«, sagte Eldrid zynisch.

»Sollen wir mit Krefting sprechen?«, fragte Bent, als die Autotür zufiel.

Elli hob die Handflächen und ließ sie wippen wie eine

Waage. »Bisher nur Indizien und Informationen aus zweiter Hand darüber, dass er ›solche Wünsche‹ geäußert hat. Wir brauchen etwas Handfesteres, mit dem wir ihn konfrontieren können.«

»Das seh ich auch so«, sagte Bent. »Aber du … ich hab etwas Seltsames bemerkt.«

»Tun wir das bei diesem Job nicht jeden Tag?«

»Das schon, aber dann doch meistens, wenn wir unterwegs sind. Das hier war unten in der Garage.«

»In der Tiefgarage? Was war das denn?«

»Ein Fahrradbote.«

»In der Garage? Der hatte sich doch sicher verfahren?«

»Nein, er hat da unten jemandem ein Paket ausgehändigt. Ich muss immer wieder daran denken – warum da unten?«

»Und wem hat er das Paket ausgehändigt?«

»Ich habe im Auto auf dem Boden nach meinem Notizblock gesucht und den Fahrradboten durch eine Menge Glasscheiben gesehen, aber den anderen oder die andere habe ich nicht erkannt. Diese Person war hinter der Tür versteckt. Aber es klang so, als ob der Bote nach einem Namen fragte. Kirch oder so.«

»Ungewöhnlicher Name, bei uns heißt doch niemand so«, sagte Elli.

»Nein – ich habe kurz nach Kirch gesucht, es gibt acht bis zehn, die so heißen. Aber keinen bei der Polizei.«

Elli hob vorsichtig die Augenbrauen. »Hast du an der Rezeption gefragt?«

»Ja, die wussten von keiner Lieferung, also muss es ja privat gewesen sein. Aber Boten wenden sich sonst doch immer an die Rezeption, egal, ob es privat oder dienstlich ist.«

Elli zuckte mit den Schultern. »Das stimmt allerdings. Du kannst es doch bei der Morgenbesprechung erwähnen.«

Bent lächelte vielsagend. »Sicher, aber ich habe noch etwas mehr herausgefunden. Eins der Mädels aus der Buchhaltung hat zufällig gesehen, wie Takle ungefähr zu diesem Zeitpunkt aus der Garage nach oben kam. Mit einem Paket.«

Elli machte ein geschocktes Gesicht. »Vielleicht führt Takle ein ausschweifendes Doppelleben in der SM-Szene und hat sich Latex und Ketten bringen lassen?«

Bent lachte schallend. »Was tut man nicht alles, um den schönen Schein zu wahren!«

Kapitel 14

»Die Gestalt auf dem Bild ist eines der meistbenutzten und kopierten Symbole auf der Welt. Eine Ikone für Angst, Entsetzen und innere Dämonen, bekannt über alle Landesgrenzen und Kulturen hinweg«, erzählte der Kunstgeschichtslehrer Johanne mit fast ekstatischer Begeisterung. Sie hatte sich vor allem für Kunstgeschichte entschieden, weil sie nicht wusste, wie sie sonst die Pflichtstunden in ihrem zweiten Jahr an der Osloer Kathedralschule füllen sollte, aber inzwischen hatte sie doch ein gewisses Interesse an diesem Fach entwickelt. Der Lehrer, ein selbstzufriedener Studienrat von Mitte vierzig – Studienrat zur Anstellung, wie er oft betonte –, hegte eine grenzenlose Bewunderung für Munch und nutzte jede Gelegenheit, um dessen reichhaltiges Werk zu erwähnen und zu diskutieren.

Johanne schaute voller Bewunderung das Gemälde »Der Schrei« an, dem der Ausflug dieses Tages galt.

»Soviel man weiß, gibt es zwei Ölgemälde, zwei Pastellversionen und eine Lithographie des Werkes ›Der Schrei‹. Aber die Ölgemälde machten natürlich den größten Eindruck«, psalmodierte der Studienrat zur Anstellung, fast wie ein Prediger.

Johanne musste, trotz des pompösen Stils ihres Lehrers, zugeben, dass die Komposition ungeheuer wirkungsvoll war. Die Linien der Brücke, die von Munchs kräftigem Licht- und Schattenspiel geschaffen wurden, zogen die Betrachterin fast in Munchs angsterfülltes Gemüt hinein.

Der Lehrer winkte der Klasse, weiterzugehen, aber Johanne nutzte die Gelegenheit, um sich in eine andere Richtung zu verdrücken. Sie sah sich die Bilder lieber in Ruhe an und blieb vor einem anderen stehen, der »Madonna«, die ebenfalls eine ungewöhnlich starke Energie ausstrahlte. Edvard Munch muss zwischen Angst und Lust hin- und hergerissen gewesen sein, als er das gemalt hat, dachte sie.

An diesem Vormittag waren nur wenige andere Besucher im Museum, nur zwei japanische Touristen und ein einzelner Mann.

Johanne bewegte sich langsam von Bild zu Bild. Die Japaner schauten immer wieder in der im Museum verkauften Hochglanzbroschüre nach. Der Mann dagegen, der Ende vierzig sein mochte, bewegte sich wie einer, der sich im Museum gut auskannte. Er betrachtete zuerst die »Madonna«, ging dann ruhigen Schrittes weiter zum »Schrei«, blieb kurz stehen – fast mit den gleichen Bewegungen wie ein Geistlicher an einer Bahre – und bedachte das Werk mit einem Blick voller Anerkennung und Ehrerbietung. Die Art, in der er sich den Gemälden näherte, faszinierte Johanne. Er schien womöglich ein noch größerer Bewunderer zu sein als ihr nerviger Lehrer. Aber konnte das überhaupt möglich sein?

Nach der kurzen, aber andächtigen Pause beim »Schrei« ging der Mann weiter und vertiefte sich in ein weniger bekanntes, für Munch-Kenner aber ebenso wichtiges Bild, »Weinender Akt« von 1913. Johanne ertappte sich dabei, dass sie den Mann anstarrte. Sie schaute rasch ein anderes Bild an, aber die Neugier zwang sie dazu, sich abermals nach ihm umzusehen. Er war noch immer in den »Weinenden Akt« vertieft. Er kam ihr übrigens vage bekannt vor. Hatte sie ihn schon einmal gesehen? Sie konnte ihn nicht unterbringen. Sie zuckte zusammen, als sie hinter sich ihre Klasse hörte.

»Ich musste nur schnell zur Toilette«, sagte sie zu ihrem Lehrer und gesellte sich wieder zu der Gruppe.

Johanne lag mit ihrer Annahme richtiger, als sie wissen konnte. Der Mann war von der tiefsten Achtung und dem größten Respekt vor Munchs Bildern erfüllt. Und Johanne wäre entsetzt gewesen, wenn sie gewusst hätte, welche Bilder nun vor dem inneren Auge des Mannes Gestalt annahmen. Bilder, die Munchs düsteres und verzweifeltes Gemüt niemals auf die Leinwand gebracht hatte.

Kapitel 15

Elli speicherte den Bericht über Eldrid Olsens Aussage so, wie alle Informationen zugänglich für die Kollegen gespeichert wurden, die in Prostitutionsfällen ermittelten. Im Grunde brachte diese Aussage wohl kaum etwas Neues. Sie speicherte das Dokument und schickte es an sich selbst. Wenn sie ins Büro kam, würden die Ermittler von der Sitte und das Jugendamt es auch erhalten.

Ihr Mobiltelefon klingelte, es war Bent. »Wir sind mit dem Jungen so weit«, sagte er. »Takle hat dann doch noch einen Dolmetscher besorgen können.«

»Wo?«

»Er ist jetzt in der Schule. Seine Mutter wollte nicht, dass er mehr Unterricht versäumt als unbedingt nötig, deshalb sind wir hier.«

»Ich komme gleich rüber. Zehn Minuten vielleicht«, sagte sie und legte auf.

Sieben Minuten später klopfte Rektor Arnt Ladegård an die Tür der Klasse 4b der Vålerenga-Schule. Hinter ihm standen Elli und Bent. Ladegård wartete die Antwort nicht ab, sondern öffnete die Tür gleich nach dem Klopfen. Elli sah eine Lehrerin von Ende zwanzig, die gerade ein menschliches Skelett erklärte. Die Lehrerin beendete ihre Darlegung über das Schlüsselbein, ehe sie sich ungeduldig zur Tür umdrehte.

»Ja?«

Ladegård räusperte sich vorsichtig, wie um zu betonen, dass eine solche Störung mitten im Unterricht wirklich nicht normal sei, und steuerte dann das Skelett an. Er flüsterte der Lehrerin etwas ins Ohr, und die nickte mit ernster Miene.

»Petter, hier möchte jemand mit dir sprechen«, sagte sie zu jemandem in der ersten Reihe. Elli erkannte den Jungen sofort. Neben ihm saß ein junger Mann von vielleicht fünfundzwanzig und übersetzte in die Gebärdensprache. Petter und der Mann erhoben sich unsicher. Elli lächelte entgegenkommend. Ladegård schloss vorsichtig die Tür hinter Petter und dem Gebärdendolmetscher.

Elli beugte sich zu Petter hinunter. »Erinnerst du dich an mich?«

Der Dolmetscher übersetzte mit den Händen. Petter nickte.

»Wir würden dir gern ein paar Fragen stellen, geht das?«

Wieder nickte Petter.

»Ich muss darum bitten, dass wir auf die Eltern warten«, sagte Ladegård sofort.

»Ja, das müssen wir«, stimmte der Dolmetscher zu.

»Kein Problem«, sagte Bent. »Wir haben schon mit ihnen gesprochen, und die Mutter müsste jeden Augenblick hier sein.«

»Na, dann könnten wir vielleicht in mein Büro gehen«, schlug Ladegård vor. »Da können wir ungestört reden.«

Das Büro des Rektors wies eine typische Zwei-plus-drei-Sitzgruppe auf. Elli kannte das Muster von den Möbeln im Wartezimmer der Notaufnahme her. Als alle sich gesetzt hatten, wurde an die Tür geklopft und eine gutangezogene Frau von vielleicht vierzig kam herein und stellte sich als Agnete Skyberg vor. Hinter ihr stand eine Frau von Ende zwanzig.

Agnete Skyberg ging sofort zu Petter, umarmte ihn und unterhielt sich vielleicht zehn oder fünfzehn Minuten lang mit ihm auf Gebärdensprache. Sie drehte sich zu Bent um. »Sind Sie Herr Harr?«

»Stimmt.«

»Wie machen wir das?«, fragte die Frau jetzt.

»Zuerst müssen wir den Rektor und den Schuldolmetscher bitten, das Zimmer zu verlassen«, sagte Bent.

Rektor Ladegård erhob sich widerwillig. Elli lächelte ihm und dem Dolmetscher aus dem Klassenzimmer zu, als sie zur Tür gingen, und schloss diese dann energisch hinter den beiden.

»Na gut«, sagte Bent jetzt zu Agnete Skyberg. »Wir stellen Fragen, und Petter antwortet mit Hilfe der Dolmetscherin vom Gehörlosenverband.« Er nickte der Frau zu, die zusammen mit der Mutter gekommen war. »Wenn er möchte, dass Sie neben ihm sitzen, ist das natürlich kein Problem, vielleicht können Sie ihm auch dabei helfen, sich besser an den fraglichen Tag zu erinnern.«

»Na gut«, antwortete sie.

Die Dolmetscherin setzte sich Petter gegenüber und begrüßte ihn. Sie wechselten, so, wie Elli es verstand, zwei oder drei Sätze, dann wandte sich die Dolmetscherin an Elli.

»Ich habe ihm gesagt, dass ich Toril heiße und dass alles, was er sagt, geheim bleibt – zwischen ihm und der Polizei.«

Elli lächelte zurück. »Gut. Können wir dann anfangen?«

»Das können wir«, sagte die Dolmetscherin.

Elli schaute zu Petter hinüber. »Weißt du noch, was du vor genau einer Woche am Morgen gemacht hast?«

Petter machte ein sehr ernstes Gesicht. Gut, dachte Elli, er nimmt die Aufgabe ernst. Dann antwortete Petter Elli direkt auf Gehörlosensprache. Ihr kam es zunächst seltsam vor, aber dann begriff sie, dass die Dolmetscherin sich verhielt, als sei sie die Stimme des Jungen und als Person gar nicht anwesend. Sie erklärte in der ersten Person, dass Petter jeden Morgen dasselbe machte: aufstehen, frühstücken, vielleicht die Sportseiten in der Zeitung lesen, über Vålerenga, sich fertigmachen und die Zähne putzen, seine Schultasche packen und dann losgehen.

»Weißt du noch etwas Besonderes von dem Morgen?«, fragte sie.

Petter schaute zu seiner Mutter hinüber, und die nickte sanft. Er setzte zu einer eifrigen Erklärung an, und die Dolmetscherin übersetzte fortlaufend.

»Wir können den Friedhof vom Küchenfenster aus sehen, und an diesem Morgen habe ich ein Auto vom Friedhof fahren sehen. Das ist komisch, sonst fahren nie Autos auf dem Friedhof.«

»Wieso weißt du so genau, dass es exakt vor einer Woche war?«

Petter schaute wieder zu seiner Mutter hinüber, die ihm mit sanften Handbewegungen signalisierte, er solle alles erzählen, was er wusste.

Die Prozedur der Antwort wiederholte sich. »Mir war nicht gut, und ich bin zusammen mit Mama früh aufgestanden.«

»Hast du gesehen, was das für ein Auto war?«, fragte Elli.

Die Antwort kam sofort. »Sicher doch, ein Range Rover. Dunkel. Der hat einen großen Motor.«

Elli lächelte. »Ja, das hat er sicher. Woher weißt du das?«

Petter lächelte ein wenig verlegen. Die Mutter signalisierte, dass sie auch etwas sagen wollte. Elli nickte.

»Petter schwärmt für Autos mit Allradantrieb. Er kann alle Modelle und Typen aus dem Ärmel schütteln – Jeep, Land Rover, Land Cruiser, Hummer«, sagte sie und lächelte.

Elli schaute die Mutter belustigt an. »Sie scheinen ja auch ziemlich bewandert zu sein.«

»Ja, wenn man genug englische Websites und Zeitschriften übersetzt hat, schnappt man doch so einiges auf«, sagte die Mutter und lächelte Petter liebevoll an.

Elli wandte sich wieder dem Jungen zu.

»War es ein besonderes Range-Rover-Modell?«

»Es war ein P38«, antwortete er sofort.

»Kannst du mehr über dieses Modell erzählen?«

Petter strahlte, und in den folgenden Minuten voller Fachterminologie musste die Dolmetscherin den schwersten Einsatz ihrer bisherigen Laufbahn liefern. Danach wussten Elli und Bent sehr viel über dieses Auto, unter anderem, dass der Range Rover von Land Rover hergestellt wird, dass es drei Karosserievarianten gibt, von denen P38 die mittlere ist, und dass dieser Typ zwischen 1994 und 2002 hergestellt worden ist. Elli bedankte sich ganz besonders für Petters ausführliche Darstellung.

»Aber ich muss dir noch eine Frage stellen – weißt du noch so ungefähr, wie spät es war?«

»Ich frühstücke immer um sieben, aber an dem Tag waren wir doch schon so früh auf, da war es wohl so gegen sechs.« Er sah seine Mutter fragend an.

»Ja, das stimmt«, antwortete diese. »Wir waren schon vor sechs Uhr auf und haben Tee und Cracker gefrühstückt. Ich habe die Zeitung reingeholt, und als ich zurückkam, sagte Petter, er habe auf dem Friedhof ein Auto gesehen.«

Elli wandte sich wieder Petter zu. »Hast du Menschen gesehen? Jemanden, der auf den Friedhof ging oder von dort kam?«

Petter überlegte gründlich, ehe er antwortete.

»Ich glaube …«, sagte die Dolmetscherin, und Petter runzelte wie ein kleiner Erwachsener die Stirn, ehe er weitersprach. »Dass gleich vor dem Auto ein Mann gekommen ist.«

»Groß, klein?«, fragte Elli.

Petter zögerte, zuckte mit den Schultern.

»Na gut«, sagte Elli. »Das macht nichts. War er jung? Alt?«

»Mittel«, kam es nach weiterem Überlegen.

»Du bist phantastisch«, sagte Elli, auch wenn sie sich eine bessere Beschreibung gewünscht hätte. »Zurück zum Auto, konntest du sehen, ob es ein weißes oder ein grünes Nummernschild hatte?«

»Es war sehr dunkel«, sagte Petter. »Und es hatte die Scheinwerfer nicht eingeschaltet.«

»Nicht mal das Standlicht?«, fragte Bent sofort. Elli zuckte ein wenig zusammen, als er sich plötzlich in die Vernehmung einmischte.

»Nein – ganz dunkel«, sagte Petter.

Elli blickte Bent fragend an, und der signalisierte, dass er es später erklären würde. Sie erhoben sich und ließen Petter und seinen Dolmetscher zurück in das Klassenzimmer gehen. Elli und Bent dankten Rektor Ladegård für seine Hilfe und gingen mit der Mutter nach draußen.

»Wenn alle Zeugen so tüchtig wären, könnten wir viel mehr Fälle aufklären«, sagte Elli zu der Mutter, als sie sich verabschiedeten.

»Danke«, sagte die Mutter. »Petter ist ein aufmerksamer Junge, aber wir haben das ja schon einmal erzählt.«

Elli fuhr zusammen. »Wie bitte?«

»Ach«, antwortete die Mutter. »Petter und ich haben doch vor zwei Tagen mit einem Kollegen von Ihnen gesprochen – er hieß Åbrekk, Åberg oder so.«

Elli und Bent blickten sie verwundert an.

»Haben Sie eine Visitenkarte von ihm?«, fragte Elli.

»Nein … er ist unangemeldet bei uns aufgetaucht, und da war ich ein bisschen verwirrt«, sagte die Mutter. »Er hat mir keine Kontaktadresse hinterlassen.«

»Und er hat gesagt, er sei von der Osloer Polizei?«

Agnete Skyberg musste einen Moment überlegen. »Von der Polizei, hat er gesagt, glaube ich, aber von Oslo war nicht die Rede.«

Kapitel 16

»Wer zum Teufel war bei denen, ohne uns zu informieren?«, fragte Elli wütend.

»Die Beschreibung passt auf keinen, den wir kennen«, sagte Bent.

»Nein … Åberg, hieß der nicht so? – Oder Åbrekk. Kennst du einen Åberg oder Åbrekk aus einer anderen Abteilung?«

»Nein, nicht, dass ich wüsste.«

»Und welche andere Abteilung würde uns denn nicht informieren? Die Drogenfahndung etwa?«

»Keine Ahnung. Es wirkt unlogisch.«

»Wir überprüfen das mal, wenn wir im Büro sind … was sollte übrigens das mit dem Standlicht?«

»Also«, sagte Bent. »Autos, die in Norwegen verkauft werden, haben automatisches Fahrlicht. Wenn du das ausschaltest, erlischt das Standlicht trotzdem nicht. Es gibt keine vollständige Möglichkeit zum Ausschalten. Deshalb ist es vermutlich ein gebraucht importierter Wagen.«

»Licht oder nicht – es ist jedenfalls seltsam, mit dem Auto über einen Friedhof zu fahren, noch dazu so früh am Morgen. Und das bestätigt die Aussage der Zeugin aus dem Bus.«

Bent nickte. »Der Range Rover muss mit dem Fall zu tun haben.«

»Wir sehen uns im Büro«, sagte Elli und sprang auf ihr Fahrrad.

In ihrem Zwerchfell wogte die Wut hin und her. Wut, so wie Elli sie jetzt erlebte, war nicht konstruktiv und sorgte nur für schlechtes Karma. Aber sie hatte keine Reserven. Ihre Arbeit bestand darin, die Kriminalität in ihrer niedrigsten Form zu bekämpfen. Das hier waren gute Taten. Sie gaben eine Menge gutes Karma.

Sie konnte sich ein wenig Irritation und Wut gestatten. Außerdem war sie Buddhistin light.

Elli konzentrierte sich erbarmungslos auf das, was wichtig war, weniger wesentliche Dinge wurden in der Reihe ihrer Gedanken nach hinten geschoben. Die Fahrt mit dem Rad zwischen flatternden äthiopischen, somalischen und sonstigen Gewändern durch Galgeberg, Tøyen und weiter nach Grønland ließ ihr die Zeit zu einem raschen Durchgang des Falls. Sie hatten einen Mord, die Tote war nicht identifiziert, minderjährig, vermutlich Prostituierte, vielleicht aus Osteuropa. Sie hatten einen Zeugen, der ein Auto ohne Licht vom Friedhof hatte fahren sehen, und möglicherweise einen Mann, der vor dem Auto hergegangen war – und zwei anonyme Telefonanrufe. Nicht gerade viel, und der Fall konnte sich noch immer in viele Richtungen entwickeln. Und dann waren da der Terpentingeruch vom Tatort und die Perücke. Beides konnten prosaische Zufälle sein, es konnte sich aber auch um zentrale Elemente handeln. Und sie hatten einige lose Enden; die ältere Dame, mit der sie noch immer nicht gesprochen hatten, sie mussten sich zudem die Sache mit der Überdosis in Grünerløkka zwei Wochen vor dem Leichenfund auf dem Friedhof Gamlebyen genauer ansehen. Die beiden Toten waren ungefähr im selben Alter gewesen, und Elli hatte den Verdacht, dass es noch weitere Gemeinsamkeiten geben könnte.

Åberg/Åbrekk musste natürlich gefunden werden. Sie beschloss, als Erstes mit Takle zu sprechen. Er arbeitete schon lange bei der Polizei und kannte viele Namen auf den anderen Wachen in Oslo. Bent sollte sich um den Range Rover kümmern.

»Åberg oder Åbrekk?«, fragte Takle. »Hab nicht die geringste Ahnung.«

Er sah Elli ins Gesicht und hatte das übliche mehrdeutige Aussehen – die Augenbrauen vorsichtig gehoben, den Mund zur Andeutung eines Lächelns verzogen. Oder vielleicht auch zu einem Schaudern. Elli wurde niemals klug daraus – aber diese Miene machte er bei jeder Frage. Er schien es zu genießen, anzudeuten, er wisse vielleicht etwas, vielleicht aber auch nicht, und jedenfalls teile er nur ungern sein Wissen mit anderen. Was ja bezeichnend für seine kollegiale Einstellung war.

Elli ärgerte sich darüber, dass sie ihn überhaupt gefragt hatte.

»Ich bin noch mit einigen anderen Fällen beschäftigt, und ich recherchiere für deinen schon im Internet«, sagte er. »Ich habe keine Kapazitäten, um mich noch weiter in deine wichtige Ermittlung zu vertiefen.«

Sie spürte, wie seine Betonung von »deine Ermittlung« in ihrem Körper Eiter und Galle aufwühlte, aber sie brachte einen fast gelassenen Tonfall zustande. »Wie läuft denn die Zusammenarbeit mit der Gruppe von der Datenkriminalität?«

Elli glaubte, in seinem Gesicht einen Hauch von Unsicherheit ahnen zu können, aber er riss sich sofort zusammen. »Die sind sicher in Ordnung, aber ich habe beschlossen, bis auf weiteres allein zu arbeiten«, sagte er mit gekünstelter Selbstverständlichkeit.

Takle hatte sich nie damit abfinden können, dass Elli mit nur theoretischem Studium von der Polizei übernommen worden war. Und dass sie ihn in der Beförderungsschlange überholt hatte und zur Ermittlungsleiterin ernannt worden war, setzte ihm noch mehr zu. Es war eine Demütigung gewesen, nicht zuletzt angesichts der Tatsache, dass sie jetzt schon mehrere in dieser Position hatten. Das war die Art von miesem Spiel, in der er brillierte und mit der er sich gern beschäftigte. Noch lieber quengelte er weiter, wenn sie ihm widersprach. An diesem Tag beschloss sie, seine schlichten Machogelüste nicht zu befriedigen.

»Du – noch was«, sagte sie freundlich.

Takle fuhr überrascht zusammen, als sie nicht explodierte, wie er das sonst von ihr gewohnt war.

»Du warst doch vor ungefähr drei Wochen in Grünerløkka, ja?«, fragte sie.

»Grünerløkka?«, wiederholte er leicht verwirrt. Und trat nicht ganz oben auf seiner Stirn auch eine kleine Schweißperle hervor?

»Ja, die Überdosis«, erklärte Elli.

»Ach ja, die in der Garage? Ja, das war ich.«

»Wie war an dem Tag das Wetter?«, fragte Elli.

Takle sah aus wie ein lebendiges Fragezeichen. »Das Wetter? Es war diesig, wie immer im Moment«, sagte er und fügte ein unsicheres Lachen hinzu. »Wie ... warum interessiert dich das denn?«

»Ach, pure Routine. Ich suche nach Übereinstimmungen. Danke für die Auskunft. Wie immer – nett, mit dir zu sprechen«, antwortete Elli und kehrte an ihren Schreibtisch zurück. Durch ihr Gespräch mit dem Krankenwagenfahrer wusste sie, dass es geregnet hatte, als die Tote aus der Garage in Grünerløkka getragen worden war.

Elli saß an ihrem Schreibtisch und klickte sich in die Internseiten der Polizei ein. Sie suchte nach Åbrekk, bekam aber keinen Treffer. Auch »Åbrække« oder »Åbræk« halfen nicht weiter.

Die Suche nach Åberg blieb ebenfalls ergebnislos. Sie erweiterte ihre Suche auf den Polizeibezirk Asker og Bærum, doch das Resultat blieb negativ. Als sie jedoch auch noch Follo und Nedre Romerike einbezog, hatte sie Erfolg. Jostein Åbrekke war Ermittler beim Polizeibezirk Nedre Romerike in Lillestrøm. Was er in Ellis Ermittlung verloren hatte, war ein Mysterium, aber Elli nahm sich vor, das sehr bald zu klären. Die Versuchung war groß, Åbrekke sofort anzurufen, aber sie riss sich zusammen und ging zuerst zu Fjeld. Es war immer besser, sich an die Vorschriften zu halten.

Fjelds Tür stand offen. Elli ging sofort hinein.

»Weißt du etwas über einen Ermittler namens Åbrekke aus Lillestrøm, der sich in meine Ermittlung einmischt?«

Fjeld schmatzte kurz an seinem Priem und sah ebenso unwissend aus wie Takle. »Nein, ich habe natürlich niemanden beauftragt, sich in deine Ermittlung einzuschalten. Aus Nedre Romerike? Gibt es da eine Verbindung zu dem Fall?«

»Nein«, sagte Elli. »Wir wissen jedenfalls von keiner.«

»Er mischt sich ein – was bedeutet das?«

»Er hat diesen tauben Jungen vor uns vernommen, hat uns aber nicht informiert oder mit uns darüber gesprochen.«

Fjeld runzelte die Stirn. »Seltsam …«

»Ich frag mal Malmros«, sagte Elli und drehte sich zur Tür um.

»Der ist unterwegs«, sagt Fjeld. »Aber ich seh ihn nachher, dann kann ich ihn fragen.«

Fjeld hatte eine freundliche Art, aber er machte immer sehr deutlich klar, was er wollte.

Elli nickte kurz als Antwort und verließ Fjelds Büro mit fahrigen Bewegungen. Sie konnte Aufschübe nur schwer ertragen.

Draußen in der Landschaft sah sie Bent. »Den Wagen überprüft?«

»Das schon … bis auf weiteres die übliche Nadel im Heuhaufen.« Er öffnete sein Notizbuch und blätterte zur letzten beschriebenen Seite weiter. »Auf den norwegischen Straßen fahren derzeit achthundertfünfzig Range Rover P38. Weitere fünfzehn haben keine Nummernschilder, und wir können annehmen, dass vielleicht zehn eingeführt, aber noch nicht registriert worden sind.«

»Und bei den neuen Autosteuern können wir wohl annehmen, dass die überhaupt nie über unsere Straßen fahren werden«, sagte Elli.

Bent redete weiter. »Etwa die Hälfte aller Range Rover P38 wurde gebraucht importiert – ich denke hier an die Scheinwerfer – und etwa …«, Bent rechnete im Kopf, »… zehn Prozent aller Lieferwagen mit grünen Kennzeichen. Die meisten Autos sind dunkel, fast die Hälfte in den Varianten British Racing Green, Ardennes Green, Epsom Green und andere alberne Versionen von Dunkelgrün.«

»Der Zeuge hat also, trotz seiner Detailkenntnisse, das beschrieben, was wir als den archetypischen Range Rover bezeichnen könnten?«

»Sieht so aus. Und übrigens – dreihundertsiebzehn dieser Autos sind in Oslo og Akershus beheimatet.«

Elli überlegte kurz. »Kannst du von der Datenkriminalität relevante Listen besorgen? Passieren von Mautschranken und so was?«

Bent nickte. »Ja, aber das wird sicher dauern.«

»Alles dauert«, sagte Elli. Sie hatte aber trotzdem ein gutes Gefühl, was diese Spur betraf.

Kapitel 17

Die aktuelle Nummer der Tageszeitung VG fiel vor Elli auf den Schreibtisch.

»Seite zwölf«, sagte Bent.

Elli runzelte die Stirn und blätterte sich zu Seite zwölf durch. Einer der erfahreneren Journalisten schrieb darüber, wie junge Mädchen im Sommer in die Stadt strömten und von der Drogenszene rekrutiert wurden. Im Artikel wurde auf ein reichhaltiges Quellenmaterial verwiesen, das ein einigermaßen realistisches Bild der Hauptströmungen ergab: Einige Mädchen kamen aus sozial belasteten Milieus an ihrem Heimatort nach Oslo, andere hatten psychische Probleme, noch andere waren ausländische Prostituierte – oft Opfer von Menschenhandel –, und es gab auch Abenteuerlustige, die ganz einfach in schlechte Gesellschaft geraten waren. Der Journalist hatte zudem Interviews mit Politikern von der Sozialistischen Volkspartei, der Fortschrittspartei und der Sozialliberalen Volkspartei gemacht; Letztere hatte bei den Wahlen überraschend vier Mandate erobern können und sich sofort einen Weg in die konservative Regierungskoalition gebahnt.

Elli schaute zu Bent hinüber. »Du meinst, dass der Journalist sich möglicherweise unserem Mordfall nähert?«

»Vielleicht noch nicht, aber wenn VG weitergräbt, werden sie in dieser Szene sehr bald auf einen Mord stoßen.«

»Ja, es ist doch Sommerloch. Und da wird in den Redaktionen in Stadt und Land gewühlt wie verrückt. Und ein Mord mitten in der Nachrichtendürre würde sich besonders gut machen.«

»Können wir das irgendwie nutzen?«, fragte Bent.

»Nein«, antwortete Elli sofort. »Auch wenn wir unsere Tote nicht identifiziert haben und so gesehen Tipps aus der Öffentlichkeit gut gebrauchen könnten, würde eine Erwähnung in den Medien die möglichen Täter oder Hintermänner nur alarmieren. Wir sollten also versuchen, alles so lange wie möglich für uns zu behalten.«

»Okay«, sagte Bent.

Das Hauptquartier von Redd Barna, der norwegischen Unterabteilung von Save The Children, lag in einem Gebäude an der Ecke Storgate und Hausmanns gate. Gleich gegenüber befand sich das Rote Kreuz. Elli musste daran denken, dass dieser Block früher einmal Blaukreuzhaus geheißen hatte und dass noch vor wenigen Jahren dort die heftigsten Drogensüchtigen des Landes untergebracht gewesen waren. Aus ihrer Zeit als Polizeijuristin erinnerte sie sich an mehrere Geschichten aus den Zimmern weiter unten im Haus. Vor allem eine Geschichte galt als legendär: die des Russen, der sich ein Zimmer gemietet und dann eine Stelle in der Küche des Blaukreuzhauses angenommen und sein Zimmer als Vorposten zur Einrichtung organisierter Kriminalität benutzt hatte. Bei der Durchsuchung hatte die Polizei vierzehn russische Pistolen und fünf AK-47-Maschinenpistolen gefunden, dazu jede Menge Munition und allerlei elektronische Hilfsmittel von unterschiedlicher Qualität.

Jetzt war das alte Haus im Baushausstil renoviert worden und enthielt vor allem Büros. Die Russen hatten sich sicher längst verzogen und sich für das mit Drogen und Prostitution verdiente Geld Wohnungen in Frogner gekauft.

Elli betrat den Haupteingang in der Hausmanns gate. Redd Barna arbeitete regelmäßig mit der Kripo zusammen, wenn es um Kinderpornographie im Internet ging, aber statt die internen Kanäle zu benutzen, wollte sie sich lieber selbst einen Einblick in diese Arbeit verschaffen.

In der Rezeption begegnete ihr eine junge Frau afrikanischer Herkunft.

»Hallo«, sagte diese freundlich und entgegenkommend.

»Rathke, Polizei«, sagte Elli. »Ich möchte gern mit irgendwem reden, der sich mit Kinderpornographie beschäftigt.«

»Alles klar«, sagte die Frau an der Rezeption, als wäre das das allernatürlichste Thema, und gab eine Nummer in die Tastatur unter dem Rezeptionstresen ein. Sie murmelte einige leise Sätze, dann winkte sie Elli zu, sich zum Warten in eine rote Sofagruppe zu setzen. Elli nahm Platz, der Lesestoff bestand fast nur aus einer endlosen Reihe von politisch korrekten Publikationen. Zeitschriften der Entwicklungshilfe, die von Redd Barna selbst, Dagsavisen, Ny Tid, Le Monde diplomatique und Innsikt. Keine Klatschillustrierten dabei. Elli blätterte rasch durch Ny Tid, machte aber wie so oft die Erfahrung, dass eine Wochenzeitung in der digitalen

Welt schon überholt ist, ehe sie überhaupt an den Kiosk gelangt.

»Frau Rathke?«

Elli schaute auf. Die Frau, die vor ihr stand, war um die fünfzig. Der Zahn der Zeit hatte die klaren Gesichtszüge bisher nur wenig gezeichnet. Einige wenige graue Haare unter vielen schwarzen gaben der Frau eine Ausstrahlung von Wissen und Autorität.

»Anniken Malmros«, sagte sie und hielt ihr die Hand hin.

»Elisabeth Rathke.«

Anniken führte Elli zum Fahrstuhl und dann durch einen Gang im fünften Stock. Die vierte Tür rechts gehörte zu Annikens kleinem, aber geschickt eingerichtetem Arbeitszimmer mit Blick auf die Kreuzung Storgata/Hausmanns gate. Bücher und Berichte füllten die Regale, den Schreibtisch und den Besuchertisch. An der Wand hingen Schwarzweißbilder mit typischen Motiven: Kinder, die in den Straßen von Soweto spielen, Anniken auf einer Tagung mit einer Gruppe afrikanischer Frauen, ein Elefant im Sonnenuntergang. Elli registrierte zudem, dass sie Mitglied im Freundeskreis der Oper war. Anniken winkte Elli, sich in den Besuchersessel neben dem Schreibtisch zu setzen.

Elli schaute sich kurz um, dann lächelte sie Anniken an. »Sie haben sicher eine schwere Arbeit?«

Anniken zuckte mit den Schultern. »Ja. Aber da draußen gibt es so viele schreckliche Dinge, dass ich es mir nicht erlaube, Gefühle für die Kinder zu entwickeln. Dann würde ich es nicht schaffen.«

Elli nickte. »Ich verstehe. Ganz unbekannt ist mir das auch nicht.«

Sie lächelten einander an.

»Hat mein Mann Sie geschickt?«, fragte Anniken dann.

»Äh, nein«, antwortete Elli überrascht. »Ihr Mann?«

»Tom Malmros?«, fragte Anniken.

Elli verfluchte sich, weil sie nicht besser recherchiert hatte. »Ach, Sie sind mit Tom verheiratet? Tja – die Welt ist doch klein. Nein, ich bin aus eigenem Antrieb hier. Aber ich werde ihm erzählen, dass ich mit seiner Frau gesprochen habe.«

Wieder lächelte Anniken. »Und was kann ich nun für Sie tun?«

»Ich arbeite an einem Fall, bei dem Kinderprostitution mit ins Spiel kommt«, erklärte Elli.

»Das ist nicht ungewöhnlich«, sagte Anniken rasch.

»Nein …«, sagte Elli und legte eine kleine Pause ein. Das Thema verlangte das, fand sie, auch wenn sie immer unbedingt sofort ihre Informationen haben wollte.

»Was wissen Sie über die Kinderprostitution hier in der Stadt?«

Anniken lächelte resigniert. »Ja, was wissen wir nicht … es gibt leider sehr viele, die sich Sex mit Minderjährigen kaufen. Meistens wird das über alte vertrauliche Beziehungen organisiert, wo der eine Zugang zu einem oder mehreren Mädchen hat – oder auch zu Jungen –, und dann bezahlt der Übergreifer den sexuellen Kontakt zu dem Kind. Dann gibt es die, die auf der Straße arbeiten oder auf der Straße gearbeitet und sich seit dem Verbot auf die Nachtclubs verlegt haben. Wir wissen auch von Festen in geschlossenen pädophilen Kreisen, wo mehrere Kinder den Gästen sexuelle Dienste erweisen müssen.«

Elli wurde bei dieser Vorstellung schlecht, aber sie zwang sich, weiterzufragen. »Und gibt es auch organisiertere Aktivitäten?«

Anniken drehte sich zu ihrem Rechner um und klickte etwas an, was Elli für die Archivfunktion hielt. »Na ja«, sagte Anniken. »Nur ein nicht verifizierter Tipp, aber es gibt Gerüchte über organisierte Unternehmungen, fast wie Bordelle, wo jüngere Mädchen zugänglich sind. Diese Information ist in unserem Archiv aber als überaus unsicher registriert, sie stammt aus einer anonymen Quelle, und es gibt keine konkreten Anhaltspunkte. Die Kripo wurde auf die übliche Weise informiert.«

»Ohne Anhaltspunkte kann man ja nur wenig machen«, sagte Elli. »Wie alt ist dieser Tipp?«

Anniken schaute wieder auf den Bildschirm. »Er wurde vor ungefähr einem halben Jahr in unserer Datenbank registriert.«

»Woher kommen die Mädchen?«

»Es sind nicht nur Mädchen, das muss man betonen. Auch sehr viele Jungen werden sexuell missbraucht, aber dieser Aspekt wird häufig übersehen.« Anniken schaute Elli an, um ihre Aussage zu betonen. »Jedenfalls«, sagte sie dann, »neben lokaler Rekrutierung haben wir eine Reihe von Ländern, die Kinder in westeuropäische Länder exportieren, die baltischen Staaten, Weißrussland, Ungarn, eigentlich der ganze Balkan und einige westafrikanische Länder.«

»Ich wüsste ja gern, ob irgendwer an diese Konsequenzen gedacht hat, als sie 89 die Mauer eingerissen haben«, sagte Elli. »Die meisten Länder, die Sie erwähnt haben, hatten zu den Zeiten von Sowjetunion und Warschauer Park ein bedeutendes System von Sicherheitspolizei – das gilt übrigens auch für das ehemalige Jugoslawien. Als die Mauer fiel, wurden die meisten Agenten dieser Sicherheitsdienste sozusagen über Nacht arbeitslos. Und was macht man, wenn man ein Leben lang im Staatsdienst seine Mitmenschen unterdrückt hat und sich mit Spionage, Erpressung und Mord bestens auskennt? Man macht im Privatsektor weiter.«

»Kein Wunder, dass sie rücksichtslos sind«, sagte Anniken resigniert.

»Nein. Zudem war es so, dass die Sicherheitspolizei in mehreren dieser Länder bereits zur Sowjetzeit kriminelle Aktivitäten bisweilen duldete. Zigarettenschmuggel, Prostitution und Drogenhandel lieferten der Sicherheitspolizei nette Nebeneinnahmen.« Elli hob die Hände. »Und jetzt haben wir sie hier.«

Anniken schüttelte den Kopf. »Na ja, ich weiß ja nicht, ob ich Ihnen wirklich weiterhelfen kann, aber wenn Sie noch weitere Fragen haben, dann melden Sie sich bitte.«

Elli lächelte. »Das werde ich. Danke, dass Sie sich die Zeit genommen haben. Es war mir eine große Hilfe.«

Kapitel 18

Der Wecker zeigte 5 Uhr 17. Elli war hellwach. Sie war immer ein Morgenmensch gewesen, aber neuerdings wurde sie besonders früh wach. Einige Male hatte sie das Gefühl gehabt, jeden Tag eine Minute früher zu erwachen. In dieser Nacht hatte sie es nur auf fünf Stunden Schlaf gebracht. Sie verwarf eilig die absurde Frage, wie viele Monate es wohl dauern würde, bis sie dann überhaupt nicht mehr schlief.

Sie schaltete die Kaffeemaschine ein, die sie schon am Vorabend bereitgemacht hatte. Als sie durch das Wohnzimmer ins Bad ging, fiel ihr der halbwüchsige Knabe ein, der mit seiner Mutter in der Wohnung schräg gegenüber wohnte. Elli war sicher, dass er einige Male hinter dem Vorhang gesessen und darauf gewartet hatte, sie für einen Moment ohne Kleider zu sehen. Solche Jungen waren Hormonbomben. Und so hatte er in der Pause auch etwas zu erzählen. In dieser Hinsicht war sie eher Norwegerin denn sittsame Thailänderin.

Aus dem Badezimmer hörte sie, wie Zenith im Wohnzimmer gähnte. Sie beschloss, die Dusche aufzuschieben, ging ins Schlafzimmer zurück und streifte ihre Trainingskleidung über. Zenith musterte diese Aktion von der Bettkante her, wo er eigentlich nicht liegen durfte, mit begrenztem Interesse. Zenith war zwar kein Morgenmuffel, aber an diesem Morgen half kein Betteln.

Ein weiterer diesiger Tag hüllte Voldsløkka in diffuses, konturenloses Licht. Es war kurz nach halb sechs, aber das Thermometer zeigte schon über zwanzig Grad. Das Klima erinnerte eher an Südasien als an Nordeuropa, fand Elli. Nach der üblichen Runde voller Stöhnen und Missfallensbekundungen war Zenith endlich etwas schneller geworden, und sie waren jetzt bereit für einige Runden im Park. Elli ließ ihn von der Leine und begann vorsichtig ihren Lauf. Jetzt im Juli herrschte Leinenzwang, aber auch Polizistinnen sündigten eben bisweilen. Eigentlich führte sie ein erbärmliches Leben, dachte sie. Sogar einen Hund von der Leine zu lassen, kostete sie moralische Überlegungen.

Mit zurückgelegten Ohren, um den Luftwiderstand zu minimieren, trottete Zenith in seinem üblichen Tempo neben ihr her und machte ab und zu einen Abstecher, um interessante Gerüche zu überprüfen.

Der Rhodesian Ridgeback war ein Spürhund, durch Kreuzung zu Beginn des 20. Jahrhunderts in Zimbabwe entstanden, unter anderem mit Genen von einheimischen Hunden, und von denen stammte der charakteristische Haarkamm dieser Rasse, der »Ridge«, auf dem Rücken. Diese Hunde waren als Jagd- und Wachhunde für afrikanische Farmen gedacht gewesen. Kleine Gruppen von Rhodesian Ridgebacks waren außerdem zur Löwenjagd eingesetzt worden, was der Rasse eine Art legendären Status eingebracht hatte, sie waren mutig genug, eine Löwenfährte zu verfolgen, und schnell und stark genug, um nachher davon berichten zu können.

Die Anschaffung Zeniths vor vier Jahren war eine wenig durchdachte Handlung gewesen. Sie hatte sich immer schon einen Hund gewünscht, und zusammen mit ihrem Lebensgefährten Lars hatte sie sich auf einer Hundeausstellung in der Trabrennbahn Bjerke Hals über Kopf in diese kupferfarbene, muskulöse und intelligente Rasse verliebt. Als die Beziehung zu Lars zwei Jahre später dramatisch zu Ende gegangen war, hatten sie beide den Hund behalten wollen. Bei einer ihrer vielen aufreibenden Streitereien im Wohnzimmer ihrer gemeinsamen Wohnung in Grünerløkka hatte Zenith wie immer sein Bestes getan, um durch Gähnen, Schwanzwedeln und andere Hundesprache den Konflikt zwischen der Alphahündin und dem Alphamännchen in der kleinen Meute zu dämpfen. In einem Anfall strategischer Klarsicht hatte Elli Zenith direkt gefragt, wo er wohnen wollte. Als Zenith zu Elli ging und sich neben sie setzte, war die Diskussion beendet. Zenith erwies sich als der Mann, der Lars nicht gewesen war. Da der Alpharüde untreu gewesen war, noch dazu mit einer Kollegin von Elli, hatte Zenith beschlossen, im Rudel zu bleiben.

Nach drei Runden legte sich Zenith ins Gras und sah zu, wie Elli sich durch den Park quälte. Sie legte auf der Längsseite einen Spurt ein, wurde dann schrittweise langsamer und ging schließlich mit Zenith an der Leine zurück zu ihrer Wohnung.

Elli goss den Kaffee aus und setzte neuen auf. Kaffee konnte sie nur frisch trinken. Sie surfte auf aftenposten.no, dagbladet.no, vg.no und Nettavisen und verzehrte dabei ihr Müsli und eine halbe Banane. Ihr Fall wurde nur indirekt erwähnt, als eine von zwei Überdosen bei jungen Mädchen im Laufe ebenso vieler Wochen. Der Presse ging es immer um spektakuläre Aspekte und Verbindungen. Auch bei diesem Fall versuchten sie, eine kaum belegte These durch Interviews und Indizien zu bestätigen. Und wie üblich verschwanden der Überblick und damit wichtige Nuancen, die den Schlüssel zur Lösung hätten liefern können. In vieler Hinsicht ähnelten Presseleute und Polizei einander. Aber es gab auch einen wesentlichen Unterschied: Journalisten wollten unbedingt die Geschichte erzählen, während eine Ermittlerin ihren Berufsstolz in der Wahrheitsfindung fand. Eine Geschichte brauchte nicht wahr zu sein, um gut zu sein. Elli hoffte, sie würden noch einige Tage lang kein Interesse erwecken können.

Bevor sie losging, schrieb sie Johanne auf einen Zettel, dass Zenith schon eine halbe Stunde unterwegs gewesen sei. Elli dankte ihrem Schicksal dafür, dass Johanne sie bei einem Spaziergang mit Zenith angesprochen hatte. Sie hatte sofort gesehen, dass Johanne gut mit Hunden umgehen konnte, und Johanne selbst hatte sich als Hundesitterin angeboten. Es war gut, Johanne als Reservemama für Zenith zu haben, wenn die Polizeiarbeit in Konflikt mit den Pflichten als Hundebesitzerin geriet. Was meistens mehrere Tage pro Woche passierte. Johanne liebte Zenith, und er erwiderte diese Liebe mit all seinen fünfundvierzig Kilo. Johanne nannte die Blutergüsse, die manchmal dabei herauskamen, ihre *Knutschflecken* und wollte eigentlich gar kein Geld dafür, dass sie Zenith betreute, aber da ließ Elli nicht mit sich reden.

»Die Spuren in diesem Fall haben die traurige Neigung, im Sande zu verlaufen«, sagte Elli. Sie schaute zu Malmros hinüber, der drei Stühle weiter auf der anderen Seite des Besprechungstisches saß. Er nickte mitfühlend.

»Wir arbeiten im Gegenwind«, stellte er fest.

»Was haben die Zeugenvernehmungen erbracht?«, fragte Fjeld vom Tischende her.

»Der taube Junge hat uns ja wertvolle Informationen über Zeitpunkt und Autotyp liefern können, und sie entsprechen der Aussage der Zeugin aus dem Bus. Wir haben uns alle Mühe gegeben, um Ruth Strand ausfindig zu machen, aber sie hat keine Kinder, ihr Mann ist verstorben, sie hat kein Mobiltelefon und kein Nachbar weiß, wo sie stecken kann. Sie ist wie im Erdboden versunken. Wenn wir da weiterkommen wollen, müssen wir in ihre Wohnung.«

»Negativ«, sagte Fjeld.

»Hab ich mir gedacht«, sagte Elli. »Gibt es schon Antwort aus Tschechien?«

»Negativ«, sagte Fjeld noch einmal. »Die haben keine Vermissten, die zu der Beschreibung passen. Sie haben auch ein Bild von ihrem Gesicht bekommen.«

Noch eine Sackgasse, dachte Elli. Aber wenn das Opfer keine Verbindung nach Tschechien hatte, dann deutete diese Information im Zusammenhang mit den tschechischen Prepaidkarten auf einen sehr raffinierten Täter hin.

Sie sah zuerst Fjeld und dann Malmros an. »Was ist mit Åbrekke aus Nedre Romerike – habt ihr den erreicht?«

Malmros machte ein verwirrtes Gesicht. »Åbrekke?«

Fjeld hob die Hände. »Tut mir leid, das hab ich total vergessen«, sagte er verlegen. »Ich wollte dich fragen, wie wir am besten vorgehen«, sagte er dann zu Malmros. »Aber jetzt sollten wir uns wohl sofort erkundigen.«

Malmros zuckte verständnislos mit den Schultern. »Wenn wir etwas überprüfen wollen, dann tun wir es doch einfach.«

»Ja, aber es geht ja um einen anderen Bezirk ...«

»Aber was wollen wir eigentlich überprüfen?«, fragte Malmros sichtlich ungeduldig.

»Åbrekke – aus Romerike«, sagte Elli, ehe Fjeld antworten konnte.

Fjeld sprang auf und verließ den Raum.

Elli schaute ihm hinterher, sagte aber nichts. Es kam nur äußerst selten vor, dass Fjeld bei einem Fall etwas vergaß.

Malmros wandte sich an Elli. »Wer ist dieser Åbrekke?«

»Ein Polizist hat den tauben Jungen vor uns vernommen«, erklärte sie. »Wir vermuten, dass es ein gewisser Åbrekke vom Polizeibezirk Nedre Romerike war.«

»Und was zum Teufel will der in unserer Ermittlung?«, fragte Malmros.

»Das wüssten wir auch gern«, sagte Elli trocken.

»Gibt es noch weitere Überraschungen?«, fragte Malmros mit giftigem Unterton.

»Nein.«

Die Tür wurde wieder geöffnet, und Fjeld kam herein.

»Åbrekke ist erst in drei Tagen wieder im Dienst. Er hat gerade Urlaub«, teilte er mit.

»Urlaub?«, rief Elli.

»Ja«, antwortete Fjeld. »Wir können ihn doch anrufen?«

Elli überlegte, dann fragte sie: »Weißt du, wo er Urlaub macht?«

»Dänemark.«

»Wie wäre es mit der Bitte an die Kollegen da unten, ihn im Auge zu behalten – falls er nicht wieder nach Hause will? Dann haben wir das Überraschungsmoment auf unserer Seite.«

»Ich kann die Kollegen darum bitten«, sagte Fjeld.

»Vielleicht hat die Zeugin uns ja auch einen falschen Namen genannt«, überlegte Elli. »Sie konnte sich ja nicht sicher daran erinnern.«

Elli war verwirrt.

»Na, wir kommen damit jetzt nicht weiter«, meinte Malmros. »Der Mord liegt nun fünf Tage zurück. Haben wir schon die gesamte Nachbarschaft befragt?«

»Ja«, sagte Elli. »Zuletzt waren wir oberhalb des Valhallavei. Im Brannfjell, und da sind wir ja schon ziemlich weit vom Fundort entfernt.«

»Noch mehr lose Enden?«, fragte Malmros.

»Tja«, sagte Elli nachdenklich. »Wir haben wohl nichts anderes.«

Sie lachten kurz auf.

Malmros lachte nicht mit. Er stand auf, was er sonst selten tat. »Was hast du als Nächstes vor, Elli? Bist du über alles auf dem Laufenden? Fehlen uns irgendwelche Mittel?«

Elli überlegte rasch. Sie kannte Malmros gut genug, um zu wissen, dass er für Andeutungen nicht zu haben war. »Wir sollten mehr Fußarbeit in Bars und Stripteaseclubs machen, von denen wir wissen, dass es da Prostitution gibt. Bent und ich haben uns schon ein bisschen umgesehen. Da ist zweifellos eine Menge los.«

»Habt ihr andere Quellen, die das bestätigen?«, fragte Malmros.

Elli nickte und lächelte. »Die haben wir. Unter anderem deine Frau – also Redd Barna –, die das Bild bestätigt, dass es in einzelnen Clubs hier in der Stadt und im Internet zu Aktivitäten mit Minderjährigen kommt. Unsere alte Freundin Eldrid Olsen teilt diese Einschätzung.«

»Okay, gut«, sagte Malmros und winkte ihr, weiterzureden.

Elli räusperte sich leise. »Aber ich glaube, wir sollten die Anzahl der Leute begrenzen, die wir in diese Szene schicken. Zu viele Operationen vergrößern das Risiko, mögliche Zeugen zu verscheuchen.«

»Wer sieht sich da um?«, fragte Fjeld und tippte rhythmisch mit seinem Kugelschreiber auf den Notizblock.

»Harr und ich zusammen. Als vergnügungssüchtiges Paar.«

Fjeld musterte sie forschend. »Ja, ja – das kann ja funktionieren.«

Nereng hob zaghaft die Hand. Fjeld zeigte auf ihn. Nereng setzte sich sofort gerade. »Die Kleine ist nicht identifiziert – wie wäre es mit einer Suche über das skandinavische Netzwerk und Interpol?«

»Klar«, sagte Elli, »das haben wir auch schon versucht, aber erfahrungsgemäß bringt es erst etwas, wenn irgendwer da draußen sie als vermisst meldet. Wir haben sie auch in den internationalen Registern für Vermisste gesucht und, wie gesagt, vor allem in Tschechien, aber ohne Erfolg. Unsere Erfahrungen besagen ja, je mehr Informationen wir selbst liefern können, umso größer wird die Aussicht auf Reaktionen bei einer Suche über Interpol. Im Moment ist es nur ein Gesicht mit unbekannter Nationalität. Es wird nirgendwo in der Zeitung stehen, außer hier in Oslo, wenn wir darum bitten. Im Augenblick haben wir auch nichts über das Mädchen, worauf wir eine Suche mit Foto aufbauen könnten, und deshalb meine ich, wir sollten noch einige Tage abwarten, ehe wir das Bild hier in Oslo veröffentlichen.«

Nereng gab zu verstehen, dass er begriffen habe. Fjeld und Malmros brummten ihr Einverständnis.

Elli schaute wieder auf ihre Notizen. »Noch etwas zum Schluss – wir brauchen Hilfe von der Datenkriminalitätsgruppe, um im Netz gründlich nach jüngeren prostituierten Mädchen, pädophilen Szenen und Menschenhandel mit jüngeren Frauen zu suchen, und auch die Kripoeinheit für sexuellen Kindesmissbrauch und die Einheit für Menschenhandel kommen mit ins Spiel. Ich kann mich an die Kripo wenden. Wir werden hoffentlich Hilfe bei der Suche im Internet bekommen. Ich habe es schon versucht, aber es ist so zeitraubend.«

»Kein Problem«, sagte Takle. »Sag mir nur kurz, was du schon unternommen hast, dann setze ich die Kollegen von der Datenkriminalität unter Druck.«

Elli hätte diese Aufgabe gern einem anderen überlassen, aber sie war in dieser Situation gefangen. »Gleich nach der Besprechung«, sagte sie.

Kapitel 19

Auf dem Weg zur Erste-Hilfe-Station ging Elli über die Märchenbrücke unten beim Markvei. Es war eigentlich ein kleiner Umweg, aber es war so schönes Wetter, und sie liebte den engen Kontakt zu der Stadt, den diese Wanderungen durch die Straßen ihr ermöglichten. Am Ende der Brücke wurde ihr von afrikanischen Dealern immer wieder Hasch angeboten. Elli lehnte dankend ab und machte sich nicht die Mühe, ihre Dienstmarke zu zeigen. Das Problem mit den Verkäufern war der Polizei nur zu gut bekannt, aber eine Runde Ausweisungen von Asylbewerbern, die sich auf diese Weise über Wasser hielten, während sie auf eine Aufenthaltsgenehmigung warteten, hatte die Verkaufstätigkeit nur vorübergehend beendet.

Bei der Erste-Hilfe-Station ging sie an der Rezeption vorbei und gleich weiter zu den Rettungswagen in die Garage. Sie zählte fünfzehn neongelbe Wagen. Links sah sie eine Tür mit dem Schild »Verwaltung«. Die Tür war offen, sie ging hindurch und stieg dann eine Treppe hoch, die sie in ein Wartezimmer führte. Fünf Männer und zwei Frauen, alle in roten Hosen und T-Shirts, saßen auf den drei Sofas in todlangweiligem bürokratischen Design.

»Jensen oder Bydal?«, fragte sie.

Die eine Frau, sie war Ende zwanzig, erhob sich. »Ich bin Kine Bydal – was kann ich für Sie tun?«

Elli wies sich aus und fragte, ob sie irgendwo ungestört reden könnten. Kine führte sie in ein kleines Besprechungszimmer neben dem Warteraum. Sie setzte sich, Elli tat es ihr nach.

»Es geht um eine Überdosis in Grünerløkka vor ungefähr drei Wochen. Ich habe im Dienstplan gesehen, dass Sie und Jensen da im Einsatz waren«, sagte Elli.

»Die, die vor Ort noch gestorben ist?«, fragte Kine.

»Ja, dem Bericht nach auf dem Weg in den Rettungswagen.«

Kine ging sofort in Verteidigungsposition. »Bekommen wir Ärger? Wollen die Angehörigen Klage erheben?«

Elli lächelte. »Nein, nein … es hat sich niemand gemeldet. Ich versuche nur festzustellen, ob noch mehr Informationen zu holen sind. Es ist schwierig bei diesen anonymen Toten«, sagte sie und hoffte, überzeugend zu wirken. »Wir haben durchaus nicht den Verdacht, dass Sie keine gute Arbeit geleistet haben.«

Kine atmete erleichtert auf. »Ich hatte schon Angst, irgendwelche Angehörigen hätten uns als Sündenbock ausersehen, weil sie sonst niemanden finden. Das kommt inzwischen immer häufiger vor. Wir scherzen schon immer damit, dass es im Fernsehen zu viele amerikanische Krimiserien gibt.«

Elli lächelte noch immer. »Ja, wir kriegen da auch so einiges ab … wo steckt übrigens Ihr Kollege Jensen?«

»Der kommt zum Abenddienst, wir tauschen ein wenig, jetzt im Sommer. Soll er Sie anrufen?«

»Ja, das wäre gut … und jedenfalls, sie ist also vor Ort gestorben?«, fragte Elli.

»Ja, so war das. Das haben wir auch dem Ermittler gesagt, Ihrem Kollegen, nehme ich an.«

Elli sah rasch in ihren Notizen nach. »Er schreibt in seinem Bericht, er habe gesehen, wie Sie Wiederbelebungsversuche gemacht haben, dass das jedoch keinen Erfolg hatte, dass erst fünfzehn bis zwanzig Minuten später ein Arzt kam und dass dann nichts mehr zu machen war.«

»Auch das stimmt, nur kann er das nicht gesehen haben, denn er war nicht gleichzeitig mit uns an der Fundstätte«, sagte Kine.

Ellis Herz schlug ein wenig schneller. Sie musste sich konzentrieren, um nicht übereifrig zu wirken. »Sie haben gesagt, dass Takle, also der Ermittler, nicht persönlich vor Ort war?«

»Stimmt, er hat unsere Aussage telefonisch eingeholt.«

In Ellis Zwerchfell baute sich die Lust auf, etwas zu zerschlagen. Sie legte abermals eine kurze Pause ein, ehe sie fragte: »Dann wüsste ich gern mehr darüber, wie Sie die Tote gefunden haben.«

»Wir wurden von einem Bewohner im Block angerufen, der sie in der Tiefgarage entdeckt hatte. Das war ja gleich in der Nähe, also sind wir ausgerückt und waren nach vier, fünf Minuten dort.«

»Wie haben Sie sie vorgefunden?«

»Sie war ganz nackt und war in einer fast perfekten stabilen Seitenlage ohnmächtig geworden, mit einer Hand unter dem Kopf. Sie lag auf einem alten Bett, das da unten stand, zusammen mit allem möglichen alten Kram.«

Elli schwieg und hoffte, die Zeugin würde von sich aus noch mehr sagen. Wenn sie suggestive Fragen stellte, könnte die Sache vollständig schiefgehen.

»Ja … in diesem Job sehen wir ja so allerlei«, sagte nun Kine. »Berauschte Menschen ohne Kleider sind fast schon etwas, bei dem wir nicht mal mit der Wimper zucken. Vielleicht war sie mit einem Mann dort gewesen. Sex und Drogen mischen die ja oft.«

»Uns ist das alles auch nicht neu«, sagte Elli. »Haben Sie Kleider gefunden oder andere Dinge?«

»Eine Tasche neben dem Bett enthielt ihre Kleider oder das, was wir für ihre Kleider hielten. Die haben wir auf Anweisung der Polizei ans Labor geschickt«, erklärte Kine.

»Und sie war also noch am Leben, als Sie gekommen sind?«

»Na ja, kaum. Sie war weit weg, typische Reaktion auf eine Überdosis, die Pupillen waren klein und starr, die Atmung minimal. Wir haben es mit Gegengift versucht, haben sie auf die Bahre gelegt und aus der Garage zum Rettungswagen geschoben, der wegen der Deckenhöhe nicht hereinfahren konnte. Jensen rief etwas von Herzstillstand, und also haben wir es routinemäßig mit Defibrillator und Schock versucht. Ich weiß nicht mehr, wie oft, vielleicht vier- oder fünfmal. Aber es half alles nichts …«

Elli ließ einige Sekunden verstreichen. Sogar Rettungsfachkräfte, die schon lange in der Hauptstadt arbeiteten, blieben nicht unberührt, wenn ihnen ein Leben zwischen den Fingern zerrann.

»Und dann kam der Arzt?«, fragt Elli.

»Ja, wir können im Protokoll den genauen Zeitpunkt nachsehen. Er hat sich davon überzeugt, dass wir uns pflichtgemäß verhalten hatten, und kam zum selben Schluss: Überdosis Heroin.«

Elli nickte. »Ja, das steht im Protokoll.«

Sie beugte sich vor und legte den Notizblock auf den Tisch. »Ist Ihnen sonst etwas … Ungewöhnliches aufgefallen?«

Kine überlegte ganz kurz. »Nein, mir fällt jedenfalls nichts ein.«

»Wie war das Wetter?«

»Es hat geregnet. Das weiß ich noch gut, weil zwischen Garagentor und Rettungswagen fünfzehn Meter lagen, und das reichte, um die Trage triefnass werden zu lassen.«

Elli bedankte sich bei Kine für die Auskünfte, steckte den Notizblock wieder ein und erhob sich. »Übrigens – sind da auch Bilder gemacht worden?«

»Wir haben keine gemacht – wenn die Person noch lebt, ist das keine Vorschrift.«

Elli verabschiedete sich und fand selbst den Weg hinaus.

Die Bürolandschaft war vollbesetzt, als Elli hereinkam. Alle Ermittler, Ermittlungsleiter, Abteilungsleiter und sonstigen Leiter richteten ihre volle und ganze Aufmerksamkeit auf die Person mitten im Raum, die Polizeijuristin Gunhild Andersen, neben der Kurt Fjeld stand.

»Dann wären ja alle hier«, begann Andersen, was ihr von Fjeld ein zustimmendes Nicken einbrachte. »Wie alle wissen, versucht der Polizeichef von Oslo seit einiger Zeit, für die Polizei in Oslo den Zugang zur Bewaffnung zu erweitern. Es gab etliche Besprechungen im Justizministerium, in der Chefetage, und Polizeidirektion und Direktion für öffentliche Sicherheit sind einbezogen worden.«

Sie legte eine Pause ein und schaute auf die Notizen, die sie in der linken Hand hielt.

»Uns sind die polizeilichen Argumente dafür, warum mehr permanente Bewaffnung richtig wäre, ja bekannt. Darauf will ich jetzt also nicht weiter eingehen, sondern gleich zum Ergebnis kommen. Aber vorher müssen wir uns noch vor Augen halten, dass dieser Prozess mit drei verschiedenen Ergebnissen hätte enden können. Erstens, die Waffeninstruktion zu ändern und alle Polizisten zu bewaffnen. Zweitens, dass Polizeidirektion und Polizeichef in den Bezirken, in denen das Thema permanente Bewaffnung besonders akut ist, eine Einigung über den Bedarf erzielen. Und drittens wäre es natürlich möglich, weiterzumachen wie bisher.«

Sie schaute abermals von ihren Notizen auf und überzeugte sich davon, dass alle Blicke auf sie gerichtet waren.

»Nach dem Meinungsbildungsprozess sind Direktion und Ministerium nun aber zu dem Schluss gekommen, für einen Zeitraum von sechs Monaten in Oslo versuchsweise einzelnen Polizisten und Polizistinnen in mehreren Abteilungen und unter erweiterten Bedingungen größeren Zugang zu permanenter Bewaffnung zu gestatten als bisher. Dieses Projekt wird nach sechs Monaten ausgewertet werden, und darauf wird ein weiterer Versuchszeitraum von achtzehn Monaten folgen. Nach diesem Zeitraum wird dann eine dauerhafte Entscheidung getroffen.«

Sie schaute sich abermals in der Landschaft um. Jetzt hatten viele Fragen zu dem Gehörten. Sie nickte Fjeld zu.

»Formal betrachtet bedeutet das«, erklärte Fjeld, »dass die derzeitige Praxis so weitergeht, aber praktisch führt es dazu, dass wir in sehr viel weiterem Maße als bisher bewaffnet werden.« Er schaute zu Andersen hinüber, die begriff, dass der Ball nun wieder bei ihr lag.

»Bewaffnung erfolgt wie bisher dann, wenn der Polizeichef in einzelnen Polizeibezirken die Anweisung unter Berufung auf Paragraph zehn der Bewaffnungsordnung erteilt. Justizministerium und Polizeidirektorat sind zu der Überzeugung gelangt, dass die Entwicklung der kriminellen Aktivitäten in Oslo und Umgebung Grund zu der Annahme gibt, dass Polizeiangehörige im Dienst sich häufig einer bewaffneten Person gegenübersehen werden, wie in Punkt 10b der Instruktionen beschrieben.«

»Welche Abteilungen sind von der neuen Anweisung betroffen?«, fragte Elli.

Fjeld räusperte sich, wie er es immer tat, bevor er etwas Wichtiges sagen musste. »Abgesehen von denen, die bereits bewaffnet sind – Delta, Botschaftsbewachung, Eskortensektion des Königshauses und PST –, werden Ermittler von Gewalt- und Bereicherungskriminalität, Drogenfahndung und Unruhepatrouille zur permanenten Bewaffnung zugelassen werden. Auch die Hundestreife wird einbezogen werden. Was den Streifendienst angeht, da wird eine feste Anzahl von Einheiten die Bezeichnung *bewaffnete Einsatzeinheit* nach britischem Modell erhalten.«

Es gab keine weiteren Fragen. Die Anwesenden kehrten zurück zu ihren Schreibtischen und Streifenwagen.

»Was meinst du?«, fragte Bent.

»Ich sehe keine andere Lösung«, antwortete Elli.

»Nein … da hast du wohl recht«, sagte Bent. »Aber mir kommt es so vor, als hätten die Bösen gewonnen, verstehst du?«

Elli drehte sich zu Bent um. »Die Bösen können niemals gewinnen, Bent.«

Ihr Telefon piepste. »Ja?«, sagte sie, obwohl sie die Nummer gut kannte.

»*Sawat dee kha*«, sagte die vertraute Stimme.

Elli Sunees Kopf senkte sich zu einem fast unmerklichen Nicken. »Hallo, Mama.« Sie wusste, was das Ziel des Anrufs war, und sie selbst hatte das Gespräch deshalb aufgeschoben.

»Sunee, wie geht es dir? Du meldest dich ja so selten … immer muss ich anrufen, um von dir zu hören. Eine Tochter muss ihre Mutter unaufgefordert anrufen. Oft!« Auch nach sechsunddreißig Jahren in Norwegen war der Akzent noch immer deutlich zu hören.

»Ja, ja, ja …«, sagte Elli. »Wie geht es dir denn?«

»Doch, danke, ich kann nicht klagen. Gutes Karma, Sunee. Aber wie ist es bei dir?«

Die Mutter benutzte am Telefon immer Ellis zweiten Vornamen, den thailändischen.

»Ach, gut, aber ich habe viel zu tun. Wir haben gerade einen Fall, der sehr viel Energie kostet …«

»Mir scheint, du hast immer einen Fall, der viel Energie kostet, Sunee. Vielleicht kostet dein Beruf zu viel Energie. Du weißt, ein guter Buddhist setzt seine Energie weise ein.«

Elli Sunee schwieg. Die Fortsetzung ließ nicht auf sich warten.

»Die Polizei ist kein guter Arbeitsplatz, Sunee. Wann fängst du endlich als Anwältin an? Viel mehr Geld, viel höherer Status, viel weniger Energie.«

Elli konzentrierte sich einige Sekunden lang mit geschlossenen Augen. Die Gedanken und die Ansichten ihrer Mutter wurden ihr mit jedem Jahr fremder, und Ellis Bezugsrahmen schien jedes Mal, wenn ihre Mutter sie mit ihren unerfüllten Erwartungen nervte, norwegischer zu werden. Typisch thailändisch. Elli überlegte, ob der konservative familiäre Hintergrund ihrer Mutter diese Distanz schuf oder ob es einfach der Generationenkonflikt war, der in jeder Mutter-Tochter-Beziehung eine Rolle spielte. Vielleicht war es beides.

»Die Polizei in Norwegen ist nicht wie die in Thailand, Mama. Wir lassen uns nicht bestechen und ziehen keine Drogengelder ein. Und ich will hier arbeiten.« Sie verdrehte die Augen für Bent, der vom Nachbartisch aus das Gespräch mit halbem Ohr verfolgte.

»Ja … das sagst du immer«, antwortete ihre Mutter verärgert. »Aber dein schönes Examen … na gut.«

Im GSM-Universum folgte eine weitere Pause. Elli wartete.

»Denk doch mal an deinen Vetter Daeng«, sagte ihre Mutter dann. »Er hat Medizin studiert und arbeitet als Arzt …«

»Mein Vetter Daeng ist ein reizender Mann, Mama, aber er trifft seine Entscheidungen und ich treffe meine.«

Ihre Mutter seufzte sehr tief. »Du bist so norwegisch geworden ... so eigensinnig. Kannst du nicht bald zum Essen kommen? Dann können wir weiterreden.«

»Doch, natürlich komme ich, Mama, aber du musst dich an diese Vorstellung gewöhnen: Ich bin bei der Polizei und ich will bei der Polizei sein«, sagte Elli. Ein wenig zu hart, wieder zu hart.

Elli merkte, dass Bent sie ansah. Sie beendete das Gespräch mit ihrer Mutter und verdrehte die Augen.

»Die wird niemals aufgeben«, sagte sie verzweifelt.

Kapitel 20

Vom Wagen aus musterten Elli und Bent den Strom von festlich gekleideten Menschen, die in die Oper unterwegs waren. Die Vorstellung markierte die Eröffnung der drei Wochen langen internationalen Umweltkonferenz, die in diesem Sommer in Oslo stattfand. Viele wichtige Staatsoberhäupter wurden erwartet. Es gab strenge Sicherheitsvorkehrungen, und sie würden noch strenger werden. Sogar der Präsident der USA würde später an der Konferenz teilnehmen, wenn auch nur für anderthalb Tage.

»Viele feine Leute«, kommentierte Bent und nickte zu der Warteschlange vor der Oper hinüber. »Wie viele von denen haben eine schwarz bezahlte Putzfrau, was meinst du?«

Ellis Mobiltelefon piepste, ehe sie antworten konnte.

»Rathke«, sagte sie.

»Fjeld. Ich wollte nur sagen, dass die Kollegen in Fredrikshavn Åbrekke da unten im Auge behalten.«

»Schön – haben sie sonst noch was gesagt?«

»Nichts von Bedeutung. Er scheint ganz normale Familienferien zu machen. Sie melden sich, wenn etwas passiert.«

Sie bedankte sich für die Auskunft und beendete das Gespräch.

In der Stadt wimmelte es von Menschen in allen Farben und Größen. Bei 25 Grad noch um neun Uhr abends würde wohl auch in der Gegend, für die Elli und Bent sich interessierten, einiges los sein.

Bisher hatten sie nur wenig in der Hand.

Elli fuhr mit dem Bleistift an den Notizen in ihrem Moleskinenotizbuch entlang – das war ein Luxus, den sie sich gönnte und den die anderen in der Abteilung alle nicht so recht begriffen.

Bent schielte vom Fahrersitz zu ihr herüber und schüttelte den Kopf. »Notizbuch für Snobs, Elli ... da wüsst ich ja mal gern, was deine Unterwäsche kostet.«

Elli hob mit einer raschen Bewegung die linke Hand und einen beredten Mittelfinger. Dann tippte sie rhythmisch auf ihr Notizbuch und drehte sich dann zu ihm um. »Wo fangen wir an – Global, St. Andrews oder Koroki?«

Alle drei Bars waren Orte, an denen laut Sitte mit Einverständnis der Betreiber Prostitution stattfand.

»Koroki«, sagte Bent.

»Irgendein bestimmter Grund?«

»Der Name – ich möchte wissen, wie eine Bar namens Koroki aussieht.«

Elli zuckte mit den Schultern. Aller Wahrscheinlichkeit nach würden sie alle drei aufsuchen müssen.

Sie betraten das im Stil der achtziger Jahre gehaltene Koroki als vergnügungssüchtiges Paar. Bent in seinen besten Jeans und rosa Partyhemd, Elli in Jeans, schwarzer Tunika und jeder Menge Modeschmuck.

Das Koroki hatte drei Abteilungen – eine Disko mit zeittypischer Musik, eine für die achtziger Jahre mit hohem Duran-Duran-Faktor und eine Bar, wo Elli und Bent sich einen Tisch suchten. Elli bestellte sich ein Sprite mit Eiswürfeln und einer Limonenscheibe, und Bent bat um ein Glas Clausthaler.

»Prost«, sagte Bent und nickte Elli zu, die ihrer Rolle gemäß über den Rand ihres Glases zurücklächelte.

Elli ließ ihren Blick durch das Lokal wandern. Unter den Gästen waren die Männer in der Überzahl, die meisten von ihnen waren über dreißig.

Bent nickte zum einen Ende der Bar hinüber, wo drei Frauen von Anfang zwanzig leise mit einem breitschultrigen Mann mit osteuropäischen Zügen redeten. Die Frauen waren uniformiert in typische lockere Kleider aus den achtziger Jahren, die allen möglichen Einblick gestatteten. Der Mann trug einen dunklen Anzug, ein Hemd und einen schmalen Schlips.

»Russe?«, fragte Bent leise.

Elli sah den Mann einige Sekunden an, dann antwortete sie: »Ja, vielleicht, oder Ukrainer.«

»Jedenfalls aus dem Osten«, erklärte Bent.

Beide sahen, wie der Mann zusammen mit einer der Frauen das Lokal verließ.

»Der sah nicht wie ein Freier aus«, sagte Bent.

»Er kann eine Bestellung an eine andere Adresse weitergeleitet haben«, sagte Elli.

Bent nickte kurz.

Sie beobachteten weiter und nippten eine ganze Stunde lang an ihren Getränken. In dieser Zeit wurden die drei Frauen durch drei neue ersetzt, während zugleich die Frau, die als Erste die Bar verlassen hatte, wieder zur Stelle war. Kein Zweifel, dass dort Prostitution stattfand, aber die Frauen waren alle über zwanzig.

Elli und Bent standen auf und gingen.

Der nächste Stopp, die Bar St. Andrews, trug auch keine Früchte. An sich war es eine Wiederholung ihres Besuches im Koroki; die gleiche Art Frauen, eigentlich auch die gleiche Art Männer. Elli registrierte, dass die normalen Gäste hier besser betucht zu sein schienen als die im Koroki. Mehrere Kreditkarten waren im Umlauf, mehrere junge Männer gaben Runden aus.

Westend.

Sie standen am Ende eines etwas abgelegenen Tresens im dunkleren Teil des Lokals. Auf diese Weise hatten sie alle im Blick, die kamen oder gingen.

Bent tippte Elli auf die Schulter und hielt zugleich die Hände wie einen Trichter zusammen. »Sieh mal, wer hier ist«, sagte er ihr ins Ohr und zeigte auf den Tresen.

Sie schaute sich in der Menge um und entdeckte nach einigen Sekunden die erste Frau aus dem Koroki. Elli fischte ihr Telefon heraus und machte eine diskrete Videoaufnahme, im Schutz von Bents breitem Oberkörper, während die Frau mit einem männlichen Gast redete.

»Dann haben wir doch ein Mitbringsel für die guten Kollegen, die sich mit der Sittenproblematik beschäftigen«, sagte sie und beendete die Aufnahme.

»Sollen wir mit ihr reden?«, fragte Bent.

»Was hätten wir davon?«

»Tja, sie kennt sicher Leute, die Leute kennen, die Leute kennen.«

»Na gut.«

Die Frau wollte schon mit dem Mann, mit dem sie in der Bar gesprochen hatte, das Lokal verlassen. Elli und Bent folgten ihr so dicht wie möglich. Sie wollten bereit sein, falls die beiden sich in ein Taxi setzten.

Der Mann zeigte mit der Fernbedienung auf eine Reihe geparkter Autos. Ein weinroter Tesla-Zweisitzer blinkte zweimal.

Umweltbewusste Freier – was kommt wohl als Nächstes?, dachte Elli.

Als der Mann seiner Frau-für-eine-Nacht die Beifahrertür öffnete, packte Bent ihn an der Schulter.

»Polizei«, sagte er mit befehlsgewohnter Stimme und drückte den Mann bäuchlings über die Motorhaube.

Die Frau machte instinktiv auf dem Absatz kehrt, sprang vier oder fünf Meter in die Gegenrichtung und lief dann voll in Elli hinein.

Elli drehte der Frau den Arm so um, dass der Ellbogen nach hinten und auf die Außenseite des Oberarms gedreht wurde, wo er einfach nicht hingehörte. Alle Menschen verspüren sofort den Drang, sich hinzulegen, wenn ihr Ellbogen in diese Stellung gepresst wird.

»Runter!«, befahl Elli.

Die Frau gehorchte.

»Okay, okay«, stöhnte der auf der Motorhaube liegende Mann. »Wie viel wollt ihr? Zehn? Fünfzehn?«

Bent machte ein verdutztes Gesicht. »Sie versuchen es mit Bestechung eines Beamten im Dienst?« Er schaute zu Elli hinüber. »Sexkauf und Bestechungsversuch?«

Elli schüttelte den Kopf.

Bent zog die Brieftasche des Mannes aus der Innentasche des vermutlich teuren Sakkos.

»Petter André Fernberg«, las er unangenehm laut vor.

»Ja ...«, war von der Motorhaube her leise zu hören.

Bent zog Fernberg auf die Füße. »Fernberg«, sagte er, abermals mit befehlsgewohnter Stimme.

Fernberg zuckte zusammen. »Ja!«, antwortete er wie ein soeben zusammengestauchter Rekrut.

»Das hier ist der beste Tag in Ihrem Leben«, sagte Bent jetzt. »Wir wollen nämlich mit der Dame sprechen«, sagte er und zeigte auf die Frau, die vor Elli saß. »Wir notieren uns Ihren Namen, aber Sie können gehen.«

Fernberg blieb stehen und ließ verwirrt seinen Blick zwischen Bent und Elli hin und her wandern.

»Aber zum Teufel, jetzt gehen Sie schon! Sofort!«, sagte Bent.

Fernberg ließ sich ins Auto fallen und verschwand umweltfreundlich und lautlos aus der Straße.

Elli signalisierte der Frau, sich zu erheben.

Die stand vorsichtig auf. »Ich habe nichts verbrochen!« Ihr osteuropäischer Akzent war deutlich zu hören.

»Wir wollen nur mit Ihnen reden«, sagte Elli. »Wir brauchen ein paar Hintergrundinformationen.«

Die Frau erwiderte Ellis Blick, dann machte sie eine vage Handbewegung.

Eine Straße weiter lag ein McDonald's. Elli holte drei Becher Kaffee und setzte sich der Frau gegenüber.

»Name?«, fragte sie und sah der Frau ins Gesicht.

»Olga«, antwortete die andere leise.

»Olga, na gut – aber wissen Sie etwas über jüngere Prostituierte?«

»Jüngere – Sie meinen, zu junge? Nein!«

Bents Körpersprache kündete bereits von Unruhe. Elli machte vorsichtig mit der Handfläche eine mahnende Bewegung. Bent begriff. Elli sah wieder Olga an. »Olga, uns geht es nicht um Sie, aber sind Sie sicher, dass Sie wirklich niemanden kennen, der jüngere Mädchen vermittelt? Sagen wir, fünfzehn, vierzehn, vielleicht sogar zwölf, dreizehn?«

Olga bewegte den Kopf langsam hin und her. »Vielleicht ... ich kenne keinen, aber vielleicht einige Mädchen hier von zu Hause ... die sind ziemlich jung.«

»Zu Hause – wo ist das?«, fragte Elli.

»Belarus.«

Weißrussland.

»Und wo haben Sie diese Mädchen gesehen?«

Olga setzte sich anders und legte die Hände aneinander. »Jetzt hab ich Information gegeben. Jetzt lassen Sie mich gehen.«

Sie wollte schon aufstehen, aber Elli legte ihr freundlich, aber bestimmt eine Hand um den Unterarm und erwiderte ihren Blick. »Wo?«, fragte sie leise.

»Sie können mich nicht zwingen«, sagte Olga mit zu lauter Stimme.

Bent räusperte sich. »Dürfte ich mal Ihre Aufenthaltsgenehmigung sehen?«, fragte er aufgesetzt gleichgültig.

Olga schloss die Augen. Nach fünf, sechs Sekunden öffnete sie sie wieder. »Die Polizei ist überall gleich.«

Elli hob abwehrend die Hände. »Wir wollen doch nur Informationen – wir wollen Ihnen keine Schwierigkeiten machen.«

Olgas Schultern sanken nach unten. »Global«, sagte sie.

Sie stellten auch diesmal den Volvo einige Straßen vom Global entfernt ab. »Dann kommen wir mit einem triftigen Verdacht zurück«, sagte Bent.

»Mm-hmm«, sagte Elli und schaute sich auf der Straße rasch um. Dann öffnete sie die Tür auf der Beifahrerseite und stieg aus.

»Wir können also annehmen, dass sie eher vierzehn sind als zweiundzwanzig – um mit unseren Alterseinschätzungen vom ersten Mal weiterzumachen«, sagte Elli, als sie auf die Eingangstür des Global zuschlenderten.

Sie bezahlten zum dritten Mal an diesem Abend einen lächerlich hohen Eintrittspreis und bahnten sich durch die dichte Masse der Bargäste einen Weg zum Tresen. Diesmal sah Elli deutlich, dass die männlichen Gäste jetzt, gleich nach Mitternacht, im Schnitt zehn, fünfzehn Jahre älter waren, als die weiblichen zu sein schienen.

Bent kaufte diesmal zwei echte Drinks. Bier und Weißwein.

»Aber nur nippen«, sagte er und stellte ein Glas vor Elli hin.

Elli feuchtete sich die Zunge an und stellte dabei fest, dass es ein billiger Wein mit einer Spur Kork war. »Trink du nur dein Bier. Ich fahre.«

Bent lächelte und nahm einen ordentlichen Schluck.

Er fiel unter den männlichen Gästen nicht weiter auf, während Elli eigentlich zu ordentlich aussah, im Vergleich zur weiblichen Kundschaft.

Sie brauchten auch jetzt nicht lange zu warten. Drei Plätze neben Bent tauchte eine Person auf, die sie nicht zum ersten Mal sahen. Die Südamerikanerin, die mit dem Kunden im Porsche Cayenne losgefahren war, blieb einen Moment stehen und musterte ihre Umgebung. Dann gab sie dem Barmann ein Zeichen und der reichte ihr gleich darauf eine Cola. Soweit Elli sehen konnte, bezahlte sie nicht dafür.

Zwei Minuten verstrichen, ohne dass die Frau etwas anderes getan hätte, als ihre Cola zu trinken, dann tauchte eine weitere Frau auf, sie hatte osteuropäische Züge.

Elli stupste Bent an, und der nickte vage, um mitzuteilen, dass er aufpasste. Elli beugte sich zu ihm hinüber, wie um ihm etwas Liebevolles ins Ohr zu flüstern.

»Sie hat nicht für die Cola bezahlt.«

»Das hab ich auch gesehen. Die Nummer ist offenbar gut eingearbeitet«, antwortete er.

»Sollen wir mal mit ihr reden?«

Bent nickte.

Sie blieben noch zehn, fünfzehn Minuten stehen und plauderten, bis die beiden Frauen sich bewegten. Elli und Bent folgten ihnen in sicherer Entfernung und sahen, dass die beiden sich in eine ruhigere Ecke dichter beim Ausgang setzten. Der dichte Menschenstrom zwischen Barabteilung, Tanzfläche und Sitzgruppen war in stetiger Bewegung. Elli und Bent konnten nicht stehen bleiben.

Elli drehte sich zu Bent um. »Ich mach das, warte draußen.«

Bent ging zur Ausgangstür weiter.

Elli setzte sich vorsichtig neben die Frau mit dem südamerikanischen Äußeren.

Nina staunte darüber, dass so eine Alte von über dreißig sich neben sie setzte. Es war sogar eine Ausländerin – hatte sich da ein geiler alter Norweger im Internet eine jüngere Frau gesucht? Oder vielleicht war sie adoptiert worden, so wie Nina. Jedenfalls hatte Nina das Gefühl, die Initiative ergreifen zu müssen, um nicht in eine unangenehme Lage zu geraten. Einige Mädchen machten ja einfach alles.

Aber – sie nicht.

»Ich mach keinen *girly stuff*«, sagte Nina und schaute dabei in die Augen der Frau, die es mit einem freundlichen Lächeln versuchte.

»Darum geht es mir auch gar nicht«, sagte sie. »Aber ich würde gern mit dir reden.«

Nina fuhr zusammen und schätzte ihre Fluchtmöglichkeiten ein.

Jugendamt?

»Sozialamt?«, fragte sie.

Die Frau schüttelte freundlich den Kopf.

Wenn es nicht das Jugendamt war, konnte das nur eins bedeuten.

Verdammt.

Elli registrierte gerade noch, dass etwas auf ihr Gesicht zuflog, dann trafen Cola und Eiswürfel sie mitten zwischen den Augen.

»Cop!«, hörte sie die andere sagen, aber durch die Zuckerlake konnte sie nichts sehen.

Sie rieb sich die Cola aus dem Gesicht. Die Mädchen waren spurlos verschwunden.

Was war sie doch für eine Dilettantin!

In der Dunkelheit hatten nur wenige Gäste diesen Zwischenfall beobachtet, aber es hätte nichts gebracht, jetzt nach den beiden zu suchen. Elli und Bent waren, was diesen Fall betraf, für dieses Lokal verbrannt.

Sie ging ruhig nach draußen.

Bent wartete auf der anderen Straßenseite.

»Das war wohl nicht so gut«, sagte er mit einem Blick auf Ellis klebrige, feuchte Haare.

Sie schüttelte den Kopf und schilderte ihren Patzer.

»Ganz schön schnell, die Kleine«, meinte er lächelnd. »Was machen wir jetzt?«

Elli fühlte in ihrer Handtasche nach. »Ich muss noch mal rein. Meine Brieftasche ist verschwunden.«

Die junge Ausländerin reichte dem Barmann die Brieftasche.

»From toilet«, sagte sie und drängte sich wieder durch die Menschenmenge.

Der Barmann nahm die Brieftasche überrascht entgegen und nickte zum Dank.

Die Frau traf Nina bei der Küchentür. Auf der linken Seite gab es am Ende eines kurzen Ganges eine Tür nach draußen, die das Personal benutzte.

»Ludi, we must go«, sagte Nina.
Ludmilla nickte.
Die Tür führte hinaus auf den Hinterhof, wo Nina Ludmilla, Ludi, dreihundertfünfzig Kronen gab. »Sie hatte siebenhundert«, sagte sie und lächelte. »Blöde Bullenfrau!«
Ludi nahm das Geld, ohne das Lächeln zu erwidern.
»Stimmt was nicht?«, fragte Nina.
Ludi zuckte mit den Schultern.
Sie gingen durch eine Tür im Bretterzaun auf der anderen Seite des Hinterhofs und erreichten einen Durchgang. Das war der feste Abholort. Der Lieferwagen wartete schon.
Nina beugte sich zu Ludi vor. »Was hast du mit der Brieftasche gemacht?«
»Weggeworfen«, log Ludi.
Die Tür des Lieferwagens glitt auf.

»Sicher, hier ist sie«, sagte der Barmann und überreichte die Brieftasche.
Es hatte doch keinen Sinn, den Inhalt durchzusehen, das Bargeld war garantiert verschwunden, vermutlich auch die Kreditkarten. Zum Glück hatte sie ihren Dienstausweis unter ihrer Tunika. Es hätte ihren Patzer vollkommen gemacht, wenn der auch gestohlen worden wäre.
Sie machte sich wieder auf den Weg durch die kompakte Menschenmasse und steuerte die Ausgangstür an. Vier Minuten später saß sie neben Bent im Auto.
»Willst du nicht nachsehen, was noch da ist?«, fragte er.
Elli öffnete die Brieftasche. Pu! … Die Karten waren noch da! Das Bargeld nicht. Stattdessen lag dort etwas anderes, wo sie vorher siebenhundert Kronen in Scheinen gehabt hatte.
Es war ein kleines Stück Papier. Sie nahm es heraus. Bent sah neugierig zu ihr herüber. Mit Lippenstift war etwas auf den Zettel gekritzelt.
Elli und Bent starrten auf den sensationellen Text.

<< i know murder outside church. 11, tomorrow, grønnegate. >>

»Und du hast rein gar nichts gesehen?«, fragte Bent verzweifelt.

»Nein«, sagte Elli. »Aber entweder war es die Südamerikanerin, die mir die Cola ins Gesicht gekippt hat, oder ihre Freundin. Sie haben sich die Brieftasche wohl geschnappt, als ich mir die Augen gerieben habe.«

»Genau. Deshalb weiß sie etwas. Und deshalb werden wir morgen um 11 in der Grønnegate stehen.«

Kapitel 21

Ludi schaute vorsichtig durch den Türspalt. Der leere Gang war nur spärlich beleuchtet. Die Leuchtröhren waren alt und schafften bestenfalls noch zehn Prozent ihrer früheren Leistung. Ihr Licht wechselte zwischen orange und krankenhausgrün. Ludi schaute sich nach links und rechts um und stellte fest, dass der Gang leer war, deshalb lief sie rasch hinüber und dann durch eine Tür auf der gegenüberliegenden Seite. Die Tür trug die Aufschrift WC.

Die Beleuchtung der Toilette war ein grelles Neonlicht. An der rechten Wand gab es Toilettenzellen, das Pissoir zog sich an der linken Wand entlang. Der Geruch verriet, dass hier schon lange nicht mehr saubergemacht worden war. Eine Belüftungsanlage aus den siebziger Jahren summte unregelmäßig im Hintergrund und schuf eine Stimmung, die sehr gut in den Horrorfilm »Saw« gepasst hätte.

Ludi klopfte dreimal an die hinterste Zelle. Die Tür wurde geöffnet und sie schlüpfte hinein. Auf der Toilettenschüssel saß Nina und lächelte sie freundlich an.

»Hallo!«

Ludi lächelte ebenfalls und stieg zu Nina auf den Deckel. Sie schafften es durch lange Übung, sich gegen die Wände der engen Zelle zu stützen und auf diese Weise beide auf der Toilette hocken zu können. Sie konnten es eine ganze Weile in dieser Position aushalten. Sie umarmten einander mit unbeholfenen Bewegungen.

»Bist du high?«, fragte Nina.

»Nein.«

»Willst du high werden?«

Ludi hatte zu vielem Lust, aber das meiste war unerreichbar. In die Schule gehen, ein Zuhause haben, ein normales Leben. »Nein – ich will nur mit dir hier sitzen.«

»Wie viele heute?«, fragte Nina.

»Fünf. Bisher.« Sie verzog besorgt das Gesicht. »Ich glaube, etwas stimmt hier nicht.«

»Das kannst du wohl sagen, hier stimmt überhaupt nichts.«

Ludi schaute sich besorgt um.

»Ich glaube, Polina ist umgebracht worden.«

»Umgebracht? Wieso das denn?«, fragte Nina.

»Sie hat bei einem von diesen Filmen mitgemacht. Der Maskenmann war auch dabei.«

Nina wurde sofort ernst. »Shit ...«

»Ich habe sie schreien hören ...« Ludi schluckte und stieß ein leises angewidertes »Ahhh« aus. Sie suchte Ninas Blick. »Und dann habe ich nichts mehr gehört.« Ludi spielte nervös an einem Fingernagel herum.

»Wann ist das passiert?«

»Gestern – wenn ich das richtig in Erinnerung habe.«

»Das ist gefährlich. Für dich«, sagte Nina.

»Ja, ich weiß ...« Ludi schaute zu Boden, suchte nach Worten. »Ich hab mit der Polizeifrau gesprochen.«

Ludi merkte, wie Nina zusammenzuckte. »Spinnst du? Mit dieser Asiatin?«

Ludi sah Nina verzweifelt an. »Ich glaube, ich bin die Nächste auf der Liste. Ich will nicht sterben.«

»Nein, nein. Ich pass auf dich auf. Ich hab dich lieb! Aber du darfst nicht zur Polizei gehen!«

»Warum nicht?«

»Weil die das dann erfahren, und dann bringen sie dich

um.« Nina überlegte, was sie gerade gesagt hatte. Das Schlimme war doch schon passiert.

»Wer die?«, fragte Ludi mit Tränen in den Augen.

»Die Filmleute«, sagte Nina langsam.

Sie wurden unterbrochen, weil die Tür zum Flur geöffnet wurde. Ludi und Nina saßen mäuschenstill auf der Toilettenschüssel und sahen einander an, während ein Mann, vermutlich ein Kunde, hereinkam, einen Strom pisste und wieder hinausging, ohne sich die Hände zu waschen.

»Ich hab einen Deal gemacht«, sagte Ludi, als sie hörten, wie der Mann draußen auf dem Gang verschwand.

»Mit der Polizeifrau?«

»Ja. Jetzt. In zehn Minuten.«

Nina fühlte sich gar nicht wohl in ihrer Haut. Sie hockte sich anders hin. Ihre Bewegungen waren fahrig und nervös. »Das ist sehr, sehr gefährlich, Ludi.« Sie packte Ludis Arm. »Großer Gott – die bringen dich um!«

Ludis Stimme war gepresst vor Verzweiflung. »Ich halt das nicht mehr aus. Keine Kunden mehr. Kann nicht mehr. Es tut weh … da unten.«

Ludi küsste Nina vorsichtig auf den Mund.

»Ich muss los. Sie kommt jetzt.«

Nina erwiderte ihren Blick. »Ludi, vergiss nicht, worüber wir gesprochen haben.«

»Ja, ich weiß. Wir haben sonst niemanden. Wir sind die, die niemand vermisst.«

Ludi schaute auf den Gang hinaus. Niemand zu sehen. Sie ging vorsichtig zu der Tür zurück, durch die sie gekommen war. Zehn Meter weiter auf dem Flur verließen zwei Männer ein Zimmer. Ludi warf ihnen im Vorübergehen einen eingeübt koketten Blick zu. Sie erahnte einen der Jungen auf dem Bett in dem Zimmer, aus dem die Männer kamen. Ludi lief weiter, so schnell sie konnte, ohne Aufmerksamkeit zu erregen. Es waren nur noch drei Türen bis zum Ende des Ganges. Ludi hörte, wie hinter ihr eine Tür geöffnet wurde, ging aber weiter.

Eine Hand packte ihre Schulter. Ludis Beine gaben unter ihr nach.

»Wo willst du denn hin?«, fragte Jon Aass.

Ludi schaute sich verwirrt um, fasste sich aber innerhalb von zwei Sekunden.

»Ich bin fertig – oder nicht?«

Jon Aass lächelte. »Nicht ganz. Es ist ein unangemeldeter Kunde gekommen.«

Ludis Blick flackerte, aber sie ging ruhig mit Jon Aass zurück über den Gang. Sie blieben an der Tür zu Ludis Zimmer stehen.

»Sei jetzt ein braves Mädchen«, sagte Jon Aass in väterlichem Ton. »Dann geht alles gut.«

»Ja«, antwortete Ludi gehorsam.

Elli und Bent hatten ungefähr auf der Mitte der Grønnegate auf der rechten Seite geparkt. Ab und zu kam jemand vorbei, aber es war ein ruhiger Abend. Das Problem mit der Nachricht, die Elli erhalten hatte, war, dass die Grønnegate aus zwei Teilen bestand. Der längere war vom Hegdehaugsvei zu erreichen, der andere, ein kurzer Straßenrest, von der Pilestrede aus.

Elli und Bent waren vom Hegdehaugsvei gekommen. Der innerste Teil des Straßenrestes war von Baustellen geprägt, zwei neue Wohnblocks wurden neben der bereits existierenden Bebauung errichtet. Elli schaute auf die Uhr und dann auf die Straße hinaus.

Wo bist du?

»Viertel nach elf«, sagte Bent.

»Vielleicht hat sie keine Uhr«, erwiderte Elli.

»Vielleicht kommt sie nicht.«

»Gib ihr noch eine Viertelstunde.«

Ein Mann ging zwanzig Meter oberhalb von ihnen über die Straße. Er kam dann weiter auf sie zu. Bent nickte zu ihm hinüber.

»Ist das nicht Torben Becker – der Finanzmann?«

Elli ließ ihren Blick die Straße hochwandern. Ihre Augen fanden den gutangezogenen Mann von Anfang fünfzig sehr schnell. Sie schaute ihm diskret aus dem Augenwinkel hinterher, bis er am Auto vorüber war.

»Doch, wirklich, das war er«, sagte sie.

Sie hielten weiter Ausschau nach dem Mädchen, aber abgesehen von Torben Becker war auf der Straße niemand zu sehen.

Kapitel 22

Ludis Kunde war ein rundlicher Mann von Mitte vierzig. Er wollte von ihr Vater genannt werden, hieß in Wirklichkeit aber Rolf Wekster. Als Ludi sich ausgezogen hatte, wies Wekster auf das Bett und bedeutete ihr, sich hinzulegen. Dann zog er eine Videokamera aus der Tasche. Ludi starrte entsetzt die Kamera an. Polina war als Letztes doch auch gefilmt worden.

»Don't be afraid«, sagte Wekster und lächelte.

»Dreiundzwanzig neunundzwanzig«, sagte Bent.

Elli sah ihn gereizt an.

»Ja, ja, die Schicht ist zu Ende und junge Mädchen werden ermordet. Aber uns geht das nur zwischen drei und elf etwas an.«

Bent holte Atem.

»Wir könnten verdammt noch mal auch die ganze Nacht hier sitzen, jede Nacht sogar, und würden trotzdem nicht allen Scheiß aufklären. Und wie immer, unbezahlte Überstunden. Ich habe Familie, Elli, und das ist der Unterschied zwischen dir und mir.«

»Eine solide, intakte Familie in Rælingen, ja.«

»Soll das jetzt Ironie sein?«

»Nein … du hast ja Glück, dass du jemandem wichtig bist.

Es gibt viele Menschen in dieser Stadt, die niemanden haben. Wem zum Beispiel ist dieses Mädchen wichtig, das wir getroffen haben?«

Er schaute kurz aus dem Fenster, ehe er sich zu ihr umdrehte. »Ich verstehe ja, was du meinst, aber ich muss ab und zu die Arbeit vergessen und zu Hause aufkreuzen. Sonst geht das nicht.«

Elli nickte kurz. Sie wusste, dass er recht hatte.

Ludi stand im Badezimmer und wusch sich mit geübten Bewegungen zwischen den Beinen. Es blutete ein wenig, das passierte ja oft, und sie hatte blaue Flecken an den Schultern und an der Innenseite der Oberschenkel. Sie warf einen kurzen Blick auf ihr Spiegelbild, sie sah unmöglich aus, aber sie war doch erleichtert, weil der Freier nicht schlimmer gewesen war. Wie elend konnte das Leben eigentlich sein? Zu Hause in Minsk hatte sie niemanden, auf den sie sich stützen könnte, die waren allesamt Alkoholiker und arm. Sie hatte keinen Pass, keine richtige Identität. Sie fragte sich oft, ob sie überhaupt wusste, wer sie wirklich war. Die ganze Zeit entschieden doch andere über ihr Schicksal. Ihre Familie – eher eine Familie, die niemals eine gewesen war –, schlechte Menschen in Minsk, und jetzt noch schlechtere Menschen in Oslo. Ein Leben mit Drogen, in dem sie Männer auf Weisen befriedigen musste, die keiner Dreizehnjährigen zugemutet werden dürften. Oder überhaupt keinem Menschen. Nicht einmal für die Flucht in den Rausch hatte sie sich selbst entschieden. Sie gaben die Drogen gratis, um sie abhängig zu machen, das war ihr schon klar. Sie drehte sich beschämt vom Spiegel weg und schlüpfte in die hinterste Toilettenzelle. Dort nahm sie vorsichtig das Gitter aus einem Lüftungsschacht kurz über dem Boden und schlängelte sich hinaus. Die Luke führte zu einem Lüftungskanal. Mit geübten Bewegungen setzte sie das Gitter von der anderen Seite her wieder zurück. Dann kroch sie vorsichtig weiter durch den Kanal, ehe sie sich fünf oder sechs Meter weiter durch eine ähnliche Luke auf der anderen Seite zwängen konnte. Diese Luke öffnete sich oben in einem Gang im Nachbarhaus. Ludi schlich sich so lautlos sie konnte durch den dunklen Gang zu einer Stelle in der Mitte, wo es kein Licht gab. Dort ging sie in die Hocke und blieb so, ohne auch nur einen Muskel zu bewegen, während sie sich umschaute und horchte.

Nichts zu hören oder zu sehen.

Nun schlich sie weiter bis zum Ende des Ganges, öffnete vorsichtig eine Tür und lief barfuß die Treppe hinunter. Die Hand hatte sie um das Mobiltelefon geschlossen, das sie früher an diesem Abend von einem Kunden gestohlen hatte.

Elli betrachtete eine Straßenlaterne, die im Wind schwankte und ihr Licht abwechselnd auf das Auto und die gegenüberliegende Straßenseite warf. Sie hoffte so sehr, dass das Mädchen bald auftauchen würde.

»Dreiundzwanzig fünfundfünfzig. Jetzt reicht es. Ich gehe«, sagte Bent und machte sich demonstrativ an die Arbeit, den Wagen aus der engen Parklücke zu bugsieren.

»Alles klar, ich verstehe. Fahr du nur, ich bleib noch hier«, sagte Elli.

»Hä?«

»Fahr nach Hause. Ich bleibe hier.«

Bent hielt an, während das Auto schräg stand. »Du kannst hier nicht allein bleiben.«

»Warum nicht?«

»Na ja – erst mal ist da das Risiko«, sagte Bent.

»Aber du sagst doch selbst, dass nichts passiert.«

Elli konnte eine schwierige Diskussionspartnerin sein. Bent verstummte, der Motor surrte monoton im Leerlauf.

Die Treppe endete in einem Keller. Ludi öffnete eine alte Tür, die ganz leise ächzte, und ging hinein. Hinter der Tür lag ein langer Kellerraum mit Rohren und niedrigen Wänden. Nur Mondschein und Laternenlicht fielen durch drei Fensterscharten, die oben an der Wand angebracht waren. Die Räder von parkenden Autos waren hinter den verdreckten Fensterscheiben vage zu sehen.

»Zwölf fünfzehn. Es ist nach Mitternacht, verdammt noch mal. Die Kleine kommt nicht mehr, Elli.«

Elli seufzte tief.

»Irgendetwas wird passieren, Bent. Das spüre ich.«

»Von mir aus. Wir fahren morgen in der Schicht wieder her. Vielleicht können wir dann einen Blick in das Haus werfen.«

Im Auto blieb es eine Weile still.

»Na gut. Fahr«, sagte Elli dann widerwillig.

Von draußen konnte man sehen, wie sich vorsichtig ein Kellerfenster hinter einem Gerüst öffnete, das sich an der Straße entlangzog. Ludi stieg vorsichtig heraus. Als sie sich aufrichtete, sah sie ein dunkles Auto langsam die Straße hinunterfahren. Konnte jemand sie sehen? War das da die Polizei? Sie zog das Telefon hervor und wählte die Nummer, die sie auf der Visitenkarte in Ellis Brieftasche gefunden hatte.

Ellis Telefon klingelte. Unbekannte Nummer.

»Ja!«, sagte sie schroff.

»Policewoman?«, fragte eine dünne Stimme mit starkem osteuropäischen Akzent.

»Halt!«, sagte Elli und legte die Hand auf ihr Telefon. Bent trat auf die Bremse.

»Yes – that's me«, antwortete Elli.

Bent fuhr vorsichtig an die Seite. Elli war aus dem Auto gesprungen, ehe er angehalten hatte.

Kapitel 23

Ludi sah, wie der Wagen hielt, und schlüpfte wieder durch das Kellerfenster. Sie wollte jetzt nicht das Risiko einer Verhaftung eingehen. Vielleicht konnte man in diesem Land der Polizei vertrauen, vielleicht nicht. Ihre bisherigen Erfahrungen mit der Ordnungsmacht hatten ihr klargemacht, dass man nicht vorsichtig genug sein konnte.

Ludi ging in die Hocke, so dass sie die Polizistin durch das Fenster und ein Netz vor dem Gerüst sehen konnte, das den Wohnblock umgab. Wenn sie leise sprach, war sie weit genug, um weder im Haus noch von der Polizistin gehört werden zu können.

»Please go in car«, sagte sie vorsichtig. Die Polizistin blieb stehen und schaute sich um. Wenn sie nur nicht begreift, wo ich bin, dachte Ludi. Sie wollte ihr jetzt nicht gegenübertreten, das wäre zu gefährlich.

Wo konnte das Mädchen sein?

Wohnblocks auf beiden Seiten, der letzte auf der linken Seite wurde saniert, und am Ende der Straße war eine Baustelle mit einem größeren Wohnprojekt.

»You want me to go back inside the car?«

»Yes.«

Elli überlegte kurz und kam zu dem Schluss, dass sie mehr zu gewinnen hatte, wenn sie sich wieder ins Auto setzte. Bent sah sie verständnislos an, Elli zeigte auf ihr Telefon.

»Ich tu dir nichts – wo bist du?«, fragte sie dann.

»Wir können uns später treffen«, sagte die Stimme.

»Ich muss dich aber sehen«, sagte Elli.

Die Verbindung riss ab.

Verdammt.

Für einen Moment wusste Elli nicht weiter. Sie schaute sich um. Die andere meinte es offenbar ernst.

Ihr Telefon meldete piepsend eine einlaufende SMS.

<< go back in car >>, las Elli.

Sie hatte keine Wahl. Sie fand es schrecklich, aber sie musste der Kleinen die Entscheidungen überlassen.

Elli setzte sich wieder ins Auto. Bent wollte schon fragen, was das alles sollte, aber dann klingelte das Telefon wieder.

»Jetzt können wir reden«, sagte das Mädchen.

»Okay, warte«, sagte Elli, suchte die Aufnahmefunktion ihres Telefons und schaltete sie ein.

»Wie heißt du?«

»Ludmilla. Du kannst Ludi sagen.«

»Ludi. Okay. Ich bin auf deiner Seite. Woher kommst du?«

»Belarus.«

»Weißrussland. Okay. Kannst du mir von dem Mord erzählen?«

»Ich arbeite hier.«

»Damit meinst du Prostitution?«

»Ja.«

»Okay.« Ellis Stimme klang hohl. »Wo arbeitest du?«

»In einem Haus.«

»Welchem Haus?«

»Das sag ich vielleicht später mal«, sagte die Stimme. »Ich hab nicht viel Zeit, kann ich jetzt erzählen?«

»Ja, erzähl.«

»Ich habe gesehen, wie Polina umgebracht worden ist.«

»Wie sie umgebracht worden ist? Und wo?«, rutschte es Elli heraus. Sofort ärgerte sie sich über ihre Ungeduld.

»Ich habe nicht gesehen, wie sie umgebracht worden ist, aber ich habe den Kapuzenmann herauskommen sehen, und er war mit dem Videomann zusammen und sie hatten einen schwarzen Plastiksack mit etwas Schwerem. Und ich sollte das nicht sehen.«

»Kapuzenmann?«

»Ja, schlechter Kunde. Schlimmer Kunde.«

»Videomann?«

»Der macht Filme mit den Mädchen und den alten Kerlen. Die ganze Zeit.«

»Da, wo du arbeitest?«

»Ja, hier – und an dem letzten Ort und sicher auch an dem nächsten.«

Sie hatte *hier* gesagt, und sie konnte sie sehen. Das musste bedeuten, dass das Haus in der Grønnegate oder gleich in der Nähe war. Elli zeigte um sich herum und sah Bent an, der nickte, um ihr zu sagen, dass er begriffen hatte.

»Kannst du Polina auf einem Bild wiedererkennen?«

»Glaub schon. Sie hat eine Tätowierung von einem Schmetterling, und als ich sie zuletzt gesehen hatte, trug sie Jeans und ein rosa T-Shirt. Und noch andere Mädchen sind verschwunden.«

Elli hatte diese Tätowierung bei der Obduktion gesehen.

»Noch mehr Mädchen – sind die vielleicht auch ermordet worden, was meinst du?«

»Ich glaube schon, aber ich habe nichts gesehen. Mädchen kommen, und nach einer Weile sind sie dann nicht mehr da. Ich glaube, ich kann die Nächste auf der Liste sein.«

Ein grüner ramponierter Lieferwagen kam langsam die Grønnegate hoch und fuhr in unendlich langsamem Tempo an den verstaubten Kellerfenstern entlang. Elli konnte hören, dass er ein Stück weiter die Straße hoch anhielt. Hörte sie das Geräusch des Autos auch durch das Telefon? Sie glaubte schon, war sich aber nicht sicher.

»Du meinst, du könntest die Nächste auf der Liste sein, hast du gesagt?«

Elli gab sich alle Mühe, um nicht ängstlich zu klingen und Unsicherheit auszulösen.

»Ein Monat, zwei, vielleicht drei«, antwortete Ludi.

»Verstehe ich das richtig, dass du glaubst, sie werden dich in in den nächsten drei Monaten umbringen?«

»Ja.«

Das Mädchen stand unter einem enormen Druck. Das tat Elli auch. Was für eine verdammte Scheiße. Sie musste schnell handeln.

»Wie bist du hergekommen?«

»Norwegen?«, fragte Ludi.

»Ja.«

»Meine Schwester und ich sollten in Deutschland als Models arbeiten. Wir wurden zum Casting in die Ukraine eingeladen, nach Kiew, und da haben zwei Agenten uns ausgesucht.

Dann sind wir mit dem Bus durch die Slowakei und Tschechien nach Deutschland gefahren. Da haben sie uns unsere Pässe abgenommen.«

Das ist ja wohl der älteste Trick, den es überhaupt gibt, dachte Elli.

»Sie haben gesagt, wir müssten unsere Reise bezahlen«, sagte Ludi. »Fünfzehntausend Dollar. Fünfzehntausend! So viel Geld hatten wir doch nicht. Meine ganze Familie, meine Eltern und meine Brüder und meine Schwester, hat nicht so viel Geld. Meine Schwester und ich hatten ja nicht mal fünfzehnhundert!«

»Und was ist dann passiert?«, fragte Elli.

»Sie haben meine Schwester weggebracht, weiß nicht, wohin, und ich wurde hierhergeschickt. In einem Lastwagen mit einer Geheimkammer. Lange, holprige Tour – und jetzt bin ich hier. Nur Arbeit.«

»Diese Hintermänner … die die Reise organisiert haben – waren da Norweger bei?«

»Ja, aber erst, als wir in Dänemark angekommen waren. Vorher waren es Männer aus Belarus, Polen, und ich glaube, ein paar Türken, in Deutschland. In Dänemark warteten zwei Norweger auf uns. Sie haben uns hergefahren, seitdem habe ich sie nicht mehr gesehen. Aber hier sind viele Norweger. Nur die Wächter sind vom Balkan, aus der Türkei, Polen und so. Die Kunden und die, die bestimmen, sind Norweger.«

»Wer ist *wir?*«

»Im Auto aus Deutschland? Noch zwei Mädchen – aus Afrika, sie sind irgendwo in Deutschland zugestiegen. In Norwegen sind sie in eine andere Stadt gebracht worden. Irgendwas mit T.«

»Trondheim?«, fragte Elli.

»Ja, glaub schon«, sagte Ludi.

Elli dachte an den Zeitdruck, konnte aber nicht so schnell eine Entscheidung treffen. Sie vermutete, dass das Mädchen am Ende der Straße war, aber sie hatte Angst, sie zu verjagen, wenn sie wieder ausstieg. Sie wussten ja auch nicht, wo sie einrücken sollten. Sie musste versuchen, Ludi herauszulocken.

»Ich verstehe ... du musst mit mir kommen. Wir haben hier im Land einen Sozialdienst und Menschen, die dazu ausgebildet sind, sich um solche wie dich zu kümmern und sie gut zu behandeln.«

»Aber die schicken mich dann zurück nach Belarus. Und was soll aus meiner Schwester werden, wenn ich verschwinde?«

»Lass uns eins nach dem anderen angehen. Erst musst du mal weg von diesen Hintermännern, damit du in Sicherheit bist. Dann werden wir uns um deine Schwester und darum kümmern, wo du hinkommst. Wichtig ist erst mal, dass du da wegkommst, nicht wahr?«

Am anderen Ende der Leitung war es lange still.

»Nicht jetzt«, sagte Ludi endlich.

Elli spürte, wie ihre Frustration wuchs, aber sie musste sich damit abfinden, dass Ludi in der stärkeren Position war.

»Wie viele Mädchen sind da ... bei deiner Arbeit?«, fragte sie.

»Ich glaube, im Moment vielleicht fünf. Aber es kommen die ganze Zeit neue. Und Männer. Dauernd neue Männer.«

»Wie viele Männer sind da drinnen?«

»Wächter oder Kunden?«, fragte Ludi.

»Äh – Wächter«, sagte Elli.

»Manchmal mehr, manchmal weniger«, teilte Ludi mit.

»Viele ... zehn?«, fragte Elli.

»Nein, vier oder fünf«, sagte Ludi. »Heute, glaube ich.«

Elli setzte sich anders. Sie fühlte sich überhaupt nicht wohl in ihrer Haut.

»Ich finde, du kommst jetzt mit mir«, sagte sie ein wenig energischer.

Es dauerte einige Sekunden, bis Ludi antwortete:

»Nicht jetzt.«

Elli holte Luft.

»Geh zurück«, sagte sie. »Lass dir nichts anmerken. Wenn du laute Stimmen und Lärm hörst, dann versteckst du dich unter dem Bett. Okay?«

»Ja. Kommt ihr?«

»Ja«, sagte Elli. »Bald.«

Ludis Lippen verzogen sich zu einem vagen Lächeln. Vielleicht war jetzt Schluss. Wenn jemand sie in dem dunklen Keller hätte sehen können, hätte dieser Jemand für einen Moment einfach ein junges Mädchen gesehen. Dann machte sie kehrt und lief durch den Keller, wo sie langsam von der Dunkelheit verschlungen wurde.

Kapitel 24

Elli saß im Volvo auf dem Beifahrersitz und starrte ihr Telefon an.

Bent musterte sie ungeduldig.

»Jetzt red schon!«

Elli hob beide Hände zu einer Geste der Abwehr. »Sie sagt, sie ist Prostituierte und arbeitet in einem Bordell irgendwo hier in der Straße oder in der Nähe.« Sie zeigte auf das Ende der Straße. »Vielleicht im Haus hinter der Baustelle oder in einem von denen, die gerade saniert werden. Geniale Tarnung, so eine Baustelle, nicht?«

Bent nickte. »Wo ist sie?«

»Sie hat sich versteckt und wollte nur mit mir reden, solange ich im Auto blieb.«

»Das ist ja eine ganz neue Masche«, sagte er trocken.

Elli schaute sich auf der Straße um, ihr Puls schlug etwas schneller als sonst. »Sie sagt, dass sie das Mädchen kennt, das tot aufgefunden wurde. Sie hat gesehen, wie sie getötet wurde, und die Mädchen werden auch gefilmt. Was sie da beschrieben hat, ist wirklich die Hölle.«

»Hat sie etwas gesagt, wie es da drinnen aussieht – wie viele Leute da sind?«

»Sie sagt, es sind mehrere Mädchen, ihre Zahl scheint zwischen vier bis fünf und sieben bis acht zu variieren. Die Hintermänner nehmen ihnen die Pässe weg. Unterschiedliche Männer, meint sie. Offenbar sind da gerade so drei bis vier. Es ist gut möglich, dass sie bewaffnet sind.«

»Allein können wir nicht gegen vier Mann vorrücken«, erklärte Bent.

»Nein – wir brauchen Verstärkung, und wir müssen von mehreren Seiten gleichzeitig reingehen«, sagte Elli.

Bent überlegte einige Sekunden, ehe er antwortete. »Wir brauchen einen verdammt guten Grund, um nachts um Viertel nach zwölf so eine Aktion zu starten. Was, wenn sie gelogen hat?«

»Aber wenn sie die Wahrheit sagt, sind wir übel dran, wenn wir allein reingehen und auf acht bis zehn Typen stoßen.«

Bent starrte das Funkgerät an, als ob ihm das antworten könnte. »Du oder ich?«

Elli riss das Mikrophon an sich.

»Zentrale an 517«, knisterte das Funkgerät und kam ihnen damit zuvor.

»Äh, 517 hier«, sagte Elli.

»Position?«

»Grønnegate«, sagte Elli ungeduldig.

»Streiterei in der Oscars gate 18, Mann droht mit Waffe, mehrere Schüsse abgegeben, ihr seid die nächste Streife.«

»Was für ein Scheißtiming«, sagte Bent.

»Das kannst du wohl sagen«, antwortete Elli. Ludi musste warten. Elli hielt wieder das Mikrophon an den Mund. »517 bestätigt, vor Ort in ein oder zwei Minuten.«

Die Oscars gate 18 war ein für Frogner typischer etwas zurückgesetzt liegender Wohnblock mit einem zur Straße hin gelegenen Garten. Zwei Männer von Mitte vierzig, einer im Morgenrock, der andere im Trainingsanzug, standen nervös davor.

»Haben Sie uns angerufen?«, rief Elli, als der Wagen anhielt.

»Ja«, antwortete der Mann im Morgenrock. »Ich heiße Hekleberg, das da ist Nestvedt«, sagte er und zeigte auf den Mann im Trainingsanzug.

Als Elli aus dem Wagen stieg, nahm sie ihre Waffe mit und hielt sie mit dem Lauf nach unten. Sie hätte schwören können, dass Morgenrock und Trainingsanzug beim Anblick der Pistole schluckten.

»Erzählen Sie kurz, was passiert ist«, befahl sie.

»Irgendein Irrer stand mit einem Gewehr im Garten«, sagte Nestvedt und zeigte mit zitterndem Finger auf die Frogner-Idylle.

»Jemand, den Sie kennen?«, fragte Bent.

»Nein, total unbekannt, ich glaube, er war so Mitte dreißig. Er trug einen Kapuzenpullover und es war dunkel draußen. Er rief etwas Unverständliches und dann schoss er mit dem Gewehr gegen die Mauer da hinten«, sagte Hekleberg und zeigte auf die Stelle unter dem Balkon im Erdgeschoss.

»Haben Sie gesehen, was er dann gemacht hat?«, fragte Elli.

»Nein, spurlos verschwunden, aber ungefähr eine Minute später hörten wir hier in der Straße ein Auto anfahren.«

»Wie viele wohnen hier?«

»Es gibt drei Wohneinheiten, aber im Moment sind nur wir hier, unsere Frauen sind zusammen verreist, und die aus dem zweiten Stock sind in Urlaub.«

»Na gut«, sagte Elli und nickte Bent zu. Sie betraten den Garten und hielten dabei ihre Pistolen mit beiden Händen vor sich ausgestreckt. Beide benutzten auch ihre Lampen. Nach zweiminütiger Suche waren sie sicher, dass sich in Garten oder Fahrradschuppen niemand aufhielt, außerdem waren alle Türen und Fenster verschlossen und kein Schützenkönig lag unter dem Balkon im Erdgeschoss. Unter dem Balkon war auch kein Einschussloch zu sehen, aber das würde die Tatortgruppe sich noch genauer anschauen.

Sie gingen zu den beiden Zeugen zurück. »Hat einer von

Ihnen irgendwelche Konflikte mit anderen? Verwandtschaft, Geschäftsbeziehungen, Scheidungsverhandlungen?«

Beide schüttelten den Kopf.

»Keine Seitensprünge?«, fragte sie jetzt.

Abermals Kopfschütteln, aber Elli registrierte, dass Nestvedt jetzt energischer den Kopf schüttelte als Hekleberg.

»Na gut«, sagte Bent. »Wir teilen in der Zentrale mit, dass die Lage geklärt ist, aber wir werden dafür sorgen, dass eine uniformierte Streife die Nachbarschaft im Blick behält. Wenn Ihnen noch etwas auffällt, sagen Sie sofort Bescheid.«

Sie erstatteten bei der Zentrale Bericht und fuhren weiter. Es war inzwischen halb drei Uhr morgens.

Bergersen, der wachhabende Beamte im Polizeigebäude in Grønland, grauste sich vor dem Gespräch, das er jetzt führen musste.

»Ja?!«, bellte eine Stimme nach dreimaligem Klingeln.

»Malmros?«, fragte Bergersen.

»Du musst doch wissen, wo du anrufst, um … um … ja, verdammt – um Viertel vor drei morgens, Mann!«

Am anderen Ende folgte eine kurze Pause. »Äh – hier ist Bergersen von der Wache. Rathke und Harr bitten um Verstärkung für eine Durchsuchung in einem möglichen Bordell in der Grønnegate«, sagte der Kollege.

»Auf welcher Grundlage?«

»Mitteilung eines jungen Mädchens … also einer Prostituierten, die dort arbeitet.«

»Mädchen? Oder junge Frau?«

»Wenn ich das richtig verstanden habe, Mädchen. Zwölf, dreizehn Jahre.«

»Wer hat diese Mitteilung in Empfang genommen?«

»Einen Moment …« Bergersen wechselte zum Funkgerät über.

»517.«

Elli fuhr zusammen.

»517 antwortet.«

»Wer hat die Mitteilung in Empfang genommen?«

»Ich, Rathke.«

Im Funkgerät in Ellis und Bents Auto war ein Klicken zu hören.

»Rathke«, sagte Bergersen.

Malmros blinzelte mit müden Augen und registrierte eine Bewegung in der Tür. Anniken Malmros stand in der Türöffnung und blickte ihren Mann fragend an. Er warf ihr einen kurzen Blick zu, der um Entschuldigung zu bitten schien, zeigte auf sein Mobiltelefon und konzentrierte sich wieder auf sein Gespräch.

»Wusste gar nicht, dass sie Nacht… aber okay, ich begreife ja den Ernst der Lage. Wie lautet die Adresse?«

»Einen Moment«, sagte Bergersen und schaltete wieder auf den Polizeifunk zurück.

»Adresse?«, hörten Elli und Bent.

»Unklar«, antwortete Elli und wusste zugleich, dass das hier nicht in die richtige Richtung lief.

Bergersen schaltete abermals zurück.

»Wenn der Einsatzort so unklar ist, will ich einen Juristen dabeihaben«, sagte Malmros. »Das geht erst um sieben Uhr morgen früh«, fügte er dann hinzu. »Sag Rathke und Harr, sie sollen dann rechtzeitig hier sein, und sag Delta Bescheid, dass es morgen früh möglicherweise zum Einsatz kommt. Hast du das?«

»Verstanden«, sagte Bergersen.

»517?«

Elli drückte auf den Sendeknopf.

»517 antwortet.«

»Negativ. Malmros will erst das Okay des diensthabenden Juristen einholen. Ihr sollt morgen um sieben im Haus sein. Delta wird informiert.«

Elli fuhr fast hoch auf ihrem Sitz. »Das kann doch nicht stimmen! Hast du wirklich mit Malmros gesprochen?«

»Klar doch. Hab ihn zu Hause angerufen. Fand er gar nicht gut.«

»Was, wenn das Mädchen verschwindet?«, fauchte Elli.

Bent machte eine Bewegung, um mitzuteilen, dass er etwas sagen wollte.

»Warte einen Moment«, sagte Elli ins Funkgerät. Sie wandte sich Bent zu. »Ja?«

»Es ist doch kein Wunder, dass er den Rücken freihaben will, ehe wir mitten in der Nacht ein Privathaus überfallen«, sagte Bent.

»Wir sind befugt, auch auf den bloßen Verdacht hin reinzugehen«, sagte Elli.

»Ja, aber jetzt nicht mehr, dann hätten wir sofort handeln müssen. Jetzt hat Malmros zu entscheiden. Wenn wir jetzt reingehen, ist das ein Verstoß gegen die Dienstanweisungen. Das weißt du genau.«

»Verdammt!« Elli schaute die Straße hoch.

»517?«, ertönte es aus dem Funkgerät.

Elli atmete langsam aus. »Ja – kommen.«

»Befehlseingang bestätigen?«

Elli merkte, dass sie am liebsten losgeheult hätte.

»Ja. Bestätigt, warten bis morgen früh.«

Sie schleuderte das Funkgerät auf den Sitz. »Verdammt – verdammte Scheißmachobande!«

Bent kratzte sich an der Nase. »Soll ich dich nach Hause fahren? Du brauchst Schlaf.«

»Nein, vielen Dank. Mein Rad steht ja bei der Wache«, sagte sie.

Kapitel 25

Nereng lief durch Grønland, als ob er schon sein ganzes Leben dort verbracht hätte. Es gefiel ihm hier, in der Großstadt, diesem ethnischen Schmelztiegel. Was wohl all die Somalier, Eritreer, Pakistanis, Kurden, Serben, Chinesen, Vietnamesen und wo sie alle herkamen, über ihn dachten? Er ging gern durch die Tøyengate, und das tat er auch an diesem Tag. Er war von einer gewissen Spannung erfüllt, schon an einem seiner ersten Tage an der neuen Dienststelle wurde er nun zu einer Besprechung am frühen Morgen gerufen.

Das konnte nur bedeuten, dass ein größerer Einsatz bevorstand.

Er war fasziniert von all den Aktivitäten in Grønland schon so früh am Morgen. Schlachter luden Lieferwagen aus (woher wohl das Fleisch stammte?), Aluminiumjalousien schepperten, als sie hochgezogen wurden und Kleiderläden, Videoläden mit indischen Filmen, Lebensmittelgeschäfte und Stoffläden geöffnet wurden.

Als er sich dem Straßenende näherte, erregte eine Bewegung in seinem Augenwinkel seine Aufmerksamkeit. Nerengs Blick wanderte zu einem jungen Mädchen, das schräg gegenüber auf der anderen Straßenseite aus einem Wohnhaus kam. Sie sah müde aus, zwölf, dreizehn Jahre alt, tippte er. Er ging weiter, drehte sich aber noch einmal zu dem Mädchen um. Sie stand noch immer im Eingang und hielt die Tür für jemanden auf. Nereng erkannte diesen Mann sofort. Wohnte der denn da? Nereng beschloss, ihn nicht anzusprechen, er war ja trotz allem erst seit zwei Tagen bei der Osloer Polizei.

Es war sieben. Elli war seit halb sechs auf. Die zu dieser frühen Besprechung zusammengetrommelte Runde bestand neben Elli aus Bent, Nereng, Takle, Malmros, Fjeld, Sigurdssøn und Kristin Hersberg, der uniformierten Chefin vom Streifendienst.

»Guten Morgen«, sagte Malmros vorn an der Tafel. Er zeigte hinter sich.

»Die Tafel ist voller als sonst … und zudem haben wir heute Nachmittag den Staatsbesuch aus Frankreich in Verbindung mit der Umweltkonferenz.«

Die Tür des Besprechungsraums wurde geöffnet und die Polizeijuristin Gunhild Andersen kam herein. Wie immer war sie überaus elegant gekleidet und trug ein Kostüm, und wie immer musterten die Männer im Raum ihre wohlgeformten Beine.

Malmros sah sie über den Brillenrand hinweg an. »Guten Morgen, Andersen.« Er wandte sich wieder der kleinen Versammlung zu. »Andersen und ich haben über den Tipp von gestern gesprochen.« Er nickte ihr zu.

Gunhild Andersen legte einige Unterlagen auf den Tisch vor sich und trat dann zu Malmros in die Ecke.

»Der Tipp ist schon gut. Weil es um eine Minderjährige geht, ist es absolut unproblematisch für uns, da reinzugehen, wenn es sein muss mit Gewalt, aber wir brauchen durch weitere Tipps oder Beobachtungen eine genauere Auskunft darüber, welches Gebäude wir durchsuchen sollen – und weil Minderjährige betroffen sind, müssen wir das Jugendamt verständigen, damit die in Bereitschaft sind.«

Fjeld nickte Elli zu. »Kannst du dich mal mit Nereng umsehen? Ihr seid auch befugt, euch wenn nötig Zutritt zu verschaffen.«

Elli versuchte, ihre Irritation zu unterdrücken. Nereng setzte sich anders hin.

»Nereng?!« Elli hielt Fjelds Blick fest. Nereng kam sich vor wie Luft.

»Warum mich und meinen Partner trennen? Und außerdem – sollen wir denn zu zweit ein ganzes Bordell ausheben?«

Fjeld zuckte verlegen mit den Schultern.

»Ich brauche – das heißt, *wir* brauchen Leute für den Staatsbesuch aus Frankreich. Delta und Eskortendienst sind jetzt in der Ferienzeit unterbesetzt, und Harr hat Erfahrung als Aushilfe bei Delta. Und wir haben einfach nicht mehr Leute, Rathke.«

Ellis Blicke suchten Hilfe bei Malmros, aber das erwies sich als sinnlos. Fjelds Argumente waren zu gut.

Sie sah noch einmal Fjeld an. »Verstärkung?«

»Folgt einfach der üblichen Routine. Teil deine Einschätzung per Funk mit, ich bin die ganze Zeit hier, und dann geht es schnell.«

»Aber wir haben doch gehört, dass es sich um eine Liga handelt, die Glückssucherinnen aus dem Osten und dem Süden importiert – etliche von denen sind offenbar minderjährig – und gut organisiert zu sein scheint. Wenn unsere Informationen stimmen, dann kann es Verzweigungen in die gewaltbereiteren kriminellen Szenen geben. Es wäre wirklich eine Hilfe, wenn wir noch ein paar Leute hätten, wo doch die Möglichkeit besteht, dass wir auf serbische Gorillas stoßen.«

Fjeld hielt ihrem Blick stand. »Ich habe nicht mehr Leute. Deshalb müsst ihr eure eigene Sicherheit an die erste Stelle setzen. Wir gehen von euren Beobachtungen in der Grønnegate aus, wenn ihr welche gemacht habt. Vorher nicht.«

Elli sprang auf und ging zur Tür. Nereng sah sie zwei Sekunden lang an, dann sprang er ebenfalls auf und knallte dabei mit dem Oberschenkel gegen die Tischkante. Er schluckte den Schmerz hinunter und hoffte, dass niemand es bemerkt hatte. Auf dem Weg aus dem Zimmer wurden seine Blicke automatisch von Gunhild Andersens tiefem Ausschnitt angezogen. Er schaute eine halbe Sekunde zu lange hin, und seine freudianische Gehirnhälfte brachte ihn dann dazu, Gunhilds eisblauen Juristinnenblick zu erwidern. Nereng schaffte es nicht, diesen Blick zu deuten. Er lag irgendwo zwischen Hohn und Spott und der Einladung, in ihr Büro zu kommen und auf ihrem Schreibtisch mit ihr zu vögeln.

Die Großstadt war hart.

Er konzentrierte sich darauf, ohne weitere Peinlichkeiten den Flur zu erreichen.

Kapitel 26

Elli hatte eine ganze Nacht verloren und einen neuen Partner bekommen.

Sinnloser bürokratischer Ringelreihen.

Sie manövrierte den Volvo durch die Straßen in Richtung

St. Hanshaugen. Das Blaulicht wurde reflektiert von Flachbildschirmen, Sportausrüstungen, iPods und Markenkleidung in den Schaufenstern. Alle Produkte nahmen einen blauen Farbton an. Produkte, die die Mädchen im Bordell, zu dem sie unterwegs waren, sich wohl kaum leisten konnten.

»Wie alt ist die Kleine, hast du gesagt?«, fragte Nereng.

»Ich habe nichts gesagt – ich tippe auf zwölf, dreizehn.«

»Und sie arbeitet als Prostituierte?«

»Das hat sie gesagt«, antwortete Elli. Sie trommelte mit den Fingern gegen die Fensterscheibe. »Hör mal, Nereng, warst du je in einem Bordell?«

»Meinst du etwa, ich …«

Elli fiel ihm ins Wort, als sie merkte, worauf das hinauslief. »Warst du je bei einem Einsatz in einem Bordell dabei?«

Nereng lächelte leicht verlegen. »Nein.«

Elli schaute ihn kurz an. »Warst du überhaupt schon mal bei einer Durchsuchung dabei?«

Wütend packte Nereng den Handgriff am Armaturenbrett. »Ja, natürlich. Diebesgutlager und Schnapsfabriken. Jede Menge Schnapsfabriken.«

»Genau …«, antwortete Elli. Sie bog übertrieben scharf in die Pilestrede ein. Nereng klebte am Seitenfenster. »Wir nehmen es, wie es kommt …«, sagte sie lächelnd.

»Ich bin ja wirklich noch nicht lange hier«, sagte Nereng. »Aber unser Befehl lautet doch nicht, dieses Haus allein zu durchsuchen? Beobachten wäre doch eine passendere Auftragsbeschreibung.«

Elli gab keine Antwort. Sie bogen bei der Hochschule in den Parkvei ein und schalteten das Blaulicht aus. Fünfundvierzig Sekunden später rollte der Volvo in die Grønnegate. Sie bewegten sich langsam auf die Baustelle am Ende des Straßenstumpfes zu, dann hielt sie an und drehte den Motor aus. Sie stellte ihr Funkgerät mit deutlichen Bewegungen leiser. Nereng folgte ihrem Beispiel.

Elli stieg aus und konzentrierte ihre Aufmerksamkeit auf den oberen Teil der Straße. Sie und Bent hatten im unteren

Teil kurz vor dem Hegdehaugsvei gehalten. Die Häuser dort enthielten Wohnungen, ein Café und zwei Läden. Weiter oben in der Gegenrichtung gab es, wenn sie das richtig sahen, ebenfalls Wohnungen.

»Wo fangen wir an?«, fragte Nereng.

»Ich tippe ja auf das Haus, das gerade saniert wird – die anderen sind bewohnt, und auch wenn man sicher in ein oder zwei Wohnungen in aller Stille ein Bordell betreiben könnte, dann wären doch die Aktivitäten, die die Zeugin mir beschrieben hat, dort fehl am Platz.«

Nereng nickte und ging ruhig auf der rechten Straßenseite weiter, der Baustelle gegenüber.

Voll zur Sache, na gut, dachte Elli und ging hinter ihm her.

Nereng blieb gegenüber dem Sanierungshaus stehen. Elli trat neben ihn.

»Sieht aus, als ob die Arbeit schon vor einer Weile unterbrochen worden wäre«, sagte Nereng.

Elli ließ den Blick über die vom Gerüst verdeckte Fassade gleiten. Vor dem Gerüst hing ein grünes dichtmaschiges Netz. Sie hatte keine Ahnung, was hier los war.

»Wie siehst du das hier?«, fragte sie.

»Keine Container und keine Abfallrutschen, keine Zementmischmaschinen, keine Scheinwerferanlagen – sieht aus, als wäre hier Schluss.«

»Die Finanzkrise?«

»Ja, warum nicht«, sagte er.

Elli bemerkte eine junge Frau, die das Haus verließ, vor dem sie standen. Die Frau kam nun auf sie zu. Elli gab ihr ein Zeichen, stehen zu bleiben.

»Wohnen Sie hier?«, fragte sie.

Die Frau stutzte. »Äh … ja. Warum wollen Sie das wissen?«, fragte sie leicht verwirrt.

Elli hielt ihre Dienstmarke hoch. »Polizei – wir brauchen nur ein paar Auskünfte über das Haus gegenüber.«

Die Frau ließ die Schultern sinken. »Ach so«, sagte sie atemlos. »Ich habe ein Zimmer bei einer älteren Dame hier. Studentin, wissen Sie«, sagte sie und hob stolz den Kopf.

»Haben Sie an dem Haus hier irgendwelche Aktivitäten bemerkt?«, fragte Elli und zeigte auf das Gebäude.

Die Frau überlegte kurz. »Nein, und wir haben auch schon darüber gesprochen, meine Vermieterin und ich, dass die Arbeiten hier schon ziemlich lange stillstehen. Nur ab und zu ein Handwerkerwagen, das ist alles. Das liegt wohl an der Finanzkrise.«

»Handwerkerwagen – meinen Sie damit Lieferwagen?«, fragte Elli.

»Ja, solche Wagen, wie Schreiner und Maurer sie benutzen. Toyota, oder nicht?«

»Um welche Tageszeit?«, fragte Elli.

»Ja, wenn Sie schon fragen, heute Morgen gegen sechs waren welche hier und haben irgendwas abgeladen. Das ist mir natürlich aufgefallen, weil es so früh war, auch wenn sie sehr leise waren.«

Elli nickte.

»Und sonst?«, fragte Nereng.

Die Frau drehte sich zu ihm um. »Ich habe hier vielleicht schon ein- oder zweimal einen oder zwei Lieferwagen gesehen, und das war morgens oder abends, tagsüber bin ich ja in der Uni. Endspurt vorm Master.«

Elli lächelte ihr zu. »Alles klar, tausend Dank«, sagte sie.

Die Frau schaute kurz auf die Uhr, nickte und lief dann die Straße hinunter.

»Warum sind Leute, die studieren, immer so gestresst?«, fragte Nereng mit leiser Stimme und musterte das Haus auf der anderen Straßenseite aus zusammengekniffenen Augen.

»Stress entsteht, wenn man das Gefühl hat, dass die Menge an Aufgaben und Verpflichtungen einfach unüberwindlich ist«, sagte Elli trocken. »Vermutlich passiert das in Dokka eher selten.«

Nering fuhr zu ihr herum, aber Elli wehrte mit femininem Augenklimpern ab.

»Na, worauf warten wir?«, fragte sie dann und schaute zu dem Haus auf der anderen Straßenseite hinüber.

Sie überquerten die Straße und gingen auf die Eingangstür zu, die hinter dem grünen Netz zu ahnen war.

Nereng griff an die Klinke und stellte fest, dass abgeschlossen war.

Elli ging unter dem Gerüst nach links. Kurz über dem Bodenniveau lag ein Fenster neben dem anderen. Sie bückte sich und wischte den Staub vom ersten, um hineinschauen zu können. Dahinter ahnte sie einen dunklen Gang oder Kellerraum.

Nereng untersuchte die anderen Fenster systematisch. Beim sechsten drehte er sich zu Elli um und winkte sie zu sich.

Auch dieses Fenster war verschlossen, es war aber sichtbar, dass es kürzlich geöffnet worden war. Im Staub am Fensterrahmen gab es deutliche Handabdrücke.

»Keine große Hand«, sagte Nereng.

»Nein, die können durchaus von ihr sein«, sagte Elli.

Nereng schaute sich rasch um und entdeckte einen Haufen mit Resten aus dem grünen Glasfasernetz. Er wickelte ein Stück um einen Ziegelstein aus einem anderen Haufen.

»Leiser können wir es wohl nicht machen«, sagte er.

Sie warteten, bis unten im Bogstadvei die Straßenbahn vorüberfuhr, dann schlug er das Fenster ein. Es war von der alten Sorte, die leicht brach. Es war kaum zu hören, falls nicht jemand unten im Keller stand. Nach zwei Minuten war es dort immer noch still, Nereng bückte sich, schob den Arm hinein und konnte das Fenster öffnen. Es ging nach innen auf.

Sie ließen sich rasch hintereinander auf den Boden fallen und liefen dann mit gesenkten Köpfen durch den niedrigen Kellergang. Ganz hinten fanden sie eine Treppe.

»Welcher Stock?«, fragte Nereng.

»Weiß nicht«, antwortete Elli. Sie stieg langsam die schmutzige und staubige Treppe hoch, auf der mehrere Menschen ihre Spuren hinterlassen hatten. Kleinere Füße, die durchaus Ludis sein konnten. Sie folgten den Spuren zwei Stockwerke hoch, wo sie plötzlich auf dem Absatz zwischen dem ersten und zweiten Stock abbrachen. Nereng zeigte auf eine anderthalb Meter hoch in der Wand eingelassene Lüftungsluke. Er sah Elli an, und die nickte bestätigend. Sie gingen eine halbe Etage weiter nach oben und konnten nun deutlich eine Tür zum nächsten Stock sehen. Elli nahm jetzt zwei Stufen auf einmal und drückte vorsichtig auf die Klinke. Die Tür war abgeschlossen.

»Sie kann da unten reingeklettert und dann hier reingekommen sein«, flüsterte Elli und deutete zu der Luke in der Wand hinüber.

»Sollen wir die Tür aufmachen?«, fragte Nereng.

Ellis sah, dass in der Tür ein älteres Schloss saß. »Ja, kannst du sie aufstochern?«

Er sah sich das Schloss einige Sekunden lang an. »Wir machen einen Versuch«, sagte er und zog einen Satz Dietriche aus der Tasche. Nach vielleicht zehn Sekunden glitt die Tür auf.

»Den Trick hab ich einfach nie kapiert«, sagte sie leise.

Sie blieben für einige Sekunden stehen und lauschten, dann gingen sie hinein.

Sie betraten einen Büroraum. Die Wände waren leer, die Regale und der Schreibtisch ebenfalls. In der Wand gegenüber war eine weitere Tür.

Nereng ging vorsichtig hinüber und drückte auf die Klinke. Die Tür öffnete sich langsam. Nereng lugte durch den Türspalt.

»Was siehst du?«, fragte Elli.

»Gang. Lang.«

Der Gang war leer und streckte sich in der Dunkelheit dahin. Nur zwei verstaubte Lampen unter der Decke kurz vor ihnen produzierten rotes beziehungsweise gelbes Licht. Ein Streifen schwachen Morgenlichts fiel durch ein Stahldrahtfenster in der Tür am gegenüberliegenden Ende. Elli zählte auf jeder Seite des Ganges zehn Türen.

Sie ging vorsichtig zur ersten und öffnete sie langsam. Dahinter gab es nur ein leeres Bett. Elli glaubte, ein solches Bett in einem IKEA-Katalog gesehen zu haben. Die Matratze wies Flecken auf, die für Elli auf Geschlechtsverkehr hinwiesen. Der Geruch im Raum bestätigte diese Annahme.

»Ludi hat die Wahrheit gesagt«, sagte sie und ging weiter durch den Flur.

Nereng schaute durch die Türöffnung und ließ seinen Blick auf der gefleckten Matratze ruhen. »Hier haben sich einwandfrei mehrere amüsiert, ja.«

Er öffnete die erste Tür auf der gegenüberliegenden Seite. Das Zimmer war fast identisch, nur sah hier das Bett unbenutzt aus. Er ging weiter zum nächsten. Noch so ein Zimmer, hier lag die Matratze auf dem Boden. Sie wies kleine Blutflecke auf.

Sie gingen jeweils auf einer Seite weiter. Alle Zimmer hatten die gleichen IKEA-Matratzen, die Hälfte von ihnen lag auf schlichten Bettrahmen.

»Vielleicht ist IKEA Hoflieferant für alle billigen Bordelle hier in der Stadt«, meinte Nereng. »Sie bieten doch die billigsten Betten an.« Er starrte eine weitere Matratze an. »Weltweit sind das dann allerhand Matratzen«, fügte er hinzu.

Elli drehte sich zu ihm um. »Die Antwort darauf will ich lieber gar nicht wissen«, sagte sie entschieden.

»Leer«, sagte Elli, nachdem sie Tür Nummer sechs geöffnet hatte.

Nereng öffnete Nummer sieben auf seiner Seite, blieb stehen und schaute aus zusammengekniffenen Augen in das dunkle Zimmer.

»Elli – hier ist etwas«, sagte er.

Das Zimmer war etwas größer, und an zwei Wänden hingen schwarze Moltonbahnen, Stoff, den Filmleute benutzen, um Licht zu dämpfen und einen schwarzen Hintergrund zu erhalten. Drei Stühle und ein Eisenbett standen mitten im Raum. Dort lagen auch einige leere CD-Hüllen. Zwei davon waren mit Buchstaben und Ziffern gekennzeichnet. In einer Ecke lag ein kleiner Haufen geöffneter CD-Verpackungen. Nereng betrat das Zimmer vorsichtig. Elli folgte ihm ungeduldig in die Raummitte, wo beide stehen blieben und sich umschauten.

»Filmstudio?«, fragte Nereng.

»Sieht so aus«, meinte Elli und sah sich die Lampen an der Decke an.

Nereng ging an den Wänden entlang, schaute hinter die Moltonbahnen, sah aber nichts. Als er sich umdrehte, rutschte ihm der Fuß unter die Moltonverkleidung und traf auf einen Plastikgegenstand. Nereng schaute nach unten, und auch Ellis Blicke folgten dem Geräusch. Zusammen starrten sie noch ein Cover an, aber dieses enthielt eine DVD.

»Vielleicht hilft uns das weiter …«, sagte Nereng.

Elli zog eine Plastiktüte hervor und schob die DVD mit einem Kugelschreiber zu sich heran. Die Tüte knisterte trocken, als sie sie um die DVD zusammenfaltete.

Auf dem Gang bildeten sie im Licht des Türfensters zwei schwarze Silhouetten. Sie arbeiteten sich bis zum Ende des Flurs vor. Die restlichen Räume waren leer, abgesehen von allerlei Abfall auf dem Boden des letzten.

»Sieht fast aus, als ob sie das hier als Schrottplatz benutzt hätten«, sagte Nereng.

Elli ließ die Blicke über Papier, Plastikabfall, leere Limoflaschen, zwei Schachteln Paracetamol und allerlei undefinierbare Gegenstände wandern. »Abfall ist immer interessant«, sagte sie und entdeckte zwischen mehreren benutzten und zusammengeknüllten Stücken Küchenpapier ein Kondom. »DNA …«, sagte sie und bückte sich. Dort lagen noch mehrere. Aber ein weiteres Objekt interessierte sie noch mehr.

Sie hob es auf, so dass auch Nereng es sehen konnte. »Seltsame Flasche.«

Beide sahen sich die leere Flasche, die vielleicht einen halben Liter Flüssigkeit enthalten konnte, genau an. Das Buckelglas sah aus wie mundgeblasen.

Nereng schnupperte an der Öffnung. »Alkohol«, stellte er fest. »Irgendein Schnaps, nehme ich an.«

Elli roch ebenfalls. Sie ahnte unter dem Alkoholgeruch einen vagen Kräuterduft. »Wollen wir hoffen, dass hier jemand gleich aus der Flasche getrunken hat«, sagte sie und steckte die Flasche in eine Plastiktüte.

»Sollen wir die Tatortgruppe anfordern? Fingerabdrücke, Sperma, Blut, Abfallanalyse?«, fragte Nereng.

Elli antwortete nicht, sondern dachte nach.

»Ja, wir können hier wohl nicht mehr rausholen.«

Sie lief zurück ins Videozimmer, schaute durch die Tür und musterte dann die spartanische Studioeinrichtung. Das Zimmer kam ihr kalt vor. Es saugte ihr die Energie aus. Sie griff zu ihrem Funkgerät.

Es gab insgesamt zwölf Zimmer mit Matratzen. Ob wohl alle benutzt worden waren?

»Zentrale, hier ist 517«, sagte sie.

»517 kommen«, sagte eine Frau aus Troms.

»Wir brauchen eine Tatortuntersuchung in der Grønnegate.«

»Wird weitergegeben, aber alle Teams der Tatortgruppe sind anderweitig im Einsatz.«

»Wie lange?«

Es dauerte einen Moment. »Für den ganzen Tag, so wie es aussieht.«

»Verdammt!«, rief Elli.

»Verzeihung?«

»Äh … nichts. Tut mir leid. Alles klar. Danke.«

Elli blieb stehen und schaute in das Zimmer. Nereng legte ihr freundschaftlich die Hände auf die Schultern.

»Ich sperre an beiden Enden mit Band ab.«

Sie drehte sich zu ihm um.

»Ich kapier das nicht. Gestern war hier sozusagen Hochbetrieb, heute ist alles leer?«

»Ja, wenn das, was die Kleine gesagt hat, stimmt«, sagte Nereng.

Elli gab keine Antwort, sondern verfluchte sich, weil sie in der Nacht nicht auf ihre eigene Einschätzung gehört hatte und gleich in das Haus gegangen war.

Jon Aass, der hinter der Hecke gegenüber dem Bordell in der Grønnegate hockte, strömte der Schweiß übers Gesicht. Dass er die eine DVD nicht gefunden hatte, ehe diese beiden Schnüffler aufgetaucht waren, steigerte sein Stressniveau und damit seine Schweißproduktion um einiges. Diese Polizistin vom Friedhof war wirklich ein Problem.

Das Netzwerk hatte, mit einem nicht unbeträchtlichen Einsatz seiner selbst, eine gute Operation durchgezogen. Gute Logistik, gute Sicherheit, gute Waren. Die Kunden bekamen, was sie wollten. Die Zusammenarbeit mit den Deutschen funktionierte hervorragend. Keine Fragen, immer neue Mädchen, wie versprochen. Der Apparat um das Bordell funktionierte ebenfalls perfekt. Gemietete Muskeln aus der osteuropäischen Szene, die alle Aufenthaltsgenehmigungen benötigten. Ein Anwalt im Netzwerk mit guten Beziehungen zur Polizei half dabei, die Anträge durchzudrücken, gegen absolute Diskretion, was jedwede Tätigkeit im Bordell anging.

Für die Sauberkeit sorgten die Mädchen selbst. Das ging eigentlich immer wie von selbst. Mädchen waren eben so.

Und das war alles. Räumlichkeiten konnte man immer mieten. Maximal drei Monate, dann zogen sie weiter.

Aber nun kam diese Polizeifotze angetanzt und brachte alles durcheinander.

Jetzt würden sie das Spiel ändern müssen.

Kapitel 27

Das Besprechungszimmer mit dem DVD-Gerät würde erst in zwei Stunden zugänglich sein. Elli und Nereng nutzten die

Gelegenheit, um in einem für seinen Geflügelsalat bekannten Hinterhofrestaurant in Vika zu Mittag zu essen.

»Warum bist du zur Polizei gegangen?«, fragte sie zwischen zwei Bissen.

Nereng schaute sie überrascht an. »Warum?«

»Ja, warum?«

Er zuckte mit den Schultern. »Die meisten, mit denen ich aufgewachsen bin, arbeiten schwarz und brennen Schnaps. Ich hatte wohl Lust, mich ein bisschen nützlicher zu machen. Es ist doch ein Privileg, die bösen Buben fangen zu dürfen, oder nicht?«

»Doch, ein Privileg ist das schon.«

»Und du?«

Elli füllte sich wieder den Mund und schien durchaus nicht vorzuhaben, diese Gegenfrage zu beantworten.

Nereng blickte sie einige Sekunden lang forschend an, dann wiederholte er seine Frage. »Warum bist du zur Polizei gegangen? Du bist doch eigentlich Juristin, oder nicht?«

Elli hörte auf zu kauen, blieb aber weiterhin stumm.

Nereng lächelte zaghaft. »Na gut, ich hab dir nur die gleiche Frage gestellt. Antworte, wenn du irgendwann Lust dazu hast.«

Er konzentrierte sich wieder auf seinen Salat.

Sie aßen zwei Minuten weiter, ehe Elli das Schweigen brach.

»Meine Schwester wurde ermordet«, sagte sie plötzlich. »Vergewaltigt und ermordet.«

Nereng musterte sie aufmerksam.

»Und dann ging mir auf, dass ich lieber Mörder fangen wollte, als sie zu verteidigen«, sagte Elli.

Nereng legte sein Besteck hin.

»Er läuft noch immer frei rum, ja?«

»Ja.«

»Eines Tages kriegst du ihn.«

Elli erwiderte seinen Blick. »Das habe ich auch immer gedacht. Jetzt ist es vierzehn Jahre her. – Sie war siebzehn«, fügte sie dann unaufgefordert hinzu. »Kam nach einem Handballtraining in Nordstrand nicht mehr nach Hause.«

Nereng ließ sich im Sessel zurücksinken und hoffte, dadurch klarzustellen, dass er sie nicht bedrängen wollte.

»Drei Tage später wurde sie in einem kleinen Wald bei Mortensrud gefunden. Sie trug nur ein T-Shirt, es war in Fetzen gerissen. Vergewaltigt ... mehrmals, auf alle möglichen Weisen. Spuren von Schlägen und Brandwunden von Zigaretten. Er hatte ihren Mund zugeklebt. Danach wurde sie erwürgt. Er hat es mit den Händen gemacht.«

Er erwiderte ihren Blick und hatte erwartet, der werde feucht sein. Ellis Blick aber war hart und entschlossen, und ihm ging auf, wie furchtlos diese Frau war. Ihr orientalisch-nordisches Äußeres vermittelte einen stoischen Eindruck.

»Es tut mir leid, das zu hören«, mehr brachte er nicht heraus. Die Bemerkung lag sofort wie Blei auf seiner Zunge, und er kam sich vor wie ein Idiot. »Ich meine ... oh verdammt, ich hab keine Ahnung, was ich meine, Elli ... und gab es keinen Verdacht?«

Elli schüttelte langsam den Kopf. »Ein schwarzes Loch. Niemand hatte etwas gehört oder gesehen, niemand wusste etwas. Weiß etwas.«

»Wie kommt man über so etwas hinweg?«, fragte er, vor allem an sich selbst gerichtet.

»Man – ich jedenfalls – tut das nicht. Sie ist jeden Tag ein Teil meiner Gedanken. Aber jetzt weniger als früher. Und das macht mir ein bisschen Angst. Dass Anne sozusagen erlischt. Das hat sie nicht verdient.«

Nereng stützte den Kopf in die Hände, während er sich zugleich mit den Fingerspitzen die Lider massierte. »Und jetzt sind wir mitten in einem Fall mit mehreren jungen Mädchen.« Er beendete die Massage. »Nach diesem kommen noch mehr.«

»Ja«, sagte Elli.

Sie schwiegen eine Weile. Nereng hatte das Gefühl, dass das Schweigen völlig in Ordnung sei.

»Ich neige ja nicht zu Sentimentalität«, sagte Elli, »aber vielleicht ist Anne zu einer neuen und besseren Existenz weitergezogen … im tiefsten Herzen möchte ich das glauben, aber vielleicht waren die siebzehn Jahre und fünf Monate Annes voller und ganzer Fußabdruck in der Geschichte der Menschheit. Ich weiß nicht. Aber ich weiß, dass immer, wenn wir einen dieser Vergewaltiger und Mörder finden, viele Familien hier im Land nicht das erleben müssen, was wir erlebt haben.«

Nereng wollt etwas sagen, aber Ellis erhobene linke Hand brachte ihn zum Verstummen. Die Bewegung war sanft, fast sinnlich, aber dennoch wirkungsvoll.

»Ich spreche nur selten darüber«, sagte sie. »Wir sollten nicht weiter herumtrödeln. Sehen wir uns jetzt die DVD an?«

»Ja, warum nicht?«, gab Nereng erleichtert zurück.

Elli öffnete ganz hinten im Besprechungsraum einen Schrank, in dem Videogerät, DVD-Spieler und Rechner untergebracht waren. Erstaunlicherweise hatte die Wache auf Grønland sogar ein Blu-Ray-Gerät. Elli schob die gefundene DVD ein und drückte auf »Play«, ging zu Nereng hinüber und ließ sich neben ihm auf einen Stuhl fallen. Beide starrten auf die heruntergezogene Leinwand, wo der Lichtstrahl des Videobeamers ein wenig schräg auf der rechten Seite auftraf. Die ersten fünfzehn Sekunden enthielten nur Flimmern.

Dann wechselte das Flimmern auf Schwarz über. Nach weiteren fünf Sekunden sahen sie einen Raum mit hellen Wänden und mitten im Bild ein Sofa. An den Wänden hingen Bilder von Pop-Idolen und Pferden, in einem Regal neben dem Sofa lagen Teddys und Spielsachen. Ein Mann von etwa fünfzig stand in der Nähe der Kamera, aber sein Gesicht war nicht zu sehen.

Elli hatte bange Ahnungen, was die Fortsetzung anging, wappnete sich aber.

Von rechts kam nun ein junges Mädchen in typischer Schulkleidung herein: weiße Bluse, Faltenrock, weiße Strümpfe und schwarze flache Schuhe. Die Haare waren zu Zöpfchen geflochten, und sie war übertrieben stark geschminkt.

»Wie alt kann sie wohl sein … zwölf?«, fragte Nereng verzweifelt.

»Schwer zu sagen … aber so in etwa«, sagte Elli. Das Mädchen erinnerte sie an die Freundin der anderen, die ihr in der Global Bar Cola ins Gesicht geschüttet hatte, aber die starke Schminke erschwerte die Beurteilung.

Das Mädchen ging mechanisch auf den Mann zu, knöpfte seinen Hosenschlitz auf und führte die Fellatio mit erfahrener, professioneller Distanz durch. Danach folgte in monotonen Sequenzen eine Auswahl an vaginalen und analen Übungen. Am Ende dieser Sequenz ging der Mann mit dem Mädchen brutaler um.

Nereng setzte sich zum fünften oder sechsten Mal anders. »Verdammt – ob sie das überlebt?«, fragte er mit Angst in der Stimme.

Elli sah, dass seine Hände zitterten.

»Wir müssen uns auch den Rest ansehen«, antwortete sie und registrierte, dass sie fast erleichtert war, als der Mann über den Rücken des Mädchens ejakulierte. Ein Teil des Spermas spritzte in das Regal mit den Teddybären.

Die Leinwand wurde schwarz. Danach folgte wieder Geflimmer.

Elli sprang auf. »Scheißmänner! Scheißdrecksjob!« Sie versetzte dem Tisch einen solchen Tritt, dass der sich um etwa fünfzehn Zentimeter verschob, und schaute wütend zu Nereng hinüber, als ob der den Film eigenhändig gedreht hätte. Er setzte sich abermals anders und zeigte wieder auf die Leinwand.

Eine neue Szene hatte angefangen. Auch bei diesem Mann war das Gesicht nicht zu sehen. Hinter dem Mann, auf einem Himmelbett mit weißen Laken, lag eine junge nackte Frau mit dem Rücken zur Kamera, übereinandergeschlungenen Beinen und abgewandtem Gesicht. Ihre Haare waren in ihrem Rücken zu einem kräftigen Zopf geflochten. Elli ahnte in dieser Aufnahme eine viel bedrohlichere Stimmung, ohne sagen zu können, woran das lag.

Der Ausschnitt war statisch, das Mädchen verharrte in dieser Stellung. Dann endete die Szene jählings nach fünfzehn oder zwanzig Sekunden. Die Leinwand füllte sich wieder mit Schneegestöber, eine visuelle Orgie aus unübersichtlichen Elektronen und Partikeln. Elli fühlte sich an die Spuren in diesem Fall erinnert. Sie drückte auf den Stoppknopf und spulte zurück zum Beginn dieser Sequenz.

Das Bild setzte sich in Bewegung. Sie drückte auf den Pausenknopf und brachte das Bild zum Stehen, um mehr Zeit für die Auswertung zu haben.

»Was siehst du?«, fragte sie.

Nereng sah sich das Videobild fast eine Sekunde lang an, dann antwortete er: »Details. Was hier passiert, ist kein normaler Feld-Wald-und-Wiesen-Porno. Es ist fast wie ein Ritual, wo die Details sehr wichtig zu sein scheinen für …« Nereng überlegte. »Für den Filmemacher.«

»Ja, genau«, sagte Elli eifrig. »Jemand hat sich sehr viel Mühe gemacht, damit es genauso aussieht – aber was soll es darstellen? Etwas hier muss ungeheuer wichtig sein, vielleicht hat es irgendeinen symbolischen Wert? Ist es ein Hinweis auf irgendetwas Bestimmtes?«

Sie sahen sich das Videobild eine Zeitlang schweigend an.

Nereng machte eine rotierende Handbewegung. »Mach weiter.«

Elli ließ das Video weiterlaufen. »Sie muss gebeten worden sein, genau so liegen zu bleiben.«

»Seh ich auch so«, sagte Nereng. »Oder schläft sie?«

Elli startete die DVD noch einmal. Beide suchten das Bild nach Bewegungen der jungen Frau im Himmelbett ab, und beide sahen es gleichzeitig: eine winzige, aber deutliche Bewegung des rechten Beines, danach ein kleines Zucken der linken Schulter.

»Sie ist immerhin am Leben«, stellte Nereng fest.

»Ja, aber die Aufnahme endet ganz unmotiviert.«

Nereng gähnte. »Im Moment kommen wir wohl nicht weiter. Erst mal sollen sich die Techniker die Sache ansehen.«

Elli nickte widerwillig. Sie wusste, dass er recht hatte, aber sie wusste auch, dass sie die ganze Nacht wach liegen und grübeln würde, wenn sie sich jetzt geschlagen gäbe. Was aber nicht Nerengs Problem war.

»Nein – da hast du wohl recht«, sagte sie.

Er stand auf, verließ den Raum und bog in Richtung der Toiletten ab. Elli wandte sich wieder der Leinwand zu. Die Szene dauerte nicht lange, sie konnte sie noch einmal sehen, ehe sie gehen mussten. Sie ging noch einmal zum Anfang zurück, wo das Mädchen still auf dem Himmelbett lag. Sie drehte auch den Ton hoch, den sie nach dem lauten Stöhnen im ersten Film sehr weit heruntergedreht hatten.

Das Klangbild war geprägt von dem typischen undefinierbaren atmosphärischen Klang in einem spärlich möblierten Zimmer, aber auch das Geräusch einer Person, die sich hinter der Kamera bewegte, war zu hören. Man konnte deutlich ihre Bekleidung rascheln hören, außerdem wurde eine Tasche mit Ausrüstungsgegenständen zusammengepackt. Danach hörte sie noch den dumpfen Knall einer Tür, die geschlossen wurde.

Nach ungefähr einer Minute war eine Stimme zu hören. »Hmmmmmm«, sagte die Stimme leise. Es war eine Männerstimme, aber es reichte wohl nicht zur Identifizierung. Danach wieder Rauschen, bis die Aufnahme ein abruptes Ende nahm.

»Zeig noch mal das Ende«, sagte Nereng hinter ihr. Elli hatte gar nicht bemerkt, dass er zurückgekehrt war. Sie nutzte den Schnelldurchlauf und drückte danach auf »Play«.

»Hast du das gesehen?«, rief Nereng, als die Szene endete und das Videorauschen wieder einsetzte.

»Nein …«, sagte Elli verärgert. Sie fand es immer schrecklich, wenn die Jungs etwas sahen, was sie nicht mitbekommen hatte.

»Die Kamera bewegt sich im Bruchteil einer Sekunde vor dem Ende ein ganz klein wenig. Schau her«, sagte er, griff zur Fernbedienung und ließ den Film zurücklaufen. Elli sah sofort, dass Nereng recht hatte. Das Bild zeigte, dass das Mädchen ein wenig nach links geschoben wurde, ehe die Aufnahme endete. Elli musste zugeben, dass Nereng sehr gut beobachtet hatte.

»Das hatte ich nicht gesehen«, sagte sie. »Gut!«

»Was bedeutet das?«, überlegte Nereng laut. »Die Bildqualität ist relativ gut, aber vielleicht ist es doch eine Videokamera mit Bandaufnahmen, vielleicht ein HD-Tape? Videokameras mit Band haben oft die Eject-Taste neben dem Fenster, in dem du das Band siehst.«

»Und?« Elli ärgerte sich, weil sie nicht so ganz verstand, worauf er hinauswollte.

»Der Kameramann kann die Eject-Taste gedrückt haben. Das tut man, um das Band zu wechseln. Das erklärt auch, dass die Sequenz plötzlich endet, lange, ehe das Band zu Ende ist.«

»Um ein neues Band einzulegen«, sagte Elli nachdenklich.

»Ja, und warum?«

Elli begriff. »Eine neue Sequenz.«

»Genau. Und in dem Fall ist die Szene von dem Mädchen auf dem Bett nur der Auftakt dazu, was auf dem nächsten Band passiert.«

»Das sagt uns dann noch etwas«, sagte Elli.

»Ja?«

»Sie müssen zu zweit gewesen sein. Wir hören ja deutlich, dass jemand den Raum verlässt, aber nicht, dass jemand hereinkommt.«

Kapitel 28

Das Munch-Gemälde »Weinender Akt« zeigte eine nackte junge Frau mit langen dunklen Haaren. Die Frau saß auf einem in Rottönen gehaltenen Bett, das rechte Bein war zur Seite hin angewinkelt, das linke war ausgestreckt und stützte sich auf einen Stuhl neben dem Bett. Die für Munch typische Wiedergabe des flammenden Lichtes verlieh dem Bild einen religiösen und fast verzweifelten Ausdruck.

Munch hatte einen Großteil seiner Kindheit zu Hause verbracht. Da er an Rheumatismus und Asthma litt, fehlte er oft in der Schule, vor allem im Winter. Sein Universum bestand deshalb vor allem aus seinem Zuhause, wo sich sein Interesse an Malerei in den Skizzen von Gegenständen niederschlug, die er in seiner nächsten Umgebung fand. Er war zudem gefühlsmäßig sehr davon beeinflusst, dass er sich so viel im Haus aufhalten musste. Seine Mutter Laura und seine ältere Schwester Johanne Sophie starben zu dieser Zeit zu Hause.

Munchs Kindheit war stark geprägt von Krankheit, Tod und einem Vater mit anderem Ehrgeiz als dem, den Edvard selbst hegte. Diese Erfahrungen sollten ihn in seinem späteren Leben als Künstler prägen. Als er sich endlich nach einem abgebrochenen Studium der Technischen Wissenschaften für die Malerei entschied, war sein Vater nicht gerade begeistert. Aber Edvard Munch folgte seiner inneren Stimme. So wie Claude Monet, Vincent van Gogh oder Paul Gauguin es getan hatten. Alle opferten sie ihre Aussichten auf ein geborgenes bürgerliches Dasein für ein Leben, in dem ihre Begabung und ihre Lüste freie Entfaltung finden konnten.

Der Expressionist wusste, dass er zu *ihnen* gehörte. Seine Begabung lag in der Malerei, doch schon früh in seinem Leben wurde deutlich, dass er die Malerei niemals als Beruf betreiben könnte. Dazu reichten weder Talent noch Mittel. Und die Konkurrenz war hart. Zum Glück besaß er andere Eigenschaften, die ihn dazu befähigten, die Arbeit, die er jetzt hatte, auf die bestmögliche Weise auszuführen. Auf die Weise konnte er seiner Leidenschaft für die Malerei folgen, ohne sich den peinlichen Niederlagen aussetzen zu müssen, die seine expressionistischen Kollegen hatten ertragen müssen, ehe sich, bei den meisten post mortem, endlich der Erfolg einstellte.

Malerei, Fotografie, Video; das alles waren Methoden, um das Perfekte darzustellen. Warum sollte sich der expressionistische Ausdruck von moderner Technologie begrenzen lassen? Wenn Munch Videos gekannt hätte, hätte er damit experimentiert. Die Fotografie hatte er sich schließlich mehrmals zunutze gemacht.

Van Gogh und Munch hatten beide ihre inneren Dämonen. Und so ging es auch dem Expressionisten. Begabte und bedeutende Menschen hatten immer ein inneres Leiden, das ihnen ein erweitertes Verständnis, eine Fähigkeit zu deuten gab, es war der Brennstoff für das Feuer, welches das Talent antrieb, und das wiederum schlug sich in den Arbeiten nieder.

Während sich die Kollegen am Ende des neunzehnten Jahrhunderts oft auf die Wiedergabe trauriger Situationen und leidender Gestalten konzentriert hatten, war es die Aufgabe des Expressionisten, die Situationen zu erschaffen, die den toten Meistern ihre Inspiration geschenkt hatten. Diese Situationen waren von den bedeutendsten Malern der Geschichte detailliert im Bild geschildert worden. Die frühen Meister hatten alles für kommende Generationen vorbereitet.

Sein inneres Leiden, das das Brennholz zu seinem Feuer lieferte, war seine sexuelle Veranlagung. Sie ließ sich mit den Normen der Gesellschaft nicht vereinbaren, und auch die alten Meister hatten die Normen ihrer Gesellschaft herausgefordert. Auf diese Weise schloss seine Arbeit einen natürlichen historischen Leidenskreis. Er vervollständigte die Werke.

Die Räumlichkeiten in der Grønnegate waren aufgeflogen. Dumm, denn sie waren sehr gut geeignet gewesen, aber es hatte auch nicht lange gedauert, sich in der neuen Bleibe einzurichten. Inzwischen hatte er ja auch einiges Training im schnellen Auf- und Abbauen; das Bordell war selten mehr als vielleicht zwei Monate an derselben Adresse anzutreffen. Zudem gehörte es ja dazu, dass die Arbeit in jedem Zimmer ausgeführt werden konnte.

Jon Aass beendete die Aufnahmesequenz, bei der Ludi zwei Männer von Mitte vierzig bedient hatte. Die beiden hatten einen hohen Preis dafür bezahlt, ihre verbotenen Phantasien mit einer Minderjährigen auszuleben. Ludi hatte alles getan, was sie in Pornofilmen gesehen hatte, und noch mehr, mit Männern in jeglichem Alter. Wie viele es gewesen waren, erinnerte sie nicht, bei fünfzig hatte sie aufgehört zu zählen.

Jetzt meldeten sich die unvermeidlichen Probleme nach Jahren mit Schürf- und Rissverletzungen, Entzündungen, Brennen und, als Folge der Tatsache, dass viele Männer zusätzlich bezahlten, um es ohne Kondom zu machen, mehreren Runden Chlamydia. Doch das System, zu dem Jon Aass gehörte, hatte auch Zugang zu medizinischer Kompetenz. Den bekam man, wenn auch Ärzte auf der Kundenliste standen. Und man ersparte sich das Risiko, den Gesundheitsbehörden aufzufallen. Wenn Ludi je zu einem Gynäkologen gekommen wäre, hätte dieser sehen können, dass sie ein Kind erwartete.

Jon Aass nahm die Diskette aus der Kamera und ersetzte sie durch eine neue. Er wechselte zudem die Batterie in der Kamera aus. Die vorige war zwar erst halbleer, aber er wusste, dass in der nun folgenden Sequenz keine technischen Probleme erwünscht waren.

Und jetzt brauchte er nur noch das Auto bereitzumachen. Es stand gleich in der Nähe in einer privaten Garage, und er konnte in aller Ruhe die Nummernschilder auswechseln, die Rücksitze nach unten klappen und mit der doppelten Kunststoffverkleidung bedecken. Nach einer halben Stunde mit zielstrebigem Einsatz in der Garage war er bereit für die letzte Aufgabe dieser Nacht. Der Besitzer der Garage war nicht so dumm, Fragen zu stellen, wenn jemand aus dem Netzwerk um einen Gefallen bat. Das galt auch für Jon Aass und die falschen Nummernschilder oder Ausweispapiere, die ihm gegeben worden waren, um diesen Auftrag auszuführen. Er war ein *cleaner*, wie die Mafia sie hatte, oder ein freiberuflicher *cleaner*, wie Harvey Keitel in »Pulp Fiction«. Jon Aass hatte diesen Film oft gesehen.

I'm Winston Wolfe. I solve problems.

Die Bezahlung dafür, dass er Probleme löste, war, dass er sein Leben mit dem verbringen konnte, was er sich ganz besonders wünschte. Und dann braucht man nicht alles zu wissen.

Ludi würde niemals erfahren, dass sie schwanger gewesen war.

Nachdem sie sich Schweiß und Sperma abgewischt hatte, streckte Ludi die Hand nach ihren Kleidern aus.

»Noch nicht!«, rief Jon Aass. »Wir müssen noch ein Bild machen«, erklärte er.

Jon Aass zog das Bild hervor, das ihm der jetzt hinter dem Spiegel stehende Mann gegeben hatte. Wieder so ein altes Bild, dachte er. Warum suchte er sich wohl immer welche von Munch oder von van Gogh aus? Beide waren ja offenbar wahnsinnig deprimiert gewesen, dachte Jon Aass. Na, das war die Sache des anderen, Jon Aass musste sich um seine eigenen Angelegenheiten kümmern. Das war der Deal, man konnte sich in Ruhe mit seinen eigenen Angelegenheiten befassen.

Jon Aass befahl Ludi, sich auf ein Bett zu setzen und die Haltung des weinenden Mädchens in »Weinender Akt« einzunehmen. Wenn er ehrlich sein wollte, dann musste er sagen, dass er jetzt Szenographie, Kameraführung, Regie und alles andere, was zu einer soliden Filmproduktion gehörte, richtig gut beherrschte. Er wusste auch, dass er jetzt gehen musste.

Der Mann hinter dem Spiegel legte ein Stück Würfelzucker auf den Löffel über dem Glas mit der »grünen Fee«. Er goss kaltes Wasser über den Würfel, bis der sich langsam auflöste und das Zuckerwasser zu dem Absinth ins Glas tropfte und die grüne Flüssigkeit hell und trübe machte, so, wie viele Norweger in Griechenland ihren Ouzo tranken. Als der Zucker sich ganz aufgelöst hatte, trank er diese Mischung, die seine Vorbilder vor hundertfünfzig Jahren in Paris in großen Mengen konsumiert hatten. Er wurde eins mit ihnen.

Die anderen Requisiten, die er brauchte, lagen in der Künstlertasche über seiner Schulter. Terpentin, Heroin und Injektionsbesteck, die digitale Canon-Kamera mit einer Auflösung von elf Megapixeln und das Werkzeug.

Die Arbeit dieses Tages war eine Rekonstruktion eines der weniger bekannten Werke Munchs. Er betrachtete Ludi durch den Einwegspiegel und machte sich bereit. Gekleidet in Malerhose und Flanellhemd, mit einer Lederschürze und der schwarzen Kapuze über dem Gesicht ging er zu Ludi in das Zimmer.

Sie sah ihn durch die Strähnen der üppigen Mähne, die ihr in der Haltung, die sie hatte einnehmen müssen, ins Gesicht fiel. Die Angst, die sie sofort erfüllte, kam von einer Stelle tief in ihrem Körperinneren. Sie war anders als alles, was sie je empfunden hatte, und sie lähmte sie vollständig. Sie wollte weglaufen, aber das gelang ihr nicht. Sie wollte schreien, aber der Schrei wurde von der finsteren und alles verschlingenden Angst zurückgehalten. Sie tat, was ihr befohlen worden war.

Der Expressionist betrachtete seine Arbeit. Schön, genauso wie das von seinem verstorbenen Kollegen begonnene Werk. Jetzt konnte sich der Kreis des Leidens schließen. Er nahm das Bild systematisch aus fast identischen Winkeln mit dem ursprünglichen Werk auf, dem Beginn des Werkes, das jetzt seine emotionale Vollendung finden sollte. Wenn diese erste Dokumentation hinter ihm läge, würde er die nächste Phase rasch vollenden müssen. Er zog die Heroinspritze hervor, ging langsam auf Ludi zu. Mit einer überraschend effektiven Bewegung nahm er ihren Arm in einer Haltung, bei der er mit peinlich genauer und geübter Handbewegung ihren Kopf packte und ihr Nase und Mund zuhielt, bis sie fast das Bewusstsein verlor.

In ihrer Benommenheit registrierte Ludi nicht, wie rasch der Mann ihr die Nadel in die Armbeuge bohrte und die tödliche Dosis Heroin injizierte. Innerhalb von zwei Minuten war sie bewusstlos, nach dreien atmete sie nicht mehr. Routiniert griff er zum Terpentin und zu einem Lappen, um den schmächtigen Mädchenkörper sorgfältig zu waschen. Der Geruch des Terpentins, der Rausch des Absinths, die Gewissheit, nun eine Verlängerung eines ohnehin schon genialen Werkes zu kreieren, verschaffte ihm eine gewaltige Erregung.

Am Ende zog der Expressionist das Werkzeug hervor.

Kapitel 29

Elli und Nereng gingen durch die Bürolandschaft. Unter normalen Umständen waren abends nur wenige Ermittler anwesend, und jetzt im Sommer war es oft ganz leer. Umso erstaunlicher war es deshalb, dass hier ein Ermittler bei der Arbeit saß und dass es sich dabei um Takle handelte. Da saß also am anderen Ende der Landschaft Takle vor seinem Rechner. Elli und Nereng grüßten. Takle grüßte zurück.

»Was machst du denn gerade?«, fragte Nereng mit lauter Stimme quer durch den Raum.

Der hat sich ja schnell eingelebt, dachte Elli. Selbstsicherheit war ja gut, aber zu viel konnte die gegenteilige Wirkung haben.

Schlechtes Karma.

Takle beendete eine Tastensequenz, ehe er antwortete. »Euer Fall«, sagte er.

»Ach? Was gefunden?«, fragte Elli und ging interessiert auf ihn zu.

»Najaaaa …«, sagte Takle. »Die Datenkriminalität hat mir geholfen, Zugang zu einigen von diesen Netzforen zu bekommen, aber ich habe gerade erst angefangen.« Er schaute auf. »Aber wir können jedenfalls sagen, dass da ganz schön viel los ist und dass das vor allem abends und nachts passiert.«

Dir kommt es sicher wie gerufen, in bezahlten Überstunden in Sexchatforen rumzuschnüffeln, dachte Elli.

Nereng stieß einen Pfiff aus, als er auf seinem Tisch fünf Ordner liegen sah. »Das ging aber schnell.« Er nahm sich den obersten vor. »Hat Harr die nicht erst vorgestern bestellt?«

Nereng blätterte eilig durch die Papiere. »Die große Range-Rover-Liste, nach Farbe«, teilte er mit. »Listen wäre wohl richtiger … Autonummern, Bußgelder, Kreditkartenliste, Mautschranken – Besitzer, vermute ich, Benzin- und Dieselfüllungen, die mit Karten bezahlt wurden. Fähren nach Dänemark, Schweden, Deutschland, Großbritannien, Island und auf die Färöer.«

Er schaute zu Elli hinüber. »Was haben wir eigentlich vor dem Informationszeitalter gemacht?«

»Dasselbe wie jetzt, die Listen durchgesehen.«

Nereng schaute wieder den Papierstapel an. Es war wirklich eine gewaltige Aufgabe, diese vielen Informationen auszuwerten.

»Warum sind diese vielen Register nicht miteinander verbunden?«

»Frag den Datenschutz«, sagte Elli gleichgültig. »Haben wir Einlogg-ID und Passwort für die Datenbanken, aus denen das alles stammt?«, fragte sie dann.

Nereng schaut kurz auf das Begleitschreiben, in dem diese Auskünfte fehlten. »Nö.«

»Wir können die Funde schneller miteinander vergleichen, wenn wir selbst nach entsprechenden Kriterien in den Datenbanken suchen«, sagte Elli.

Nereng überlegte kurz, ob sie sich einen Witz mit ihm erlaubte, aber ihre Miene zeigte, dass sie es ernst meinte. Elli wollte Zugang zu den Datenbanken. Er zuckte mit den Schultern und sah die Papiere noch einmal durch. Keine Einlogg-Informationen.

»Absolut keine ID«, sagte er trocken.

Elli schaute zu Takle hinüber, der gerade sehr aktiv in einem Chatforum mit zwanzig bis dreißig anderen Chattern plauderte, viele mit Herzen oder anderen klarer erotischen Icons als ihren Cyberidentitäten. Sie verdrängte den Wunsch, Spekulationen darüber anzustellen, welches Symbol Takle sich wohl ausgesucht hatte.

»Hast du Einlogginfo für die Datenbanken der Abteilung für Datenkriminalität?«, rief sie zu Takle hinüber.

»Nein«, antwortete er kurz und chattete weiter, ohne sich umzusehen.

Elli wandte sich wieder ihrem eigenen Rechner zu. Sie hasste alle diese Vorschriften – meistens lagen die Spuren in

Kombinationen aus Funden aus mehreren Registern, und das fand man leichter, wenn man ein wenig Computerkenntnisse besaß. Sie öffnete Outlook und beschloss, ihren Kollegen Tore Engstad auf der Stelle heiligzusprechen, denn der hatte diese Dokumente besorgt. Tore hatte zudem per E-Mail Material an beide geschickt. Elli öffnete die fünf Excel-Dokumente und speicherte sie in einem gesonderten Dokument auf ihrer Festplatte. Danach öffnete sie das Programm für die Datenbanken, das sie nach langen Diskussionen mit der IT-Abteilung auf ihren eigenen Rechner hatte überführen dürfen und das zu einem unersetzlichen Werkzeug geworden war.

Nereng schien in seinen Papierstapel und die dort enthaltenen Informationen versunken zu sein. Sie störte ihn nicht, sondern gab die Kriterien dafür ein, was sie vor allen Dingen suchten: Die Bewegungen am Morgen des 10. Juni, als die Tote auf dem Friedhof Gamlebyen gefunden worden war. Nachdem sie die Kriterien »dunkle Farbe« und »Fahrzeug aus Oslo og Akershus« eingegeben hatte, verglich sie die Ergebnisse mit den Bewegungen im Mautring um Oslo. Nach der Umstellung auf automatische Registrierung der Autonummern im Osloer Ring hatte die Polizei nun hervorragendes Quellenmaterial, denn absolut alle Autos wurden registriert, entweder durch ihre Vignette oder per Foto. Zwischen achtzehn Uhr am 9. Juni und zwölf am 10. Juni erhielt sie siebenundachtzig Treffer. Sie überflog kurz die Namen, aber auf den ersten Blick kam ihr keiner davon bekannt vor.

»Sollen wir die Besitzer geographisch sortieren, nach Alter und Geschlecht, oder sollen wir sie mit dem Vorstrafenregister und dem Register für Verkehrsvergehen abgleichen?«, fragte Nereng.

Elli schaute auf. »Wir fangen mit den Vorstrafen an. Ich habe hier eine Liste von siebenundachtzig Vorüberfahrten im Mautring, von dunklen Autos, die in Oslo und Akershus gemeldet sind, zwischen dem 9. Juni abends und dem 10. morgens.«

Nereng blätterte in den Listen. »Woher hast du die?«

»Die hab ich gemacht«, war die Antwort.

Er schaute interessiert auf ihren Bildschirm. »Kannst du die auch mit dem Vorstrafenregister vergleichen?«, fragte er.

»Sicher«, antwortete sie, drückte auf »Enter« und nach weniger als zwei Sekunden tauchten sieben Namen auf. Sie starrten beide die Liste an. Der Name ganz unten war jedenfalls von Interesse.

»Das muss man doch als Treffer bezeichnen können«, sagte Nereng.

»Unser Freund besitzt ein 1998er Modell und ist am Mittwoch, dem 9. Juni, um neunzehn Uhr fünfundzwanzig bei Alnabru durch die Mautschranke in die Stadt gefahren«, sagte Elli.

»Jostein Åbrekke«, sagte Nereng.

»Da müssen wir ja so schnell wie möglich mal einen Ausflug nach Romerike machen«, sagte Elli.

Kapitel 30

Junge Familien, Jogger, Radfahrer und eine ganze Pfadfindertruppe machten sich bereit für den sonntäglichen Ausflug zum Sognsvann bei Oslo. Die Sonne stand schon hoch am knallblauen Junihimmel – zur Abwechslung war dieser Morgen nicht dunstig.

Drei Männer von Anfang zwanzig waren mit Geländefahrrädern auf der Seitenstrecke zum Svartkulp unterwegs. Nach den Blicken der Familien zu urteilen, waren alle froh, als die Wilden im dichten Unterholz verschwanden und nicht mehr zu sehen waren. Die drei Geländeradler machten sofort kleine Abstecher mit Freistilfahrt außerhalb der Piste. Die in einer Woche hinter den Büroschreibtischen aufgestauten Aggressionen sollten innerhalb von drei oder vier Stunden im Wald abgebaut werden. Und dann musste man von Anfang an alles geben. Aber diese Radtour würde sehr kurz werden, wenn auch mit einer reichlichen Ausbeute in Gestalt eines hohen Adrenalinspiegels.

»Rathke«, meldete Elli sich am Mobiltelefon.

»Olaussen hier, von der Zentrale. Wir haben einen Leichenfund am Sognsvann«, sagte er.

»Sognsvann. Ist da nicht Majorstua zuständig? Nereng und ich sind mitten in einer Mordermittlung.« Das war sicher einer der typischen fünf oder sechs Leichenfunde, die sie im Sommer in Nordmarka immer hatten, dachte Elli. Meistens ältere Menschen oder Männer um die fünfzig mit anstrengenden Berufen, die von Stress und Blutdruckproblemen verursachten Krankheiten zum Opfer fielen.

»Deshalb rufe ich doch an«, sagte Olaussen. »Du möchtest dir das ja vielleicht mal genauer ansehen.«

Elli und Nereng musterten die Fundstätte aus einer Entfernung von etwa zwanzig Metern. Oft konnte so ein Überblick wichtige Informationen über einen Todesfall geben, aber hier war wenig zu holen. Die Leiche lag so, dass sie erst zu sehen war, wenn man darüber stolperte. Oder mit dem Rad dagegenfuhr. Der junge Aktienmakler war einer Kollision mit dem Leichnam gerade noch entgangen, aber sein Ausweichmanöver hatte ihn kopfüber in den in der Nähe fließenden Bach geschleudert. An dieser Stelle nun gerade lagen dicke Steine im Wasser, was am Nasenflügel und dem blutigen T-Shirt des Aktienmaklers deutlich zu erkennen war. Obwohl die Leiche verborgen war, wusste der Mörder bestimmt – Elli war sich sicher, dass sie es wieder mit einem Mord zu tun hatten –, dass diese Gegend so gut besucht war, dass die Leiche früher oder später gefunden werden müsste.

Auf dem zwei- oder dreihundert Meter entfernt gelegenen Parkplatz standen fünf Streifenwagen, ihr eigener ziviler Volvo, der immer noch vulgäre Ford Excursion der Tatortgruppe und ein Rettungswagen. Hinter dem weiter oben am Parkplatz angebrachten Absperrband standen bereits drei Pressefotografen und ein Ü-Wagen von TV2.

»Verdammt, die übertragen ja schon direkt vom Tatort, ehe wir uns den überhaupt angesehen haben«, sagte hinter ihnen eine vertraute Stimme. Sie drehten sich um und sahen Bent Harr, der über den Moosboden auf sie zugestapft kam. Elli musste lächeln. »Ich war zufällig in der Nähe«, sagte Bent zur Erklärung.

Ja, das kann ich mir denken. Du konntest nicht wegbleiben, das entspricht wohl eher der Wahrheit.

Elli sah zu der Streifenpolizistin hinüber, die die Aussage des Aktienmaklers aufnahm. Sie sah so jung aus, als ob sie soeben von der Polizeischule gekommen wäre.

»Rathke – wart ihr die Ersten am Tatort?«

Die Polizistin bat den blutverschmierten Makler um Entschuldigung und machte zwei rasche Schritte auf Elli zu.

»Ja«, sagte sie dann und stellte sich vor: »Anne Ringstad.«

Bent war neben sie getreten. Nereng stand zögernd zwei Schritte hinter ihr.

»Okay«, sagte Ringstad ein wenig nervös. »Wir waren zu einem Einbruch unten in Sogn und sind erst vor vielleicht fünf Minuten hergekommen, nachdem die Zentrale verständigt worden war.« Sie schaute Bent und Elli an, die ihr beide auffordernd zunickten.

»Okay, okay – wir sind von links hingegangen, wo er das Rad hatte …« Sie zeigte auf den Aktienmakler mit der gebrochenen Nase, »und haben sofort den Exitus festgestellt. Danach haben wir Meldung gemacht und die Umgebung gesichert.«

»Gut gemacht«, sagte Elli.

»Seltsame Haltung, finden wir«, meinte Ringstad.

»Ja?«, fragte Elli und schaute aus zusammengekniffenen Augen zu der Leiche hinüber. Das Einzige, was sie von ihrem Standort aus sehen konnte, waren ein nackter Fuß und ein rotes Kleidungsstück.

»Nimmst du die mit zur Vernehmung?«, fragte Elli und nickte zu den Geländeradlern hinüber.

»Ja!«, antwortete Ringstad und machte auf dem Absatz kehrt, drehte sich dann aber noch einmal um. »Äh – der muss doch sicher erst zum Notarzt?«

»Ja, natürlich, bring ihn erst dorthin, ihr braucht sicher nicht zu warten«, sagte Elli.

Elli schaute Nereng und Bent an. »Alles klar?« Sie nickte in Richtung Absperrband und Fundstätte.

»Klar, los geht's«, sagte Nereng. Sie streiften Schutzanzüge und blaue Schuhüberzüge über und gingen an der Stelle ins Gebüsch, die Ringstad ihnen gezeigt hatte. Auch das war abgesperrt – wirklich ganz nach Vorschrift, stellte Elli zufrieden fest.

Die drei gingen vorsichtig auf die Leiche zu. Elli konnte die ganze Zeit den einen Fuß sehen, dann ein Stück Bein, und in den nächsten Sekunden tauchte ein bleicher, schmächtiger Körper auf, der an einen Baum gelehnt dasaß. Das Mädchen, das dort saß, war nackt, genau wie ihre Schicksalsgenossin vom Friedhof Gamlebyen. Sie hatte das linke Bein ausgestreckt und das Knie ganz leicht angewinkelt, während das rechte Bein in die andere Richtung zeigte und das Knie angezogen war. Der Kopf ruhte mit dem Gesicht nach unten in den Händen, die Ellbogen waren auf die Knie gestützt. Auf jedem Oberschenkel saß ein rotes Strumpfband, und die üppige rotschwarze Mähne war über die Arme gefallen und verbarg Oberkörper und Kopf. Unter ihr lagen zwei rote Kleidungsstücke – eine Jacke und eine Hose, wie es aussah –, die wie eine Decke ausgebreitet waren. Eine Unterhose, ein Trägerhemd und ein Paar Sandalen lagen gleich daneben. Spritze, Teelöffel, ein Teelicht und ein Gummischlauch von der Sorte, die Junkies benutzen, um das Blut in der Vene zu stauen, lagen rechts neben der Toten. Elli bückte sich über das Mädchen und hob vorsichtig die Haare hoch.

Wie sie erwartet hatte. Eine Perücke.

Sie tippte vorsichtig mit einem Stift die eine Schulter an und stellte fest, dass sich die Tote durch die Totenstarre in dieser Position halten konnte.

»Was ist das für ein Geruch?«, fragte Nereng.

»Terpentin«, antwortete Elli. »Wie auf dem Friedhof Gamlebyen.«

Sie wusste, sie müsste warten, bis die Tatortgruppe ihre Ausrüstung aufgebaut hätte, aber ein Gefühl des Unbehagens machte sich erbarmungslos in ihrem Körper breit. Sie bückte sich wieder und schob die Haare aus dem Gesicht der Toten, um besser sehen zu können. Hinter den dicken Strähnen kam das zum Vorschein, was ihr Unterbewusstsein ihr schon längst signalisiert hatte. Sie spürte, wie sich ihr Magen zusammenkrampfte.

»Nein!«, sagte sie verzweifelt, während sie zugleich zwei Schritte zurückwich. Die Bestätigung war schlimmer, als sie erwartet hatte.

Bent und Nereng schauten zu ihr herüber.

»Nein, nein, nein …«, sagte sie jetzt und ging in die Hocke.

»Kennst du sie?«, fragte Nereng.

Elli nickte verzweifelt. »Das ist Ludi aus der Grønnegate.«

Das Trio schwieg für einige Sekunden.

»Wenn wir vorgestern da reingegangen wären …«, sagte Elli resigniert.

»So darfst du nicht denken. Wir haben uns an die Vorschriften gehalten«, sagte Bent mit scharfer Stimme und versuchte damit ebenso sehr, sich selbst zu überzeugen.

»Manchmal weiß man doch erst später, was man hätte tun müssen«, sagte Nereng. Bent drehte sich mit einer wütenden Kopfbewegung um, Elli schaute zu Nereng hoch.

»Wie meinst du das eigentlich?«, fragte Bent mühsam beherrscht.

»Wenn ihr reingegangen wärt, wäre sie vielleicht noch am Leben. Aber das wissen wir ja erst im Nachhinein.«

Bent trat einen Schritt auf Nereng zu. »Wie lange arbeitest du hier schon, he? Zwei Tage? Drei? Und da weißt du schon auf alles eine Antwort?«

Nereng wich vorsichtig zurück. »Okay, ist schon gut. Reden wir nicht mehr darüber, ja?«

Nereng beugte sich über die Leiche. Bent kochte vor Wut und wollte ihn am Arm packen, aber Elli hielt ihn zurück.

»Lass ihn in Ruhe!«, sagte sie. »Ich sehe das genauso.«

Bent drehte sich wütend zu ihr um.

»Aber wir haben uns an die Vorschriften gehalten!«

»Ja. Wir haben uns an die Vorschriften gehalten«, sagte sie. »Aber damit müssen wir jetzt leben, Bent. Das war unsere Fehleinschätzung.«

Nereng musterte schweigend Leiche und Fundort, während Bent vor Wut fauchte. Nach einer Weile richtete er sich auf und wandte sich an Elli. »Also ... wir haben zwei Morde mit demselben Täter?«

Oder drei, dachte Elli.

»Warten wir lieber den Obduktionsbericht ab«, sagte sie. »Aber wenn es derselbe Täter ist, haben wir es offenbar mit einer überaus gefährlichen Person zu tun.«

Weder Elli noch Nereng, Bent oder die anderen Kollegen hatten den Mann bemerkt, der vielleicht fünfundsiebzig Meter im Nordwesten der Fundstätte mit seiner avancierten Olympus-Kamera versteckt lag. Das war aber auch kein Wunder. Er war einer der eifrigsten freien Fotografen der neuen Bildagentur SuperPhoto. Er trug dunkle Kleidung und war lautlos hinter einige Büsche auf dem kleinen Höhenzug gekrochen. Die Aussicht auf die Fundstätte war perfekt. Der Pressefotograf hatte bereits über zwanzig hochauflösende Großaufnahmen gemacht.

Kapitel 31

Sie sahen den Rauch schon in Adamstuen. Dick und schwarz vor dem knallblauen Himmel. »Das muss doch ganz in der Nähe sein«, sagte Nereng, der Oslos komplizierte Geographie noch nicht so ganz verinnerlicht hatte.

Elli schaltete Blaulicht und Sirene ein und fuhr schneller. Die ersten Sperren waren im Parkvei errichtet. Schläuche waren an mehreren Hydranten befestigt. Sie fuhr den Volvo an den Straßenrand und gelangte auf dem Bürgersteig bis zum Bogstadvei, wo die Feuerwehr mit zwei Löschzügen den Weg versperrte.

Elli und Nereng sprangen aus dem Wagen und liefen weiter in Richtung Grønnegate. Als sie um die Ecke bogen, gab es keinen Zweifel mehr. Die Flammen schlugen im ersten, zweiten und dritten Stock aus dem Gebäude, das sie am Vortag durchsucht hatten. Die Feuerwehr setzte die Strahlenmenge von zwei Feuerwehrwagen ein, aber ein starker Wind und das heiße Wetter machten die Löscharbeiten schwierig. Die Flammen hatten bereits gewonnen.

Was an technischen Spuren möglicherweise noch vorhanden gewesen war, wurde jetzt bei vielen hundert Hitzegraden gekocht.

Nereng starrte ins Inferno. »Don't play with me, cause you're playing with fire«, sang er leise.

Elli drehte sich zu ihm um. »Hä?«

»Rolling Stones – Play with fire«, sagte Nereng und musterte die Flammen, die sich an der Fassade hochschlängelten. Das grüne Netz war zu langen tropfenden Fäden an dem noch immer das Gebäude umgebenden Gerüst geschmolzen.

»Hier passt es offenbar irgendwem nicht, dass wir schnüffeln«, sagte Elli.

»Immerhin haben wir die DVD gefunden.«

Elli sah zu Bent hinüber, der gerade mit einem Feuerwehrmann sprach. Sie ging auf die beiden zu.

Bent sah sie an. »Oh verdammt«, sagte er und nickte zu dem brennenden Haus hinüber. »Ihr wart gestern hier, ja?«

»Ja.«

»Habt ihr was gefunden?«

»Kann schon sein. Eine DVD.«

»Interessant … und wie siehst du das hier?«

Nereng war jetzt ebenfalls zu ihnen getreten.

»Was glauben wir?«, fragte Elli und drehte sich zu ihm um.

»Na ja … jemand hat uns beobachtet, fand unseren Besuch nicht so gut und hat die Bude abgefackelt, um Spuren zu vernichten. Vor allem vielleicht biologische. Und es soll wohl eine Mitteilung sein.«

»Dann sehen wir das so«, sagte Elli und sah zu, wie die Flammen dort wüteten, wo möglicherweise Ludi ermordet worden war.

Playing with fire.

»Na gut, aber wenn ihr jetzt nicht nach verkohlten Fingerabdrücken suchen wollt, dann glaube ich, wir haben auf der Wache sinnvollere Dinge zu tun«, sagte Bent. »Oder geh nach Hause und ruh dich aus.«

»Ja, gleich«, sagte Elli zerstreut.

»Guten Abend«, sagte Nereng in Richtung Bent, der bereits die Straße hinunterwanderte.

Elli war von der Absurdität dieses Falls gepackt; ein Mord mit unbekanntem Opfer, sie finden eine Zeugin, die Zeugin schildert das Opfer und sich selbst als minderjährige Prostituierte, die Zeugin nennt das Bordell, die Zeugin wird ermordet, das Bordell verkohlt vor ihren Augen.

Und sie waren so klug wie zuvor.

Am Fotodesk von SuperPhoto betrachtete der Chef vom Dienst die Verlaufsindikatoren, die zeigten, dass die erwähnten Bilder den Abonnenten zugänglich gemacht worden waren. Die Konkurrenz unter den Bildagenturen war im vergangenen Jahr schärfer geworden. Wenn SuperPhoto es im Bereich Nachrichtenfotos mit dem Scanpix-Monopol aufnehmen wollte, mussten sie die ganze Zeit bildmäßig eine Herausforderung darstellen. VGs Artikel einige Tage zuvor über die Rekrutierung von jungen Mädchen für die Drogenszene der Stadt war jetzt besonders aktuell, weil die Polizei noch eine junge Tote gefunden hatte, die an einer Überdosis gestorben war. Die heftigen Bildausschnitte, die sie aus den Aufnahmen vom Sognsvann herausgeholt hatten, sorgten dafür, dass sie mit den jetzt veröffentlichten Motiven Grenzen verschoben. Ganz klar. Aber das musste sein. Und dazu waren die Medien doch überhaupt nur da, um Grenzen zu verschieben. Sensation, Spekulation und Faszination – das wollte das Publikum. Und das war SuperPhotos Geschäftsinhalt.

Kapitel 32

Als sie Oslo verließen, dachte Nereng darüber nach, wie unsinnig es war, dass so viele Menschen nicht in Oslo wohnten, aber sich dafür entschieden – oder dazu gezwungen waren –, in der Stadt zu arbeiten. Die Glücklichen, bei denen es sich umgekehrt verhielt, konnten über die Schlange, die sich über die E 6 von Karihaugen nach Süden auf die Stadt zukämpfte, nur lächeln, während Nereng und Elli nach rechts fuhren und dann die Autobahn in Richtung Lillestrøm nahmen.

Acht Minuten später fanden sie problemlos einen Parkplatz vor dem markanten Klinkerbau, in dem der Polizeibezirk Romerike seine Hauptdienststelle hatte. Die Polizei in Fredrikshavn hatte am Vortag bestätigt, dass Jostein Åbrekke sich mit seiner Frau und seinen zwei Kindern an Bord der Oslofähre begeben hatte. Elli und Nereng wussten auch, dass er an diesem Morgen wieder im Dienst sein würde.

»Wir sind mit Jostein Åbrekke verabredet«, teilte Nereng dem Wachhabenden an der Rezeption mit, einem jungen Trønder mit dem obligatorischen Rosenborg-Schnurrbart. Der Beamte betätigte den Türsummer, und nach einigen Sekunden kam ihnen ein Mann von Mitte vierzig entgegen. Er war schlank, etwas über eins achtzig groß, trug Jeans und ein kurzärmliges Hemd. Seine Geheimratsecken waren immer größer geworden, worauf er zum einfachsten Mittel gegriffen hatte: er hatte sich den Schädel rasiert.

»Jostein Åbrekke«, sagte er und lächelte.

Nach einer kurzen Fahrt im Fahrstuhl und einer darauf folgenden Wanderung über den Flur wurden sie in Åbrekkes Büro geführt, wo gerade Platz genug für zwei Besucherstühle war. Åbrekke selbst ließ sich in den Sessel hinter dem Schreibtisch fallen.

»Also – womit kann der Polizeibezirk Romerike unseren Kollegen in Oslo behilflich sein?«

Nereng und Elli wechselten einen raschen Blick.

»Na ja, wir interessieren uns eigentlich für dich«, sagte Nereng dann. Elli und er hatten abgemacht, dass er die Fragen stellen und gleich zur Sache kommen sollte. Sie beobachteten beide Åbrekkes erste Reaktion genau, aber wenn er etwas zu verbergen hatte, musste er ein hervorragender Schauspieler sein. Er wirkte ehrlich überrascht.

»Ja? Wie das?«, fragte er.

»Du hast einen grünen 1998er Range Rover, Typ P38, stimmt das?«, fragte Nereng.

»Schon …«, antwortete Åbrekke und sah zuerst Nereng an und dann Elli. »Den habe ich schon lange. Die Farbe heißt übrigens British Racing Green.«

Nereng beugte sich vor. »Kannst du uns sagen, wo du am Abend des 9. Juni, in der darauffolgenden Nacht und am Morgen des 10. Juni warst?«

Åbrekke hob die Hände, überlegte drei oder vier Sekunden. »Tja, da war ich in Urlaub. In Dänemark«, sagte er und erwiderte abermals ihre Blicke. »Und die Antwort auf die nächste Frage lautet: Ja, meine Frau und die Kinder können bestätigen, dass ich mich an diesen beiden Tagen und überhaupt in der ganzen Woche in dem Ferienhaus aufgehalten habe, das wir in Holbæk gemietet hatten – vom Samstag, dem fünften, bis zum Samstag, dem zwölften Juni.«

Das kam ja sehr schnell, dachte Elli. »Du bist gut vorbereitet«, sagte sie fragend.

Åbrekke breitete resigniert die Arme aus. »Ich vermute, ihr habt eine Beobachtung, die meinen Wagen mit einem Vergehen in diesem Zeitraum in Verbindung bringt«, sagte er.

»Neunter Juni, ja? Das finde ich sehr interessant, zumal mein Wagen da ja in Dänemark war.«

Nereng öffnete den mitgebrachten Ordner und legte zwei schwarzweiße Videoausdrucke vor Åbrekke auf den Tisch. Sie zeigten Åbrekkes Range Rover mit Nummernschild CG 53223, der gerade die Mautschranke bei Alnabru passierte. Datum, 9.6.09, und Uhrzeit, 19.25, waren in den unteren Bildrand eingestanzt.

»Wie kannst du dann das erklären?«, fragte Nereng.

Åbrekke musterte die Bilder gründlich, hob beide hoch und ließ seinen Blick immer wieder von einem zum anderen wandern. Er schaute auf. »Das kann ich nicht«, sagte er. »Das sieht aus wie mein Auto, aber ich war nicht da. Kann es das falsche Datum sein?«

Elli und Nereng hatten auch darüber gesprochen, aber die Erfahrung der Polizei war, dass es im Mautring um Oslo fast nie zu Fehlern kam. Åbrekke kam ihnen zuvor. »Nein, da gibt es doch so gut wie nie Falschregistrierungen.«

Elli überdachte die Lage, die einwandfrei eine andere Wendung genommen hatte als erwartet, aber auch das war ja nicht das erste Mal. Ihr Leben als Ermittlerin bestand vor allem aus der Begegnung mit dem Unerwarteten. Die Videoausdrucke verrieten nicht, wer das Auto gefahren haben konnte. Die Seitenfenster waren dunkel getönt, und hinter der Windschutzscheibe war nur ein dunkel gekleideter Oberkörper zu ahnen, eine ringlose Hand am Lenkrad, keine Uhr oder andere Kennzeichen, und eine schwarze Schirmmütze, auch die ganz ohne Kennzeichen. Der Schatten unter dem Mützenschirm verbarg das Gesicht vollständig, man konnte nicht einmal sehen, ob der Betreffende eine Sonnenbrille trug. Im Auto waren keine weiteren Personen zu sehen.

»Ich würde sagen, dass diese Person überaus anonym ist«, sagte Åbrekke mit schlecht verhohlener Ironie.

»Ja – du hast dich gut maskiert«, sagte Nereng.

Åbrekke sagte nichts. Ein längeres Schweigen folgte, das weder Nereng noch Elli sonderlich angenehm fanden. Aber

Åbrekke lächelte, freundlich sogar, und machte eine entwaffnende Handbewegung. »Vielleicht könnt ihr euren Kollegen jetzt ein wenig aufklären? Ich will ja genauso dringend wissen, was hier los ist, wie ihr.«

»Was hast du von Petter Skyberg erfahren?«, fragte Elli sofort und musterte Åbrekkes Miene. Keine plötzlichen Zuckungen, nur dasselbe Erstaunen.

»Wer?«, fragte er verwundert.

Nereng zeigte deutlich, dass er Åbrekke weiter in die Mangel nehmen wollte, registrierte aber Ellis Signal zu einer Änderung ihrer Taktik.

Sie erwiderte Åbrekkes Blick und machte ein freundlicheres Gesicht. »Aus Rücksicht auf die Ermittlungen können wir nicht sehr viel sagen, aber ich kann dir immerhin mitteilen, dass dein Auto – oder das, was dein Auto zu sein scheint – möglicherweise am 9. oder 10. Juni in Verbindung mit einem Mord auf dem Friedhof Gamlebyen verwendet worden ist«, sagte sie.

Åbrekke hob eine Hand, wie um Elli aufzuhalten. »Mord? Wir werden doch über ungeklärte Fälle in den Nachbarbezirken informiert, aber daran kann ich mich nicht erinnern.«

Elli nickte. »Wir haben das noch nicht bekannt gegeben. Die Medien haben den Todesfall als sommerliche Überdosis einsortiert.«

Nereng setzte sich ein wenig besser zurecht, seine Körpersprache signalisierte, dass er bereit war, Åbrekkes Erklärung zu akzeptieren. »Also«, sagte er, »dein Wagen wird durch deine Aussage absolut nicht weniger interessant, Åbrekke. Jemand hat ein identisches Auto mit identischen Nummernschildern – verdammt gut ausgedacht, oder was?«

»Ja, und es sagt ja auch, dass wir es mit einem oder mehreren Menschen zu tun haben, die sich mit Ermittlungsroutinen gut genug auskennen, um zu wissen, dass Autos, die Polizisten gehören, schnell ganz unten im Stapel landen.«

Nereng schien nachzudenken, Elli und Åbrekke sahen ihn fragend an. »Eins wüsste ich noch gern«, sagte er dann. »Alle

Welt kann durch eine SMS mit der Autonummer an die entsprechende Stelle feststellen, wem ein Auto gehört. Aber woher weiß der oder wissen die, die dieses Auto benutzen, dass der Besitzer bei der Polizei ist?«

Diese Frage blieb unbeantwortet in der Luft hängen.

Der Moderator bei Radio Norge teilte mit, dass sich aufgrund eines Verkehrsunfalls bei der Abfahrt nach Fjellhamar ein langer Stau durch den Rælingstunnel gebildet habe, und Elli und Nereng steckten so ungefähr mitten darin. Die Schlange bewegte sich sprunghaft um jeweils zehn bis zwölf Autolängen, der Verkehr wurde offenbar in Gruppen durchgelassen. Immerhin hatten sie auf diese Weise Zeit, den Fall noch einmal durchzusprechen. Ein rascher Anruf bei der Reederei Stena Line hatte schon bestätigt, dass Åbrekkes Auto an den von ihm angegebenen Tagen nach Frederikshavn und zurück gereist war. Ein weiteres Gespräch hatte ergeben, dass die Mobiltelefone von Åbrekke und seiner Frau sich in diesem Zeitraum in Nordjütland befunden hatten. Sie könnten natürlich die Frau und die Kinder vernehmen, aber das würde auch nichts helfen. Åbrekke hatte mit dem Fall ganz einfach nichts zu tun. Jedenfalls nicht aus eigenem Antrieb.

Nereng drehte sich zu Elli um. »War es richtig, mit ihm nicht über den Menschen zu spekulieren, der sich als Åbrekke ausgegeben hat?«

»Weiß nicht, aber wir wissen auch nicht, wie der oder die, die seine Identität benutzt haben, sich diese verschafft haben, und da kann es sich immer lohnen, das alles erst mal für uns zu behalten«, sagte Elli. »Wir können ja jederzeit noch einmal mit ihm über mögliche Personen reden, die seinem Auto und ihm die Identität gestohlen haben.«

»Was meinst du – so ganz spontan?«, fragte Nereng.

Elli überlegte kurz. »Weiß nicht. Es gibt viele Möglichkeiten: eine gestohlene Brieftasche, vielleicht ein gehackter Computer, korrupte Polizisten, die Informationen verkaufen oder tauschen, der Täter kann auch bei der Polizei sein«, überlegte sie.

»Aber wenn wir uns fragen, wer Informationen über Autos und Besitzer hat oder sich beschaffen kann, dann kann das doch auch jemand ohne internen Zugang sein? Kriminelle haben zum Beispiel Listen über Polizisten. Die Nachbarn wissen, wer bei der Polizei ist. Dann braucht man sich nur die Autonummer zu notieren und den Besitzer per SMS über die Nummer 2282 zu erfragen. Dann ist die Liste der Verdächtigen doch ungefähr dieselbe wie die der Leute, die lesen und mit einem Mobiltelefon umgehen können.«

Elli lächelte. »Das hilft uns also nicht weiter, da muss ich dir recht geben.«

Endlich passierten sie die Unfallstelle, wo ein Sportwagen bei zu hohem Tempo die Kurve in die Ausfahrt nicht geschafft hatte, sondern gegen die Leitplanke geknallt, auf die Fahrspur auf der anderen Seite geschleudert worden und im Schaufenster eines Geschäfts für große Pick-ups aus den USA gelandet war.

»Na, sie haben es immerhin nicht weit zum Krankenhaus«, sagte Elli trocken.

»Hä?«, fragte Nereng.

»Ahus liegt gleich da oben, eins der größten von Norwegen.«

Nereng dachte, dass er in diesem Job dauernd etwas Neues lerne und dass er sicher früher oder später auch Ahus kennenlernen werde.

Er konnte ja nicht wissen, wie recht er gerade mit dieser Annahme hatte.

Kapitel 33

Elli beobachtete Zeniths Morgenritual aus Schnuppern, Schwanzwedeln und wachsamen Rundblicken in dem, was er ziemlich sicher für sein Revier hielt. Was seiner Rechtsprechung unterlag, war ganz und gar seinem Ermessen unterstellt.

Elli hatte sich mit den Jahren daran gewöhnt, sich in einem weiteren Umkreis umzuschauen, als das für Zenith möglich zu sein schien. Ein junger Rottweilerrüde tauchte dennoch durch den morgendlichen Dunst auf. Zenith verhielt sich seinen eigenen Richtlinien entsprechend und teilte unmissverständlich mit, dass Voldsløkka mit den anschließenden Rasenflächen und Wanderwegen ihm gehörte. Der Rottweiler machte auf steifen Pfoten eine Volldrehung und wurde wieder vom Morgennebel verschluckt.

»Zenith!«, befahl Elli in dem Wissen, dass Zenith nur kommen würde, wenn die Situation es gestattete. An diesem Tag war das kein Problem. Sie gingen langsam zum Wohnblock zurück. Zenith schlürfte fast einen halben Liter Wasser und ließ sich dann in seinen Korb fallen, als ob die Beine plötzlich unter ihm nachgegeben hätten.

Seltsames Wesen.

Mit frischen Wangen nach der Radtour betrat Elli den Besprechungsraum, wo Bent, Nereng, Fjeld, Takle und Andersen schon saßen. Malmros stand an der Tafel und hielt eine DVD hoch.

Elli nahm die DVD und kam sofort zur Sache.

»Nereng und ich haben eine DVD beschlagnahmt, die das enthält, was wir als kinderpornographisches Material bezeichnen können«, sagte sie und schaute die Versammlung auffordernd an. »Damit ihr einen Eindruck bekommt, werde ich euch jetzt eine Szene daraus zeigen.«

Sie ging zum DVD-Gerät und schaltete es ein. Auf der Leinwand am Ende des Raumes lief nun die Szene ab, in der die junge Asiatin in Schulmädchenuniform einen anonymen Mann bediente. Die Anwesenden starrten stumm auf die Leinwand. Nach kurzer Zeit zeigte Malmros auf das DVD-Gerät und Elli drückte auf Pause.

»Ich vermute, alle können sich denken, wie es hier weitergeht …«, sagte nun Malmros. Er schaute sich am Tisch um und wartete auf weitere Kommentare oder Fragen, aber alle blieben stumm. Er räusperte sich und trank einen Schluck Wasser. »Das hier entwickelt sich natürlich zu einem überaus schwerwiegenden Fall«, sagte er dann. »Wir haben das erste Opfer auf dem Friedhof Gamlebyen und jetzt – aller Wahrscheinlichkeit nach – ein neues Opfer am Sognsvann. Außerdem sind wir durch einen Tipp des am Sognsvann gefundenen Opfers im Besitz von Dokumentationen, auf denen Übergriffe gegen Kinder festgehalten worden sind.«

»Woher wissen wir, dass es Mord war?«, fragte Andersen.

Malmros gab Elli ein Zeichen zu antworten.

»Vor der Obduktion wissen wir natürlich nichts, aber es gibt wesentliche Parallelen zwischen den beiden Todesfällen. Die Tote beim Sognsvann wurde in einer ähnlichen Stellung gefunden wie die Leiche auf dem Friedhof, ohne Kleider, mit dem Besteck für eine Heroininjektion. Außerdem gab es an der Fundstätte den gleichen Geruch, den wir schon auf dem Friedhof registriert hatten.«

»Geruch?«, fragte Andersen.

»Lösungsmittel«, sagte Takle.

Elli warf ihm einen genervten Blick zu. »Terpentin.«

Takle zuckte mit den Schultern, als sei das doch dasselbe. Elli ging nicht weiter auf das Thema ein.

»Also«, sagte Malmros. »Wir müssen die Ermittlungen verstärken. Zwei Morde – wenn das am Sognsvann ein Mord war – bedeuten Aufmerksamkeit, vor allem von den Medien. Hast du irgendeinen Vorschlag, wie wir jetzt weiter vorgehen sollen, Elli?«

»Gibt es irgendwelche Spuren an der Brandstätte?«, fragte sie.

Fjeld erhob sich, ging zu einem Laptop, der mit dem Projektor verbunden war, und drückte auf die Maus. Der Bildschirm erwachte zum Leben. Er klickte ein Bild eines Ganges hervor, den Elli für den hielt, den sie und Nereng am Vortag aufgesucht hatten. Der Boden war von verrußtem, verformtem Metall und Steinen bedeckt. Die nächsten Bilder zeigten zwei der Zimmer, mit ausgebrannten Bettskeletten, und eine Toilette mit fünf Zellen. Nur Stahlrahmen und die Kloschüsseln waren noch vorhanden.

»Wie ihr seht – das ist völlig ausgebrannt«, sagte Fjeld und schaute zu Elli hinüber. »Die Ruine ist zudem einsturzgefährdet, die Feuerwehr und ein Team von der Bautechnik konnten gerade noch feststellen, dass die Zwischendecken so stark beschädigt sind, dass das Haus – also das, was davon noch übrig ist – abgerissen werden müsste, aber dann ist heute Morgen der ganze Kasten zusammengekracht. Zum Glück war offenbar kein Mensch im Haus, als das Feuer ausgebrochen ist.«

Fjeld klickte zum nächsten Bild weiter. Es zeigte einen Schutthaufen mit einzelnen Gerüstteilen und grünen geschmolzenen Netzen.

»Und abermals – zum Glück kam niemand zu Schaden, als das passiert ist«, sagte er trocken.

»Scheiße«, sagte Elli.

Fjeld hob die Augenbrauen.

Elli riss sich zusammen. »Entschuldigung – es ist natürlich gut, dass niemand zu Schaden gekommen ist, aber es war doch ein Bordell, in dem Sex mit Minderjährigen angeboten wurde – und jetzt ist alles, was es an biologischen oder anderen Spuren gegeben hat, aller Wahrscheinlichkeit nach verloren. Das kommt doch wie gerufen – oder nicht? Haben wir irgendeine Theorie über die Brandursache?«

»Da der Kasten ja eingestürzt ist, können wir nur spekulieren, aber es ist sehr gut möglich, dass es sich um Brandstiftung handelt«, sagte Malmros.

Elli schwieg einige Sekunden lang, dann sagte sie: »Na gut – sagt uns das Video mehr? Das Alter des Mannes zum Beispiel?«

Weitere stumme Sekunden folgten.

»Tja, wann ungefähr kriegen die Jungs denn graue Haare um den Schwanz? Mit vierzig oder so?«, fragte Takle fröhlich.

Diese Bemerkung fiel auf tönernen Boden. Elli registrierte voller Dankbarkeit, dass niemand Lust hatte, Spekulationen über Takles eigene Grautönung anzustellen. Alle schwiegen.

Nun griff Fjeld ein. »Das kann sehr unterschiedlich sein, aber wir werden sicherheitshalber eine medizinische Beurteilung einholen. Und jedenfalls – wir wissen nicht, ob die DVD etwas mit dem Todesfall von gestern zu tun haben kann«, sagte er.

Elli fuhr zusammen. »Das ist doch wohl nicht dein Ernst?«

Fjeld schaute sie kurz an, dann ließ er den Blick um den Tisch herum zu allen wandern und redete weiter. »Die junge Frau, die gestern tot aufgefunden wurde, kann sehr gut eine …«, er zeichnete Anführungszeichen in die Luft, »jugendliche Prostituierte mit Verbindungen in ein Milieu gewesen sein, wo Pornofilme hergestellt werden, sie kann sich auch an Pornofilmen beteiligt haben. Das ist ja an sich schon verboten und muss untersucht werden, aber weitere Anhaltspunkte haben wir zum jetzigen Zeitpunkt eben nicht.«

»Aber die DVD wurde dort gefunden, wo Ludmila gearbeitet hat.«

»Andersen«, sagte Fjeld und nickte zu Andersen hinüber, die sich erhob und an die Tafel ging. »Das beweist nur, dass die DVD und die Frau am selben Ort gewesen sind. Im Moment wissen wir nicht einmal, ob die Tote von gestern im Bordell war. Dafür haben wir nur ihr Wort«, sagte sie.

Nereng hob einen Finger, fast wie ein Schuljunge. »Aber welches Motiv hätte denn das Mädchen, mit dem Elli gesprochen hat, haben sollen, um zu lügen? Es ist doch mehr als nur wahrscheinlich, dass es da einen Zusammenhang gibt.«

»Das schon«, sagte Fjeld. »Aber ich will nicht, dass wir nur eine einzige Theorie verfolgen. Keine Scheuklappen«, mahnte er und musterte langsam die vielen steinernen Gesichter in der Runde.

Vier oder fünf Sekunden lang sagte niemand etwas.

Dann ergriff Fjeld wieder das Wort. »Und dann sind wir an einem Meilenstein angekommen«, sagte er und zeigte auf Malmros, um diesem das Wort zu erteilen.

Malmros erhob sich, trat hinter seinen Stuhl und legte die Hände auf den Stuhlrücken. »Von diesem Morgen an sind wir permanent bewaffnet.« Er ließ seinen Blick durch die Runde schweifen. »Wer aus irgendeinem Grund seine persönliche Dienstwaffe nicht in seinem Schrankfach liegen hat, soll sie bitte umgehend in der Waffenkammer abholen, zusammen mit einer für den Waffentyp passenden Waffentasche. Hat irgendwer hier keine HK P30 abgeholt und benutzt weiterhin nur einen Revolver?«

Alle hätten inzwischen die alten Smith-&-Wesson-Revolver gegen die neue Heckler & Koch P30 eintauschen sollen. Alle schüttelten den Kopf.

»Na gut, dann ans Werk. Alle hier müssten jetzt erst mal genug zu tun haben«, meinte Fjeld.

Auf dem Weg zu ihrem Schreibtisch schaute Elli kurz in Fjelds Büro. Er winkte sie zu sich.

»Kurt …«, begann sie, aber Fjeld brachte sie mit einer Handbewegung zum Schweigen.

»Ich weiß ja, weshalb du kommst. Du bist frustriert. Ich bitte aber nur darum«, erklärte er, »dass wir jetzt einen klaren Blick behalten und keine übereilten Lösungen suchen.«

Er legte eine Pause ein, damit seine Worte ihre Wirkung entfalten konnten.

»Das kennzeichnet nämlich gute Ermittlungsarbeit.«

»Natürlich«, sagte sie und sah ein, dass sie in dieser Diskussion nicht weiterkommen würde. Sie würde aber nicht hier stehen und wie eine Besiegte aussehen. Sie würde ja doch ihrer Intuition folgen. Der Fall war ihr inzwischen unter die Haut gegangen.

Fjeld fischte sich einen Priem unter der Oberlippe hervor und warf ihn in den Papierkorb neben dem Schreibtisch. Elli sah, wie der Priem auf einem Haufen toter Wespen landete.

Elli betrachtete das Bild der Toten vom Friedhof Gamlebyen. Das Bild der Toten, Fotos anderer wesentlicher Aspekte, Computerausdrucke, Karten und Notizen bedeckten die Tafel. Nur zwei Großaufnahmen des Fundortes oben an der Tafel sahen normal aus, aber im Fall der Toten vom Friedhof gab es nur ein Übersichtsbild, um die seltsame Stimmung auf dem verlassenen Gelände zu illustrieren.

Sie hatte das Gefühl, etwas zu übersehen.

Was war es, das sie sah – und doch nicht sah?

Sie machte auf dem Absatz kehrt und ging mit energischen Schritten durch den Raum und zu ihrem Schreibtisch, wo sie sich in den Gemeinschaftsbereich einloggte und den Ordner mit den Bildern vom Friedhof fand. Es gab fünfzehn Aufnahmen, aus verschiedenen Winkeln, fünf waren Großaufnahmen der Toten, die am Grabstein lehnte. Die beiden Bilder waren von der Seite her aufgenommen, und das Gesicht der Toten war zu sehen. Auf diesen Bildern zeichnete sich die kleine Tätowierung deutlich von der milchweißen Haut ab. Die Bilder eins bis sechs waren Varianten aus demselben Winkel, und das war auch das Übersichtsbild an der Tafel. Aber Bild Nummer sieben war von hinten aufgenommen, und die Leiche kehrte der Kamera den Rücken zu.

Elli ging sofort auf, wie deutlich das alles war. Und zugleich wie unglaublich, dass es noch niemandem aufgefallen war. Die Tote auf dem Friedhof lag genauso da wie das Mädchen in der kurzen Sequenz auf der DVD. Die Umgebung um den Grabstein, Büsche und Blumen hatten verdeckt, dass es so aussah, aber Elli war sich sicher. Die Haltung war dieselbe. Das Mädchen aus dem Video war mit großer Wahrscheinlichkeit auch dasselbe.

Elli nahm wieder die DVD hervor, ließ das DVD-Gerät laufen und das Bild einfrieren, um vergleichen zu können. Die Haltung war so gut wie identisch. Das war an sich schon interessant, aber es führte zu etwas, das noch interessanter war. Auf der DVD konnte sie einen kleinen dunklen Fleck über dem linken Hüftknochen des Mädchens sehen.

Die Schmetterlingstätowierung.

Sie hatten den Auftakt zu einem Mord, der mit lebenden Bildern illustriert war.

Kapitel 34

Elli erkannte die Nummer von Dagbladets Nachrichtenredaktion. Sie hatte vier Anrufe bewusst unbeantwortet gelassen. Jetzt klingelte ihr Mobiltelefon ein weiteres Mal, wieder diese Nummer – zum fünften Mal. Einmal hatten sie es elfmal klingeln lassen, ehe sie aufgegeben hatten. Elli ließ das Klingelsignal verhallen.

Weniger als fünf Minuten später klingelte es abermals. Die Informationsabteilung. »Ja?«, fragte Elli mit einer Stimme aus der Antarktis.

»Rathke, entweder sagst du uns jetzt, was wir denen erzählen sollen, oder du musst selbst mit Dagbladet sprechen«, sagte eine der jüngeren Informationsmitarbeiterinnen. »Die verschwinden nicht von selbst, wenn wir ihnen nicht antworten – dann stellen sie nur noch ärgere Spekulationen an.«

»Na gut, sie sollen mich anrufen«, antwortete Elli.

Der Teufel in ihr ließ Dagbladet noch einmal erfolglos klingeln, ehe sie dann ans Telefon ging. In diesem fünf Minuten langen Gespräch antwortete sie so ausgiebig wie möglich über so wenig wie möglich und betonte, dass die Polizei konzentriert mit zielgerichteter präventiver Informationspolitik direkt auf die Zielgruppe hin arbeitete. Es sei wichtig, dass sich so wenige wie möglich von den hellen Osloer Nächten in Versuchung führen ließen und in die Drogenszene der Hauptstadt abrutschten. Der Sommer wäre für junge suchende und unsichere Gemüter eine gefährliche Zeit.

Elli hatte das Gefühl, aus der Situation herauszuschweben, und erlebte alles als Zuhörerin ihrer eigenen Phrasen. Medienkontakt war wirklich nicht ihre Stärke.

Als das Gespräch zu Ende war, fragte sie sich, ob Dagbladet wohl überhaupt irgendetwas von ihren Mitteilungen verwenden würde.

Was war nur los mit den Presseleuten? Wieso fanden sie den Sinn ihres Lebens darin, der Polizei das Leben schwerzumachen? Die Osloer Presse war jedenfalls immer aufdringlich. Und die Pressemänner waren Machos voller Vorurteile.

Sie wurde aus ihren Gedanken gerissen, als ihr Telefon erneut klingelte.

»Ja«, kläffte sie.

»Hier ist Ruth Strand«, sagte eine ältere Frau. »Meine Freundin hat gesagt, ich soll Sie anrufen – Sie sind doch die Polizei, nicht wahr?«

»Ja!«, rief Elli. »Ja … wir versuchen schon eine ganze Weile, Sie zu erreichen. Sie haben sich wohl sehr gut versteckt.«

»Na ja … ich war im Sommerhaus einer alten Freundin in Fjällbacka, das war richtig nett«, sagte sie enthusiastisch. »Elsi, meine Freundin, hat mich freundlicherweise abgeholt und wieder nach Hause gefahren«, erklärte sie.

Wenn jemand von der Erdoberfläche verschwinden konnte, dann alte Damen, dachte Elli. Kein Mobiltelefon und keine anderen elektronischen Spuren, und sie verreisen im Wagen irgendeiner alten Freundin.

»Also gut – Sie waren also an dem Morgen, an dem ich verreist bin, mit irgendwelchen Ermittlungen befasst. Es geht wohl um die Frau, die tot aufgefunden wurde?«, fragte Ruth Strand.

»Ja, das stimmt«, sagte Elli.

Es raschelte lautstark, als Ruth Strand sich an irgendwelchen Papieren zu schaffen machte, dann sagte sie: »Ich mache jeden Morgen einen Spaziergang durch den Ruinenpark.« Dann verstummte sie. Elli war klar, dass an dieser Stelle von ihr ein Gesprächsbeitrag erwartet wurde.

»Haben Sie das auch an diesem Morgen gemacht?«, fragte sie.

»Na ja, es war der Tag, an dem Elsi mich abgeholt hat, deshalb kann ich mich noch so gut erinnern. Ich war früh auf. Reisefieber, wissen Sie.« Sie kicherte über diese Mitteilung.

»Ich habe also auch an diesem Morgen eine Runde gedreht, nur bin ich ein wenig den Ekebergvei hochgegangen. Das ist sicher nicht wichtig«, fügte sie hinzu, »aber ich habe im Ekebergvei ein ziviles Polizeifahrzeug gesehen. Das war wohl so ungefähr eine Stunde, bevor die ganzen Einsatzwagen anrückten.«

Elli verdrehte die Augen. Eine redselige alte Oma, die bestimmt die Uhrzeiten durcheinanderwarf und alle Volvos für zivile Polizeifahrzeuge hielt, würde die Ermittlung wohl kaum weiterbringen.

Nereng kam hinter ihr vorbei, setzte sich und schaute sie fragend an.

»Und woher wissen Sie, dass es ein ziviles Polizeifahrzeug war?«, fragte Elli.

»Also wirklich, diese Autos sind ja nicht gerade schwer zu erkennen«, antwortete Ruth Strand, jetzt in energischerem Tonfall. »Ich habe das blaue Blinklicht im Heckfenster gesehen.«

Elli beugte sich über den Tisch vor. War es möglich, dass Ruth Strand wusste, wovon sie redete?

»Welche Farbe hatte der Wagen?«, fragte sie.

»Ja, da muss ich leider passen … ich bin farbenblind. Aber er war dunkel.«

Elli schüttelte verzweifelt den Kopf. »Haben Sie nicht eben gesagt, dass Sie farbenblind sind?«

»Ja – wieso?«, fragte Ruth Strand ein wenig irritiert.

»Also – wie konnten Sie dann das blaue Blinklicht sehen?«

Ruth Strand schwieg einen Moment lang. »Ach so. Ich habe Protanopie und Deuteranopie. Rotgrünfarbenblindheit. Blau kann ich erkennen.«

Elli lächelte. Man lernt doch jeden Tag etwas Neues, dachte sie.

»Sie kennen sich also mit Polizeifahrzeugen aus?«, fragte sie jetzt vorsichtig. Frau Strand schien sich ihrer Sache ja sicher zu sein.

»Mein Mann war bei der Polizei. Das ist zwar zwanzig Jahre her, und er ist vor fünf Jahren gestorben …«

Elli hörte, wie Frau Strand sich zusammennahm. Sie vermisste ihren Mann noch immer, dachte Elli und war einfach entzückt von diesen lebenslangen treuen Gefühlen, die Eheleute zwei Generationen zuvor offenbar füreinander gehegt hatten.

»Sie wissen«, sagte Frau Strand, »wenn man mit einem Polizisten zusammenlebt, dann schnappt man so einiges auf. Ich erkenne jedenfalls diese zivilen Wagen.«

Da musste Elli ihr recht geben.

»Danke für die Auskunft. Frau Strand«, sagte sie.

»Das ist doch nicht der Rede wert. Ich weiß ja nicht, ob diese Mitteilung eine Hilfe ist, aber ich hielt es doch für korrekt, mich zu melden.«

»Wir sind Ihnen auch sehr dankbar«, sagte Elli und legte vorsichtig ihr Mobiltelefon zurück auf den Schreibtisch.

»Etwas Nützliches?«, fragte Nereng, der dem Gespräch aufmerksam gefolgt war.

Elli zuckte mit den Schultern. »Unsere Freundin Frau Strand, die nicht zu Hause war, als Bent und ich die erste Nachbarschaftsbefragung durchgeführt haben, hat es endlich für gut befunden, sich bei uns zu melden. Sie klingt wie fünfundsiebzig, achtzig. Farbenblind noch dazu.«

Nachdem sie ihr Gespräch mit Frau Strand noch einmal durchgegangen waren, beschlossen sie, die Überwachungskameras der Umgebung genauer zu überprüfen. Die Ermittlung hatte vier Kameraquellen ergeben, aber nur zwei davon deckten die interessanten Bereiche ab. Bei einer kleinen Buchführungsfirma unten in der Konows gate hatten sie eine Webkamera gefunden. Die war auf dem Rechner des IT-Verantwortlichen angebracht und lief immer. Elli hielt den IT-Mann heimlich für einen kontrollfixierten Nerd, der sich von zu Hause aus in die Kamera einloggte, wenn er nicht bei der Arbeit war. Die Kamera zeigte jedenfalls einen kleinen Teil der unteren Konows gate, und alle Aufnahmen wurden in einer Datenbank gespeichert. Eine weitere Kamera war über dem Eingang zur Tiefgarage einer Wohnanlage an der Kreuzung Ekebergvei/Konows gate angebracht. Diese Kamera machte eigentlich keine Aufnahmen, doch das Programm, das für Gegensprechanlage, Türschlösser und Kamera zuständig war, übertrug Informationen direkt auf eine Festplatte, die ihrerseits älteres Material fortlaufend löschte. Beide Kameras hätten dem Datenschutz sicher nicht gefallen, aber wenn sich alle so genau an die Vorschriften für Datenschutz hielten, würden viele Fälle ungelöst bleiben, dachte Elli. Nicht wenige Spuren von unzulässigen Speichereinheiten hatten der Polizei schon unschätzbare Informationen geliefert.

»Jetzt suchen wir also ein ziviles Polizeifahrzeug«, sagte Nereng. »Nicht den Range Rover?«

»Genau«, antwortete Elli. »Den Range Rover haben wir stundenlang gesucht, ohne auf diesen Aufnahmen auch nur eine Spur zu finden, aber wir haben ihn ja im Mautring. Ich kann mit der Bürokamera anfangen, und du siehst dir die von der Garage an.«

»Wird gemacht«, sagte Nereng und lud die Datei von der Festplatte hoch, auf der sie Mediendateien lagerten. Die Datei von der Garage unter der Wohnanlage war sehr umfangreich, aber nach 23 Uhr 30 hatte die Kamera nur wenige Bewegungen registriert. Sie sahen ab und zu jemanden vorbeikommen, aber diese Personen waren schon längst aus dem Fall ausgeschlossen. Durch die Position der Kamera waren die Autos erst zu sehen, wenn sie sich der Kamera auf hundert Meter näherten, und dann begrenzten Auflösung und Fokuspunkt der Optik die Funde. Obwohl es um diese Jahreszeit nicht ganz dunkel wurde, waren die Farbinformationen eher monochrom. Deshalb konnten sie auch die Nummernschilder nicht lesen, doch die Automarken konnten sie teilweise erkennen.

Nereng starrte und starrte unermüdlich die Aufnahmen an, die er in mittlerem Tempo durchlaufen ließ. Eine Stunde entsprach auf diese Weise einer Viertelstunde. Bei interessanteren Bewegungen senkte er die Geschwindigkeit auf normal. Nach Eineinviertelstunden hatte er die Zeit zwischen 21 Uhr und 3 Uhr, dem Zeitpunkt, zu dem die Tote gefunden worden war, hinter sich gebracht. Er rieb sich die Augen.

»Etwas Neues gefunden?«, fragte er Elli, die offenbar ein Bild nach dem anderen aus der Kamera des dubiosen IT-Mannes durchsah.

»Am Vorabend ab und zu ein Auto in Richtung Ekeberg, dann wird es dunkler und man sieht eigentlich nur noch eine Andeutung der Scheinwerfer. Ein Wagen scheint um kurz vor halb vier zum Friedhof hochzufahren. Und einige Minuten später kommt dann noch einer. Aber wir können nur die Reflexe der Scheinwerfer sehen – wir brauchen weitere Beobachtungen zum Vergleich, um feststellen zu können, ob sie für die Ermittlung von Bedeutung sind. Aber das wissen wir ja ohnehin nicht. Das Problem ist, dass alle Bewegungen so unscharf sind.«

Nereng ging weiter seine Aufnahmen durch und konzentrierte sich auf das Ende der Straße, wo das Bild unscharf war. Alles war unscharf. Hoffnungslos, dachte er, und kaum hatte er das gedacht, huschte ein dunkler Schatten quer durch das Bild – vom Ekebergsvei durch die Alnafetgate. Er ließ die Sequenz noch einmal durchlaufen, und diesmal gab es keine Zweifel: um 3 Uhr 27 fuhr ein größeres dunkles Auto vorbei, das in den vagen Schatten kaum zu sehen war.

»Elli …«, sagte er, und sie war sofort zur Stelle.

»Ich glaube, wir haben vielleicht doch den Range Rover«, sagte er zufrieden. Elli stand schon neben ihm und starrte den Bildschirm an, während Nereng mit der Maus ein Bild nach dem anderen heranscrollte. Der Schatten, den er entdeckt hatte, bewegte sich als undeutliche Masse rasch von links nach rechts, aber am äußeren Bildrand traf eine Straßenlaterne den Schatten und zeigte die typische schräge Heckluke eines Range Rover P38.

»Bingo«, sagte Elli enthusiastisch. »Lass uns die Zeit vorher und nachher auch noch durchgehen, um zu sehen, ob da noch andere Autos kommen.«

Sie brauchten nicht lange zu suchen. Um 3 Uhr 35 kam ein weiterer dunkler Schatten, der in dieselbe Richtung fuhr. Ein dunkler Kombiwagen.

»Wenn wir der Zeugin Glauben schenken wollen, und das wollen wir doch, haben wir es mit einem dunklen zivilen Kombiwagen zu tun. Aller Wahrscheinlichkeit nach einem Ford Mondeo. Davon hat die Polizei gar nicht wenige …«

»Die Kameras vom Krankenhaus und vom Bus decken diesen Bereich ja nicht ab«, sagte Nereng. »Aber hast du nicht gesagt, dass du zur selben Zeit Scheinwerfer gesehen hast, die die Straße hochkamen?«

»Ja, das können sie sein. Und sind nicht später an dem Morgen zwei Wagen in die Gegenrichtung an der Kamera vorbeigefahren?«

Elli sah sich ihre Notizen von der ersten Sichtung der Bürokamera an, und richtig, es gab zwei Treffer, die etwas länger auseinanderlagen als auf der Fahrt in Richtung Friedhof. Leider hatte die Kamera vom Rechner des IT-Mannes nur die halben Wagen gefilmt. Zwei vollbeladene Minilaster standen hintereinander vor dem Gebäude, deshalb waren die vorüberfahrenden PKW nur durch die Räder der Laster zu sehen. Aber um 5 Uhr 47 kam ein Wagen vorbei, aller Wahrscheinlichkeit nach der Kombi, und um 6 Uhr 5 folgte vermutlich der Range Rover. Beides war schon als interessante Beobachtung verzeichnet, aber bisher hatten sich noch keine Spezialisten der Aufgabe widmen können, die Automarke zu ermitteln. Und diese Arbeit konnten Elli und Nereng ohnehin vergessen.

Sie betrachteten das Bild des Kombi zwischen den Hinterrädern von der Zugmaschine und dem Drehgestell des Anhängers.

»Der Kombi war nicht lange auf dem Friedhof. Der taube Junge hat ja nur den Range Rover beobachtet«, sagte Elli. »Wir haben ja auch keine Ahnung, ob der überhaupt etwas mit dem Fall zu tun hat oder ob es ein ziviler Polizeiwagen ist oder einfach nur ein Kombi.«

»Hmmm«, sagte Nereng. »Er kann doch von der Person gefahren worden sein, die vor dem Range Rover den Friedhof verlassen hat.«

»Schon möglich. Und wenn es so ist, wissen wir noch etwas.« Sie drehte sich zu Nereng um, der bestätigend nickte.

»Dass die Leiche im Range Rover transportiert worden ist«, sagte er.

Kapitel 35

Beseligende Duschstrahlen rieselten über Ellis wunderbar ausgeschlafenen Körper. Sie war als Aufwärmung morgens mit Zenith gejoggt, danach war sie zum Karateclub gegangen, wo sie und zwei andere sich einmal pro Woche zur Frühschicht trafen. Die Muskeln waren taub nach fünf Runden im Dojo mit einem Trainingskollegen, der den dritten Dan im schwarzen Gürtel aufwies. Sie selbst hatte den ersten Dan, hatte es aber doch irgendwie überstanden.

Karate gab ihr *upekkha* – Gleichmut. Mentale Entspannung.

Sie dachte mit gemischten Gefühlen an die Besprechung, die sie in fünfzehn Minuten mit Takle haben würde und bei der er die Ergebnisse seiner Internetrecherchen vortragen sollte.

Takle überraschte sie und hatte wirklich brauchbare Arbeit geleistet. Er hatte ziemlich viel Zeit in Chatforen für Jugendliche, auf Partnervermittlungsseiten für Singles und sogar Seiten für Swinger zugebracht.

»Du ahnst ja nicht, was die Leute so alles treiben«, sagte er. Elli hätte schwören können, dass seine Pupillen sich erweiterten, als er das sagte.

»Doch, das ahne ich schon«, sagte sie. »Aber hast du etwas Konkretes gefunden, das für unseren Fall interessant sein könnte?«

Takle lächelte selbstsicher. »Die Website www.sexmeet.no könnte etwas sein«, erklärte er und machte eine Pause. »Viele Frauen teilen hier mit, dass sie einen Partner suchen. Männer übrigens auch, aber es scheint gewisse Codes dafür zu geben, wie alt man in Chatforen ist.«

»Wie meinst du das?«, fragte sie.

»Hier ist sicher ein konkretes Beispiel das Beste.«

Er ließ etwas ablaufen, bei dem es sich offenbar um den Dialog zwischen mehreren Teilnehmern in einem Chatraum von sexmeet.no handelte.

»Hier«, sagte er und hielt das Bild an. »Zwei Mädchen, oder jedenfalls geben sie sich als Mädchen aus, chatten mit einer dritten Person, vermutlich einem Mann.«

»Hast du einen Ausdruck?«, fragte Elli.

Takle reichte ihr drei A4-Bögen aus einem Stapel auf seinem Schreibtisch. Elli fing sofort an zu lesen.

HARDY BOY: Lust auf action?
LADY MARMELADE: Sure.
SUGARLOVE: Mach alles.
HARDY BOY: Alles?
SUGARLOVE: Schon viel probiert.
HARDY BOY: Erfahrung ist gut.
LADY MARMELADE: Il2bw2g …
SUGARLOVE: Ja??? Gut?????
HARDY BOY: Backfisch L?
SUGARLOVE:?
SUGARLOVE: LOGGED OUT
LADY MARMELADE: Ja
HARDY BOY: Lust auf was?
LADY MARMELADE: Vielleicht …
SUGARLOVE: JUST JOINED
SUGARLOVE.: pnbs
SUGARLOVE: Backfisch – yes!

In diesem kryptischen Slang ging es weiter, vieles erinnerte an einen Code. Elli begriff immerhin, dass HARDY BOY sich mit SUGARLOVE und LADY MARMELADE verabredete, aber dass Zeit und Ort später festgelegt werden sollten.

»Weißt du, was dieser ganze Slang bedeutet?«, fragte sie.

»Nicht alles«, gab Takle zu. »Aber einiges. Die Computerkriminalitätsleute haben ein Codebuch für Chatslang«, sagte er und hob demonstrativ einen Ordner hoch. »Das wird fast jeden Tag aktualisiert. Die Zahl 9 zum Beispiel bedeutet, dass ein Elternteil mit zuschaut, früher hieß das pbs – parent behind shoulder, um den anderen im Chatraum zu erklären, dass jemand ausloggen muss.«

»Und dann bedeutet pnbs vielleicht parent not behind shoulder?«

Takle sah kurz in seinem Ordner nach.

»Ja.«

»Ich sehe, dass HARDY BOY zum Beispiel immer nur ein Fragezeichen macht. Kann das bedeuten, also, wenn es ein Er ist, dass er älter ist, erwachsen?«

»Ja, man braucht viel Training, um alle alten Rechtschreibgewohnheiten zu vergessen«, sagte Takle.

Elli nahm an, dass er das sicher von der Datenkriminalität gelernt hatte, aber dass er es nicht erwähnte, um kompetenter zu wirken. Sie beschloss, jetzt nicht auf Takles kleine Sünden zu achten, um nicht die Tatsache zu zerstören, dass der Mann sich diesmal wirklich nützlich machte.

»Backfisch?«

»Ja, hier wird es interessant. Die benutzen dieses alte deutsche Wort für junge Mädchen. Und Backfisch war man eben mit dreizehn.«

»Und damit zu jung für legalen Sex«, sagte Elli.

»Genau. Aber das Interessanteste ist, dass unser Freund HARDY BOY dieses Wort nutzt. Backfisch ist nämlich alter Slang und gilt derzeit als ziemlich uncool. Es ist ja typisch für Erwachsene, die cool wirken wollen, sich beim Slang zu vergreifen. Die Erwachsenen übernehmen Slangausdrücke, wenn die schon längst überholt sind.«

»Die Identität – oder die Person hinter der Identität – HARDY BOY ist wohl kaum zufällig gewählt«, überlegte Elli.

»Stimmt«, sagte Takle. »Der war schon häufiger aktiv, oft mit derselben Herangehensweise. Er ist den Kollegen von der Datenkriminalität und der Einheit zur Bekämpfung von sexuellem Missbrauch an Kindern schon aufgefallen. Offenbar sucht er systematisch nach jungen Mädchen für Sex. Es kann noch andere geben, die dieses Alias verwenden, aber im Chatraum ist immer nur eine Identität gleichzeitig gestattet.«

»Was ist bei der Suche nach IP-Adressen rausgekommen?«, fragte Elli.

»Bisher negativ.«

Elli spielte kurz mit dem Gedanken, Takle zu fragen, ob der Betreffende sich möglicherweise in den Polizeicomputer einhacken könnte, aber dann verzichtete sie darauf. Stattdessen schaute sie wieder in den Ausdruck des Chat. »Übrigens – I-l-2-b-w-2-g –, wissen wir, was das bedeutet?«

»Na ja … Redd Barna – da ist übrigens Anniken Malmros zuständig, die Frau von unserem Malmros, meint, es kann sich auf Erfahrungen mit mehreren männlichen Partnern gleichzeitig beziehen, aber sicher war sie sich nicht.«

»I like to be with two guys … was bringt eigentlich junge Mädchen so früh zu diesem promiskuitiven Verhalten?«

Takle schwieg eine Weile. »Na ja, Redd Barna schreibt …« Er blätterte rasch in seinen Notizen, dann fand er eine Seite mit dem Logo der Organisation. »Sie schreiben, dass es da viele Ursachen gibt, frühe Pubertät, Mädchen aus dysfunktionalen Familien, die nach Bestätigung und Zugehörigkeit suchen, oft Mädchen, die von engen Vertrauenspersonen missbraucht worden sind. Von Vätern, Onkeln, Brüdern. Eigentlich klassische soziale Probleme, nur ist die Arena jetzt in den Cyberspace verlegt worden.«

»Können wir die weitere Chat-Aktivität irgendwie überwachen?«, fragte Elli.

»Ja, die Kollegen haben eine automatische Funktion in den Chatraum auf www.sexmeet.no gesetzt und haben ihn auch in ihre routinemäßige Überprüfungsrunde aufgenommen. Ihr Problem ist, dass sie wie wir viel zu viel im Auge behalten müssen.«

»Ja, natürlich. Aber gute Arbeit, tausend Dank«, sagte Elli und kehrte an ihren Schreibtisch zurück.

Kapitel 36

Elli starrte die beiden Bilder auf dem Schirm an. Das eine zeigte das Mädchen aus der Schlussszene der DVD, die sie und Nereng gefunden hatten, das andere stammte von der Fundstätte auf dem Friedhof. Wie es ihre Gewohnheit war, kopierte sie wichtige Unterlagen auf einen Speicherstick, um sie zu Hause in den Mac zu überführen. Sie hatte einmal zu oft erleben müssen, wie viele digitale Informationen unwissende Kollegen und achtlose Leute aus der IT-Abteilung zerstören können.

Nachdem sie diese Sicherheitsroutine hinter sich gebracht hatte, öffnete sie das Medienprogramm und sah sich ein weiteres Mal die letzte Sequenz auf der DVD an. Sie hatte sie bestimmt schon fünfzig Mal durchlaufen lassen, und dasselbe hatten Nereng, Bent, Fjeld, Takle, Sigurdssøn, Kvale und in einem geringeren Maße Malmros gemacht, aber mehr Informationen waren dort nicht zu holen, auch wenn sie jetzt wussten, dass es sich aller Wahrscheinlichkeit nach um die Vorbereitung auf einen Mord handelte. Als die Sequenz durchgelaufen war, erstarrte das letzte Bild des Mädchens mit dem Rücken zur Kamera. Offenbar war beim Kopieren etwas passiert, das dieses Bild anhalten ließ, überlegte Elli.

Dass die beiden Bilder dieselbe Szene zeigten, war jetzt klar. Und dann war auch klar, dass der Mörder es so gewollt hatte und dass diese Position irgendwie wichtig für ihn war. Aber was hatte sie zu bedeuten? Elli hatte das Gefühl, diese Haltung schon einmal gesehen zu haben. Sie fühlte sich zumindest an etwas erinnert, aber ihr fiel einfach nicht ein, woran.

Die Antwort lag allerdings nur wenige Sekunden in der Zukunft.

»Schwärmst du neuerdings für Malerei?«, fragte eine Stimme hinter ihr. Elli fuhr herum, drehte sich um und sah den Putzmann vor sich, einen jungen Mann aus dem Mittleren Osten, der mit seinem Putzwagen einige Meter hinter ihr stand.

»Was?«, fragte sie verwirrt.

Der Putzmann nickte zum Bildschirm hinüber. »Sieht aus wie ein posierendes Aktmodell«, sagte er.

Elli drehte sich zum Bildschirm um und musterte das Foto.

Konnte es so einfach sein?

Sie drehte sich abermals zu dem Putzmann um, der jetzt im Raum weitergegangen war. »Danke!«, rief sie hinter ihm her.

Elli öffnete den Browser und googelte »classic nude paintings«, was 199 000 Treffer ergab. Einer der ersten brachte sie zu dem Maler Edouard Manet und dem Motiv Olympia aus dem Jahre 1863. Sie sah eine liegende nackte junge Frau, hinter der eine Dienerin saß. Der Stil erinnerte an die Situation im Video, fand sie.

Die *Stimmung* war ähnlich.

Eine erweiterte Suche zeigte, dass das Motiv der nackten Frau, die mit dem Rücken zum Betrachter daliegt, in der Kunstwelt geradezu klassisch ist. Tausende von Frauen mussten im Laufe der Jahre auf diese Weise posiert haben. »Reclining Nude«, wie dieses Motiv auf Englisch oft genannt wurde, schien zuerst im Venedig des 16. Jahrhunderts aufgetaucht zu sein, als der Künstler Giorgione 1510 seine »Schlafende Venus« auf die Leinwand bannte. Das Motiv zeigte eine nackte Frau, die mit geschlossenen Augen auf dem Rücken lag und den rechten Arm unter den Kopf gezogen hatte, während der linke über ihrem Geschlecht ruhte. Im Laufe der Jahrhunderte hatten sich etliche bekannte Maler mit diesem Motiv befasst.

Sie fand ähnliche Gemälde von Rubens, Velázquez, Boucher, Goya, Matisse und anderen.

Die Frauen waren abwechselnd von vorn und von hinten zu sehen. Elli versuchte es mit »reclining nude seen from the back«, da die Frau auf dem Video dem Betrachter den Rücken zukehrte. Google lieferte 77 900 Treffer. Der Maler Amedeo Modigliani hatte 1917 ein ähnliches Motiv gemalt, aber in einem moderneren Stil, und auf seinem Bild schaute die Frau den Betrachter an. Elli überprüfte systematisch die Links. Als sie bei Nummer acht angekommen war, erstarrte sie.

Es gab keinen Zweifel mehr an der Inspirationsquelle.

Sie winkte Nereng zu sich.

»Himmel«, sagte er. »Ist auf der DVD denn auch so eine Art Storyboard?«

»Das Storyboard zu dieser Szene wurde 1887 ersonnen«, sagte sie trocken. »In Paris.«

Nereng beugte sich zum Bildschirm vor. »Van Gogh?«, fragte er verwirrt.

Elli drehte sich um. »Das Motiv auf der DVD ist eine Nachahmung von Vincent van Goghs Gemälde, das auf Englisch ›Reclining Nude‹ heißt und bei uns ›Ruhender Akt‹. Es ist sehr bekannt. Und das Arrangement ist sozusagen identisch.«

Elli hielt einen Ausdruck der ersten Sequenz auf der DVD neben das Bild, das sie im Internet gefunden hatte. Die Ähnlichkeit zwischen beiden Motiven war frappierend.

»Ich kann ja nicht leugnen, dass du da nicht unrecht hast«, sagte Nereng. »Kaffee?«

»Viel«, sagte Elli.

Elli ließ das Bild aus der Van-Gogh-Sammlung auf dem Bildschirm und holte das Bild aus der Schlussszene der DVD und das von der Fundstätte auf dem Friedhof hinzu. Sie platzierte die drei Bilder nebeneinander auf dem Bildschirm und ließ sie so stehen, bis Nereng mit zwei doppelten Americano von einem frisch aufgestellten Automaten weiter hinten auf dem Gang zurückkam. Der Automat machte einen ziemlich guten Kaffee.

Elli und Nereng sahen sich eine Zeitlang die Bilder an und nippten dabei an dem frischen Kaffee.

»Wenn ich sie so nebeneinander sehe, ist es beinah faszinierend, wie die Details wiedergegeben worden sind«, sagte Elli.

»Ja, sieh dir mal den Schleier oben in der linken Ecke des Videobildes an – der fällt auf genau dieselbe Weise und bedeckt genau denselben Bereich wie auf dem Gemälde«, sagte Nereng. Sogar der Unterschied in den Farbtönen von Laken und Hintergrund ist erhalten.«

»Und die Krümmung der Zehen am linken Fuß …«, sagte Elli. Sie öffnete einen weiteren Ordner und legte eines der Bilder von der Fundstätte daneben, auf dem der Winkel ungefähr der gleiche war. Obwohl das Mädchen nicht auf dem Laken lag, war auch das hier offenbar dieselbe Szene. Die Haltung war sozusagen identisch, und der Grabstein, an dem sie lehnte, zusammen mit den Grabsteinen im Hintergrund, vermittelte einen fast gleichen visuellen Eindruck.

»Der Kerl meint es ernst«, sagte Nereng.

»Das allerdings«, sagte Elli.

»Wir können ja erst mal untersuchen, ob es besondere visuelle oder künstlerische Referenzen gibt, die nur in einer Szene mit einer bestimmten sexuellen Orientierung verstanden werden«, schlug Nereng vor.

»Oder vielleicht ist es ein ganz …«, sie malte Anführungszeichen in die Luft, »normales Arschloch, das sich von kleinen Mädchen sexuell angezogen fühlt.«

Nereng hob die Hände. »Na ja, vielleicht … aber ich finde, er hat zu viel Arbeit in das … Projekt gesteckt … für ein durchschnittliches Arschloch, meine ich. Ich glaube, das ist ein Mann oder ein Personenkreis, der weiß, was er will.«

Elli bemerkte plötzlich, dass Nereng eine intellektuelle Seite hatte, die ihr bei ihrem festen Partner Harr fehlte.

»Glaub ich auch«, sagte sie.

Beide wünschten sich eine breitere Diskussion über diesen Sachverhalt und über die neuen Informationen. Noch hatten sie allerdings nur wenige Diskussionspartner. Der Staatsbesuch und die Ferienzeit machten sich bemerkbar, aber immerhin waren Fjeld, Takle und Bent zur Hand.

»Na, das kann ja wohl kaum ein Zufall sein«, war Fjelds spontaner Kommentar. »Aber das heißt ja trotzdem noch nicht, dass diese Szene für den Mord an sich von Bedeutung ist. Das ist möglich, aber es kann sich auch um eine Methode handeln, um … wie soll ich das sagen … alles zu arrangieren.«

»Ja, aber warum macht man so was?«, erwiderte Elli. »Macht man das nicht, weil man das Gefühl hat, dass das hier – also die Haltung – wichtig ist?«

»Schon«, antwortete Fjeld, »aber wenn wir davon ausgehen, dass die Haltung das Wichtigste ist und nicht der Mord an sich, dann schließen wir eine Menge möglicher Täter aus, die vielleicht nur um der Wirkung willen zu einem solchen Trick greifen. Oder anders ausgedrückt: Die Haltung kann wichtig sein, aber sie kann auch benutzt worden sein, weil diese Haltung sehr leicht erkannt wird, aber nicht, weil sie von einem Kunstwerk stammt.«

Takle zeigte auf wie in einem Klassenzimmer. Fjeld nickte ihm zu.

»Du meinst, es hätte auch etwas anderes sein können, zum Beispiel die Haltung einer Skulptur im Vigelandspark oder ein bekanntes Foto wie das eine von Che Guevara oder von mir aus auch eine berühmte Filmszene?«

»Genau«, sagte Fjeld.

Manchmal brillierte Takle mit einem Wissen und einer Klarsicht, die Elli ihm wirklich nicht zugetraut hätte.

»Na gut, sagen wir also, dass wir jetzt von zwei übergeordneten Theorien ausgehen können«, sagte Elli. »Entweder hat der Mörder des Opfers vom Friedhof sich etwas dabei gedacht, als er genau dieses Bild von van Gogh nachgestellt hat, oder er wollte einfach eine spektakuläre Szene, die seiner Vorstellung nach von vielen erkannt wird, und dabei hat er nur zufällig dieses bekannte Bild von van Gogh gewählt.« Sie sah sich um und die anderen nickten.

»Es gibt noch eine dritte Möglichkeit«, sagte Bent. »Nämlich, dass es uns verwirren soll.«

»Aber was ist mit all den Details?«, fragte Nereng. »Da ist doch sehr sorgfältig gearbeitet worden, bis ins kleinste visuelle Detail.«

»Umso größer die Verwirrung«, sagte Bent.

»Im Hinblick auf die weitere Ermittlungsarbeit haben Nereng und ich im Archiv kurz nach Fällen gesucht, die Verbindungen in die Kunstszene oder vergleichbare Milieus aufwiesen«, sagte Elli. »Wir haben Kunstdiebstähle und Hehlerei von Kunstwerken ausgeschlossen – im Moment haben wir ja absolut keine Hinweise auf irgendwelche Hehler. Aber wir haben einen früheren Fall gefunden, wo es um Kinderpornographie mit Verbindungen in eine bestimmte Szene an der Osloer Uni ging. Zwei halbwegs profilierte Akademiker waren betroffen, einer war Kunsthistoriker. Die Medien haben eine Menge geschrieben, es gab acht bis zehn Verdächtige, aber nur einer von den Betreffenden wurde verurteilt.«

Fjeld sah sie fragend an. »Ja?«

»Vielleicht ist es jemand, der sich für Kunst interessiert? Vielleicht für Kunstgeschichte?«

Fjelds Schultern hoben sich, seine Halsmuskeln spannten sich ein wenig mehr. Das waren die einzigen Anzeichen dafür, dass er angespannt war, selbst dann, wenn er unter starkem Druck stand.

»Wie du sicher weißt, Rathke«, sagte Fjeld, »können die juristischen Konsequenzen beim Herumstochern in Fällen, wo es bereits zu einem Urteil gekommen ist und wo die Mediendeckung umfassend war, überaus unangenehm werden.«

Elli verdrehte die Augen und zeigte durch eine Handbewegung, dass sie schon wusste, was jetzt kommen würde.

»Dass die Frau so daliegt wie auf einem Gemälde von van Gogh, kann darauf hinweisen, dass der Pornofilmer sich für Kunst interessiert, das schon«, sagte Fjeld. »Aber das reicht nicht, um nur Sammler oder Kunsthistoriker zu verdächtigen. Jetzt müssen wir weit und offen denken!«, endete er.

»Klar, aber wir müssen doch verdammt noch mal die Bäume schütteln, um zu sehen, ob faules Obst runterfällt«, sagte Elli wütend. »Ich scheiße auf Machtstrukturen und einflussreiche Netzwerke von Anwälten, Politikern, Direktoren, Akademikern, Medienleuten und was weiß ich nicht alles – wir müssen die Kacke finden und entfernen!«

»Da bin ich ganz deiner Meinung«, sagte Fjeld ruhig. »Aber vergiss nicht, dass solche auf Macht basierenden Netzwerke ja wirklich funktionieren. Es gibt Grund genug zur Vorsicht, und egal, wie du dich solchen Szenen näherst, es bleibt die Tatsache, dass die Polizei in einem Mordfall, bei dem es um sexuellen Verkehr mit Minderjährigen geht – wir haben keinen Beweis dafür, dass der Mörder mit dem Opfer Sexualverkehr hatte, auch wenn die Wahrscheinlichkeit sehr groß ist –, sich auf eine oder mehrere Personen aus früheren Fällen konzentriert, die entweder freigesprochen wurden oder ihre Strafe abgesessen haben.«

»Gut, danke für eure Kommentare«, sagte Elli, stand auf und gab Nereng ein Zeichen, mitzukommen.

»Übrigens«, sagte sie auf dem Weg aus dem Raum. »Weiß hier jemand etwas von Kollegen oder zivilen Wagen aus anderen Abteilungen, die sich in der Mordnacht am Ekebergshang aufgehalten haben?«

»Wir haben unsere eigenen Bewegungen ja nach dem Fund überprüft«, antwortete Fjeld. »Da haben wir nichts gefunden. Warum fragst du?«

»Ruth Strand, die Zeugin, auf die wir gewartet haben, glaubt, am selben Morgen dort ein ziviles Polizeifahrzeug gesehen zu haben. Ich dachte, das könnte vielleicht der Mondeo sein, den wir bei dem Videodurchgang gesehen haben.«

Niemand im Besprechungszimmer schien etwas zu wissen.

»Dann überprüfen wir das noch einmal«, sagte Malmros. »Es wäre doch zu dumm, wenn wir interne Zeugenbeobachtungen außer acht gelassen hätten.«

Kapitel 37

Lise Bergmann hatte sie gerufen, und das konnte nur bedeuten, dass der Obduktionsbericht über den Leichenfund am Sognsvann fertig war. Elli und Nereng hatten unzählige Fragen, aber sie wussten, sie mussten sich Bergmanns Tempo anpassen.

Bergmann lotste sie in den Saal, in dem die Leichen obduziert wurden, am anderen Ende führte eine Tür in den Kühlraum, wo sie dann später aufbewahrt wurden. Sie beugte sich über einen Tisch.

»Also«, begann Lise Bergmann. »Es ist eure Aufgabe, Beweise und technische Funde so zusammenzubringen, dass man eventuelle Zusammenhänge erkennt.« Sie musterte sie abwechselnd durch ihre Brillengläser.

»Aber ich möchte darauf hinweisen, dass die Parallelen hier sehr zahlreich sind.«

Lise Bergmann beugte sich noch weiter vor und öffnete den Ordner, der vor ihr auf dem Tisch lag.

»Dieses Mädchen ist zwischen zwölf und dreizehn Jahre alt, und sie wurde ebenfalls mit Terpentin eingerieben oder höchstwahrscheinlich gewaschen. Todesursache ist eine solide Dosis Heroin, die offenbar von jemand anders injiziert wurde, und sie hat um Mund und Nase Spuren von gewalttätigem Zugriff.«

Lise Bergmann schaute auf und zeigte abermals auf den Ordner.

»Sie war außerdem schwanger, etwa in der siebten oder achten Woche.«

Elli schluckte. Nereng trat von einem Fuß auf den anderen.

»Und dann«, sagte Lise Bergmann. »Auch dieses arme kleine Geschöpf wurde penetriert – misshandelt – vaginal und anal post mortem mit einem scharfen Gegenstand. Die Wunden entsprechen denen, die wir bei der ersten Toten gefunden haben.«

In der Stille, die jetzt im Obduktionssaal mit seinen vielen kalten Oberflächen aus Metall und hartem Kunststoff folgte, wussten alle drei, dass sie es mit demselben Mörder zu tun haben mussten. Oder mit derselben Mörderin. Aber Serienmorde wurden in mindestens achtzig Prozent der Fälle von Männern ausgeführt. Serienmörderinnen operierten dazu eher im Verborgenen, sie waren präziser, methodischer und vorsichtiger als Männer. Elli folgerte sofort, dass dieser Serienmörder jetzt unvorsichtig geworden war, fast stolz auf seine Taten. Aber das Profiling musste noch warten. Es gab jedoch eine naheliegende Frage, die ihnen jetzt wertvolle Informationen über mindestens einen Täter geben könnte, vielleicht sogar über den Mörder.

»Kann uns die Schwangerschaft DNA-Hinweise auf den Vater geben?«

»Darauf warte ich noch«, sagte Lise Bergmann und zog eine Mappe aus dem Ordner. »Aber bei der sexuellen Historie dieser jungen Frau kann der Vater ja jeder von Dutzenden von Männern sein. Aber jedenfalls – ich habe nicht das Gefühl, dass wir bei diesen Fällen sparsam mit den öffentlichen Mitteln umgehen sollten. Es ist unsere Pflicht, jeden Stein umzudrehen.«

»Andere Spuren?«, fragte Nereng.

»Nada«, antwortete Bergmann. »Mit Terpentin abgewaschen – wie bei der vorigen.«

Elli und Nereng saßen auf Barhockern am Fenster der Kaffeebar Java mit Blick auf den Park von St. Hanshaugen. Ihr Mittagessen hatte aus doppelten Sandwiches mit Käse und Pesto bestanden. Elli hatte bereits den albernen Namen vergessen, unter dem hier die Sandwiches verkauft wurden. Der Kaffee war gut – aber affektiert teuer, und so war auch die Atmosphäre. Zwei frischgebackene Mütter, jede mit einem Baby in seinem Kinderwagen der Marke Stokke, saßen gleich neben ihnen. Das übrige Lokal war bevölkert mit einer Mischung aus Geschäftsleuten, Studierenden und Müttern mit noch mehr Kinderwagen der exklusiven Sorte.

»Blues is easy to play – but hard to feel«, verkündete Nereng.

Elli schaute ihn an. »Bist du in einer Band oder so?«

»War ich mal ... vielleicht steig ich da auch noch mal ein. Aber das hat Jimi Hendrix gesagt. Es passt gut zu unserem Fall. Das Verbrechen ist klar – leicht zu verstehen –, aber zugleich ist es schwer zu begreifen, was das alles soll.«

»Ja ... hier hat jemand ganz schön viel schlechtes Karma angehäuft.«

Nereng beugte sich ein wenig weiter über den Tisch vor. »Wie wahr. Okay ... Mit dem Inhalt der DVD und einer technischen Analyse derselben müssten wir doch genug Material haben, um ein vorläufiges Täterprofil zu erstellen«, sagte er und sah Elli erwartungsvoll an.

»Glaub ich auch.« Sie überlegte kurz. »Wir haben hier eigentlich drei Fälle: Den Friedhof Gamlebyen, Sognsvann und Menschenhandel mit minderjährigen Mädchen. Oder sogar vier, wenn wir einen korrupten Polizeibeamten dazuzählen.«

»Richtig. Aber bei den Ermittlungen haben die Morde Priorität«, sagte Nereng.

»Den Vorschriften nach ja. Aber die Faktoren und Winkel scheinen miteinander verflochten zu sein. Du hast nach dem Sinn dahinter gefragt?«

»Ja, wir müssen den Code knacken«, sagte Nereng energisch.

Einige vorsichtige Falten zeichneten sich auf Ellis Stirn ab. »Ich glaube, die Morde und der Menschenhandel sind gleichermaßen brauchbare Zugangswinkel. Aber wir haben ja keine Kontakte in diese Traffickingszene. Deshalb müssen wir uns – vorläufig – auf die Morde konzentrieren.«

»Der Täter findet seine Opfer also unter den Mädchen, die durch Trafficking in Oslo gelandet sind«, überlegte Nereng.

»Ja. Er ist vermutlich Stammgast in einem dieser Bordelle, wo minderjährige Mädchen angeboten werden. Vermutlich pädophil oder borderline-pädophil.«

»Und in diesem Milieu gibt es weder Moral noch Ethik. Sie beuten Minderjährige sexuell aus, und einer oder mehrere aus dieser Szene betätigen sich möglicherweise als Mörder. Ein Menschenleben ist da mit anderen Worten keinen Fliegenschiss wert.«

»Ein *Kinderleben* ist keinen Fliegenschiss wert«, fauchte Elli. »Und ich bin überzeugt davon, dass es durchaus kein Zufall war, dass das Haus abgebrannt ist. Irgendwer wollte Spuren vernichten. Das ist ein völlig skrupelloses Milieu, Jan. Es bedeutet auch, dass wir uns vorsehen müssen. Wenn es sein muss, räumen die auch uns aus dem Weg. Ihr sozialer Absturz wäre zu groß.«

»Das Milieu ist sicher auch streng geschlossen«, überlegte Nereng. »Sogar Drogenschmuggler oder organisierte Einbrecherbanden haben ja einen Ehrenkodex, der Kinder und Pädophilie ausschließt. Also operieren die, die wir hier suchen, jenseits des kriminellen Mainstreams.«

Jan nahm einen großen Schluck Kaffee und schluckte konzentriert.

Elli nippte nur.

»Es gibt vermutlich zwei Wege in eine solche Szene, Informanten und minderjährige Mädchen«, sagte sie dann. »Informanten sind wenig wahrscheinlich, es sei denn, wir erwischen irgendwen auf frischer Tat – und können einen Tauschhandel machen. Diese Szene ist, wie du sagst, völlig dicht. Sie wissen ja gut, dass es moralisch unakzeptabel ist, Sex zwischen kleinen Mädchen und älteren Männern zu arrangieren, und dass andere Kriminelle das auch so sehen. Es bringt also niemandem etwas, wenn er singt, es sei denn, wir können einen größeren Straferlass anbieten.«

Sie schwiegen erst einmal.

»Verdammt, bei Ludi waren wir so nahe dran«, sagte Elli wütend.

Nereng fühlte sich sofort berufen, Elli aus dem Gewissenstief zu ziehen, in dem sie zu versinken drohte.

»Na gut«, sagte er munter. »Sehen wir uns doch mal die Morde an. Wir haben einen Täter, wohl kaum eine Täterin, der seine Opfer wie die Figuren aus berühmten Gemälden inszeniert, der sie mit Terpentin wäscht und sie nach ihrem Tod sexuell missbraucht. Die Opfer sind minderjährig.«

Nereng nickte und fuhr mit seinen Überlegungen fort. »Er vergewaltigt sie mit einem Gegenstand. Aber macht er das auch mit seinem eigenen Geschlechtsorgan? Schwer zu sagen, da beide Mädchen noch andere Sexualpartner hatten, ehe sie ihm zum Opfer gefallen sind. Angenommen, er benutzt nur Gegenstände – was sagt uns das?«

»Sie sind ja schon tot, sind minderjährig ... perverser Kram«, überlegte Elli laut. »Und dieses Kunstelement, das ist doch wirklich beängstigend krankhaft.«

Die beiden frischgebackenen Mütter auf den benachbarten Barhockern sahen Elli entsetzt an. Nereng gab ihr lächelnd ein Zeichen, leiser zu reden.

»Natürlich ganz entsetzlich«, sagte er dann. »Aber was sagt es uns, dass er, wenn es denn so ist, sie mit diesen Gegenständen misshandelt?«

Elli registrierte, dass er eine neue, zynischere und energischere Seite seiner selbst zeigte. Die Frage blieb unbeantwortet, während sie sich die Menschen ansahen, die an der Taxihaltestelle gegenüber kamen und gingen. Wie viele andere kranke Geschichten mochten sich da draußen verbergen? Die niemand jemals erfahren würde, weil niemand etwas sagte – oder sagen konnte. Nereng griff den Faden wieder auf.

»Er ist offenbar pädophil veranlagt, borderline zumindest, die Mädchen sind deutlich unter dem sexuellen Mindestalter. Das Kunstelement scheint auf eine Art visuellen Fetisch hinzudeuten ...«

Elli nickte. »Dann bringt er sein Opfer um und misshandelt den Leichnam mit einem spitzen Gegenstand. Am Ende werden die Opfer irgendwo in der Osloer Nacht so arrangiert, dass wir sie finden müssen.«

»Der Täter ist stolz, er will uns zeigen, was er alles zustande bringt«, sagte Nereng.

Elli überlegte, dass die Gehirne von Männern ganz anders gepolt sein mussten als die von Frauen.

»Stolz …«, sagte sie nachdenklich und ihr schauderte sichtlich. »Ich sage nicht, dass du dich irrst, aber das zeigt sicher den Unterschied zwischen weiblichem und männlichem Intellekt.«

»Hä?«

»Doch – Serienmörder zu sein ist ja schon schlimm genug. Wenn man dazu ein pädophiler Serienmörder ist, noch dazu mit einem ausgefallenen visuellen Fetisch, hat man doch nicht gerade ein salonfähiges Hobby?«

Nereng nickte. Ellis großes Engagement wirkte ansteckend auf ihn. Dokka kam ihm weiter weg vor denn je.

»Warum dann aller Welt davon erzählen? Eine Mörderin wäre gescheit genug, die Leichen zu verstecken«, sagte Elli.

»Ja, wenn man das so sieht«, sagte Nereng nachdenklich.

Elli gab keine Antwort, sondern folgte eine Weile schweigend ihren Gedanken.

»Ich glaube, ich möchte mit jemandem reden«, sagte sie dann.

Kapitel 38

Die Universitätsbibliothek war das einzige Gebäude in Oslo, das Elli als »schwarz glitzernd« beschreiben würde. Sie betrat es durch den Haupteingang und genoss die andächtige Stimmung. Ein Haus voller Wissen. Es zog begabte Köpfe an, die sich mit dem in Kilometern von Regalen gesammelten Wissen füllten und die sich später im Leben durch neues und verbessertes Wissen bei der Universität revanchieren konnten.

Viel zu wenige schauen hier mal vorbei, dachte sie.

Sie kam zehn Minuten zu früh zu ihrem Termin und setzte sich mit einem Apfel in der Hand auf ein mit Stoff bezogenes Sofa. Das Gefühl, nicht so ganz zu wissen, was sie jetzt tun sollte, stieg in ihr auf. War es die richtige Entscheidung gewesen, diesem Faden zu folgen, ohne eine andere Kammer einzubeziehen? Und wenn sich dieser Entschluss als falsch erwiese, was dann? Dann würde sie auch Nereng hineingezogen haben. Aber was, wenn sie den Täter warnten, indem sie mit ihrem Wissen an die Öffentlichkeit gingen?

Ihre innere Stimme sagte ihr, dass sie schweigend weiterarbeiten mussten. Und sie entschied sich dafür, sich darauf zu verlassen.

Die richtige Entscheidung. Das richtige Vorgehen.

Die Zeit würde es erweisen.

Conrad Mölnlycke, Professor der Rechtspsychiatrie, kam eine Minute vor dem vereinbarten Zeitpunkt. Dem Bücherstapel unter seinem Arm entnahm Elli, dass er mehrere Regalmeter geplündert haben musste. Mölnlycke war ein eher kleiner Mann von Mitte fünfzig, mit zerzaustem Vollbart und den schwärzesten Augen, die Elli je gesehen hatte.

Er war zudem vermutlich Norwegens größte Kapazität im Bereich Serienmörder, ein Thema, an dem er seit seiner Doktorarbeit 1993 arbeitete. Mölnlycke war ein fester Berater der Kriminalpolizei. Elli stellte sich vor und zeigte ihre Dienstmarke.

»Danke, dass Sie sich die Zeit nehmen«, sagte sie.

»Der Polizei helfe ich doch gern«, sagte Mölnlycke. »Gehen wir?«

Elli nickte und erhob sich. Mölnlycke führte sie über den Universitätsplatz und in sein Büro im Institut für Psychiatrie in der Medizinischen Fakultät.

»Hier haben wir unsere Ruhe«, sagte er lächelnd.

Elli setzte sich auf einen der beiden Besucherstühle und legte die mitgebrachte Dokumentation vor. Mölnlycke sah sich die Bilder auf dem Tisch einige Minuten lang an und gab keinen anderen Kommentar ab als »Hmmm« und »Hmmm-mmm«.

»Ich gehe davon aus, dass Sie technische Beweise haben, die diese beiden Fundstätten mit demselben Täter in Verbindung bringen.«

»Ja«, sagte Elli. »Auf dem Friedhof und am Sognsvann waren die Leichen in seltsamen, stilisierten Haltungen arrangiert, beide wurden post mortem mit spitzen Gegenständen verletzt, beide sind dort hingebracht worden – das heißt, sie wurden anderswo ermordet – und beide weisen dieselben Spuren von brutaler analer und vaginaler Penetration mit einem spitzen Gegenstand auf.«

»Na gut ... Das weist wirklich auf denselben Täter hin ... Haben Sie noch mehr?«

»Ja, die Bilder zeigen ja, dass beide nackt sind, beide tragen Perücken, und beide wurden mit Terpentin gewaschen.«

Mölnlycke schaute auf. »Terpentin? Das ist doch altmodisch.«

Elli zuckte mit den Schultern. »Ja, jetzt, wo Sie das sagen ... offenbar bedeutet es dem Mörder etwas, aber wir haben seinen Code noch nicht knacken können.«

Mölnlycke kratzte sich am Bart. »Natürlich, natürlich. Nun gut, dieser Mörder, denn aller Wahrscheinlichkeit nach ist es ein Mann – wissen Sie etwas darüber, wie er in Kontakt zu seinen Opfern gekommen sein könnte?«

»Wir können mit großer Sicherheit davon ausgehen, dass beide Opfer aus dem Ausland stammen, aus Osteuropa, und dass beide vermutlich als Prostituierte gearbeitet haben, vermutlich innerhalb eines geschlossenen pädophilen Systems. Vermutlich waren an dem Mord mindestens zwei Personen beteiligt.«

»Wie kommen Sie zu dieser Schlussfolgerung?«

»Wir haben eine Videoaufnahme, die wir mit dem ersten Mord in Verbindung bringen können. Und darauf hören wir eine zweite Person.«

Mölnlycke hob ganz minimal die eine Augenbraue. »Eine Videoaufnahme des Mordes?«

Elli tippte mit dem Zeigefinger auf ein Foto von der DVD, die sie und Nereng in der Grønnegate gefunden hatten. »Nein, aber vom Auftakt dazu. Es ist das letzte Einzelbild einer Videosequenz, auf der dieses Mädchen zu sehen ist. Wir haben sie aufgrund einer Tätowierung identifiziert.«

Mölnlycke riss die Augen auf. »Meinen Sie denn, auch der Mord sei gefilmt worden?«

»Das können wir nicht ausschließen – warum hätten sie sich sonst solche Mühe mit dem Arrangement geben sollen?«

»Hm …« Mölnlycke schüttelte den Kopf. »Der Mörder kann sie also über ein organisiertes Netzwerk oder in einem Bordell aufgelesen haben. Kann er dafür bezahlt haben, sie umzubringen?«

Elli hatte einen so schrecklichen Gedanken bisher verdrängt. »Das wäre an sich möglich.«

»Das mit den Perücken und wie die Leichen arrangiert sind – das muss doch etwas bedeuten –, spontan stelle ich mir jemanden mit einer starken visuellen Orientierung vor, also nicht in erster Linie literarisch, wenn Sie verstehen.«

Elli nickte.

»Und es gibt aller Wahrscheinlichkeit nach Elemente der Unzulänglichkeit in seiner Kindheit, vielleicht in Bezug auf seine eigenen Begabungen, vielleicht nicht genügend Mutterliebe – vielleicht vollständiges Fehlen einer Mutterfigur –, klassische Elemente bei sehr vielen Serienmördern. Aber«, fügte er hinzu und hob eine Hand, als habe er mit Gott abgemacht, dass bei Bedarf die Zeit angehalten werden könnte, »mich interessiert hier der visuelle Aspekt, das Arrangement der Leichen. Ich weiß nicht, was das bedeutet, aber es kann sich doch lohnen, mal genauer hinzuschauen. Vielleicht suchen wir hier nach einem erfolglosen Fotografen.«

Elli erhob sich und beugte sich über den Schreibtisch. »Ich halte die Fundstätte auf dem Friedhof Gamlebyen für eine Nachstellung eines Bildes von van Gogh – ›Ruhender Akt‹.« Sie legte die Videoausdrucke und die Kopie des van Gogh-Bildes neben die Aufnahmen vom Fundort auf dem Friedhof Gamlebyen.

Mölnlycke sah sich ein Bild nach dem anderen an und nickte eifrig. »Maler, ja – visuell orientiert … zweifellos ein interessanter Charakter. Das hier ist genau durchdacht.«

»Ich kann ja verstehen, dass Sie das faszinierend finden, aber mir geht es vor allem darum, diese Menschen zu finden, ehe weitere kleine Mädchen ihr Leben beenden müssen, bevor es überhaupt angefangen hat. Tipps und Vorschläge, wonach wir Ausschau halten sollen, sind sehr willkommen.«

Mölnlycke legte die Fingerspitzen aneinander und stützte sein bärtiges Kinn darauf. »Aufgrund der Bilder, die Sie mir gezeigt haben, können wir uns ja fragen, ob er in irgendeinem künstlerischen Zusammenhang aktiv gewesen ist.«

»Das sind doch viele«, sagte Elli.

»Ja … er ist zumindest ein sorgfältiger Mann, der sich auf die Details konzentriert.«

Elli erwiderte seinen Blick. »Aber – was ist sein Motiv? Geht es um sexuelle Befriedigung? Künstlerische Befriedigung? Was kann die Verbindung zwischen dem Kunstbezug und dem sein, was den Täter zum Morden treibt?«

Mölnlycke zeigte auf Ellis Ordner. »Wissen Sie, welches Bild das andere ist? Das vom Sognsvann?«

»Nein, die Bilder sind erst heute fertig geworden.«

»Na gut … wenn wir vom ersten Mord ausgehen, würde ich annehmen, dass er ein Pädophiler mit einer gewissen kreativen Begabung ist, die er aus irgendeinem Grund nicht ausleben kann. Mit den Jahren können diese beiden Bedürfnisse miteinander verschmolzen sein. Und sehr häufig sind Pädophile ja selbst Opfer von Übergriffen gewesen.«

»Glauben Sie, der Friedhof bedeutet etwas – oder ist der Ort zufällig gewählt worden?«

»Nichts bei diesem Mörder ist zufällig. Indem er sich den Friedhof als Schauplatz für seine Szene aussucht, signalisiert er der Umwelt, dass er Herrscher über Leben und Tod ist. Er kann durchaus auch früher schon gemordet haben, das ist sogar sehr wahrscheinlich.«

»Warum nehmen Sie das an?«, fragte Elli.

Mölnlycke nagte ein wenig an seiner Oberlippe, ehe er antwortete. »Es gibt ja mehrere Theorien, aber eine besagt, dass Serienmörder mehrere Phasen durchmachen, ehe sie aktiv werden. Die erste Phase ist *Aura.* Sie ziehen sich zurück von Wirklichkeit und Normalität, während sich zugleich ihre Erregung darüber, was geschehen wird, steigert. Danach die *Suchphase*, in der sie nach einer Beute suchen, dann kommt die *Überredungsphase*, in der die Beute gefangen wird, und schließlich die eigentliche *Tötungsphase*.«

»Norris, nicht wahr? Nach seiner Theorie durchlebt der Serienmörder noch einmal die Übergriffe, die er in seiner Kindheit erlitten hat.«

»Genau, genau.« Mölnlycke lächelte beifällig. »Dann haben wir die *Totemphase*, in der der Mörder Trophäen sammelt – hier ist das ja ziemlich deutlich; er sammelt Gemälde. Und am Ende die *depressive Phase*. Der Mord hatte nicht die vom Mörder ersehnte befreiende Wirkung – die Erinnerungen und Persönlichkeitsdefekte aus der Kindheit sind noch immer vorhanden.«

Ellis Augen fanden seinen kohlschwarzen Blick. »Die Ausführung ... die geschieht nicht einfach so. Er hat Fachwissen erarbeitet«, sagte sie nachdenklich.

»Ja, und das bedeutet, dass er in seinem Projekt ein Stück weit gekommen ist. Er hat an Schwungkraft gewonnen.«

»Richtig. Er befindet sich in der Eskalationsphase. Er wird bald wieder zuschlagen.«

Mölnlycke sah sie über den Brillenrand hinweg an. »Und das bedeutet, dass Sie sich beeilen müssen«, sagte er ruhig.

Der Dienstwagen hielt beim Kreisverkehr Badebakken in Bjølsen. Nereng drehte sich zu Elli um. »Du, da ist noch etwas ... vielleicht ist es etwas abwegig, aber ...«

»Ich glaube, ich weiß, was du denkst«, sagte sie ernst.

»Ja?«

Sie drehte sich auf ihrem Sitz seitwärts. »Wir haben den Identitätsdiebstahl bei Åbrekke, bei dem es ja zweifellos darum ging, dass er bei der Polizei ist«, sagte sie. »Dann haben wir die Aussage der alten Dame, die ganz sicher ist, dass sie einen zivilen Dienstwagen gesehen hat, und zwar da, wo die Autos auf dem einen Weg hinein- und auf dem anderen hinausfahren, und das die ganze Zeit so, dass auch periphere Überwachungskameras sie nicht identifizieren können. Das ist zu gut geplant. Und dann ist da noch die Säuberungsaktion im Bordell in der Nacht, als wir auf die Durchsuchungserlaubnis gewartet haben.«

»Und der Brand«, fügte Nereng hinzu. »Du siehst das also auch so?«

Elli nickte. »Ja … ich kann zwei Zufälle akzeptieren, aber hier haben wir ja mindestens vier. Das sind zu viele, das können keine Zufälle sein«, erklärte sie.

»Also … du meinst also auch, dass wir einen faulen Apfel haben könnten?«

»Ja. Und das ist eine dreifache schlechte Nachricht. Erstens steigert das die Anforderungen an die Beweise, zweitens müssen wir uns äußerst vorsichtig bewegen, um nicht zu verraten, dass wir diese Karte im Ärmel haben, und drittens wäre es das korrekte Vorgehen, den Fall einer anderen Kammer zu übertragen.«

Sie dachte kurz nach. »Ich will das aber nicht Asker og Bærum überlassen. Nie im Leben. Und Hamar oder Moss auch nicht.«

»Aber grenzt das nicht schon an ein Dienstvergehen?«, fragte Nereng. »Aller Wahrscheinlichkeit nach befindet sich die undichte Stelle doch bei der Osloer Polizei. Und dann muss doch Asker og Bærum eingeschaltet werden.«

Elli schwieg. Nereng wartete ungeduldig.

»Das schon, aber bisher haben wir ja nur Indizien – keine Beweise. Ich schlage vor, dass wir noch einige Tage allein weitermachen, ehe wir mit unserer Information nach oben gehen.«

Nereng ballte die rechte Faust und umschloss sie mit der linken Handfläche. »Du bist die Chefin«, sagte er.

Elli nickte ernst. »Ich trage die Verantwortung. Und noch eins: Wer immer die Infos weitergibt, kann überall bei der Polizei von Oslo og Akershus sitzen. Und im Bezirk gibt es mehrere Tausend Polizisten. Er braucht nicht einmal Polizist zu sein, auch ein ziviler Angestellter wäre denkbar.«

Nereng rechnete rasch aus, dass es in Oslo og Akershus mehr Polizisten gab, als sein ehemaliger Polizeibezirk Einwohner gehabt hatte.

Elli starrte einen unsichtbaren Punkt in der Luft vor dem Auto an. Sie sah besorgter aus als sonst.

»Alles in Ordnung bei dir?«, fragte Nereng.

Elli fuhr zusammen und rang sich ein Lächeln ab. »Ja, ich bin nur müde. Danke der Nachfrage.«

Sie schaute zu Nereng hinüber.

Sein Instinkt riet ihm, sich zu verabschieden. »Na dann. Gute Nacht, dann sehen wir uns morgen früh«, sagte er und betätigte die automatische Gangschaltung.

Elli ließ die Autotür einen Spaltbreit offen, sie hatte das Gefühl, Nereng habe noch mehr auf dem Herzen, aber das wollte er wohl für sich behalten.

»Gute Nacht«, sagte sie.

»Gute Nacht«, erwiderte Nereng.

Als er wegfuhr, fragte er sich, ob es doch besser gewesen wäre, seine Beobachtung zu erwähnen.

Kapitel 39

Johanne öffnete die Tür zum Treppenhaus, das zu ihrer und Ellis Wohnung führte, und ärgerte sich sogleich. Die letzte Ausgabe von Aftenposten war wieder einmal so nachlässig in den Briefkasten gestopft worden, dass die Vorderseite eingerissen war. Wie schwierig war so etwas eigentlich? Wie immer wurde der Riss noch größer, als sie die Zeitung herauszog.

»Dieser idiotische Zeitungsbote.«

Zenith wedelte mit dem Schwanz und sah sie fragend an. Sie musste lächeln.

»Na, in deiner Gesellschaft kann man ja höchstens zwei Sekunden lang schlechte Laune haben«, sagte sie und kraulte den Hund zärtlich hinterm Ohr. Als Reaktion darauf lehnte er sich mit seinem ganzen Gewicht gegen sie. Fast verlor sie das Gleichgewicht. Dann liefen sie zügig die Treppe hinauf. Johanne ließ Zenith in Ellis Wohnung ein, füllte eine Schale mit Wasser, schloss die Tür hinter sich und ging wieder eine Etage hinunter, wo sie und ihre Mutter wohnten.

Mit ihrer Teetasse, den Frühstücksflocken und dem Radiosender NRK P3 im Hintergrund war Johanne mehr als bereit für ihr tägliches, beinahe religiöses Morgenritual. Sie wusste sehr wohl, dass die meisten in ihrem Alter höchstens einen Blick auf die Top-20-Musikliste von VG warfen, doch ihr Interesse an Kultur überwog die Angst, als Nerd abgestempelt zu werden. Ohnehin mangelte es ja nicht an interessierten Jungs. Mit dem Fahrrad brauchte sie bloß zehn Minuten bis zur Schule. Jetzt war es 8 Uhr 17, was bedeutete, dass sie eine gute halbe Stunde zum Zeitunglesen hatte.

Der Kulturteil bot wenig Neues. Überwiegend wurde über irgendwelche sommerlichen Theateraufführungen und Revuen in der Provinz berichtet. Johanne trank ihren Tee, stand auf und ging in Richtung Bad, als ihr eine halbe Zeitungsseite auf der Türmatte ins Auge fiel. Die musste sich wohl von der Zeitung gelöst haben.

Veröffentlichung von Leichenfoto im Internet umstritten, lautete die Überschrift über einem Faksimile der Online-Zeitung Nettavisen. Allerdings wurde Johannes Aufmerksamkeit weniger von der Überschrift als vielmehr von dem Foto angezogen, das auf dem Faksimile abgebildet war.

Sie setzte sich an ihren PC, rief die Suchmaschine Kvasir auf und suchte nach »Foto Leichenfund«. Über 50 Treffer spiegelten die presseethische Diskussion über die Abbildung eines Leichenfunds am Sognsvann vor zwei Tagen wider. Alle Artikel hatten einen Link zu Nettavisen, die die Fotos zuerst publiziert hatte. Die Debatte drehte sich um die Haltung des Fotografen und des Redakteurs von SuperPhoto sowie den agressiven fotojournalistischen Stil, den sie verfolgten. Der Vorsitzende des Presseverbands äußerte, dass alle ein Recht auf Schutz ihrer Privatsphäre hätten, auch nach dem Tod, und dass das Motto »Nichts übereilen« auch für SuperPhoto gelte. Die Redaktion der Fotoagentur wies alle Vorwürfe zurück und hielt dagegen, dass es wohl nur die eigenen Leichen seien, die Norwegen nicht sehen wolle. Afrikanische hingegen würden sogar im Fernsehen offen gezeigt.

Der Artikel in Nettavisen trug die Überschrift *Nackte tote Drogenabhängige von Radfahrer gefunden* und füllte zwei Drittel der Zeitungsspalten. Das Foto zeigte die Leiche einer jungen Frau. Der zart gebaute Körper konnte höchstens vierzehn Jahre alt sein. Eine Reihe von weiteren Bildern zeigte die Polizei bei der Arbeit am Fundort, und Johanne erkannte Elli auf einem der Fotos. Die Leiche war vollständig und von allen Seiten abgebildet worden – was Anlass zur Diskussion über Presseethik gegeben hatte –, aber der Kopf war so weit abgewandt, dass das Gesicht nicht erkennbar war.

Doch es gab noch etwas anderes, was Johanne auffiel. Die Art und Weise, wie die Leiche dort lag. Oder genauer gesagt, wie sie dort drapiert worden war. Die Szene rief in Johannes Kopf sogleich eine Erinnerung wach. Es konnte kein Zufall sein. Sie beschloss, Elli bei der nächsten Gelegenheit anzurufen.

Der Verkehr zog sich träge die Pilestrede hinauf. Drei Straßenbahnen waren in die eine Richtung unterwegs, zwei in die andere. Die überfüllten Haltestellen zeugten von einem weiteren herausfordernden Tag für die Verkehrsgesellschaft Ruter. Der Volvo, in dem Elli und Nereng saßen, befand sich in einem Pulk von Fahrzeugen, die zwischen Straßenbahn Nummer zwei und Straßenbahn Nummer drei auf dem Weg in Richtung Adamstuen feststeckten.

»Du willst also noch mal nach Blindern?«, fragte Nereng.

Elli setzte ihr Mona Lisa-Lächeln auf. »Ja, aber nicht, um mit Mölnlycke zu sprechen. Ich möchte etwas über van Gogh erfahren.«

»Kann ich mir denken«, erwiderte Nereng trocken.

»Erinnerst du dich an Arnfinn Børresen? Dozent und aktiv in einem sogenannten Pädophilen-Ring? Er war Kunsthistoriker an der historisch-philosophischen Fakultät.«

Ellis Gesten waren eindringlich. Nereng war beeindruckt von ihrem Draufgängertum und ihrer Entschlossenheit. »Ich kann mich nur an die Akten im Archiv erinnern«, gab er zurück. »Das war vor meiner Zeit. Ich hab erst zwei Jahre danach auf der Polizeihochschule angefangen.«

»Ich habe so ein Gefühl, dass van Gogh unsere interessanteste Spur ist. Ich dachte, wir könnten mal bei Arnfinn Børresen vorbeischauen«, sagte Elli. »Vielleicht ist er ja selbst auch nicht ganz koscher. Zumindest wird er ein paar interessante Leute kennen. Wie das Schurken eben so tun ...«

»Und wieso fahre ich eigentlich hier weiter mit dir rum und nicht Bent?«, fragte Nereng.

»Gefällt es dir nicht?« Nereng reagierte ein wenig peinlich berührt. Elli schenkte ihm ein entwaffnendes Lächeln. »Malmros braucht Bent heute noch mal zur Bewachung der Staatsgäste bei der Umweltkonferenz. Am schlimmsten wird es wohl am Samstag, da kommen die ganzen Regierungschefs aus der EU.«

Bei der Universität angekommen, bog Elli am Niels Treschow-Haus ab und parkte den Volvo neben einem Fahrradständer. Sie betraten das Gebäude. Der Aufzug kam sofort und empfing sie in der stillen und alles umhüllenden Leere, die sich zwischen dem trägen Aufleuchten der Etagenzeichen für gewöhnlich ausbreitet. Nereng zog in Gedanken eine Parallele zur Arbeitsgeschwindigkeit von Microsofts Windows Vista und fragte sich, wie viele Stunden er wohl am Ende seines Lebens mit der Beobachtung dahinfließender Zeit verbracht haben würde.

Elli und Nereng stiegen in der dritten Etage aus und wandten sich an den Empfang des Instituts für Philosophie, Kunstgeschichte und klassische Sprachen. Ein leicht erschöpft wirkender Mann um die dreißig, mit dünnem Haar und Ziegenbart, stand hinter einem anscheinend viel frequentierten Tresen.

»Kunstgeschichte?«, fragte Elli,

»Wen möchten Sie sprechen?«, erwiderte der junge Mann.

»Arnfinn Børresen.«

Der junge Mann runzelte die Stirn. »Der arbeitet hier nicht. Schon seit mindestens fünf Jahren nicht mehr, wenn ich mich recht erinnere.«

»Wissen Sie, wo er jetzt ist?«, fragte Elli.

»Ich glaube, er hat sich zur Ruhe gesetzt. Irgendwo in Asien.«

»But of course«, kommentierte Nereng leise.

»Wie bitte?«, fragte der junge Mann leicht verdutzt.

Nereng lächelte ihn an. Elli trommelte mit den Fingern auf dem Tresen herum.

»Wer kann mir hier am meisten über van Gogh erzählen?«

»Wahrscheinlich Herr Wekster. Rolf Wekster. Und wen darf ich melden? Das haben Sie mir bisher noch nicht verraten.«

»Polizei«, gab Nereng zurück.

Der junge Mann hob die Augenbrauen. »Eine Etage höher und dann dritte Tür rechts«, erklärte er ohne Umschweife.

Elli hatte schon vergessen, wie lang und dunkel die Korridore der Unigebäude sein konnten. Weksters Büro lag ungefähr in der Mitte. Elli klopfte an.

»Herein!«, ertönte eine resolute Stimme.

Elli und Nereng betraten Weksters überfülltes Büro. Wie zur Bestätigung des Kunstprofessor-Klischees waren die Regale vom Boden bis zur Decke mit Büchern in allen Farben und Größen gefüllt. Elli schätzte sie auf mindestens zweitausend. Kunstplakate an den Wänden vervollständigten das akademische Ambiente. Wekster war Mitte fünfzig, strahlte eine gewisse Würde aus, war ungefähr eins achtzig groß und hatte graues, gelocktes Haar. Er streckte die Hand aus.

»Wekster.«

Elli und Nereng reichten ihm nacheinander die Hand.

»Rathke. Polizei Oslo.«

Freundlich deutete Wekster auf zwei Ledersessel dänischen Designs. »Bitte setzen Sie sich.« Elli und Nereng folgten der Aufforderung. »Kaffee?«, fuhr Wekster fort.

»Nein, danke«, sagte Elli lächelnd.

Wekster blickte zu Nereng, der ebenfalls ablehnte.

»Womit kann ich Ihnen behilflich sein?«, fragte Wekster.

Elli ließ ein paar Sekunden verstreichen und hielt den Blick auf Wekster gerichtet. Der blickte fragend, aber freundlich von Elli zu Nereng und wieder zurück.

»Wir interessieren uns für van Gogh. Im Zusammenhang mit einem Todesfall.«

Wekster schien überrascht. »Eine Erbsache? Tja, das ist wohl schon öfter vorgekommen, dass sich jemand mit einem wertvollen Kunstwerk aus dem Staub macht ...«

»Es geht nicht um eine Erbsache«, sagte Elli.

»Aha. Okay ... inwiefern sind Sie an van Gogh interessiert? Eine Schätzung?«

»Ganz allgemein«, erwiderte Nereng. Sein ostnorwegischer Dokka-Akzent unterschied sich deutlich von Weksters akademischer Sprechweise.

Wekster schenkte Nereng angesichts seines ländlichen Tonfalls ein nachsichtiges Lächeln. »Gut, also kurz gesagt: Van Gogh war ein Maler, der Farben mochte. Geboren in den Niederlanden, wurde erst nach seinem Tod wirklich anerkannt. Seine Bilder erinnern mitunter an Munchs. Ich kann Ihnen ein Buch von Hans Bronkhorst empfehlen. Gute Einführung in das Thema und leicht zu lesen.«

»Das werde ich mir ansehen«, erwiderte Elli. »Welche Personenkreise sind für gewöhnlich an van Gogh interessiert?«

»Hier in Norwegen?«, fragte Wekster. Elli nickte. »Tja, Künstler natürlich, dann Kunsthistoriker und Fachleute – solche wie ich – und dann noch drei oder vier Sammler. Das sind selbstverständlich Menschen mit entsprechend guter Finanzlage, ein Gemälde von van Gogh kostet mehrere Millionen. Viele Millionen.«

»Können Sie uns ein paar Namen nennen?«, fragte Nereng.

Wekster schien nachzudenken. »Tja, nein, oder doch, ein bekannter Kunstsammler ist Torben Becker. Es wird Sie ja nicht überraschen, dass er für so etwas genügend Geld hat, haha …«

Elli erwiderte Weksters Lachen, das, so dachte Nereng, falsch wie Katzengold wirkte. »Fein. Und weitere Namen?«, fragte Elli.

»Das Stenersen Museum, die Familie Hvittenborg dürfte einen oder zwei haben und natürlich die Nationalgalerie … das ist das, was mir jetzt auf Anhieb so einfällt.«

Wekster blickte auf. Er platzte förmlich vor Neugier zu erfahren, um was es bei der Nachfrage eigentlich ging. Elli ließ wieder einige Sekunden verstreichen.

»Vielen Dank, dass Sie uns empfangen haben«, sagte sie unvermittelt.

Wekster hob die Augenbrauen und lächelte freundlich. »Keine Ursache. Ist ja nur gut, wenn man der Polizei helfen kann.«

Nereng und Elli erhoben sich und machten zwei Schritte auf die Tür zu. Plötzlich hielt Elli inne und drehte sich zu Wekster um.

»Ach übrigens, wissen Sie vielleicht, wo wir Arnfinn Børresen antreffen könnten?«

Weksters Reaktion währte nur den Bruchteil einer Sekunde. Ein winziges Erstarren in der Bewegung. Seine Augen blickten fast unmerklich nach rechts, in Richtung der kreativen Hirnhälfte. Nur wenige Menschen wie beispielsweise Agenten oder Elitesoldaten waren so gut trainiert, dass sie ihre Reflexe kontrollieren konnten. Elli gehörte dazu. Sie bemerkte, dass Wekster sich seiner eigenen Körpersprache gar nicht bewusst war.

»Nein«, erwiderte er. »Und ich glaube, dass der Mann schon genug gelitten hat. Nichts konnte bewiesen werden, aber das wissen Sie ja sicher selbst.«

»Bewiesen? Was denn?«, fragte Elli.

Wekster schürzte die Lippen und atmete aus. »Sie sind doch

bei der Polizei. Da müssen Sie doch wissen, welche grauenhaften Beschuldigungen gegen ihn erhoben wurden.«

»Ja, das wissen wir. Aber die Frage ist, woher Sie das wissen. Die Sache ist in den Medien nämlich nie zur Sprache gekommen.«

Weksters Mund wurde schmal. »Aber hier im Haus wurde darüber geredet«, sagte er. »Auch nachdem ich hier anfing.«

Elli sah ihn selbstzufrieden an. »Natürlich. Schönen Tag noch, Herr Wekster.« Nereng verabschiedete sich beim Hinausgehen mit einem Nicken.

Auf dem Weg nach unten betrachteten die beiden Polizeibeamten das Aufleuchten der orangen Aufzugslichter in umgekehrter Reihenfolge. Wieder vollzog sich die Fahrt in schweigender Zweisamkeit. Unten angekommen, steuerte Nereng zielbewusst auf den Wagen zu. Sie sanken in die Sitze. Nereng sah zu Elli, die den Zündschlüssel umdrehte.

»Wekster verbirgt etwas … ist er aktiv?«, fragte er.

»Möglicherweise. Zumindest hatte er am Ende einen hohen Puls.«

»But when you cover up your nuts, you're admitting that there must be something wrong«, sagte Nereng.

Elli drehte sich zu ihm. »Wieder so ein Rock-Zitat?«

»The Who.«

Elli lachte kurz auf, wurde aber gleich wieder ernst.

»Harr und ich haben Torben Becker in der ersten Nacht draußen vor dem Bordell beobachtet. Erzähl mir bloß nicht, dass das nur ein Zufall war!«

»Da werden in nächster Zeit wohl noch so einige ihre empfindlichen Teile schützen wollen«, kommentierte Nereng.

Kapitel 40

Das Schießtraining lief verhältnismäßig gut. Nerengs Resultat war weit über den Erwartungen ausgefallen, zumal er die HK P30 noch nie in der Hand gehabt hatte. Auch Elli hatte ihren Schnitzer von vor zwei Wochen wieder wettgemacht. So kurz vor Einführung des neuen Waffentyps wurde das Training auf der Schießbahn allerdings auch intensiver als zuvor absolviert.

Ellis Telefon klingelte.

»Ja?«

»Hier Engstad von der Abteilung für Datenkriminalität …«

»Vielen Dank für die tolle Arbeit mit den Range Rovers«, sagte Elli.

»Nichts zu danken. Ich wollte nur mal fragen, ob Ihnen die Aufzeichnung der Chat-Verläufe weitergeholfen hat.«

»Takle hat die bekommen, war das nicht so?«

»Ja. Aber Sie sind doch die Ermittlungsleiterin oder nicht?«

»Doch, stimmt … Takle und ich haben die Auflistung der IP-Adressen durchgesehen. Soweit ich mich erinnern kann, sagte er, dass das weiterverfolgt wird und man noch darauf zurückkäme.«

»Das muss ein Missverständnis sein«, sagte Engstad.

Elli gab Nereng ein Zeichen, näher zu kommen und mitzuhören. Sie stellte das Handy auf Lautsprechermodus ein.

»Ich hab hier mal laut gestellt, damit mein Kollege Nereng auch was hört«, erklärte Elli. »Also, Sie haben jetzt die IP-Adresse von HARDY BOY zurückverfolgt?«

»Ja. Und da wird es interessant«, sagte Engstad. »HARDY BOY benutzt niemals dieselbe IP-Adresse zweimal hintereinander.«

»Internetcafé?«, fragte Nereng.

»Das auch. Aber er hat noch bessere Tricks auf Lager. Wie sich zeigte, hat er mindestens fünf Mal ein offenes und ungeschütztes WLAN-Netz benutzt. Davon gibt es ja viele. Wenn er zum Beispiel ein Auto hat, dann kann er endlos so weitermachen, ohne dass er identifiziert wird.«

»Anders ausgedrückt haben wir es also mit jemandem zu tun, der weiß, was für ein Risiko er eingeht«, sagte Elli nachdenklich. »Konnten Sie irgendwelche Muster in seinem Verhalten erkennen?«

»Ja, das konnten wir«, erwiderte Engstad. »Vier der WLAN-Netze haben wir unter verschiedenen Adressen in Frogner lokalisieren können. Drei davon gehören alleinstehenden Frauen in den Vierzigern, das vierte einem jüngeren Paar, das genau in der Zeit verreist war, als ihr Netz von HARDY BOY benutzt wurde.«

»Und das fünfte Mal?«

»In Stovner.«

»Gut verteilt, das muss man sagen«, sagte Elli. »Also lassen Sie uns mal festhalten, dass es sich um einen interessanten Kandidaten handelt, unabhängig davon, ob er etwas mit dem Fall zu tun hat. Immerhin scheint er sich so gut mit IT-Technologie auszukennen, dass er sich anderer Leute Informationen beschaffen kann.«

»Ja, und viele haben natürlich auch ungesicherte Rechner. Wenn der Betreffende erst mal in so ein Netz kommt, dann ist es nur ein kleiner Schritt, um auch in private und ungesicherte Rechner eindringen zu können.«

Elli wechselte einen Blick mit Nereng.

»Und diese ganzen Informationen haben Sie also Takle gegeben?«, fragte Nereng.

»Ja. Aber es gibt noch mehr. Wir haben einen Treffer für eine feste IP-Adresse, die zu einem Industriegebäude in Groruddalen gehört.«

»Sie machen Witze«, entfuhr es Elli.

Engstad räusperte sich. »Nein, tut mir leid. Und es kommt noch besser. HARDY BOY hat gestern Abend von dort aus operiert.«

»Okay, vielen Dank, Kollege Engstad, tolle Arbeit. Bitte

schicken Sie ab jetzt alle Informationen nicht nur an Takle, sondern auch an mich.«

»In Ordnung«, sagte Engstad.

Elli gab ihre E-Mail-Adresse durch, bedankte sich erneut und legte auf.

»Takle kann noch warten«, sagte sie. »Wir müssen zuerst nach Groruddalen.«

Kapitel 41

Nina saß zusammengekrümmt auf dem Bett. Der kleine Raum war spärlich eingerichtet. Ständig neue Orte. Das Bordell zog andauernd um. Sie wusste nicht mehr, wie oft schon. Aber jetzt befand es sich in Grünerløkka, und der Deal war derselbe wie vorher: Drogen umsonst, und du tust, was man von dir verlangt.

Fuck it.

Abgesehen von einem Poster mit den drei leicht bekleideten Destiny's-Child-Sängerinnen waren die Wände nackt. Ein paar zaghafte Tränen liefen über Ninas runde Wangen. In der Hand hielt sie den Zettel mit der Telefonnummer, den Ludi ihr gegeben hatte. Auf der Kiste vor dem Bett, die auch als Tisch diente, lag ein Passfoto von Ludi.

»Wo bist du?«, flüsterte sie, wusste aber nur zu gut, dass sie Ludi nicht wiedertreffen würde.

Das Gebäude in Groruddalen befand sich ganz in der Nähe des Flüsschens Alnaelv. Es hatte fünf Etagen und lag eingeklemmt zwischen Fliesenmärkten, verschiedenen Handwerksbetrieben und Lagern sowie einem Reifenhändler. Die Abteilung für Datenkriminalität wusste nicht genau, in welcher Etage sich der WLAN-Router befand, aber zumindest war er irgendwo dort.

Zusammen mit einer Streifenpatrouille waren Elli und Nereng vor dem Lagerhaus vorgefahren. Die uniformierten

Beamten sollten sich die drei unteren Stockwerke ansehen, während Elli und Nereng die drei oberen übernahmen. Sie beschlossen, ganz oben anzufangen. Jeweils zwei Stufen nehmend, kletterten sie die fünf Etagen hinauf.

Im obersten Stockwerk gab es zwei offene Bürolandschaften, die durch Glaswände und einen Flur in der Mitte voneinander getrennt waren. Beide Büros schienen schon seit einiger Zeit leer zu stehen. Die Schreibtische waren entlang der Wände aufeinandergestapelt, und ein paar defekte Bürostühle und wacklige Regale standen wie zufällig irgendwo im Raum. Elli und Nereng betraten zunächst das linke Büro und stellten sofort fest, dass sogar der Strom abgeschaltet war. Gleich darauf wandten sie sich dem rechten Teil der oberen Etage zu, doch hier war die gläserne Eingangstür verschlossen.

»Durchsuchungsbefehl?«, murmelte Nereng.

Elli stieß die Tür mit einem effektvollen, nach vorn gerichteten Fußtritt auf – *surikomi sokuto.*

Nereng zuckte mit den Schultern und folgte Elli in die Bürolandschaft. Beim nächsten Mal müsste er mit seinem Brecheisen, das er in der linken Hand trug, wohl etwas schneller sein.

Die beiden Polizisten durchforsteten den großen Raum, fanden aber weder den Internetrouter noch irgendwelche Anzeichen sonstiger Aktivität.

»Ist die Hintertür offen?«, fragte Elli.

Nereng stellte fest, dass die Metalltür am anderen Ende des Raums von innen verschlossen war.

»Vierte«, sagte Elli und war schon wieder auf dem Korridor.

Die Etage darunter schien ebenfalls verwaist. Es gab einen langgezogenen Korridor, der auf der einen Seite an die Außenwand grenzte. Auf der anderen Seite waren elf Türen. Zwei davon waren als Toiletten kenntlich gemacht.

»Von beiden Seiten?«, schlug Nereng vor.

Elli nickte.

Hinter den ersten drei Türen, die Elli öffnete, befanden sich leere Büroräume. Nur die Tische zeugten von einstiger Aktivität. Die vierte Tür war verschlossen.

Nereng hatte schon vier Räume untersucht. Abgesehen von den Toiletten gab es nur noch zwei, die er überprüfen musste.

»Abgeschlossen«, sagte er leise.

Elli gab ihm ein Zeichen anzuklopfen.

»Polizei!«, rief er entschlossen und klopfte heftig an die Tür.

Keine Reaktion.

Er klopfte noch einmal. Noch immer keine Antwort. Schließlich setzte er das Brecheisen an und nickte Elli zu. Die Tür sprang sofort auf.

Der Raum maß ungefähr sechs mal sechs Meter und hatte verdunkelte Fenster. Sogar im hellen Licht des frühen Nachmittags mussten sie jetzt Taschenlampen benutzen. Einen Moment lang blieben sie stehen und blickten sich schweigend um.

»Sieht das hier nicht so aus wie dieser Videoraum in der Grønnegate?«, fragte schließlich Nereng.

Der Raum war vollständig schwarz gestrichen. Der Lichtmangel verwischte die Konturen.

»Stimmt, sieht genauso aus«, sagte Elli und sog die Luft ein. Gab es hier nicht auch einen schwachen Geruch nach Terpentin?

»Aber kein Internetrouter …«

Inmitten der gespenstischen Stille, die sie umgab, ertönte plötzlich ein schwaches schleifendes Geräusch. Anscheinend kam es aus dem Raum nebenan. Dann war es wieder still. Elli und Nereng reagierten gleichzeitig, bewegten sich zur Tür hin, blieben stehen und lauschten. Stille.

Nereng schlich hinaus auf den Flur. Schnell blickte er erst nach links, dann nach rechts. Alles leer.

Elli verließ den Raum. Nereng schüttelte den Kopf, um ihr zu signalisieren, dass sich niemand im Flur aufhielt. Elli deutete mit dem Kopf auf den nächsten Raum gleich nebenan. Mit gezogenen Waffen nahmen sie vor der Tür Aufstellung.

Vorsichtig untersuchte Elli die Tür.

Sie war unverschlossen.

Schwungvoll stieß Elli sie auf. Auch dieser Raum war verdunkelt und schwarz gestrichen, doch in einer der Ecken gab es einen leichten Rotschimmer. Elli leuchtete mit der Taschenlampe darauf. Im ultraweißen Licht der Diode kamen ein Schreibtisch und zwei Stühle zum Vorschein. An der Wand hinter dem Schreibtisch waren zwei Mehrfachsteckdosen befestigt mit ingesamt zwölf Steckkontakten. Daneben stand ein Router. Eine Reihe von kleinen Lichtern zeigte, dass er eingeschaltet war.

»Sieh mal einer an«, sagte Nereng.

Elli hob den Router mit spitzen Fingern vorsichtig an, drehte ihn um und sah, dass auf der Unterseite eine ID-Nummer angebracht war. »Ich rufe Engstad an und frage mal nach, ob wir den direkt überprüfen können«, sagte sie und zog ihr Handy hervor.

Im selben Moment hörten sie eine Person aus dem Raum stürmen, in dem sie sich zuvor befunden hatten. Der oder die Betreffende lief durch den Flur. Elli fuhr herum und stürzte hinaus. Eine erwachsen wirkende, dunkel gekleidete Gestalt rannte zielbewusst auf das Ende des Korridors zu.

»Polizei! Stehen bleiben!«

Elli lief hinterher, aber die Gestalt hatte nach wenigen Sekunden bereits die Brandschutztür am Ende des Ganges erreicht.

»Stehen bleiben!«, rief Elli noch einmal. Die Person machte jedoch keine Anstalten, der Aufforderung zu folgen.

Schnellen Schrittes folgte Elli ihr über die Treppe nach unten. Die dunkle Gestalt raste in einem wahnwitzigen Tempo über die Stufen.

»Er läuft runter«, schrie Elli und hoffte, dass Nereng sie gehört hatte. Sie selbst konnte hören, wie die Person vor ihr bis hinunter ins Erdgeschoss stürmte, dann in den Keller lief und eine Tür aufriss. Elli folgte ihr. Eine weitere Brandschutztür kam zum Vorschein. Elli riss sie auf und kam in einen langen Kellergang. Die dunkle Gestalt war bereits am anderen Ende, ungefähr zwanzig bis dreißig Meter entfernt, und fasste schon nach dem Griff einer weiteren Tür.

Doch die Tür war verschlossen.

Mit entschlossenen Schritten lief Elli auf die dunkle Gestalt zu und richtete ihre Waffe auf die Brustregion des Unbekannten. »Polizei. Runter auf den Boden!«, schrie sie. Die Person trug eine Skimaske und war nicht zu erkennen.

»Runter!«, brüllte Elli.

Die Gestalt ging ruhig in die Hocke und ließ beide Arme seitlich herabhängen. Jetzt konnte Elli sehen, dass es sich um einen Mann handelte. Er trug schwarze Jeans, Joggingschuhe und eine schwarze Trainingsjacke. Ungefähr zehn Meter von ihm entfernt blieb Elli stehen.

»Runter auf den Bauch!«, kommandierte sie.

Mit ruhigen Bewegungen legte der Mann sich hin. Elli konnte gerade noch erkennen, dass er eine Bewegung mit der rechten Hand machte, bevor ihr das Mündungsfeuer entgegenschlug. Instinktiv gab sie zwei rasch aufeinanderfolgende Schüsse ab. Im selben Moment spürte sie einen heftigen Schlag auf die Brustregion, fuhr herum und landete hilflos an der Wand zur Rechten. Vage konnte sie zwei oder drei weitere Schüsse vernehmen, wusste aber nicht, ob sie aus ihrer eigenen Waffe stammten oder von dem Unbekannten abgegeben worden waren. Dann wurde ihr heiß, und sie spürte etwas Feuchtes an ihrem Hals.

»Elli!«, hörte sie Nereng rufen. Seine Stimme schien aus weiter Entfernung zu kommen und war von einem seltsamen Echo untermalt.

Mit gezückter Waffe rannte Nereng durch den Korridor. Die Tür am Ende stand halboffen. Die Löcher am Schloss verrieten, dass der Unbekannte sie aufgeschossen hatte.

Nereng warf sich neben Elli auf die Knie.

»Elli?«, rief er und versetzte ihr ein paar feste Schläge auf die Wange. Ihre Augen waren geschlossen. Durch ein Loch in ihrer Bluse schimmerte die Kevlar-Beschichtung der kugelsicheren Weste. Gut. Weniger gut war allerdings das Blut, das an ihrer linken Schulter hervorsickerte. Nereng riss Ellis

Bluse auf und entdeckte eine Eintrittswunde genau über der Achselhöhle.

Verdammt.

Nereng tat das einzig Mögliche. Er steckte den Finger in die Wunde, um die Blutung zu stoppen. Im ersten Moment spritzte ihm das Blut ins Gesicht, doch dann spürte er, wie der Druck seines Zeigefingers den Blutfluss verringerte. Noch immer quoll das Blut heraus, aber nicht mehr so heftig wie zuvor.

»Hilfe!«, schrie er aus Leibeskräften.

Überall um ihn herum war Blut. Er war überrascht, dass er weder Angst noch Übelkeit verspürte. Das musste wohl warten.

Plötzlich bemerkte er, dass einer der Streifenpolizisten in den Korridor gekommen war und über Funk einen Notarztwagen orderte.

Dann öffnete Elli ein wenig die Augen.

»Nereng«, stammelte sie. »Das ist wohl nicht so gut gelaufen.«

»Ganz ruhig«, erwiderte Nereng. »Alles wird gut.«

Doch in diesem Moment glaubte er selbst nicht daran.

Kapitel 42

Nereng betrachtete all die Schläuche und Messvorrichtungen, mit denen Elli verbunden war. Sie trug ein Krankenhaushemd und schlief fest. Der Schuss in die Schlüsselbeinregion hatte eine Pulsader erwischt. Elli hatte in kurzer Zeit viel Blut verloren. Zwanzig Minuten nach dem Vorfall war der Notarztwagen mit Elli am Ullevål-Krankenhaus angekommen, doch bereits nach acht Minuten hatte sie eine Infusion erhalten. Das war die erste Maßnahme, die das Rettungsteam bei seiner Ankunft durchgeführt hatte. Es hatte ziemlich auf der Kippe gestanden. Der Arzt hatte gemurmelt, dass Nerengs schnelle Reaktion Elli wohl das Leben gerettet habe. Tja. Erst drei oder vier Wochen im neuen Job in Oslo, und schon wurden die Kollegen angeschossen. Er wäre wohl doch besser in Dokka geblieben.

Allerdings waren erst vor ein paar Jahren zwei Polizisten in Nord-Trøndelag erschossen worden, obwohl es dort oben so dünn besiedelt war. Nein – das Risiko war wohl überall dasselbe, egal wo man arbeitete.

Die ganze Zeit versuchte Nereng, sich einen mentalen Überblick über die Lage zu verschaffen. Es gab hier ein Muster. Jedes Mal kamen sie zu spät, dachte er. Ihre Gegner waren anscheinend viel zu gut informiert und mussten daher aus den eigenen Reihen kommen. Gab es einen korrupten Kollegen oder hatte irgendwer die Informationen auf anderem Weg herausposaunt? Takle hatte ihnen mangelhafte Informationen über die Ergebnisse der Internetrecherche gegeben. Eine bewusste Fehlinformation? War Takle womöglich der faule Apfel oder wurde er vielleicht irgendwie erpresst? Wer hatte auf Elli geschossen? War es der korrupte Kollege oder jemand anders, der mit dem Täter unter einer Decke steckte?

So nah waren sie dran gewesen, so nah, und jetzt war alles auf den Kopf gestellt.

Alle Polizeibeamten der Stadt suchten jetzt nach dem Täter. Schon ein Tag war seit dem Vorfall vergangen, und noch immer hatten sie nicht die geringste Spur. Die beiden Streifenpolizisten hatten sich ein Stockwerk höher befunden, als Elli und Nereng in den Keller hinuntergelaufen waren. Noch bevor sie es nach unten geschafft hatten, war der Täter verschwunden.

Takle bewegte sich auf dünnem Eis. Sie mussten mit ihm reden, aber das konnte noch warten. Takle wusste nicht, dass sie wussten.

Das Handy an Nerengs Gürtel vibrierte.

»Nereng«, meldete er sich leise und bewegte sich so vorsichtig wie möglich auf den Gang hinaus.

»Hier ist Harr. Die Spurensicherung ist fertig. Hast du einen Moment Zeit?«

»Ja, schieß los.«

Nereng erschrak, als ihm plötzlich jemand auf die Schulter tippte. Bent Harr stand direkt hinter ihm. Sie setzten sich auf ein Sofa am Ende des Krankenhausflurs.

Bent rieb sich die Schläfen und kniff die Augen zusammen. »Wie geht es ihr?«

»Den Umständen entsprechend gut. Sie hat jede Menge Flüssigkeit bekommen, und die Ärzte haben ihr ein Beruhigungsmittel gegeben.«

Ihre Blicke trafen sich. »Sie sagen, dass sie es überstehen wird.«

Bent nickte.

»Okay … also erst mal zum Schusswechsel«, begann Bent. »Es kann gut sein, dass wir biologische Spuren des Täters haben. Es wurden einige Haare gefunden, doch die Analyse braucht Zeit, weil da unten schon ein paar mehr Leute herumgelaufen sind. Aber möglicherweise gibt es da Licht am Ende des Tunnels, zumal sieben verschiedene Haarreste in den beiden Räumen gefunden wurden, wo ihr den Täter überrascht habt.«

»Wurde da eine Verbindungstür gefunden?«, fragte Nereng. Zu seiner großen Verzweiflung hatte er bislang nicht verstanden, wie sich der Täter vor ihnen versteckt haben konnte.

»Ja. Die war schwarz angestrichen und hatte keinen Griff, nur so einen ganz kleinen Knauf. Wahrscheinlich sollte die Tür bei den Filmaufnahmen nicht erkennbar sein.«

Nereng beugte sich vor. »Ein eiskalter Typ … der ist von einem Raum in den nächsten geschlichen, während wir draußen auf dem Gang waren.«

»Ja, und er wusste auch ganz genau, wie es da in dem Keller aussieht. Seine Fluchtroute durch den Keller endet an einer Tür, die fast unmittelbar auf einen Fußweg am Fluss hinausführt. Und ganz in der Nähe hatte er vielleicht einen Wagen geparkt.«

Die beiden Polizisten wurden still. Beide wussten, wie gering die Chance war, dass sich in dieser Gegend irgendein Zeuge finden ließ. Der Täter war wie vom Erdboden verschluckt.

Nereng deutete mit dem Kopf auf die Tür zu Ellis Zimmer. »Willst du mal reinschauen?«

Für ein paar Sekunden hielt Bent den Blick auf die Tür gerichtet. »Wieso warst du nicht da, als auf sie geschossen wurde?«, erwiderte er schließlich.

Nereng hatte bereits auf die Frage gewartet. »Kein Ort, wo ich lieber gewesen wäre«, sagte er.

»Aber du warst nicht da«, gab Bent zurück. Er stand auf, nickte fast unmerklich und lief auf den Ausgang am Ende des Flurs zu.

Eines war jedenfalls sicher, dachte Nereng. Dieses Thema würde wieder auftauchen.

Elli gab ein langes, schwerfälliges Atemgeräusch von sich und öffnete langsam die Augen. Mit trägen Bewegungen blickte sie umher und entdeckte nach einigen Sekunden Nerengs erstaunlich unbekümmert wirkendes Gesicht.

»Hallo«, stieß sie mit heiserer Stimme hervor.

Nereng erwiderte ihr Lächeln. »Na, ordentlich was abgekriegt?«

Elli dachte kurz nach. »Ich fühl mich, als wär ich vom Bus überfahren worden.« Sie stöhnte, als sie sich ein wenig aufrichtete. »Wie siehst's denn aus?«

Nereng trat an ihr Bett. »Die Weste hat die Kraft des ersten Projektils weitgehend abgefangen, aber du hast einen ordentlichen Stoß gegen ...« Er suchte nach den richtigen Worten.

Elli sah ihn teilnahmslos an, und Nereng räusperte sich. »Also, ich fürchte deine linke Brust ist veilchenblau.«

Elli versuchte zu lachen, bekam aber sofort einen argen Hustenanfall, der unmittelbar zu einem stechenden Schmerz in der linken Schlüsselbeinregion führte.

Nereng setzte eine mitleidsvolle Miene auf.

Elli gab ihm ein Zeichen fortzufahren.

»Das zweite Projektil ging durch die linke Schulter und in die Achselhöhle … die Pulsader wurde getroffen.«

Elli versuchte, sich zu ihrer Schulter hin umzudrehen, aber die Schmerzen waren unerträglich.

»Du warst bewusstlos und hast viel Blut verloren, aber die Rettungssanitäter haben alles an Flüssigkeit in dich reingepumpt, was sie dahatten … tja, und jetzt liegst du hier.«

Elli versuchte zu lächeln, aber der trockene Mund verharrte in Strichposition. »Und was ist mit dir?«

Nereng erzählte die ganze Geschichte und war erstaunt, dass er sich nur an Bruchstücke erinnern konnte. Ohne ihn zu unterbrechen, hörte Elli zu.

»Und … Aua!« Vorsichtig veränderte Elli ihre Liegeposition. »Und der, der geschossen hat?«

Nereng verzog das Gesicht. »Hat sich in Luft aufgelöst. Keine Spur. Wir mussten uns erst mal um dich kümmern.«

Elli nickte.

»Aber du wurdest wahrscheinlich von einer Glock oder einer Heckler & Koch P30 getroffen.«

»Woher weißt du das?«

»Das Projektil landete in der Wand hinter dir. Gleich nachdem der Rettungswagen losfuhr, haben wir es gefunden. Die Kriminaltechniker sagen, der Schuss sei mit einer Waffe abgefeuert worden, deren Lauf ein polygones Profil hat. Typisch für Glock oder Heckler & Koch. Die Techniker tippen auf eine Glock.«

»Schwer abzugleichen«, fügte Elli hinzu.

»Genau«, sagte Nereng. »Aber das passt zu unseren Vermutungen. Ein Polizist hätte Zugang zu solch einer Waffe haben können.«

Elli streckte die Hand nach dem Bügelgriff über dem Bett aus und hievte sich unter großen Anstrengungen in eine aufrechte Position.

»Ah – verflucht! Das tut ja vielleicht weh!«

Erstaunt beobachtete Nereng, wie Elli sich weiter abmühte und versuchte, die Beine über die Bettkante zu schwingen.

»Au!«

Nereng setzte sich neben ihr aufs Bett. »Was hast du vor?«

»Aufstehen. Raus.«

Der Zivilvolvo hielt vor dem Kreisverkehr am Badebakken. Es hatte eine kurze Diskussion mit den Ärzten im Ullevål-Krankenhaus gegeben, aber Elli war nicht zu überzeugen gewesen und entließ sich mit Hinweis auf das Gesetz über Patientenrechte auf eigene Verantwortung selbst aus der Behandlung. Immerhin hatte sie zugestimmt, regelmäßig zur Nachuntersuchung zu kommen.

Von seinem Platz hinter dem Lenkrad blickte Nereng zu Elli hinüber. »Bist du dir auch ganz sicher?«, fragte er.

»Ja. Zenith war die ganze Zeit allein, und ich kann mich genauso gut zu Hause erholen wie im Krankenhaus.«

»Zenith?«, fragte Nereng.

»Mein Hund«, erwiderte Elli und stöhnte kurz vor Schmerzen auf, als sie den Sicherheitsgurt ablegte.

»Willst du jetzt mit deinem Hund spazierengehen?«

»Ja?!«

Nereng schüttelte den Kopf. »Nein«, sagte er entschieden. »Ich komme mit hoch, gehe mit dem Hund raus, und du legst dich wieder hin.«

Elli wog kurz die Situation ab und kam zu dem Schluss, dass die Umstände wohl kaum so aufgefasst werden könnten, als ließe sie leichthin einen Mann in ihre Wohnung.

»Danke«, sagte sie.

Nereng ließ den Motor wieder an, umrundete den Kreisverkehr zu zwei Dritteln und fuhr in Richtung Badebakken zu Ellis Wohnung. Er parkte nahe der Eingangstür. Mit einigem Gestöhne und Aufschreien kletterte Elli aus dem Wagen. Nereng kam um den Volvo herumgelaufen und half ihr mit dem Schlüssel. Mit dem Aufzug fuhren sie in die vierte Etage.

»Ich gehe zuerst«, sagte Elli.

»Ich bin an Hunde gewöhnt«, sagte Nering mutig.

»Mag sein, aber nicht an meinen.«

Elli öffnete die Tür. Zenith wedelte mit dem ganzen Körper, als er sie erblickte. Der Hund richtete sich auf die Hinterpfoten auf und legte seine großen Vorderpranken auf Ellis Schultern. Angesichts der Verletzung musste das sehr weh tun, aber Elli atmete tapfer aus und nahm die überschäumenden Liebeserklärungen des Hundes entgegen.

»Feiner Hund«, sagte Nereng und lächelte. Zenith ließ sich wieder auf alle viere herunter, starrte Nereng direkt an und brummte tief.

»Zenith, das ist Jan«, sagte Elli mit sanfter Stimme.

Zenith ging zu Nereng hinüber und schnüffelte an ihm. Nach ein paar Sekunden wedelte er zaghaft mit dem Schwanz.

»Hallo Zenith«, sagte Nereng. Der Rhodesian Ridgeback strahlte ein Selbstbewusstsein aus, wie er es bei anderen Hunden nur selten erlebt hatte.

»Liegt an der Rasse«, sagte Elli, fast wie um sich zu entschuldigen. »Immer etwas reserviert gegenüber Fremden. Aber wenn ihr euch erst mal kennengelernt habt, hast du einen Freund fürs Leben.«

Elli führte Nereng in die Wohnung. Ihm fiel ihr minimalistischer Geschmack auf, der gleichwohl Eleganz ausstrahlte. Nachdem Zenith den Fremden ein paarmal beschnüffelt hatte, reichte Elli Nereng ein Leckerchen. Zenith nahm es vorsichtig aus Nerengs Hand und schlang es sofort herunter.

Nach ein paar weiteren Leckerchen und einer Streichelsequenz trotteten Nereng und Zenith am Akerselv entlang. Elli hatte dem Hund eine flexible Leine angelegt, und jetzt sprang Zenith über Rasenflächen hinweg und schnupperte geschäftig an Büschen herum. Zwei junge Mädchen kamen vorbei und begrüßten ihn. Kurz vor Nydalen kehrte Nereng um und lief zurück zu Elli.

Elli zog sich im Bad aus und betrachtete die blau angelaufene linke Brust und den Verband an der linken Schulter.

Die war mit durchsichtiger wasserfester Folie umwickelt. Behutsam ließ Elli sich in die Badewanne sinken und achtete darauf, dass das Wasser den Schulterverband nicht benetzte. Sie schloss die Augen und atmete aus, während das heiße Wasser ihren steifen Körper langsam, aber sicher entspannte.

Ihr Handy vibrierte. Sie hatte es auf ein Handtuch gelegt, das auf einem Hocker neben der Wanne lag, hatte aber keine Lust, sich danach auszustrecken und wieder die Schmerzen zu spüren.

Allerdings – vielleicht war es Nereng, der irgendwelche Probleme mit Zenith hatte. Elli biss die Zähne zusammen und beugte sich so weit über den Rand, dass sie den Arm nicht allzu weit ausstrecken musste.

»Rathke.«

»Hier Kine Bydal. Vom Rettungsdienst.«

Elli brauchte zwei Sekunden, um zu reagieren.

»Oh, hallo«, sagte sie, konnte aber ein kleines Stöhnen nicht unterdrücken.

»Passt es gerade nicht?«

»Nein, nein, ich bin nur etwas steif nach dem Training«, sagte Elli.

»Ähm … ja also, wissen Sie noch, dass Sie mich gefragt haben, ob ich mich noch genauer an den Einsatz in Grünerløkka erinnern kann? Die Tote mit der Überdosis?«

»Ja. Ist Ihnen noch was eingefallen?«

»Tja, eigentlich nur eine Kleinigkeit, aber da Sie gefragt haben … das Mädchen hatte auch geschnüffelt.«

»Geschnüffelt?«

»Ja, es roch nach Lösungsmittel, Lynol. Aber das ist bestimmt auch bei der Obduktion festgestellt worden.«

Irgendwo unter den Schmerzen konnte Elli spüren, dass es in ihrer Magengrube kitzelte. »Vielen Dank, Kine«, sagte sie begeistert. »Sehr schön, dass Sie sich daran erinnern konnten. Aus Rücksicht auf die Ermittlungen kann ich nicht viel dazu sagen, aber Ihre Information ist sehr wichtig.«

Elli konnte sich noch gut an den Obduktionsbericht über den Todesfall in Grünerløkka erinnern. Darin war nichts über durch Lynol verursachte Schäden am Gehirn erwähnt. Doch anscheinend war die Tote ebenfalls mit Terpentin gewaschen worden. Ellis Vermutung stimmte also. Der Mörder hatte drei Leben auf dem Gewissen.

Nereng schloss die Wohnungstür auf. Zenith schlich hinein und ließ sich in seinen Korb fallen.

»Elli?«, fragte Nereng.

»Im Bad«, hörte er sie antworten.

Vorsichtig klopfte er an die Tür.

»Komm rein!«, rief Elli.

Er trat zögernd ein, blickte aber zu Boden, als er sah, dass Elli in der Wanne saß. Mit einem raschen Wink ihres gesunden Arms ließ Elli erkennen, dass seine Schamhaftigkeit überflüssig war. »Ich bin angeschossen worden – da muss ich nicht obendrein noch schamhaft sein.«

Nereng blieb in der Türöffnung stehen und konzentrierte sich darauf, Elli in die Augen zu blicken.

»Kine Bydal vom Rettungsdienst hat angerufen«, sagte Elli.

»Jetzt eben?«

»Ja. Sie konnte sich an etwas erinnern. Das Mädchen in Grünerløkka roch nach Lynol.«

Nereng hob die Augenbrauen. »Oder vielleicht Terpentin …«

»Genau.«

»Und wieso steht das nicht im Obduktionsbericht?«

Elli trommelte mit den Fingern auf den Badewannenrand. »Ich hab schon darüber nachgedacht. Vielleicht hatte es etwas mit der Menge an Terpentin zu tun. Abgesehen davon sah das Ganze ja anscheinend nach einer Überdosis aus, tja, und obendrein noch Takles Nachlässigkeit … Wenn der Geruch nicht allzu stark war, können die das bei der Obduktion schlichtweg übersehen haben.«

Nereng nickte.

Elli sank zurück in die Wanne. Das Wasser bedeckte ihren Körper, doch Nereng erlaubte sich einen schnellen Blick und sah, dass Ellis linke Brust alle Farben des Regenbogens aufwies. Ungeachtet dessen konnte er kaum übersehen, dass ihre Figur noch hübscher war, als er sich vorgestellt hatte.

»Äh … ich sollte jetzt mal fahren. Kommst du zurecht?«, hörte er sich selbst sagen.

»Ja«, erwiderte sie. »Aber ruf an, wenn du bis morgen früh nichts von mir hörst.«

»Okay«, sagte Nereng und steuerte widerwillig auf die Wohnungstür zu.

Es war ein ereignisreicher Tag gewesen.

Als Nereng den Volvo auf die Bergensgate lenkte, entdeckte er einen Peugeot 407. Er sah eine Person hinter dem Lenkrad, doch es war zu dunkel, um das Gesicht erkennen zu können. Viele arbeiten noch so spät, dachte er. Die Osloer Polizei hatte erst vor kurzem einige Peugeots dieses Typs angeschafft. Er schaute in den Rückspiegel. Der Peugeot folgte ihm in einem Abstand von circa 50 Metern über die Bergensgate. Am Kreisverkehr in Sagene bog Nereng rechts ab und drosselte die Geschwindigkeit. Der Peugeot folgte seinem Beispiel.

Kapitel 43

Torben Becker hatte seinen teuren ledernen Bürostuhl so eingestellt, dass er sich weit zurücklehnen konnte, während er nachdachte. So funktionierte das Gehirn einfach besser. Und im Augenblick gab es einiges zu bedenken. Wieso bloß konnte man die Menschen mit ihren Angelegenheiten nicht in Ruhe lassen?

Weksters Auftauchen im Büro war überaus überraschend gewesen. Nur in Ausnahmefällen durften sie direkten Kontakt zueinander aufnehmen. Das hier war ein absoluter Ausnahmefall, und Wekster war klug genug gewesen, sich entsprechend anzuziehen und diskret aufzutreten. Nur die Sekretärin hatte sein Kommen bemerkt.

Aber das reichte einfach nicht aus, wenn der idiotische Wekster auf der anderen Seite nicht in der Lage war, den Mund zu halten. Becker legte seine mit Krokodilleder beschuhten Füße auf den Mahagonischreibtisch. Die elektrisch steuerbaren Gardinen waren so vor das Fenster gezogen, dass Becker die Panoramaaussicht auf die Festung Akershus genießen konnte.

»Wekster ist ein Sicherheitsrisiko«, sagte er in sein Headset.

»Das ist mir schon klar«, erwiderte die Stimme am anderen Ende der Leitung. »Trotzdem wäre es jetzt riskant, etwas zu unternehmen, nachdem er gerade Besuch von zwei Beamten des Abschnitts bekommen hat.«

»Aber Wekster hat schon meinen Namen in die Ermittlungen eingebracht – das hat er mir selbst erzählt«, fuhr Becker fort. »Und das garantiert nicht, dass er nicht noch mehr Namen nennt, wenn er erneut befragt wird. Es könnte auch dein Name fallen!«

Am anderen Ende blieb es eine Weile still. »Verstehe«, sagte der Mann schließlich. »Ich werde sehen, was wir tun können.«

Das kleine Zimmer wurde von einem gedämpften blauen Licht erhellt. In der Mitte stand ein großes Bett. Nina hockte am Fußende. Sie hatte das Haar zu Zöpfen geflochten und trug kindlich wirkende Sachen. Die Schminke war so übertrieben aufgetragen, wie es kleine Mädchen mitunter taten. Sie blickte auf und sah einen Mann in den Vierzigern hereinkommen. Er trug Jeans und ein hellblaues Poloshirt. In der rechten Hand hatte er eine Rolle Duct Tape.

Der Mann blieb am Fußende des Bettes stehen und sah Nina streng an. »Du warst unartig«, sagte er.

Nina neigte den Kopf und hielt die Hände in einer Art Gebetsposition vor der Brust. Der Mann riss einen Streifen von dem Klebeband ab. Mit energischen und routinierten Bewegungen fesselte er Ninas gefaltete Hände. Nina hielt den Blick gesenkt. Die Szene, in der sie hier mitspielte, war eine Phantasie, aber die Angst, die sie spielen sollte, kam ganz natürlich.

Das Gespräch mit der Polizeipsychologin war wie erwartet verlaufen. Jede Menge Verständnis und große Konzentration auf das, was Elli nach der Modellvorstellung der Psychologin – oder des *Systems* – fühlen und denken sollte. Ellis Strategie bestand darin, ihr nach dem Mund zu reden und das System mit den erwarteten Informationen zu füttern, so dass dieses sie weitgehend in Ruhe ließ.

In Ellis Kopf waren die Geschehnisse leicht zu verstehen: Sie jagten einen Verbrecher. Der Verbrecher war bewaffnet und verteidigte sich. In seinen Augen war ihr Leben weniger wert als seine Freiheit.

Das hätte sie wissen müssen. Und sie hätte vorsichtiger agieren sollen.

Ihr Karma war verändert.

»Au!« Der Schmerz zuckte durch Ellis Schulter, als sie die Tür zur Bürolandschaft öffnete.

»Du meine Güte … ich dachte, du seist im Krankenhaus«, sagte Fjeld überrascht, während er an der Kaffeemaschine hantierte.

»Jetzt nicht mehr«, sagte Elli tonlos.

Fjeld schüttelte den Kopf. »Du kannst doch nicht nach zwei Tagen schon wieder deinen Job machen! Was sagt denn der Arzt dazu?«

»Dass ich mich ausruhen soll.«

Fjelds Halsmuskeln spannten sich. »Also, das hier bedeutet ja wohl kaum ausruhen, oder?«

Elli hob zur Abwehr eine Hand und signalisierte, dass sie sich hinsetzen wollte. »Hier kann ich mich genauso gut ausruhen wie zu Hause.«

Fjeld blieb die Antwort schuldig.

Nereng tauchte hinter Elli auf.

Bent stand von seinem Schreibtisch auf, der etwas weiter entfernt lag, und hielt den Blick unverwandt auf Nereng gerichtet. »Drei Tage in der Stadt, und schon wird deine Partnerin angeschossen!«

Anscheinend hatte Bent nicht vor, die Sache auf sich beruhen zu lassen. Dann kann ich mich dem Ganzen ja auch gleich stellen, dachte Nereng.

»Hör zu!«, sagte Elli. Stöhnend bewegte sie sich auf ihren Schreibtisch zu und setzte sich. »Nereng war nicht mal in der Nähe. Die Situation war unübersichtlich, und ich bin auf eigene Faust losgelaufen.«

Bent lächelte sarkastisch. »Ja klar, irgendwo im anderen Stockwerk rumgeschwirrt.«

»Hältst du jetzt mal die Klappe?«, sagte Elli mit erhobener Stimme. »Manchmal – und in letzter Zeit immer häufiger – bist du einfach nur ein Idiot! Du warst nicht dabei, du kannst nicht wissen, wie ich oder Nereng die Lage eingeschätzt haben. Sehr wahrscheinlich hätte sich das Ganze genauso abgespielt, wenn du dabei gewesen wärst.«

Fjeld schien sich über die kleine interne Streiterei köstlich zu amüsieren.

Nereng richtete sich auf. »Ich bin nicht stolz darauf, dass Rathke – in diesem Fall also meine Partnerin – angeschossen wurde«, sagte er und ging mit langsamen Schritten auf Bent zu. Ihre Blicke trafen sich. »Ich will dieses Schwein genauso gerne kriegen wie alle anderen hier im Raum.« Ruhig sah er von einem zum anderen. »Lasst uns hier zusammenarbeiten, um den Typen zu finden.«

Bent kicherte verächtlich. »Macht er jetzt auch noch einen auf Chef, oder wie? Lasst uns zusammenarbeiten«, äffte er Nereng nach.

»Bent!« Malmrosens Stimme klang scharf und entschieden genug, um absolute Stille entstehen zu lassen. Angesichts der gereizten Diskussion hatte niemand bemerkt, dass er hereingekommen war. »Entweder hältst du jetzt die Klappe oder du kannst dich meinetwegen ab sofort um die zahlreichen lustigen Sachen kümmern, die wie hier noch ungeklärt herumliegen haben. Garageneinbruch in Vinderen oder verschwundene Teetassen aus einer Wohnung in der Oscars gate!«

Bent, von Adrenalin aufgeheizt, wollte etwas entgegensetzen, wurde aber von einer abwehrenden Handbewegung Malmrosens gestoppt.

Elli sah zu Nereng hinüber, der regungslos dastand. War da ein winziges Zwinkern in seinem rechten Augenwinkel?

Malmros nahm sein Team in Augenschein. »Der Typ, der auf Elli geschossen hat, hat Priorität. Der Zusammenhang mit dem Bordell ist offensichtlich, aber wir müssen vorsichtig sein.«

»Können wir vielleicht noch ein paar Leute dazubekommen?«, warf Elli ein. Schmiede das Eisen, solange es warm ist.

»Harr steht jetzt für zwei Tage zur Verfügung«, sagte Malmros.

»Kriminaltechniker für die Räume in Alnabru?«, fuhr Elli fort.

»Das ist schon erledigt«, sagte Bent.

»Biologische Spuren?«

»Ja. Die Techniker haben gut gearbeitet. Haben das ganze Spektrum gefunden – Sperma, Schweiß, Haare, weitere Körperflüssigkeiten –, nur die Phantasie setzt da Grenzen. Alles zur Analyse weggeschickt. Ist also schon mal ein Anfang.«

Elli nahm auf dem unbequemen, in Norwegen produzierten Besucherstuhl in Malmrosens Büro Platz. Wie immer war der Schreibtisch des gut organisierten Mannes perfekt aufgeräumt. Niemand sonst auf der Polizeiwache Grønland hatte einen so klinisch sauberen Arbeitsplatz, ohne irgendwelche Anzeichen von unerledigten Arbeiten oder ungelesenen Unterlagen. Er sah Elli freundlich an.

»Du hast doch im Frühsommer davon geredet, öfter mal freimachen zu wollen. Vielleicht wäre es ja schlau, das jetzt zu tun. Immerhin wurdest du vor gerade mal anderthalb Tagen angeschossen, Elli. Es gibt wirklich keinen Grund dafür, dass du dich jetzt hier abmühst – du bist doch auch krankgeschrieben, oder?«

»Ja, aber diese Sache ist mir gerade sehr wichtig. Wenn wir damit fertig sind, nehme ich eine oder vielleicht auch zwei Wochen frei.«

»Du bewegst dich auf einem schmalen Grat, Elli. Ich habe mit Fjeld gesprochen, er sieht das genauso. Wir überlegen, dich vom Dienst zu beurlauben. Auch die Presse hat schon Lunte gerochen. Zusätzlich zu deinen reduzierten Kräften kommt da womöglich noch enormer Druck auf dich zu.«

Elli wand sich auf ihrem Stuhl. Um nichts in der Welt wollte sie jetzt aufs Abstellgleis geraten. »Ich schaffe das! Ich fühle mich lediglich etwas … mitgenommen. Aber ich werde es ruhig angehen lassen.«

Malmros lächelte, fast väterlich. »Dessen sind wir uns sicher«, erwiderte er voller Ironie. »Aber gut, ich lasse dich erst mal weitermachen, aber nur unter zwei Bedingungen. Erstens möchte ich, dass du weitere Gespräche mit der Polizeipsychologin führst und nicht gleich nach den obligatorischen Stunden wieder abspringst. Du hast da eine ernstzunehmende Sache durchgemacht, Elli. Und zweitens: Wenn ich sehe, dass du es nicht schaffst, wirst du gleich beurlaubt.«

Malmros blickte sie eindringlich an.

Elli starrte zurück, ließ es aber schließlich dabei bewenden und sah kokett zur Seite. »Danke für deine Fürsorge«, sagte sie mit sanfter Stimme.

»Immer zu Diensten, Elli. Sag einfach, womit ich dir helfen kann.«

Er schüttelte resigniert den Kopf. »Du bist wirklich der sturste Mensch, der mir je begegnet ist. Na, wir sehen mal, was passiert, okay?«

Elli lächelte. »Vielen Dank.«

Fjeld runzelte die Stirn und spähte über seinen Schreibtisch zu Elli hinüber. Sein kleiner Raum war durch eine Glaswand von dem Großraumbüro getrennt.

»Ich bin mit Malmros ganz einer Meinung. Unter Berücksichtigung deiner Krankmeldung solltest du freinehmen – mindestens eine Woche.«

»Malmros war gerade damit einverstanden, dass ich weitermache«, erwiderte Elli triumphierend.

Fjelds Gesicht verzog sich sorgenvoll. »Na gut«, sagte er. »Aber es gibt vielleicht etwas, was ihr beide nicht bedacht habt.«

»Und das wäre?«

»Der Täter hat dich gesehen«, sagte er nachdrücklich. »Er könnte es wieder versuchen.«

Elli holte tief Luft. Sie spürte wieder die Schmerzen in der Schulter und hoffte, dass Fjeld es ihr nicht angesehen hatte.

»Das ist eben das Risiko bei diesem Job«, sagte sie.

Fjeld blickte sie resigniert an. »Dann müssen wir zusätzlich deine Wohnung unter Beobachtung stellen.«

Nun gut, Elli musste zumindest einen kleinen Kompromiss eingehen, um nicht vom Fall abgezogen zu werden.

»Gut, aber nicht rund um die Uhr. Das würde viel zu viel Aufmerksamkeit auf sich ziehen.«

Ob Fjeld ihr das wohl durchgehen ließ?

»In Ordnung«, fasste er schließlich zusammen. »Ich werde versuchen zu arrangieren, dass halbstündlich eine Streife bei dir vorbeifährt.«

Elli nickte. »Okay … und dann hätte ich noch eine Sache auf dem Herzen«, sagte sie.

Fjeld bedeutete ihr fortzufahren.

»Das betrifft Takle …«

»Hehe … ich weiß doch, dass die Chemie zwischen euch nicht stimmt, aber er wird doch schon bald pensioniert. In ungefähr anderthalb Jahren.«

»Ja, aber …«

»Außerdem bist du ihn sowieso erst mal für 'ne Weile los«, sagte Fjeld und schob seinen Kautabak mit der Zunge zurecht.

Elli sah ihn erstaunt an. »Wie das jetzt?«

»Er ist für sechs Wochen krankgeschrieben. Zu hoher Arbeitsdruck. Er ist gestern nach Thailand geflogen … um auszuspannen, wie er gesagt hat.«

Kapitel 44

Die Ermittlungen der letzten zwei Tage hatten keine neuen Ergebnisse hervorgebracht. Auch Ellis Aktivitätsniveau hatte sich in Grenzen gehalten. Zum Glück hatten die Schmerzen inzwischen etwas nachgelassen. Gleichwohl hatte der Arzt gesagt, dass es Wochen, womöglich Monate dauern könnte, bis sie ganz wiederhergestellt sein würde.

Routinemäßig schaute Elli in den Postkasten ihres Mailaccounts. 47 ungelesene Nachrichten. Nach einer kurzen Prüfung der Liste sah sie, dass es unter den eingegangenen Nachrichten vier gab, die von der Mailbox ihres Handys stammten und als Tondateien an die E-Mail-Adresse weitergeleitet worden waren. Aus alter Gewohnheit hörte sie die Anrufe ab. Wenn sich heutzutage noch jemand die Mühe machte, eine Nachricht zu hinterlassen, hatte er für gewöhnlich etwas auf dem Herzen.

Zwei der Anrufe kamen von ihrer Mutter – Elli sollte nicht vergessen, anzurufen und einen Tag für das gemeinsame Abendessen auszumachen –, eine Nachricht bestand nur aus Rauschen und Klicken, aber die letzte war sehr interessant. Sie kam von Johanne.

Auf dem Schulhof der Osloer Kathedralschule trat Elli an eine Sitzbank mit Tisch. Es hatte eine gewisse Unruhe verursacht, als Johanne mitten in der Unterrichtszeit von der Polizei befragt werden sollte, doch sie konnte darüber nur lachen.

»Au«, stöhnte Elli, als sie sich hinsetzte.

»Was ist denn passiert?«, fragte Johanne.

»Es klingt ziemlich verrückt, aber ich bin angeschossen worden.«

»Du warst das also?«

»Ja, das war ich.«

»Ach, du lieber Gott, Elli!« Johanne kämpfte mit den Tränen.

Elli lächelte sie freundlich an. »Beruhige dich, ist alles gutgegangen. Ich arbeite schon wieder.«

Sie legte eine Hand auf Johannes Schulter. »Also, zur Sache – was wolltest du mir erzählen?«

»Okay, in Aftenposten – und im Internet – hab ich diese Diskussion über Presseethik mitverfolgt. Da ging's um Nettavisens Verwendung von Fotos bei der Berichterstattung über Kriminalfälle.«

Elli nickte erwartungsvoll.

»Ja, wie schon auf der Mailbox erwähnt ... ich sah das Foto der Leiche und dachte, dass mich die Haltung, in der sie daliegt, an ein Bild von Munch erinnert. Wir haben uns hier während des ganzen Frühjahrs mit seinen Bildern beschäftigt.«

»Welches Bild?«, fragte Elli.

Johanne zog ein dickes Buch aus ihrem Rucksack und schlug es an einer mit einem gelben Zettel markierten Stelle auf.

»*Weinender Akt*«, sagte sie und legte das Buch vor Elli auf den Tisch.

Die Ähnlichkeit war frappierend. Noch ein bisschen deutlicher als die zwischen van Goghs *Ruhender Akt* und der Leiche auf dem Friedhof Gamlebyen.

»Na, ich muss schon sagen«, sagte Elli.

Mit weit aufgerissenen Augen rückte Johanne ein Stückchen näher an Elli heran. »Stimmt es, dass es ein Serienmörder ist?«

Elli überlegte, ob sie mehr über den Fall erzählen könnte, und kam zu dem Schluss, dass sie es eigentlich zwar nicht durfte, Johanne aber voll vertrauen konnte. Für diesen wichtigen Hinweis musste sie zumindest ein bisschen belohnt werden.

»Die Leiche davor, von der auch in den ABC-Nyheter die Rede war, lag in einer Haltung, die an van Goghs *Ruhender Akt* erinnert.«

Elli blickte Johanne an, die vielsagend nickte, gleichzeitig Zeigefinger und Daumen der rechten Hand zusammenpresste und damit über ihre Lippen strich, als wären sie ein Reißverschluss.

Angesichts von Johannes kleinmädchenhafter Faszination konnte sich Elli ein breites Grinsen nicht verkneifen.

»Ja, ich weiß – du hältst mich für einen Nerd.«

»Nein, gar nicht. Es ist sehr gut, dass du mir das erzählst. Aber versprich mir eines, Johanne – kümmere dich um eine gute Ausbildung, du wirst es weit bringen.«

Johanne nickte folgsam.

Elli erklärte, dass sie nun zurück zur Polizeiwache müsse, um die neue und wichtige Information in die Ermittlungen einzubringen.

»Du hast mir heute sehr geholfen, Johanne«, sagte sie. »Das sind wirklich sehr nützliche Informationen. Wenn der Fall gelöst ist, werde ich dir alles erzählen.«

»Keine Ursache«, erwiderte Johanne.

Elli gab eine Nummer ins Telefon ein. Bevor es am anderen Ende der Leitung zu klingeln begann, vergingen die typischen sieben oder acht Sekunden, die immer verstrichen, wenn man einen Teilnehmer im Ausland anrief. Nach dem siebten Klingeln nahm jemand ab.

»Sawat dee«, sagte eine Männerstimme.

Einen Augenblick lang überlegte Elli, ob ihr Plan eigentlich klug war, schob die Zweifel aber beiseite.

»It's Sunee«, antwortete sie.

»Cousine Sunee aus Norwegen. Wie schön«, erwiderte Daeng enthusiastisch. Er klang, als ob er es tatsächlich auch so meinte. »Wie geht es dir?«

»Gut, sehr gut – und dir?«

»Ah, die Geschäfte laufen gut, viele *Farangs*. Es gab viel Betrieb in der Hauptsaison, jetzt im Sommer ist es etwas ruhiger.«

Daeng betrieb eine kleine chirurgische Privatklinik außerhalb von Hua Hin, einem auf wohlhabende Gäste spezialisierten Badeort zwei oder drei Stunden südlich von Bangkok.

»Malaria oder Denguefieber?«, fragte Elli.

Am anderen Ende erscholl Daengs charakteristisches trockenes Maschinengewehrlachen. »Nein, nein – sie kommen, um ihren Körper zu verschönern. Neue Brüste, fester Bauch, faltenfreies Gesicht. So was ist hier viel billiger als in Europa.«

Nach den Einleitungsfloskeln kam Elli gleich zur Sache.

»Daeng ... ich brauche ein bisschen Hilfe.«

»Es wäre mir eine Ehre«, erwiderte er sofort.

»Das steht in Verbindung mit meiner Arbeit. Ein Mann namens Harald Takle – er ist ein Kollege von mir – befindet sich gerade in Thailand.«

»Ist das etwa verboten?«, scherzte Daeng.

Elli lachte. »Nein, natürlich nicht. Aber Takle steht unter Verdacht, es geht um einen Fall, an dem ich arbeite. Aber das muss unbedingt unter uns bleiben.«

»Weil ...?«

»Weil er Polizist ist und weil möglicherweise noch weitere Polizeibeamte involviert sind. Es wäre schön, wenn wir den Ball da ganz flach halten könnten.«

»Verstehe ... und womit kann ich dir helfen?«

»Ich wüsste in erster Linie gern, wo er ist und was er macht.«

»Okay ... ist er denn hier vielleicht in irgendwas Kriminelles verstrickt?«

»Absolut möglich. Er hatte Flugtickets nach Bangkok, aber ich bezweifle, dass er da geblieben ist. Er ist kein Großstadttyp, wenn du verstehst, was ich meine. Ich schätze, dass er sich entweder in Pattaya oder Hua Hin aufhält. Und da bist du ja.«

»Und ... worum geht's bei diesem Fall?«, fragte Daeng.

»Junge Mädchen. Ein paar von ihnen leben nicht mehr.«

»Uff ... *dhukka*. Ich sehe zu, was ich tun kann«, sagte Daeng mit ernster Stimme.

Dhukka beschrieb die erste der vier edlen Wahrheiten im Buddhismus; das Dasein bestand aus unterschiedlichen Stufen des Leidens.

»Ja. Dieser Fall ist mit viel Leid verbunden, fürchte ich.«

»Ernste Sache, ich verstehe. Ich höre mich um und melde mich dann wieder bei dir«, sagte Daeng.

Elli bedankte sich und legte auf.

Tja. Das war wohl nicht ganz das, was ihre Mutter im Sinn gehabt hatte, als sie den Namen von Ellis Vetter erwähnte. Aber der Zweck heiligt die Mittel.

Sila. Das Richtige tun. Auch für eine Polizistin war das eine Pflicht.

Kapitel 45

Im Presseraum des Polizeipräsidiums Grønland ertönte das typisch leise Summen, das immer dann entstand, wenn Journalisten versuchten, sich gegenseitig Informationen abzujagen, ohne dabei selbst wesentlich mehr als nutzlose Details preiszugeben. Ein ziemlich egozentrischer Beruf, dachte Elli. Alle Stühle waren besetzt, die Nachzügler hatten sich an der Wand postiert. Elli zählte neun Videokameras. Die Anzahl der Fotoapparate schien mit der Menge der Anwesenden ungefähr übereinzustimmen. Sogar der Pressesprecher der Polizei machte Aufnahmen von den versammelten Journalisten.

Auf dem kleinen Podium hatte Elli einen Platz fast am Tischende eingenommen. Rechts von ihr saß Fjeld, der sich für den Anlass einen extragroßen Priem unter die Lippe geschoben hatte, auf der linken Seite saßen Polizeijuristin Andersen sowie Malmros, gefolgt vom Pressesprecher, einem ehemaligen Journalisten.

Fjeld beugte sich zu Elli herüber. »Tut mir leid, dass das so kurzfristig kam, aber unsere Presseabteilung hatte heute Morgen Dagbladet, VG und TV 2 am Telefon. Anscheinend sind sie aus ihrem Halbschlaf erwacht und ahnen jetzt, dass da was im Gange ist.«

Elli schenkte ihm ein steifes Lächeln. »Wir reiten hier eine halbe Stunde gegen den Sturm an und dann arbeiten wir einfach weiter.«

»Ich hoffe, du hast recht und es bleibt bei einer halben Stunde«, erwiderte Fjeld.

Elli warf einen Blick auf die versammelten Medienvertreter und dachte, dass sie einen Querschnitt der Bevölkerung repräsentierten, zumindest was ihre ethnische Herkunft und ihr Alter betraf.

Als der Pressesprecher drei Mal gegen das Mikrophon klopfte, um die Lautstärke zu überprüfen, kam die Versammlung unmittelbar zur Ruhe. »Wir begrüßen Sie zu dieser kurzfristig anberaumten Pressekonferenz und danken für Ihr zahlreiches Kommen«, sagte er und warf ein paar Blicke auf die Journalisten in der ersten Reihe. Dann stellte er die Teilnehmer auf dem Podium vor und eröffnete die Fragerunde. Elf Hände streckten sich schnell in die Höhe. Der Pressesprecher deutete routiniert auf einen erfahrenen Reporter in der ersten Reihe, ein Mann um die fünfzig, der einen Anzug trug.

»Danke. Tor Olsen, TV 2. Ist es richtig, dass die Morde auf dem Friedhof Gamlebyen und am Sognsvann von derselben Person begangen wurden?«

Malmros beugte sich zum Mikrophon vor. »Ganz allgemein betrachtet können wir sagen, dass die beiden Morde erhebliche Ähnlichkeiten aufweisen und es sich wahrscheinlich um ein und denselben beziehungsweise dieselben Täter handelt.«

»Können Sie uns ein paar Details nennen?«, fuhr Olsen fort.

»Aus Rücksicht auf die Ermittlungen kann ich das leider nicht«, sagte Malmros und blickte hinüber zu Andersen, die sogleich übernahm.

»Für die Untersuchungen und den anschließenden Rechtsprozess ist es entscheidend, dass wir aus ermittlungstechnischen Gründen nur so viele Informationen preisgeben, dass unsere eigene Arbeit nicht gefährdet wird. Wie immer hoffen wir auf eine gute Zusammenarbeit mit den Medien und dass die Medien sich dessen bewusst sind, dass sie in so einem ernstzunehmenden Fall eine wichtige Rolle spielen.«

Andersen wurde mit einer Reihe nicht gerade liebenswürdiger Blicke aus dem Saal bedacht.

Hvalberg von VG war als Nächster dran. »Eine Frage an die Ermittlungsleitung: Wieso haben Sie die Medien nicht schon früher über diesen Fall informiert?«

Der Pressesprecher sah zu Elli hinüber. »Frau Rathke?«

Elli lächelte den Journalisten besonnen an. »Wir gehen mit den Informationen an die Öffentlichkeit, wenn es uns wünschenswert erscheint, diese aus ermittlungstaktischen Gründen zu publizieren. Im Übrigen lehrt uns ja die Erfahrung, dass die Presse auf eigene Faust nach Informationen gräbt.«

»Sie sehen es also nicht so, wie es Frau Andersen vor einer Minute ausdrückte, dass nämlich die Presse eine unterstützende Rolle spielen kann, wenn sie schon etwas zeitiger in den Prozess miteinbezogen wird?«

Elli verschränkte die Arme vor der Brust. Sie schaffte es einfach nicht, diesen Menschen etwas abzugewinnen. »Nein, ich sehe das nicht so«, sagte sie trocken.

Im Saal war erregtes Aufstöhnen zu vernehmen.

Der Pressesprecher ergriff wieder das Wort. »Bitte beruhigen Sie sich. Wir wissen um die Relevanz der Medien, aber es wäre doch wohl sinnvoller, sich mit den Informationen zu beschäftigen, die Sie von der Ermittlungsleitung erhalten können, anstatt jetzt die Informationsroutine zu kritisieren.«

Ein unrasierter Mann Ende zwanzig erhob sich. »Dag Kaspersen, Dagbladet«, verkündete er mit piepsiger Stimme und richtete den Blick auf Elli. »Ich hätte auch eine Frage an Frau Rathke.«

Elli hob die Augenbrauen.

»Wieso wurden die Leichen so arrangiert, wie es der Fall ist?«, fragte Kaspersen.

Elli überwand den Drang, den Raum sofort zu verlassen, und erinnerte sich an die Wichtigkeit der *Rechten Rede*.

»Wir können hinsichtlich der Ähnlichkeiten in beiden Fällen derzeit nicht mehr mitteilen, als was Kollege Malmros bereits geäußert hat.«

Kaspersen stöhnte. »Aber es wurden doch bereits Fotos veröffentlicht, die zeigen, dass die Leiche am Sognsvann in einer aufrechten und gestellten Haltung gefunden wurde. Das muss doch etwas zu bedeuten haben. Hat die Polizei diesbezügliche Theorien?«

Elli lächelte. »Wir können dazu leider nicht mehr sagen.«

»Aber so etwas Offensichtliches muss Ihnen doch am Tatort aufgefallen sein?«

Eine kurze Pause entstand. Malmros unterbrach sie routiniert und effektiv mit seinem typisch autoritären Räuspern. »Alle Tatorte werden von uns selbstverständlich professionell und gründlich untersucht. Die Polizei muss dabei allerdings selbst entscheiden können, inwieweit Details wie zum Beispiel die Mordmethode oder die Position der Leichen an die Öffentlichkeit gebracht werden.«

Mehrere Journalisten meldeten sich gleichzeitig per Handzeichen.

Kaspersen fuhr fort. »Sie sagten gerade *alle* Tatorte – gibt es mehr als zwei Morde, die hier im Zusammenhang stehen?«

»Ich habe mich ganz allgemein auf alle im Zusammenhang stehenden Tatorte bezogen. Eine Morduntersuchung verzweigt sich selbstverständlich immer, und so ist das auch hier«, erwiderte Malmros geduldig.

»Aber …« Olsen von TV 2 mischte sich mit seinem tiefen Bass ein und übertönte Kaspersens Piepsstimme. »… es muss doch etwas Konkreteres zu erfahren sein, als dass die Polizei uns hier erzählt, es gebe einen Zusammenhang zwischen den beiden Morden. Können Sie bestätigen, dass wir es hier mit einem Serienmörder zu tun haben?«

Für einen kurzen Augenblick breitete sich erwartungsvolle Spannung im Saal aus. Malmros blickte kurz zu Elli und nickte fast unmerklich.

»Ja, sofern es sich um zwei oder mehr Morde handelt, können wir von einem Serienmörder ausgehen«, sagte sie und wurde augenblicklich mit einem Blitzlichtgewitter und einer Kakophonie aus Fragen konfrontiert. Malmros, Andersen, der Pressesprecher und Elli mussten unzählige Varianten der immer gleichen Fragen parieren: »Ist der Täter Muslim? Nordafrikaner? Hatte er eine Beziehung zu den Opfern? Was wusste man über die Mädchen? Waren sie Prostituierte? Was wusste die Polizei über deren Kunden? (Eine Frage, die die Presse besonders zu interessieren schien.) Wo lagen die Bordelle?« Als der Fragesturm sich ein wenig zu legen begann, meldete sich wieder Hvalberg von VG.

»Sie wurden doch im Rahmen der Ermittlungen verletzt ... angeschossen«, sagte er zu Elli. »Welchen Zusammenhang sehen Sie zwischen den Fällen und den abgegebenen Schüssen?«

»Der Vorfall ereignete sich, als wir eine Spur in diesem Fall verfolgt haben«, erwiderte Elli. »Da uns der Täter nicht bekannt ist, können wir über die übrigen Zusammenhänge nicht viel sagen.«

»Glauben Sie, dass man Sie töten wollte?«

Obwohl Elli inzwischen eine gewisse Distanz zu dem Geschehnis aufgebaut hatte, war es ihr unangenehm, dass die Frage auf diese Weise formuliert wurde. Malmros kam ihr bei der Antwort zuvor.

»Eine unserer ermittelnden Beamtinnen wurde angeschossen, nachdem sie sich als Polizistin zu erkennen gab. Wir ermitteln hier so, als handele es sich um einen Mordversuch«, sagte er und warf dem Pressesprecher einen Blick zu. Der verstand den Wink.

»Dann bedanken wir uns erneut für Ihr Kommen«, sagte er und wollte die Pressekonferenz beenden. Eine elegant gekleidete, schlanke Frau um die dreißig erhob sich und protestierte wild gestikulierend.

»Okay, okay«, sagte der Pressesprecher. »Letzte Frage.«

»Mina Faye-Robertsen, Se og Hør. Wir betrachten Kriminalfälle aus einem anderen journalistischen Blickwinkel als die Tagespresse, daher eine kleine Frage an Elisabeth ...«

Elisabeth? Kannte Elli diese Person aus irgendeinem Zusammenhang?

»… Äh, ist es in diesem schwierigen Fall ein Vorteil, dass Sie keine ethnische Norwegerin sind?«

»Also bitte, das ist nicht der richtige Ort für ein Personenporträt …«, mischte sich der Pressesprecher ein.

»Ich kann das gern beantworten«, unterbrach ihn Elli mit fester Stimme. »Was glauben *Sie*?«, erwiderte sie und hielt dem Blick der Reporterin stand.

Faye-Robertsen drückte den Rücken durch und machte eine fast unmerkliche Bewegung mit dem Kopf. »Nun, ich würde glauben, dass ein multikultureller Hintergrund andere und erweiterte Perspektiven eröffnet, aber das ist natürlich nur geraten.«

Elli ließ drei oder vier Sekunden verstreichen, bevor sie antwortete. »Darin liegt wohl der Unterschied zwischen Ihnen und mir begründet«, sagte sie kühl. »In unserem Beruf raten wir nicht.«

Dann stand sie auf und verließ den Raum.

Kapitel 46

Die Rådhusgate 19 lag am Christiania torv, am Rande der als Quadratur bezeichneten Straßenzüge. Es war ein altehrwürdiges Backsteingebäude, das 1626 mit zweifellos aus den Niederlanden importierten Ziegelsteinen erbaut worden war. Das Gebäude strahlte dieselbe Würde aus wie ältere Mitglieder einer reichen Familie, die stets über Geld verfügte, aber nie darüber sprach. Die architektonischen und historischen Qualitäten des Hauses mussten erst gar nicht hervorgehoben werden. Das Gebäude sprach für sich selbst.

Seit 1936 residierte hier der Osloer Kunstverein. An der Gründung des Vereins im Jahre 1836 waren der Dichter Johan Sebastian Welhaven, der Buchhändler Johan Dahl und der spätere Ministerpräsident Frederik Stang beteiligt gewesen. Elli hoffte, dass die Menschen im Gebäude die Bodenhaftung nicht verloren hatten.

Ihre Hoffnung erfüllte sich. Das Personal bestand aus nur zwei Angestellten, einer Kuratorin und einer Galerieassistentin, die Elli bereitwillig halfen.

»In Norwegen gibt es 190 Kunstvereine«, erläuterte die Kuratorin Cecilie Knapstad. »Der Verband der Norwegischen Kunstvereine, bei dem wir Mitglied sind, liegt in der Kongens gate und hat die vollständige Übersicht.«

Cecilie Knapstad deutete mit einer katzengleichen Bewegung auf die Wand hinter ihr, wo vier Motive aus einer Serie eines bekannten norwegischen Malers hingen. »Die Kunstvereine in den großen Städten beschäftigen sich ja hauptsächlich mit Werken etablierter Künstler und einiger Debütanten. Wenn Sie nach einem Maler suchen, der bis jetzt noch keinen Durchbruch hatte, dann wenden Sie sich am besten an die örtlichen Kunstvereine. Die haben in der Regel einen guten Überblick über alles Wissenswerte in der lokalen Szene.«

»Aber«, fragte Elli, »wie kann man lernen zu malen?«

Cecilie Knapstad lehnte sich an die Wand und verschränkte die Arme vor der Brust. »Hier passt wohl am ehesten die Redewendung *Alle Wege führen nach Rom*. Es gibt viele verschiedene Varianten – von der Kunst- und Handwerksschule über diverse Kunstausbildungen an den Distriktshochschulen bis hin zur Volkshochschule. Dann gibt es noch private Schulen und Kurse, man kann bei einem Künstler in die Lehre gehen oder ist Autodidakt. Einige der größten Künstler der Weltgeschichte waren Autodidakten.«

»In diesem Fall scheinen Impressionismus oder Expressionismus im Zentrum zu stehen. Gibt es Maler oder Lehranstalten in Oslo oder im Bezirk Akershus, die diese Kunstrichtungen lehren?«, fragte Elli.

»Viele«, erwiderte die Kuratorin. »Der Expressionismus ist allerdings seit zwanzig oder dreißig Jahren eher mit modernistischen Ausdrucksweisen verknüpft.«

Elli runzelte die Stirn.

»Das ist mitunter sehr verwirrend«, sagte Cecilia Knapstad. »Expressionisten wie van Gogh verwendeten eher traditionelle Techniken, wohingegen neue expressionistische Werke beispielsweise kubistische und nonfigurative Elemente in sich aufnehmen.«

»Also … gibt es dann Kreise in Oslo oder Akershus, die sich speziell mit Impressionismus oder Expressionismus beschäftigt haben?«

»Nicht dass ich wüsste, zumindest nicht so speziell. Auf der anderen Seite wird es natürlich viele Künstler und Studenten geben, die dies als Kunstrichtung an Schulen, Kollektiven oder Institutionen gewählt haben. Allerdings – es gibt da eine gar nicht mal so kleine Kolonie draußen in Son und eine ziemlich aktive Szene in Asker und in Aurskog-Høland. Und natürlich hier im Zentrum …« Cecilie Knapstad verlagerte das Gewicht auf den anderen Fuß und fuhr sich mit der Hand durch ihr langes rabenschwarzes Haar. »Ich werde jetzt ein bisschen neugierig – darf ich fragen, wonach Sie eigentlich suchen?«

»Das dürfen Sie. Aber ich kann Ihnen leider nicht antworten«, sagte Elli.

Kapitel 47

Nereng stand mit einem älteren Mann in weißem Kittel vor einem typischen Regalsystem aus Stahl, das man in den meisten Baumärkten für wenig Geld erwerben konnte. Die zwei Meter hohen Regale füllten vier oder fünf Meter Wandfläche aus und waren mit allen möglichen technischen Geräten bestückt. Nereng erkannte ein Mikroskop, einen Kompass, einen Feuchtigkeitsmesser, einen Kassettenrekorder, einen alten Plattenspieler und diverse Werkzeuge. Die neunhundertfünfundneunzig anderen technischen Ausrüstungsgegenstände waren ihm unbekannt. Der Kriminaltechniker im weißen Kittel trug zu Recht den Spitznamen *Q*. Eigentlich hieß er Aron Schnitzler und kam ursprünglich aus Deutschland.

»Womit wollen wir anfangen?«, fragte Aron.

»Haben Sie das ganze Material aus der Grønnegate untersucht?«

»Ja.«

»Dann lassen Sie uns mit der DVD beginnen«, sagte Nereng.

»Tja … die ist im Großen und Ganzen alles, was wir haben. Und die Flasche. Alles andere ist verkohlt. Sogar die Federn in den Matratzen sind zu kleinen Metallklumpen verschmolzen.«

Nereng lächelte. »Once the flames begin to catch, the wind will blow it higher.«

Schnitzler sah ihn verständnislos an.

»Peter Gabriel, aus ›Biko‹.«

Schnitzler nickte. »Ah nein, von ihm habe ich leider nichts gelesen.«

Nereng ließ die Bemerkung unkommentiert und deutete mit dem Kopf auf die DVD.

»*Jawohl* – das Video ist anscheinend mit einer Kamera mit HD-Videofunktion aufgenommen worden. Ich tippe auf eine Nikon D5000 oder etwas in der Richtung«, erläuterte Aron mit seinem leichten deutschen Akzent. Im Stillen fragte sich Nereng, wie dieser Mann, der irgendwann im Leben einmal einen deutschen Pass besessen hatte – oder noch immer besaß –, eigentlich bei der norwegischen Polizei gelandet war, aber er fragte nicht nach.

»Es wurde auch ein anderes Mikrophon verwendet. Der Fotograf muss sich demnach gut auskennen, wenn er externes Zubehör verwendet.«

»Irgendwelche Filmtricks?«, fragte Nereng.

»Leider nicht, ich hätte gerne gesagt, dass die ganze Sache *gefälscht* war, aber nein, alles ist echt. Im Hintergrund konnten wir übrigens Geräusche weiterer sexueller Aktivitäten herausfiltern, wahrscheinlich aus dem Nebenzimmer. Wir haben dazu eine Kombination aus parametrischem eekuu und digitalem Rauschfilter benutzt.«

Nereng rümpfte die Nase. »Para … was bitte?«

»Parametrischer EQ. Die Buchstaben e und q«, erklärte Aron mit geduldiger Miene. »Eine Abkürzung für Equalizer – eine digitale Variante davon haben Sie in Ihrem iPod.«

»Aha … okay – andere Geräusche. Können wir uns die mal anhören?«

»*Jawohl* – kommen Sie«, sagte Aron und ging hinüber zu einem Mac. Er rief die Datei auf und überführte sie in ein Programm, das, wie Nereng sah, GarageBand hieß.

»Tja – GarageBand war in erster Linie für junge Musiker zu Hause im Kinderzimmer gedacht, aber es eignet sich auch erstaunlich gut für unsere Zwecke«, sagte Aron. Er machte einen Doppelklick mit der Maus. Nach einigen Sekunden war die Stimme eines jungen Mädchens zu hören. Geziertes Stöhnen und Schreie vermischten sich mit einer Männerstimme, die wiederholt *Hure, Hure* rief. Nach ein paar Minuten waren auch Klatschgeräusche zu hören.

Aron blickte Nereng an und hob die Augenbrauen. »Ich vermute, dass er sie schlägt.«

Nach einer Weile nahm die Agressivität des Mannes zu – gegen Ende der Aufnahme schrie das Mädchen »Nein, nein!«, während sich die demütigenden Äußerungen des Mannes nur umso mehr in ihrer Intensität steigerten.

»Verflucht … er geilt sich daran auf, dass er sie quält«, sagte Nereng.

Aron blieb stumm.

»Und die Flasche aus der Grønnegate?«, fragte Nereng.

Aron wandte sich zu einem Tisch um, auf dem Ausrüstungsgegenstände für chemische Probeanalysen lagen. »Die ist sehr interessant. Die Flasche enthält nämlich Absinth. Ein Alkoholtyp mit angeblichen Halluzinationseffekten. Das ist in Norwegen natürlich verboten, wird aber zum Beispiel in Dänemark und den Niederlanden noch immer verkauft. Um die Jahrhundertwende haben Künstler und Bohemiens das gerne getrunken. Besonders Maler wie Matisse, van Gogh und Munch sollen erhebliche Mengen von diesem Getränk konsumiert haben. Vereinzelt ist das auch heute noch bei nostalgisch veranlagten Künstlern sehr beliebt. In der Tat ein ziemlich spaßiges Getränk.«

»Hä?«

Aron drehte sich wieder zum Tisch um und ordnete seine Chemikalien. »Ach, nichts«, murmelte er.

»Und der Fußboden?«, fragte Nereng.

»Tja, wir müssen bis morgen früh auf die Laborergebnisse warten, aber das UV-Licht hat gezeigt, dass es zahlreiche biologische Spuren auf dem Boden gab.«

»Sperma?«

»Ja … was sollte es sonst sein?«

Kapitel 48

Dank Johannes Aufmerksamkeit wusste die Polizei jetzt viel mehr über den *Modus Operandi* des Täters. Doch was hatte es zu bedeuten, dass die Drapierung der Leichen bekannten Aktmotiven nachempfunden war? Auf Ellis Stirn zeichneten sich tiefe Sorgenfalten ab. Wieso machte der Mörder so etwas? War es womöglich einfach so, dass die Aktmotive ihn erregten, oder gab es einen anderen Zusammenhang?

»Du siehst aus, als könntest du ein bisschen Entspannung gebrauchen«, sagte Nereng direkt hinter ihr. Elli spürte seine Hände auf ihrer Schulter. Vorsichtig massierte er sie.

Sie ließ den Kopf nach vorn sinken. »Herrlich … aber sei vorsichtig mit der linken Seite.«

Nereng schwächte seinen Griff etwas ab. »Oh … da sollte ich wohl am besten aufhören.«

»Schon in Ordnung, mach weiter.«

Nereng fuhr ein wenig fort, achtete aber darauf, dass die Situation nicht missverstanden werden konnte, und hörte nach einer Weile auf.

Er hat ein Gespür für Takt, dachte Elli.

Sie erzählte ihm von dem Gespräch mit Johanne.

»Da hast du aber eine sehr nützliche Nachbarin«, kommentierte er.

»Sie ist ein schlaues Mädchen ... was meinst du? Wie finden wir die Verbindung?«

»Aber ist die Verbindung nicht offensichtlich? Es sind Aktszenen bekannter Künstler, die in einem pädophilen Zusammenhang verwendet wurden.«

»Ja ... aber ich glaube, dass noch mehr dahintersteckt.«

»Wieso?«

Elli strich sich mit der Hand über die verletzte Schulter.

»Nur so ein Gefühl.«

Nereng lehnte sich an den Schreibtisch. »Tja, das Unterbewusstsein sollte man nicht unterschätzen.«

Elli beugte sich vor und erweckte ihren PC zum Leben. Sie schrieb *van gogh pädophilie* in das Suchfeld bei Google, bekam aber keine relevanten Treffer. Sie probierte es auch mit der englischen Schreibweise *pedophilia*. Danach unternahm sie denselben Versuch mit Edvard Munch, aber auch hier spuckte der Computer keine brauchbaren Ergebnisse aus.

»Anscheinend gibt es keine pädophilen Verknüpfungen bei diesen Künstlern, ansonsten hätte das ja schon längst irgendwo gestanden«, sagte Elli.

Nereng lächelte. »Ich frage noch mal bei der Technik nach, ob die was gefunden haben. Inzwischen kannst du dich ja weiter mit dem historischen Aspekt beschäftigen.«

»In Ordnung«, erwiderte Elli und suchte weiter im Internet. Dabei fiel ihr auf, wie erschreckend groß der Einfluss Googles inzwischen geworden war. Aber Informationen hatten kein Gewissen. Sie musste dort suchen, wo die Informationen zu finden waren.

Zuerst las Elli, was Wikipedia über Munch zu berichten wusste. Der Artikel bot solides Hintergrundwissen, doch am Ende fühlte sich Elli genauso schlau wie zuvor. Das Einzige an Munchs Lebenswandel, das auf einen ähnlich gelagerten Persönlichkeitszug hinwies, war eine gewisse Anzahl an jungen Frauen, die zu seinem Landgut Ekely gekommen oder dorthin eingeladen worden waren. Dort hatte Munch in seinen späten Jahren eine nicht unbedeutende Zahl an Aktbildern produziert. Dennoch fand Elli nichts, was darüber hinaus verriet, dass sich unter diesen Modellen auch Minderjährige befunden hatten.

Nachdem sie einen entsprechenden Artikel über Vincent van Gogh gelesen hatte, war Elli ein kleines bisschen schlauer. Zwischen den Malern gab es offensichtliche Verbindungen. Beispielsweise wurde vermutet, dass beide an einer bipolaren Persönlichkeitsstörung gelitten hatten. Darüber hinaus hatten beide über längere Zeiträume depressive Episoden erlebt und sich Ende des 19. Jahrhunderts in denselben Pariser Künstlermilieus aufgehalten. Und natürlich hatten beide eine ganze Reihe weiblicher Akte gemalt. Außerdem war Munch sehr von dem Maler Paul Gauguin beeinflusst gewesen, der zu van Goghs Bekanntenkreis in Paris zählte.

Als Elli schließlich die Stilarten der beiden Maler verglich, entdeckte sie einen interessanten Zusammenhang.

»Van Gogh und Munch waren beide Expressionisten«, erklärte Elli. »Van Gogh war Postimpressionist und ein Pionier der expressionistischen Kunstwelle. Munch war ebenfalls Teil dieser Bewegung und unter anderem stark inspiriert von van Gogh. Und sie sind sich in Paris öfter begegnet.«

»Expressionisten … etwa so verzerrte Bilder wie *Der Schrei*?«, fragte Nereng.

»Ja. Kräftige Farben, einfache Komposition. Die Künstler verwendeten häufig Motive, die die Wirklichkeit verzerrten, um damit emotionale Zusammenhänge schildern zu können. So gesehen kann man sagen, dass sie die Gesellschaft durch sich selbst betrachteten. Munchs *Schrei* ist dafür ein Paradebeispiel.«

Elli zeigte auf einen Artikel auf dem Bildschirm. »Der Expressionismus fand in der zweiten Hälfte des 19. Jahrhunderts Verbreitung. Bekannte Impressionisten wie van Gogh und Paul Gauguin waren die Vorreiter dieser Stilrichtung. Edvard Munch und andere wurden um die Zeit der Jahrhundertwende zu bekannten Vertretern dieser Stilart.«

»Die beiden Werke, von denen wir hier sprechen, *Ruhender Akt* und *Weinender Akt*, wurden also beide in einer frühen expressionistischen Phase von Künstlern geschaffen, die bekannte Vertreter dieser Kunstrichtung waren?«, fragte Nereng.

»Ja.«

»Gab es denn sonst noch Ähnlichkeiten zwischen den Malern – abgesehen von den Bildern selbst?«

»Nun, besonders van Gogh, und zum Teil auch Munch, haben vermutlich verschiedene Stufen von Depressionen und Persönlichkeitsstörungen durchlitten. Beide waren im Laufe ihrer Karriere in psychiatrischer Behandlung. Ansonsten gingen sie in ihrer Pariser Zeit einem richtigen Boheme-Leben nach, teilweise sogar gleichzeitig. Angst taucht in den Schilderungen vieler expressionistischer Künstler übrigens immer wieder auf.«

Nereng umfasste sein Kinn. Eine Geste, die er immer dann machte, wenn er intensiv über etwas nachdachte, wie Elli aufgefallen war. »Du meinst also, wir haben es hier mit einem Täter zu tun, der glaubt oder sich wünscht, einer dieser Expressionisten zu sein?«

»Ja. Mölnlycke hat da etwas gesagt – dass der Täter visuell orientiert ist und seine Handlungen genauestens plant. Vielleicht hat der Künstler ja narzisstische und größenwahnsinnige Gedanken über sich selbst und betrachtet sich als Künstler derselben Stilrichtung?«

»Das sieht ja wirklich schlecht aus«, sagte Nereng nachdenklich.

»Untertreibung des Tages. Oder denkst du da an was Spezielles?«

»Ja«, erwiderte er und deutete auf den Bildschirm. »… van Gogh hat sich das Leben genommen. Wenn unser Mann wirklich glaubt, einer dieser Maler zu sein, dann spielt er vielleicht auch mit romantischen Todesgedanken.«

Elli nickte. Dasselbe war ihr auch schon in den Kopf gekommen.

Kapitel 49

Elli und Zenith lagen auf dem Sofa und ruhten sich aus. Auf dem Tisch stand ein Glas Chablis, daneben lag eine große Packung Sushi aus Ellis Lieblingsrestaurant unten beim Rathaus. Der alte Toyota, den sie im Sommer nur selten benutzte, war ihr jetzt, da das Radfahren Schmerzen verursachte, von großem Nutzen. Mit halb geschlossenen Augen verfolgte Zenith das Programm im Fernsehen. Elli fand es unbeschreiblich herrlich, die verletzte Schulter ganz und gar entspannen zu können. Nach dem Essen wollte sie das letzte Harry-Potter-Buch lesen.

Die Entspannungsübung wurde von Ellis Mobiltelefon unterbrochen, das ein SMS-Signal von sich gab. Die Nachricht kam von einem anonymen Absender. Bestimmt Reklame, dachte Elli und legte das Handy weg, ohne die Meldung zu öffnen. Sie konzentrierte sich wieder auf die TV-Nachrichten, die der typischen Tagesordnung für die Saure-Gurken-Zeit folgten: Drogen, weibliche Beschneidung, von Einwanderern verübte Gewalttaten, Zeckenbisse, rumänische Diebesbanden, Politikerporträts aus dem Ferienhaus, Spielerwechsel in der Fußballliga und endlose Wettervorhersagen.

SMS.

Elli griff zum Telefon und öffnete die Meldung. Keine Reklame.

<< prfl:SCHNUEFFLER p.w: H-cast www.sexmeet.com eilt! Ich weiß etwas >>

Elli setzte sich auf und las die Nachricht noch einmal. Profil SCHNUEFFLER? Elli ging zu ihrem Mac, öffnete Safari und gab die Adresse www.sexmeet.com ein. Die Seite erschien auf dem Bildschirm. In der rechten oberen Ecke war ein Feld für das Log-in. Elli überlegte kurz und kam zu dem Schluss, dass sie es wohl probieren müsste. Sicherheitshalber trennte sie die externe Harddisk vom Rechner. Dann trug sie »SCHNUEFFLER« in das Feld für *Profil* und »H-cast« in das Feld für *Passwort* ein.

Die Seite wechselte schnell zu einem Chatroom, in dem knapp fünfzehn User aktiv waren. Nach ein paar Sekunden tickerte eine Message vom Profil »KORNIN« ein. Es war eine Einladung zu einem Privat-Chat, und sie enthielt nur einen kurzen Text: *SMS*.

Elli konstatierte, dass die Akteure trotz ihres jungen Alters in dieser Sache einen technologischen Vorsprung gegenüber der Polizei zu besitzen schienen. Es war äußerst frustrierend, in Armeslänge auf Distanz gehalten zu werden. Doch negative Gedanken halfen nicht weiter. Sie akzeptierte die Einladung zum Chat. Gleichzeitig wählte sie Nerengs Nummer. Er ging sofort ran.

»Ich kommuniziere hier mit jemandem von zu Hause aus. Datakrim soll versuchen, die IP-Adresse zu lokalisieren. Sofort! Ich habe einen Kontakt!«

»Jetzt gleich?«, fragte Nereng unsicher.

»Ja, jetzt, am besten schon vor zwei Minuten. Fahr selbst hin und ruf an, wenn ihr so weit seid«, erwiderte sie und legte auf.

Auf dem Bildschirm hatte sich die Kontaktperson gemeldet.

»Wer bist du?«, hatte KORNIN geschrieben.

Elli starrte auf die simple Frage. War es ein Test, oder wusste der Absender nicht, wer sie war? Aber wer war der Absender?

»Wer bist du?«, gab Elli unter dem Usernamen SCHNUEFFLER in das Textfeld ein.

KORNIN: Cola ins Gesicht:)
SCHNUEFFLER: Global Bar:(
KORNIN: ich weiß etwas

Nereng wurde von Tore Engstad an der Tür der Abteilung für Datenkriminalität in Empfang genommen. Erstaunlicherweise hatte er weniger Überredungskunst als erwartet aufbringen müssen, damit Engstad ihm so spät am Abend noch zur Verfügung stand.

»Hier entlang«, sagte Engstad und führte ihn durch eine Glastür, die er mit einer Codekarte öffnete. Dahinter sah Nereng einen Raum, der mehrere Hundert PCs enthalten musste.

»Wohl jede Menge RAM hier«, sagte er, merkte aber gleich, dass sein Kommentar etwas danebenlag.

Engstad drehte sich zu ihm, lächelte freundlich und zeigte auf eine Reihe von zehn oder zwölf Computern. »Brauchen wir hier auch. Wir arbeiten kontinuierlich mit Überwachungen – Finanztransaktionen, E-Mail-Kommunikation in Drogenfällen und nicht zuletzt Kinderpornographie und pädophile Netzwerke. Da brauchen wir massenhaft RAM.«

Nereng richtete sich auf und kam gleich zur Sache.

»Elli hat auf ihrem Computer zu Hause Kontakt mit einem mutmaßlichen Zeugen, ein anonymer Informant. Sie möchte, dass die IP-Adresse verfolgt und der Zeuge wenn möglich lokalisiert wird.«

Engstad setzte sich an einen Computer und öffnete ein Programmfenster. Nereng fühlte sich an Bilder aus amerikanischen Filmen erinnert, in denen die Handlung etwas mit dem Pentagon oder Langley zu tun hatte.

»Dann wollen wir mal sehen«, sagte Engstad. »Probieren wir erst mal die einfache Variante.«

Auf dem Bildschirm sah Nereng ein Icon mit dem Namen

E. S. Rathke. Engstad öffnete ein neues, schwarzes Textfenster und gab das Kommando »tracerroute« ein.

Drei Sekunden später tauchte eine IP-Adresse auf dem Schirm auf.

»Mist!«, sagte Engstad.

»Wo liegt das Problem?«, fragte Nereng.

»Das ist eine IP-Adresse auf dem Mobilserver von Telenor.«

»Und das heißt?«

»Dass derjenige, mit dem Elli kommuniziert, ein Mobiltelefon benutzt. Falls der Betreffende sich nicht über einen längeren Zeitraum physisch ruhig verhält, ist das unmöglich nachzuverfolgen.«

SCHNUEFFLER: name?
KORNIN: nina
SCHNUEFFLER: nachname?
KORNIN: nur vorname
SCHNUEFFLER: wo bist du?
KORNIN: willst du informationen haben oder bloß bullentricks probieren?

Elli zwang sich zu akzeptieren, dass sie es hier mit jemandem zu tun hatte, der eine Menge sozialen Ballast mit sich herumschleppte. Der Nachname musste warten.

SCHNUEFFLER: was weißt du?
KORNIN: ich glaube, die könnten mich umbringen
SCHNUEFFLER: wer? warum?
KORNIN: bin hure
SCHNUEFFLER: wer bedroht dich – ein kunde?
KORNIN: ich hab in ein paar filmen mitgespielt
SCHNUEFFLER: sexfilme?

Die Antwort ließ einige Sekunden auf sich warten.

KORNIN: nein, kinderfernsehen …

Elli holte tief Luft. Ganz ruhig jetzt. Nichts vermasseln.

SCHNUEFFLER: sorry
KORNIN: fokus! ich hab wenig zeit
SCHNUEFFLER: glaube, wir haben einen der filme gesehen
KORNIN: ok – das ist gsm
SCHNUEFFLER:?
KORNIN: graubart und schulmädchen
SCHNUEFFLER: wer macht die filme?
KORNIN: hör zu – wenig zeit, bin bei einem kunden zu Hause, er ist schon fertig, werde in 15 min abgeholt …

Elli wagte nicht, sie mit weiteren Fragen zu verwirren.

KORNIN: … bekomme meine kunden von einem jon, macht so'n castingzeugs … erwachsene männer, machen ihr ding und bezahlen … einige kunden wollen filme, wird extra bezahlt … ein paar aufträge nur filme
SCHNUEFFLER: sind es kunden, die dich bedrohen?
KORNIN: ja … aber ludi hat mir was noch viel schlimmeres erzählt

In der Regel waren Probleme mit Internetverbindungen oder damit in Zusammenhang stehende IT-Probleme mit endloser Wartezeit bei irgendeinem Helpdesk oder anderen Abteilungen mit wohlklingenden Namen und minimaler Besetzung verknüpft. Doch die Nummer, die Engstad jetzt anrief, versprach unmittelbare Hilfe. Die Telefonnummer war wohl nur einer Handvoll Menschen bekannt.

»Spezialabteilung«, sagte eine Stimme.

»Hier Engstad, Datenkriminalität. Wir haben eine Kommunikation zu einem Ihrer Mobilserver zurückverfolgt. Es handelt sich um eine laufende Ermittlung und wir müssen das lokalisieren. So schnell wie möglich.«

»Liegt das im Rahmen einer Standardermittlung?«, wollte Telenor wissen.

»Ja. Prostitution mit Minderjährigen und Kinderpornographie.«

»Okay … können Sie mir die Infos geben?«

»Hab's an die übliche Adresse geschickt.«

»Einen Moment«, sagte Telenor.

Nereng sah auf die Uhr. 21 Uhr 13. »Wie lang wird das ungefähr dauern?«

»Unmöglich zu sagen. Wenn wir Glück haben, nur ein paar Minuten. Haben wir Pech, dann finden wir es gar nicht.«

Engstad blickte wieder auf den Bildschirm, auf dem jetzt ein Chat-Fenster aufgetaucht war.

»Okay, wir sind dran … sie orten es jetzt. Die Triangulierung des GSM-Signals zeigt … ja, wir haben Glück. Irgendwo in Grünerløkka. Und der Betreffende ist noch aktiv.«

»Können Sie genauer sagen, wo in Grünerløkka?«

Engstad bejahte.

SCHNUEFFLER: was hat ludi erzählt?

KORNIN: sie hat gesehen, dass was schlimmes mit dem mädchen vom friedhof passiert ist, polina, sie war 2 oder 3 mal im bordell, sprach kein norwegisch – ludi kam vom klo und hat gesehen, dass das mädchen in einen raum geschleppt wurde

SCHNUEFFLER: unter zwang? was ist dann passiert?

KORNIN: ja, ludi hörte geräusche … schläge, verzweifelte schreie … später am abend hat sie gesehen, dass polinas beine vom sofa runterhingen wie in einem gruselfilm oder so

SCHNUEFFLER: weißt du, wo ludi jetzt ist?

KORNIN: nein – sie hatte 'ne scheißangst, sagte, dass ihr vielleicht was zustoßen könnte, hat mir deine nummer gegeben

SCHNUEFFLER: nina, wenn wir dir helfen sollen, musst du sagen, wer dich bedroht und warum

KORNIN: ludi sagte, sie soll einen der männer treffen, die sie mit polina zusammen gesehen hat … die haben ihren pass und alles

SCHNUEFFLER: wann?
KORNIN: vorgestern
SCHNUEFFLER: abends?
KORNIN: wir arbeiten meistens abends …

Elli überdachte kurz ihre Taktik, doch Nina machte einfach weiter.

KORNIN: mail?
SCHNUEFFLER: meine mailadresse?
KORNIN: ja – ich habe eine videodatei
SCHNUEFFLER: tips@sentrum.politi.no
KORNIN: nicht gut – brauche deine eigene

Elli ging plötzlich auf, dass das Mädchen im Augenblick weiter dachte als sie selbst.

SCHNUEFFLER: mein private ist e. s.r@hotmail.com – was ist das für ein film?
KORNIN: der erste, in dem ich mitgemacht habe, wird den kunden über handy verkauft
SCHNUEFFLER: in wie vielen hast du mitgespielt?
KORNIN: 8 oder 10
SCHNUEFFLER: wo werden die gedreht?
KORNIN: bordell, oder kiel-fähre – schöne zimmer
SCHNUEFFLER: was haben die filme gemeinsam?
KORNIN: abgesehen davon, dass alte männer kleine mädchen in den hintern ficken?
SCHNUEFFLER: sorry, dumme frage, ich meine, gibt es da ein thema, einen aufbau, irgendwas, das in allen filmen gleich ist?
KORNIN: hab nicht drüber nachgedacht, sag bescheid, wenn mir was einfällt
SCHNUEFFLER: warum gibst du uns den film?
KORNIN: weil ludi gesehen hat, dass einer der typen im film geholfen hat, polina in das zimmer zu schleppen

Elli rückte vor auf die Stuhlkante.

SCHNUEFFLER: weißt du einen namen?
KORNIN: nein, glaube, er ist geschäftsmann oder so – nenne ihn immer goldy, weil er so mit gold behangen ist

Elli merkte, dass die Zeit knapp wurde. Während des Chats mit Nina hatte sie Nereng ein paar SMS geschickt und sich nach der Ortung erkundigt, aber er hatte nicht geantwortet.

SCHNUEFFLER: wie bist du an den film gekommen?
KORNIN: war auf einem handy, das ich eingesteckt habe
SCHNUEFFLER: von einem kunden?
KORNIN: wenn du es unbedingt wissen willst: von papa

Elli konnte kaum glauben, was sie da las, und musste sich anstrengen, um nicht die Konzentration zu verlieren.

SCHNUEFFLER: ist er daran beteiligt?
KORNIN: nein – hat aber kranke interessen. life sucks, kann man wohl sagen
SCHNUEFFLER: nina, wir sollten das jugendamt einschalten
KORNIN: nein – ich melde mich wieder

Nach drei Sekunden verriet der Bildschirm, dass Nina sich ausgeloggt hatte.

Nereng parkte den Wagen am Birkelunden-Park und lief auf der Westseite die Thorvald Meyers gate hinunter. Engstad und Telenor hatten das Handy im oberen Drittel von Grünerløkka orten können. Nereng vermutete, dass der Betreffende in einem Café saß. Davon allerdings gab es viele. Nach wem musste er Ausschau halten?

Plötzlich spürte er sein Handy in der Jackentasche vibrieren.

<< bist du da?? >>, fragte die SMS von Elli.

Nereng sah, dass er noch drei weitere Nachrichten bekommen hatte, alle von Elli. Hätte er bei Datakrim doch bloß nicht seine Jacke an die Garderobe gehängt.

Die vorangegangene Meldung war viel wichtiger.

<< such nach Nina, südamerikanisch, 13 Jahre >>

Demnach musste sie sich in einem gewöhnlichen Café aufhalten und nicht in irgendeiner Kneipe. Das nächstliegende Café war »Fru Hagen«, einen Block weiter, auf der anderen Straßenseite. Nereng lief direkt auf das Café zu.

Nina klappte den Nokia Communicator ihres Vaters zu, trank ihren Orangensaft aus und verließ »Fru Hagen«. Sie bog nach rechts ab, in Richtung Sofienbergpark. Nachdem sie ein paar Meter gegangen war, drehte sie sich um und bemerkte einen Mann in den Dreißigern, der das Café betrat. Er wirkte wie ein Schnüffler. War sie etwa *so* schnell, diese Elli?

Kapitel 50

Nach einer längeren Unterhaltung mit Nereng saß Elli am Küchentisch vor ihrem Mac. Nereng hatte sich tausend Mal dafür entschuldigt, die Meldungen nicht rechtzeitig gelesen zu haben. Aber wahrscheinlich hätte das auch keinen Unterschied gemacht, wie Elli schlussfolgerte.

Inzwischen hatte sie die Videodatei heruntergeladen und bereitete sich psychisch darauf vor, was sie jetzt zu sehen bekämen. Sie drückte auf *Play*.

Der Film begann unmittelbar. Sie erkannte Ludi und Nina. Noch ein weiteres Mädchen war dabei, das Elli noch nie gesehen hatte. Die drei Mädchen standen im Wald nebeneinander auf einer Brücke. Zwei Männer liefen den Mädchen auf der Brücke ganz locker und unverkrampft entgegen. Die Kamera war auf die Rücken der Männer gerichtet, ihre Gesichter waren nicht zu erkennen. Nina, Ludi und das dritte Mädchen wandten sich um und kicherten. Weiter kam Elli nicht. Das Handy klingelte.

»Sawat dee khrap«, sagte Daeng voller Enthusiasmus, bevor Elli überhaupt reagieren konnte.

»Sawat dee kha«, erwiderte sie. »Have you got something?«

»Ja.«

Elli hörte, dass er auf eine Tastatur einhämmerte.

»Dieser Kollege von dir – Takle –, er ist recht vermögend, wenn ich das richtig verstanden habe?«

»Überhaupt nicht«, rief Elli. »Wie kommst du darauf?«

»Nun … wir haben ihn in einem der besten Hotels von Hua Hin aufgespürt. Anantara. Ein sehr gutes Hotel, um es milde auszudrücken. Fünf Sterne, liegt direkt am Strand zwischen Hua Hin und Cha-Am. Typischer Ort für wohlhabende *Farangs*. 350 Dollar pro Nacht.«

Elli schüttelte den Kopf. »Du hast Takle in einem Luxushotel aufgespürt? Bist du sicher, dass es der richtige Mann ist?«

»Name und Beschreibung stimmen überein.«

»Hmm. Wirklich sehr erstaunlich! Hast du – oder seid ihr mehrere? – herausfinden können, was er da treibt?«

»Tja …«

Elli hörte ihn wieder etwas eintippen.

»Ich war da mit einer Bekannten von mir. Wir gaben uns als Paar aus. Tagesgäste aus Bangkok.«

Daeng machte eine kleine Pause.

»Dein Freund Takle …«

Elli konnte hören, dass Daeng fast ein wenig kicherte.

»… hat eine winzige Badehose mit Tigerstreifen.«

Elli hatte gleich ein paar Bilder im Kopf, die sie dort lieber nicht gesehen hätte.

»Erspar mir bitte die Details, Daeng. Erzähl mir einfach, was er macht.«

»Eigentlich gar nichts. Er ist im Hotel. Die ganze Zeit.«

»Wirklich die ganze Zeit?«

»Sieht so aus.«

»Aber geht er nicht mal weg, um was zu essen oder so?«

»Nein, er nimmt alle Mahlzeiten im Hotel ein.«

Elli machte eine Bewegung mit dem Kopf. »Ist er mit jemandem zusammen? Bekommt er Besuch?«

»Nicht mal professionellen Besuch, wenn du verstehst, was ich meine«, erklärte Daeng nachdenklich. »Allerdings surft er viel im Internet. Acht bis zehn Stunden am Tag.«

»Und deine Quelle – ist er oder sie auch glaubwürdig?«

»Unbedingt. Ich kenne hier viele Leute. Die Quelle ist zu hundert Prozent glaubwürdig.«

»Und das soll heißen?«

»Ein Freund, der dort arbeitet.«

»Okay …«, sagte Elli, wusste aber nicht recht, was sie mit den Informationen anfangen sollte.

»Willst du wissen, was ich glaube?«, fragte Daeng.

»Ja, bitte.«

»Er wartet. Auf irgendwen oder irgendwas.«

»Hmm … wie kommst du darauf?«

»Er ist rastlos. Man sieht es an seiner Körpersprache. Er findet keine Ruhe, blickt sich oft um, schaut zur Rezeption hinüber. Dazu kommt, dass er das Hotel niemals verlässt. Irgendwas hält ihn dort fest. Vielleicht wartet er ja auf eine Operation?«

»Operation?«

»Ja – Brustverkleinerung. Viele Männer machen das. Takle ist absolut ein Kandidat für so was.«

Daengs Informationen riefen mehrere Bilder hervor, die Elli absolut nicht im Kopf haben wollte. Stattdessen konzentrierte sie sich auf Daengs leicht sarkastisches Lachen.

»Willst du, dass ich da noch weitergrabe? Es gibt noch so manche Leute, die mir eine Gefälligkeit schulden …«, fuhr Daeng fort.

Elli dachte kurz über das Angebot nach. »Daeng, das klingt sehr verlockend, aber dafür habe ich kein Budget. Das müsste ich dann so lange aus eigener Tasche bezahlen, bis wir Indizien dafür haben, dass jemand von der Polizei in die Sache verwickelt ist.«

»Sunee«, erwiderte Daeng mit sanfter Stimme. »Wir sind eine Familie! Mach dir erst mal keine Sorgen über die Bezahlung. Kein Problem. Außerdem verdiene ich gutes Geld mit der Eitelkeit deiner europäischen Geschlechtsgenossinnen.«

Daeng feuerte eine weitere Salve seines Maschinengewehrlachens ab.

Elli dachte, dass sie die familiären Bande wohl etwas zu sehr strapazierte.

»Daeng, das bedeutet trotzdem viel mehr Einsatz, als ich annehmen kann.«

»Ganz und gar nicht! Schluss jetzt mit dem Thema. Wir beobachten ihn hier noch ein paar Tage. Ist sowieso eine spannende Abwechslung vom Alltag.«

Nun, dann musste das wohl als positive Konsequenz der Tatsache betrachtet werden, dass so viele westliche Frauen und Männer Geld für ihre Eitelkeit verschwendeten.

»Vielen Dank, Daeng. Aber mach dir nicht zu viele Umstände«, sagte Elli.

Daeng lachte wieder. »Mach dir keine Sorgen, ich hab schon noch genügend andere Dinge zu tun. Gibt es irgendwelche besonderen Informationen, die du haben willst?«

»Ja, eine Sache: Wie bezahlt er die Hotelrechnungen?«

»Ich werde sehen, was ich herausfinden kann.«

Sie beendeten das Gespräch.

Elli entschied sich, Takles Wohnung ein wenig zu untersuchen, jetzt, da er nicht da war.

Kapitel 51

Das Morgenmagazin des Nachrichtenkanals von TV 2 vermittelte den üblichen Eindruck, dass sich die Welt in einer

Endlosschleife drehte. Für jeden, dessen Kurzzeitgedächtnis nicht richtig funktionierte, musste die Welt erschreckend und gewalttätig wirken. Alle fünf Minuten eine neue Schreckensnachricht. Nereng wandte den Blick von dem Nachrichtensender auf seinem LCD-Bildschirm ab und sah, dass Elli die Bürolandschaft betrat. Er nahm an, dass sie nicht eine Sekunde geschlafen, sondern die ganze Nacht hindurch Ninas Video studiert hatte. Erwartungsvoll sah er sie an.

Er erhielt ein Kopfschütteln zur Antwort. »Hallo«, sagte Elli leicht fragend.

»Hallo, das Video, was war drauf?«, fragte Nereng mit schlecht verhohlener Ungeduld.

»Wie erwartet – gsm –, Graubärte und Schulmädchen.« Elli trat an Nerengs Schreibtisch heran. Unmittelbar wurde ihre Aufmerksamkeit vom Nachrichtensender auf dem Computerbildschirm abgelenkt. Nereng wollte gerade noch weitere Fragen über das Video stellen, wurde aber von Elli unterbrochen, die »Psst« machte und auf den Bildschirm deutete.

»Alfred Krefting und Torben Becker. Das ist ja interessant«, sagte sie. Nereng blickte auf den Schirm. Ein Reporter von TV 2 stand in einer Galerie und leierte Informationen über eine Kunstausstellung herunter. Elli zeigte auf den Bildschirm, auf dem zwei Männer erkennbar waren, die etwas abseits standen und sich unterhielten. Nereng wusste, dass einer davon Politiker war, der andere war ihm unbekannt.

»Kannst du eine Kopie der Sendung herunterladen, die wir da gerade gesehen haben?«, fragte Elli.

Mit schnellen Schritten eilte sie auf den Besprechungsraum zu, musste aber angesichts der Schulterschmerzen ihr Lauftempo alsbald wieder drosseln. Ruhig und kontrolliert atmete sie aus und betrat den Raum. Fjeld, Bent Harr, Andersen und Malmros saßen schon auf ihren Plätzen. Nach ein paar Augenblicken kam Nereng herein, trat zu Elli und legte einen gelben Zettel mit der Aufschrift »/Fall2009–378/Ermittlg/Mediendatei« auf den Tisch.

Elli bedankte sich mit einem Nicken.

Neugierig blickte Fjeld zu ihnen herüber. »Was Interessantes?«, fragte er.

»Nein … nur ein Medienverweis«, sagte Elli.

»Hmm. Was denn?«, fuhr Fjeld fort.

»Torben Becker. Sein Name ist ja am Rande der Ermittlung aufgetaucht. Ich glaube, ich habe ihn eben in einer Nachrichtensendung gesehen – er unterhielt sich mit jemandem, ich will das nur kurz überprüfen.«

»Wollen wir anfangen?«, fragte Malmros, der wie so oft überraschend in der Türöffnung auftauchte. Das Gemurmel am Tisch erstarb. »Rathke ist anscheinend eine beliebte Frau«, konstatierte er. »Sie ist erneut kontaktiert worden, dieses Mal von einer minderjährigen Prostituierten, die zusammen mit der Verstorbenen vom Sognsvann in Pornofilmen mitgewirkt hat. Stimmt das?«, fragte Malmros.

Elli nickte.

»Rathke beziehungsweise wir sind jetzt im Besitz eines weiteren Filmausschnitts, auf dem erwachsene Männer Sex mit minderjährigen Mädchen haben, korrekt?« Elli nickte abermals.

»Das sind ja Kinderpornos. Die fallen unter das Gesetz über Kinderpornographie«, sagte Andersen.

Malmros blickte auf. »Das ist richtig. Unsere neue Quelle kann möglicherweise neues Licht in unsere Ermittlung bringen. Das muss jetzt mit höchster Priorität behandelt werden, insbesondere weil mehrere Todesfälle, die Kinderpornographie und der Anschlag auf eine Polizistin in direktem Zusamenhang stehen können.«

Fjeld meldete sich zu Wort. »Der schwache Punkt ist, dass wir vorläufig nur Rathkes Quelle haben. Wir sind sozusagen vom Wohlwollen der Betreffenden abhängig und müssen abwarten, bis sie wieder Kontakt aufnimmt. Elli, können wir ihr vertrauen – Nina, so heißt sie doch, oder?«

Elli blickte entschieden in die Runde. »Sie wirkt echt.«

»Nereng?«, fragte Fjeld.

»Ich teile Ellis Einschätzung voll und ganz«, sagte er und nickte dazu.

Die restliche Zeit der Besprechung verging zu Ellis Missvergnügen mit der Erörterung praktischer Dinge, von denen sie momentan nichts hören wollte. Um alle Anwesenden in Kenntnis zu setzen, erwähnte Fjeld erneut, dass Takle sechs Wochen abwesend sei.

Er wird bestimmt sehr vermisst werden, dachte Elli.

Nereng stand über einen Arbeitstisch gebeugt, auf dem diverse Untersuchungsergebnisse ordentlich nebeneinander ausgebreitet lagen. Es war ihm unverständlich, wie die Techniker im kriminaltechnischen Labor es immer schafften, die verschiedenen Proben und Gegenstände auseinanderzuhalten. Doch in Wahrheit war es wohl so, dass sie es nicht immer taten. Die interne Loyalität und die eigenen Gesetze der Abteilung sorgten allerdings dafür, dass solche Fehler nie an die Öffentlichkeit kamen.

»Wir konnten jetzt siebzehn verschiedene Spermatypen feststellen«, erläuterte die Kriminaltechnikerin. Sie war eine Frau in den mittleren Jahren und stammte aus dem Mittleren Osten. Auf dem kleinen Schild an ihrer Brust stand der Name Nazek.

»Du hast also die genetischen Fingerabdrücke von siebzehn pädophilen Männern?«, fragte Nereng erstaunt.

»Nein. Nur acht oder vielleicht zehn sind gut genug, um daraus ein DNA-Profil zu erstellen.«

Nereng warf einen schnellen Blick auf die Untersuchungsergebnisse.

»Kannst du den DNA-Abgleich der besten Proben sofort veranlassen?«, fragte er. »Vielleicht haben wir ja Glück.«

»Nein«, erwiderte Nazek.

Nereng blickte sie erstaunt an.

Sie lächelte angesichts des offensichtlichen Missverständnisses. »Nein, wir haben kein Glück. Ich habe die acht Profile schon durch die Datenbank gejagt. Keine Treffer.«

Nereng verzog das Gesicht. »War wohl nicht anders zu erwarten. Diese Tätertypen … die agieren am Rande der bekannten kriminellen Milieus. Da gibt es nur selten DNA-Übereinstimmungen mit anderen Fällen. Und somit vergeht immer viel Zeit, bevor wir da mal jemanden verhaften können.«

Er blickte Nazek an. Seine Augen waren ganz klein geworden nach all der intensiven Ermittlungsarbeit. »Das ist echt ein Fall aus der Hölle, Nazek.«

Sie nickte zaghaft.

Elli klickte sich durch die Links einer Website, auf der verschiedene Künstler miteinander verglichen wurden. In einem Untermenü fand sie eine ziemlich gute Gegenüberstellung von Munch und van Gogh. Insbesondere wurde auf die Farbnutzung bei den Bildern der beiden Künstler eingegangen. Zahlreiche Kunstkritiker ordneten van Gogh, Gauguin und Munch auf demselben Niveau ein. Elli begriff langsam, dass sie nie verstanden hatte, wie wichtig Munch gewesen war. *Der Schrei*, zum Beispiel, war eines der weltweit meist reproduzierten Gemälde.

Sie klickte weiter zur Website des Munch-Museums und durchforstete die eingestellten Artikel über Munchs bekannteste Werke. Noch einmal betrachtete sie den *Schrei* und konnte es nicht lassen, das Motiv nachzuäffen. Interessiert sah sie ihr verzerrtes Spiegelbild auf dem Bildschirm des Computers erscheinen. Sie klickte weiter und stieß auf den *Lebensfries*, *Das kranke Kind* und die *Mädchen auf der Brücke*. Letzteres ließ sie innehalten und das Motiv genau betrachten.

»Expressionismus …«, sagte sie leise zu sich selbst.

Sie öffnete die Videodatei, die Nina ihr geschickt hatte, und suchte die Stelle mit den drei Mädchen auf der Brücke. Dann stoppte sie den Film und ließ den Ausschnitt auf dem Bildschirm einfrieren. Als sie die *Mädchen auf der Brücke* von der Website des Museums und den angehaltenen Filmausschnitt miteinander verglich, wurde ihr klar, dass beide nahezu identisch komponiert waren. Der Täter ließ nicht gerade mangelnden Fokus erkennen, dachte sie.

Elli druckte die Bilder aus und speicherte die Dokumente auf dem Server. Routinemäßig lud sie auch eine Kopie beider Bilder auf ihren USB-Stick.

Dann ging sie hinaus.

Fjeld stand am Rande der Bürolandschaft und sah Elli gehen. In den drei Jahren, die sie jetzt zusamenarbeiteten, hatte er eines gelernt: Elli Rathke gab niemals mehr Informationen preis als unbedingt nötig. Und daher war man gezwungen, sehr genau aufzupassen.

Und das tat er.

Als Elli in sicherer Entfernung war, ging er zu ihrem Schreibtisch und entdeckte zu seiner Überraschung, dass sie entgegen ihrer Gewohnheit den Computer nicht ausgeschaltet hatte. Er betrachtete das Museumsfoto der *Mädchen auf der Brücke*, das Elli auf dem Bildschirm stehen gelassen hatte. Mit raschen Blicken sah Fjeld sich um und stellte fest, dass er allein war. Schnell klickte er auf *Ausschalten*.

Der Bildschirm wurde schwarz.

Kapitel 52

Elli döste auf dem Beifahrersitz, während sich der Wagen auf der Autobahn von Oslo in Richtung Süden bewegte. Bent war immer noch zur Sicherung der Umweltkonferenz abkommandiert, was nach letzter Information auch bis zum Ende der Konferenz so bleiben sollte. Elli hatte sich langsam mit dem Gedanken angefreundet, dass Nereng bis zur Lösung des Falls an ihrer Seite sein würde. Er war zwar noch nicht sehr erfahren, hatte aber Talent. Elli hatte keinen Sinn für irgendeine Erfahrener-Ermittler-triezt-Neuling-Nummer. Viel besser war es, sich gegenseitig zu helfen. Außerdem wusste sie, dass er noch immer an der Episode mit dem Schusswechsel litt. Vielleicht fühlte er sich schuldig. Mit Sicherheit war ihm für die Situation, die zu Ellis Verletzung geführt hatte, ordentlich Feuer unter dem Hintern gemacht worden, aber er hatte ihr gegenüber kein Wort darüber verloren.

Als sie die Ortschaft Son erreichten, reduzierte Nereng die Geschwindigkeit. Der malerische Ort südlich von Oslo wirkte wie ein kleines Dorf irgendwo ganz im Süden des Landes. Weiße Holzhäuser und enge Gassen. Ein Idyll, das zu jeder Zeit Künstler angezogen hatte. Sie hielten vor einem der weißen Holzhäuser an. Dort waren sie verabredet.

Ein großer dicklicher Mann im Overall begrüßte sie in dem kleinen Garten vor dem Haus. Er war Mitte fünfzig, hatte aber noch immer dichtes, feuerrotes Haar.

»Schön, dass Sie mich besuchen kommen«, sagte Karl Haldorsen, Künstler und Vorstandsmitglied im Kunstverein Son, und führte sie ins Haus.

Sie kamen in einen kleinen Flur. Haldorsen führte sie weiter über eine Treppe, die in einem großen und behaglichen Atelier mit großen Dachfenstern endete. Elli bemerkte den Geruch von Terpentin und Ölfarbe und wurde für einen kurzen Augenblick an die Tatorte am Friedhof Gamlebyen und am Sognsvann zurückversetzt.

Am anderen Ende des Raums standen drei Stühle, ein altes Sofa und ein mit Farbflecken übersäter Tisch. Eine Weinflasche und drei Gläser standen ebenfalls bereit. Haldorsen schenkte ein.

»Nein, vielen Dank, aber ich muss noch fahren«, sagte Nereng und hob abwehrend die Hand.

Haldorsen lächelte. »Wir Künstler leben schon lange nicht mehr so, wie es der Mythos vermuten lässt. Das ist alkoholfreier Cider.«

Alle mussten lachen und nahmen sich ein Glas.

»Sie sind also an Expressionismus interessiert«, sagte Haldorsen. »Eine interessante Stilrichtung.«

»Inwiefern?«, fragte Elli.

Mit dem Glas in der Hand lehnte sich Haldorsen zurück. »Tja, dabei wollte man sozusagen die Grenzen austesten. Das Ganze war so etwas wie eine vorzeitige Rock-and-Roll-Epoche. Früher Punk«, sagte er und kicherte über seinen eigenen Scherz. »Absinth war dabei auch sehr beliebt. Und Sex hatten sie sicher genauso viel wie heute. Wie Sie sehen, haben wir da alle Zutaten beisammen: Sex and Drugs and Rock & Roll. Haha.«

Elli lächelte höflich über seine Bemerkung und stellte ihr Glas auf dem Tisch ab. »Wir arbeiten an einem Fall, bei dem wir nach Malern suchen. Am ehesten solche, die noch keinen Durchbruch geschafft haben und die sich mit Expressionismus beschäftigen. Fällt Ihnen da jemand ein?«

Haldorsens Stirn legte sich in nachdenkliche Falten. Er nahm einen Schluck Cider und schluckte ihn übertrieben langsam herunter. »Tja, das ist nicht so leicht zu beantworten … wir haben da gegenwärtig Harald Wiik und Gisken Vardebakk, aber die sind ja schon gut etabliert. Ein paar Amateure und Halbprofis flirten manchmal mit dem Genre, aber das passiert oft in Kursen, die wir beim Kunstverein geben.«

Elli stand auf und trat an den Arbeitstisch mitten im Raum, der von einem Durcheinander aus Farbtuben, Pinseln und Schwämmen bedeckt war. Auch ein paar Flaschen mit klarer Flüssigkeit standen auf dem Tisch. Elli spürte Haldorsens Blick im Rücken.

»Was ist in den Flaschen?«, fragte Elli.

»Terpentin«, erwiderte Haldorsen halb fragend. »Das benutzen wir zur Verdünnung der Farben.«

»Wird das bei der Malerei noch zu andern Zwecken verwendet?«

Haldorsen kniff die Augen zusammen und trommelte mit den Fingern leicht auf dem Tisch herum. Nun, wenn er sich dadurch besser erinnern kann, wieso nicht, dachte Elli.

»Manche benutzen es für verschiedene Techniken mit feuchter Farbe auf Leinwand. Beispielsweise kann man einen

Schwamm in Terpentin tauchen, ich habe das selbst schon ein paar Mal gemacht. Und dann kann man es natürlich auch benutzen, um Dinge zu reinigen.«

Elli starrte einen Moment lang auf die Flaschen und richtete dann den Blick auf Haldorsens Werk. Es war ein großes Ölgemälde, mit schattenhaften Figuren, die über einen grauen Hintergrund hinwegglitten. Elli musste sich anstrengen, um die Konturen erkennen zu können.

»Sie haben einen andeutenden Stil, wenn man das so ausdrücken kann«, sagte sie an Haldorsen gewandt. »Aber sagen Sie bitte, ist *Reinheit* etwas, das Künstler in ihren Werken als Element verwenden könnten?«

»Reinheit«, sagte er nachdenklich. »Physisch oder im Hinblick auf die Komposition?«

»Physisch, aber hängt das nicht zusammen?«, erwiderte Elli.

»Reinheit ist durchaus ein Element in der Kunst, zumindest in zweierlei Hinsicht. Physisch, als rein maltechnischer Faktor, oder als Präsentationstechnik, wobei *das Reine* ein Teil des Werkes ist – aber das ist vielleicht eher bei Installationen von Belang.«

»Ihnen fällt nicht vielleicht jemand ein, der ein besonderes Interesse an dieser Epoche gezeigt hat?«, fragte Nereng.

Haldorsen dachte eine Weile nach. »Nein, leider. Nicht in meinen Kursen, und ansonsten ist mir hier in Son auch niemand bekannt.« Er nahm einen Pinsel aus der Brusttasche und ließ ihn mit geübter Eleganz zwischen den Fingern kreisen. »Aber ich glaube, es wäre nützlich für Sie, einmal mit Kalle Berkel zu reden.«

»Ach so?«, gab Elli zurück.

»Er wohnt in der Nähe von Rælingen.«

»Und womit, glauben Sie, könnte er uns helfen?«

»Das sehen Sie dann, wenn Sie dort hinkommen.«

Aufgrund eines kräftigen Regenschauers wurde die Rückfahrt nach Oslo vom monotonen Rhythmus der Scheibenwischer untermalt.

»Er betrachtet die Mädchen als seine Leinwand«, sagte Elli.

»Hä?« Nereng warf ihr einen schnellen Blick zu und lenkte seine Aufmerksamkeit wieder zurück auf den Verkehr.

»Das Terpentin. Er wäscht sie damit, so dass sie wie ein malerisches Werk erscheinen. Ein reines Werk. Er wischt das Menschliche von ihnen ab und macht sie zu seinem Kunstwerk.«

»Und was veranlasst ihn, das zu tun?«

Elli überlegte eine Weile.

»Ich glaube, dass Mölnlyckes Vermutungen stimmen – der Mörder muss irgendeinen schweren Ballast aus der Kindheit mit sich herumschleppen, verfügt aber auch über kreatives Talent. Malerisches Talent. Und das benutzt er, um sich aus seiner Umwelt hervorzuheben. Das ist seine Art von Expressionismus.«

»Absinth?«, warf Nereng ein.

»Der passt natürlich dazu, in zweifacher Hinsicht. Die Maler der expressionistischen Epoche tranken Absinth, um dadurch künstlerische Inspiration zu bekommen. Aber es ist ja auch bekannt, dass Serientäter häufig Alkohol verwenden – oder andere Rauschmittel –, um sich im Augenblick des Tötens damit zu stimulieren.«

»Und nach der Tat kommt dann die vielzitierte Leere. Es wird nicht besser, und …«

Elli blieb ein paar Sekunden still. »Ja, dann geht es für den Mörder wieder zurück an den Ausgangspunkt. Mehr Depressionen, mehr Sinnlosigkeit, das schwarze Loch in seiner Persönlichkeit ist nach dem letzten Mord nicht verschwunden … und er muss wieder töten.«

»Und wir sitzen hier im Auto und fahren herum«, sagte Nereng trocken.

Angesichts seines Galgenhumors musste Elli lachen. »Ja, und das werden wir in nächster Zeit auch wohl noch öfter machen müssen. Also, wie ich es verstehe, suchen wir nach einer an Kunst interessierten Person, mit Verbindung zur Polizei, die in ihrer Kindheit irgendeinen Missbrauch erfahren hat. Was mich nur ärgert, ist, dass wir nicht die Verbindungslinie zwischen der Malkunst und der Mordhandlung sehen. Ich habe in den Archiven keinerlei Mordfälle unter ähnlichen Umständen entdecken können, weder in Norwegen noch sonstwo in Skandinavien.«

»Na, dann wollen wir mal hoffen, dass dieser Kalle Berkel die Lage ein wenig erhellen kann«, sagte Nereng.

Kapitel 53

Vorsichtig klopfte Elli bei Anniken Malmros von der Kinderrechtsorganisation »Redd Barna« an. Umgehend wurde die Tür geöffnet.

»Der frühe Vogel fängt den Wurm. Das muss man Ihnen lassen«, sagte Anniken.

Elli lachte. »Das gebe ich gern zurück.«

Anniken winkte sie herein, und Elli beschloss, gleich zur Sache zu kommen.

»In unserer Ermittlung ist ein neuer Aspekt aufgetaucht, über den ich gern mit Ihnen sprechen würde.«

»Aber gern«, sagte Anniken, setzte sich hinter ihren Schreibtisch und deutete auf einen Stuhl. »Bitte nehmen Sie Platz.«

Elli setzte sich. »Ist Ihre Organisation irgendwann mal auf eine Verbindung zwischen Kinderpornographie und Kunst gestoßen?«

Anniken Malmros wirkte verwundert. »Nein …«, erwiderte sie. »Dazu fällt mir gar nichts ein. Haben Sie da noch mehr Informationen?«

Elli trommelte vorsichtig auf die Lehne ihres Stuhls. »Ja … die Haltungen der Toten sehen so aus, als wären sie von Gemälden inspiriert.«

Annikens grüblerische Miene schien sich zu verstärken. »Nein, soweit ich mich erinnern kann, ist so etwas noch nicht vorgekommen.« Sie warf einen Blick auf die mit Berichten und Fachliteratur gefüllten Regale, die aber auch keine Antwort gaben.

»Nein, das tut mir wirklich leid, aber mir fällt nichts ein. Gemälde, sagen Sie?«

»Ja, es gibt Bezugspunkte zu bekannten Gemälden, Meisterwerke von Munch und van Gogh zum Beispiel«, erläuterte Elli und merkte gleichzeitig, dass sie sich mit diesem Feld noch immer nicht richtig vertraut fühlte.

»Munch und van Gogh«, wiederholte Anniken. »Beide sind ja Impressionisten«, sagte sie sachlich.

Elli erinnerte sich an die Website, die sie besucht hatte und die ebenfalls den Impressionismus erwähnte. »Das ist anscheinend ja eine bekannte Stilrichtung«, sagte sie halb fragend und halb feststellend. Zweifellos war ihr anzuhören, dass sie nicht viel von dem Thema verstand, dachte sie.

Anniken lächelte. »Ja, der Impressionismus wird in der Malerei als eine ganz zentrale Epoche betrachtet.«

»Sie kennen sich aus mit Kunst?«, warf Elli ein.

»Nun ja, ich habe Kunstgeschichte studiert, bevor mich die Anthropologie packte«, sagte Anniken. »Ein paar Grundkenntnisse sind wohl hängengeblieben.«

Elli wusste genau, wovon Anniken sprach. »Ja, verstehe, ich bin eigentlich Juristin«, sagte sie. »Aber der Anwaltsberuf war nicht das Richtige für mich.«

Mit höflicher Miene machte Anniken Anstalten, das Gespräch zum Abschluss zu bringen. »Ich kann gern einmal ein wenig in meinem Archiv und dem meines Vorgängers nachschauen«, bot sie an. »Vielleicht haben wir ja Glück, aber zu große Hoffnungen sollten Sie sich nicht machen. Ich hätte es mir gemerkt, wenn wir da einmal irgendeine Verbindung zur Kunstwelt festgestellt hätten.«

»Ja, wie dem auch sei, aber vielen Dank für Ihre Mühe«, sagte Elli.

»Gern«, versicherte Anniken.

Sie führte Elli zum Aufzug, wo sie sich voneinander verabschiedeten.

Nereng lenkte den Volvo an den Straßenrand vor »Redd Barna«. Ohne dass der Wagen gänzlich zum Stehen gekommen war, sprang Elli hinein. Nereng fädelte sich wieder in den Verkehr ein.

»Was hast du hier gemacht?«, fragte er.

»Ich habe mit einer Forscherin über Kinderpornographie gesprochen. Sie ist übrigens die Frau von Malmros«, erzählte Elli.

»Ach was, das wusste ich ja gar nicht.«

»Nein? Hab's auch erst neulich erfahren«, erwiderte sie. »Wie dem auch sei, wir müssen noch mal mit Wekster sprechen. Aber erst mal fahren wir nach Oppsal.«

Der Aufzug stoppte mit einem abschließenden Ruckeln in der achtzehnten Etage eines typischen Vorstadt-Hochhauses.

»Na, das ist ja reizend hier«, kommentierte Nereng. Die gelbgrünen, verschmutzten Korridorwände kamen in der Nachmittagssonne zu voller Geltung.

»Ganz hinten«, sagte Elli und lief durch den langen Flur. Die letzte Tür auf der rechten Seite war mit einem Messingschild versehen, auf dem der Name »Takle« in zierlicher Schrift eingraviert war.

Nereng zog seine Dietriche hervor. »Unter der Voraussetzung, dass es sich hierbei um eine genehmigte Haussuchung handelt, betreten wir jetzt also zusammen die Wohnung«, sagte er, während die Tür einen Spaltbreit aufglitt.

Elli lächelte, woraufhin Nereng eine übertrieben verständnislose Miene aufsetzte.

Es gab keine Alarmanlage. Schon bevor sie losgefahren waren, hatte Elli die Register der Wachgesellschaften überprüft.

Und offenbar war dieser Vorteil schon von einem anderen Besucher ausgenutzt worden.

Auf dem Boden im Flur lagen zahlreiche Kleidungsstücke, im Wohnzimmer waren Bücher, Zeitschriften, CDs, DVDs, Kissen und Dekorationsgegenstände wild durcheinandergeworfen worden. Im Schlafzimmer sah es ähnlich aus: Kleidung, Bettwäsche, Bücher und ein paar Pornofilme lagen über den Fußboden verstreut.

»Offenbar hat hier irgendwer was gesucht«, sagte Elli.

»Sieht so aus«, erwiderte Nereng.

»Aber was?«, fragte Elli.

Nereng warf einen prüfenden Blick auf die Pornofilme. »Auf den ersten Blick scheint nichts Ungesetzliches dabei zu sein.«

Elli betrachtete das Durcheinander. »Weißt du was?«, sagte sie.

Nereng sah sie fragend an.

»Takle kann nicht unser Mann sein. Er ist nicht schlau genug.«

»Nein … außerdem müsste er ja dann erotisches Material haben, das irgendwas mit Minderjährigen zu tun hat. Falls er überhaupt solche Gelüste hat.«

Elli nickte. »Aber er ist auf irgendeine Art in die Geschichte verwickelt …«

»Vielleicht ist er ja gegen seinen Willen da reingezogen worden? Erpressung?«

»Irgendein Dienstvergehen? Geldmangel? Unglückliche Liebe? Sexuelle Vorlieben?«

Elli deutete auf die Filme. »Du sagst, das sind legale Pornos?«

Nereng zuckte mit den Schultern. »Sieht so aus.«

»Dann kann er ja wohl kaum wegen irgendeiner sexuellen Vorliebe erpresst werden.«

Elli trat wieder ins Wohnzimmer. Die Möblierung war normaler Durchschnitt – Bücherregal, Fernsehtisch, Ecksofa mit Tisch, ein dazu passender Sessel. »Ich fange hier an«, sagte sie.

»Und ich mache hier weiter«, rief Nereng aus dem Schlafzimmer.

Sie machten sich auf die Suche, ohne genau zu wissen, wonach.

Nach einer Stunde waren sie so klug wie zuvor. Nichts Verdächtiges war aufgetaucht.

»Deprimierend unauffällig«, sagte Nereng.

Ellis Mobiltelefon klingelte.

»Rathke«, meldete sie sich und hielt sogleich einen Finger in die Höhe. Offenbar etwas Wichtiges.

Sie hörte wortlos zu. Der Anruf dauerte drei Minuten.

»Abteilung für Datenkriminalität«, sagte sie schließlich zu Nereng. »Seine Kreditkarten sind unbenutzt. Er hat eine Diners und eine MasterCard, aber beide sind total tot. Er hat nicht mal das Ticket damit bezahlt. Und sein Handy ist seit seiner Abreise ebenfalls nicht aktiv. Weder bei Dtac noch bei Thai GSM noch in irgendeinem anderen thailändischen Funknetz.«

Nereng warf einen Blick in die Küche. Auf dem Tisch lag ein zusammengeklapptes Laptop, das sie bis jetzt noch nicht untersucht hatten.

»Das sollten wir uns mal ansehen«, sagte er und setzte sich an den Tisch. »Irgendeine Idee für das Passwort?«

»Probier's mal mit Mick J«, sagte Elli. »Das benutzt er immer im Büro.«

Nereng gab das Passwort ein, aber nichts geschah. »Er ist Stones-Fan … vielleicht Keith R?«, sagte er und probierte es erneut. Wieder nichts. Auch Ron W, Charlie W, Bill W und nicht einmal der letzte Bassist, Darryl J, führten weiter.

»Wie wär's mit Songtiteln?«

Nereng gab *Angie* ein, fuhr mit *Sympathy for the Devil* fort und probierte es mit *Beast of Burden*. Negativ.

Elli scheuchte ihn von seinem Platz. Mit fragendem Gesicht setzte sich Nereng auf den Stuhl nebenan und sah Elli einen kurzen Satz eingeben.

Das typische Windows-Geräusch bestätigte den Erfolg. Elli lächelte triumphierend. »Wonach suchen wir?«

Demonstrativ rieb sich Nereng die Hände. »Lass uns mal mit seiner Internetchronik beginnen. Da findet sich bestimmt irgendwas.«

Takle hatte sowohl Internet Explorer als auch Firefox, Opera und Google Chrome auf seinem Rechner installiert. Die Explorer-Chronik verriet die üblichen Zeitungslesegewohnheiten, Online-Banking-Besuche und andere ganz gewöhnliche Internetaktivitäten.

»Langweilig«, kommentierte Elli. Sie klickte auf das Opera-Icon, doch der Browser schien überhaupt nicht benutzt worden zu sein. Dasselbe galt für Firefox und Chrome.

Elli spähte auf den Schirm. »War das alles?«

»Lass uns mal seine Windows-Mappen anschauen«, sagte Nereng. »Vielleicht löscht er die Chronik ja jedes Mal.«

»Bitte sehr«, sagte Elli und machte Nereng Platz.

Nereng ging mit Firefox ins Internet und googelte nach einem Script mit der Bezeichnung MozillaHistoryView. Es dauerte nur einen Moment, um das Programm zu installieren.

»Dieses Programm findet Informationen, die wahrscheinlich gelöscht wurden, indem es die history.dat-Dateien durchsucht.«

Elli klopfte ihm auf die Schulter. »Wozu brauchen wir eigentlich eine Abteilung für Datenkriminalität?«

Die Installation von MozillaHistoryView erwies sich schnell als lohnend. Und Nereng hatte recht: Takle benutzte sowohl Firefox als auch die anderen Browser. Eine Reihe von Adressen tauchte auf:

http://www.777.com
http://www.888.com
http://www.onlinegambling.com
http://www.everestcasino.com
http://www.sportingbet.com
http://www.spinpalace.com

Insgesamt waren es 27 Online-Casinos. Die meisten davon hatten Username und Passwort gespeichert, wodurch sich Nereng auf Takles Spielkonten einloggen konnte. Bei den allermeisten stand Takle in der Kreide. Viel Geld. Elli rechnete die

Summen auf dem Taschenrechner ihres Handys zusammen, während Nereng ihr die Beträge in Euro, Dollar und Pfund vorsagte.

»Du meine Güte, ganz schön heftig. Er ist mit einer dreiviertel Million verschuldet!«, rief Elli. »Wie kann er nur mit solchen Summen jonglieren und dabei über unbelastete Kreditkarten verfügen?«

»Vielleicht hat er ja irgendwann mal viel gewonnen und ein Konto auf den Kaimaninseln eingerichtet. Und dann spielt er nur mit den Beträgen, die sich dort befinden?«

»Oder er hat einen Sponsor«, sagte Elli. »Zumindest braucht er jetzt einen.«

»Wie auch immer, aber wenn irgendwer Takle erpressen oder ihn dazu bringen will, etwas Bestimmtes zu tun, dann ist das hier der richtige Weg«, sagte Nereng.

»Das erklärt auch, wieso er die ganze Zeit in seinem Hotelzimmer hockt. Er spielt wohl da auch. Das wird ja spannend zu sehen, wer sein Hotel bezahlt«, bemerkte Elli.

»Und willst du's mir verraten?«, fragte Nereng, als sie den Häuserblock verließen.

»Was denn?«

»Böse Frau«, sagte er.

»Ich weiß gar nicht, wovon du redest«, erwiderte Elli kokett.

»Das Passwort, verdammt.«

»Ach, das … aber das war doch ziemlich einleuchtend, oder nicht?«

Nereng sah aus wie ein Fragezeichen.

»*Starte mich*«, sagte Elli. »Was sonst?«

Kapitel 54

Elli und Nereng standen wieder vor dem Empfangstresen des Instituts für Philosophie, Kunstgeschichte und klassische Sprachen in der dritten Etage des Universitätsgebäudes in

Blindern. Der junge Mann hinter der Theke wirkte noch erschöpfter und dünnhaariger als beim letzten Mal, und Elli erinnerte sich plötzlich, ein paar Zeitungsartikel über das ungesunde Arbeitsklima in Blindern gelesen zu haben.

»Möchten Sie wieder zu Herrn Wekster?«, fragte er, bevor Elli ihr Anliegen vorbringen konnte.

»Ja.«

»Er war seit drei Tagen nicht mehr hier. Aber meinetwegen kann ich gerne kurz durchrufen.«

»Das wäre sehr freundlich von Ihnen«, sagte Elli in einem Ton, der Ziegenbart gar keine andere Wahl ließ. Er wählte die Nummer. Elli konnte hören, dass es am anderen Ende der Leitung klingelte und klingelte. Ziegenbart zuckte mit den Schultern. »Geht keiner ran.«

Der Volvo hielt vor Weksters Wohnung in der Bergensgate 52 in Sagane. Elli und Nereng stiegen aus und liefen hinüber zu Aufgang B. Nereng drückte auf die mit »Wekster« versehene Klingel. Niemand reagierte. Elli wiederholte die Prozedur, doch wieder war es das gleiche Ergebnis. Nereng deutete an, dass sie wieder fahren sollten, aber Elli hob die Hand. Zwei Sekunden später öffnete sich die Tür, und ein junger Mann trat auf den Gehsteig.

»Verzeihung, kennen Sie Herrn Wekster in …« – sie blickte kurz auf die Klingelanlage – »der zweiten Etage?«

»Wer will das wissen?«, entgegnete der Mann forsch. Elli zeigte ihre Dienstmarke vor.

»Okay«, sagte der Mann interessiert. »Ich kenne ihn nicht wirklich, aber ich weiß, wer es ist. Ich hab ihn vor ungefähr drei Tagen das letzte Mal gesehen.«

»Begegnen Sie ihm regelmäßig?«, fragte Elli.

»Gott ja, er geht hier jeden Tag rein und raus wie alle andern auch«, erwiderte er mit einem Schulterzucken, das anscheinend, wie Elli dachte, bei den meisten, denen sie bisher im Zusammenhang mit diesem Fall begegnet waren, zum bevorzugten Vokabular der Körpersprache gehörte.

»Danke für Ihre Hilfe«, sagte Elli mit einem Nicken und blickte zu Nereng hinüber.

»Tja, und was jetzt?«, fragte er.

»Unentschlossene Kollegen?«, ertönte eine Stimme hinter ihnen. Sie drehten sich um und entdeckten Bent Harr.

Elli runzelte die Stirn. »Du meine Güte … welch hoher Besuch. Gerade kein Staatsmann, den du beschützen musst?«

»Kleine Vormittagspause. Ich war in der Nähe und hab euren Funkverkehr gehört. Ich bin eben neugierig, wie du weißt.«

»Tja, das glauben wir gern«, sagte Elli. »Hat Fjeld dich geschickt, um mir nachzuspionieren?«

Bent schüttelte den Kopf. »Nein, das ist bloß pure Neugier. Bleiben wir jetzt hier stehen oder gehen wir rein?«

»Ich glaube, Ermittlungsleiterin Rathke sucht nach einer Tür mit Anzeichen für einen Einbruch«, sagte Nereng.

Elli lächelte. »Du lernst schnell, Nereng.«

Die Tür zu Weksters Wohnung öffnete sich nach nur zwei Tritten mit einem ordentlichen Krachen.

»Die Türen auf dem Land sind anscheinend stabiler«, bemerkte Nereng. Im Flur gab es fünf Türen, alle waren geschlossen.

»Hallo?«, rief Bent.

Niemand reagierte. In der Wohnung war es völlig still. Eine fast unwirkliche Stille. Elli ging zur hintersten Tür auf der rechten Seite und öffnete sie.

Sie blickte in eine aufgeräumte, aber unpersönliche Küche im Stil der achtziger Jahre, mit weißen, laminierten Oberflächen.

»Küche, leer«, sagte sie.

Bent öffnete die Tür in der Mitte. Dahinter zeigte sich ein Bad aus derselben Zeitepoche, einschließlich Bodenfliesen aus imitiertem Marmor.

»Bad, leer«, lautete seine kurze Analyse.

Nereng öffnete Tür Nummer drei. Sie führte in ein Kämmerchen voll des üblichen Durcheinanders, das die meisten Menschen für gewöhnlich in solch einen Raum stopfen. »Kammer«, rief er und folgte dabei dem knappen Sprachstil seiner Kollegen. Dann lief er weiter zur nächsten Tür, der hinteren auf der linken Seite, und öffnete sie. Das durch grelle Gardinen im Stil der siebziger Jahre fallende Sonnenlicht verlieh seinem Gesicht einen leichten Grünstich. Regungslos blieb er stehen und starrte in das Zimmer. Bent und Elli blickten zu ihm hinüber.

»Wohnzimmer«, sagte Nereng mechanisch. »Mit Wekster.«

Der Anblick des vom Kronleuchterhaken herabhängenden Wekster inmitten dieses grauenhaft eingerichteten Wohnzimmers im Achtzigerjahrestil war das Tragischste, was Nereng bis jetzt erlebt hatte. Wekster hatte eines dieser kräftigen Bootstaue benutzt, die man üblicherweise in schwedischen Eisenwarenläden erstehen konnte. Die blau angelaufene Zunge hing ein gutes Stück aus seinem Mund. Wekster trug eine abgenutzte Jockey-Unterhose und ein vergilbtes Unterhemd norwegischer Fabrikation. An seinen ebenfalls blau angelaufenen Beinen waren dünne Rinnsale aus Exkrementen und anderen Körperflüssigkeiten herabgelaufen, die ein Körper freigibt, wenn die Muskulatur nicht mehr funktioniert. Erst nach ein paar Sekunden wurde Nereng der üble Gestank nach Tod und Tragödie bewusst.

»Verfluchte Scheiße!«, stieß Elli hervor.

Reflexartig wichen alle drei zurück in den Flur.

Vor dem Eingang Bergensgate 52b standen ein Streifenwagen, ein Zivilfahrzeug, ein Rettungswagen sowie der Wagen der Spurensicherung. Der Bereich war mit Absperrband markiert, die Passanten wurden auf die gegenüberliegende Straßenseite verwiesen. Die Kriminaltechniker luden ihre Metallkoffer aus dem Fahrzeug der Spurensicherung. Streifenpolizisten hielten die Schaulustigen auf Abstand. Ein paar Pressevertreter waren relativ schnell aufgetaucht und warteten nun geduldig auf das Foto des Tages: Der Tote wird auf einer Bahre herausgetragen.

Elli stand neben dem Zivilfahrzeug und hielt ihr Handy ans Ohr.

»Wir brauchen alle digitalen Informationen von einem Rolf Wekster. Mobiltelefon, Festnetz, eine Auflistung aller Internetverbindungen, seinen privaten und beruflichen E-Mail-Verkehr, IP-Adresse, Kabel-TV, Bankdaten – alles!«

Nereng trat zu Elli und wollte etwas sagen, kam aber nicht zu Wort.

»Kannst du mit seinen Büchern anfangen?«, sagte Elli.

»Ist er nicht Kunsthistoriker?«, fragte Nereng skeptisch.

»Und?!«

»Aber er hat Hunderte von Kunstbüchern – wonach suchen wir?«

»Notizen, Skizzen, Passwörter, Spermaflecken, was immer sich darin findet. Ich will, dass jede einzelne Seite seiner verdammten Kunstbücher untersucht wird.«

»Okay«, erwiderte Nereng nüchtern und vermisste plötzlich Dokka.

Nina zog wieder das enge, durchsichtige gelbe Kleid an. Darunter trug sie nichts. Der Kunde, ein halb bekleideter Mann in den Dreißigern, war schon auf dem Weg nach draußen. Männer in diesem Alter schienen immer von einem schlechten Gewissen geplagt zu werden, wenn Nina ihnen das gegeben hatte, weswegen sie gekommen waren. Wurden sie älter, vierzig und darüber, schien es fast so, als glaubten sie, es endlich verdient zu haben, kleine Mädchen zu ficken, nachdem sie ein halbes Leben lang ihre Lüste auf das Junge und Reine unterdrückt hatten. Ab fünfzig verteilten sie sich dann auf zwei Hauptkategorien: die »Großväter«, die den Missbrauch junger Mädchen mit übertriebener Fürsorge und künstlichem Interesse am Wohlergehen der Mädchen zu überspielen versuchten, und die Gewalttäter, die ihre geheimsten Wunschphantasien, nämlich kleine Mädchen zu quälen, einfach auslebten. Ein paarmal war Nina nach den Attacken solcher Kunden, bei denen alle Körperöffnungen mit einbezogen wurden, derart erledigt gewesen, dass sie kaum noch gehen konnte. Genauso wie es ihr Adoptivvater ständig von ihr verlangt hatte, bevor sie schließlich von zu Hause abgehauen war.

Der letzte Kunde gehörte also in die Schlechtes-Gewissen-Kategorie. Offenbar war er in seinem Innern nicht gänzlich mit seinen Gelüsten vertraut oder vermochte zumindest keinen ausreichenden Verdrängungsmechanismus zu mobilisieren, um seinen Übergriff ohne Reue genießen zu können. Seine inneren Dämonen trieben ihn wohl von einem Rückzugsgefecht zum nächsten, wobei er natürlich wusste, dass er das haben musste, was er auf legalem Weg nicht bekommen konnte. Und deshalb war er auch halb bekleidet zur Tür hinausgestürzt, nachdem er fünfzehnhundert Kronen auf dem Tisch hinterlassen hatte. Die Hälfte davon durfte Nina für sich behalten.

Draußen auf dem Flur, vor Ninas Zimmer, begegnete der Kunde Jon Aass. Der lächelte und grüßte, doch der Kunde eilte auf den Ausgang zu, ohne sein Lächeln zu erwidern. Mit bloßen Füßen kam Nina aus ihrem Zimmer, huschte über den Flur und hinein in die Toilette, ohne dass der Schleimaal Jon Aass sie bemerkte. Drei Jahre in diesem Business hatten sie gelehrt, sich wie ein Gespenst zu verhalten, wenn es erforderlich war. Gewohnheitsmäßig blendete sie das schwache Hintergrundgeräusch aus, das immer irgendwo im Korridor ertönte und aus den Zimmern drang, wo erwachsene Männer sich mit jungen Prostituierten vergnügten.

In der Toilette gab es fünf Kabinen. Nina wählte die am nächsten neben der Tür liegende. Sie hockte sich hin, zog den Rock hoch und spülte die Reste des Kunden mit dem schlechten Gewissen ab. In jeder Kabine gab es ein Waschbecken. Einer der aktivsten Kunden des Bordells war Klempner. Deshalb lagen auch immer nur wenige Tage zwischen einem Umzug des Bordells – was fünf oder sechs Mal pro Jahr geschah – und dem Einbau neuer Waschbecken in den Toiletten. Dieses sanitäre Extra-Angebot war eigentlich für die Kunden gedacht, aber auch die Mädchen durften es benutzen. Wie großzügig.

Während Nina auf der Kloschüssel hockte, kam jemand in die Toilette herein. Sie hörte drei Männerstimmen, eine davon gehörte zu Jon Aass. Hätte sie durch die Tür blicken können, dann hätte sie ihn mit zwei gut gekleideten Männern sprechen sehen.

»Natürlich bin ich vorsichtig!«, versicherte Jon Aass.

»Das wissen wir. Aber die Situation ist heikel«, erwiderte einer der Männer. Nina schätzte ihn anhand der Stimme auf um die fünfzig. »Du weißt, dass wir keinerlei Aufmerksamkeit gebrauchen können. Daher ist es am besten, wenn wir alle aus dem Weg räumen.«

Jon Aass ließ die Luft durch seine zusammengepressten Lippen entweichen. »Das ist riskant – es waren ja schon drei im Laufe der letzten vier oder fünf Wochen! So wie die Situation momentan aussieht, müssen wir uns sehr zurückhalten, wenn wir nicht auffallen wollen.«

»Jon«, mischte sich der andere, jüngere Mann mit väterlicher Stimme ein. »Meine lieben Kollegen schauen sich in diesem Moment deine letzten Hollywood-Produktionen an. Ich gehe davon aus, dass du die Reichweite deiner eigenen Beteiligung an der ganzen Sache begreifst …«

Vorsichtig wechselte Nina die Stellung. Noch immer hockte sie auf dem Toilettensitz. Eines ihrer Beine begann zu kribbeln.

Jon Aass betrachtete die beiden Männer mit unsicherer Miene. »Wie schnell soll das passieren?«, fragte er resigniert.

»So schnell wie möglich. Warum nicht gleich heute Abend?«, sagte der jüngere der beiden Männer. »Weißt du, wo sie ist?«

»Nina?«

»Nein, die Finanzministerin. Natürlich rede ich von Nina«, erwiderte der Mann deutlich gereizt.

Nina spürte, dass sie zu zittern begann. Sie konnte es nicht mehr kontrollieren. Sie biss sich in die Hand und versuchte, sich auf etwas anderes zu konzentrieren.

»Ja – sie ist hier«, sagte Jon Aass. »Sie hat Kunden heute Abend. Jede Menge.«

»Das macht es doch wesentlich einfacher, nicht wahr?«, sagte der ältere Mann. »Finde sie und erledige es!«

Jon Aass antwortete nicht. Die drei Männer gingen hinaus, doch Nina hörte, dass die Tür zum Gang noch nicht wieder ins Schloss gefallen war. Noch wagte sie nicht, sich zu rühren. Wäre sie jetzt herausgekommen, hätte sie einem der beiden Gäste von Jon Aass gegenübergestanden. Über zwanzig Sekunden stand er im Türrahmen und blickte auf die fünf Kabinen. Alle zeigten »Frei«. Schließlich drehte er sich um und trat auf den Flur. Die Tür fiel zu. Nina blieb sitzen und hielt vorsichtig den Türriegel ihrer Kabine fest.

Kapitel 55

Elli kochte ein chinesisches Gericht mit chemischen Extrakten, die aus dem Labor eines Herstellers in der Schweiz stammten. Wie die meisten dieser Gerichte schmeckte es fade, doch ein frischer Chili verbesserte das Geschmackserlebnis ganz erheblich. Zenith kreiste erwartungsvoll um den Bartisch in der offenen Wohnküche. Elli verfolgte die Nachrichten auf dem kleinen Fernsehbildschirm im Küchenbereich. Die Immobilienpreise sanken noch immer. Zahlreiche abenteuerlustige Kreditnehmer, die kurz vor dem Kollaps in den Markt investiert hatten, gerieten jetzt in immer ärgere Schwierigkeiten. Die kräftige Rezession in den USA spielte dabei eine nicht unbedeutende Rolle. Elli hatte Glück gehabt, als sie kurz vor dem Jahrtausendwechsel gekauft hatte. Ganz einfach Glück. Die Nachrichten gingen über zu Umweltfragen, Politik und Gesundheit. Dann blickte Elli interessiert auf. Alfred Krefting wurde über illegale Einwanderer und deren Rekrutierung für das Osloer Drogenmilieu interviewt.

»Aber Sie meinen nicht, dass diese Menschen von professionellen Menschenhändlern in so eine verzweifelte Situation gebracht wurden?«, hakte die Reporterin nach.

»Doch, und wir versuchen einen Beitrag zu leisten, indem wir ihnen ein Angebot machen, das ein menschenwürdiges Leben garantiert«, versicherte Krefting. Die Reporterin gab zurück an das Fernsehstudio. Elli saß da und grübelte nach. Zenith schaute abwechselnd zu Elli und dem chinesischen Gericht mit Zutaten aus der Schweiz.

Anniken Malmros saß am Esstisch. Eine halbleere Flasche Gin stand neben einem halbleeren Glas Gin Tonic direkt vor ihr. Verschiedene Ausdrucke von Websites mit Kinderpornographie lagen über den Tisch verstreut. Viele davon waren kaum auszuhalten. Hinter jedem einzelnen Ausdruck verbarg sich der Missbrauch eines Kindes oder Jugendlichen. Die Politik von »Redd Barna« zielte auf die Identifizierung jedes einzelnen Kindes ab. Zusammen mit der Kripo unternahmen sie immer wieder neue und mühsame Versuche, die Opfer zu identifizieren, dann den Faden bis zurück zu den Tätern zu verfolgen – die meist Männer waren – und diese dann strafrechtlich zu verfolgen.

»Ich verstehe nicht, wie du das aushältst«, sagte Dan Irgens und nippte an seinem Gin Tonic. Er bemühte sich mit aller Kraft, nicht auf das Material zu sehen, mit dem Anniken arbeitete.

Das Verhältnis zwischen Dan Irgens und Anniken Malmros bestand – mit gelegentlichen Unterbrechungen – seit einigen Jahren. Zu ihrem Ehemann Tom hatte Anniken im Laufe der Jahre eine rein platonische Beziehung entwickelt. Sie hatten auch keine Kinder. Anniken und Dan waren bald fünfzig und teilten das Gefühl, tief in die Welt der verlorenen Illusionen versunken zu sein; sie – weil all die pädophilen Übeltaten sie schon so lange verfolgten und ihr so sehr zu schaffen machten, dass sie vor einigen Jahren begonnen hatte, Trost in der Flasche zu suchen, und er – weil er es trotz drei Jahrzehnten intensivster Bemühungen nicht geschafft hatte, sich einen Ruf als Bühnenautor zu verschaffen, der über das Amateurniveau hinausging. Höhepunkt seiner Karriere war es gewesen, als die

Kinder- und Jugendbühne des Norwegischen Reichstheaters ein kleines Stück von ihm adaptiert hatte, um es während ihrer Sommertournee vor fünf verschiedenen Ferienkolonien für problembeladene Kinder aufzuführen. Gern versank er in die alkoholvernebelte und von Konsonanten befreite Zweisamkeit mit Anniken.

Sie blickte ihn mit ernster Miene an. »Es sind so unheimlich viele«, sagte sie mit schleppender Stimme. »Nur die wenigsten können wir identifizieren. Und für jedes Kind, das wir zusammen mit der Kripo oder einem unserer anderen Kooperationspartner identifizieren können, müssen ich und die anderen in der Gruppe uns Zehntausende von Bildern mit allen erdenklichen Arten von Missbrauch ansehen. Mädchen und Jungen, oft kurz vor der Pubertät, aber oft auch in einer Altersstufe, die sogar bis auf Säuglingsniveau hinuntergeht …«

Sie holte Luft. »Wusstest du, dass einige Untersuchungen davon ausgehen, dass einer von zehn Menschen sexuellem Missbrauch ausgesetzt war – in Norwegen, meine ich. Die meisten von uns kennen jemanden, der missbraucht wurde oder Täter war.«

Dan beugte sich zu Anniken hinüber und trocknete die Tränen, die schon so häufig an denselben Falten ihres Gesichts herabgelaufen waren. »Ich weiß«, sagte er voller Mitgefühl. »Ich weiß.«

Vorsichtig bewegte sich Jon Aass von Raum zu Raum. Erst lauschte er an den Türen und schaute dann hinein, als er keine Geräusche hörte. In den ersten drei Zimmern lagen schlafende Mädchen.

In der Toilette schaute sich Nina um. Oberhalb der beiden Nachbarklos gab es ein kleines Fenster. Vorsichtig lugte sie aus ihrer Kabine, schlüpfte hinaus und gleich hinein in die danebenliegende. Sie versuchte den Fensterriegel zu lösen, kam aber nicht richtig heran. Behutsam schlich sie wieder aus der Kabine. Gerade als sie die nächste betreten wollte, öffnete sich die Tür zum Korridor. Nina erstarrte. Es war ein Kunde.

»Hallo«, sagte der Mann – einer aus der Großvaterkategorie.

Erleichtert lächelte Nina ihn an. »Hallo«, erwiderte sie mit ihrer freundlichsten Stimme. Dann betrat sie die nächste Kabine und probierte so leise wie möglich, das Fenster zu öffnen. Es ging einen Spaltbreit auf, und Nina konnte durch die schmale Öffnung hinaussehen. Draußen wehte ein frischer Wind, und einen Meter rechts von ihr konnte Nina das entdecken, was sie brauchte, um vom Fenster hinunterklettern zu können. Sie hockte sich wieder auf den Toilettensitz und wartete, bis der Kunde in der übernächsten Kabine seinem Bedürfnis nachgekommen war. Dem Geräusch nach zu urteilen hatte er jede Menge indische Gerichte gegessen. Schließlich war das unappetitliche Geschäft beendet, und der Mann trat aus der Kabine, um sich die Hände zu waschen. Nina erhob sich wieder vom Sitz und stieß das Fenster ganz auf. Sie befand sich im zweiten Stock. Wenn sie herunterfiele, wäre sie erledigt. Wenn jetzt ein Kunde oder Jon hereinkäme, wäre sie auch erledigt. Sie stellte den linken Fuß auf den Spülkasten, schob den Kopf aus dem Fenster und versuchte, den Oberkörper durch die schmale Öffnung zu zwängen. Doch ihre Schultern waren zu breit. Sie spürte ihren Puls ansteigen. Jedes Geräusch auf dem Gang ließ ihr Herz beinahe stehenbleiben. Noch ein paar Mal versuchte sie verzweifelt, sich mit schlangenmenschähnlichen Verrenkungen durch das Fenster zu zwängen, doch ohne Erfolg. Die Öffnung war zu schmal. Entmutigt sank sie wieder auf den Toilettensitz, dachte kurz nach und kam zu dem Schluss, dass sie einen anderen Weg nach draußen suchen musste. Vorsichtig öffnete sie die Tür der Kabine und blickte direkt in ihr Spiegelbild. Das Mädchen vor ihr sah aus, als sei es achtundzwanzig und nicht vierzehn. Dann wurde ihr Blick auf die rechte Seite des Spiegels gelenkt, wo sie plötzlich etwas entdeckte, das vielleicht ihre Rettung sein könnte.

Während Jon Aass verschiedene Kunden die Zimmer verlassen und auf den Gang treten sah, suchte er systematisch nach

Nina. Am Ende des Flurs entdeckte er einen älteren Kunden, der aus der Toilette kam. Resolut trat Jon auf den Mann zu.

In fieberhafter Eile rieb Nina ihre nackten Schultern mit Seife ein. Auf dem Flur draußen hörte sie Schritte näher kommen. Blitzschnell seifte sie ihre Oberarme ein, schlüpfte in die Kabine unter dem offenen Fenster, kletterte wieder auf den Spülkasten und begann, sich durch die schmale Öffnung zu pressen. Der Fensterrahmen riss tiefe Schnitte in ihre Schultern, und das winzige gelbe Kleid bekam einen Riss – als ob das einen Unterschied gemacht hätte. Ihr Wille zu leben war stärker als der Schmerz. Nach ein paar Sekunden bekam sie beide Schultern durch das Fenster gezwängt. Wenn jetzt jemand unten auf der Straße vorbeigegangen wäre und nach oben geschaut hätte, wäre der Anblick ihres mit Blut und Seife beschmierten Oberkörpers, der plötzlich, fast wie bei einer Geburt, aus dem Fenster schlüpfte, wohl ziemlich erschreckend gewesen. Nina streckte sich dem Fallrohr entgegen, das einen Meter rechts von ihr von der Regenrinne nach unten verlief.

Jon Aass blieb vor dem Kunden stehen. »Ich suche eines unserer Mädchen, eine südamerikanische kleine Schönheit, haben Sie sie gesehen?«, fragte er.

»Ja, sie war auf der Toilette«, erwiderte der hilfsbereite Kunde. Jon sprang auf die Toilettentür zu und riss sie auf. Sofort spürte er den kühlen Luftzug vom Fenster, dann hörte er das Gekratze von Ninas Füßen auf der verklinkerten Toilettenwand.

»Nina!«, brüllte er.

Nina keuchte und ächzte und bekam schließlich die Dachrinne mit der linken Hand zu fassen. Vor lauter Angst und Anstrengung zitterte sie am ganzen Leib. Mit einer enormen Kraftanstrengung zwängte sie ihre Hüfte durch die Fensteröffnung. Plötzlich spürte sie, dass die direkt über ihr verlaufende Dachrinne unter ihrem Gewicht ein wenig nachgab, aber sie musste weitermachen. Endlich bekam sie das linke

Bein herausgezogen und ließ es herabhängen, um die schmale gemauerte Zierkante zu ertasten, die, wie sie gesehen hatte, auf jeder Etage horizontal an der Fassade entlanglief. Nur das rechte Bein hing jetzt noch in der Fensteröffnung, doch sie wagte nicht, es herauszuziehen, bevor das linke Bein Halt gefunden hätte. So weit sie es vermochte, streckte Nina das linke Bein hinunter, bis sie endlich etwas spürte. Eine halbe Sekunde später spürte sie allerdings auch, wie Jon Aass' klamme Hand ihren rechten Fußknöchel packte.

»Du miese kleine Hure!«, fauchte er.

Mit beiden Händen hielt er ihr rechtes Bein fest. Mit allen Kräften versuchte Nina, ihr Bein zu befreien, rutschte dabei aber von der schmalen Mauerkante ab und hing plötzlich nur noch mit den Händen an der Dachrinne. Ihr linkes Bein baumelte haltlos in der Luft, zwei Stockwerke vom Boden entfernt, während Jon Aass ihr rechtes Bein weiter umklammerte.

»Miststück!«, rief er, rasend vor Zorn.

Durch die Seife war Nina kurz davor, den Halt an der Dachrinne zu verlieren. Jon spürte es auch. Ein fieses Grinsen breitete sich auf seinem Gesicht aus. Mit einer schier übermenschlichen Kraftanstrengung ließ sie die rechte Hand los und packte den Fensterrahmen. Wie eine Spinne hing sie plötzlich da, ein Bein noch immer in Jons Umklammerung, eines gegen die Wand gestützt, eine Hand an der Dachrinne und die andere am Fensterrahmen. Und dort fühlte sie die Rettung nahen. Beim Hinauszwängen hatte sich am Fensterrahmen ein Stück Beton halbwegs von der Wand abgelöst. Jetzt griff sie danach, riss es ganz heraus und schlug damit kräftig auf die Scheibe des Fensters, das links an der Innenseite in den Angeln hing. Das Glas zersprang, Jon Aass schrie auf, und in der nun entstehenden Verwirrung griff Nina mit der nackten Hand nach einer Glasscherbe und rammte sie Jon ins Gesicht. Der Schnitt verlief vom rechten Auge bis zur Nasenwurzel. Er ließ Ninas Bein los und fiel brüllend zurück in die Toilettenkabine. Nina hatte nicht gesehen, ob Jon tatsächlich seinen rechten Augapfel verloren hatte, hörte ihn aber vor Schmerzen schreien. Sie zog ihr rechtes Bein zu sich heran und bemerkte plötzlich, dass sie nur noch mit einer Hand von der Dachrinne herabhing. Dann fasste sie mit der anderen Hand nach dem Fallrohr neben dem Fenster und ließ sich vorichtig daran herab. Als sie unten ankam, merkte sie erst, wie erschöpft sie war, aber sie hatte keine Zeit zu verlieren. Sie musste weg. So weit weg wie nur möglich.

Panisch lief Nina die Straße hinauf. Nach wenigen Sekunden entdeckte sie zwei Männer, die ihr bekannt waren, und drehte wieder um. Die beiden hatten auch sie entdeckt und nahmen sofort die Verfolgung auf. Mit den Männern auf den Fersen bog sie in die erste Querstraße ab, deren Namen sie vergessen hatte. Die Straßenbahn fuhr dort entlang. Ein gut gekleidetes und fröhlich gestimmtes Paar wollte gerade ein Taxi besteigen. Nina schrie so laut sie konnte. Verdutzt erstarrten die beiden Turteltauben mitten in der Bewegung. Nina ergriff die Chance, sprang in den Wagen und schrie »FAHR LOS!«

Der Taxifahrer sah die beiden herannahenden Männer und das mit den Armen fuchtelnde Paar im Rückspiegel, überdachte die Situation für zwei Sekunden und kam zu dem Schluss, dass es wohl besser wäre, sich zu verziehen, als all den Ärger bewältigen zu müssen, der ihm mit den beiden erwachsenen Männern und dem hysterischen Paar drohte. Mit quietschenden Reifen fuhr das Taxi schnell davon.

»Hast du Geld?«, fragte der Fahrer.

Nina brach in Tränen aus. »Kann ich bitte Ihr Handy benutzen?«, schluchzte sie.

Elli erschrak, als das Telefon klingelte. Noch bevor sie sich melden konnte, hörte sie eine Stimme.

»Ich hab schreckliche Angst!«, heulte Nina.

»Wer ist da?«, fragte Elli, plötzlich hellwach.

»Nina! Wo bist du?!«, erwiderte Nina hysterisch.

»Zu Hause«, sagte Elli mit ruhiger Stimme. »Aber wir können uns treffen.«

»Ich will zu dir kommen!«, rief Nina verzweifelt. Ihre Stimme überschlug sich fast.

»Das geht nicht«, sagte Elli. »Es ist gegen die Vorschriften …« – weiter kam sie nicht.

»Jon wollte mich gerade vor zehn Minuten umbringen. *Bitte!*«, flehte Nina.

Elli atmete langsam aus. »In Ordnung, ich warte draußen.«

Ninas Taxichauffeur sah einen Wagen im Rückspiegel. An der Sagene-Kirche schoss das Taxi bei Gelb über die Kreuzung. Der Verfolger ignorierte die rote Ampel.

»Brauchst du Hilfe?«, fragte der Taxifahrer, der von irgendwo aus dem Mittleren Osten stammte.

»Fahr einfach weiter!«, sagte Nina erschöpft.

Nervös starrte sie aus dem Fenster. Der Fahrer beobachtete sie im Spiegel. An Ninas Wangen liefen Tränen herunter.

Schließlich erreichte der Wagen den Badebakken. Der verfolgende Wagen wurde langsamer, so, als wollten die Insassen genaue Beobachtungen anstellen, und fuhr dann weiter.

»Hmm«, sagte er Chauffeur zu sich selbst. Als er den Wagen zum Stehen brachte, riss eine hübsche Frau in den Dreißigern die linke hintere Tür auf. Der Fahrer wollte schon aus dem Wagen springen, aber Elli zeigte ihm ihre Dienstmarke und bat ihn, sitzen zu bleiben. Da begriff er, dass er für diese Tour wohl niemals bezahlt werden würde.

Elli führte die zitternde Nina zur Haustür und brachte sie nach oben in die Wohnung. Ein Glas Grapefruitsaft war das Einzige, was sie ihr auf die Schnelle anbieten konnte.

»Trink das!«, sagte Elli.

Nina trank das Glas aus und dann noch vier weitere. Elli kramte ein paar Trainingsklamotten hervor. Ohne große Umstände zog sich Nina in Ellis Anwesenheit um.

»Komm, wir setzen uns aufs Sofa«, sagte Elli.

Nina ließ sich in eine der Sofaecken fallen und saß nun gegenüber von Zenith, der dort für gewöhnlich nachts auf einer Decke schlief. Interessiert blickte der Hund Nina an.

»Erzähl von Anfang an«, sagte Elli und setzte sich zwischen sie.

»Welcher Anfang?«, fragte Nina. »Es gibt mehrere.«

»Wo du möchtest. Ich habe viel Zeit.«

»Ich will einen sicheren Ort«, forderte Nina.

»Das lässt sich regeln«, versicherte Elli. »Aber ich brauche jetzt ein paar handfeste Details.«

»Nein«, sagte das junge Mädchen entschieden. »Ich brauche eine Garantie. Die haben gesagt, dass sie mich umbringen wollen!«

»Okay, gut, dann haben wir ja einen Grund, um dich sicher zu verstecken«, sagte Elli freundlich.

Nina blickte zu Boden – ihre Gedanken rasten.

»Wie kann ich dir trauen?«, fragte Nina.

»Ich bin Polizistin«, sagte Elli.

Nina lachte abfällig. Elli musste ein Lächeln unterdrücken.

»Verstehe. Aber du bist jetzt hier, und ich hab dich zu mir gelassen, oder?«

»Okay«, erwiderte Nina. »Wir treffen uns in der Mitte. Ich erzähle ein bisschen und du findest einen passenden Ort für mich.«

»Abgemacht.«

Elli bereitete zwei Tassen heißen Tee und machte es sich bequem, nachdem sie Nina eine Wolldecke gereicht hatte, die diese dankbar um sich wickelte. Armes Mädchen, dachte Elli.

»Da ist so ein Typ, Jon«, begann Nina. »Der hat mir das hier angetan«, sagte sie und hielt ihre von Schürfwunden überzogenen Hände hoch. »Er organisiert das alles, und vor ihm bin ich geflohen. Aber ich glaube, er ist nur ein Laufbursche. Es gibt ein paar alte Drecksschweine, die wirklich was zu sagen haben. Einen von denen hab ich mal im Fernsehen gesehen, ein anderer ist stinkreich. Und noch einer ist an der Universität oder so, glaube ich.«

»Heißt einer von denen Wekster?«

»Keine Namen, niemals. Aber ich hab einmal die Brieftasche von diesem Uni-Typen gefilzt und erinnere mich, dass sein Name mit W anfing.«

Elli nickte.

»Kannst du noch andere nennen?«, fragte sie.

»Zumindest einen, aber er trägt immer eine Maske. Er ist ziemlich roh.«

»Roh?«

»Er schlägt und so was.«

In den folgenden zwei Stunden bekam Elli Einblicke in einen Alptraum, den sie sich nicht vorzustellen vermocht hatte. Aber dafür wurden ihr auch ein paar Dinge klar.

Der zivile Volvo hielt vor der Drogenentzugsklinik Q23, gleich neben der Hafenanlage für die Kiel-Fähre. Nereng stieg aus und öffnete die Fondtür. Zitternd und erschöpft stieg Nina aus. Elli kam von der anderen Wagenseite zu ihr und stützte sie.

Nereng trat an die Empfangstheke, hinter der ein junges Mädchen in Krankenpflegeuniform saß.

»Ist Lise Hansen da?«, fragte Nereng.

»Einen Moment«, sagte das Mädchen und drückte auf den Knopf einer Sprechanlage. »Lise?«

»Ja?«, erklang es aus dem Apparat.

»Polizei«, sagte das Mädchen tonlos.

Eine Frau in den Vierzigern mit beinahe übertrieben sanftem Gesicht kam zur Rezeption. Sie ignorierte Nereng und Elli und wandte sich sofort an Nina.

»Hallo«, sagte sie lächelnd. »Du bist Nina?«

Ninas Körper versteifte sich. Sie setzte ein ironisches Lächeln auf.

»Nein, ich bin gekommen, um Bibeln zu verkaufen.«

Elli und Nereng lachten. Lise Hansen lächelte nachsichtig.

»Ist das Jugendamt informiert?«, fragte sie.

»Nein, aber darum könnten Sie sich vielleicht kümmern?«, erwiderte Elli. »Sie ist eine wichtige Zeugin, und es besteht

Gefahr für ihre Sicherheit. Wir werden die ganze Zeit hierbleiben.«

Nina zog die Bettdecke hoch.

»Ich bin in zwei Minuten zurück«, sagte Nereng zu ihr und verließ das kleine Zimmer. Draußen stand Elli und wartete.

»Du begreifst die Situation?«, fragte sie und sah ihn an. »Ich habe das Gefühl, dass wir niemand anderem als uns selbst trauen dürfen. Zumindest so lange, bis wir wissen, mit wem wir es zu tun haben. Wir dürfen uns in der Wache auf keinen Fall verplappern, sonst wissen alle sofort, wo sie ist. Und dann ist sie nicht mehr sicher.«

»Okay … soll ich die erste Wache übernehmen?«, fragte Nereng.

»Ja, ruf an, wenn irgendwas ist, ich komme in vier Stunden wieder her und übernehme dann.«

Sie trennten sich. Nereng ging wieder zu Nina hinein.

Er stellte einen Stuhl vor die Tür und setzte sich.

»Ist es nicht anstrengend, Polizist zu sein?«, fragte Nina vom Bett aus.

»Es ist ein ziemlich privilegierter Job«, erwiderte Nereng. »Da hat man gar keine Zeit, sich erschöpft zu fühlen.«

»Na denn, gute Nacht«, sagte Nina. »Bleibst du die ganze Zeit hier?«

»Yep.«

»Bezahlte Überstunden?«

»Wohl kaum.«

»Glaubst du, ich gebe dir was?«

»Nein«, antwortete Nereng verdutzt.

Nina sah ihn an. »Wo kommst du her?«

»Aus Dokka. Und du?«

Nina stieß ein verächtliches Lachen aus, merkte aber selbst, wie albern sie klang.

»Dokka«, äffte sie ihn nach.

Nereng hob die Augenbrauen, so als wolle er »Ja, und?« sagen.

»Nesodden«, sagte Nina.

»Geschwister? Familie?«, wollte Nereng wissen.

»Hab 'nen Bruder. Ist auch adoptiert. Aus Peru, so wie ich. Er kriegt's gut hin. Geht auf die Sekundarschule.«

»Was ist mit dir passiert?«

Nina betrachtete Nereng und schien zu überlegen, ob er eine Antwort wert war. Er war es offenbar wert, aus welchem Grund auch immer.

»Papa hat mich zum ersten Mal gefickt, als ich … ungefähr neun war. Zwei Jahre hab ich das dann ausgehalten.«

Nereng blieb die Antwort zunächst schuldig.

»Tut mir leid, das zu hören«, sagte er schließlich und klang wie ein Automat.

»Tut mir leid, das zu hören«, äffte Nina ihn nach.

»Bitte entschuldige, Nina. Das klang jetzt blöd«, sagte Nereng. »Aber es tut mir wirklich leid. Das war ein großer Vertrauensbruch. Und ein Verbrechen.«

Nina starrte ihn an, als käme er von einem anderen Planeten.

»Vertrauensbruch … ja, so kann man das natürlich auch nennen.«

»Möchtest du vielleicht schlafen?«, fragte Nereng.

»Ja, demnächst. Aber du kannst mich noch weiter fragen.«

»Jugendamt?«

»Doch, ja. Papa hat einen guten Freund, der da arbeitet. Er weiß, was Papa getan hat. Aber er fickt wahrscheinlich seine eigene Adoptivtochter, schätze ich mal.«

»Er hat auch eine Adoptivtochter? Und arbeitet beim Jugendamt?«

Nereng war zutiefst entrüstet.

Ohne zu antworten, sah Nina ihn an. Dann machte sie die Augen zu.

Kapitel 56

Das Villenviertel in Sogn und Nordberg wirkte so, als lebten hier überwiegend Akademiker und Freiberufler. Die Volvo-Kombis standen dich an dicht, und gern vervollständigten die gutsituierten Familien ihre Doppelgaragen mit einem elektrisch angetriebenen Fahrzeug der Marke Think, Buddy oder am liebsten natürlich Tesla.

Nach der nächtlichen Wache an Ninas Bett war Nereng erschöpft. Er hatte sich vorab kurz über seine nächste Gesprächspartnerin informiert und dabei auch erfahren, dass diese aus Soziologen, Lehrern und anderen Fachleuten bestehende Nachbarschaft eine beeindruckende Vielfalt an Argumenten dagegen hervorgebracht hatte, dass die Institution, die er jetzt zu besuchen beabsichtigte, in einem Privathaus in dieser Gegend residierte.

Glücklicherweise war das der Frau, zu der er unterwegs war, jedoch völlig gleichgültig. Nereng löste den Haken der Eingangspforte und betrat einen alleeähnlichen kleinen Weg, der auf ein modernistisches Gebäude zuführte. Er schätzte die Grundfläche des Hauses, das über zwei Stockwerke plus Untergeschoss verfügte, auf gut 200 Quadratmeter. Irgendwer hatte anscheinend einmal viel Platz benötigt.

»Astrid Qvistum«, begrüßte ihn eine Frau in den Fünfzigern, die langes graues Haar hatte.

»Nereng, Abteilung für Gewaltverbrechen, Polizeiwache Grønland«, erwiderte er.

»Bitte kommen Sie rein«, sagte die Frau freundlich und führte ihn in einen mit robusten Ledersofas ausgerüsteten Aufenthaltsraum. In der als Bürobereich deklarierten Ecke des Raums saß ein junges Mädchen afrikanischer Herkunft an einem Computer und schrieb offenbar eine E-Mail.

»Sie interessieren sich also für Prostitution?«, fragte Astrid Qvistum geradeheraus. Sie setzte sich und gab Nereng ein

Zeichen, ihr gegenüber in einem der Ledersessel Platz zu nehmen.

»Ja … wir arbeiten an einem Fall und glauben, dass es da Verbindungen zum Prostitutionsmilieu in der Stadt gibt. Deshalb sammeln wir Informationen von ganz verschiedenen Quellen.«

»Sie wissen aber, dass wir uns hier in unserem Zentrum für Prostituierte einer absoluten Schweigepflicht im Hinblick auf unsere Klienten verpflichtet fühlen?«

»Ja, natürlich, das wissen wir. Wir wollen auch keine Informationen über Einzelpersonen, sondern eher solche von übergeordneter Natur.«

»Gut, dann können wir Ihnen bestimmt helfen. Fragen Sie einfach«, sagte Astrid Qvistum und lächelte.

»Okay. Wir haben es mit einem Fall zu tun, bei dem zwei jüngere, nicht identifizierte Frauen ermordet wurden. Sie waren zum Zeitpunkt des Todes zwischen zwölf und vierzehn Jahre alt und wir haben Beweise dafür, dass sie in pädophilen pornographischen Filmen mitgewirkt haben. Eine ihrer Freundinnen … oder Kolleginnen … hat ausgesagt, dass sie mit ihnen zusammengearbeitet hat. Sie wurde adoptiert und stammt ursprünglich aus Südamerika … Chile oder war es Peru? … Sie ist aber norwegische Staatsbürgerin und hat in Filmen mitgespielt, was sich auch dokumentieren lässt. Die Mädchen haben sowohl auf der Straße als auch in illegalen Bordellen gearbeitet. Die beiden Toten sind Ausländerinnen, vermutlich aus Weißrussland oder der Ukraine.«

»Die beiden Ermordeten, die waren nicht adoptiert?«

»Soweit wir es wissen, nein. Wir haben nur sehr spärliche Informationen, aber Folgendes ist für uns sehr wichtig. Das adoptierte Mädchen aus Peru berichtet von gut organisierten Filmaufnahmen in einem Bordellbetrieb, bei dem die Mädchen pro Abend zwischen acht und zehn Kunden bedienen.«

Angesichts des geschilderten Elends kam Nereng fast außer Atem.

»Hätten Sie vielleicht ein Glas Wasser?«

»Aber natürlich«, erwiderte Astrid Qvistum und holte zwei gefüllte Gläser von einem Wasserspender im Flur.

»Hier, bitte sehr«, sagte sie und reichte Nereng ein Glas. Er stürzte die Hälfte des Wassers in einem Schluck herunter.

»Was Sie mir da erzählen, ist mir neu. Für sich betrachtet natürlich nicht, aber die Zusammenhänge sind anders.«

»Ja?«, fragte Nereng interessiert.

»Tja, wo fange ich an ... ich beschäftige mich seit gut dreißig Jahren mit diesem Thema. Erst als Krankenschwester in der Notaufnahme für Vergewaltigungsopfer und dann als Leiterin dieses Zentrums. Wir hatten schon verschiedene Standorte in der Stadt. Hier sind wir jetzt seit fünf Jahren.«

Sie trank einen Schluck Wasser.

»In diesen dreißig Jahren habe ich das meiste gesehen. Es gab immer eine bestimmte Anzahl von minderjährigen Prostituierten in diesem Spiel. Hier in unserem Zentrum sind ungefähr tausendfünfhundert weibliche Prostituierte registriert. Früher waren die meisten Norwegerinnen, inzwischen gehen wir aber davon aus, dass siebzig Prozent aus dem Ausland stammen. Wir vermuten, dass mehr als neunzig Prozent aller Prostitutionstätigkeit hinter verschlossenen Türen stattfindet, also in Bordellen, Massageinstituten, Bars oder Stripclubs.«

Astrid Qvistum rückte in ihrem Sessel ein wenig nach vorn. »Die Mädchen berichten, dass die Kunden jetzt viel öfter eine Prostituierte engagieren, weil sich das inzwischen alles in ruhigeren Formen und in geschlossenen Milieus abspielt.«

»Was ist denn ein typischer Hintergrund für eine ausländische Hure?«

Astrid Qvistum blickte Nereng streng an. »Sie meinen Prostituierte?«

»Ja, selbstverständlich«, sagte er und merkte sich gleichzeitig, dass sein Vokabular aus Dokka wohl etwas aufgefrischt werden musste.

»Da gibt es ganz verschiedene. Viele sind offenbar Opfer von Menschenhändlern. Sie geben oft alles her, um in den Westen zu kommen und hier Geld zu verdienen, und dabei verschul-

den sich häufig auch die Familien. Die Hintermänner sind gnadenlos. Sie nehmen ihnen die Pässe ab, geben ihnen eine neue, falsche Identität und bringen sie her. Dadurch stehen die Mädchen tief in der Schuld dieser Menschenhändler und werden zur Prostitution für einen norwegischen Zuhälter gezwungen. Wenn sie sich weigern, ergeht es den Familien in Nigeria oder der Ukraine oder Kasachstan dann oft sehr schlecht.«
Obwohl Nereng das meiste davon schon bekannt war, beeindruckten ihn das aufrichtige Engagement dieser Frau, ihre direkte Art zu sprechen und nicht zuletzt ihre Kenntnisse über die Hintergründe. Er bat sie fortzufahren.

»Ja … was nun die minderjährigen Prostituierten angeht, da kommen viele aus dem Ausland und haben falsche Papiere. Meist sind sie zwischen vierzehn und siebzehn. Sie geben sich aber oft als älter aus und stehen somit außerhalb der Pädophilenszene. Allerdings hatten wir hier schon Fälle, bei denen sogar elfjährige Mädchen von Hintermännern mit gefälschten Papieren ins Land gebracht wurden und dann hier auf dem Babystrich landeten. In Trondheim ist einmal so ein Pädophilenring aufgeflogen. Da gingen zwölf- oder dreizehnjährige Mädchen anschaffen, aber zum Glück gab es einen aufmerksamen Nachbarn, der das Jugendamt alarmierte. Haben Sie schon den Bereitschaftsdienst vom Jugendamt eingeschaltet?«

»Für das südamerikanische Mädchen, meinen Sie? Nein, sie hat sich erst kürzlich bei uns gemeldet. Sie fixt auch.«

Astrid Qvistum sah Nereng abermals ungeduldig an. Panisch fragte er sich, welchen verbalen Fehltritt er dieses Mal begangen hatte.

»Sie ist drogenabhängig, sagen Sie?«

»Ja, Nina ist drogenabhängig«, erwiderte Nereng mechanisch.

»Verstehe. Die meisten müssen sich ja mit irgendetwas berauschen, um diese Praxis überhaupt auszuhalten … Nun, meist ist es ja so, dass Männer, die junge Mädchen oder Kinder mögen, diese Lust und jede damit verbundene Aktivität im Verborgenen halten. Das erschwert es, die Hintergründe zu klären, aber das wissen Sie ja selbst. Was allerdings organisierte Dreharbeiten anbetrifft … so etwas habe ich noch nie gehört. So etwas kenne ich nur im Zusammenhang mit Mädchen, die von Angehörigen oder Freunden der Familie sexuell missbraucht wurden. Die haben mir dann schon mal erzählt, dass bei solchen Übergriffen auch ab und an Fotos gemacht oder Filme gedreht wurden.«

»Also nichts Professionelles oder Organisiertes?«

»Nein, nicht dass ich wüsste. Aber glauben Sie mir, das überrascht mich keineswegs. Was das Mädchen Ihnen da erzählt hat, klingt für mich durchaus glaubwürdig.«

Nereng klappte sein Notizbuch zu und erhob sich.

»Vielen Dank«, sagte er und reichte Astrid Qvistum die Hand. Sie nahm sie, verabschiedete sich und brachte Nereng zur Tür.

»Viel Glück!«, rief sie ihm nach, als er schon wieder draußen war.

Als Nereng sich wieder in den Wagen setzte, der zwei Blocks entfernt geparkt war, entdeckte er, dass Elli zwei Mal angerufen hatte. Während des Gesprächs mit Astrid Qvistum hatte er den Klingelton ausgeschaltet. Er wählte Ellis Nummer. Sie ging sofort ran.

»Nereng!«

»Immer so enthusiastisch, wenn ich anrufe?«, sagte er lakonisch.

»Hast du was aus Qvistum rausgekriegt?«

»Sie bestätigt im Großen und Ganzen unser Bild und sagt, dass die Pädophilenmilieus in der Regel von der normalen Prostitution getrennt sind.«

»Okay. Es gibt etwas, das ich dir zeigen muss. Ich komme zum Q23.«

»In Ordnung«, erwiderte Nereng, legte auf und startete den Wagen. Ellis Plan bedeutete, dass er zurück zu Nina fahren musste. Seit achtunddreißig Stunden war er jetzt auf den Beinen. Langsam wurde ihm schwindelig.

Ellis Telefon klingelte abermals.

»Sawat dee kha!«, sagte sie, nachdem sie auf dem Display gesehen hatte, dass Daeng wieder anrief.

»Sawat dee khrap.«

»Any news?«

»Ja«, sagte Daeng enthusiastisch. »Willst du sie hören?«

»Ja, natürlich.«

»Dein Freund bezahlt seinen kostspieligen Aufenthalt im Hotel Anantara mit einer ausländischen Kreditkarte, ausgestellt von der SHBC in Singapur. Eine Firmenkarte.«

»Interessant … habt ihr die Kartennummer? Kannst du mir die per E-Mail schicken?«

»Aber sicher, Sunee. Allerdings haben wir uns die Freiheit genommen, die Karte gleich zurückzuverfolgen.«

Elli lachte. »Du hast wirklich ein bemerkenswert gutes Netzwerk, Daeng.«

»Tja, weißt du … ehemalige Kunden gibt es überall«, erwiderte er und schoss wieder eine Salve seines Maschinengewehrlachens ab.

»Also … es ist eine Platinkarte, registriert auf die Far East Real Estate Investment Ltd. in Singapur.«

»Du hast nicht zufällig auch die Betriebsnummer dieser Gesellschaft?«

»Doch. Hab dir schon 'ne SMS geschickt.«

»Wär ich nie drauf gekommen. Daeng, hör mal, das hat mir wirklich sehr geholfen, nur dass du es weißt. Wir werden jetzt prüfen, ob wir irgendeine Verbindung nach Norwegen finden. Grüß die Familie schön und alles Gute!«

»Für dich auch, Sunee.«

Elli schrieb die Nummer auf, die Daeng geschickt hatte. Sie entschied sich, es zuerst mit dem Brønnøysundregister zu probieren. Unmittelbar stieß sie auf ein paar interessante Ergebnisse. Die Far East Real Estate Investment Ltd. war eine hundertprozentige Tochtergesellschaft der Kecerb International in der Schweiz. Vor dem Hintergrund des neuen Abkommens mit dem kleinen Alpenland war es kein Problem, an ein paar Informationen über Gesellschaften in der Schweiz heranzukommen. Der Eigentümer der Kecerb International war sich dessen sicher bewusst, hatte aber wohl kaum damit gerechnet, dass sich jemand in Norwegen über den Umweg Singapur Informationen beschaffen würde.

Kecerb war ein Anagramm für Becker. Er war es also, der für Takles Hotelaufenthalt in Thailand bezahlte.

Kapitel 57

Zwei Fenster des barackenähnlichen Gebäudes, in dem die Drogenentzugsklinik Q23 hauste, wurden von dunkelgelben Streifen künstlichen Lichts erhellt. Wäre irgendjemand zu dieser Zeit um halb vier morgens draußen in der Dunkelheit vorbeigegangen, hätte er Nerengs müdes Gesicht hinter dem Fenster von Ninas Zimmer sehen können. Wohl zum zwanzigsten Mal stand er da und blickte hinaus. Ein Geräusch vom Bett ließ ihn herumfahren. Wieder einmal war Nina erwacht und saß aufrecht im Bett. Ein seltsamer Ausdruck lag auf ihrem Gesicht.

»Ich hab's mir anders überlegt«, sagte sie mit krächzender Stimme. »Ich verschwinde.«

»Nein«, sagte Nereng. »Du bleibst.«

»Nein, du verstehst nicht«, fuhr Nina in einem bemüht überzeugenden Ton fort, »ich habe etwas vergesssen.«

»Gut möglich«, erwiderte Nereng, »aber es ist gefährlich, wenn du jetzt woanders hingehst.«

»Also gut«, sagte Nina resigniert.

Nereng drehte sich wieder um und sah aus dem Fenster. Ungefähr zwanzig Sekunden blieb er regungslos so stehen. Als er sich wieder umwandte, konnte er gerade noch sehen, wie die Zimmertür hinter Nina ins Schloss fiel.

Mit schnellen Schritten rannte Nina durch den Gang und stürzte hinaus in den Empfangsbereich. Sie übersah allerdings den Riss im Fußbodenbelag, der sich im Laufe der vielen Jahre gebildet hatte, stolperte darüber und machte eine perfekte Bauchlandung. Geschwind rappelte sie sich wieder auf und wollte die letzten drei Meter bis zur Eingangstür hinter sich bringen, wurde dort allerdings von Lise Hansen gestoppt, die sich mit ihrer korpulenten Gestalt wie ein Torhüter vor der Tür aufgebaut hatte.

Wo zum Teufel kam sie jetzt her?

»Der Herrgott möchte, dass du noch ein bisschen bleibst«, sagte Lise Hansen entschieden.

Nina schwang frustriert die Fäuste und wollte auf Lise einprügeln, die den Schlägen aber geschickt auswich, als sei sie Luft.

»Verflucht!«, schrie Nina. »Du blöde Schlampe!«

»Du hasst mich jetzt«, sagte Lise mit sanfter Stimme, »aber der liebe Gott hat seine Pläne mit uns allen. Auch mit dir, Nina.«

Nereng kam in die Rezeption gelaufen.

»Verfluchte Scheiße«, brachte er atemlos hervor.

Lise Hansen blickte auf. »Nicht diese Sprache, junger Mann.«

Nina stöhnte.

»Ich übernehme«, sagte Nereng entschlossen und verspürte das dringende Bedürfnis, die Situation so schnell wie möglich unter Kontrolle zu bringen.

»Sind Sie sicher, dass Sie mit der Kleinen zurechtkommen?«, fragte Lise Hansen.

»Jetzt schon«, erwiderte Nereng und merkte gleichzeitig, wie lächerlich er wirken musste.

Nina schlüpfte wieder unter die Decke. Empört sah sie Nereng an. »Es wird nicht leicht, aber wir werden es schon schaffen«, erklärte er zuversichtlich.

Doch was wusste er schon? Nina sagte keinen Ton.

»Der Entzug ist schwierig, aber zusammen schaffen wir es«, wiederholte Nereng.

»Hast du in deinem Leben überhaupt schon mal 'nen Joint geraucht?«, fragte Nina mit Falsettstimme.

»Das ist irrelevant«, erwiderte Nereng mit gespielter Selbstsicherheit. »Und immerhin gibt's in Dokka jede Menge Schwarzbrennerei.«

Nina sah ihn verwundert an. »Musst du nicht bald zurück auf dein Mutterschiff?«

In dem nackten Raum gab es nur ein Bett und einen Stuhl. Das Licht der Scheinwerfer war hell und direkt und verursachte harte Schatten. Mit dem linken Auge blickte Jon Aass durch den Sucher. Der rechte Teil seines Gesichts, einschließlich des rechten Auges, war von einem Verband bedeckt. Die Verletzung, die Nina ihm zugefügt hatte, war mit sieben Stichen genäht worden. Den Schmerz konnte er mit Tabletten unter Kontrolle halten, doch die Sehfähigkeit des rechten Auges würde vermindert sein – wie sehr, konnten die Ärzte noch nicht sagen.

Ein Mann in den Fünfzigern stand mitten im Raum und schwang die Hüften. Aus Jon Aass' Blickwinkel war er nur von hinten erkennbar. Er trug einen Tangaslip, hatte zwei schwere Goldketten um den Hals hängen und eine noch dickere am rechten Handgelenk.

Auf der linken Seite war ein junges pubertierendes Mädchen zu sehen.

Jon Aass blickte auf. »Äh, könnt ihr mal kurz aufhören? Ihr seid aus dem Fokus …«

Der Mann mit dem Tangaslip drehte sich langsam zu Jon um. »Kannst du verdammt noch mal drauf achten, uns nicht zu unterbrechen?«, sagte er mit mahnender Stimme, trat zu Jon Aass und beugte sich drohend über ihn. »Nicht noch einmal«, fauchte er leise. »Und du siehst mit deiner bandagierten Fresse übrigens wie ein Alien aus!«

Torben Becker war reich und mächtig. Jon Aass hatte Respekt vor ihm und setzte eine folgsame Miene auf, sofern das unter seinem Verband überhaupt von Bedeutung war.

»Natürlich«, sagte er beflissen.

Das Mädchen hatte genügend Erfahrung, um sich in solch heiklen Situationen nicht einzumischen oder Angst zu zeigen. Tat man das, wurde es beim Filmen nur umso schlimmer.

Der Morgenverkehr in Oslo nahm zu. Menschen und Fahrzeuge bewegten sich in bekannten Mustern. Züge, Taxen, Straßenbahnen und Schiffe transportierten die Menschen in alle Himmelsrichtungen. Elli betrat das kriminaltechnische Labor. Sie hoffte, dass die Ausdrucke des Videos, das Nina ihnen gegeben hatte, schon fertig waren. Aron Schnitzler kam ihr aus einiger Entfernung entgegen.

»Hallo, sind die Ausdrucke schon fertig?«, fragte sie.

»Ja«, erwiderte Aron.

»Sehr gut! Ich brauchte sie jetzt. Geht das auch auf DVD?«

»Ich habe alles zurückgeschickt«, sagte Aron.

»Zur Wache nach Grønland?«

»Ja.«

»Alles?«

»Ja, alles. Die DVD aus dem Gebäude in der Grønnegate, eine DVD mit den Ausschnitten von dem Mobiltelefon, die Standbilder als JPEG-Dateien und sechs Abzüge davon. Wie Sie es haben wollten.«

»Und das ganze Material haben Sie nach Grønland geschickt? Hier haben Sie keine Kopien?«

Aron wirkte verwirrt. »Nein … also den Bericht, natürlich. Aber der sagt ja nicht so viel aus. Die beiden Videofilme waren übrigens Originale, keine Tricks und keine Nachbehandlung. Ich hatte verstanden, dass es eilt?!«

»Ja, schon richtig. Wann haben Sie das Material weggeschickt?«

»Scheiße …«, sagte Aron leise, während er die Ein- und Ausgänge des kriminaltechnischen Labors auf einer Liste überprüfte. »Vorgestern – mit der internen Post.«

Elli holte Luft. »An wen adressiert?«

Aron schaute wieder auf seine Aufzeichnungen. »An niemanden im Besonderen. Die Sendung war mit einer Fallnummer versehen, das ist doch so üblich, oder?«

»Ja, doch. In Ordnung. Ich überprüfe den Posteingang bei uns im Haus.«

»Hast du die Bilder?«

Bent erschrak. Elli stand direkt hinter ihm. Verständnislos sah er sie an.

»Welche Bilder?«

»Die Ausdrucke von den Videos«, sagte sie ungeduldig. »Und die beiden DVDs.«

»Das aus der Grønnegate?«

»Ja, und eins mit dem Video, das auf Ninas Handy war.«

Bent schüttelte den Kopf. »Nein.«

»Ja, und wer hat sie dann?«, fragte Elli entnervt.

Bent zuckte mit den Schultern. »Keine Ahnung. Ich hab nicht darum gebeten und hab auch nichts bekommen.«

Sichtlich erregt setzte sich Elli an ihren Schreibtisch und griff zum Telefon.

»Nereng!«, sagte sie, bevor der Kollege sich überhaupt melden konnte.

»Offenbar weißt du, wen du angerufen hast!«, erwiderte er.

Elli wollte ihn direkt nach den DVDs und den Ausdrucken fragen, besann sich aber anders. Nereng hörte sich ziemlich fertig an.

»Alles okay bei dir?«, fragte sie, jetzt freundlicher.

Nereng hatte sich in Ninas Zimmer an die Wand gelehnt. Das Mädchen lag im Bett und schlief. Nerengs Sachen sahen schmutzig aus, seine Jacke lag auf dem Fußboden, und sein Gesicht wirkte erschöpft.

»Soweit schon …«

»Was soll das heißen?«, fragte Elli.

»Das soll heißen, dass unsere kleine Freundin mich von oben bis unten vollgekotzt hat«, erläuterte er. »Es stinkt.«

Elli konnte ein Grinsen nicht unterdrücken.

»Verstehe. Sicher kein großer Trost, aber das passiert allen schon mal.«

»Kommt bald die Ablösung?«, fragte Nereng.

»Ich bin gleich da«, gab Elli zurück. »Aber eins muss ich wissen: Hast du dir die Videoausdrucke, die DVDs und den Bericht über Ninas Handyvideo geben lassen?«

»Nein«, sagte Nereng.

Kapitel 58

Ellis Miene wirkte leicht aggressiv, als sie Malmrosens Büro betrat. Er blickte sie überrascht an.

»Das Labor hat die DVDs und die Videoausschnitte hierhergeschickt«, platzte Elli heraus. »Hast du sie bekommen?«

»Nein, nicht dass ich wüsste … sind die vielleicht bei Fjeld gelandet?«, erwiderte er.

Elli drehte sich auf dem Absatz um und wiederholte denselben Auftritt in Fjelds Büro.

»Nein«, sagte er. »Aber vielleicht Malmros?«

»Er hat mich zu dir geschickt.«

»Hmm. Und Harr? Nereng?«

»Nein«, entgegnete Elli ungeduldig. »Harr hat sie nicht, und Nereng ist bei Nina und passt auf sie auf.«

»Nina?«

»Die Zeugin, die das Video auf dem Handy hatte.«

»Olsen?«

»Ja, Nina Olsen.«

Elli setzte sich. Fjeld betrachtete sie aufmerksam.

»Ich weiß nicht, wen ich jetzt noch fragen soll!«, sagte sie genervt. »Also entweder hat irgendeiner von uns das Material, will es aber nicht rausrücken, oder das Labor hält alles zurück. So oder so heißt das aber, dass irgendwer meine Ermittlungen sabotiert.« Elli trommelte nervös mit den Fingern auf Fjelds Schreibtisch herum.

»Du bist doch hier der operative Chef, Fjeld. Was glaubst du?«

Fjelds Gesichtsausdruck wurde ernst.

»Das sind aber sehr ernsthafte Dinge, die du da andeutest, Elli.«

»Das weiß ich. Aber was soll ich denn sonst denken, wenn überaus wichtiges Beweismaterial verschwindet?«

»Gehen wir mal für einen Augenblick davon aus, dass das Material verschwunden ist, was ich allerdings nicht glaube. Aber spielen wir mal mit dem Gedanken. Was hätte das zu bedeuten?«

Ellis Finger kamen nicht zur Ruhe.

»Dass es jemanden bei der Polizei gibt, der ein inkompetenter Blödmann ist. Oder korrupt. Oder noch schlimmer: ein Teil des Pädophilenmilieus.«

»Genau. Und du kannst dir ja wohl denken, was passiert, wenn Gerüchte über korrupte oder pädophile Polizeibeamte an die Öffentlichkeit gelangen?«

Elli atmete schwerfällig aus. »Natürlich.«

»Deshalb müssen wir uns schon sehr sicher sein, bevor wir irgendeine entsprechende Theorie präsentieren. Hast du noch andere Anhaltspunkte, die darauf hinweisen, dass hier Polizeibeamte in die Sache verwickelt sind?«

Elli spürte, wie sich ihr Herzschlag beschleunigte.

»Momentan nicht«, antwortete sie. Eigentlich war das eine Lüge, die Elli rein instinktiv hervorgebracht hatte. Außerdem gar nicht ihr Stil, und sie bereute es sofort.

»Okay«, sagte Fjeld, der nichts Außergewöhnliches an Elli bemerkt hatte.

»Dann gehen wir vorläufig davon aus, dass irgendwer es verschlampt hat. An die andere Möglichkeit möchte ich überhaupt nicht denken«, schloss Fjeld. »Aber wenn neue Hinweise auftauchen, die in diese Richtung zeigen, dann wissen wir beide, was zu tun ist?«

Ihre Blicke trafen sich.

»Asker und Baerum Polizeikammer«, sagte Elli.

»Richtig. Hast du übrigens Malmros irgendwas davon erzählt?«

»Nein – oder ja. Ich habe keine Spekulationen über den Verbleib des Materials angestellt, sondern nur gefragt, ob er es gesehen hat.«

»Wir belassen es vorläufig dabei. Weiß Nereng davon?«

»Er kennt den Fall genauso gut wie ich.«

»Na gut.« Fjeld dachte nach. »Aber lass mich eins klarstellen: Falls jetzt noch weitere Hinweise auftauchen, die irgendwie auf eine Verwicklung der Polizei hindeuten, dann kommt ihr unmittelbar zu mir. Wir müssen dann den internen Vorschriften folgen und die ganze Angelegenheit an eine andere Kammer abgeben. Sind wir uns da einig?«

»Ja«, sagte Elli. Angesichts von Fjelds Engagement wagte sich Elli noch ein Stück weiter vor. »Was ist mit mehr Personal? Wäre das möglich?«, fragte sie.

»Wir haben ja schon vier Leute eingesetzt, um Informationen über Wekster zu bekommen, in Blindern und in seiner Nachbarschaft. Wir leihen uns Beamte vom Streifendienst aus, aber mehr Ressourcen haben die auch nicht.«

»Ich meinte eigentlich Ermittler«, sagte Elli.

»Im Augenblick nicht, Elli. Das lassen unsere Vorschriften derzeit nicht zu.«

Als Elli und ihre Schwester Anne noch Jugendliche gewesen waren, hatte ihr Vater oft mit ihnen eine Fahrradtour zum Ekebergspark unternommen. Viele Mal hatten sie sich dann ein Plätzchen mit Aussicht auf den Fjord gesucht, wo sie sitzen und sich über alles Mögliche unterhalten konnten. Auch ihre Mutter war manchmal mitgekommen, aber sie fuhr nicht so gern mit dem Fahrrad. Chinesen fahren Rad, Thailänder nicht, pflegte sie zu sagen.

Erst als Elli erwachsen geworden war, hatte sie verstanden, wie wichtig diese kleinen Ausflüge für sie gewesen waren. Und bestimmt auch für ihren Vater und ihre Schwester. Aber darüber hatte sie niemals mit ihnen gesprochen.

Nachdem Anne gestorben war, vermied Elli die Seeseite des Parks. So musste sie sich nicht erinnern. Doch als ein paar Jahre danach auch der Vater starb, hatte Elli wieder begonnen, die alten Stellen aufzusuchen, um sich erinnern zu können. An ganz normalen Vormittagen, bevor die Leute kamen, um zu joggen, Fußball oder Kricket zu spielen, Drachen steigen zu lassen oder ihre Hunde auszuführen, herrschte an diesem Ort eine ganz eigene, beruhigende Atmosphäre, die Elli genügend Zeit und Raum gab, um über die kleinen und großen Herausforderungen nachzudenken.

Der aktuelle Fall gehörte definitiv zur letzten Kategorie.

Elli nahm einen großen Schluck aus ihrem Pappbecher und ließ den heißen äthiopischen Kaffee vorsichtig durch ihre Kehle gleiten. Das Gespräch mit Fjeld war noch immer gegenwärtig. Warum hatte sie ihn angelogen? Und wieso ließ sie sich zu solch unüberlegten Ausbrüchen hinreißen? Sie hätte besser den Mund halten sollen! Ihre Mutter bemühte sich stets darum, ein wenig Kultur aus dem Heimatland in den norwegischen Alltag einfließen zu lassen. Doch dieses Vorbild war bei Elli in solchen Situationen schnell vergessen. Wo der kluge Thailänder und Buddhist die Frustration des Augenblicks heruntergeschluckt und sich konstruktiv verhalten hätte, gewann Ellis norwegisches Temperament die Oberhand. Sie ähnelte ihrem Vater. Er wäre stolz auf sie gewesen. Doch für ihre Mutter war es immer undenkbar, die Beherrschung zu verlieren.

Konsequenz ihrer Haltung war nun, dass sie sich in einer äußerst heiklen Situation befand. Sie selbst war es gewesen, die die Theorie über einen faulen Apfel bei der Polizei ins Spiel gebracht hatte. Jetzt konnte sie nur darauf hoffen, dass Fjeld Wort hielt und den Verdacht vorläufig für sich behielt. Doch wenn er herausfand, dass sie gelogen hatte, würde sie all ihre rhetorischen Fähigkeiten benötigen, um sich wieder aus der Situation herauszumanövrieren. Außerdem wäre sie sehr von seinem guten Willen abhängig, um ihren Job bei der Polizei dann überhaupt fortsetzen zu können. Doch sehr wahrscheinlich wäre sie wohl fertig.

Jetzt musste sie sich auf den Fall konzentrieren. Die verschwundenen DVDs und das Bildmaterial deuteten darauf hin, dass der korrupte Beamte bei der Polizei – es konnte sich dabei sogar um den Täter oder zumindest einen Mitwisser handeln – die Unterlagen entweder auf dem Transportweg oder auf der Polizeiwache in Grønland an sich gebracht hatte. Aus diesem Grund war sich Elli allerdings sicher, dass sie sich der Lösung des Falls näherte. Denn warum sonst hätte sich jemand die Mühe gemacht, einen Beweis verschwinden zu lassen?

Elli dachte darüber nach, wie grausam diese Morde an den Mädchen eigentlich waren und welch zynischem Milieu die Ermittler hier gegenüberstanden. Jetzt, da sie dem internen Verräter auf den Fersen waren, mussten sie noch vorsichtiger agieren als zuvor. Sie war bereits einmal angeschossen worden – und hatte überlebt. Beim nächsten Mal wäre ihr das Glück vielleicht weniger hold.

Nina hockte halb zusammengekrümmt in einer Ecke des Zimmers. Zum x-ten Mal an diesem Morgen erbrach sie sich und würgte grüne Galle hervor. Nereng hatte sich am anderen Ende des Raums an die Wand gelehnt und blätterte in einem Buch, das er schon einmal in der Schule gelesen hatte. Es hieß *Christiane F.* und erzählte von einem drogenabhängigen Mädchen aus Berlin, das den *Cold Turkey*, den Entzug, durchlitt. Ein Mann in weißem Kittel betrat den Raum.

»Es ist nicht leicht, Nina, aber Gott wird dir beistehen. Er wird den Teufel aus dir vertreiben«, erklärte er.

Nina warf einen wütenden Blick auf den Mann, der Anfang zwanzig war und einen Ziegenbart und halblanges Haar trug.

»Des Teufels Methoden sind schlau und bösartig«, fuhr er fort.

Ninas Angriff kam plötzlich und ohne Vorwarnung. Wie ein Blitz schoss sie quer durch das Zimmer und versetzte dem Prediger einen präzisen und kräftigen Tritt in die Leibesmitte. Er sackte bewegungslos in sich zusammen. Nereng glaubte zu sehen, dass seine Augäpfel hervortraten. Gleichwohl vermochte es der Mann unter Aufwendung aller zur Verfügung stehenden Kräfte, sich halbwegs aufzurichten und ein übertrieben positives Christenlächeln auf seine Lippen zu zaubern.

»Gott wird dir in dieser schwierigen Zeit beistehen ...«, setzte er mit heiserer Stimme an, wurde aber unvermittelt von Nereng unterbrochen.

»DAS REICHT!«, rief Nereng in einem Befehlston, den er sich während seiner Zeit in der Aufklärungsschwadron der Kavallerie angeeignet hatte. Der zusammengesunkene Prediger fuhr erschrocken herum und blickte zu Nereng, der für einen Augenblick so wirkte, als wollte er Ninas Beispiel folgen. Reflexartig kauerte er sich auf dem Boden in Embryonalhaltung zusammen. Nereng zeigte auf die Tür, woraufhin sich der Prediger mit eingezogenem Kopf und hinkenden Schritten aus dem Zimmer flüchtete.

»Süß«, kommentierte Nina.

Nereng trat auf die kleine Gestalt zu, die damit antwortete, einen neuen stinkenden Schwall Erbrochenes auf sein T-Shirt zu spucken. Nereng schwankte zwischen Mitleid und blindem Hass, als sich die Tür erneut öffnete.

»Igitt – was für eine Sauerei, ihr braucht beide eine Dusche«, sagte Elli, die einen Aktenordner unter dem Arm hatte.

Wortlos verließ Nereng das Zimmer. Elli ging zu Nina, nahm sie in die Arme und begleitete sie ins Bad. Unter der Dusche schien Nina sich ein wenig zu erholen. Die lindernden Wasserstrahlen hüllten ihren zarten Körper ein. Elli stand draußen vor der Dusche und unterhielt sich mit Lise Hansen. Nina konnte nicht hören, worüber sie sprachen. Im Laufe des Gesprächs schüttelte Lise ein paarmal den Kopf, schien sich schließlich jedoch Ellis Meinung anzuschließen.

Nina hatte sich gerade wieder ins Bett gelegt, als Nereng in triefend nassen Sachen hinter dem Fenster in der Tür zum Flur auftauchte. Elli sah erstaunt zu ihm hinüber, stand auf und trat auf den Flur hinaus.

»Ich dachte, du wärst nach Hause gefahren«, sagte sie und zog Nereng ein Stück mit sich, damit Nina in Ruhe weiterschlafen konnte.

»Bin gleich unter die Dusche«, sagte er. »Konnte den Kotzegestank nicht ertragen. Du wolltest mir was zeigen?«

Elli lächelte. »Wart's nur ab«, sagte sie und zog die Spannung künstlich in die Länge. »Ich hatte die Idee, noch mal diese Beschreibung abzugleichen, die der Rettungssanitäter von dem Ort in Grünerløkka abgegeben hat, dort, wo das Mädchen gefunden wurde.«

»Da, wo Takle war?«

»Ja.«

Nereng wirkte verwirrt. »Aber es gab doch keine Fotos vom Fundort.«

»Nein«, erwiderte Elli und öffnete den Aktenordner. »Aber ich habe einen Zeichner gebeten, eine Skizze nach den Beschreibungen des Sanitäters anzufertigen. Und nachdem wir jetzt wissen, dass es was mit Expressionisten zu tun hat, konnte ich mit Johannes Hilfe innerhalb einer Stunde das Motiv finden. Und jetzt rate mal! Die Position der Leiche erinnert ebenfalls an ein Gemälde. Und zwar an Paul Gauguins *Nie wieder*.«

»Gibt es womöglich noch mehr?«

»Das können wir natürlich nicht ausschließen, aber bis jetzt gibt es keine weiteren unidentifizierten Leichen, die zum Verhaltensmuster des Täters passen.«

Elli warf einen prüfenden Blick auf Nereng. »Du bist ein Wrack«, konstatierte sie. »Geh nach Hause und ruh dich aus. Wir müssen fit bleiben. Der Fall wird noch ganz schön haarig.«

»Das ist es wert«, sagte Nereng.

Kapitel 59

Lars Arntzen arbeitete seit über zwanzig Jahren als Lastwagenfahrer in diversen Hafenanlagen. Die Arbeit war nicht gerade sehr abwechslungsreich, doch der Lohn stimmte. Mit Überstunden und Extraschichten hatte er im Jahr zuvor eine halbe Million Kronen verdient. Außerdem war es eine sichere Arbeit. Egal in welcher Osloer Hafenanlage er auch arbeitete, jedes Mal gab es mehr und mehr Container in allen möglichen Größen.

Gerade setzte er einen kleineren Container mit der Aufschrift der dänischen Speditionsfirma Maersk neben eine Ansammlung von siebenundzwanzig anderen Containern, die er an diesem Tag bereits hin und her bewegt hatte. Es war kurz vor der Mittagszeit. Doch zunächst musste er dringend eine Zigarette rauchen. Hier am äußersten Ende der Hafenanlage konnte er sich einfach hinter die Container setzen, die Beine über das Hafenbecken baumeln lassen und seine Selbstgedrehte anzünden. Während Lars Arntzen den Rauch einatmete und über den Oslofjord blickte, entdeckte er plötzlich vor dem hintersten Container in circa vierzig Metern Entfernung eine Gestalt. Er drückte die Zigarette aus, drehte sich um und ging zurück zu seinem Lastwagen. In diesem Bereich waren Rauchpausen streng verboten. Da war es wohl besser, sich nicht von irgendwem erwischen zu lassen.

Aber irgendetwas schien nicht so ganz zu stimmen. Die Gestalt bewegte sich nicht.

Lars Arntzen kletterte in seinen LKW und lenkte ihn auf die Rückseite der nächststehenden Containerreihe zu, so dass er den Betreffenden aus längerer Distanz beobachten konnte. Er fuhr den Truck bis an den Rand des Hafenbeckens, wo er freie Sicht auf die Person vor dem Container hatte. Aus dieser Entfernung, es waren ungefähr dreißig Meter, sah er, dass es sich um eine Frau handelte. Es war nicht schwer zu erkennen, denn sie war nackt. Sie lag so still da, dass Arntzen gleich vermutete, sie sei tot. Wie es aussah, hatte sie auch einen Sonnenschirm bei sich.

»Du lieber Gott«, flüsterte Arntzen und zog sein Mobiltelefon hervor.

Ein schwarzer BMW 760Li hielt vor dem Haupteingang der Polizeiwache Grønland. Alfred Krefting stieg aus und steuerte zielbewusst auf den Empfangsbereich zu, wo er von Fjeld in Empfang genommen wurde, der ihn direkt zum Aufzug führte.

Torben Becker saß zurückgelehnt auf seinem ledernen Bürostuhl. Vor ihm auf dem riesigen Mahagonischreibtisch klingelte sein Handy. Ohne zu zögern, nahm er das Gespräch an.

»Ja«, meldete er sich mit selbtsicherer Stimme.

»Dann sind ja alle da«, erwiderte Krefting am anderen Ende der Leitung.

»Wie ist die Lage?«, fragte Becker.

»Wie du sicher weißt«, begann er, »ist Wekster ... äh, nicht da, und alle Mädchen sind in einem nahen ... äh, verschwunden. Und das letzte Mädchen haben wir unter Kontrolle.«

»Ist das sicher?«, fragte Becker.

»Das wesentliche Beweismaterial, das die Polizei hatte, ist jetzt in unserem Besitz«, konnte Krefting versichern.

»Wo ist das letzte Mädchen?«

»Augenblick«, sagte Krefting. Becker hörte gedämpfte Stimmen im Hintergrund.

»In einer Entzugsklinik, wie ich höre. Wir fahren später dorthin, um ... äh, aufzuräumen.«

»Ich gehe davon aus, dass ... die Behörde das aus eigener Kraft erledigt?«, sagte Becker.

»Richtig verstanden«, bestätigte Krefting.

Kapitel 60

Nina saß auf dem Bett. Sie trug frische saubere Sachen, und in ihre Wangen war wieder ein wenig Farbe gekommen.

»Geht's besser?«, fragte Elli, die auf einem Stuhl zwischen Bett und Tür saß.

»Weiß nicht, ein bisschen vielleicht«, sagte Nina mit monotoner Stimme.

»Magst du reden?«

»Wir können's versuchen«, erwiderte Nina.

»Okay«, sagte Elli. »Wer hat bei den Filmen mitgemacht?«

»Wie schon gesagt, es waren vier oder fünf erwachsene Männer. Der eine, Goldy, ist ein reicher Typ, über fünfzig, glaube ich, ein bisschen fett und jede Menge Goldschmuck.«

Elli notierte, was Nina über die Filme zu berichten wusste.

»Ein anderer hat sich immer sehr gewählt ausgedrückt, er wirkte intelligent … und schüchtern.«

»Akademiker?«, fragte Elli.

»Aka … ja, egal, jedenfalls gab es noch einen, den hab ich mal im Fernsehen gesehen. Bei dieser Holmgang-Talkshow. Ich erinnere mich dran, weil er über Drogen sprach. Er trat für die Freigabe ein.«

Elli schrieb den Namen A. Krefting auf und setzte ein Fragezeichen dahinter. Dann kreiste sie den Namen ein und verband ihn mit dem Namen Torben Becker, der ebenfalls eingekreist war.

»Und dann gab's noch den mit der Maske. Der geschlagen und geprügelt hat. Verfluchter Scheißtyp.« Nina griff nach der Cola-Flasche auf dem Nachttisch und trank einen Schluck. »Hat uns mit Klebeband gefesselt und uns mit 'nem Messer geritzt. Schläge und Tritte. Eines der Mädchen hat mir erzählt, dass er sie mal mit einer großen Taschenlampe geschlagen hat. Und dann noch Jon Aass, der Kameramann. Der war die ganze Zeit da, dieser Schleimaal.«

»Und welche Mädchen waren dabei?«

»Ludi, Inga, ich, Polina. Polina sagte, bevor ich dazukam, seien noch andere dabei gewesen, aber die sind irgendwie nach und nach verschwunden.« Nina nahm wieder einen Schluck von der Cola. »Einmal wurden wir zu einem Ort gebracht, der wie eine kleine private Kirche wirkte. Ziemlich spooky, aber wir waren alle so bedröhnt, dass keine von uns protestieren konnte. Wir waren zu viert, Ludi, ich, Inga und noch ein Mädchen. Sie ist dann hinterher dageblieben, und seitdem haben wir sie nicht mehr gesehen.«

Elli schauderte bei dem Gedanken daran, was diese Kinder – trotz allem waren sie das immer noch – schon alles erlebt hatten, bevor sie überhaupt nur vierzehn geworden waren.

»Gibt es noch mehr?«, fragte Elli, hoffte aber insgeheim, dass es nicht so war.

»Eine Sache: Wir mussten fast immer posieren, so, wie auf alten Bildern. Gemälde. Von diesem Munch und von irgendeinem Gogg.«

Elli nickte. Dann beugte sie sich hinunter zu ihrer Tasche und zog ein Foto von Wekster heraus. »Ist er einer von denen?«

»Ja«, sagte Nina tonlos. »Das ist der Schüchterne.«

Eine Polizistin in Uniform kam ins Zimmer herein. Elli blickte Nina erneut an.

»Okay, das war gut, Nina. Du bist uns eine große Hilfe und tust genau das Richtige. Du bist mutig.«

Nina verdrehte die Augen.

Ellis Mobiltelefon gab ein leises Piepsen von sich. Sie schaute auf das Display. Die Nachricht bedeutete, dass die Zeit jetzt noch mehr drängte.

»Ich muss jetzt mal zwei Stunden weg«, sagte Elli und wandte sich dann an die Polizistin. »Kristin, egal, was sie macht, du bleibst in ihrer Nähe. Dusche, Klo, Cola-Automat – und selbst wenn sie sich in der Nase bohrt, hältst du sie unter Beobachtung. Die ganze Zeit. Verstanden?«

Kristin nickte einverständlich.

Elli blickte zu Nina und wieder zurück zu Kristin. »Niemand – und ich meine absolut NIEMAND – darf mit ihr sprechen.«

Kristin nickte abermals.

»Immerhin bleibt mir dann dieser fröhliche Prediger erspart«, warf Nina ein.

Elli lächelte.

»Auch wenn sie sich in der Nase bohrt«, sagte Kristin.

Elli stoppte den Volvo an der Absperrung und lief die letzten fünfzig Meter zu Fuß. Bei den Containern auf dem hintersten Kai in Bjørvika hatte sich eine kleine Versammlung eingefunden. Ein Rettungswagen und zwei Streifenwagen mit blinkenden Blaulichtern. Inga lag noch immer hinter dem Container. Sie war jetzt seit genau fünf Stunden, zweiunddreißig Minuten und siebzehn Sekunden tot. Doch wie ihre Schicksalsgenossinnen war sie nackt ausgezogen worden, um jeglichen Hinweis darauf, wer sie war oder wo sie herkam, zu entfernen. Außerdem war sie wie die anderen mit Terpentin gewaschen worden. Im Vergleich mit den anderen Morden war die Szene jedoch einem ganz anderen Niveau zuzuordnen. Die Tote lag den Betrachtern direkt zugewandt da. Die Augen waren offen und schienen die Zuschauer anzublicken. Die Beine lagen an den Knien abgewinkelt übereinandergeschlagen auf der linken Seite. Auf ihrer Brust lag ein blau geblümter, aufgespannter Sonnenschirm. Es wirkte so, als wollte der Täter direkt zu seinem Publikum sprechen.

Zwei Rettungssanitäter, ein Arzt sowie Bent Harr standen regungslos etwas abseits und betrachteten die unheimliche Szene.

Als Elli die Szene erblickte, blieb sie instinktiv stehen.

Krank.

Was brachte Menschen dazu, anderen so etwas anzutun? So wie bei den drei anderen Toten würden sie auch dieses Mal garantiert keine Spuren finden. Er, denn es konnte einfach nur ein Mann sein, musste sich ziemlich gute Kenntnisse über die

Arbeit der Kriminaltechniker angeeignet haben – oder hatte sie infolge seiner Arbeit bereits erworben. Abgesehen von dem, was er die Ermittler sehen lassen wollte, war hier nichts zu holen. Elli fragte sich, mit welchem Gemälde sie jetzt wohl bald nähere Bekanntschaft schließen würde. Eines war sicher: Wenn sie diesen Teufel nicht aufhalten könnte, würde sie bald so viel über Künstler und deren Werke gelernt haben, dass sie ein Examen in Kunstgeschichte ablegen könnte. Jetzt hatte sie es mit einem weiteren Kunstwerk zu tun, das durch ihre Träume geistern würde.

Das siebte Glied auf Buddhas achtfachem Pfad fokussierte auf Achtsamkeit. Lag dort das Problem? War sie nicht achtsam genug, um zur erforderlichen Einsicht zu gelangen, wie dieses Ungeheuer zu fassen war? Wurde sie jetzt dafür bestraft, dass sie nicht mehr Zeit auf *vipassana* – die Lehre der Einsicht – verwandt hatte?

Doch anders betrachtet: Blödsinn. Die Protestanten fürchteten sich die ganze Zeit vor Strafe und ihren Vorstellungen von der Hölle. Die Buddhisten suchten die ganze Zeit weiter.

Und die Buddhisten *light* suchten in dem Tempo weiter, das ihnen am besten erschien. Die Situation jetzt allerdings erforderte erhöhte Geschwindigkeit. Er befindet sich in der *Eskalationsphase*, hatte Mölnlycke gesagt.

Alles war das Resultat direkter und indirekter Ursachen und Bedingungen.

Was wollte der Täter erzählen? Ging es um ihn selbst? War es irgendeine Nachricht oder nur ein Show-Effekt? Wie kam seine exhibitionistische Seite abseits der Mordhandlungen zum Ausdruck?

Es war so furchtbar respektlos. Diese Mädchen kamen als Sexsklavinnen von irgendeinem fremden Ort, und nachdem sie noch vor der Pubertät auf alle erdenkliche Weise erniedrigt worden waren, landeten sie als Trophäen auf dem Müll. Mit dem Tod wurden die Opfer auf kleine Spielfiguren in der kranken Phantasie eines perversen Täters reduziert, der sich mit übertriebenen Ausdrucksmitteln zu exponieren suchte.

Ein Streifenpolizist stand ungläubig da und betrachtete die Leiche. Vage hörte Elli, dass er sich an einen der Rettungssanitäter wandte.

»War sie schon tot, als ihr kamt?«

»Mausetot«, gab der ältere von beiden zurück. »Sie war schon so kalt und steif, dass der Arzt keinen Sinn darin sah, irgendwas zu probieren.«

»Sie ist schon seit mindestens drei Stunden tot«, mischte sich der Arzt ein.

»Papiere?«, fragte Elli. Sie kannte die Antwort, dachte aber, dass sie trotz aller Gefühle von Ohnmacht und Ekel etwas sagen müsste.

»Nein, völlig sauber«, sagte Bent.

Elli deutete auf den Container. »Und da drinnen?«

»Leer«, hörte sie jemanden sagen, ohne nachzusehen, wer da antwortete.

»Wir werden sie natürlich obduzieren«, sagte der Arzt.

»Wer hat den Fund gemeldet?«, fragte Elli.

Der Streifenpolizist zeigte auf einen Hafenarbeiter.

»Er hat sie gefunden. Hat vom Handy aus angerufen.«

Elli blickte sich um. Sie betrachtete die Leiche mit dem Sonnenschirm und fragte, ob jemand eine Kamera dabeihabe.

Das Porträt der toten Ludmilla kam aus dem Drucker. Nazek, die Kriminaltechnikerin, reichte es Elli.

»Du bist ja heute ziemlich ungeduldig«, sagte sie.

»Das erkläre ich dir später«, erwiderte Elli. »Aber jetzt brauche ich erst mal alle Bilder. Danke für deine Hilfe!«

»Eins kommt noch«, sagte Nazek.

Sie betätigte erneut den Drucker. Elli wartete, bis sie alle Ausdrucke zusammenhatte, bedankte sich abermals und ging.

Kapitel 61

Nereng wurde vom schrillen Klingeln seines Handys aus dem Schlaf gerissen. Sein Nacken schmerzte, anscheinend war er in einer unmöglichen Stellung auf dem Sofa eingeschlafen. Eine Sekunde lang dachte er, dass er sich einen anderen Klingelton als die Erkennungsmelodie von *Halloween* zulegen müsste.

»Ja? Nereng«, sagte er müde.

»Elli hier. Ich muss dich sehen. Sofort.«

»Ich hab doch erst zwei Stunden geschlafen …«, setzte Nereng an.

»Du kannst die ganze nächste Woche schlafen«, unterbrach ihn Elli. »Glaub mir – es ist wichtig.«

Nereng seufzte resigniert. »Okay. Wo?«

Die Ausdrucke der Fotos mit den drei toten Mädchen lagen vor Nina auf dem Tisch. Aufmerksam betrachtete sie sie. Das toughe, mit allen Wassern gewaschene Mädchen war wie ausgewechselt. Elli sah, dass Nina vor Angst zitterte.

»Kennst du sie?«, fragte Elli.

Nina antwortete nicht.

»Nina, rede mit mir«, bat Elli. »Ich muss das wissen!«

»Ja«, flüsterte Nina.

»Namen?«

»Ludi«, sagte sie und zeigte auf das Mädchen, das am Sognsvann gefunden worden war. »Die anderen sind Inga und die, von der Ludi mir erzählt hat, Polina«, fuhr sie fort.

»Ja, Polina«, sagte Elli nachdenklich. Sie ergriff das letzte Bild, den Ausdruck einer Szene aus dem Videofilm, den Nina ihr geschickt hatte; die Rekonstruktion von Munchs *Mädchen auf der Brücke*. Die Mädchen waren dem Kameramann zugewandt, ihre Gesichter waren teilweise unter Hüten verborgen, doch Nina und Ludi waren leicht wiederzuerkennen. Das Gesicht des dritten Mädchens war zum Teil von Ninas Schulter verdeckt.

Elli zeigte auf das noch nicht identifizierte Mädchen. »Wer ist sie?«

Nina blickte auf das Bild und sah dann Elli an. »Ich glaube, sie hieß Janne.«

Nereng betrachtete den Ausdruck. War da nicht irgendetwas Besonderes an dem dritten Mädchen? Hatte er sie zuvor schon einmal gesehen?

Plötzlich fiel es ihm ein. Mit einem Mal wurde es Nereng kalt, und er spürte Übelkeit in seiner Kehle aufsteigen.

Elli schaute zu ihm herüber. »Ist was?«

Nereng riss sich zusammen. »Äh … später.«

Elli runzelte die Stirn, fragte aber nicht weiter nach. »Okay.« Dann schaute sie Nina an. »Wir müssen dich woanders hinbringen«, sagte sie.

Nina riss die Augen auf. »Weil?«

»Weil ich glaube, dass du hier nicht sicher bist«, erklärte Elli.

»Und wo bin ich dann sicher?«

»Wir müssen jetzt alles wissen, was du uns über das Bordell erzählen kannst«, warf Nereng ein.

Pause. Nina nahm einen Schluck Cola.

»Das Bordell liegt in Grünerløkka. Es ist fast genau wie das vorherige, aber der Zugang führt durch eine Tiefgarage. Ich glaube, die Straße heißt Seilduksvei oder so.«

»Seilduksgate«, sagte Elli.

»Ja. Okay, wenn man da hochkommt, ist da ein langer Gang mit Zimmern auf beiden Seiten.«

Nereng fertigte eine Zeichnung an, während Elli alles aufschrieb.

»Erzähl weiter«, sagte sie.

Nina dachte nach.

»Auf der linken Seite ist das Klo. Unisex. Fünf Kabinen. Ich glaube, hinter dem Studio ist noch ein Eingang. Jon und die schwierigen Kunden kommen immer von der Seite.«

Nereng hielt die Skizze hoch.

»Ungefähr so?«

Nina warf einen kurzen Blick darauf. »Das Klo liegt etwas weiter drinnen. Ansonsten stimmt es.«

»Weißt du die Hausnummer in der Seilduksgate?«, fuhr Elli fort.

»Nein, aber es ist gleich neben dem Sportplatz.«

Elli hielt vor dem Polizeipräsidium. Nina, Elli, Nereng und Kristin liefen direkt auf den Trakt für die Untersuchungshäftlinge zu.

Nina wirkte verwirrt. »Da kriegt ihr mich verflucht noch mal nicht rein!«, schrie sie, als ihr klarwurde, was jetzt passieren würde.

Elli blieb stehen und legte Nina eine Hand auf die Schulter. »Hör zu, Nina. Ich bringe dich an einem sicheren Ort unter! Es wird genau vermerkt, dass du kommst, es gibt rund um die Uhr Bewachung, und niemand kann dich hier rausholen, ohne mich um Erlaubnis zu fragen.«

»Verfluchte Scheiße! Ich hab dir vertraut und mein Leben riskiert. Du hast jede Menge Infos bekommen … und dann willst du mich hier reinstecken?!«

Ninas Augen blitzten. Nereng und Kristin hatten Mühe, das aufgebrachte Mädchen festzuhalten.

»Wir haben wenig Zeit«, sagte Elli entschieden. »Es ist hier zwar nicht gemütlich, aber sicher, und wir sind in einer außergewöhnlichen Situation. Nereng und ich müssen uns um andere Dinge kümmern und können die nächsten paar Stunden nicht auf dich aufpassen. Das Gute an diesem Ort ist, dass niemand unbemerkt hineinkommen kann. Du bekommst was zu essen, und Kristin sitzt draußen vor der Tür und hält dich die ganze Zeit unter Beobachtung. Ich komme in ein paar Stunden wieder her.«

Kristin brachte Nina zu einer der Zellen. Elli und Nereng gingen hinaus.

»Bullenfotze!«, hörten sie Nina aus der Entfernung rufen.

Durch das Atrium des Polizeipräsidiums gingen Elli und Nereng auf den Ausgang zu. Draußen stand der Wagen.

»Worauf hast du vorhin reagiert?«, fragte Elli.

»Ich habe sie schon mal gesehen«, sagte Nereng.

»Wen denn?«

»Die, von der Nina gesagt hat, dass sie Janne heißt. Auf dem Video, das Nina dir geschickt hat.«

Elli sah verwirrt aus. »Und warum hast du das nicht schon früher gesagt?«

Nereng dachte nach, bevor er antwortete. »Das habe ich mich im Laufe der letzten Stunde auch schon gefragt. Ich glaube, es liegt daran, weil wir ja zuallererst versucht haben, die Männer auf dem Video zu erkennen. Das Gesicht von dem Mädchen taucht ja nur in der Szene auf der Brücke auf, fünf oder sechs Sekunden.« Entmutigt schüttelte er den Kopf.

Elli machte eine beschwichtigende Handbewegung. »Hör auf zu jammern – *wo* hast du sie gesehen?«

»In Grønland«, sagte Nereng. »Aber wirklich interessant ist, mit wem ich sie zusammen gesehen habe.«

Kapitel 62

Die Bilder von Polina, Ludi, Inga und dem ersten Mädchen, das Olga geheißen hatte, aber niemals namentlich identifiziert werden würde, lagen vor Elli und Johanne auf dem Tisch im Vernehmungsraum.

Nereng hatte derweil damit begonnen, alle internen Vorgänge chronologisch aufzuzeichnen, die genauer zu untersuchen sie sehr bald gezwungen sein würden.

»Wir haben also folgende Reihenfolge«, sagte Johanne und zeigte auf das Bild von Polina. »Zunächst van Goghs *Weiblicher Rückenakt*, dann Munchs *Weinender Akt*« – sie zeigte auf das Bild von Ludis Leiche am Sognsvann, »gefolgt von Ernst Ludwig Kirchners *Mädchen unter Japanschirm*« – ihr Finger bewegte sich zu dem Tatortfoto vom Hafen, »und schließlich Gauguins *Nie wieder*«, schloss sie und nahm die rekonstruierte Szene des Zeichners zur Hand.

»Und alle sind Expressionisten?«, fragte Elli, obwohl sie die Antwort schon kannte.

»Ja ... das heißt, Gauguin wird wohl eher als Impressionist gehandelt, aber er hatte einen Studienaufenthalt bei van Gogh, das war, als der sich das Ohr abgeschnitten hat«, sagte Johanne und klappte die Kunstbücher wieder zu, die sie mit zur Polizeiwache gebracht hatte.

»Okay, vielen Dank«, sagte Elli. »Ich muss jetzt leider gleich weiter, aber du musst wissen, dass du eine unschätzbare Hilfe für uns warst.«

»Keine Ursache«, erwiderte Johanne und strahlte. »Was glaubst du? Wie viele von meinen Freunden helfen wohl dabei, einen Serienmörder zu fassen?«

Elli lächelte. »Trotzdem vielen Dank!«

Zusammen gingen sie hinaus und trennten sich dann am Fahrradständer.

In einem Café in Frogner trafen Elli und Mölnlycke zusammen.

»Wie schön, mal zwischendurch aus dem Büro herauszukommen«, sagte er und nickte bestätigend. »Und? Hat er wieder zugeschlagen?«

»Ja«, sagte Elli. »Die Leichen – einschließlich der letzten – sind so drapiert wie auf den Kunstwerken bekannter expressionistischer Maler.«

»Gibt es neue Hinweise darauf, ob es sich um einen oder mehrere Täter handelt? Lautet die Theorie immer noch, dass es zwei sind?«

»Wahrscheinlich ist es die Tat eines einzelnen Mannes, aber wir glauben, dass er einen Helfer hat. Die Konsequenz in der Ausführung, und damit meine ich besonders die Art und Weise, wie er sie nach der Ermordung in Positur bringt, bietet meiner Meinung nach Grund zu der Annahme, dass es sich um ein und denselben Täter handelt. Und wie Sie schon bei unserem letzten Gespräch angedeutet haben, scheint die Tat an sich sehr bedeutend für den Mörder zu sein. Außerdem wird er immer gefährlicher. Offenbar wagt er sich an immer größere Herausforderungen.«

Mölnlycke nickte. »Sie haben Ihre Hausaufgaben gemacht, Elli. Wir hatten ja hierzulande nicht allzu viele Serienmörder, und die meisten von ihnen hatten andere Motive als die Tat an sich. Sie wollten sich dadurch primär bereichern. Aber für einen Täter dieses Kalibers ist die Mordhandlung – einschließlich der Vorbereitungen sowie der sexuellen Handlung – der treibende Faktor. Der Mord ist das eigentliche Ziel der Handlung.«

»Nicht der sexuelle Aspekt?«, fragte Elli.

»Nun ja, doch. Wenn wir von einer Person mit pädophilen Neigungen oder vielleicht eher pädophilen Zwangsvorstellungen sprechen, ist das Sexuelle natürlich wichtig. Aber da er sich enorme Mühe damit macht, die Opfer in einem malerischen, expressionistischen Setting zu platzieren und sie dann so darzustellen, dass seine Umwelt genau registriert, was er da getan hat, ist es naheliegend anzunehmen, dass er sich tatsächlich selbst als Künstler betrachtet.«

»Dasselbe habe ich auch schon gedacht«, sagte Elli.

»Der typische Serienmörder ist ein weißer Mann zwischen dreißig und vierzig, der ohne Vaterfigur aufgewachsen ist und in dessen Jugend die Mutter dominierend war. Ein Klischee, mag sein, aber in den USA, wo sie viel Erfahrung mit so etwas haben, führt dieser Typus von Serienmörder die Statistiken an. Mörder dieses Kalibers haben eine detaillierte Vorstellung davon, wie die Mordhandlung durchgeführt werden soll. Es ist ein Ritual. Und je geschickter solche Mörder die Mordhandlung gemäß ihrer eigenen Wünsche und Vorstellungen durchzuführen in der Lage sind, desto größer wird das Gefühl von Erfolg und dem Meistern einer Herausforderung. Dann nähern sie sich immer mehr der Eskalationsphase an und werden noch aktiver. Aber dieses Gefühl, eine Herausforderung meistern zu können, führt dann mitunter auch dazu, dass Serienmörder schließlich übereifrig werden und Fehler machen.«

Mölnlycke besah sich erneut die Bilder von den Tatorten und fuhr sich dabei mit den Fingern durch seinen Bart. »Vermutlich kennt sich unser Mann gut mit Technik aus. Vielleicht ist er Ingenieur oder Arzt, Polizist, Architekt, Fernsehtechniker – wahrscheinlich in leitender Position –, da gibt es viele Möglichkeiten.«

»Was führt Sie zu dieser Annahme?«, fragte Elli.

»Es wäre ziemlich schwierig, diese Leichen ohne bestimmte technische Hilfsmittel auf diese Art und Weise zu drapieren. Habe ich das richtig verstanden, dass es keine Beobachtungen von Zeugen gibt?«

»Das ist korrekt.«

»Das Ganze bedarf ja einer gewissen Planung. Wenn es zum Beispiel dunkel war, wie konnte er die Leichen dann so genau arrangieren?«

»Wir haben auch schon an Nachtsichtgeräte gedacht«, erwiderte Elli.

»Genau! Technische Kenntnisse, die Fähigkeit, eine bestimmte Ausrüstung zu bedienen und der Zugang dazu. Und außerdem muss er eine Position bekleiden, bei der niemand hinterfragt, womit er seine Zeit verbringt. Denn das Ganze ist ja ein zeitraubendes Projekt.«

Elli überlegte, ob sie Mölnlycke von dem Verdacht erzählen sollte, dass der Mörder möglicherweise irgendetwas mit der Polizei zu tun hatte, ließ es aber bleiben. Mölnlycke war vielen innerhalb des Polizeiapparates bekannt und könnte in einem unbedachten Moment vielleicht Informationen weitergeben. Und das wollte sie zu diesem Zeitpunkt unbedingt vermeiden.

»Die zentrale Frage lautet immer noch: Was treibt ihn an?«, fuhr Elli fort.

Mölnlycke führte die Hände zum Gesicht und rieb seinen Psychiaterbart.

»Was ihn antreibt … tja, wie gesagt, vermutlich ist er selbst irgendwann missbraucht worden. Und mit an Sicherheit grenzender Wahrscheinlichkeit wurde er von einer zentralen weiblichen Figur in seinem Leben im Stich gelassen. Dabei kann es sich um seine Mutter handeln, die vielleicht genau wusste, was mit ihm geschah, aber nichts unternommen hat. Das erklärt häufig, wieso ein Mensch dann später andere missbraucht. Möglicherweise war es aber auch eine Frau, die sich an ihm vergangen hat.«

»So etwas passiert aber doch wohl eher selten?«

»Nicht so selten, wie man gemeinhin glaubt. Außerdem muss der Missbrauch auch gar kein sexueller gewesen sein. Es kann sich um emotionalen Missbrauch handeln. So etwas ist für das Opfer oft genauso zerstörerisch.«

»Wie finde ich ihn?«, fragte Elli.

»Tja … wenn ich das wüsste … also, mal off the record: Ich glaube, dieser Mann sieht sich selbst als expressionistischen Künstler. Und seine Werke sind die Mordhandlungen.«

Elli dachte eine Weile nach. Offenbar hatten sie es mit einem überaus komplexen Täter zu tun.

»Könnte diese überdeutliche Darstellung in den Mordhandlungen die eigentliche … *Hommage* des Täters an die Expressionisten sein?«, fragte sie.

»Ja, es ist durchaus möglich, dass es da eine Verbindung zwischen der Vergangenheit des Mörders – sehr wahrscheinlich handelt es sich dabei um einen sexuellen Missbrauch – und dem expressionistischen Kunstausdruck gibt«, erwiderte Mölnlycke und blickte sie an. »Sie sehen übrigens recht erschöpft aus, Elli.«

Sie brachte ein schwaches Lächeln auf ihre Lippen. »Ja, bestimmt. Ich habe das Gefühl, dass wir ganz nah dran sind – und trotzdem meilenweit von einer Lösung entfernt.«

Auf dem Weg zum Wagen erhielt Elli eine SMS. Sie war von Daeng.

<< wie du vermutet hast: dein freund hat den rückflug von bangkok nicht angetreten. auch in hua hin keine spur von ihm. gerüchte besagen, er sei auf einer angeltour. Daeng >>

<< angeltour?! >>, antwortete Elli.

Die Antwort kam schnell.

<< hier entledigt man sich unliebsamer personen, indem man sie mit auf eine angeltour in den golf von thailand nimmt. kommt das boot zurück, ist der gast »verschwunden«. >>

Verdammt!

<< ok, verstanden, danke. >>

Sie bezweifelte, dass sie Takle jemals wiedersehen würde.

Kapitel 63

Kalle Berkel wohnte nicht in Aurskog-Høland, so wie Karl Haldorsen gesagt hatte, sondern in Fjerdingby, auf der anderen Seite des Øyeren-Sees. Auf einem alten Bauernhof, der auf einer Anhöhe mitten in der Landschaft lag, hatte er seine Scheune zu einem Atelier und Kursraum umgebaut.

»Ist Bent Harr vielleicht ein Kollege von Ihnen?«, fragte Berkel, der im Rollstuhl saß.

Elli schaute ihn fragend an.

»Er wohnt hier gleich in der Nähe«, fuhr Berkel fort. »Netter Typ. Seine Frau hat übrigens mal an einem meiner Kurse teilgenommen.«

Trotz seiner gut siebzig Jahre steuerte Berkel den Rollstuhl mit einer so effizienten Technik, dass Elli sich an Basketballspieler bei den Paralympics erinnert fühlte. Mit ordentlichem Tempo rollte er auf seine Scheune zu. »Und, wollen Sie sich für einen Kurs anmelden, oder womit kann ich Ihnen helfen?«, fragte er.

Elli holte ihn ein. »Wir haben ein paar Fragen«, sagte sie. »Über Expressionisten.«

Berkel fischte eine Fernbedienung aus der Jackentasche und öffnete das Scheunentor. »Lassen Sie uns reingehen, dann erzähle ich Ihnen gern was dazu.«

Berkel rollte schwungvoll über die Rollstuhlrampe in einen kurzen Flur zur Linken, der an einer Doppeltür endete. Auch die ließ sich per Fernsteuerung öffnen. Elli und Nereng folgten ihm und betraten eine Kombination aus Atelier und Vortragsraum. Die hintere Querwand war aus Glas und bot einen exquisiten Ausblick auf den See.

»Hier male ich und gebe meine Kurse«, erklärte Berkel. »Expressionisten, sagten Sie? Ich habe mein ganzes Leben lang als aktiver Künstler in diesem Genre gearbeitet, da kann ich Ihnen hoffentlich zu Diensten sein.«

Elli setzte sich in die erste Sitzreihe des für die Kursteilnehmer vorgesehenen Bereichs. Berkel kam zu ihr gerollt.

»Wir suchen nach einer Person, möglicherweise Hobbymaler, die, wie wir glauben, vom Expressionismus besessen ist. Insbesondere von der frühen Epoche um die Jahrhundertwende. Die betreffende Person hat sehr wahrscheinlich noch keinen künstlerischen Durchbruch erzielt.«

Berkel wippte mit seinem Rollstuhl ein wenig vor und zurück. Elli musste gleich wieder an die Paralympics denken. »Ich hatte im Laufe der Jahre bestimmt einige Hundert Schüler, auf die diese Beschreibung passen könnte«, konstatierte er. »Können Sie das etwas präzisieren?«

»Wir vermuten, dass die betreffende Person zwischen Ende dreißig und Anfang vierzig ist – und dass es sich um einen Mann handelt.«

»Da wird die Auswahl ja gleich viel kleiner. Die meisten Teilnehmer hier sind nämlich Frauen.« Er deutete auf eine Tür an der Längswand. »Gehen wir mal in mein Büro und sehen uns die Teilnehmerlisten an.«

Kalle Berkel war anscheinend ein gut strukturierter Mann. Im Gegensatz zu dem kreativen Chaos bei seinem Kollegen Karl Haldorsen in Son waren Berkels Räumlichkeiten aufgeräumt. Die Papiere in seinem Büro waren chronologisch geordnet.

»Wie weit wollen wir zurückgehen?«, fragte er und zog eine Schublade aus einem der Stahlschränke.

Elli rekapitulierte noch einmal die wichtigsten Punkte aus dem Gespräch mit Mölnlycke. Ging man davon aus, dass der Täter nicht älter als 55 Jahre war, dann hätte er vor maximal 35 Jahren an einem Kurs teilgenommen. Wahrscheinlich lag der Zeitpunkt aber nicht mehr als 30 Jahre oder noch weniger zurück, zumal Berkel sich auf die Schnelle nicht an Kursteilnehmer unter 25 Jahren erinnern konnte.

»Die Teilnehmer an diesen Workshops sind meist Hobbymaler oder Personen, die gerne Künstler werden möchten, aber auch noch einen anderen Beruf ausüben.«

Berkel sah zu Elli hinüber. »Die allermeisten brauchen eine weitere Einkommensquelle. Die Workshops waren meine Zusatzversicherung, ich kann von meinen Bildern auch erst seit fünfzehn oder zwanzig Jahren leben. Und mittlerweile bin ich dreiundsiebzig.«

»Da sollte ich mich trotz allem wohl nicht über den Lohn einer Polizistin beklagen«, sagte Elli und lächelte.

»So, jetzt wollen wir mal sehen … hier haben wir einen Workshop vom Juni 1979, aber da waren keine Männer dabei. Der nächste war im Oktober desselben Jahres, an dem haben zwei Männer teilgenommen. Lage Olsen, der ist tatsächlich Maler geworden und lebt heute in Spanien, und dann Fredrik Sturlasson – ich glaube, der ist zwei Jahre danach bei einem Motorradunfall irgendwo zwischen Gjøvik und Lillehammer ums Leben gekommen.« Berkel sah Elli fragend an.

»Nein, die sind nicht interessant für uns«, sagte sie. »Gibt es noch mehr?«

»Das will ich meinen.« Er durchforstete die Aufzeichnungen aus den Jahren 1980, 1981 und 1982 – nur wenige Männer hatten an Workshops teilgenommen, und niemand davon hatte sich für expressionistische Motive interessiert. Nach einer Weile waren sie beim Jahr 1983 angelangt.

»Hier ist einer, an den ich mich gut erinnern kann«, sagte Berkel. »Walter Kirchner – deutsche Mutter. Er war ziemlich wild … komisch, dass der mir nicht gleich eingefallen ist.«

Elli runzelte die Stirn. »Kirchner? So wie *Ernst Ludwig Kirchner*?«

Berkel nickte anerkennend. »Sie kennen sich aus in der Kunstgeschichte, das muss ich sagen. Ja, wie Ernst Ludwig Kirchner.«

»Waren sie verwandt?«

»Das glaube ich nicht. Ich vermute, dass Walter den Namen angenommen hat, um einen Traum auszuleben. Oder eine Neigung, müsste man bei ihm wohl eher sagen. Er war ziemlich konsequent.«

»Konsequent?«

»Haha … tja, wissen Sie, was Absinth ist?«

»Dieses Getränk taucht in diesem Fall in regelmäßigen Abständen auf«, erwiderte Elli trocken.

»Kirchner ging wirklich sehr gründlich ans Werk. Ich erinnere mich, dass er einmal mit Absinth zu einem Abendkurs kam und darauf bestand, dieses Zeug zu trinken, um in dieselbe Stimmung wie die großen Künstler zu kommen – van Gogh, Munch und so weiter.«

»Und was kam dabei heraus?«

Berkel lachte laut auf. »Ein ordentlicher Kater! Die künstlerischen Früchte waren eher weniger zu erkennen. Aber er hat sehr intensiv an seinen Bildern gearbeitet, das muss ich ihm lassen. Und er war definitiv besessen vom Expressionismus. Ich hab ihn als jemanden in Erinnerung, der wie ein Expressionist leben wollte.«

Berkel warf erneut einen Blick in seinen Aktenordner. »Sehen Sie mal – ich hab sogar eine seiner Skizzen aufbewahrt.«

Berkel zog ein vergilbtes Blatt mit einer Bleistiftskizze hervor.

Elli lief es kalt den Rücken herunter, als sie das Motiv betrachtete.

Kapitel 64

Das war es also, was Bent gehört hatte. *Kirchner*. Der Täter war tatsächlich so frech gewesen, dass er unter seinem Künstlerpseudonym ein Paket angenommen hatte. Ein äußerst interessanter Aspekt. Elli hatte beschlossen, den Rest des Tages von zu Hause aus zu arbeiten. Nach dreistündiger Suche in den Archiven und im Internet waren keine weiteren Informationen über einen Walter Kirchner aufgetaucht. Nach einem kurzen Spaziergang mit Zenith rief Elli beim Einwohnermeldeamt an. Wie immer waren die Mitarbeiter hilfsbereit, doch bis zurück ins Jahr 1960 war niemand mit dem Namen Kirchner gemeldet gewesen.

»Könnten Sie noch etwas weiter in die Vergangenheit gehen – bis 1930 vielleicht?«

»Ja, kein Problem, aber das wird etwas dauern. Zwei oder drei Tage«, sagte die Frau, die das Einwohnermeldeamt an diesem Tag personifizierte.

Elli seufzte. »Es eilt sehr, es geht um eine Mordermittlung – gibt es keine Möglichkeit, das Prozedere zu beschleunigen?«

»Doch, sicher. Ich werde sehen, was ich tun kann, aber die älteren Aufzeichnungen müssen alle von Hand durchgesehen werden.«

»Okay, vielen Dank«, sagte Elli.

Sie legte sich aufs Sofa und schloss die Augen. Immer mehr hatte sie das Gefühl, auf der Stelle zu treten oder sich durch einen Sumpf zu kämpfen.

Sie erwachte vom Klingeln des Mobiltelefons. Wie lange hatte sie geschlafen? Fünf Minuten? Fünf Stunden?

Die Uhr zeigte, dass sie ungefähr zwanzig Minuten im Land der Träume gewesen war.

»Rathke«, meldete sie sich mit krächzender Stimme.

»Hallo, hier ist noch mal Larsen vom Einwohnermeldeamt, wir hatten über einen Kirchner gesprochen.«

»Ja, stimmt.« Ellis Gedanken waren noch etwas vernebelt.

»Ich glaube, ich habe etwas gefunden.«

»Ach ja? So schnell?«

»Manchmal hat man eben Glück.«

Elli hörte Frau Larsen mit ein paar Papieren rascheln.

»Wir haben einen Kirchner gefunden, der 1937 geboren wurde, Vorname Walter«, fuhr sie fort.

Walter Kirchner, 1937.

»Oh, das ist ja wirklich interessant. Gibt es da nur eine Geburtsurkunde, oder haben Sie noch weitere Unterlagen?«

»Ich habe noch mehr. Er hat 1959 eine Schwedin mit dem Namen Rosalind geheiratet. Zwei Jahre danach bekamen sie ein Kind, einen Sohn, und 1970 ist Walter gestorben.«

»Krebs? Unfall?«, fragte Elli.

»Also, hier steht nur, dass er gestorben ist, sonst keine weiteren Informationen. Aber die hätten wir ja ohnehin nicht.«

»Nein, natürlich … wie lautet denn Rosalinds Mädchenname?«

»Ja, das ist etwas merkwürdig, aber diese Information haben wir nicht. Es scheint fast so, als wäre die Karteikarte entfernt worden.«

»Unter welchen Umständen passiert so etwas?«

»So gut wie nie. Äußerst selten kann es mal einen Fehler oder ein Versäumnis geben. Aber vielleicht hat hier ein Identitätswechsel stattgefunden. Darüber müsste dann aber der Nachrichtendienst oder das Justizministerium Auskunft gegen können.«

»Okay, haben Sie vielen Dank. Sie haben mir sehr geholfen. Könnten Sie so freundlich sein und mir die Dokumente einscannen und dann zuschicken?«

»Ja sicher, kein Problem.«

Im Empfangsbereich der Polizeiwache herrschte an diesem Nachmittag reges Treiben. Mit einem Aktenordner unter dem Arm lief Elli an der langen Schlange wartender Menschen vorbei, die einen Diebstahl oder anderes anzeigen wollten. Sie zog ihre ID-Karte durch den Scanner an der Tür und betrat den Korridor dahinter. Auf halbem Weg hörte sie Malmrosens klare Stimme hinter sich.

»Elli«, sagte er. »Hast du mal fünf Minuten Zeit?«

Sie drehte sich um und sah Malmros an der Tür zu einem der Vernehmungsräume stehen. Er ging hinein, und Elli folgte ihm.

Malmros saß mit Nereng am Tisch. Er deutete auf den Stuhl neben Nereng.

»Wann wolltet ihr mir das eigentlich erzählen?«

»Ich war eben gerade auf dem Weg zu dir«, sagte Elli.

Malmros lächelte. »Ja, sicher … nun, wir haben also eine zentrale Zeugin in einer Mordsache hier bei uns in der Untersuchungshaft sitzen, und das Ganze wird nicht einmal in der Abteilungssitzung erwähnt? Was zum Teufel ist hier los, Elli?«

Er sah Elli direkt an und wandte sich dann an Nereng. »Und du auch, Nereng. Eure Erklärung dafür sollte schon ziemlich gut sein.«

Elli legte Nereng vorsichtig eine Hand auf den Schenkel und hoffte, dass er es nicht anders deuten würde, als dass er den Mund halten sollte. Sie richtete ihren Blick auf Malmros und konzentrierte sich darauf, das Konfliktniveau nicht zusätzlich zu erhöhen.

»Um mit dem Wichtigsten anzufangen, Tom: Wir glauben, dass der Täter bei der Polizei ist. Nach unserer Auffassung könnte er ein ziviler Angestellter sein oder auch jemand von außen, der zumindest enge Verbindungen zur Polizei hat. Dadurch ließe sich erklären, wieso er Zugang zu wichtigen Informationen hat.«

»Und worauf …«, entgegnete Malmros.

»… wir unsere Theorie stützen?«, fuhr Elli fort.

Malmros nickte.

»Auf eine ganze Reihe von Aspekten. Wir waren gezwungen, das vorläufig für uns zu behalten, weil der Mörder ansonsten davon hätte erfahren können.« Sie breitete die Arme aus. »Es war meine Entscheidung und ich bin dafür verantwortlich. Nur Nereng und ich wissen von dieser Theorie.«

Malmros lehnte sich zurück und schüttelte resigniert den Kopf. »Das ließe sich jetzt auf verschiedene Arten beurteilen«, sagte er. »Von einem Dienstvergehen bis zu einer erforderlichen Ermittlungstaktik. Aber gut, lasst mal hören, was für Beweise ihr habt«, fuhr er fort und hielt beschwichtigend die Hände in die Luft.

Elli schluckte. Entweder reichten ihre Argumente aus oder sie müsste ihren Schreibtisch ausräumen und gehen.

»Also erstens … Als Bent und ich gerade das Bordell in der Grønnegate aufsuchen wollten, wurden wir zu einem sehr merkwürdigen Einsatz in Frogner abkommandiert – irgend so ein Typ hatte da mit einer Waffe herumgefuchtelt und einen Schuss abgegeben. Doch weder wir noch die Spurensicherung fanden ein Projektil. In der Zwischenzeit wurde das Bordell geräumt, und als wir am nächsten Tag wieder dahin kamen, war niemand mehr da. Wir glauben, dass dieser Schuss ein Ablenkungsmanöver war, ein Schuss in die Luft, um eine vermeintlich gefährliche Situation entstehen zu lassen, so dass wir aus der Nähe des Bordells abgezogen wurden und der Täter Gelegenheit hatte, alle Beweise zu entfernen.«

»Ich hoffe sehr, dass da noch mehr kommt«, sagte Malmros mit kalter Stimme.

»Das tut es. Der Range Rover, der sehr wahrscheinlich bei dem ersten Mord, Stichwort Friedhof Gamlebyen, verwendet wurde, hatte ein falsches Kennzeichen. Es gibt tatsächlich einen identischen Range Rover mit genau diesem Kennzeichen, aber der Fahrzeughalter – und sein Wagen – hat ein hieb- und stichfestes Alibi.«

»Tja, gut, das ist ziemlich raffiniert gemacht, aber diese Spur zu Åbrekke haben wir doch schon verfolgt. Und der Identitätsklau beweist ja schließlich nicht, dass ein Polizist dahintersteckt.«

Nereng beugte sich schnell vor, bevor Elli fortfahren konnte. »Wenn man sich im Nachhinein die Positionen der Überwachungskameras ansieht, so stellt man fest, dass die beiden benutzten Wagen, also der Range Rover und ein Ford Mondeo Kombi, ein ziemlich merkwürdiges Fahrmuster aufweisen. Es scheint so, als hätten die Täter den Standort von zumindest einer Kamera, nämlich der an der Garage, genau gekannt und sich so weit wie möglich davon ferngehalten. Sieht so aus, als wüssten sie sehr genau, wie wir hier arbeiten.«

Elli holte Luft, aber Nereng hob eine Hand und ließ sich nicht unterbrechen. »Und außerdem«, fuhr er engagiert fort, »haben wir eine Zeugin, die glaubt, an jenem Morgen ein ziviles Polizeifahrzeug gesehen zu haben. Sie war mit einem Polizeibeamten verheiratet und erkannte die blauen Warnleuchten im Heckfenster.«

Malmros erhob sich und lief einmal um den Tisch herum, während er offenbar die Tragweite der Behauptungen abzuschätzen versuchte.

»Ihr müsst aber noch mehr auf Lager haben«, sagte er entschlossen.

Elli registrierte, dass er nun immerhin ernsthaft an ihren Theorien interessiert war.

»Haben wir auch«, entgegnete sie. »Takle hat uns angelogen. Sowohl was die Erkenntnisse der Spurensicherung bei dem Fall in Günerløkka anbetrifft als auch bei den Ergebnissen, die er von der Abteilung für Datenkriminalität bekam. Und Letzteres führte ja dazu, dass wir nach Alnabru gefahren sind und ich angeschossen wurde.«

Malmrosens Gesicht wurde blass. »Grünerløkka? Was ist damit?«, fragte er verwirrt.

»Der Todesfall in der Garage dort und der Fall vom Friedhof Gamlebyen stehen in direktem Zusammenhang. Wir haben eine Skizze anfertigen lassen, und der Modus Operandi ist derselbe.«

Eine längere Pause entstand. Nereng holte drei Gläser Wasser von einem Wasserspender in der Ecke.

Malmros nahm einen ordentlichen Schluck. »Wenn das stimmt, dann hat der Täter also vier Mal gemordet, wenn wir das letzte Mädchen vom Hafen mitrechnen?!«

»Ja«, antworteten Elli und Nereng im Chor.

»Aber es kann doch nicht Takle sein, oder? Zu so was wäre der doch gar nicht fähig …«

»Nein, aber wir glauben, dass er von dem Täter erpresst wurde. Wie es aussieht, ist er spielsüchtig und ziemlich hoch verschuldet – eine dreiviertel Million. Das reicht wohl aus, um ihn an den Eiern zu kriegen.«

»Wieso reden wir nicht einfach mit ihm? Wenn er zurückkommt, haben wir ihn doch unter Kontrolle.«

»Tja, wenn es so wäre«, sagte Elli. »Wir haben seine Spur zu einem Hotel in Hua Hin zurückverfolgt, in Thailand. Seine Rechnungen dort werden auf Umwegen von Torben Becker beglichen – über eine Kreditkarte einer seiner Scheinfirmen in Singapur. Inzwischen ist Takle wie vom Erdboden verschluckt. Sein Flieger nach Hause ist ohne ihn gestartet. Er war nicht an Bord.«

Malmros stützte den Kopf in die Hände. »Gott, was für eine beschissene Situation.«

»Es kommt noch mehr«, sagte Nereng. »Die Glock, mit der Elli angeschossen wurde, ist aus der Waffenkammer gestohlen worden und immer noch verschwunden. Und dann sind jetzt auch noch diese Bilder und die DVD verschwunden.«

»Das Material, das ihr von dieser Nina habt? Die bei uns in Untersuchungshaft sitzt beziehungsweise dort Schutz gesucht hat?«

»Ja«, erwiderte Nereng. »Aber zum Glück hat Elli ein Backup gemacht.«

Elli beugte sich über den Tisch. »Und dann Wekster. Wir wissen nicht genau, ob es Selbstmord war. Das wirkt viel zu arrangiert und passt in das vorherrschende Muster, dass der Täter uns offenbar immer einen Schritt voraus ist oder zumindest genauso viel weiß wie wir. Und nachdem die Kriminaltechniker jetzt mehrere Tage lang seine Wohnung durchforstet haben, stellt sich heraus, dass sie quasi völlig clean ist, wie chemisch gereinigt. Was darauf hindeutet, dass der Täter genaue Kenntnisse von den Techniken der Spurensicherung hat. Viel mehr, als man vielleicht im Fernsehen aufschnappt, wenn man CSI oder so was guckt.«

»Und auch an den Fundorten der Leichen gibt es nicht die winzigste Spur von ihm«, fügte Malmros hinzu.

»Nun ja, der Modus Operandi ist ja ganz deutlich erkennbar, und mit dem als Ausgangspunkt haben wir ja schon mal einen interessanten Bestandteil seines Täterprofils«, sagte Elli. »Außerdem komme ich gerade von einem sehr aufschlussreichen Treffen mit dem Maler und Kunstlehrer Kalle Berkel.«

Malmros und Nereng blickten sie interessiert an. »Was hatte er denn zu erzählen?«

Elli öffnete den Aktenordner und zog eine Kopie von Berkels Aufzeichnungen über Walter Kirchner und dessen Engagement bei einem Künstlerkurs im Jahr 1983 hervor.

»Ich glaube, das könnte unser Mann sein«, sagte sie und legte die von einem durchsichtigen Asservatenbeutel umschlossene Bleistiftskizze mit dem Motiv *Weiblicher Rückenakt* auf den Tisch. »Ich glaube, der Mörder hat bei Berkel einmal einen Kurs besucht. Vielleicht wurde sein pathologisches Interesse an expressionistischen Werken dort geweckt. Zumindest muss dieser Workshop irgendwie verstärkend gewirkt haben.«

»Haben wir seine Identität?«, fragte Malmros.

»Walter Kirchner«, sagte Elli. »Aber er ist tot.«

Malmros blickte von der Bleistiftskizze zu Elli und wieder zurück. »Jetzt bin ich verwirrt«, sagte er. »Hatten nicht die Spuren darauf hingedeutet, dass es sich um einen Polizisten handelt?«

Elli nickte.

»Und hast du Kirchner bei der Polizei gefunden?«

»Nein.«

»Das musst du mir genauer erklären …«

»Ich glaube, Kirchner ist sowohl ein Künstlerpseudonym als auch eine *Hommage* an den Vater des Mörders. Bevor ich hierherkam, habe ich eine Weile mit dem Einwohnermeldeamt telefoniert und gemailt. Walter Kirchner starb 1970. Danach verlaufen alle Spuren seiner kleinen Familie im Sand. Es sieht so aus, aus wären die Karteikarten aus dem Einwohnermeldeamt entfernt worden. Theoretisch könnte er Deutscher, Österreicher oder Schweizer gewesen sein, aber es gibt offenbar keine familiären Verbindungen zu diesen Ländern.« Elli beugte sich wieder ein Stückchen vor. »Aber«, sagte sie, »der deutsche Maler Ernst Ludwig Kirchner war ein bekannter Expressionist. Und alle anderen Maler der Werke, die für die Morde sozusagen Modell gestanden haben, waren entweder Expressionisten oder hatten eine enge Verbindung zu dieser Epoche.«

Malmros nahm die Bleistiftskizze und hielt sie vor sich. »Du meinst also, Kirchner ist Polizist, aber da unter einem anderen Namen bekannt?«

»Ja«, sagte Elli. »Und wir glauben, dass der Name Fjeld lautet.«

Malmrosens Gesicht verzog sich misstrauisch. »Fjeld?! Das könnt ihr doch nicht ernst meinen. Es gibt doch wohl kaum einen Polizeibeamten, der verlässlicher ist.«

Nereng faltete die Hände. »Wir haben Fjeld zusammen mit einem Mädchen aus dem Fall beobachtet. Ich selbst habe ihn gesehen, frühmorgens vor einiger Zeit. Wir haben das gründlich überprüft. Nina, unsere Zeugin, hat bestätigt, dass dieses Mädchen, mit dem er zusammen war, aus demselben Milieu wie die anderen stammte.«

»Inwiefern?«, fragte Malmros.

»Sie hat auf der Straße angeschafft und hatte auch Kunden in dem Bordell«, erläuterte Nereng. »Anscheinend war ihre Mutter die ganze Zeit auf Drogen.«

»Und Fjeld hatte nicht im Rahmen des Falles mit dem Mädchen zu tun?«

»Nein, das war bevor wir überhaupt von dem Bordell und den Akteuren in diesem Fall gehört haben.«

Grübelnd saß Malmros eine Weile da. Dann kam die nächste Frage. »Aber was ist mit diesen Gemälden? Malt denn Fjeld überhaupt?«

Nereng warf Elli einen Blick zu.

»Aber er würde so ein Talent doch wohl aus gutem Grund im Verborgenen halten«, sagte Elli. »Sieht man sich den Modus Operandi an, hätte er überhaupt nichts zu gewinnen, wenn er jemandem davon erzählte.«

»Wohl wahr«, sagte Malmros.

»Außerdem hat Fjeld Informationen zurückgehalten, die unter anderem auch für dich gedacht waren.«

»Und das wäre?«

»Als die Ausdrucke und die DVD mit Ninas Film verschwunden sind, habe ich Fjeld indirekt meine Theorie vorgelegt. Er hat das Gespräch dann so gedreht, dass es besser wäre, vorerst niemanden wissen zu lassen, dass der Täter vielleicht zur Polizei gehört. Er hat sich sozusagen geweigert, dir die ganze Sache vorzutragen. Im Nachhinein wirkt das ziemlich verdächtig – allerdings auch ganz logisch, wenn wir davon ausgehen, dass er es ist.«

Einen Augenblick lang verbarg Malmros das Gesicht in den Händen. Als er wieder aufblickte, sah Elli, wie getroffen er war. Ein Täter, der zur Polizei gehörte – das ging ihm wohl ziemlich an die Nieren, insbesondere wenn es sich dabei um einen so respektierten Kollegen wir Fjeld handelte.

»Die Zeugin – Nina –, kann sie ihn identifizieren?«

»Im Laufe der Vernehmungen konnte sie eine Gruppe identifizieren, zu der Torben Becker, Alfred Krefting, ein gewisser Jon sowie der Verstorbene Rolf Wekster und vielleicht noch zwei andere gehören. Aber der, den wir für Fjeld halten, ist die ganze Zeit nur verkleidet und mit Maske aufgetreten.«

Malmros biss sich in die Lippe. »Okay – was jetzt? Wir müssen ihn wohl beschatten?!«

»Ja – irgendwann unterläuft ihm ein Fehler«, sagte Elli. »Aber das muss dann eine andere Polizeikammer oder vielleicht der Sicherheitsdienst übernehmen.«

»Definitiv. Ich werde das sofort veranlassen. Und ...«, fügte er hinzu und sah Elli und Nereng nacheinander an, »ihr habt das Ganze wirklich sehr gut im Griff. Wir müssen aber vorläufig weiter dichthalten. Wenn davon auch nur das Geringste rauskommt, kocht die Gerüchteküche sofort über.«

»Ja«, erwiderte Elli. »So machen wir es.«

»Eine Sache noch: Ihr wisst, dass ihr dabei selbst ziemlich gefährdet seid?«, sagte Malmros.

Daran hatte bisher weder Elli noch Nereng gedacht.

Kapitel 65

Der Wohnkomplex im Badebakken lag still und friedlich da. Die wenigen Menschen, die kamen und gingen, hatten es eilig. Zu dieser Tageszeit waren die meisten viel weniger aufmerksam als nachmittags oder abends. Der Expressionist wusste genau, dass er schnell handeln musste. Das minimierte das Risiko, von einem zufällig daherkommenden Passanten bemerkt zu werden.

Zunächst beobachtete er Rathkes Freundin, die mit dem Hund Gassi ging. Aus einiger Entfernung folgte er ihr mit dem Blick, bis sie die Bürogebäude in Nydalen erreicht hatte und weiter in Richtung Maridalen lief, dann machte er sich ans Werk. Er hatte zehn oder vielleicht auch fünfzehn Minuten Zeit für Rathkes Wohnung. Außerdem hatte er gewisse Hilfsmittel in der Tasche, für den Fall, dass doch jemand unverhofft auftauchen sollte.

Mit einem Universalschlüssel, den er sich über die üblichen Kanäle beschafft hatte, schloss er die Haustür von Nummer 34 auf. Er wählte die Treppe anstatt des Aufzugs. Oben, im vierten Stock angekommen, klopfte er vorsichtig an die mit E. Rathke versehene Tür. Keine Reaktion. Er brauchte 45 Sekunden, um die Wohnungstür mit einem der Dietriche aus seiner Sammlung aufzubekommen. Als die Tür offen war, dachte er, wie wenig sich doch die Schloss- und Schlüsseltechnik in den letzten hundert Jahren grundsätzlich verändert hatte, nahm aber gleichzeitig vergnügt zur Kenntnis, dass sein Leben dadurch nur leichter war.

Behutsam schloss er die Tür hinter sich und verharrte einige Sekunden reglos in Ellis Flur, um auf Geräusche zu lauschen. Doch nur das Rauschen des Akerselv drang durch ein offenes Fenster herein, begleitet von den üblichen Hintergrundgeräuschen der Großstadt.

Lautlos schlich er ins Wohnzimmer. Ordentlich aufgeräumt und geschmackvoll eingerichtet, wie es nicht anders zu erwarten war. Wenn Elisabeth Rathke doch bloß ihren Job nicht so verdammt genau nehmen würde! Doch er hatte die Kontrolle und konnte die lästigen Details verschwinden lassen. Jon Aass machte seinen Job als Aufräumer ziemlich gut, und der Rest wurde zerstört. Der Empfänger bekam in der Regel ein Paket zugeschickt. Jon Aass war durchtrainiert und gab einen glaubwürdigen Fahrradboten ab. Schon öfter hatten sie es so gemacht. Auch Takle war gut gewesen, um erforderliche Aufgaben durchzuführen, aber niemand war unersetzlich.

Auf dem Bartisch, der die offene Küche vom Wohnbereich trennte, stand das, wonach der Expressionist suchte.

Er setzte sich und startete Ellis Mac. Er fuhr erstaunlich schnell hoch, dachte er. Jetzt musste er zunächst prüfen, was Elli als Backup gesichert hatte, und danach entscheiden, ob es nötig war, den Computer mitzunehmen.

Je weniger er auffiel, desto besser war es.

Auf dem Bildschirm erschien das Hintergrundbild. Es zeigte Elli, eine ältere, gut aussehende Frau, die ihre Mutter sein musste, sowie den Hund irgendwo an einem Strand. Das Log-in-Fenster fragte nach Username und Passwort. Er probierte es mit demselben Log-in, das er dem polizeiinternen IT-System entlockt hatte, und lächelte zufrieden. Sogar Elli Rathke hatte sich nicht entblödet, den Namen ihres Hundes als Passwort zu benutzen.

Aber irgendetwas fehlte. Die Icons. Hatte diese verdammte Maschine etwa keine Harddisk? Nachdem er sich eingeloggt hatte, war der Bildschirm unverändert. Inzwischen befand sich der Expressionist seit sechs oder sieben Minuten in der Wohnung. Vielleicht ein Bug? Er schaltete den Computer aus und probierte es mit einem Neustart. Gleiches Ergebnis. Keine Icons. Nervös zog er den Mauszeiger mehrmals kreuz und quer über den Bildschirm.

Schon auf dem ersten Treppenabsatz begann Zenith, leise zu brummen. Irgendwas war definitiv nicht so, wie es sein sollte, dachte Johanne. Sie hatte Zeniths Hundetüten vergessen. Aus Erfahrung wusste sie, dass seine Hinterlassenschaften in der Regel umfangreich waren, und war daher umgekehrt, um zwei oder drei Tüten aus Ellis Wohnung zu holen.

Als sie im zweiten Stock angelangt war, zog Zenith so fest an der Leine, dass Johanne keine andere Wahl hatte, als ihn loszulassen. Im vierten Stock angekommen entdeckte Johanne Zenith vor Ellis Wohnungstür. Ein tiefes ungemütliches Knurren drang aus seinem Innersten hervor. Johanne hatte dieses Geräusch noch nie zuvor gehört, begriff aber sofort, dass irgendwer in der Wohnung sein musste. In einem Anfall von Übermut schloss Johanne die Tür auf. Eigentlich wollte sie »Hallo – ist da jemand?« rufen, kam aber erst gar nicht dazu. Mit unheimlicher Energie schoss Zenith durch die Tür und stürmte zielstrebig und in Angriffshaltung ins Wohnzimmer hinein.

Als der Expressionist den Hund im Treppenhaus hörte, wusste er, dass hier etwas gründlich danebenging. In dem Moment, als Johanne und Zenith den vierten Stock erreichten, hatte er auf Ellis Mac gerade das Dock entdeckt. Doch jetzt war ihm der Rückzug versperrt. Er konnte unmöglich das Mädchen und den Hund unschädlich machen, ohne dass irgendwer etwas bemerken würde. Die alternative Fluchtroute führte auf den Balkon. Von dort aus könnte er sich an den vertikalen Stützpfeilern zwischen den Etagen hinunterhangeln.

Doch dieser verdammte Hund war einfach viel zu schnell. Der Expressionist konnte sich gerade noch die Skimaske übers Gesicht ziehen und warf Zenith einen Fleischhappen zu. Der Hund stand fünf Meter entfernt. Die Haare des typischen Fellstreifens in der Rückenmitte hatten sich aufgerichtet, und der Schaum stand vor seinem erstaunlich stark wirkenden Kiefer.

Johanne sah einen Mann mit Skimaske, der Zenith ein Fleischstückchen zuwarf. Der Hund würdigte den Happen keines Blickes und starrte den Eindringling an.

Erstaunt begriff der Expressionist, dass der Hund anscheinend kein rohes Fleisch mochte. Gleichzeitig wurde ihm klar, dass er niemals den Balkon erreichen könnte, ohne den Hund unschädlich zu machen. Er zog die Walther P22 mit Schalldämpfer hervor, die er aus der Asservatenkammer entliehen hatte, zielte und schoss zwei Mal. Der erste Schuss traf sein Ziel – den Kopf des Hundes. Der zweite ging daneben und landete in Zeniths Bauch anstatt in der Herzregion.

Johanne hörte den ersten Knall der schallgedämpften Pistole. Genau wie im Film, konnte sie gerade noch denken, dann schrie sie auf und stürzte in den Flur hinaus. Kopfüber landete sie im Schuhregal. Abwechselnd hörte sie Zenith heulen und knurren, doch trotz blutender Stirn und einer Bauchwunde, aus der der Lebenssaft des Hundes drang, schien er nicht aufgeben zu wollen.

Der Eindringling machte einen Satz auf die Balkontür zu. Zenith mobilisierte seine letzten Kräfte, sprang ihm nach und schnappte nach dem Hosenbein des Eindringlings.

Der musste erstaunt feststellen, dass Ellis Teufelshund noch immer nicht genug hatte. Er zielte mit der Waffe auf das Biest und feuerte einen weiteren Schuss ab. Die Kugel traf den Hund irgendwo am Ohr, auf der rechten Seite des Kopfes. Zenith heulte auf und ließ den Eindringling los.

Zeniths Geheul wurde zu viel für Johanne. Ihr wurde schwarz vor Augen. Adrenalin regierte jetzt über Vernunft. Sie griff nach dem erstbesten Gegenstand, stürmte laut schreiend ins Wohnzimmer und warf den Gegenstand mit aller Kraft in Richtung des Eindringlings.

»Verfluchtes Schwein!«, rief sie ihm nach.

Der Expressionist sah die Buddha-Figur auf sich zufliegen, sprang zur Seite, war aber nicht schnell genug. Buddhas spitze Kopfbedeckung rammte sich mit einem unangenehmen Geräusch in seine Schulter. Der Expressionist erschauderte, kam aber sofort wieder auf die Beine, als er sah, dass das verrückte Mädchen jetzt offenbar vorhatte, sich auf ihn zu stürzen.

Gegen ihren durchtrainierten Widersacher war Johanne chancenlos.

Solche unvorhersehbaren Situationen waren lästig, dachte der Expressionist, während er Johanne mit festem Griff die Kehle zudrückte. Allerdings bescherte ihm die Situation auch neue Möglichkeiten.

Irgendetwas an ihm kommt mir bekannt vor, war das Letzte, was Johanne denken konnte, bevor ihr Kopf nach hinten sackte und alles schwarz wurde.

Als er fertig war, dachte der Expressionist, dass er die unerwartete Situation in kürzester Zeit in den Griff bekommen hatte und noch dazu etwas Gutes daraus entstanden war. Er hatte improvisieren und die gewohnten Pfade ein wenig verlassen müssen, doch das Ergebnis konnte sich durchaus sehen lassen. Außerdem gab das Ganze seiner Arbeit einen neuen Impuls. Er schaute auf die Uhr. Es hatte eineinhalb Stunden gedauert.

Der Expressionist nahm Johannes Handy, schoss ein Foto und schickte eine MMS an Elisabeth Rathke.

Jetzt gab es erst mal etwas, woran sie zu knabbern hätte.

Er verließ die Wohnung.

Johannes Bewusstsein waberte duch einen schwarzen Nebel. War sie tot? Nein, sie spürte Schmerzen in den Armen. Das Ganze musste ein Traum sein. Rote Punkte tanzten vor ihren Augen, bevor schließlich alles schwarz wurde.

Ellis Mobiltelefon gab ein Pling von sich und kündigte eine MMS an. Sie griff nach dem Handy und öffnete die Nachricht.

<< Welches Werk ist das wohl, Elisabeth? Das mit dem Hund tut mir übrigens leid … >>

Elli spürte, wie ihre Körpertemperatur um mehrere Grad absank. Als sie das Bild sah, wurde ihr noch kälter.

Kapitel 66

Elli riss die Wohnungstür auf und stürmte in den Flur. Nereng, Bent und zwei Streifenpolizisten folgten direkt hinter ihr. Sie bekam kaum noch Luft. Ihr Brustkasten hob und senkte sich unter angestrengten Atemzügen, und der stechende Schmerz in der Schulter breitete sich über das ganze Nervensystem aus. Gleichwohl mobilisierte sie alle ihr zur Verfügung stehenden Kräfte, um ruhig und beherrscht aufzutreten.

Als sie das Wohnzimmer betrat, begriff sie, dass das MMS-Bild eine Aufnahme von Johannes Unterleib war. Völlig unvorbereitet starrte sie auf die bizarre Szene, die sich ihr bot.

Johanne lag auf dem Fußboden, ihr dunkles Haar war sorgfältig um die Schultern drapiert, die Augen waren geschlossen. Der rechte Arm lag ausgestreckt dicht neben ihrem Körper. Sie war nackt, genau wie all die anderen.

Auf ihrer linken Schulter ruhte Zenith. Der leblose Kopf des Hundes lag auf einem Kissen und war Johanne zugewandt, seine rechte Vorderpfote befand sich auf ihrer linken Schulter.

Ich habe sie umgebracht, dachte Elli.

Sie war vollständig paralysiert und konnte keine Kraft mehr aufbringen, um die letzten Schritte auf Johanne zuzugehen.

Wie in Zeitlupe registrierte sie, dass Nereng auf Johanne zustürzte und sie zu schütteln begann. Zeniths Kopf rutschte vom Kissen und sank neben Johannes. Es gab viel Blut.

War es Johannes oder das des Hundes?

»Johanne!«, schrie Elli.

Keine Reaktion.

Sie schrie ein weiteres Mal. Und noch einmal. Ihre Stimme klang leer und verzweifelt. Johanne zeigte keine Lebenszeichen. Elli bemerkte plötzlich, dass sie auf den Knien lag, wusste aber nicht mehr, wie sie dorthingekommen war.

Niemals könnte sie das hier wiedergutmachen.

Niemals.

Nereng schüttelte Johanne noch einmal. Immer noch keine Reaktion.

Bent hockte sich ebenfalls neben Johanne.

»Der Rettungswagen ist in zwei oder drei Minuten hier – sie haben gesagt, dass wir versuchen müssen, sie wiederzubeleben.«

Wie zur Warnung hielt Nereng plötzlich die linke Hand hoch, während er mit der rechten Johannes Halsschlagader befühlte.

»Psst!«, sagte er und runzelte die Stirn. »Ich glaube, ich spüre ihren Puls.«

Dann folgten drei lange Sekunden.

»Doch ja. Ihr Puls schlägt. Sie atmet.«

»Er hat ihr irgendeine Droge verpasst!«, rief Elli. Sie kroch auf Johanne zu und mobilisierte all ihre Willenskraft, um nicht auf Zenith zu blicken. »Ist der Atem stabil oder unregelmäßig?«

»Stabil«, erwiderte Nereng nach fünf Sekunden.

In diesem Moment erschienen zwei Rettungssanitäter in der Türöffnung.

»Weg!«, rief Elli, wich zurück und zog Nereng mit sich. Bent folgte ihrem Beispiel.

Die Rettungssanitäter beugten sich über Johanne, setzten ihr einen Venenkatheter ein und versorgten sie mit einer Nährstofflösung. Dann breiteten sie eine Decke über Johanne und legten sie schnell und routiniert auf eine Trage.

»Sehr wahrscheinlich hat sie Heroin oder Rohypnol im Körper«, sagte Elli mechanisch.

»Ach je, sie wirkt gar nicht wie eine von denen«, erwiderte einer der Sanitäter.

»Das ist sie auch nicht«, gab Elli entschieden zurück.

Gerade als sie die Trage anheben wollten, schrie der andere Sanitäter plötzlich auf.

Die drei Ermittler starrten ihn verständnislos an. Dann wurde ihnen klar, was passiert war.

Zenith hatte den Mann ins Bein gebissen.

Kapitel 67

Im kleinen Warteraum in der Tierklinik Nordberg gab es zwei einander zugewandte Sitzbänke. Auf der einen saß Elli. In der vergangenen Stunde hatte ihr Gehirn auf Hochtouren gearbeitet, um das Chaos zu entwirren, dem sie gegenüberstand.

Es war völlig klar, dass sie es bei Fjeld mit einem zynischen und schlauen Widersacher zu tun hatten. Im Laufe der Ermittlungen hatte er sowohl Elli als auch Johanne und Zenith verletzt. Mehr als je zuvor war Elli jetzt in Gefahr, doch viel wichtiger war, wie es mit Johanne weitergehen würde. Elli hoffte, dass sie keine bleibenden Schäden zurückbehielt. Natürlich würde sie psychisch für den Rest ihres Lebens gezeichnet sein, aber das Wichtigste war, dass ihr Körper wieder gesund wurde. Um den Kopf konnte man sich später noch kümmern.

Zenith lag seit zwei Stunden auf dem Operationstisch. Die äußerst erfahrene Veterinärin hatte von einer zwanzig- bis dreißigprozentigen Überlebenschance gesprochen. Der Hund hatte viel Blut verloren, doch wundersamerweise hatten die beiden ersten Projektile keine lebenswichtigen Organe getroffen. Das Ohr konnte wieder angenäht werden, und der dritte Schuss hatte den Schädel des afrikanischen Löwenjägers nicht zu durchdringen vermocht. Doch die Bauchverletzung war ziemlich kritisch.

Im Laufe der letzten Stunden waren Elli viele Erinnerungen an die kleinen und großen Episoden, die sie mit Zenith erlebt hatte, durch den Kopf geschossen. Sie musste darauf vorbereitet sein, dass der Hund womöglich nie zu ihr zurückkommen würde.

Nereng und Bent hatten Johanne ins Krankenhaus begleitet, wo nach einiger Zeit auch ihre Eltern auftauchten. Elli war beunruhigt, weil sie nichts aus dem Krankenhaus hörte, wusste aber, dass die Situation chaotisch war und der Informationstransfer vorerst keine Priorität genoss.

Ellis Gehirn arbeitete weiter. Die *Szene* in der Wohnung war ihr in der Tat bekannt. Sie hatte sie schon einmal gesehen. Allerdings hatte es eine Weile gedauert, bis ihr wieder einfiel, dass sie das Motiv gesehen hatte, als sie mit Johanne die Auswahl der expressionistischen Kunstwerke durchgegangen war. *Verlust der Jungfräulichkeit* von Gauguin war das Motiv, das der Täter in Ellis eigenen vier Wänden arrangiert hatte.

Die Ereignisse in ihrer Wohnung verrieten Elli, dass der Täter zu improvisieren imstande war. Die Tat war nicht geplant gewesen, dessen war Elli sich sicher, denn sie hatte keinen Terpentingeruch bemerkt. Und es bedeutete, dass der Täter Johanne und Zenith beim Verlassen des Hauses beobachtet hatte und danach in die Wohnung eingedrungen war.

»Sunee«, erklang eine bekannte Stimme links von Elli.

Elli schüttelte den Kopf und warf einen Blick auf die Wanduhr, die ihr verriet, dass sie sieben oder acht Minuten geschlafen hatte. Elli wandte sich ihrer Mutter zu, die all die asiatische Hilfsbereitschaft und Freundlichkeit ausstrahlte, die sie aufzubringen vermochte.

»Danke, dass du gekommen bist«, sagte Elli mit sanfter Stimme. Sie empfand echte Dankbarkeit, denn schließlich war es schon halb elf abends.

»Ah«, sagte Dee mit einer entschiedenen Kopfbewegung, »selbstverständlich komme ich!« Sie umarmte Elli, hielt sie eine Weile fest und sah sie liebevoll an. »Was hast du denn jetzt wieder angestellt? Weißt du, was für ein Karma daraus entsteht?«

»Zenith wurde von einem Einbrecher verletzt«, erwiderte Elli.

Dee kniff die Augen einen Millimeter zusammen. »Ist das auch die ganze Wahrheit?«

Elli erhob sich. »Fast«, sagte sie.

Dee schüttelte den Kopf. »Was soll ich tun?«

»Bitte warte hier, bis Zenith aus dem OP-Saal kommt. Ruf mich an, wenn du Näheres weißt.«

Dee sah sie verständnisvoll an. »Es kann also auch schiefgehen?«

»Ja.«

»Aber solltest du dann nicht hier sein? Ich weiß doch, wie viel Zenith dir bedeutet – und du ihm.«

»Johanne ist jetzt wichtiger. Ich muss zu ihr ins Ullevål Krankenhaus.«

Dee schüttelte abermals den Kopf und blickte Elli etwas strenger an. »Sunee … was ist mit dem unschuldigen Mädchen passiert?«

Elli zögerte einen Moment, wusste aber, dass sie nicht ausweichen konnte. »Der Einbrecher …«, setzte sie an, konnte den Satz aber nicht zu Ende bringen.

Noch einmal schüttelte Dee den Kopf, jetzt noch entschiedener. »Das will ich gar nicht hören …«, sagte sie und machte eine tiefe Verbeugung. In erster Linie wohl vor Buddha, wie Elli vermutete.

»Ich rufe dich an«, sagte Dee. »Geh jetzt.«

Elli ging.

Kapitel 68

Ihr Körper war von einer alles überschattenden Taubheit beherrscht. Gedanken, Muskeln und Sinneseindrücke waren gedämpft. Nur vage konnte sie die Geräusche und Gerüche auf dem langen Krankenhausflur wahrnehmen. Ein unbehagliches Gefühl breitete sich in ihrer Magengegend aus. Fast schien es, als säßen die Organe an der falschen Stelle.

Angst.

Die Gewalt, die Niedertracht und die Verzweiflung, von der Elli bei ihrer Arbeit umgeben war, hatten den Weg zu Johanne gefunden.

Wenn Johanne nicht überlebte – würde sie dann ihren Job bei der Polizei weitermachen können?

Hatte sie eine Wahl?

Nein.

Rechtes Denken.

Angst war konstruktiv. Sie schärfte die Sinne. Schon vor langem hatte Elli ihre Entscheidung getroffen. Nach diesem Fall würden neue kommen.

Nichts anderes tat sie. Nichts anderes musste sie tun.

Elli erreichte die Abteilung, in der Johanne lag. Sie verlangsamte das Tempo und versuchte, ihre Energie so zu kanalisieren, dass sie sich von Angst und Zorn distanzieren konnte. Als sie den Korridor der Intensivstation betrat, erkannte sie sogleich Johannes Vater, der völlig reglos auf einem Sofa neben Nereng saß. Elli ging behutsam auf ihn zu.

»Hallo«, sagte sie freundlich. Ihre Stimme klang heiser.

Nereng nickte ihr verschlafen zu. Johannes Vater schien aus seinem fast apathischen Zustand zu erwachen und sprang sofort auf.

»In welche verfluchte Lage haben Sie unsere Tochter gebracht? Sie ist doch erst siebzehn.«

Elli spürte, wie ihre Schultern ganz unbeabsichtigt einsanken. »Es tut mir schrecklich leid«, erwiderte sie sanft. »Wenn ich irgendetwas hätte anders machen können, dann …«

Johannes Vater fiel ihr unvermittelt ins Wort. »… *anders machen können?*«, äffte er sie voller Sarkasmus nach. »Johanne liegt da drinnen und ist seit …«, er schaute auf die Uhr, »… fünf Stunden ohne Bewusstsein. Womöglich wacht sie überhaupt nicht mehr auf!«

Elli konnte die Frustration von Johannes Vater sehr gut nachvollziehen und fühlte sich zunehmend unbehaglich.

»Ich … äh …«, versuchte sie es.

Nereng kam ihr zu Hilfe.

»Elli«, sagte er. »Kann ich dich kurz sprechen?« Er deutete mit dem Kopf auf ein Behandlungszimmer.

Als sie außer Hörweite gekommen waren, legte er ihr eine Hand auf die Schulter.

»Hör zu, Elli. Johanne wird es schaffen. Ihr Vater ist seit seiner Ankunft völlig hysterisch. Die Mutter ist viel gelassener und sitzt jetzt drinnen bei ihr. Johanne wird jetzt noch ein paar Stunden in künstlichem Schlaf gehalten, damit die Ärzte sie besser kontrollieren können, sagen sie.«

»In Schlaf gehalten?«, fragte Elli.

»Ja, sie ist hier unten ganz plötzlich nach zehn Minuten aufgewacht. Der diensthabende Arzt vermutete daher, dass ihr GHB zugeführt wurde. Und so war es auch. Wenn man so hohe Dosierungen bekommen hat, dass man bewusstlos wird, dann kann es manchmal passieren, dass man ganz plötzlich wieder aufwacht – oder überhaupt nicht mehr.«

Elli wusste aus früheren Fällen, dass die Droge nur sehr schwer zu dosieren war. Der Unterschied zwischen einer Dosis, die berauschend wirkte, und einer, die zu Bewusstlosigkeit oder Tod führte, war nur klein.

»Johanne hatte anscheinend einen Schutzengel«, sagte Elli nachdenklich.

Nereng nickte. »Und eine ordentliche Portion Glück.«

»Vernehmung?«

»Morgen Vormittag.«

»Okay.«

»Äh … wie geht's denn Zenith?«

Elli wippte den Kopf ein paarmal hin und her. »Die Veterinärin schätzt seine Chancen auf knapp dreißig Prozent ein. Meine Mutter ist jetzt da und wartet auf das Ergebnis.«

»Dann wollen wir mal das Beste hoffen«, sagte Nereng.

»Danke«, erwiderte Elli, brachte aber kein Lächeln zustande. »Und jetzt? Wo ist Harr eigentlich?«

Nereng streckte den Rücken durch. »Wir müssen jetzt los. In 45 Minuten gibt's nämlich 'ne Razzia in dem Bordell in Grünerløkka. Ausgehend von Ninas Beschreibungen des Schuppens in der Seilduksgate, hat Bent die Operation zusammen mit einer Delta-Einheit organisiert.«

»Und was wissen wir über Fjeld?«

»Er ist wie vom Erdboden verschluckt«, sagte Nereng.

»Das mindert ja nicht gerade den Verdacht gegen ihn … Ist jemand bei ihm zu Hause gewesen?«

»Ja. Keiner da.«

Elli rieb sich die Augen. »Okay … der Zugriff auf das Bordell steht also kurz bevor. Wir fahren sofort dahin. Man weiß ja nie, was man findet.«

Kapitel 69

Das alte, heruntergekommene Fabrikgebäude in der Seilduksgate sah von außen völlig ausgestorben aus. Zwei funzelige Laternen verrieten, dass das Haus noch immer an die Stromversorgung angeschlossen war, darüber hinaus gab es keine Anzeichen von Aktivität. Die Betriebe, die einst hier untergebracht waren, hatten ihre Tätigkeit offenbar schon vor langer Zeit eingestellt.

Mit seinen verdunkelten Fenstern und dem Wirrwarr aus Korridoren und Durchgängen zu den angrenzenden Gebäuden war das Haus ein perfekter Ort für die Aktivitäten, die sich nunmehr im Inneren abspielten. Die Kunden konnten über drei verschiedene Eingänge hineingelangen, wodurch vermieden werden konnte, alle durch immer dieselbe Tür zu schleusen und damit unerwünschte Aufmerksamkeit auf sich zu ziehen. Die Arbeitsräume der Mädchen lagen in der zweiten Etage in einem langen Flur, der sich mittig durch das Gebäude zog. An beiden Enden standen zwei Wachleute. Auch jeder der drei Eingänge im Erdgeschoss wurde von einem Wachmann geschützt.

Jon Aass justierte seine Kamera. Sein rechtes Auge war noch immer von einem dicken Verband verdeckt. Ein junges Mädchen, ungefähr elf oder zwölf Jahre alt, saß mit einer Kapuze über dem Kopf inmitten des Raums. Ein kräftiger Punktstrahler mit Bewegungssensor beleuchtete die kleine Gestalt. Es war zielmlich anstrengend, so ein paranoides Leben führen zu müssen, dachte Jon Aass. Und oft musste man sogar alle Spuren beseitigen; wie viele Mädchen hätten trotz allem doch weiterleben können?

»Sehr gut«, instruierte er sein Modell. »Sitz still.«

Das Mädchen mit der Kapuze bewegte sich fast unmerklich. Aus dem Schatten links trat Torben Becker hervor. Er war völlig nackt. In der anderen Ecke des Raums stand Alfred Krefting. Auch er war unbekleidet. Becker trat auf das Mädchen zu. Jon Aass richtete die Kamera auf ihn. Krefting ging von der anderen Seite auf das Mädchen zu. Die korpulenten Männer bildeten einen grotesken Kontrast zu dem winzigen Mädchen. Ein nahezu religiöser Ernst beherrschte die Szene.

Ein Mitglied der Bereitschaftstruppe Delta, mit einer Heckler-&-Koch-MP5-Maschinenpistole im Anschlag sowie mit Nachtsichtgerät und einer zusätzlichen HK-P30-Pistole im Wadenholster ausgerüstet, ging in einer dunklen Ecke in einem der Treppenaufgänge lautlos in Stellung. Gleichzeitig führten zwei seiner Kollegen einen kräftigen, mit Kabelbinder gefesselten Albaner auf die Straße hinaus. Der Zugriff war auf klassische Weise erfolgt. Einer der in Zivil gekleideten Beamten war an die Tür herangetreten und hatte vorgegeben, ein Kunde zu sein. Als der Albaner Anstalten machte, ihn einzulassen, hatte er unversehens eine Pistole an den Hals gesetzt bekommen, während vier Männer aus der Delta-Truppe hinter ihrem Kollegen auftauchten. Folgsam wie ein Kind hatte sich der albanische Türwächter ergeben.

Die beiden anderen Delta-Männer bewegten sich nun vorsichtig die Treppe hinauf, während die Lichtstrahlen ihrer Lasergewehre über die Wände tanzten. Auf dem Weg nach oben schraubten sie alle Glühbirnen aus ihren Fassungen, da die Nachtsichtgeräte den Männern einen strategischen Vorteil verschafften. Niemand von den Bordellbetreibern hatte an diese Möglichkeit gedacht, als sie die Fenster verdunkelt hatten.

Zwei Zimmer neben dem, wo Jon Aass, Torben Becker und Alfred Krefting gerade dabei waren, sich an dem jungen Mädchen zu vergehen, hockte, nur mit Unterwäsche bekleidet, ein weiteres Mädchen. Die Unterwäsche war kindlich und zeigte aufgedruckte Tiermotive. Neben dem Mädchen auf dem Bett lag ein Schulranzen. Ein gut gekleideter Mann in den Vierzigern betrachtete es mit sorgenvollem Blick. »Setz ihn auf!«, sagte er mit freundlicher Stimme.

Das Mädchen gehorchte.

Mit ihren auf den Boden gerichteten Waffen in den Händen traten Elli, Bent und Nereng auf eine Tür zu. Alle drei trugen schusssichere Westen sowie ein Headset mit Mikrophon. Der Funkverkehr informierte sie darüber, dass inzwischen drei Delta-Männer hinter einer Tür am entgegengesetzten Ende des Gebäudes Aufstellung genommen hatten. Drei weitere bewachten die nach unten führende Treppe, und ein paar zusätzliche Kollegen befanden sich draußen im Hof des Gebäudes.

An der Ecke zum Birkelunden-Park stand ein Kommandofahrzeug der Polizei. Darinnen verfolgte Malmros das grüne Bild, das von einer Kamera am Helm eines der Delta-Männer übertragen wurde, auf einem Bildschirm. Darauf kam jetzt eine Tür in Sicht.

In einem Wagen etwas weiter entfernt saßen drei Sozialarbeiter vom Jugendamt. Sie wussten nicht genau, um wie viele Mädchen sie sich eventuell kümmern mussten, waren aber auf die kommenden Ereignisse gut vorbereitet.

Krefting packte das Mädchen mit der Kapuze über dem Kopf und schleifte es mit übertriebener Brutalität über den Boden. Angesichts der Situation war Becker sichtlich erregt.

Drei Laserstrahlen zeichneten tanzende Muster auf die Tür vor Elli, die hinter drei Delta-Männern stand. Bent und Nereng gaben Flankenschutz. Nach Ninas Beschreibung sollte sich hinter der Tür ein langer Gang befinden. Am anderen Ende des Gangs traf Team 2 entsprechende Vorbereitungen hinter einer ähnlichen Tür.

»Drei, zwei, eins …«, sagte Elli leise.

Die beiden Teams der Delta-Truppe hoben ihre Rammböcke an und stürmten gleichzeitig auf die Türen am jeweiligen Ende des Gangs zu. Der Aufprall riss die Türen aus ihren Angeln. Im Abstand von zwei Sekunden knallten sie krachend auf den Boden. Elli, Bent und Nereng stürmten hinein.

»Polizei!«, schrie Bent.

Elli und er liefen auf die dritte Tür auf der rechten Seite zu, wohinter sich nach Ninas Aussage der Videoraum befinden sollte. Bent warf sich mit der Schulter gegen das Türblatt. Die Tür sprang sofort auf. Was sie nun sahen, sprach für sich selbst. Inmitten des Zimmers standen Becker und Krefting – nackt und wie gelähmt. Zwischen ihnen lag ein sehr junges Mädchen, das ebenfalls unbekleidet war. Die Kleine fing sofort an, aus vollem Hals zu schreien.

»Polizei! Keine Bewegung! Hände über den Kopf!«, rief Elli und versuchte gleichzeitig, die Situation in sich aufzunehmen.

Zwei ältere nackte Männer, bekannte Persönlichkeiten, zusammen mit einem nackten, ziemlich jungen Mädchen mit einer Kapuze über dem Kopf. Ein Mann mit Videokamera und zur Hälfte bandagiertem Kopf – war das der, von dem Nina erzählt hatte? Ja, es musste sich um Jon Aass handeln.

Ellis gedankliche Bemühungen wurden jäh unterbrochen, als sich der bandagierte Videotyp blitzartig auf das Mädchen stürzte, dann herumfuhr und das Mädchen mit beiden Händen in den Würgegriff nahm. Geschickt verbarg er seinen Kopf hinter dem des Mädchens.

»Stehen bleiben, alle zusammen!«, rief Jon Aass.

Seine Stimme klang panisch.

»Wir wollen doch nicht, dass hier irgendwer verletzt wird, oder?«

»Das wollen wir auch nicht«, sagte Elli und richtete ihre Waffe auf Jon Aass' Kopf. Bent und Nereng folgten ihrem Beispiel; zwei rote Laserstrahlen tanzten zwischen seinem Gesicht und dem des Mädchens hin und her.

Zu großes Risiko.

»Das Mädchen und ich werden jetzt langsam durch diese Tür gehen«, sagte Aass und deutete auf die Tür hinter ihnen. Der Abstand betrug knapp drei Meter. Elli schätzte, dass der Raum etwa 25 Quadratmeter maß.

»Wir schauen jetzt mal, wie wir das am besten hinkriegen«, sagte Elli, wurde aber von Krefting und Becker unterbrochen, die in einem Anfall von Übermut und Opportunismus gleichzeitig auf die Tür zustürzten. Anscheinend hatten sie keinen einzigen Gedanken daran verschwendet, wie sie nun Bent, Nereng und die beiden Delta-Männer draußen im Flur überwinden könnten. Kurzerhand trat Bent einen Schritt nach links und schlug Krefting mit der Waffe hart gegen die Schläfe. Von einem Heulen begleitet fiel Krefting wie ein leerer Sack in sich zusammen. Becker war klug genug und hielt mitten in der Bewegung inne, um demselben Schicksal zu entgehen.

»Keine Bewegung!«, fauchte Elli ihn an. Der auf seine Brust gerichtete Laserstrahl unterstrich den Ernst der Lage.

Die allgemeine Verwirrung indes gab Jon Aass die Möglichkeit, nach der er gesucht hatte. Er stieß das Mädchen mit voller Kraft gegen Nereng, der daraufhin gezwungen war, es aufzufangen.

»Stopp!«, brüllte Elli, konnte aber nur noch registrieren, dass der bandagierte Jon Aass blitzschnell zur Tür hinausschlüpfte.

Sie stürzte ihm nach und sah, dass er durch eine fünf oder sechs Meter entfernte Tür zu entkommen suchte.

Elli rannte hinterher und befand sich plötzlich in einem größeren, leicht verdunkelten Raum. Hinter ihr fiel die Tür mit einem deutlichen Klicken zu.

Ein Schnappschloss.

Jäh blieb Elli stehen. Sie hörte nur noch ihren eigenen Atem und die gedämpften Laute aus dem Bereich hinter der Tür, wo die Delta-Truppe inzwischen Zimmer für Zimmer durchforstete. Irgendjemand machte sich an der Tür hinter Elli zu schaffen. Bent oder Nereng.

Als sie sich umdrehen und die Tür öffnen wollte, kam der Angriff. Schräg rechts von hinten. Mit ungeahnter Wucht traf sie der Tritt oberhalb des Handgelenks. Die Waffe wurde ihr aus der Hand geschleudert und rutschte über den Boden. Im Augenwinkel registrierte Elli, dass Jon Aass zu einem weiteren Tritt in Kopfhöhe ausholte. Blitzartig fuhr Elli herum, trat einen geschmeidigen Schritt zur Seite und blockierte den Angriff mit einer raschen Armbewegung – *jodan uke*. Danach verpasste sie Aass zwei blitzschnelle Doppelschläge in die Magengegend. Der letzte traf. Jon Aass stöhnte auf, als die Luft aus ihm entwich.

Er zog sich zurück und sah Elli mit seinem linken Auge ausdruckslos an. »Soso – die Polizei hat jetzt also Kung-Fu gelernt?« Seine Stimme klang flach und kühl.

Ohne Vorwarnung griff er abermals an. Blitzschnell, mit drei Serien harter Tritte und Schläge von beiden Seiten. Elli spürte einen infernalischen Schmerz in der verletzten Schulter, als sie seinen Angriff parierte, biss aber die Zähne zusammen. Es war klar, dass sie es mit einem durchtrainierten und kräftigen Widersacher zu tun hatte. Ein weiteres Mal parierte sie eine Folge von fünf oder sechs Tritten. Hatte er übermenschliche Kräfte? Elli wusste sehr wohl, wie effektiv mehrere Folgen von Tritten und Schlägen wirken konnten. Sie setzte darauf, dass er schon bald nicht mehr genügend Energie haben würde. Nach sieben weiteren Tritten wich Jon Aass zurück. Sein Brustkasten hob und senkte sich in schnellem Tempo, und Elli sah, dass an der Nase etwas Blut unter seinem Verband hervorgetreten war. Das war eine Situation, die Elli ausnutzen konnte. Sie versetzte ihm sofort einen gestreckten Tritt – *surikomi maegeri* – in die Bauchregion und ließ eine weitere Trittvariante – *nidan geri jodan* – gegen den Kopf des Mannes folgen.

Beide Tritte trafen ihr Ziel. Der Tritt gegen den Kopf war nur mit halber Kraft ausgeführt, traf aber die bandagierte Seite des Kopfes. Jon Aass schrie auf, während noch mehr Blut unter seinem Verband hervorsickerte.

Ellis linke Schulter fühlte sich an, als ob sie jeden Moment abfallen wollte.

Jon Aass und Elli rangen nach Luft, während sie einander weiter umkreisten. Jetzt tropfte das Blut auch auf seinen Mund herunter. Er spuckte es ihr ins Gesicht. Elli ließ sich nicht ablenken und hielt seinem Blick stand. Offenbar war der Mann ein Kämpfer, der nicht ans Aufgeben dachte. In einer fließenden Bewegung sprang er auf sie zu und schlug gegen ihren Kopf. Elli konnte den Kopf ein wenig zur Seite drehen und die Wucht des Schlages dämpfen, spürte aber gleichzeitig ein Knacken in der Nackengegend. Reflexartig reagierte sie mit einem Hieb in seine Bauchregion – *junzuki* –, gefolgt von einem Schnappschlag – *uraken* – gegen seine linke Schläfe, der jedoch nur teilweise traf. Gleichwohl wankte er ein paar Schritte zurück, ging aber sofort wieder mit einer Folge unpräziser Schläge und Tritte zum Angriff über. Mittlerweile war er sichtlich erschöpft. Elli tänzelte um ihn herum, vermied direkte Treffer und wartete auf einen Fehler seinerseits. Jon Aass' fünfter Tritt ging daneben, brachte ihn kurz aus dem Gleichgewicht und gab Elli die zweite Chance. Viel mehr würde sie kaum bekommen. Elli stürzte vor und fegte das Bein, das gerade sein Ziel verfehlt hatte, mit einer knappen Bewegung unter ihm weg, so dass er auf dem Rücken landete. Schnell wie ein Wiesel war sie über ihm und verpasste ihm einen knallharten Schlag gegen den unteren Bereich seines Brustkastens. Sie hörte das Geräusch einer brechenden Rippe. Jon Aass' gutturaler Schrei bestätigte die Kraft des Hiebes. Elli klemmte seinen Ellbogen mit ihrem Knie ein. Abermals schrie er auf, als Elli entgegen der natürlichen Richtung des Ellbogens presste.

»Keine Bewegung!«, brüllte sie und merkte gleichzeitig, dass sie beide blutüberströmt waren. Sie wusste nicht, ob sie sich selbst ebenfalls eine Verletzung zugezogen hatte, doch im Laufe des Kampfes musste die Naht an seiner Wunde unter dem Verband aufgerissen sein.

Mit einem infernalischen Krachen öffnete sich die Tür hinter ihnen.

Instinktiv drehte sich Elli um.

Ein Fehler.

Der Tritt traf sie an der Schläfe und war fest genug, dass ihr für den Bruchteil einer Sekunde schwarz vor Augen wurde. Jon Aass nutzte die Gunst des Augenblicks, hievte sich hoch und kam auf die Beine. Dann stürzte er weiter zum anderen Ende des Raums und sprang aus einem Fenster.

Nereng stand in der Tür.

»Verflucht!«, schrie er.

Elli registrierte halbwegs, dass er Jon Aass nachstürzte und dass zwei oder drei Delta-Männer ihren Rammbock fallen ließen und hinter Nereng herliefen. Sie kam wieder auf die Beine und suchte nach ihrer Waffe, fand sie aber nicht.

Jetzt saßen sie schön in der Tinte, denn Jon Aass war nun auch bewaffnet. Sie musste Nereng warnen. Sie trat ans Fenster, konnte aber niemanden entdecken.

Kapitel 70

Elli kam zurück in den Raum, wo Krefting und Becker noch immer mit auf dem Rücken gefesselten Händen auf dem Boden saßen. Bent und zwei der Delta-Männer bewachten sie.

»Sind Sie in Ordnung?«, fragte einer von den beiden und deutete auf Ellis blutiges Top.

Elli verspürte einen stechenden Schmerz in der Schulter. Ihr war übel, und dazu hatten sich dröhnende Kopfschmerzen eingestellt. Nach dem Kampf mit Jon Aass fühlten sich sämtliche Muskeln und Sehnen völlig taub an.

»Ja danke, ist schon in Ordnung«, erwiderte sie und postierte sich vor Krefting. Er blutete aus einer geschwollenen Wunde an der Schläfe.

»Das ist völlig unangemessene Gewaltanwendung …«, rief er erregt. »Schnauze!«, unterbrach ihn Elli und zog ihn auf die Füße. »Ich werde Ihnen jetzt ein paar kurze Fragen stellen, und Sie werden mir sofort sagen, was Sie wissen und was nicht. Verstanden?«

»Aber ich brauche medizinische Behandlung!«, insistierte er.

Elli musste kämpfen, um nicht die Beherrschung zu verlieren. »Wenn Sie mir nicht sofort antworten«, sagte sie mit ruhiger Stimme, »werde ich alle bitten, den Raum zu verlassen. Dann sind nur noch Sie und ich übrig. Und niemand – *niemand* – wird sich darum kümmern, was dann hier drinnen geschieht.«

Ellis Augen waren schwarz und hart und hielten seinen Blick gefangen.

»Und wenn wir dann hier fertig sind, wird Ihr Bedarf an medizinischer Behandlung noch wesentlich größer sein.«

Krefting wandte den Blick ab und nickte fast unmerklich.

»Gut. Wo ist Fjeld?«, fragte Elli.

Krefting schaute sie verwundert an. »Fjeld? Keine Ahnung, wer das sein soll.«

»Erzählen Sie mir keinen Scheiß!«

Krefting wischte sich etwas Blut von der Wange und blickte zu Becker. Von dem war wenig Hilfe zu erwarten; er schaute resigniert zu Boden. Krefting drehte sich wieder zu Elli um.

»Das meine ich völlig ernst«, sagte er entmutigt. »Wer soll dieser Fjeld denn bitte sein?«

Elli überlegte. War Fjeld etwa anonym aufgetreten? Sie gab Bent und einem der Delta-Männer ein Zeichen, Becker und das Mädchen auf den Gang hinauszubringen. Als sich die Tür hinter den Vieren wieder geschlossen hatte, entschied Elli, die Taktik zu ändern und an Kreftings Vernunft zu appellieren.

»Hören Sie zu … es ist vorbei«, sagte sie verständnisvoll. »Je schneller wir alle Beteiligten finden, desto schneller können wir das hier auch beenden. Wenn Sie uns jetzt helfen, wird das vor Gericht positive Auswirkungen haben.«

Krefting sah aus, als wollte er die Lage kurz überdenken, erwiderte aber dasselbe. »Ich weiß nicht, wer Fjeld ist. Und ich will einen Anwalt.«

Sogar in dieser Situation versuchte er seine Politikertricks, dachte Elli. Was für ein zynischer Bastard.

Sie überließ es der Delta-Einheit, Becker und Krefting nach Grønland zu transportieren. Mit Decken über den Schultern wurden sie über die Treppe nach unten geleitet.

Auch das Mädchen hatte sich eine Decke um den Körper gewickelt und saß nun etwas entfernt zusammengesunken in einer Ecke des Gangs. Das Mädchen oder irgendjemand anders hatte die Kapuze entfernt, doch die Kleine verbarg weiter ihr Gesicht unter der Decke.

Elli ging zu ihr und beugte sich hinunter.

»Hallo, hast du hier irgendwo was zum Anziehen?«, fragte sie.

»English«, erwiderte das zitternde Mädchen.

»Do you have any clothes here?«

Das Mädchen zeigte auf die Tür des Raums, in dem sie sie gefunden hatten.

Elli ging hinein und entdeckte in der Ecke hinter dem Kamerastativ ein Bündel Kleidung. Dann half sie dem Mädchen behutsam, sich etwas anzuziehen. Elli kam es vor, als hätte sie eine Porzellanpuppe vor sich.

»Bericht?«, hörte sie Malmros über das Headset fragen.

»Objekt eins und zwei gesichert«, gab sie zurück. »Objekt Nummer drei ist über die Rückseite entkommen, Nereng und zwei Delta-Männer verfolgen ihn, zwei Leute im Hof zur Unterstützung, die übrigen sechs sichern hier oben alles systematisch.«

»Okay, sehr gut«, antwortete Malmros. »Dann beenden wir die Operation, wenn Nummer drei geklärt ist.«

Nereng kam in einen weiteren langen, engen Gang. Er war leer, soweit es in der Dunkelheit zu erkennen war. Er blieb ein paar Sekunden stehen, um die Augen an die Dunkelheit zu gewöhnen. Nach fünf oder sechs Sekunden konnte er doppelt so weit sehen, aber das Ende des Gangs noch nicht ausmachen. Mit erhobener Waffe lief er weiter.

»Polizei!«, rief er.

Keine Antwort. Und auch keinerlei Bewegung im Dunkeln vor ihm. So lautlos wie möglich schlich er weiter.

»Polizei!«, rief er noch einmal.

In circa zehn Metern Entfernung ahnte er plötzlich eine Bewegung und hörte das Geräusch einer sich öffnenden Tür. Im Licht der hereinsickernden Straßenbeleuchtung erkannte er die Gestalt von Jon Aass. Dann fiel die Tür wieder zu.

Nereng sprang hinterher und erreichte die Tür nach drei Sekunden. Während er sich an der Wand abstützte, stieß er die Tür mit dem Fuß auf. Das Rauschen der Stadt drang herein, und angesichts der Dunkelheit im Gang musste er die Augen zukneifen, als er in das gedämpfte Abendlicht blickte. Auf dem vor ihm liegenden Flachdach war keine Spur von Jon Aass zu sehen. Das Dach schien sich bis zum nächsten Gebäude hinzuziehen. Nereng spannte die Muskeln, sprang durch die Tür auf das Dach hinaus, machte eine Rolle vorwärts und landete mit gezückter Waffe auf den Knien. Schnell blickte er nach links und rechts.

Leer.

Er sah sich etwas genauer um. Auf dieser Seite des Gebäudes gab es oberhalb der Tür, durch die er gekommen war, noch zwei Stockwerke, aber nur eine senkrechte, steile Wand. Dort konnte Jon Aass nicht sein. Direkt vor ihm befanden sich drei Ventilauslässe und das schwach abfallende Dach. Hinter ihm war ein Betonkasten, ungefähr anderthalb Meter hoch und drei Meter breit, wahrscheinlich das Schachtende eines Lastenaufzugs. Vorsichtig trat er auf den Kasten zu. Auf der rechten Seite sah er Blut an der Wand und auf dem Boden.

Kein Zweifel.

»Rauskommen!«, rief er. »Ich weiß, dass Sie da sind!«

Nereng stand still und lauschte, hörte und sah aber nichts. Er trat einen Schritt weiter an den Kasten heran und überdachte schnell seine Möglichkeiten. Er konnte um den Kasten herumgehen, doch das bedeutete, dass Jon Aass ihm auf der anderen Seite entkommen könnte. Nereng entschied sich für eine andere Methode. Er machte fünf Schritte rückwärts, stürzte auf den Betonkasten zu, sprang an der Wand hoch und rollte sich auf dem Dach des Kastens ab. Als Folge des Manövers hatte er sich die Ellbogen gestoßen, hielt eine Sekunde inne und biss die Zähne zusammen. Gerade als er sich aufrichten wollte, sah er das Mündungsfeuer oberhalb der Kante gleich vor sich aufblitzen. Zwei Schüsse. Er hörte und spürte, wie eines der Projektile links über ihm vorbeisauste. Jon Aass hatte auf seinen Kopf gezielt, doch die winzige Verzögerung aufgrund der schmerzenden Ellbogen hatte Nereng gerettet.

Instinktiv warf Nereng sich auf den Bauch und sah gleichzeitig Jon Aass auf das Dach des Nachbargebäudes zulaufen. Sein Verband war inzwischen blutdurchtränkt. Nereng hörte ein gurgelndes Geräusch, als Aass schwer atmend weiterlief. Was hielt dieser Kerl eigentlich noch alles aus? Nereng kam wieder auf die Füße und ließ sich vom Dach des Kastens herunter. Sein Adrenalinspiegel war so hoch wie nie zuvor.

»Bleib stehen, du Dreckskerl!«, brüllte er. Und wo verdammt war eigentlich Delta? Wer könnte ihm hier oben eigentlich Deckung geben? Mittlerweile verfolgte er diesen Irren seit fast fünf Minuten.

Am Ende des Daches nahm Jon Aass Anlauf und sprang über einen kleinen Spalt hinweg auf das Dach des Nachbargebäudes. Als er landete, war wieder das hässliche Hustengeräusch zu hören. Aus seinen Mundwinkeln lief ihm Blut über das Kinn.

Nereng blieb abrupt stehen.

Jon Aass warf einen Blick auf den Polizisten hinter sich. Zufrieden registrierte er, dass sich der Amateurbulle anscheinend nicht zu springen traute. Jon Aass machte ein paar angedeutete Tanzschritte und winkte mit seiner Pistole. Er wusste, dass er gewonnen hatte.

Nereng sah verwundert zu ihm hinüber. Jon Aass warf ihm eine blutige Kusshand zu.

»Wie willst du denn von da aus weiterkommen?«, rief Nereng. »Hierhin kannst du nicht zurück. Und zum nächsten Gebäude wirst du es wohl kaum schaffen!«

Jon Aass lachte. Darauf ließ er sich erst gar nicht ein. Er drehte sich um und lief weiter über das flache Dach. Nirgendwo gab es eine Feuertreppe oder Ähnliches, doch ein Fallrohr führte von der Dachrinne in den Hinterhof hinunter. Von dort aus führte der Weg über das unverschlossene Treppenhaus in den Keller und auf der anderen Seite wieder hinauf in das benachbarte Gebäude. Voller Selbstsicherheit schwang sich Jon Aass in zwölf Metern Höhe über die Dachkante, hielt sich an der Regenrinne fest und tastete mit den Füßen nach dem Fallrohr. Genau wie diese Schlampe Nina. Früher oder später würde er sie wiederfinden.

Er warf einen letzten Blick zurück auf das Dach nebenan und sah Nereng zurück zu der Tür laufen, durch die sie beide gekommen waren. In der Türöffnung traf Nereng auf drei Beamte von der Bereitschaftstruppe. Einer von denen blieb auf dem Dach, die anderen zwei liefen mit Nereng zurück ins Haus.

Vorsichtig begann Jon Aass mit dem Abstieg, blickte abwechselnd hinauf und hinunter und versuchte, sich so gut wie möglich an dem Fallrohr festzuhalten. Die durch den Kampf mit der verrückten Polizistin hervorgerufenen Schmerzen in seinem Gesicht sowie in Brust und Armen waren höllisch, aber er musste durchhalten. Er hatte einen genauen Fluchtplan im Kopf. Jetzt galt es, sich gut festzuhalten und einen Schritt nach dem anderen zu machen. Unter dem Hemd fühlte sich seine Haut ganz feucht und glitschig an. Bestimmt eine Mischung aus Blut und Schweiß, dachte er.

Das Gebäude hatte vier Etagen. Als er ungefähr ein Drittel des Abstiegs hinter sich gebracht hatte, wurde ihm klar, dass er Nina wohl niemals wiedersehen würde. Die roten Punkte, die um seinen Kopf herumtanzten, waren unmissverständlich. Er drehte sich um und sah die Laserstrahlen zweier auf ihn gerichteten Gewehre. Die Delta-Männer hatten sich an den Ecken im Hof des Nachbargebäudes in eine sichere Schussposition gebracht. Ganz so amateurhaft waren sie wohl doch nicht, musste Jon Aass sich eingestehen.

»Polizei! Langsam runterkommen und Hände über den Kopf, sobald Sie unten sind!«, hörte er einen der Männer rufen. Im selben Moment kam auch der Polizist, der ihm über das Dach gefolgt war, in den Hinterhof gelaufen.

Reglos blieb Jon Aass an dem Fallrohr hängen. Er musste die Situation abschätzen. Es lief nicht ganz so, wie er geplant hatte. Plötzlich wurde ihm schwindelig. Jedes Mal, wenn er Luft holte, spürte er einen stechenden Schmerz in der Brust. Offenbar war eine Rippe gebrochen. Beim Ausatmen spürte er Blut. Der metallische Geschmack im Mund wurde langsam unerträglich. Diese Polizistin hatte ihm wirklich ein paar höllische Schläge verpasst. Wo hatte sie das bloß gelernt? Bei den chinesischen Triaden?

Wenn es etwas gab, worüber Jon Aass und seine guten Freunde in ihrer geheimen und absolut vertraulichen Schicksalsgemeinschaft – Bruderschaft – viel geredet hatten, so war das Loyalität und Diskretion. Ihre Vorlieben und Lüste scheuten das Licht der Öffentlichkeit. Sie auszuleben, konnte in letzter Konsequenz das ultimative Opfer erfordern. Jon Aass begriff, dass er jetzt genau an diesem Punkt angelangt war.

Scheiß drauf! Er hatte das Seinige dazu beigetragen. Eigentlich wohl nur fair, dass er zum Schluss von einer Frau verprügelt wurde.

Genau wie seine Kollegen wunderte sich Nereng, dass Jon Aass plötzlich angehalten hatte. War er vielleicht am Ende seiner Kräfte? Doch dann sah er, dass Jon Aass kehrtmachte und mit verblüffender Energie wieder an dem Fallrohr hinaufkletterte.

»Halt!«, rief Nereng.

Jon Aass kletterte weiter.

»Objekt Nummer drei versucht zu entkommen, ich gebe einen Warnschuss ab«, konnte Nereng über Funk einen der Delta-Männer durchgeben hören.

Der Schuss aus der MP5 hallte mit einem trockenen und kraftvollen Knall von den Hauswänden wider. Fünf Meter neben dem kletternden Jon Aass zerfetzte das Projektil die Betonwand.

Doch anstatt umzukehren, hielt Jon Aass inne, zog eine Pistole hervor und feuerte unmittelbar auf die beiden Beamten der Delta-Truppe. Instinktiv suchten sie Deckung. Inmitten dieser kurzen Zeitspanne riss Nereng seine HK P30 hoch und zielte auf Jon Aass.

»Waffe fallen lassen!«, rief er und beobachtete dabei Jon Aass, der für einen Moment völlig reglos an dem Fallrohr hing und keine Reaktion zeigte.

»WAFFE FALLEN LASSEN!«, rief Nereng noch einmal aus vollem Hals.

Noch immer blieb Jon Aass ganz ruhig hängen. Dann drehte er Nereng den Kopf zu, riss die Pistole herum und gab zwei schnell aufeinanderfolgende Schüsse auf Nereng ab. Die Projektile krachten in die Wand rechts neben Nereng. Gleich darauf waren sechs Schüsse zu hören. Jeweils zwei von den beiden MP5-bewehrten Delta-Männern und zwei von Nereng. Jon Aass war tot, bevor seine dekadente und skrupellose Lebensführung ihren krönenden Abschluss fand. Mit dem Kopf voraus fiel Jon Aass durch das geöffnete Schiebedach seines eigenen Range Rovers 4.6 HSE Autobiography, den er als zusätzliche Fluchtmöglichkeit im Hinterhof des Gebäudes abgestellt hatte. Somit sollte Jon Aass auch niemals erfahren, dass er daran beteiligt gewesen war, das Leben seines eigenen ungeborenen Sohnes zu beenden, den Ludi unter dem Herzen getragen hatte. Seine Beine ragten aus dem Wagendach hervor, während sein Kopf auf dem mit seltenem Teakholz versehenen Armaturenbrett ruhte.

»Grundgütiger!«, war alles, was Nereng hervorbringen konnte.

Ein Projektil war in Jon Aass' Schulter eingedrungen, zwei in seinen Kopf. Aus dreißig Meter Distanz hatte Nereng mit seiner HK P30 sicher getroffen.

Kapitel 71

Ellis Mobiltelefon klingelte. Sofort erkannte sie die Nummer des Universitätskrankenhauses Ullevål.

»Rathke.«

»Hier ist Pflegedienstleiterein Mette Lie. Mir wurde gesagt, ich solle diese Nummer anrufen, wenn eine unserer Patientinnen wach wird. Sie sind doch Elisabeth Rathke von der Polizei?«

»Ja, richtig. Danke für Ihren Anruf. Wie ist Johannes Zustand?«

»Den Umständen entsprechend gut. Es sieht so aus, als würde sie es ohne physische Behinderungen überstehen.«

»Gut zu wissen ... können wir denn jetzt mit ihr sprechen?«

»Der Arzt will sie weiter ruhen lassen, gestattet aber aus Rücksicht auf Ihre Ermittlungen ein kurzes Gespräch – zehn Minuten.«

»Was sagen ihre Eltern dazu?«

»Die Mutter hat ihre Zustimmung gegeben. Der Vater ist, soweit ich weiß, nach Hause gefahren.«

Sieben Minuten später klopfte Elli an Johannes Zimmertür. Johanne war in erstaunlich guter Verfassung. Die Mutter signalisierte, dass sie auf den Gang hinausgehen und dort warten würde.

»Hallo«, sagte Johanne und versuchte zu lächeln. »Was ist mit Zenith?«

Elli setzte sich ans Bett. »Ich weiß nicht. Meine Mutter ist jetzt bei ihm, aber erst mal müssen wir an dich denken.«

Sie beugte sich über Johanne und umarmte sie. »Es tut mir so furchtbar leid, Johanne.«

Johanne blickte sie an und lächelte. »Es wird schon«, sagte sie tapfer. Ihre Stimme klang trocken und schwach. »Habt ihr den Drecksack gefasst?«

»Leider nicht. Er ist wie vom Erdboden verschluckt.«

»Aber ihr wisst, wer es ist?«

»Ja, das wissen wir.«

»Also ist es nur noch eine Frage der Zeit?«

Elli wusste nur allzu gut, dass sie Johanne nichts versprechen konnte, brachte es aber nicht übers Herz, das Mädchen zu enttäuschen. »Ich werde niemals aufhören, diesen Kerl zu jagen«, sagte sie.

Johanne nickte. Sie hatte verstanden.

Elli nahm die Hand des Mädchens. »Wir haben nur zehn Minuten – kannst du mir erzählen, was passiert ist?«

»Zenith hat schon auf dem Weg nach oben gespürt, dass

irgendwas faul war. Als ich in die Wohnung kam, hat der Typ auf Zenith geschossen. Ich hatte schreckliche Angst …«

Johanne rekapitulierte den Handlungsverlauf bis zu dem Punkt, an dem der Täter sie geschlagen und ihr irgendeine Flüssigkeit eingeflößt hatte. GHB, dachte Elli.

»Du hast ihn also angegriffen?«, fragte Elli erstaunt.

»Ja … das war wohl nicht so schlau, aber als ich sah, dass er auf Zenith schoss, sind mir die Sicherungen durchgebrannt.«

Elli schüttelte den Kopf. »Ach, Johanne …«, sagte sie sanft.

»Er hatte es auf deinen Mac abgesehen. Als wir reinkamen, hatte er ihn unter dem Arm.«

Der Mac. In den letzten chaotischen Stunden hatte Elli nicht einen Gedanken daran verschwendet. Dass der Eindringling den Mac mitgenommen hatte, bewies allerdings zwei Dinge: dass das Material auf der Festplatte wichtig war und dass der Täter – Fjeld – glaubte davonzukommen, wenn er es löschte. Doch er würde nur dann entkommen, wenn auch der letzte Ort, an dem diese Informationen gespeichert waren – Ellis Kopf – ebenfalls nicht mehr da war. Plötzlich fiel ihr wieder ein, was Malmros gesagt hatte: »Ihr wisst, dass ihr dabei selbst ziemlich gefährdet seid?«

Nina wurde aus ihrer Zelle im Untersuchungsgefängnis geführt. Kristin begleitete sie in den Aufzug. Schweigend standen sie nebeneinander, während der Aufzug die Etagen im Präsidium bewältigte.

»Wo wollen wir hin?«, fragte Nina verunsichert.

»Jemand möchte mit dir reden«, erwiderte Kristin.

»Mmm«, gab Nina erwartungsvoll zurück.

Der Aufzug hielt an. Nina wollte schon aussteigen, doch Kristin hielt sie zurück.

»Noch eine höher«, sagte sie.

Ein Mann in den Vierzigern betrat den Aufzug und stellte sich mit dem Rücken zu den beiden Frauen.

»Hallo«, sagte er zu Kristin.

»Hallo«, erwiderte sie freundlich.

Nina erstarrte, als sie die Stimme des Mannes hörte. Kristin bemerkte plötzlich, dass Nina sich an ihrer Uniformjacke festkrallte.

Kapitel 72

Der Wecker zeigte fünf Uhr morgens. Elli rekapitulierte kurz die aktuelle Lage: Sieben Mädchen waren dem Jugendamt übergeben worden, und ebenso viele Muskelmänner saßen jetzt in Untersuchungshaft. Dort befanden sich auch der Politiker Alfred Krefting und der Geschäftsmann Torben Becker sowie drei weitere Kunden, allesamt scheinbar ganz gewöhnliche Männer. Elli erschauderte bei dem Gedanken.

Und eine Person war von der Polizei erschossen worden. Das würde sicher einigen Wirbel verursachen.

Doch jetzt galt es, die Situation auszunutzen, bevor die Anwälte auf der Bildfläche erschienen.

Im Vernehmungsraum betrachtete Elli den Mann vor sich. Vom Volk gewählt, rhetorisch versiert, Erbe eines großen Hofs in Gudbrandsdalen. Wie konnte einer der führenden Volksvertreter des Landes solche Handlungen begehen? Ein Repräsentant der Regierung. Wo kam diese destruktive Energie nur her? Veranlagung? Zwangsvorstellungen? War er als Kind selbst missbraucht worden? Wahrscheinlich. Der fünfundvierzigjährige Alfred Krefting war nur noch ein jämmerlicher Schatten der Person, die in der Öffentlichkeit bekannt war. Seine kultivierte Aura würde zweifelsohne erhebliche Risse bekommen, wenn diese Geschichte ans Licht käme.

Nach nur zwei oder drei Minuten im Vernehmungsraum hatte Krefting zu weinen begonnen, hemmungslos wie ein Kind. Jämmerlicher Schlappschwanz. Ohne sich wirklich beruhigen zu können, hatte er bloß einen Satz hevorgestottert: »Ich will einen Deal machen.«

Elli sah ihn geradeheraus an und kam sich vor wie der heilige Petrus höchstpersönlich.

»Ich weiß, dass meine Karriere vorbei ist«, setzte Krefting an, als er sein Schluchzen halbwegs unter Kontrolle gebracht hatte. »Aber ich will einen Deal machen.«

Elli sah ihn fragend an.

»Es gibt noch mehrere, die meine und Beckers Gedanken und Vorlieben teilen«, sagte er.

»Gefühle der reinen Fürsorge, nehme ich an«, erwiderte Elli sarkastisch.

»Sie werden das sowieso nie verstehen«, sagte er entmutigt.

»Sie müssen schon ziemlich gute Informationen haben, um Ihre Lage zu verbessern«, gab Elli zurück.

»Die habe ich. Ich kann Ihnen Namen nennen.«

Hinter Elli öffnete sich die Tür, und Malmros betrat den Raum. Bei jedem neuen Gesprächspartner, der ihm bis jetzt vorgestellt worden war, hatte Krefting leicht verschreckt reagiert. Doch Malmros stellte sich mit dem Rücken zu Krefting, ohne ihn zu begrüßen.

»Rathke, kommst du mal bitte?«, fragte er.

Elli und Malmros verließen den Vernehmungsraum.

»Ich weiß, dass du frustriert sein wirst«, sagte Malmros. »Aber da Krefting nun mal der ist, der er ist, müssen wir die Sache hier etwas anders angehen. In meinem Büro sitzen schon Leute aus der Regierung. Wir müssen das hier sehr vorsichtig handhaben. Ich kümmere mich um Krefting.«

Elli überdachte kurz die Situation und machte gute Miene zum Spiel. Es gab genügend Leute, mit denen sie reden musste. Eine Diskussion mit den Rechtsvertretern der Regierung wäre verschwendete Energie.

»Okay«, sagte sie. Malmros wirkte leicht überrascht, anscheinend hatte er mehr Widerstand erwartet.

»Gut, dass du so professionell bist, Elli«, sagte er aufmunternd.

Malmros ging hinein zu Krefting.

Die SMS von Dee war kurz und positiv:

<< zenith kann abgeholt werden, die tierärztin sagt, er wird wieder gesund, sunee schatz. kuss mama >>

Elli zögerte nicht, sondern fuhr sofort los, um Zenith zu holen. Noch völlig benebelt von der Narkose wurde der Hund in den Volvo verfrachtet. Elli fuhr ihre Mutter nach Hause und kehrte dann zurück in die Garage der Polizeiwache Grønland. Die ganze Zeit fuhr sie sehr behutsam. Elli stellte eine Schale mit Wasser neben Zenith, für den Fall, dass er wach wurde. Dann ging sie wieder in ihr Büro hinauf.

Oben traf sie auf Bent, der den Bericht über die Ereignisse der letzten Nacht in seinen Computer hämmerte.

»Sind Kristin und Nina schon da?«

»Ja, Raum drei«, sagte Bent. »Es ist völlig unglaublich«, sagte er in die Luft hinein.

»In dieser Sache ist alles völlig unglaublich. Worauf spielst du an?«

»In erster Linie auf Krefting. Er war doch gestern früh schon mal auf der Wache.«

»Wie bitte?«, sagte Elli.

»Da warst du gerade in der Entzugsklinik.«

»Was hat er hier gemacht?«

»Anscheinend hatte er eine Besprechung. Fjeld hat ihn empfangen.«

Kapitel 73

Mit schnellen, entschiedenen Schritten lief Elli durch den Gang und vorbei an Fjelds leerem Büro auf Vernehmungsraum Nummer drei zu. Niemand war da. Sie drehte sich wieder um, lief über die Treppe zwei Etagen tiefer und kam in das Großraumbüro, wo aber ebenfalls keine Menschenseele zu finden war. Sie nahm ihr Mobiltelefon, wählte Nerengs Nummer und lief weiter die Treppe hinunter ins Erdgeschoss, wo sich Wachbereich und Zellentrakt befanden.

»Nereng«, meldete er sich.

»Wo bist du?«, fragte Elli.

»Unten im Debriefingraum«, erwiderte er mit erschöpfter Stimme.

Natürlich, dachte Elli. Offenbar saß Nereng schon eine Weile da unten und ließ die Befragung der Sonderermittlungseinheit über sich ergehen. Sie fragte sich, wie es wohl sein musste, auf einen Menschen geschossen zu haben oder zumindest bei der Erschießung eines Menschen durch die Polizei dabei gewesen zu sein.

»Hast du Nina oder Kristin irgendwo da unten gesehen?«, fragte sie.

»Negativ. Aber hier hieß es, sie seien zu dir hochgegangen, als wir ankamen.«

Mit dem Handy am Ohr trat Elli in den Zellenbereich und beendete das Gespräch. Nur eine der Zellen war belegt. Dort hockte ein ziemlich betrunkener Jugendlicher. Elli lief weiter zum Empfangsbereich der Wache.

»Habt ihr Fjeld gesehen?«, fragte sie.

»Ja. Er ist vor, tja … zwei oder drei Minuten rausgegangen«, erwiderte der Wachhabende. »Er und Harr.«

»Er war hier? Zusammen mit Harr?«

»Ja.«

»Nur die beiden?«

»Ja.«

»Verflucht!«, entfuhr es Elli.

»Könntest du mir freundlicherweise mal sagen, was los ist?«

Elli fuhr herum und entdeckte Nereng.

»Ich war gerade fertig, als du angerufen hast.«

»Gut! Komm!«, sagte Elli und lief in Richtung Tiefgarage.

Elli und Nereng liefen durch die Garage auf den Volvo zu, der auf einem der Parkplätze gleich neben der Ausfahrt stand. Als sie an drei Streifenwagen vorbeigingen, die auf der rechten Seite abgestellt waren, blieb Nereng abrupt stehen.

»Elli …«, sagte er.

»Komm weiter! Fjeld ist hier unten. Er war mit Harr zusammen.«

»Jetzt nicht mehr …«, sagte Nereng. Sein Gesicht war leichenblass geworden.

Elli spürte, wie sich ihr Magen zusammenkrampfte, als sie langsam zurück zu Nereng ging, der sich mittlerweile auf den Boden gesetzt hatte und wie hypnotisiert in die Lücke zwischen zwei der Streifenwagen starrte. Elli wollte gar nicht sehen, was er da entdeckt hatte, zwang sich aber dazu. Sie musste. So war es eben. Als sie den Blick auf die Lücke richtete, schrie sie aus Leibeskräften. Wut, Trauer und Frustration vermischten sich zu einem tiefen, lauten Heulen. Nereng lief es kalt den Rücken herunter, als er ihren Schrei hörte.

Bent saß halb aufgerichtet an der Wand hinter einem der Streifenwagen. Von einer Schusswunde in der Stirn war Blut über seinen Bauch und seine Schenkel gelaufen. Offenbar gab es auch eine Austrittswunde, denn die Wand hinter ihm war von der typisch grauroten Masse beschmiert, die Elli schon zwei Mal zuvor in ihrer Dienstzeit gesehen hatte. Hirnmasse, Haare, Blut und Knochensplitter.

Elli schien die Situation wie durch einen Nebel wahrzunehmen. Sie wusste nicht mehr, ob sie stand oder über dem Boden schwebte. Sie ging in die Hocke und erbrach sich, verspürte aber seltsamerweise keine Übelkeit. Der Körper hatte die Kontrolle übernommen. Elli hätte sich am liebsten einfach hingelegt und von ihrer Mutter nach Hause bringen lassen.

»Wir müssen gehen«, hörte sie Nereng von irgendwo über ihr sagen. Elli hatte gar nicht bemerkt, dass er wieder aufgestanden war. Wie lange waren sie jetzt schon hier? Eine Minute? Oder eine halbe Stunde? Sie hatte nicht die leiseste Ahnung.

»Wir können hier nichts tun«, sagte Nereng.

»Die Taufe …«, sagte Elli und dachte daran, dass Bent jetzt nicht mehr dabei sein könnte, wenn seine kleine Tochter getauft wurde.

»Elli, wir müssen Hilfe holen!«

»Nein, noch nicht«, erwiderte sie gedankenverloren.

Plötzlich hörte sie einen Hund, der wütend kläffte.

Zenith?

Elli ging in Richtung des Volvos, der noch ein paar Meter entfernt war. Auf der Ladefläche sah sie Zenith, der auf die Beine gekommen war und aufgeregt die Scheiben anbellte. Im selben Moment wurde Nereng ein Gegenstand in den Nacken gepresst. Er wusste sofort, worum es sich dabei handelte. Parallel dazu erklang hinter ihm ein knapper Befehl.

»Keine Bewegung!«

Nereng gehorchte.

Instinktiv wirbelte Elli herum. Ein schwarz gekleideter Mann mit Skimaske hielt Nereng eine HK P30 an den Hals.

»RUNTER!«, schrie der Vermummte.

Elli war chancenlos. Der maskierte Mann hätte genügend Zeit, seine Waffe abzufeuern, noch bevor sie ihre überhaupt hervorgezogen haben würde. Und mitten in der Tiefgarage war an ein Ablenkungsmanöver nicht zu denken – zum nächsten Auto waren es fünf oder sechs Meter, zum nächsten Betonpfeiler zehn. Elli folgte dem Befehl und legte sich auf den Bauch. Während sie dort mit gesenktem Kopf lag, hörte sie einen dumpfen Schlag und das Geräusch eines Körpers, der zu Boden sank. Das musste Nereng sein.

Steckte Fjeld unter der Maske, oder war es jemand anders?

Sie hörte, wie der Mann auf sie zukam, und beschloss den Versuch zu unternehmen, ihm die Beine unter dem Körper wegzureißen. Es war ihre einzige Chance.

Doch es blieb nur bei dem puren Gedanken. Plötzlich wurde sie von einem heftigen Gewicht übermannt, das sich auf ihre Schenkel drückte.

Der Mistkerl hatte sich auf sie gesetzt. Routiniert fesselte er ihr die Hände hinter dem Rücken.

Hilflos. Sie hasste dieses Gefühl.

Elli zählte die Sekunden – eins-zwei-drei-vier.

Dann kam der Schlag auf die linke Seite ihres Hinterkopfes. Fest, präzise und routiniert. Ein Schlag, der im schlimmsten Fall tödlich enden könnte, die angegiffene Person jedoch stets außer Gefecht setzte.

Der Mann registrierte, dass Elli nicht länger bei Bewusstsein war, und stand auf.

Der Expressionist lenkte den zivilen Ford aus der Garage. Nach seinen Berechnungen bestand noch immer eine neunzigprozentige Chance, dass ihn keiner seiner Kollegen identifiziert hatte. Krefting hatte Rathke nichts verraten – zumindest hatte er das behauptet. Nach einer zweistündigen Unterredung würde er wohl die Wahrheit aus ihm herausbekommen haben. Danach musste er Krefting terminieren, und zwar so, dass er nie gefunden würde. Das war kompliziert, aber nicht unlösbar. Doch jetzt galt es, die wichtigsten Probleme zu lösen. Zuerst die Frage, wohin er fahren sollte. Er grübelte darüber nach, während er in Richtung des großen Bauprojekts am Sørengkai abbog. Dort waren viele Autos abgestellt, und die sich in verschiedenen Bauphasen befindenden Betonkonstruktionen ließen die ganze Gegend unübersichtlich wirken. Hier konnte er für ein paar Minuten innehalten und nachdenken. Er lenkte den Wagen über einen Baustellenweg. Ungefähr hundert Meter rechts von ihm war ein Tor. Davor hielt er an, sprang aus dem Wagen und nahm den Bolzenschneider aus dem Kofferraum. Dann kniff er die Kette durch, an der das Schloss hing, fuhr mit dem Wagen durch das nun geöffnete Tor, schloss es wieder und hängte das Schloss zurück an seinen Platz. Über einen leicht abfallenden Hügel rollte er hinunter zwischen ein paar riesige Betonskelette. Hier könnte er nachdenken.

Er brachte den Wagen zum Stehen und sah Krefting an.

»Wir können hier maximal fünfzehn Minuten stehen bleiben, bevor sie den Helikopter losschicken. Inwieweit der dann nach diesem Auto sucht, hängt davon ab, was du denen erzählt hast. Hast du Namen genannt?«

»Aber um Himmels willen …«, erwiderte Krefting. Er zitterte vor Angst. Alle in dieser Szene wussten, dass der Mann, neben dem er hier saß, rücksichtslos und konsequent handelte. »So etwas tun wir nicht! Natürlich war ich standfest. Keine Namen.«

Krefting wirkte nur halbwegs glaubwürdig, aber schließlich war die Situation auch recht außergewöhnlich.

»Okay, sagen wir mal, ich glaube dir – vorläufig. Demnach wissen sie sehr wahrscheinlich nicht, wer ich bin. Und das bedeutet, dass ich so schnell wie möglich zurück ins Präsidium muss.«

Er dachte nach.

»Und du und Nina kommen mit.«

»Ist das nicht sehr riskant?«

»Vielleicht, aber wenn wir …« Unmissverständlich fuhr er sich mit dem Zeigefinger über die Kehle und zeigte dann mit dem Daumen auf den Rücksitz. »… doch das ist vorläufig nicht geplant. Das Risiko, einen Fehler zu begehen und Spuren zu hinterlassen, ist einfach zu groß.«

Krefting schien etwas sagen zu wollen, ließ es aber sein, als er in die Augen des Mannes hinter dem Lenkrad blickte.

Aus ihrer Position – auf der Rückbank liegend, Hände und Füße zusammengebunden und Duct Tape über den Mund geklebt – bekam Nina gleichwohl genügend von der Handbewegung mit, um zu begreifen, dass ihr nicht mehr viel Zeit blieb. Und sie konnte sehen, wer der Mann war. Noch nie zuvor in ihrem leidvollen Leben hatte sie so große Angst gehabt.

Kapitel 74

Elli schwebte. Vor ihren Augen zogen leuchtende Wolken langsam dahin. Die Kopfschmerzen waren unerträglich. Ein Gefühl wie der allerschlimmste Kater hoch zehn. Vorsichtig bewegte sie den Kopf – ein neongrüner Engel bewegte sich langsam an ihrer Seite. Elli schloss die Augen. Öffnete sie wieder. Es tat weh. Das Licht schmerzte. Die Luft wurde kälter. Ein blaues Licht blinkte und zeichnete seltsame Farben auf das Kleid des Engels.

Blaulicht.

Elli wollte sich aufrichten, wurde aber von einem quer über der Rolltrage angebrachten Gurt daran gehindert. Eine Rettungssanitäterin hielt ihren Arm fest.

»Loslassen!«, schrie Elli.

Die Rolltrage hielt an.

»Lasst mich hier runter!«, befahl sie.

»Sie haben eine schwere Gehirnerschütterung …«, erklärte der Kollege der Sanitäterin freundlich, aber bestimmt.

Elli hievte sich in halb sitzende Stellung hinauf, nestelte hektisch an der Schnalle des Gurts herum und löste ihn so weit, dass sie sich aufrecht hinsetzen konnte. Sie blickte direkt in die Garageneinfahrt der Polizeiwache. Nereng saß auf dem Boden. Neben ihm stand ein Mann in grüner Jacke, die auf dem Rücken die Aufschrift »ARZT« trug, sowie Polizeijuristin Andersen und ein Streifenpolizist, dessen Gesicht Elli zwar kannte, doch dessen Name ihr nicht mehr einfallen wollte.

Ein Stückchen weiter, bei Bents Leiche, herrschte hektische Betriebsamkeit. Der ganze Bereich war abgesperrt.

»Überwachungskamera …«, war das Erste, was Elli zu sagen einfiel.

»Die Kameras sind zerstört. Alle vier.«

Die Stimme klang vertraut … Fjeld!

Elli fuhr abrupt herum, bereute es aber gleich, da der bei der Bewegung aufkommende Schmerz ihr das Gefühl gab, wieder das Bewusstsein zu verlieren. Der Richtung nach zu urteilen stand Fjeld hinter ihr. Der Letzte, mit dem Bent zusammen gewesen war.

Wie, um Himmels willen, konnte er es wagen, jetzt hier aufzutauchen?

»Was hast du Bent angetan?«, schrie Elli.

»Gar nichts«, erwiderte Fjeld mit ruhiger Stimme.

Elli wand sich auf der Rolltrage, deren Rückenlehne inzwischen aufrecht stand.

»Wir müssen uns die Überwachungsvideos ansehen!«

Fjeld blickte sie mitleidig an. »Du musst dich ausruhen, Elli. Es gibt keine Videos – alles ist schwarz.«

»Wie lange war ich bewusstlos?«

»Fast zwanzig Minuten. Nereng fünfzehn. Nachdem wir euch gefunden haben.«

»Aber wir müssen los und sie suchen.«

»Ja, wir müssen Nina suchen, aber du bist dazu nicht in der Lage«, fuhr Fjeld in ruhigem Ton fort.

Elli versuchte, ihre Gedanken zu ordnen, musste sich aber eingestehen, dass sie den Überblick verloren hatte.

»Hast du Bent erschossen?«, fragte Fjeld.

Elli fuhr zusammen und spürte sofort wieder eine neue Schmerzwelle durch ihren Kopf rasen. »Bent erschossen? Nein – wir haben ihn gefunden. Aber wer hat uns gefunden?«

»Ich«, sagte Fjeld.

Elli versuchte abermals, ihre Gedanken zu sortieren, doch die Kakophonie in ihrem Kopf ließ nur träge Denkaktivität zu.

»Der Wachhabende sagte, du seist mit Bent hinuntergegangen«, sagte Elli anklagend.

»Ja, das hab ich auch gemacht. Dann ging Bent zu seinem Wagen, und ich bin wieder hochgelaufen.«

»Worüber habt ihr geredet?«

Elli schlüpft ja schnell zurück in ihre Ermittlerrolle, dachte Fjeld.

»Wir haben natürlich über die nächtliche Razzia gesprochen.«

»Wieso warst du nicht dabei?«, fragte Elli träge.

»Elli, du musst dich ausruhen. Du hast eine ziemlich starke Gehirnerschütterung.«

Elli nestelte weiter an den Gurten der Rolltrage herum und versuchte, die Beine frei zu bekommen. Die Anstrengung machte sie schwindelig, und der rasende Kopfschmerz kam gnadenlos zurück. Dann erbrach sie sich auf die Decke, die halbwegs auf ihr lag. Kleine Mengen grüner Galle kamen hoch. Widerstandslos überließ sich Elli den Sanitätern. Die klappten die Rolltrage wieder in waagerechte Position, schoben sie in den Rettungswagen und fuhren mit Elli davon.

Die Zimmerbeleuchtung im Akershus Universitätskrankenhaus war dämmrig. Mit fernem Blick betrachtete Elli die Gestalt eines Arztes neben ihrem Bett.

»Sie sollten Ihre Augen in den nächsten Tagen keinem zu starken Licht aussetzen«, sagte Doktor Hankø. Er hatte sie bei der Einlieferung wiedererkannt, musste ihr aber dabei helfen zu rekapitulieren, wann sie sich zuletzt begegnet waren.

»Wir halten Ihnen die anderen Patienten so gut es geht vom Leib«, fuhr er fort. »Dann können Sie sich hier am besten ausruhen.«

»Wo bin ich hier eigentlich?«, fragte Elli. Sie konnte kaum ihre eigene Stimme erkennen, die ziemlich heiser klang.

»Akershus«, erwiderte Hankø. »Ich mache hier Nachtwachen bei Bedarf.«

»Ich kann hier nicht bleiben«, sagte Elli. »Wir müssen Nina finden.«

Hankø lächelte. »Ich verstehe. Aber Sie riskieren, dass der Schaden noch schlimmer wird, wenn Sie es nicht ruhig angehen lassen.«

»Aber es ist doch bloß eine Gehirnerschütterung, oder?«

»Doch, aber ›bloß eine Gehirnerschütterung‹ ist nichts anderes als ein kleiner Hirnschaden. Das Gehirn liegt in einer

Flüssigkeit, genauer gesagt der Cerebrospinalflüssigkeit, die das Gehirn in gewisser Weise im Innern des Schädels herumfließen lässt. Bei normalen kleinen Schlägen oder Stößen nimmt die Flüssigkeit diese Energie auf, damit das Hirn nicht beschädigt wird. Doch bei einer Gehirnerschütterung, die Sie und auch Ihr Kollege nebenan erlitten haben, konnte die Flüssigkeit nicht verhindern, dass das Gehirn mit dem Schädel kollidiert.«

Elli setzte sich auf. Die Kopfschmerzen waren immer noch da, aber ein wenig schwächer.

»Aber passiert so etwas bei Sportlern nicht jeden Tag?«

»Schon«, sagte Hankø, »aber das sind dann meist leichte Gehirnerschütterungen. Ihre war ziemlich schwer. Normalerweise ist man vielleicht dreißig Sekunden weggetreten, vereinzelt auch zwei, drei oder manchmal bis zu zehn Minuten. Sie allerdings waren über zwanzig Minuten bewusstlos. Das Ausmaß des Erinnerungsverlustes sowie der Desorientierung verrät uns im Nachhinein, dass Sie so etwas wie einen kleinen Hirnschaden erlitten haben. Wir wollen mal hoffen, dass das nicht so bleibt. Daher ist es aber sehr wichtig, dass Sie sich ausruhen.«

»Okay, verstehe. Aber das Leben eines jungen Mädchens hängt davon ab, dass wir sie finden – wir dürfen keine Zeit verlieren. Ich werde nicht hierbleiben, und Nereng will das bestimmt auch nicht«, sagte Elli und deutete auf das Nebenzimmer. »Die Frage ist, was Sie uns geben können.«

Hankø schüttelte den Kopf. »Sie müssen hierbleiben.«

Dann drehte er sich um und ging hinaus. Elli blieb liegen und grübelte über ihre Situation nach. Die Kopfschmerzen waren wirklich schlimm – das Denken allein tat weh. Das Wort Frustration bekam gerade eine neue Dimension.

Aber sie musste raus und Nina finden.

Eine neue Woge intensiver Kopfschmerzen schlug über ihr zusammen. Widerwillig schloss sie die Augen. Wie spät war es? Wie lange waren sie schon hier? Wieso war Fjeld wieder in der Wache aufgetaucht? Wo war Nina? …

Jählings wachte Elli auf. Kalter Schweiß klebte an ihr.

Duschen.

Langsam drängte sich wieder die Situation in ihr Bewusstsein.

Krankenhaus. Ich muss Nina finden.

Vorsichtig setzte sie sich im Bett auf. Die Kopfschmerzen hatten jetzt definitiv etwas nachgelassen. Sie blieb zwei Minuten aufrecht sitzen, schob die Beine über die Bettkante und setzte die Füße behutsam auf den Boden. Eine Minute saß sie so da, bis sie schließlich aufzustehen wagte. Es ging besser als befürchtet, doch immer noch fühlte sie sich furchtbar schwach. Der Kopf dröhnte. Hankø – wo war er? Sie stapfte hinaus in den Krankenhausflur und lief auf einen Raum zu, der wie ein Büro wirkte, sich jedoch als Kammer erwies.

»Kann ich Ihnen helfen?«

Elli fuhr herum und wurde fast wieder ohnmächtig – ihr Gehirn fühlte sich wie ein Tennisball an, der in einem Quecksilberbad hin und her schwappte. Die Kopfschmerzen kamen in voller Stärke zurück. Hankø sah sie resigniert an und blickte auf die Uhr. »Sie haben nur zwei Stunden geschlafen. Was soll ich bloß tun, damit Sie Vernunft annehmen?«

»Das ist alles viel zu kompliziert«, erwiderte Elli lakonisch. »Aber glauben Sie mir: Wenn ich jetzt nicht von hier verschwinde, und am liebsten zusammen mit Nereng, dann wird ein dreizehnjähriges Mädchen morgen nicht mehr am Leben sein. Es ist verdammt wichtig.«

Hankø sah ihr direkt in die Augen. »Kann schon sein, aber dann setzen Sie Ihre eigene Gesundheit aufs Spiel.«

»Das muss ich selbst verantworten. Ich kenne das Spiel. Sie entlassen uns auf unsere eigene Verantwortung, und das Krankenhaus kann nicht haftbar gemacht werden.«

Hankø verzog das Gesicht zu einer Grimasse. »Okay, kommen Sie mit.«

Elli folgte ihm in das Zimmer neben ihrem und war überrascht, dort auf einen schlafenden Nereng zu treffen.

»Er sollte eigentlich weiterschlafen, aber wenn es um Leben und Tod geht, gucke ich woanders hin, wenn Sie ihn wecken.«

Elli trat an das Bett und rüttelte Nereng. Es dauerte eine Weile, bis er wach wurde. Elli fürchtete schon, dass er noch immer halb bewusstlos war, doch schließlich wachte er auf.

»Wir müssen los«, sagte Elli. »Er hat Nina immer noch in seiner Gewalt.«

Mit mechanischen Bewegungen stand Nereng auf. Sein Kopf tat immer noch weh.

»Ich brauche was gegen die Kopfschmerzen«, sagte er. Ihm war, als hätte sich irgendeine fluoreszierende Fliegenart hinter seinen Augenlidern eingenistet.

»Das sollte die schlimmsten Schmerzen erst mal eindämmen«, sagte Hankø und reichte den beiden Ermittlern zwei Tüten mit Tabletten.

»Was ist das?«, fragte Elli.

»Das wollen Sie gar nicht wissen«, sagte Hankø. »Aber es wirkt. Alle vier Stunden eine.«

»Können wir Auto fahren?«, fragte Nereng, während er die erste Tablette mit einem Schluck Wasser aus dem Hahn herunterschluckte.

Hankø sah ihn resigniert an und händigte ihm die Formulare aus.

»Okay«, sagte Nereng und nahm die Papiere entgegen. Elli und er unterzeichneten die Entlassung aus dem Verantwortungsbereich der Gesundheitsbehörde. Dann führte Elli Nereng weiter durch den Korridor. Im Gehen spülte sie ihre Tablette mit Wasser aus einem Plastikbecher hinunter und stopfte sich die restlichen Tabletten in die Tasche.

»Woran erinnerst du dich noch?«, fragte sie ihn, als sie im Aufzug standen.

Er runzelte die Stirn. »Dass wir runterkamen … und dass jemand ›Hinlegen‹ oder so was brüllte. Dann wurde alles schwarz.«

Elli schloss die Augen.

Irgendetwas war in der Tiefgarage geschehen – aber sie

konnte sich um nichts in der Welt daran erinnern. Doch so oder so mussten sie wieder dort hinunter, um Zenith zu holen.

»Geht mir ebenso«, sagte sie nach einer Weile. »Alles schwarz.«

Kapitel 75

Elli war um ungefähr 500 Kronen ärmer, nachdem sie das Taxi zurück zur Polizeiwache bar bezahlt und vergessen hatte, sich eine Quittung geben zu lassen. Ihr Kopf war definitiv noch nicht ganz wiederhergestellt.

Inzwischen stand die Sonne schon ein Stück weit am Horizont. Es war kurz nach acht Uhr.

Ein Streifenpolizist bewachte das Tiefgaragentor, ließ Elli und Nereng aber passieren, nachdem sie ihre Dienstausweise vorgezeigt hatten. Noch immer arbeiteten die Techniker in dem Bereich der Garage, wo Bent erschossen und Elli und Nereng niedergeschlagen worden waren. In diesem Bereich, allerdings ganz am Rand, befand sich auch der Volvo mit Zenith darin.

Elli winkte einen der Kriminaltechniker heran, einen etwas dicklichen, kahlköpfigen Mann, der gleich zu ihnen herüberkam. Elli kannte ihn nicht, kam aber gleich zur Sache.

»Rathke. Ich hab meinen Hund da drüben in dem Volvo«, sagte sie und zeigte auf den Wagen.

»Wir haben Anweisung bekommen, keines der Fahrzeuge zu bewegen«, erwiderte der Techniker.

»Verstehe, aber mein Hund wurde gestern Abend verletzt. Ich muss ihm Wasser geben und seinen Zustand überprüfen. Eigentlich sollte er gar nicht hier sein, aber wie Sie sicher wissen, wurden wir überfallen.«

Der Techniker strich mit der Hand über seinen blanken Schädel. »Hmm – aus spurentechnischen Gründen wär's jetzt aber auch nicht gut, wenn der Hund aus dem Wagen käme und dann überall Haare und Speichel verbreitete. Ist er angebunden?«

»Angebunden? Im Wagen, oder was meinen Sie?«

»Ja.«

»Zwischen Rückbank und Kofferraum ist ein Gitter angebracht. Außerdem ist er noch so benebelt, dass ihm wohl sowieso alles egal ist.«

»Okay. Die Schlüssel stecken?«

»Soweit ich mich erinnere.«

Der Techniker drehte sich auf dem Absatz um, lief zum Wagen, setzte sich hinein und kam zu der Stelle gefahren, wo Elli und Nereng standen. Elli öffnete die Heckklappe. Zenith döste noch immer vor sich hin, die Wasserschale war leer.

»Armer Junge!«, sagte sie und streichelte dem Hund zärtlich die Stirn. Nereng kam mit einer gefüllten Schale, und Zenith schlappte das frische Wasser begierig auf.

»Gibt es einen Ort, wo er bleiben kann?«, fragte Nereng.

»Tja … am besten ist es wohl, wenn wir ihn wieder in der Tierklinik unterbringen. Tagsüber ist dort ja geöffnet.«

Nereng beugte sich über Zenith und wollte ihn streicheln. Er kam aber nicht dazu, denn ohne Vorwarnung richtete sich der Hund plötzlich auf alle viere auf, fletschte die Zähne und bellte so aggressiv, wie Nereng es noch nie von einem Hund gehört hatte. Nereng wich zwei Schritte zurück, und Elli stürzte sich auf Zenith und hielt seine breite Brust umklammert, damit er nicht aus dem Wagen herausspringen konnte.

»Mach die Heckklappe zu!«, kommandierte Elli.

Nereng fasste nach dem Griff. Geschickt schlüpfte Elli aus dem Wagen, bevor die Klappe sich schloss.

Zenith war immer noch genauso erbost und drückte sein aufgerissenes Maul gegen das Heckfenster.

»Jesus … das ist ja nicht gerade eine Miezekatze da drinnen«, ertönte eine Stimme hinter ihnen.

Elli und Nereng drehten sich um und entdeckten Malmros, der von der Straße hereingekommen war und auf den Aufzug zulief.

»Nein, wirklich. Der Hund hat mich verdammt erschreckt«, sagte Nereng, dem die Erleichterung anzusehen war.

Elli setzte ein entschuldigendes Lächeln auf und zuckte mit den Schultern.

»Er ist nach der Operation noch nicht wieder auf dem Damm.«

Kapitel 76

Elli und Nereng sahen zu, wie Malmros im Aufzug verschwand.

»In den Wagen!«, sagte Elli und setzte sich auf den Beifahrersitz.

Nereng nahm hinter dem Lenkrad Platz. »Was nun?«

»Wir müssen eine eventuelle Namensänderung überprüfen.«

»Wie bitte?«, erwiderte Nereng, dessen Gesichtsausdruck an ein leeres Blatt Papier erinnerte.

»Walter Kirchner. Nach seinem Tod gibt es keine Spur mehr von Frau oder Kind. Auch ihr Mädchenname lässt sich nicht herauskriegen. Ich weiß, es ist nur ein Strohhalm, aber wenn Rosalind Kirchner ihren Namen geändert oder wieder ihren Mädchennamen angenommen hat – und ihre Karteikarte vor der Digitalisierung entfernt wurde –, dann ist das unmöglich zu klären, weil es ja keine Verbindungen mehr zu der Zeit vor der Namensänderung gibt.«

Nereng schüttelte langsam den Kopf. »Ich verstehe immer noch nicht so ganz …«

»Aber das wirst du«, sagte Elli.

Erstaunt beobachtete Nereng, wie Elli eine Reihe unverständlicher Befehle in ein schwarzes Textfeld auf ihrem Computerbildschirm eintippte.

»Ist ja wie im Pentagon«, kommentierte er.

Elli schüttelte den Kopf. »Nein, das ist ganz einfach. Nur ein paar simple UNIX-Befehle für ein simples Suchprogramm – dasselbe, das ich für die Suche nach Fahrzeugen und ihre Halter verwende.«

»Und wie funktioniert das?«

»Das Suchprogramm gleicht die Ergebnisse aus verschiedenen Registern miteinander ab – Polizeiarchiv, Strafregister, Einwohnermeldeamt und Jugendamt. So ein Werkzeug gibt es eigentlich gar nicht, deswegen habe ich es erschaffen.«

»Und wonach suchen wir?«

»Nun …«, sagte Elli und gab *Rosalind Malmros* in das Suchfeld ein.

Die Suche führte zu einer Reihe von Dokumenten, unter anderem eine Jugendamtssache.

»Unterbringung eines Kindes in einer Pflegeeinrichtung«, sagte Elli nachdenklich.

»Tom Malmros wurde also in der Kindheit seiner Mutter weggenommen?«, sagte Nereng verwundert. »Aber ich verstehe die Verbindung nicht. Was hat das mit unserem Fall zu tun?«

Elli ging die weiteren Dokumente durch. Es gab einen Polizeibericht über Walter Kirchners Tod. Elli öffnete das eingescannte Dokument. Sie musste erst gar nicht zu Ende lesen, bevor das letzte Puzzleteilchen seinen Platz fand. Auch Nereng war angesichts des Polizeiberichts völlig verdutzt.

»Du meine Güte«, war alles, was er hervorbrachte.

Elli stand abrupt auf, lehnte sich an den Schreibtisch und hielt den Blick zwei Sekunden auf den Boden gerichtet. »Walter Kirchner war also Tom Malmrosens Vater«, sagte sie schließlich. »1970 beging der in seinem Atelier einen spektakulären Selbstmord. Aus seinem Abschiedsbrief geht hervor, dass seine missglückte Künstlerkarriere und die jahrelange Tyrannei seiner Frau Rosalind ihn so weit in die Depression getrieben hätten, dass er es vorgezogen habe, sich das Leben zu nehmen. In seinem Atelier. Er hat sich selbst an die Wand gefesselt und dann so lange mit seinen Messern und Skalpellen traktiert, bis er verblutete.

»Und Tom hat ihn gefunden«, sagte Nereng.

»Ja … da war er acht. Die Mutter nahm wieder ihren Mädchennamen an und Tom denselben. Später wurde ihr dann das Sorgerecht entzogen, weil sie ihren Sohn mit Gewalt und psychischem Druck daran gehindert hat, den Tod seines Vaters zu betrauern. Der Bericht des Psychologen deutet außerdem an, dass Tom von seinem Vater sexuell missbraucht wurde.«

»Er tut mir wirklich leid, was anderes kann ich gar nicht sagen«, sagte Nereng frustriert. »Und danach wuchs er in einer Pflegefamilie in Porsgrunn auf.«

»Ja. Seine Mutter war anscheinend Alkoholikerin und zog zuück nach Schweden. Seit 1987 ist sie spurlos verschwunden.«

Nereng starrte Elli fragend an. »Hat er seine Mutter etwa auch umgebracht?«

»Das klingt nicht gerade unwahrscheinlich«, erwiderte Elli nüchtern. »Und ich frage mich, ob Bent ihn womöglich irgendwie damit konfrontiert hat und deswegen umgebracht wurde.«

Nereng kratzte sich am Kinn und kniff für ein paar Sekunden die Augen zu, bevor er Elli wieder ansah. »Aber … wie bist du denn auf das Ganze gekommen?«

»Zenith.«

»Ich verstehe nur Bahnhof …«

»Er war nicht auf dich wütend. Er reagierte in dem Moment, als Malmros die Tiefgarage betrat. Der hatte wohl nicht damit gerechnet, uns so früh dort unten zu begegnen. Ich habe Zenith noch nie so wütend gesehen – offenbar passierte das deshalb, weil er den Geruch des Einbrechers aus meiner Wohnung wahrgenommen hat.«

»Aber wie kannst du dir denn ganz sicher sein? Zenith kann doch auch auf mich reagiert haben. Schließlich war er erschöpft und ängstlich nach dem Schuss und der Operation.«

»Nein. Es war Malmros. Vertrau mir.«

Nereng imitierte das Heulen eines Wolfs. »The dogs of doom are howling more.«

Elli blickte ihn verwundert an. »Mann, du bist echt ein komischer Kauz.«

»Led Zeppelin. War übrigens zu Ehren Zeniths gedacht. Wenn du recht hast, ist er nämlich Malmrosens *dog of doom*.«

»Wir fahren zu Anniken Malmros. Ich will sofort mit ihr reden.«

»Arbeitet sie nicht?«

»Freitags nicht, das hat sie mir selbst gesagt.«

Die Blaulichter am Kühlergrill und an der Heckscheibe blinkten hektisch. Nereng schoss mit gut achtzig Stundenkilometern über den Kirkevei und die Majorstua-Kreuzung. Elli hatte sich für einen kurzen Moment in die Welt der Dissoziation zurückgezogen, wo Gefühle ausgesperrt werden und die Menschen ihre Gehirnkapazität dazu nutzen, die dringendsten Aufgaben zu lösen. Für viele Polizisten, so auch für Elli, war es ein wichtiger Punkt, sich mitunter völlig in dieses dissoziative Dasein zurückziehen zu können.

Für Elli war es besonders jetzt ein wichtiger Punkt. Der Mord an Bent musste gerächt werden. Nina musste gerettet werden. Johanne musste gerächt werden. Ebenso der Verrat an den Kollegen. Außerdem musste sie sich mit Fjeld aussprechen. Und Zenith rächen.

Zuerst Fjeld, die Zeit sollte sie sich nehmen. Sie wählte seine Nummer. Er ging sofort ans Telefon.

»Du hast mir da ja ordentlich was vorgespielt«, sagte er säuerlich.

»Sorry, sorry«, erwiderte Elli einsichtig. »Das war ausschließlich mein Fehler. Wir wissen jetzt, wer es ist. Aber verrate mir bitte eins – woher kennst du Janne?«

»Ich bin ihr Vormund«, entgegnete Fjeld kurz.

Vormund. Daran hatte niemand gedacht.

»Und wo warst du während der Razzia im Bordell?«

»Beim Arzt. Ich wurde von einer Wespe gestochen und bin dagegen allergisch.«

Elli spürte das schlechte Gewissen an sich nagen, doch dafür war jetzt nicht der rechte Zeitpunkt.

»Okay, wir reden später darüber«, sagte sie. »Jetzt sind wir auf dem Weg zu Malmros.«

»Malmros?!«

»Ja.«

»Und worauf beruht deine Vermutung?«

»Auf Zenith.«

»Nun ja«, sagte Fjeld. »Entweder du gehst in Bausch und Bogen unter, oder es ist der Fall des Jahres. So oder so wird's ein großes Bild von dir in der Zeitung geben.«

Elli lächelte angesichts von Fjelds Galgenhumor. »Ich weiß. Aber trommle so viele Leute wie möglich zusammen und komm hinterher. Ich habe so das Gefühl, dass es noch ein turbulenter Tag wird. Wenn ich falschliege, hast du immer noch das Vergnügen, mich festnehmen zu können.«

Sie legte auf.

Noch immer litten Elli und Nereng unter extremer Geräuschempfindlichkeit und sahen abwechselnd Sterne und schwarze Flecken. Die Kopfschmerzen allerdings ließen langsam etwas nach.

»Er hat sich auf der Pressekonferenz verplappert«, sagte Elli.

»Wer? Malmros?«, fragte Nereng.

»Ja. Ich weiß noch seine Antwort – er sprach von *allen* Tatorten. Er hat sich zwar geschickt wieder herausgeredet, aber zu diesem Zeitpunkt der Ermittlungen war ja intern nie die Rede von mehr als zwei Mordfällen.«

»Eine freudsche Fehlleistung sozusagen?«

»Ja.«

»Was machen wir, wenn wir ankommen?«, fragte Nereng, als sie nach rechts in den Gamle Drammensvei abbogen, der in Richtung Malmrosens Wohnung in Skøyen führte.

»Wir klingeln, und wenn wir nicht eingelassen werden, verschaffen wir uns mit Gewalt Zutritt. Wir folgen einer frischen Spur, außerdem ist Ninas Leben in Gefahr«, sagte Elli überzeugend.

»Okay.«

Malmrosens Behausung war eine überraschend große, ältere Villa. Elli schätzte die Wohnfläche auf gut zweihundert Quadratmeter. Zwei Etagen sowie Dachboden und Keller. Zusammen gingen sie auf die Eingangstür zu. Es war halb zehn Uhr morgens. Elli drückte auf den Klingelknopf. Wie erwartet war drinnen ein klingendes Geräusch zu hören.

Sie warteten dreißig Sekunden. Dann klingelte Elli erneut und drückte sogar zwei Mal auf den Knopf, um zu verdeutlichen, dass hier zu dieser Tageszeit tatsächlich jemand vor der Tür stand. Noch immer kein Lebenszeichen im Inneren.

»Okay«, sagte Nereng und zog seine Dietriche hervor. In zehn Sekunden hatte er die Tür geöffnet. Sie betraten eine Empfangshalle von circa 20 Quadratmetern Größe. Eine Doppeltür führte ins Wohnzimmer, und hinter der Bleiverglasung einer weiteren Tür zeichneten sich die Konturen einer geräumigen Küche ab. Nach drei oder vier Sekunden hörten sie das regelmäßige leise Piepen einer Alarmanlage. Elli sah in Richtung des Geräuschs und entdeckte gerade noch, dass es sich um eine Anlage der Wachgesellschaft Hafslund handelte, bevor das unerträgliche Getöse losging. Sie holte ihr Handy hervor, um die Wachgesellschaft anzurufen, doch plötzlich öffnete sich die Küchentür. In einem abgetragenen Morgenmantel kam Anniken Malmros aus der Küche. Sie schien ein wenig benebelt zu sein, riss aber die Augen erstaunt auf, als sie Elli und Nereng an der Tür entdeckte.

»50–52«, sagte sie näselnd und zeigte auf die Alarmbox. Nereng gab die Ziffern ein. Das Signal erstarb.

»Tom ist nicht hier«, sagte Anniken.

»Wir würden auch gerne mit Ihnen sprechen«, sagte Elli.

Anniken kniff die Augen zusammen und öffnete sie wieder. »Kommen Sie rein«, sagte sie und führte Elli und Nereng ins Wohnzimmer. Sie ließ sich auf eines von drei Sofas fallen, die um einen quadratischen Tisch herumstanden. Gleich daneben befand sich ein massiver, aus Schiefersteinen gefertigter Kamin.

»Womit kann ich Ihnen helfen?«, fragte Anniken und goss sich einen ordentlichen Gin mit einer winzigen Menge Tonic ein. Das Sofa, auf dem sie saß, wirkte so, als hätte Anniken dort schon den ganzen Abend und die Nacht verbracht. Nereng erschauderte ob des traurigen Anblicks.

»Wissen Sie, wo Ihr Mann ist?«

Anniken reagierte leicht gereizt. »Nein, nein, nein – wir leben beide unser eigenes Leben. Er kommt und geht, wie er will, und lässt mich in Frieden. Ich habe meine Sachen und er seine. Wussten Sie das nicht?«

»Sie reden von Verhältnissen?«, fragte Elli. »Nein, das wussten wir nicht.«

»Gott, ja … ich habe ein Verhältnis. Tom ist es egal. Was er hat oder nicht hat, weiß ich nicht genau. Wahrscheinlich hat er ein Polizeimäuschen oder so was – wir reden niemals über solche Dinge.«

»Hatte er auch jüngere Mädchen?«

»Machen Sie Witze? Natürlich läuft er jüngeren Frauen nach – das machen doch alle Männer«, erwiderte sie und ließ sich zurücksinken. Sie sah aus, als könnte sie jeden Augenblick einschlafen.

»Ich meine aber wirklich jüngere Mädchen, zwölf oder dreizehn«, sagte Elli und starrte Anniken an.

Anniken erwiderte nichts, wandte den Blick ab und nahm einen großen Schluck von ihrem Gin.

Nach einer Weile fragte sie leise: »Glauben Sie, dass er es ist?«

»Das glauben wir«, sagte Elli mit ruhiger Stimme.

Anniken schloss die Augen und schüttelte langsam den Kopf.

»Nein … das nicht. Das nicht«, sagte sie heiser.

»Wie lange sind Sie verheiratet?«, fragte Nereng.

Anniken schüttelte noch immer resigniert den Kopf, so, als könnte niemand anders ihre Lage verstehen. Sehr wahrscheinlich traf diese Annahme auch zu.

»Tom und ich haben geheiratet, als wir fast noch Teenager

waren. Eigentlich war er nur an mir interessiert, weil er eine Fassade haben wollte. Wie sich jetzt wohl wieder bestätigt«, fauchte sie beinahe.

Angesichts der Tragikomik ihrer eigenen Situation stieß sie ein kicherndes Gelächter aus und beförderte eine weitere große Menge Gin durch ihre Kehle.

»Ich komme aus ziemlich miesen Verhältnissen in Porsgrunn. Nach der Schule, Ende der Siebziger, stand ich praktisch auf eigenen Beinen. Tom war sieben Jahre älter und hatte ein eigenes Zimmer. Ich war erst fünfzehn. Noch dazu zart gebaut, aber ziemlich reif im Kopf. Toms Geschichte mit der Pflegefamilie und dem Jugendheim hat irgendwie meine Mutterinstinkte geweckt.«

Sie atmete schwerfällig aus und leerte das Glas.

»Zu diesem Zeitpunkt war er die Rettung für mich. Die Chance auf ein Leben. Nach einer Weile begriff ich, dass er eigentlich gar nicht so sehr an mir interessiert war, was die typischen ehelichen Gepflogenheiten anbetrifft. Ich war damals noch ein Teenager. In den ersten Jahren dachte ich, es sei nur eine Phase, später habe ich mich daran gewöhnt. Aber ich bin ganz gut zurechtgekommen, wenn man das so ausdrücken kann.«

Anniken starrte ins Leere.

»Sie sind also schon seit den siebziger Jahren sexuell getrennte Wege gegangen?«, fragte Nereng.

»Ja, mehr oder weniger. Nur einmal hab ich das angesprochen. Da hätte er mich fast umgebracht. Seitdem hab ich die Klappe gehalten.«

»Aber Ihre Arbeit?«, fragte Elli verständnislos. »Hatten Sie nie irgendeinen Verdacht gegen ihn?«

»Verdacht? Nein«, sagte Anniken und brach wieder in ein theatralisches, hämisches Lachen aus. »Jetzt begreife ich, dass wir uns der Thematik wohl aus verschiedenen Richtungen angenähert haben.«

Elli blickte sie mitleidsvoll an. Anniken Malmros tat ihr furchtbar leid.

Anniken goß erneut Gin in ihr Glas. Elli signalisierte, dass sie vielleicht genug hätte, doch Anniken winkte ab.

Elli zuckte mit den Schultern. »Hat Tom irgendwo im Haus ein eigenes Zimmer, ein Büro vielleicht?«

Annikens Augen fielen halb zu. Elli hatte schon Angst, dass sie einschlafen könnte, doch plötzlich erwachte Anniken zu neuem Leben. »Im Keller. Da hat er ein Atelier ... ganz hinten im Flur. Ich bin da seit vielen Jahren nicht mehr drin gewesen, und nur er hat einen Schlüssel.«

Anniken beugte sich vor und verbarg das Gesicht in den Händen. Elli konnte ein schwaches Schluchzen hören.

»Soll ich vielleicht jemanden anrufen?«, fragte Elli.

Anniken hob den Kopf an. »Nein«, antwortete sie, »aber denken Sie daran: Tom kann mit Stress nur schlecht umgehen.«

Die geschwungene Kellertreppe führte hinunter in einen langen Flur. Obwohl es keine Fenster gab, war Elli davon überzeugt, dass der Flur gleich an der Grundmauer entlangführte. Auf der rechten Seite gab es vier Türen. Am Ende des Flurs war eine. Nereng warf einen Blick in den ersten Raum zur Rechten. Es war eine Abstellkammer, die mit allen möglichen Gegenständen gefüllt war, die sich gemeinhin in einem Keller befinden. Die nächste Tür führte in eine weitere Kammer, in der Holz gelagert wurde. Hinter der dritten Tür lag ein Kühlraum, und die vierte führte in eine Werkstatt, die so aussah, wie die meisten Männer sie in ihren Kellern einrichten.

Nereng griff nach der Türklinke am Ende des Flurs. Die Tür war verschlossen. Das Schloss war von der Sorte, die man für Haustüren verwendet. Abermals zog Nereng seine Dietriche hervor, aber Elli tippte ihm auf die Schulter. Als er sich umdrehte, schob sie ihn freundlich zur Seite und versetzte der Tür blitzschnell einen perfekten, seitlich ausgeführten Tritt – *mawashigeri*. Die Tür sprang auf und knallte gegen die Wand dahinter.

»Okay ...«, sagte Nereng und betrat den kurzen Flur hinter der Tür. Erst als er den Blick nach rechts richtete, sah er, dass der Flur L-förmig angelegt war und noch viel tiefer in den Keller hineinführte. Er spürte Elli dicht hinter sich, als sie das Ende des Flurs erreicht hatten. Er suchte im Dunkeln nach einem Lichtschalter an der Wand und stieß dabei auf eine weitere Tür. Sie war nicht verschlossen. Drinnen war es stockfinster, doch sie spürten, dass der Raum groß war.

Nereng fischte eine kleine Taschenlampe aus der Tasche und leuchtete umher. Es gab keinen Zweifel, dass sie an den richtigen Ort gekommen waren. In die Tür war sogar ein Name geritzt. Kirchner.

Kapitel 77

Elli wusste sofort, worum es sich handelte. Und wozu es gebraucht wurde. Malmrosens Palettenmesser lag auf der Staffelei, an der er an seinem letzten Werk, *Mädchen unter Japanschirm,* arbeitete. Wenn Elli das Messer Lise Bergmann übergäbe, würde die Rechtsmedizinerin DNA-Spuren des letzten Opfers darauf finden, sehr wahrscheinlich auch noch von weiteren. Elli vermutete, dass all die biologischen Spuren, die sich in Malmrosens verzerrter expressionistischer Welt mit den Ölfarben vermischt hatten, die Verbindung zwischen den historischen Meistern und dem, was er selbst als Fortsetzung ihres expressionistischen Wirkens betrachtete, perfektionieren sollten.

Die Scheinwerfer der Tatortgruppe waren auf die Decke gerichtet, um ein weicheres und gleichmäßigeres Licht entstehen zu lassen, als wenn sie die Objekte direkt angestrahlt hätten. Gleichwohl konnte man Tom Malmrosens Malkammer nicht anders als grauenvoll bezeichnen. Elli musste Conrad Mölnlycke Respekt für seine Vermutung zollen, dergemäß der Mann, nach dem sie suchten, mit großer Wahrscheinlichkeit ein versierter Maler war. Tom Malmrosens Bilder waren rein technisch betrachtet überaus gelungene Reproduktionen bekannter Kunstwerke. Das Grauenhafte daran war, dass alle

Bilder Missbrauch und Mord dokumentierten. Der gesamte Prozess – die Morde, die Vergewaltigungen, die Misshandlungen – war ebenfalls mit Bildern dokumentiert, die fein säuberlich geordnet in einem modernen Schubladensystem lagerten. Insgesamt fanden sie sieben Gemälde von jungen Mädchen. Neben den vier bereits bekannten – *Nie wieder, Weiblicher Rückenakt, Weinender Akt* und *Mädchen unter Japanschirm* – gab es noch drei weitere Motive: eine Zeichnung und zwei Gemälde. Die Zeichnung zeigte ein stehendes Mädchen von schräg hinten betrachtet, und auf einem der Gemälde war ein Mädchen zu sehen, das mit hinter dem Kopf verschränkten Armen auf einem Bett lag. Elli erinnerte sich daran, das Bild während ihrer Internetrecherche schon einml gesehen zu haben. Das letzte Motiv war leicht wiederzuerkennen: *Madonna* von Edvard Munch. Noch am selben Tag konnte Johanne die beiden anderen als Vincent van Goghs *Stehender Weiblicher Akt von hinten* und *Liegender Weiblicher Akt* identifizieren.

Das reichhaltige Bildmaterial, das Malmrosens künstlerische Methoden dokumentierte, zeigte auf einzigartige Weise, wie er seine Opfer zunächst betäubt, dann mit dem Palettenmesser traktiert und im Anschluss daran mit Terpentin gewaschen hatte, um sie schließlich möglichst wie auf den entsprechenden Kunstwerken zu arrangieren. Alle sechs Gemälde waren sehr wahrscheinlich Porträts toter und misshandelter Mädchen. Elli überlegte, ob die Zeichnung vielleicht sein erstes Projekt darstellte. Die junge Frau, die kaum zu erkennen war, musste am Leben gewesen sein, damit sie aufrecht stehen konnte. Nach diesem ersten Werk hatte Malmros seine Methode anscheinend weiterentwickelt.

Gerade als sie aus Malmrosens Haus kamen, entdeckte Elli Fjeld. Er stand mitten in der Einfahrt und schien offenbar auf sie zu warten. Sein Gesicht verriet keine spezifische Gemütslage.

»Auf die Idee wäre ich nicht gekommen«, sagte Fjeld. »Du überraschst mich, Elli.«

Er hielt ihrem Blick stand, aber Elli konnte nichts Feindliches in seinen stahlblauen Augen erkennen.

Diskret trat Nereng ein paar Schritte beiseite.

»Es ist mir schrecklich peinlich, dass ich dich verdächtigt habe«, sagte Elli. »Ich könnte es gut nachvollziehen, wenn du jetzt kein Vertrauen mehr zu mir hättest.«

Fjeld blickte sie ruhig an. »Wir müssen uns jetzt darauf konzentrieren, Malmros zu fassen. Alles andere besprechen wir später.«

War da die Andeutung eines Lächelns in seinen Mundwinkeln erkennbar?

Elli verneigte sich zu einem tiefen *wai* und lief zum Wagen.

Nereng folgte ihr und setzte sich hinter das Lenkrad. »Glaubst du, er macht später noch Ärger?«, fragte er.

»Ich weiß nicht«, erwiderte Elli. »Aber jetzt müssen wir tun, was er sagt. Unsere Zeit wird knapp. Denk nach, denk nach … Wo ist er mit ihr hingefahren?«

»Becker?«, schlug Nereng vor.

»Gute Idee – aber das wäre wohl zu riskant. Obwohl Beckers Wohnung jetzt offensichtlich leer steht, weiß Malmros natürlich nicht, wie schnell wir dahin kommen, um sie zu durchsuchen.«

»Was wäre momentan der unwahrscheinlichste Ort, an dem wir suchen könnten?«, fragte Nereng und ließ den Motor an.

»Das Bordell?«, sagte Elli.

»Njaa … vielleicht.«

Nereng ließ den zweihundert Pferdestärken des Volvo freien Lauf, als er über trockenen Asphalt sauste. Sie fuhren zurück ins Zentrum.

»Was glaubst du, wie verrückt ist er?«, fragte Elli.

»Angesichts seiner Malstube im Keller … völlig gaga, würde ich sagen.«

»Ganz meine Meinung. Und deswegen glaube ich auch, dass er verrückt und berechnend genug ist, um sich immer noch in der Wache zu befinden.«

»In der Wache?«

»Gut möglich, dass er weiß, dass Zenith ihn erkannt hat, aber vielleicht hat er auch nicht daran gedacht.«

Nereng lenkte den Wagen über Straßenbahnschienen innerhalb eines Grünstreifens und fuhr bei Rot über eine Ampel. »Momentan fällt mir auch nichts Besseres ein.«

»Deine Reaktion beweist nur, dass es eigentlich der letzte Ort ist, an dem wir suchen sollten«, sagte Elli. »Alle anderen sind ja jetzt bei ihm zu Hause oder auf Streife im Zentrum.«

Tom Malmros brauchte Ruhe und Zeit, um sich einen Plan auszudenken. Er musste Nina und Krefting loswerden, aber gleichzeitig waren sie auch gute Karten, die er einsetzen konnte, wenn es die Situation erforderte. Krefting schien immer noch zu glauben, dass sie gemeinsame Interessen verfolgten.

Idiot.

Er, der Künstler, hatte eine wichtige Aufgabe, die fortgesetzt werden musste. Krefting war bloß ein jämmerlicher und korrupter Politiker, der geopfert werden konnte. Nina musste verschwinden – das war klar.

Nun saßen sie in einem zivilen Volkswagen in der Tiefgarage der Polizeiwache Grønland. Der Bereich für die Dienstwagen, dort, wo er Harr erschossen hatte, war abgesperrt und voller Kriminaltechniker. Von einem Standort in der Hollendergate aus hatte Malmros alle Zivilfahrzeuge und Streifenwagen beobachtet, die aus der Garage herausgekommen waren. Nachdem der Strom der Polizeifahrzeuge nachgelassen hatte, war Malmros seelenruhig in die Borggate eingebogen und hatte den Ford auf einem markierten Parkstreifen abgestellt. Als die Luft rein war, hatten er und Krefting Nina durch eine Seitentür in die Garage hinuntergebracht. Der Volkswagen stand im hintersten Teil der Garage mit dem Heck vor der Wand und wurde vom Lieferwagen eines Handwerksbetriebs verdeckt, der irgendwo in der dritten Etage etwas reparierte. Auch dieser Teil der Garage war abgesperrt, aber auf der entgegengesetzten Seite, nahe der Ausfahrt. Es war äußerst unwahrscheinlich, dass irgendwer hier unten nach ihnen suchen würde.

Nachdem Nina fast vier Stunden gefesselt und mit Tape über dem Mund auf dem Rücksitz gelegen hatte, konnte sie Arme und Beine kaum noch spüren. Ihre Nase blutete. Jedes Mal, wenn sie sich durch ein Stöhnen bemerkbar gemacht hatte, hatte Malmros sie ins Gesicht geschlagen. Schon lange spürte Nina keine Verzweiflung mehr angesichts dieses Drecks, der ihr hier widerfuhr. Es war einfach so. Der Irrsinn fand immer wieder einen Weg zu ihr. Unter dem Klebeband stieß sie einen Schrei aus. Malmros drehte sich zu ihr um.

»Halt's Maul, Kleine!«, sagte er und schlug abermals zu, fester als zuvor. Auf dem Beifahrersitz fuhr Krefting erschrocken zusammen.

»Ihr seid eigentlich ziemlich privilegiert – weißt du das?«, sagte Malmros leise. Nina begriff, dass er mit ihr redete.

»Die Motive, die ich durch meine Arbeit vollendet habe, werden als natürliche Fortsetzungen der meisterlichen Anstrengungen aus alter Zeit in die Geschichte eingehen. Deine kurze Existenz und die deiner Freundinnen haben einen höheren Sinn. Durch unsere gemeinsame künstlerische Arbeit werdet ihr unsterblich.«

Nina verstand nicht, wovon Malmros redete, kapierte aber, dass sie bald tot sein würde, falls sie nicht von hier wegkommen könnte oder irgendein Wunder geschähe. Schluss. Finito.

Ellis Handy klingelte, als sie aus dem Oslotunnel kamen. Das Display zeigte, dass Fjeld anrief.

»Elli«, sagte er, sobald sie drangegangen war, »ich habe ein bisschen in Toms Vergangenheit gegraben.«

Elli stellte den Funkverkehr im Wagen leiser, um Fjeld besser verstehen zu können.

»Es ist völlig unglaublich, dass das nicht schon früher ans Licht gekommen ist. Tom war ein Pflegekind und hat auf der Schule jüngere Mitschüler missbraucht und gequält.«

»Ja, ich weiß«, sagte Elli. »Die Namensänderung hat verhindert, dass das bekannt wurde.«

»Wo seid ihr?«, fragte Fjeld.

»Wir fahren gerade in die Borggate.«

»Wie? Ist er etwa hier?«

»Es ist zwar nur eine Vermutung … aber zynisch und durchtrieben genug wäre er ja. Malmros braucht eine Ausrüstung, Waffen und Munition – und das kriegt er ja alles in der Wache.«

Kapitel 78

Malmros lud verschiedene Gegenstände in den Kofferraum des Passat.

»Beeil dich!«, sagte Krefting ungeduldig.

»Bin gleich fertig«, entgegnete Malmros.

»Wir haben beide viel zu verlieren. Wir müssen jetzt los!«, fuhr Krefting fort.

Malmros setzte sich hinters Lenkrad. Er hatte warme Kleidung eingepackt und 140 000 Kronen in bar sowie diverse Werkzeuge aus der Asservatenkammer geholt – und Waffen: eine der ausrangierten alten Dienstwaffen, eine neue HK P30 (eigentlich zog er die Glock vor, hatte in der Waffenkammer aber keine gefunden) und eine MP5-Maschinenpistole. Er hatte ausreichend Munition mitgenommen und noch dazu ein Reinigungsset, für den Fall, dass er die Waffen mehrmals benutzen musste. Sein Plan sah vor, dass sie in nordöstliche Richtung nach Kongsvinger und von dort weiter nördlich über Elverum hinauf nach Trysil fuhren. Der erste Halt würde auf einem Bauernhof nahe der schwedischen Grenze erfolgen, wo Malmros loyale Freunde hatte. Krefting und Nina würde er dann irgendwo in den tiefen Kiefernwäldern bei Trysil rauswerfen. Er reichte Krefting den Revolver und zwölf Patronen.

»Du musst schießen, wenn dein oder mein Leben bedroht wird«, sagte er.

Mit zitternden Händen nahm Krefting die Waffe entgegen. »Ist sie geladen?«

»Fünf Schuss, die obere Kammer ist leer.«

Krefting nickte – vermutlich würde er wohl nur zielen und schießen müssen. Langsam, aber sicher dämmerte ihm, dass es jetzt nur noch drei Möglichkeiten gab: Gefängnis, Flucht mit einer neuen Identität oder Tod durch eigene Hand. Er zog die zweite Variante vor, war aber auf alle Fälle bereit, Alternative Nummer drei der öffentlichen Verdammung und Erniedrigung vorzuziehen, die ein Gefängnisaufenthalt mit sich brachte.

»Okay, dann fahren wir jetzt«, sagte Malmros.

Er startete den Motor und lenkte den Wagen in Richtung der Ausfahrt zur Borggate. Langsam und routiniert bog er dann nach links ab, entdeckte aber den Volvo, der sich mit fünfzig oder sechzig Sachen näherte, erst, als es zu spät war.

Elli und Nereng rammten den Volvo in die linke Seite von Malmrosens Passat. Der wurde seitwärts zehn oder zwölf Meter weitergeschoben, bevor beide Wagen in einem Chaos aus Qualm, Glas, Benzingeruch und metallischem Knirschen zum Stehen kamen. Durch die Gehirnerschütterung noch immer leicht benebelt und durch die sich aufblasenden Airbags zusätzlich in Mitleidenschaft gezogen, kamen Elli und Nereng acht oder zehn Sekunden nach der Kollision wieder zu sich. Die Kopfschmerzen hatten sich durch den Aufprall noch einmal enorm verstärkt, doch das Adrenalin versetzte sie beide in eine Lage, in der das Schmerzempfinden zum Vorteil von Handlung abgekoppelt wurde. Die Wagen standen jetzt L-förmig nebeneinander. In einem Neunzig-Grad-Winkel waren Elli und Nereng auf das linke Vorderrad und den vorderen Türholm geprallt. Mit ihrer gezückten Heckler & Koch P30 kletterte Elli aus dem Volvo.

»Hände über den Kopf und raus aus dem Wagen!«, schrie sie und war überrascht von der Kraft ihrer Stimme. Doch eigentlich fühlte sich sich alles andere als stark. Nur vage registrierte sie die Menschen, die wild durcheinanderbrüllten und sich am Straßenrand in Deckung brachten.

Nereng kletterte aus dem Wagen, auch er hatte seine Waffe gezogen. Die Tür auf Malmrosens Seite öffnete sich einen Spalt.

»Ich komme raus«, sagte er. »Und was habt ihr eigentlich vor?«, rief er mit heiserer Stimme durch das zerbrochene Seitenfenster.

»Wir wissen genau, was wir tun!«, schrie Elli zurück. Sie schwitzte. Mit beiden Händen hielt sie die Waffe auf Malmros gerichtet.

Die Tür auf der Fahrerseite gab einen kreischenden Ton von sich, als Malmros sie vorsichtig aufstieß. Er stöhnte vor Schmerzen und versuchte, seinen Sicherheitsgurt zu lösen. Im selben Moment öffnete sich die Beifahrertür. Elli und Nereng blickten instinktiv hinüber, um zu sehen, ob Krefting aus dem Wagen stieg. Es war genau die Sekunde, die Malmros brauchte. Aus seiner Waffe feuerte er drei schnelle Schüsse auf Elli und Nereng ab. Elli warf sich rechts neben dem Volvo auf den Boden. Der Motorblock würde sie vor weiteren Schüssen beschützen. Nereng schaffte es um den Wagen herum und ging neben dem rechten Hinterrad in Deckung. Zwei weitere Schüsse wurden auf den Volvo abgegeben. Elli und Nereng konnten hören, wie die Projektile auf den Motorblock trafen.

Elli fragte sich, wo die Verstärkung blieb. Inmitten des beginnenden Berufsverkehrs musste doch die ganze Stadt mitbekommen haben, was sich hier gerade zutrug.

Nereng sah zu Elli hinüber und blickte dann unter dem Wagen hindurch. Er konnte sehen, dass Malmrosens Füße sich in Richtung Grønlandsleiret bewegten, zusammen mit zwei anderen. Vermutlich Ninas.

»Er haut ab!«, rief Nereng.

Elli folgte Nerengs Blick und sah Malmros mit Nina auf der rechten Seite um die nächste Straßenecke verschwinden. Auf der linken Straßenseite stapfte der benommene Krefting an dem kleinen Park vor dem Polizeipräsidium vorbei.

»Ich kümmere mich um Krefting«, sagte Elli. Er durfte auf keinen Fall die Straßenecke erreichen.

Elli rollte sich hinüber zu Malmrosens Wagen, stand auf und lief mit schnellen Schritten hinüber zum Eingangsbereich der Tiefgarage. Hinter einem Betonpfeiler, der die Einfahrt flankierte, suchte sie Deckung.

»Stehen bleiben! Ich schieße!«

Krefting blieb stehen und drehte sich ruhig um. Elli hatte nicht mit dem Revolver in seiner Hand gerechnet.

»Waffe fallen lassen!«, brüllte sie.

»Sie lassen mir keine andere Wahl«, sagte Krefting. Es klang fast wie irgendein politisches Bekenntnis.

Mit einer blitzschnellen Bewegung hielt er sich den Revolver unter das Kinn und schoss. Das Projektil riss ihm einen Teil des linken Kieferknochens weg.

Völlig schockiert registrierte Elli, dass Krefting ein wenig hin und her schwankte, bevor ihm klarwurde, dass er nicht tot war, und daraufhin ansetzte, sich ein weiteres Mal direkt in den Kopf zu schießen.

Doch dazu kam er nicht. Stattdessen wurde er von einem Projektil aus Ellis Waffe in der rechten Schulter getroffen. Er fiel zu Boden und verlor seinen Revolver. Elli stürzte auf ihn zu und trat die Waffe mit dem Fuß aus seiner Reichweite.

»Alles unter Kontrolle?«, rief Nereng ihr fragend zu, während er auf die rechte Straßenecke zulief, hinter der Malmros mit Nina verschwunden war. Mit beiden Händen hielt er die Waffe vor sich.

»Ja«, erwiderte Elli und dachte, dass Krefting in diesem Moment am ehesten einem Opfer aus einem Splatterfilm ähnelte. Sie zog zwei lange Kabelbinder aus der Tasche, fesselte seinen rechten Arm an sein rechtes Bein und dieses dann an einen Kanaldeckel am Rande des Bordsteins. Danach zog sie ihren Pullover aus und warf ihn Krefting zu.

»Auf die Wunde halten«, sagte sie. Jetzt stand sie in Unterhemd und Schussweste auf der Straße.

»Rathke«, hörte sie plötzlich Fjeld über ihr Headset rufen.

»Höre.«

»Position.«

»Nereng und ich sind gerade zum Grønlandsleiret gekommen. Kein Sichtkontakt.«

»Position halten!«

Plötzlich hörten Elli und Nereng das Geräusch von Stiefeln, raschelnden Westen und klappernden MP5-Maschinenpistolen hinter sich. Sie drehten sich um und entdeckten Fjeld ein Stück weit entfernt.

»Irgend'ne Idee, wo er abgeblieben ist?«, fragte er atemlos.

Elli blickte nach rechts und links über die Straße. Einige Menschen schienen sich in Deckung zu bringen. Aber keine Spur von Malmros.

»Wir müssen die Leute befragen!«, sagte sie. »Ich übernehme die rechte Straßenseite, du die linke«, sagte sie zu Nereng.

»Wir bleiben im Hintergrund«, rief Fjeld.

Elli hielt eine Mutter mit Kinderwagen fest, ratterte die Beschreibung von Malmros und Nina herunter und bekam ein verschrecktes »Nein« zur Antwort. Sie musste ihre Vorgehensweise wohl etwas modifizieren, dachte sie. Sie atmete tief durch und bemühte sich, ruhig zu wirken, als sie einen älteren Mann fragte, ob er Malmros gesehen hätte. Negativ. Sie näherte sich der Kreuzung Tøyenbekken. Zwei somalische Frauen schüttelten unisono den Kopf, als sie Nina und Malmros beschrieb.

»Elli!«, hörte sie Nereng über Funk. »Eine junge Frau hier sagt, sie hätte jemanden gesehen, auf den die Beschreibung passt. Soll durch den Smalgangen in Richtung Oslo Plaza gelaufen sein.«

»Verstanden«, sagte Elli, die jetzt mit Nereng auf der anderen Straßenseite fast gleichauf war. Kurz hintereinander liefen sie in den Smalgangen.

»Wo will er hin?«, keuchte Nereng.

»Zum Bahnhof?«

Sie erreichten das Ende der schmalen Straße, ohne Malmros entdeckt zu haben, liefen unter der Autobahn hindurch und auf den Eingang des Oslo Plaza zu. Der Wachmann an der Tür hatte Malmros und Nina gesehen. Sie waren über die Fußgängerbrücke hinüber zum Hauptbahnhof gelaufen. Elli und Nereng hetzten hinterher. In der Bahnhofshalle blieben sie stehen und inspizierten die Menschenmenge.

Auch wenn Malmros und Nina hier irgendwo waren, konnten Elli und Nereng sie doch nicht entdecken.

»Sollen wir alle Züge anhalten?«, fragte Nereng.

Elli kniff die Augen zusammen. »Lass mich kurz überlegen … ich hab da etwas gesehen …«

»Überleg schnell«, rief Nereng. »Der Mistkerl darf uns nicht entkommen.«

»Er ist vielleicht zur Oper gelaufen«, sagte Elli.

»Zur Oper?!«

Elli rannte auf die zum Wasser ausgerichtete Seite der Bahnhofshalle zu. Nereng folgte ihr. Es war unmöglich, sich durch den Bahnhof zu kämpfen, ohne mit anderen Menschen zusammenzustoßen. Elli hatte das Gefühl, als befände sich die halbe Weltbevölkerung an diesem frühen Nachmittag in der Bahnhofshalle von Oslo S. Elli erschrak jedes Mal, wenn sie mit jemandem kollidierte. Ihre Sinne waren extrem geschärft. Aber weiterhin keine Spur von Malmros.

»Anniken ist Mitglied bei den »Freunden der Oper«, sagte Elli, als sie die Haupthalle oberhalb der Gleise durchquerten. »Vielleicht hat sie da Bekannte, die das Ehepaar Malmros herumgeführt haben. VIP-Zugang oder so was. Dort könnte sich Malmros vielleicht verbergen, bis sich die Situation beruhigt hat. Er kennt da vielleicht ein paar gute Verstecke.«

»Sehr kreativ, das muss ich dir lassen«, sagte Nereng. »Wie sagte Anniken: In Stresssituationen ist er gefährlich. Vielleicht ist er schon in den fatalistischen Modus übergegangen. In dem Fall wäre die Oper ein perfekter Rahmen für sein *grande fi-*

nale. Die Oper ist ja auch so was wie eine expressionistische Kunstform.«

»Grande finale?«

Nereng trat neben Elli. »Ich musste gerade an den deutschen Expressionisten denken, der Malmros sein Alter Ego gegeben hat. Der war am Ende als Künstler so frustriert, dass er sich umgebracht hat.«

»Verdammt … bestimmt läuft da gerade eine Vorführung in der Oper. Mit vielen Zuschauern …«

Kapitel 79

Der übliche Freitagstrubel war auf dem Höhepunkt. Überall gab es Menschen, die auf schnellstmögliche Weise zu irgendeinem Ort gelangen wollten. Auf der Seeseite des Hauptbahnhofs trennten sich Elli und Nereng. Elli lief durch das Hotel Opera, während Nereng die Fußgängerbrücke hinüber zur Oper nahm.

Elli hatte kaum das Hotelfoyer erreicht, als sie Nerengs Stimme über Funk hörte.

»Kontakt!«

»Wo?«

»Sieht aus, als ob du recht hattest. Sie sind vor mir auf der Fußgängerbrücke zur Oper.«

Elli stürzte auf den Hotelausgang zu und rannte eine amerikanische Familie über den Haufen, die gerade hineinwollte. »Polizei!«, rief sie und eilte weiter. Sie lief hinaus, hastete an den Taxen vorbei und entdeckte Nereng, der ruhigen Schrittes über die Brücke ging. Sie fegte um die Ecke, rannte die Treppe zur Fußgängerbrücke hinauf und holte Nereng ein.

»Wo?«, fragte sie atemlos.

Nereng zeigte auf den Haupteingang der Oper. In einiger Entfernung sah Elli, wie Malmros mit Nina auf die Türen zulief. Mit schnellen Schritten eilten Elli und Nereng bis zum

Ende der Fußgängerbrücke und mischten sich dann unter die anwachsende Zuschauermenge. Hoffentlich hatte Malmros sie noch nicht entdeckt. Elli registrierte einen Mercedes Geländewagen der Bereitschaftstruppe unten auf der Stadtautobahn. Sie schloss daraus, dass Fjeld mitsamt der Kompanie auf der Rückseite des Opernhauses Stellung beziehen wollte.

»Da!«, sagte Nereng und zeigte auf den Eingangsbereich hinter den Glastüren der Oper. Durch das grün schimmernde Glas sahen sie, dass Malmros eine Karte aus der Tasche zog und damit eine Tür öffnete, die rechts neben dem Treppenaufgang auf der linken Seite des Foyers lag. Zwei Sekunden später schloss sich die Tür hinter Malmros und Nina.

»Verflucht!«, sagte Elli. »Er hat tatsächlich eine Zugangskarte.«

Sie betraten das Foyer. Der Bereich wimmelte von Menschen, die Karten für die Vorstellung kaufen wollten.

Nereng wandte sich an eine junge Frau hinter dem Verkaufstresen.

»Wir sind von der Polizei. Wir müssen unbedingt da rein«, sagte er und zeigte auf die Tür neben der Treppe.

Die Frau schüttelte den Kopf. »Dann müssen Sie mit dem Sicherheitsdienst sprechen«, sagte sie und wich instinktiv zurück.

Nereng beugte sich über den Tresen. »Haben Sie eine funktionierende Karte für die Tür?«, fragte er mit ausgesucht ruhiger Stimme.

»Ja«, erwiderte die junge Frau.

»Dann schlage ich vor, dass sie die Tür sofort für uns aufschließen. Danach rufen Sie bitte den Sicherheitsdienst und sagen, dass die Oper umgehend geräumt werden muss.«

Die Frau blickte Nereng fassungslos an.

»SOFORT!«, rief er.

Die Frau lief zur Tür und ließ Elli und Nereng ein.

»Vergessen Sie nicht, den Sicherheitsdienst zu rufen«, sagte Nereng, als sie durch die Tür schlüpften.

Sie kamen in einen kleinen Gang, der offenbar als Eingangsschleuse diente. Auf allen Seiten gab es eine Tür. An der linken Tür leuchtete ein Schild mit der Warnung »Vorstellung! Ruhe bitte!«. Die Tür zur Rechten war verschlossen. Sie öffneten die dritte Tür und kamen in den Backstage-Bereich. Überall standen Kulissen in allen Größen und Formen herum. Der Raum schien eine Art Lager zu sein. Sie liefen weiter und kamen in einen größeren Raum, der weitere Kulissen beherbergte.

Tausend Möglichkeiten, um sich zu verstecken.

Entschieden lief Elli zu zwei Bühnenarbeitern, die an einer der Kulissen herumwerkelten.

»Haben Sie hier einen Mann und ein südamerikanisches Mädchen gesehen?«

Die beiden Bühnenarbeiter blickten auf. »Nein … hier ist auch kein Zutritt für Unbefugte. Wer sind Sie?«

»Polizei.«

Die Arbeiter nickten.

»Wenn sie hier nicht waren, wo könnten sie sonst hingegangen sein?«, fragte Nereng.

»Wenn die durch dieselbe Tür wie Sie gekommen sind, dann vielleicht geradeaus und in die Werkstatt.«

Elli und Nereng bedankten sich, liefen zurück in den ersten Raum und entdeckten plötzlich eine geöffnete Tür inmitten der ganzen Kulissen. Sie liefen hindurch und kamen in eine Werkstatt. Ein paar Techniker arbeiteten an einem Bühnenvorhang, zwei weitere strichen sorgfältig ein mit Buchattrappen versehenes Regal an.

»Polizei!«, rief Elli. Alle drehten sich zu ihr um.

»Sind hier ein Mann in den Vierzigern und ein junges, südamerikanisches Mädchen durchgelaufen?«

»Ja«, riefen zwei der Techniker im Chor. Eine Frau in einem farbverschmierten Overall trat einen Schritt vor. »Er sagte, er gehöre zu den ›Freunden der Oper‹ und habe sich bei einer Führung verlaufen. Ich habe ihm die Tür zum Maschinenraum unter der Bühne gezeigt.«

»Rathke.«

Elli zeigte erklärend auf ihr Headset.

»Höre.«

»Wie ist die Lage?«

»Er ist anscheinend in den Kellerbereich unter der Bühne gelaufen. Da gibt es mehrere Stockwerke mit Kettenlaufwerken, Motoren und allem Möglichen.«

»Irgendeine Idee?«

Elli erläuterte Fjeld ihren Plan.

Kapitel 80

Während sie die breite Wendeltreppe hinunterrannten, konnten sie über sich das Gerumpel von der Evakuierung des Publikums hören. Die Metallstufen führten in die Technikräume unter der Bühne. Der ganze Bereich erstreckte sich über mehrere Etagen. Der Abstand von der Opernbühne bis hinunter auf den Grund dieser Schlucht betrug fünfzehneinhalb Meter. Nereng ging voraus, Elli folgte ihm dichtauf. Beide hatten ihre Waffen schussfertig.

Die Treppe endete an einer Metalltür. Vorsichtig öffnete Nereng sie und sah, dass sie zu einem neuen Treppenabsatz gekommen waren, von wo aus eine weitere Wendeltreppe noch tiefer in das Gebäude hinunterführte. Auf der linken Seite gab es eine zweite Tür. Nereng gab Elli ein Zeichen. Mit erhobener Waffe gab sie ihm Deckung. Behutsam öffnete Nereng die neue Tür. Dahinter erschien ein langer Gang. Auf der linken Seite waren im Abstand von einigen Metern große elektrisch betriebene Winden an breiten Betonpfeilern angebracht, dazwischen gab es Lücken, in denen vereinzelt verschiedene Schaltkästen und andere Geräte hingen. Am anderen Ende des Ganges, circa zwanzig Meter entfernt, lag eine Gestalt auf dem Bauch. Die Beleuchtung war ausgeschaltet, doch die technischen Lampen in einer psychedelischen Mischung aus

Gelb, Grün, Blau und Rot spendeten einen schwachen Lichtschein, der ihnen erlaubte, sich vorwärtszubewegen.

Langsam liefen sie auf die am Boden liegende Gestalt zu. Nereng hielt seine Waffe auf sie gerichtet, während Elli ihn abwechselnd von links und rechts deckte. Schließlich waren sie nahe genug an die Gestalt herangekommen, die noch immer bewegungslos dalag.

Nereng berührte die Gestalt vorsichtig mit dem Fuß und begriff im selben Moment, dass es eine Falle war.

»Deckung!«, schrie er.

Das erste Projektil donnerte in den Betonpfeiler nebenan. Das zweite prallte an der über den Rand des Pfeilers hinausragenden Stahlwinde ab und landete, von einem Funkenregen begleitet, in der Rückseite einer der Schalttafeln. Elli und Nereng wollten zurück zur Tür und gingen in Deckung.

Schnell entdeckten sie eine Nische in dem breiten Betonpfeiler neben sich. Sie schlüpften hinein. Stahlbeton bot guten Schutz vor Projektilen aus Handfeuerwaffen.

»Das war eine verdammte Puppe!«, sagte Nereng aufgeregt.

Ellis Atmung ging schnell. »Er hat eine Heckler & Koch … ich möchte bloß wissen, wo seine Position ist.«

Vorsichtig schauten sie sich um. Die Nische, in der sie hockten, erwies sich als Zugang zu einer Aluminiumbrücke, die ganz am Rand des Bühnenschlunds quer über diesen hinweg auf die andere Seite führte. Elli blickte vorsichtig um die Ecke und entdeckte am anderen Ende des Bühnenschlunds, nahe der Tür, durch die sie gekommen waren, weitere Aluminiumrampen, über die man auf die andere Seite kam, ein paar davon auch ober- und unterhalb ihres Standorts. Plötzlich sah sie Malmros. Er stand auf einem Absatz auf der gegenüberliegenden Seite, eine Etage höher.

Wie befürchtet hielt er die zu Tode erschrockene Nina direkt vor sich.

Elli sah zu Nereng. Er hatte die Situation verstanden und nickte.

»Fjeld?«, sagte Elli leise über Funk.

»Kommen.«

»Malmros befindet sich im Technikbereich unter der Bühne.«

»Position?«

»In Deckung. Ungefähr fünfundzwanzig Meter von ihm entfernt. Und ihr?«

»Treppenbereich, Zuschauersaal und gegenüberliegender Ausgang gesichert.«

»Gut … wir müssten es eigentlich mit Verhandlungen versuchen, aber er hat schon zwei Schüsse abgefeuert.«

Am anderen Ende der Leitung war es für einen Moment still.

»Welche Waffe?«

»Schüsse wurden aus HK P30 abgegeben.«

»Wir haben eine MP5 in seinem Wagen gefunden, und dann war noch die Rede von einem Dienstrevolver. Ausgehend von dem, was er aus der Waffenkammer geholt hat, dürfte er keine weiteren Waffen bei sich haben.«

Elli überlegte einen Moment.

»Verstehe. Ich glaube nicht, dass er verhandeln wird. Das Ganze hier ist sein großes Finale. Da gibt's nur eins.«

»So ist es.«

Elli drehte sich zu Nereng, der Malmros unter Beobachtung hielt. Sie tippte ihm auf die Schulter. »Wir müssen ihn unschädlich machen.«

Nereng wollte etwas erwidern, wurde aber von hohl klingenden Stiefelschritten auf Aluminium daran gehindert. Malmros bewegte sich.

»ELLI!«, schrie er.

Nereng und Elli wechselten einen schnellen Blick.

»Tom, lass uns das jetzt beenden«, sagte Elli so freundlich wie möglich. »Du hast ja bewiesen, wer du bist und was du kannst, jetzt …«

»Keine Verhandlung!«, rief Malmros. »Der nächste jämmerliche Verhandlungsversuch führt zu einer Kugel in Ninas Knie. Verstanden?«

Elli blickte zu Boden. »Verstanden.«

Nereng gab Elli ein Zeichen, die daraufhin vorsichtig um die Ecke lugte und Malmros sah, der die gefesselte und zappelnde Nina mit sich über die Rampe zog, in ihre Richtung. Außerdem sah sie, dass er sich einen Beutel über die Schulter geworfen hatte. Der schien weitere Waffen zu enthalten.

»Stehen bleiben!«, rief Nereng. »Polizei. Ich schieße.«

Elli dachte, dass »Polizei« in dieser Situation wohl eine überflüssige Information war.

Malmros reagierte. »Das machst du nicht«, rief er hysterisch. »Gefahr für das Leben der Geisel.«

Er schüttelte Nina, wie um seine Aussage zu unterstreichen.

Ohne Vorwarnung hob Malmros die Pistole und feuerte rasch hintereinander ein paar Schüsse ab. Nereng spürte einen Schlag an der Schulter, fiel schräg zur Seite, verlor das Gleichgewicht und landete auf der Aluminiumrampe vor ihm. Malmros hatte freies Schussfeld. Hektisch versuchte Nereng, zurück in die Nische zu kriechen. Ein weiteres Projektil schlug gegen das Metall der Rampe. Er erstarrte.

»Streck die Hand aus«, hörte er Elli rufen. Er bewegte den linken Arm und spürte, dass zwei – nein, drei – Hände nach ihm fassten. Dann zogen sie ihn in Sicherheit.

Nereng blickte auf und sah, dass es jetzt auch Fjeld gelungen war, von Malmros unbemerkt zu ihnen zu stoßen. Erst in diesem Moment bemerkte er, dass er eine blutende Verletzung am Oberarm hatte.

Elli und Fjeld beugten sich zu ihm hinunter.

»Jetzt war ich wohl an der Reihe, ein Leben zu retten«, sagte Elli und riss einen Streifen von Nerengs T-Shirt ab, den sie mit Fjelds Hilfe um die Wunde wickelte.

Fjeld spähte um die Ecke.

»Malmros ist wieder zurück auf die andere Seite gelaufen«, sagte er.

Elli fasste mit der Hand um die Ecke, zog sie aber sofort wieder zurück. Ein neues Projektil war gegen den Betonpfeiler gekracht.

»Er macht Ernst«, kommentierte Fjeld.

Elli blickte Nereng an, der sich inzwischen aufgesetzt hatte. »Wie geht's dir?«

»Es geht«, sagte Nereng. »Rein und raus, blutet schon weniger, tut aber höllisch weh.«

Er drehte sich zu Fjeld. »Wie viele seid ihr da oben?«

»Zwölf. Draußen noch acht Delta-Männer und alles, was wir an Streifenpolizisten zusammentrommeln konnten.«

»Scharfschützen?«

»Drei Mann vom FSK sind mit dem Hubschrauber unterwegs. Ungefähr 25 Minuten.«

Der scharfe Schweißgeruch, den Malmros ausströmte, verursachte Nina Übelkeit. Eigentlich war sie an Schweißgerüche in allen Varianten gewöhnt, doch dieser war sehr intensiv und offenbar eine Folge des enormen Stresses. Ninas hinter dem Rücken gefesselte Hände waren taub geworden. Dieser Malmros-Psycho hatte sie ewig lange an den zusammengebunden Händen mit sich herumgezerrt ... jetzt taten sie furchtbar weh, und Nina hatte das Gefühl, nicht mehr lange durchzuhalten. Ihr Körper war fertig. Nina war noch nicht einmal fünfzehn und hatte schon so viel Mist erlebt. Und besser würde es wohl kaum werden.

Scheiß drauf.

Ein hysterisches Heulen durchschnitt den Betonschacht unter der Bühne.

Elli und Fjeld lugten aus ihrem Versteck und sahen, dass Nina sich an einem von Malmrosens Fingern festgebissen hatte. Blut tropfte aus ihrem Mund.

Hilflos mussten Elli und Fjeld zusehen, wie Malmros seine Waffe mit voller Wucht auf Ninas Schläfe schlug. Sie fiel in sich zusammen wie ein Sack.

Fjeld hob seine MP5 und nahm Malmros ins Visier, doch der war schneller. Kurz hintereinander gab er drei Schüsse ab. Elli und Fjeld zogen sich in die Betonnische zurück.

Elli signalisierte, dass sie es aus einem anderen Winkel versuchen wollte, und trat vorsichtig zurück in den Durchgang. Hinter keinem der breiten Betonpfeiler schien es möglich zu sein, auf den Bereich zu blicken, in dem Malmros sich jetzt aufhielt. Elli überlegte, die in den Lücken zwischen den Pfeilern angebrachten Schaltkästen und Apparate nach Ritzen abzusuchen. Das Glück war auf ihrer Seite. Von Malmros überraschenderweise unbemerkt erreichte sie einen ein paar Meter entfernt angebrachten Kasten. Durch eine Verbindungsschiene zwischen zwei Schalttafeln konnte sie Malmros und Nina auf der anderen Seite des Unterbühnenschachts erkennen. Der Bereich, in dem sie sich aufhielten, glich dem, wo Elli sich befand.

Nina schien immer noch bewusstlos zu sein. Malmros schleppte das Mädchen an den auf dem Rücken gefesselten Armen hinter sich her.

Nina würde wohl nicht viel länger durchhalten. Sie mussten schleunigst handeln.

Elli wog die Chancen ab. Mit etwas Glück würde sie zurück zu Nereng und Fjeld kriechen können.

»Fjeld«, sagte sie leise in ihr Headset.

»Höre.«

»Wir müssen jetzt handeln – sind deine Leute da oben bereit?«

»Ja, aber wir warten noch auf die Scharfschützen.«

»Keine Zeit – Nina hält nicht mehr lange durch, sie hängt da wie ein Sack, und Malmros zerrt sie mit sich herum wie eine Puppe. Deine Leute müssen sich bereit machen.«

In der nächsten Sekunde ließ Elli sich fallen und kroch blitzschnell zurück in Richtung der Nische, wo Fjeld und Nereng waren. Doch jetzt hatte Malmros sie bemerkt. Rasch hintereinander feuerte er vier Schüsse ab. Elli hörte zwei kurze Salven, die Fjeld als Antwort aus seiner MP5 abgab, und erreichte die Nische.

Dann gab es eine Pause.

Ellis Atem ging schnell. Sie brauchte ein paar Sekunden, um festzustellen, dass ihr von Adrenalin gesteuerter Körper unverletzt war. Sie legte sich flach auf den Boden, so dass sie Malmros und Nina auf der anderen Seite des Bühnenschachts beobachten konnte. Malmros zielte weiter mit seiner Waffe auf den offenen Bereich zwischen Schaltkasten und Nische, hatte aber anscheinend nicht bemerkt, dass Elli es zurückgeschafft hatte.

Er hielt die bewusstlose Nina weiterhin wie einen Schutzschild vor sich.

Was für ein Drecksack.

Ein leises mechanisches Geräusch verriet, dass sich die Winden auf beiden Seiten des Bühnenschachts in Bewegung gesetzt hatten. Fast lautlos wanden sich die massiven Stahlseile um die Trommeln. Sowohl Elli als auch Malmros bemerkten, dass sich der ganze Bühnenboden herabsenkte. Nach nur zehn Sekunden kamen über ihnen der komplette Bühnenraum sowie die oberen Ränge des Zuschauerraums zum Vorschein. Der Saal war völlig dunkel, doch Elli wusste, dass er nicht leer war. Garantiert saßen irgendwo ihre dunkel gekleideten Kollegen und richteten ihre Waffen auf den Bühnenschacht.

Malmros wurde jetzt auch von oben bedrängt und konnte ebenso wenig an Elli, Fjeld und Nereng vorbeikommen, es sei denn, er würde Nina die Waffe an den Kopf halten und sich die Flucht auf diese Weise erzwingen.

Zuzutrauen war es ihm.

Um eventuell anwesende Scharfschützen zu verwirren, riss Malmros Nina mehrmals von einer Seite auf die andere. Doch Elli wusste, dass sie niemals schießen würden, wenn sie nicht völlig freies Schussfeld hätten. Aber ohnehin würde es bis zu deren Ankunft noch dauern. Mindestens zwanzig Minuten.

»Zu großes Risiko«, hörte sie plötzlich Fjeld neben sich sagen, der offenbar mit seinen Leuten oben über Funk kommunizierte.

Elli überlegte ein paar Sekunden und wog die Möglichkeiten ab. Dann hatte sie eine Entscheidung getroffen.

»Nereng«, flüsterte sie ihrem Partner zu.

»Ja?«, fragte er.

»Aus dir kann noch was werden. Du bist ein guter Mann.«

Bevor Nereng oder Fjeld reagieren konnten, ließ sich Elli auf die Metallrampe hinausrollen, machte zwei Umdrehungen, wechselte dann die Richtung und rollte wieder ein Stück zurück. Malmros gab vier Schüsse ab, war aber offenbar von Ellis Manöver verwirrt. Schnell sprang Elli auf und richtete ihre gezogene Waffe auf Malmros.

Hinter sich hörte Elli die verzweifelten Rufe von Fjeld und Nereng.

»Willst du sterben?«, schrie der erstaunte Malmros und hielt seine Waffe auf Elli gerichtet. Dann besann er sich plötzlich anders und hielt sie an Ninas Schläfe gepresst.

»Nein«, erwiderte Elli und lief mit erhobener Waffe ruhigen Schrittes über die Metallrampe am Rand des Bühnenschachts auf Malmros zu. Auf der anderen Seite ließ sich Malmros auf die Knie herunter, hielt die bewusstlose Nina wieder als Schutzschild vor sich und richtete seine HK P30 auf Ellis Kopf.

»Elisabeth Rathke«, rief er verzweifelt. »Für *mich* ist es noch nicht vorbei. Nina und ich werden noch mindestens ein weiteres Projekt zu Ende bringen, und wenn du jetzt nicht aus dem Weg gehst, werde ich dich mitnehmen.«

»Welches Projekt? Willst du noch ein Werk von Ernst Ludwig Kirchner kopieren? Oder die Arbeit deines Vaters fortsetzen – Walter Kirchner?«

Malmros starrte Elli an. Seine Augen wirkten gläsern. »Du hast deine Hausaufgaben gemacht. Aber du verstehst trotzdem nichts«, sagte Malmros beleidigt. »Ich überführe die Arbeiten der alten Meister in eine neue künstlerische und soziale Dimension. Mein Vater hat nichts damit zu tun.«

Du meine Güte, dachte Elli, er ist wirklich total verrückt.

Langsam ging sie weiter auf ihn zu. Jetzt waren es noch knapp zwanzig Meter. Die Trefferchancen stiegen beträchtlich.

»Ich habe kapiert, dass du eine schlimme Kindheit hattest, Tom, aber das hier muss jetzt aufhören. Dadurch wird es nicht besser. Nur schlimmer.«

»Spar dir dein Psychogefasel!«, brüllte Malmros. Innerhalb weniger Sekunden war seine Gesichtsfarbe von weiß zu lila gewechselt. Nach ein paar Augenblicken war er wieder ganz er selbst.

»Okay«, sagte er. »Lasst mich gehen, dann bekommt ihr Nina!«

Er blufft, dachte Elli. Konzentrier dich.

Elli machte zwei Schritte vorwärts. Jetzt waren sie noch sechzehn oder siebzehn Meter voneinander entfernt. Malmros atmete schwerfällig wie ein Ochse im Joch. Elli verspürte plötzlich eine fast religiös anmutende Ruhe in sich aufsteigen.

Nina kam wieder zu Bewusstsein. Das Mädchen war aschgrau im Gesicht und hyperventilierte, war aber anscheinend unversehrt.

»Lass sie gehen«, sagte Elli.

Malmros antwortete mit einem hysterischen Lachen. Er zielte mit der Waffe weiter auf Elli. Nina kniff die Augen zusammen.

Elli hielt den Blick auf die beiden gerichtet und sah plötzlich ein paar Laserstrahlen über Malmros und Nina tanzen. Offenbar waren die Scharfschützen schneller eingetroffen, als Fjeld vermutet hatte.

»Malmros«, sagte Elli. »Wieso hast du uns nicht in der Tiefgarage erschossen?«

»Das war nicht nötig. Ich wollte bloß mein letztes Werk vollenden und dann verschwinden. Es reichte völlig, euch außer Gefecht zu setzen. Aber jetzt hast du den Prozess zerstört.«

»Prozess?«

Malmros seufzte theatralisch. »Du wirst es zwar sowieso nicht verstehen, aber meine alten Malerkollegen waren alle Bestandteil eines künstlerischen Prozesses, bei dem sie sich auf Basis aller Leiden und Herausforderungen im Leben zu den vielleicht markantesten und ausdrucksvollsten Werken inspirieren ließen, die die Welt je gesehen hat.« Die letzten Worte spie er Elli förmlich vor die Füße.

Elli sah ihn skeptisch an. Sie hatte nicht mehr viel Zeit, Nina schien nicht mehr lange durchzuhalten, doch es war wohl taktisch klug, auf Malmros einzugehen.

»Deine Werke waren also eine Erweiterung der großen Meisterwerke aus der expressionistischen Epoche?«

Malmros grinste sie höhnisch an. »Stimmt. Aber spar dir deine Verhandlungstaktik. Mein Projekt liegt jetzt erst mal für eine Weile auf Eis.«

»Verrat mir eines, Tom: Waren die Leben dieser vier wehrlosen Mädchen plus Wekster und Bent wirklich weniger wert als dein perverses Kunstobjekt?«

Malmros zuckte nur mit den Schultern. »Wie gesagt, du wirst es nie verstehen.«

»Aber warum Bent?«

»Er folgte uns in die Garage und fing an, viel zu schlaue Fragen zu stellen.«

Die Zeit war knapp, aber eine Antwort musste Elli noch haben.

»Warst du es, der auf mich geschossen hat?«

Malmros lächelte. »Ja.«

»Weißt du was?«

Malmros schien verwirrt, erwiderte aber nichts. Elli sprach mit ruhiger, aber entschiedener Stimme.

»Du bist der erbärmlichste Mensch, der mir je begegnet ist. Es gibt keine Worte für das, was du getan hast.«

Malmros verstärkte den Fingerdruck auf den Abzug. Elli ging langsam weiter.

»Du hattest deine Chance«, schrie Malmros. »Du lässt mir keine andere Wahl.«

Malmros drückte ab. Die Waffe gab ein trockenes Klicken von sich, als der Abzugshahn auf die leere Kammer traf.

»Sechzehn«, sagte Elli. »Es gibt fünfzehn Patronen in einer Heckler & Koch. Du solltest lernen zu zählen.«

Behutsam trat sie auf Malmros zu und drückte ihm ihre eigene Waffe an die Stirn. Malmros starrte sie an. Er ließ Nina los, die sich auf dem Boden zwischen ihnen zusammenrollte.

Über ihnen im Bühnenraum wude das Licht eingeschaltet. Mindestens fünfzehn Waffen waren auf Malmros gerichtet.

»Schieß!«, flüsterte Malmros.

»Wie bitte?«, sagte Elli.

»Schieß! Bitte!«, sagte er lauter.

Elli krümmte den Finger um den Abzug. Der Zorn ließ ihren ganzen Körper erzittern.

Einer der bewaffneten Kollegen, die jetzt neben Fjeld standen, änderte seine Position – niemand war auf das hier vorbereitet. Fjeld legte eine Hand auf die Waffe des Beamten.

»Nicht. Sie wird es nicht tun«, sagte er.

Der Lauf von Ellis HK P30 drückte sich fester auf Malmrosens Stirn. Malmrosens Gesichtsausdruck schien zu sagen, dass es so wohl am besten sei. Ellis Gesicht wirkte hart und entschlossen, doch ihre Hand zitterte noch immer leicht. Dann nahm sie die Waffer herunter und schob sie in das Holster unter ihrem Arm.

»Das gäbe ein viel zu schlechtes Karma.«

Epilog

Die Kirche in Rælingen war bis auf den letzten Platz besetzt. Sogar an den Wänden standen ein paar Menschen. Elli und Nereng hatten sich im hinteren Teil der Kirche einen diskreten Platz gesucht. Drei Kinder sollten an diesem Tag getauft werden. Nachdem die Köpfe der ersten beiden mit einem Spritzer des Weihwassers benetzt waren, legte der Pastor eine kleine Pause ein.

»Jorid Harr«, sagte er schließlich. Beim Aufruf von Bent Harrs Witwe begannen einige Gäste zu weinen. Die Akustik in der Kirche verstärkte den Effekt. In Nerengs Augenwinkel erschien eine kleine Träne. Elli berührte seinen Arm.

Der Pastor goss das Weihwasser über den Kopf von Bents Tochter May Eline. Seit Bents Beerdigung waren erst zwei Wochen vergangen. Glück und Trauer nebeneinander. Wie absurd, dachte Elli.

Nereng setzte sich hinter das Lenkrad des Volvo. »Wollen wir Nina bei ihrer Pflegefamilie in Fet besuchen?«

»Ja, warum nicht?«, sagte Elli.

Aus dem Käfig im Heck kam ein Grunzen. Zenith hatte einen bemerkenswerten Überlebenswillen an den Tag gelegt und vier Operationen überstanden. Den Rest seines Lebens musste er mit einem steifen rechten Ohr und einer dreißig Zentimeter langen Narbe auf dem Bauch herumlaufen. Elli öffnete den Käfig und wurde wie üblich von der feuchten Schnauze ihres Helden liebkost.

»Guter Junge, guter Junge.«

Anmerkungen des Autors

Diese Geschichte ist frei erfunden. Wo es erforderlich war, habe ich mir bei der Beschreibung der Wirklichkeit einige kreative Freiheiten genommen. In diesem Zusammenhang möchte ich insbesondere erwähnen, dass die norwegische Polizei immer noch nicht permanent bewaffnet ist. Darüber hinaus gibt es meines Wissens keine Anhaltspunkte dafür, dass der deutsche Maler Ernst Ludwig Kirchner familiäre Verbindungen nach Norwegen hatte. Außerdem gibt es keine Pläne, die alten Gebäude in der Mitte der Grønnegate abzureißen.

Zahlreiche Menschen haben mich bei der Arbeit an diesem Buch unterstützt und waren mir eine große Hilfe. Ein herzliches Dankeschön geht zuerst an meine Freundin und kritische Testleserin Tonje Bentzen, sowohl angesichts ihres Gespürs für Struktur und Logik als auch für die Geduld mit ihrem Partner aus der schreibenden Zunft.

Darüber hinaus war mir Verlagsredakteur Per Bangsund beim Verlag Vigmostad & Bjørke ein inspirierender Mentor und präzise arbeitender Lektor, der mir bei der Richtungsfindung und Substanzgewinnung sehr geholfen hat. Auch die übrige Belegschaft im Verlag hat durch ihre Professionalität viel dazu beigetragen, dass ein neuer Autor sein Debüt geschafft hat. Mein Schriftstellerkollege Lars Mytting hat mir schon in der Frühphase des Projekts wertvolle Rückmeldungen und Anregungen gegeben. Und schließlich war May Thingelstad eine aufmerksame Testleserin mit einem scharfen Auge für die Details der Geschichte.

Mein herzlicher Dank geht an euch alle!

Die Recherchen wurden vom Autor selbst durchgeführt. Eventuelle Fehler oder Mängel in der Geschichte habe ich ganz allein zu verantworten.

Fjellhamar
Eystein Hanssen

eystein hanssen

KNOCHEN

kriminalroman

Aus dem Norwegischen
von Gabriele Haefs
und Andreas Brunstermann

Leseprobe

Elli und Nereng betrachteten den Wohnblock in Ruseløkka durch die Regentropfen auf der Frontscheibe. Wahrscheinlich war der Obdachlose irgendwie von dieser Seite in das Gebäude gekommen. Leute wie er hatten oft ihre Geheimnisse, was den Zugang zu alten Kellern, Dachböden, Garagen und Lagerräumen betraf; Orte, an denen sie einen Unterschlupf für die Nacht finden konnten, ungesehen von Wachleuten, Jugendgangs und der Polizei. Elli konnte es ihnen nicht zum Vorwurf machen.

Halb zwölf. Die Straßen waren menschenleer. In einiger Entfernung trottete ein Fuchs im Licht der Straßenbeleuchtung über den Weg.

»Stadtfuchs«, kommentierte Nereng und änderte seine Sitzposition. Der schwarze Goretex-Stoff raschelte.

»Ich hab gehört, dass es in Polen Wölfe gibt, die nachts durch die Städte streifen«, erwiderte Elli.

Nereng fasste sich ans Kinn. »Mir reicht's mit Reineke Fuchs.«

»Siehst du Ringstad irgendwo?«, fragte Elli.

Nereng spähte umher. »Nix.«

Elli suchte die Nummer in der Anruferliste ihres Handys und rief Ringstad an.

Nach zweimaligem Klingeln ging die Kollegin dran. »Ich bin gleich da.«

Elli stieg aus. Der Himmel wirkte schwer.

Dreißig Sekunden später kam Ringstad auf der Südseite des Wohnblocks zum Vorschein. Ihr unbeherrschbares blondes Haar wurde im Nacken von einem Band zusammengehalten. Ringstads graue Augen musterten sie kurz. »Hier lang.«

Elli und Nereng folgten ihr um eine Ecke des Gebäudes. Früher hatten sich auf diesem Gelände Eisenbahnschienen befunden, doch jetzt war hier ein kleiner Park angelegt worden. Gleich hinter der Hausecke stand Ringstads Streifenwagen. Die Heckklappe war geöffnet. Zwei Malinois beobachteten sie mit wachen Augen aus ihrem Käfig heraus. Ein Hundeführer, dem Elli noch nie begegnet war, stand in gebieterischer Pose neben dem Wagen. Elli und Nereng begrüßten ihn kurz.

»Wir müssen da lang«, erklärte Ringstad und lief zielsicher an dem Gebäude entlang. Das Gelände fiel ab.

Zwanzig Meter weiter entdeckte Elli eine Holztür in der Kellermauer. Ringstad schob die Hand in die Tasche und zog ein paar blaue Plastiküberzüge für die Schuhe heraus. Nachdem alle ihre Schuhe mit den Überzügen versehen hatten, ging Ringstad in die Hocke, schaltete eine LED-Taschenlampe ein und führte sie in eine Art Erdkeller. Elli dachte, dass er sich unterhalb des normalen Kellerniveaus befinden musste.

»Das ist hier so eine Art Doppelkeller«, erläuterte Ringstad, als hätte sie Ellis Gedanken gelesen.

Elli registrierte, dass der Erdkeller eine andere Grundfläche als das restliche Gebäude haben musste. Die Wände bestanden aus unbehandeltem Felsgestein und führten viel tiefer in das Erdreich hinein als die Außenwände des Gebäudes. An mehreren Stellen musste Elli sich bücken. Nerengs Stöhnen verriet, dass seine 193 Zentimeter für diesen katakombenartigen Raum weit entfernt von der Idealgröße waren.

»Jetzt scharf nach rechts«, warnte Ringstad.

Der Raum verengte sich zu einer Art Korridor, der nach rechts abzweigte und in einen anderen, kleineren Raum führte. Durch eine Luke in der Wand fiel etwas Licht herein. Auf dem Boden lag ein Durcheinander aus Unrat: Pappkartons, alte Gartengeräte, ein altes Fahrrad, leere Flaschen.

Ringstad blieb mitten im Raum stehen. »Hier ist er hineingeklettert«, sagte sie und richtete die Taschenlampe auf eine Stelle neben der Luke. Das hereinsickernde Licht musste von der Straßenbeleuchtung und den Gebäuden draußen stammen.

Ringstad deutete mit der Taschenlampe auf den Boden. »Der Fundort.«

Ellis Blick folgte dem Lichtkegel, und sie entdeckte eine kleine Vertiefung im Boden, ganz dicht an der Wand, ungefähr zwanzig Zentimeter tief. In der Mitte ragten zwei graubraune Knochen hervor.

Nereng beugte sich hinunter und stieß ein kleines, befreites Stöhnen aus. »Sehen aus wie Rippen. Ja. Dünne Rippen.«

Elli sah zu Ringstad. »Und der Obdachlose hat sie also gefunden?«

»Ja, er hat dem Hausbewohner von dem Skelett erzählt, und der hat uns dann angerufen«, sagte sie und blickte auf ihre Notizen. »Dalsberg. Er hat uns dann auch hier runtergeführt. Oder eigentlich zeigte er uns nur den Eingang. Traute sich nicht, reinzugehen.«

»Und du bist dann allein hineingegangen?«

»Ja.«

»Auf demselben Weg wie wir jetzt?«

»Nein, es gibt noch einen anderen Eingang.«

Elli ließ den Strahl ihrer Taschenlampe über die Wände gleiten, konnte aber keine Öffnung entdecken.

»Der ist unglaublich gut verborgen«, sagte Ringstad und ging auf die hinterste Ecke des Erdkellers zu. Staunend sah Elli, dass sie sich beinahe in Luft auflöste.